한국의 독자분들께서도
이 소설을 즐겁게 읽어 주시기를 바랍니다.

마음을 담아,
줄리아 류 & 브래드 류 드림

라스트 타이거

트로이목마

라스트 타이거

줄리아 류 & 브래드 류

THE LAST TIGER

박미연 옮김

트로이목마

우리의 삶이 가능하도록 모든 걸 내어 주시고,
두 분의 사랑 이야기로 이 스토리에 숨을 불어넣어 주신
나의 할머니, 할아버지께 바칩니다.

돌아가신 나의 조부, 류창규 할아버지의 영어 이름은 '키이스(Keith)'였다. 할아버지는 우리의 어린 시절을 웃음으로 가득 채워 주셨다. 끝없는 웃음보따리, 누구도 따라올 수 없는 재치, 그리고 우리 가족과 선조들의 이야기들. 색색의 이야기가 할아버지의 입에서 쏟아져 나왔다. 하지만 그 모든 이야기 중에서도 할아버지가 가장 좋아한 것은 할머니 현수와 만나게 된 이야기였다.

2020년 4월, 할아버지의 임종 전 당신께서는 언젠가 자신의 이야기를 세상에 전해 달라는 말씀을 남기셨다.

From :

날짜 : 2016년 11월 8일

To :

주제 : 우리의 사랑 이야기

줄리아에게,

계속해서 쓰려는데 더 이상 쓸 수가 없구나. 머리가 너무 아프다. 잠깐 쉬어야겠어.

내 영어 실력이 정말 형편없구나. 내 마음을 표현할 영어 단어들을 너무 많이 잊어버렸단다.

6.25전쟁이 발발했을 때 나와 할머니에게 무슨 일이 일어났는지, 그리고 1950년부터 1951년 사이에 내가 어떻게 할머니를 다시 찾았는지, 그래서 마침내 1951년에 어떻게 결혼식을 올리게 되었는지…… 그 이야기를 계속 쓰고 싶구나.

이것은 위대한 이야기다.

가진 것 하나 없던 소년과 모든 것을 가진 소녀. 결코 만날 수 없었던 두 세계에서 온 이들이 상상할 수 없는 고난을 뚫고 함께 삶을 일구어 낸 스토리다.

할아버지는 극심한 가난 속에서 자랐고, 할머니는 부유하게 태어난 풍족한 양반가의 딸이었다. 부모가 정해 준 혼인을 하던 시대, 하지만 두 분은 스스로 사랑을 선택하셨다. 금지된 사랑. 아무도 알아서는 안 되는 비밀 연애였다!

그후 할아버지는 지하에서 일본 제국주의에 맞서 싸우는 학생혁명운동에 몸을 던지셨다. 그리고 6.25전쟁이 발발했고 두 분은 헤어졌다. 다시는 영원히 만날 수 없을 것처럼 보였다. 하지만 기적이 일어났고 두 분은 서로를 다시 찾아냈다.

이 소설은 일제강점기, 우리 조부모님의 삶의 이야기다. 두 분이 겪었던 수많은 경험이 이 스토리를 낳았다. 각 부의 시작 부분에서 여러분이 읽게 될 인용문들은 할아버지와 할머니께서 직접 쓰신 기록에서 가져온 것이다. 그러므로 이 책 《라스트 타이거》*는 실제 역사에 뿌리를 두고 있다.

* 원작 제목 'The Last Tiger'를 '라스트 타이거'로 옮김.

하지만 동시에 이것은 소설이기도 해서 이야기를 위해 많은 부분이 각색되었다. 그 예로 한국의 호랑이는 일본 식민 정부에 의해 무참히 사냥된 것은 역사적 사실이지만, 마법의 기(氣) 능력 같은 것은 1940년대에 한국이나 일본에 실제로 존재하지 않았다. 또 하나, 소설 속에서 할머니의 가문은 일본제국에 협력하는 것처럼 그려졌지만, 실제 우리 할머니 집안은 그러지 않았다. 오히려 정반대로 할머니 집안은 조국의 자유와 독립을 위해 목숨을 걸고 싸웠다.

마지막으로, 이 이야기는 비록 허구이지만, 고통과 두려움, 오랫동안 품어 온 꿈들, 그리고 무엇보다도 이 암울한 시기를 견뎌 낸 한민족의 생존 능력은 모두 엄연한 사실이다.

할아버지는 2020년 봄, 고국인 한국에서 멀리 떨어진 낯선 이국땅, 미국 뉴저지의 조용한 교외 마을에서 저희 곁을 영원히 떠나셨습니다. 아무런 예고도 없이 갑작스레 찾아온 이별이었습니다. 정정하셨던 할아버지께서 어느 날 병원의 인공호흡기에 의지하시더니, 그해 봄 수많은 생명을 앗아간 코로나19의 거대한 파도에 실려 생을 마감하셨습니다. 91년의 기나긴 세월 동안 할아버지는 고난과 역경, 강인함, 그리고 사랑과 극복으로 가득 찬 삶을 사셨습니다.

할아버지를 떠나보낸 몇 주 후, 할머니는 노란색 노트에 한글로 된 50페이지에 달하는 글을 쓰셨습니다. 두 분이 함께한 삶을 온전히 기록한 글로, 할머니의 깊은 상실감과 온몸을 떨리게 하는 감동의 전율이 담겨 있었습니다. 그 안에 담긴 두 분의 이야기는, 단순한 슬픔만이 아닌 엄청난 시련을 견디고 그 위에 쌓아 올린 삶의 아름다운 승리의 기록이었습니다.

1960년대에 이민 온 우리 가족은 할아버지께서 돌아가실 무렵 60여 년 동안 미국에서 살아 왔습니다. 어린 시절부터 할아버지, 할머니의 이야기를 듣고 자란 저희는 그 이야기가 흥미롭고 놀라워 두 분의 삶이 마치 전래동화나 전설 같은, 저희와는 머나먼 또 다른 세상에서 온 것마냥 느껴졌습니다. 같은 시대를 살았던 수많은 한국인처럼, 저희 조부모님도 역사의 풍파에 휩쓸린 삶을 사셨습니다. 저희는 식민 지배, 내전, 가난, 상실과 이민 이야기를 들었지만, 과연 저희가 조부모님이 겪었던 일들의 의미를 진정으로 이해할 수 있었을까요?

두 분이 처음 만났던 1940년대 한국은 일제강점기였던 시절로, 당시 일제는 한국어와 한국 풍습, 한국 민요 등을 모두 법으로 금지했습니다. 두 분은 십 대 시절 만나 사랑에 빠졌지만, 할아버지는 너무도 가난하고 미래전망도 어두워서 부잣집 집안 출신인 할머니의 가족은 그 둘 사이를 완강히 반대했습니다. 두 분이 만나는 것 자체가 금지되었고, 할머니가 집안에서 정해 준 혼처를 거부하자 그 벌로 가택 연금에 처해졌습니다. 그래도 두 분은 밤마다 몰래 빠져나와 만났고, 심부름꾼을 통해 연애편지를 주고받았습니다. 그렇게 피어난 두 분의 금지된 사랑은 그후 6.25 전쟁과 첫 아이를 잃는 아픔을 견뎌 내고, 처절하고 가혹한 세월을 함께 헤쳐 나가며 결코 끊어질 수 없는 인연의 끈으로 꽃을 피웠습니다.

할아버지가 돌아가시고 몇 달 후, 우리는 가족의 역사를 이해하는 것이 얼마나 중요한지 절실히 깨달았습니다. 저희는 한국인이 거의 없는 미국 한가운데에 위치한 미주리(Missouri)의 작은 마을에서 성장한 한국계 미국인 3세로, 모국과의 연결고리는 매우 희박했습니다. 모국의 유산이 얼마나 빠르게 사라질 수 있는지, 그리고 과거가 얼마나 쉽게 잊힐 수 있는지, 이민자 가정 출신이라면 잘 이해할 수 있을 것입니다. 누군가 세상을 떠나면, 그 사람의 기억도 함께 사라지는 것처럼 말이죠.

할머니의 글을 읽고 난 후, 저희는 가족의 자료를 샅샅이 뒤지기 시작해 마침내 할아버지께서 2016년에 보내신 이메일 한 통을 찾아냈습니다. 할아버지와 할머니의 사랑 이야기를 직접 들려 주신 내용으로, 그 이메일 끝에 할아버지는 다음과 같은 부탁을 남기셨습니다. "소설 같은 이야기를 만들어 줄 수 있겠니?" 그로부터 얼마 지나지 않아, 저희 남매는 《라스트 타이거》의 공동 집필에 착수했습니다.

저희가 이 이야기를 판타지 소설로 각색한 데에는 몇 가지 이유가 있습니다. 첫째, 판타지는 고통, 억압, 사랑, 자유에 관한 이야기에 독자들이 쉽게 접근할 수 있게 해 주고, 정치, 감정 그리고 영성 같은 것들이 기발한 상상력과 어우러지면서 오락성과 교육성이 동전의 양면처럼 하나가 되게 해 줍니다. 그리하여 독자를 끌어들이고 저희가 이미 알고 있다는 생각에서 벗어나 인간의 본성에 대해 독자 스스로 느끼고 사색하게 합니다.

둘째로, 재미교포 디아스포라(미국에 정착한 한국계 이민자 공동체)의 자녀로서 저희는 우리 문화의 진정성이 느껴지는 허구의 배경을 만들면서도 가족의 역사도 탐구하고 싶었고, 한국적 이상과 미국적 이상을 결합한 《라스트 타이거》의 세계를 구축하고자 했습니다. 이 이야기는 실제 역사에서 영감을 받았지만, 등장인물과 줄거리는 허구입니다. 승과 은지의 여정은 본래 저희 조부모님의 이야기이지만, 《라스트 타이거》는 저희의 상상력에서 피어난 독창적인 이야기입니다. 호랑이 왕국은 저희가 직접 만들어 낸 허구의 세계로, 오직 이 소설 속에서만 존재합니다.

우리보다 더 혹독한 시대를 살았던 선조들의 강인함과 용기에 대한 기억은 저희를 단단하게 붙들어 주는 힘입니다. 우리에게 삶의 좌표를 알려 주고, 우리 안에 불굴의 의지를 되새기게 하며, 혼란 속에서도 길을 찾을 수 있게 해 줄 뿐만 아니라 나아갈 방향도 가르쳐 줍니다.

우리 선조들은 언제나 뒤에서 우리 어깨 위에 두 손을 얹으며, 현재의 우리 역시 강해질 수 있다고 일깨워 줍니다. 그분들에게서 영감을 얻고, 또 그분들이 자신의 시절을 어떻게 살아 내셨는지 기억할 것입니다. 저희 역시 그분들의 말씀을 가슴에 새기고 우리의 시대를 살아 낼 것입니다.

《라스트 타이거》가 한국에서 출판되어 무척 기쁩니다. 한국의 독자분들께서도 이 소설을 즐겁게 읽어 주시기를 바랍니다.

마음을 담아,
줄리아 류 & 브래드 류 드림

· 차례 ·

1부
정(情)

한국인에 대한 일본의 식민 통치는 무자비하고 참혹했다. 우리는 일본의 침략 정책에 온갖 방식으로 괴롭힘 당했다. 목사들과 지도자들은 아무 이유 없이 투옥되었고, 일본 비밀경찰은 우리의 모든 예배에 참석했으며, 만약 누군가 실수로 식민 정책에 반대하는 말을 하면 그는 우리 모임에서 사라졌다.

여기서 꼭 말해 두어야 할 것이 있다. 우리의 사랑은 극비였고 부모님을 포함해 그 누구에게도 공개되지 않았다! 우리는 교회에서든 어디서든 사람들 앞에서 함께 있을 때는 아무런 사이도 아닌 척했다. 공원이나 옛 궁궐 마당에서 비밀 만남을 즐겼지만, 누군가 우리를 볼까 봐 늘 두려웠다.

_ 할아버지 창규 '키이스' 류(1928년 5월 25일 ~ 2020년 4월 9일)

나는 냉혹한 현실에 충격받았다. 부유함과 풍요 속에서 응석받이로 자란 나에게 음식은 항상 넘쳐났고, 원하는 만큼 언제든 먹을 수도 있었다.

나는 창규 가족의 형편이 매우 어렵다는 것을 알고 있었다. 큰 도움은 아니었지만, 내가 할 수 있는 어떤 방법으로든 돕고 싶었다. 창규가 타는 전차 노선을 언덕 위 우리 집에서 볼 수 있다는 걸 알고 있었다. 그래서 나는 그가 올려다보며 조금이나마 위안을 얻을 수 있도록 창가에 불을 켜 두곤 했다. 겨울에는 추위를 막기 위해 그 창문에 덧문을 달았지만, 그가 지나가고도 한참 동안 밤늦게까지 덧문을 열어 두었다.

_ 할머니 현수 '킴' 류 (1929년 9월 18일 ~)

·1·
승

오늘 산 너머 하늘은 무척 맑고 푸르다. 도살 의식을 치르기에는 부적절하다고 느껴질 정도다. 집 밖으로 나서자 상쾌한 가을 공기가 폐에 느껴진다. 눈을 깜빡여 천천히 빛에 적응한다. 한 손으로 눈썹을 쓸어내리며 미간 주름을 펴 보았다. 오늘은 마을 광장에 내려가고 싶지 않지만 달리 피할 방법도 없다.

"기다려, 승이 형! 기다려!"

내 동생 호영이가 문 앞에 쪼그리고 앉아 신발에 발을 쑤셔 넣으려 애를 쓴다. 신발이 호영이 발에 너무 작다. 진작 새 신발을 샀어야 했는데. 어깨에는 거대한 빈 삼베 자루가 등 뒤의 망토처럼 늘어져 있다.

"이게 뭐야?" 나는 피식 웃으며 긴 자루를 두 손가락으로 들어올렸다. "이렇게까지 필요 없어, 호영아. 그냥 쌀만 조금 사는 거야."

"우리가 쌀을 많이 얻으면 어떡해?" 호영이가 씩씩하게 말한다.

"그럴 일은 없을 것 같은데……." 나는 조심스럽게 대답했다.

전쟁과 지금의 식량 가격을 생각하면 오늘 우리가 구할 수 있는 양이 얼마든 아마 한 달 내내 쓸 수 있도록 아껴야 할 것이다.

그래도 호영이가 우스꽝스럽게 큰 자루를 메고 있는 게 행복해 보여서 그냥 두기로 했다.

우리는 현관문을 닫아 엄마가 준비하고 있는 오늘 저녁 음식의 희미한 냄새를 차단했다. 순무를 삶아 만든 묽은 국물, 세계대전찌개라고 해야 할까. 몇 달째 우리가 먹은 건 이게 전부였다.

"엄마는 안 가?" 호영이가 돌아서서 안을 들여다본다.

"아버지가 광산에서 돌아오시는 거 기다리고 계셔. 나중에 오실 거야."

나는 호영이의 어깨를 잡아당기면서 일러둔다. "야, 호영아. 나 좀 봐. 중요한 얘기야. 알았지?"

동생이 나를 바라본다. 그 크고 순진한 눈이 내 가슴을 치는 것 같다. 앞머리가 너무 길어 동생의 얼굴을 가린다. 괜히 목이 메어 온다. 손을 뻗어 동생의 머리를 쓸어 올렸다.

이 녀석은 도살 의식에 참석하기엔 너무 어리다. 아무리 생각해도 그렇다. 하지만 오늘 내가 데려가지 않으면 경찰에게 끝도 없이 시달릴 것이다.

"오늘 밤 무슨 일이 있어도, 내 손 놓으면 안 돼." 호영이를 타이른다. "혼자 돌아다니지 말고, 무슨 일이 있어도 형 손 잡고 내가 말하면 꼭 눈 감아. 형이 널 지켜 줄게, 알았지?"

호영이가 침을 꿀꺽 삼키며 힘차게 고개를 끄덕인다.

"좋아, 친구! 가자."

우리는 집을 돌아서 마을 중심부로 이어지는 돌길로 들어섰다. 벌써 태양이 지평선을 향해 저물어 가며 피처럼 붉은빛이 도는 주황색으로 물들고 있다. 몇 시간 뒤면 기도 마을을 둘러싼 높은 산 뒤로 넘어가며 계곡 위로 옅은 보랏빛 황혼을 드리울 것이다.

이곳 공기는 맑고 상쾌하다. 소나무와 마가목 향이 난다. 고개를 흔들며 아침 내내 나를 괴롭히던 불길한 예감을 떨쳐 내려고 했다.

"가자아아아!" 호영이가 소리치며 길을 따라 내달렸고, 돌 위로 신발이 딱딱 소리를 낸다.

분명 호영이는 아직 무슨 일이 일어나려는지 이해하지 못하고 있다. 나는 얼굴을 잔뜩 찡그린 채 서둘러 호영이를 쫓아갔다.

절대 늦으면 안 된다. 나는 큰길을 벗어나 강을 끼고 나 있는 샛길인 지름길로 갔다.

통통한 모기들이 떼 지어 공중을 떠다닌다. 강변의 얕은 물가에서는 키 큰 녹색 갈대들이 고개를 내밀고 긴 띠처럼 흐르는 강물 위로 저무는 햇살에 반짝거렸다.

걷다 보니 강가에서 기를 수련하는 사관학교 졸업생들이 보였다. 벌거벗은 상체는 땀으로 흥건했고, 그들의 허리보다 두꺼운 거대한 바위를 줄지어 세워 두고 돌아가며 그 무거운 바위를 공중으로 들어올려 서로에게 던지고 있었다. 줄 맨 끝에 선 남자가 끄응 소리를 내며 바위를 받아 땅에 내려놓았다. 주먹으로 내리치니 그의 발밑에서 바위가 두 쪽으로 쪼개진다.

"우와." 호영이가 고개를 휙 돌리며 입을 떡 벌린다.

부잣집 자식들. 속으로 투덜댄다.

우리 가족은 꿈도 못 꿀 비싼 과외를 수년간 받은 덕에 저들은 내 나이쯤 시험에 통과해 제국 중심부의 아다치 훈련 사관학교에 들어간다. 거기서 기를 배워 그 힘을 가지고 맨손으로 바위를 부쉈다.

게다가 아다치를 나오면 평생 원하는 일자리가 보장된다.

호영이와 나는 절대로 그런 삶을 살 수 없다.

저들이 꿈을 이루는 동안 나는 식민지 최고 부자 양반 가문인 최씨네 집 마당이나 쓸고 있을 뿐이었다.

고개를 돌려 발걸음을 재촉했다. 가슴 속 질투가 끓어올라 억눌러 보려 해도 소용없다.

"이쪽." 아직도 바위 깨는 걸 넋 놓고 쳐다보는 호영이에게 턱짓을 했다.

모퉁이를 돌아 그들을 뒤로하고 마을 안으로 향했다.

이내 우리는 시장 한복판으로 들어섰다. 길을 따라 늘어선 긴 탁자 위에 음식과 물건들이 가득하고, 그 뒤에서 이빨 빠진 아줌마들과 아저씨들이 북적대는 손님들 사이로 호객한다.

"싱싱한 된장! 남도 김치! 호랑이 식민지에서 최상품이요!"

"된장, 말차 가루! 드래곤 제국에서 직수입! 물량이 얼마 없어요, 지금 사 가세요!"

"오오." 호영이가 침을 꿀꺽 삼킨다. 나는 호영이의 소매를 당겼다.

"안 돼, 호영아. 저건 사치품이야. 쌀 살 돈을 아껴야 해, 알았지?"

"쌀……." 호영이가 멍하니 중얼거린다.

동생의 눈에 배고픔이 보인다. 그 순간 내 배에서도 같은 허기가 꿈틀거렸다.

쌀장수가 조바심 내는 손님들의 자루에 귀한 쌀알을 퍼 담는 가판대로 동생을 데려갔다. 빈 탁자 옆에 서서 최악의 상황을 각오했다. 올해 기본 식량 가격이 하늘 높은 줄 모르고 치솟고 있어, 이사오 총독이 전시 곡물 배급령을 내린 이후로 호랑이 식민지 사람들은 배를 곯고 있다.

"천황 폐하 만세!" 텐노 헤이카 반자이. 법이 정한 대로 제국의 언어로 의무적 인사를 하며 상인에게 고개를 끄덕였다.

"천황 폐하 만세!" 상인이 자동으로 되받는다.

그의 어깨 너머로 드래곤 제국 경찰 한 명이 가면 같은 무표정한 얼굴로 거리를 지켜보고 있다. 호랑이 왕국이 드래곤 제국에 패배해 합병된 지 40년도 더 지났다.

드래곤 제국의 언어는 공공장소에서 의무다. 이사오 총독의 '문화 동화 정책' 아래 우리말인 호랑이 언어는 아예 금지되었다. 사적인 자리에서야 단속이 어렵지만 드래곤 제국 경찰의 눈이 번뜩이는 이 시장바닥에서는 감히 우리말을 쓸 수 없다.

동전을 건네니 상인이 동전을 세며 고개를 끄덕이고는 호영이에게 자루를 벌리라고 퉁명스레 손짓한다. 상인이 거칠고 알이 굵은 쌀을 한 됫박 정도 뜬다. — 좋은 백미는 우리 형편으론 꿈도 못 꾼다. — 그리고 그 적은 양을 부어 넣는다.

그러고는 멈췄다.

"말도 안 돼." 입이 떡 벌어진다. "이건 겨우 이틀 치도 안 될 것 같은데……."

"미안하지만, 꼬마야." 상인이 무심하게 어깨를 으쓱해 보인다. "올해 가뭄이 작년보다 더해. 믿기지 않겠지만…… 들판에는 먼지 폭풍에다 전시 배급령까지, 오늘 너에게 줄 게 있는 것만도 다행이지."

옆에서는 손님들이 다른 상인들과 실랑이를 벌이고 있다. 커다란 자루를 내려다본다.

바닥에 흩뿌려진 보잘것없는 한 줌의 쌀알. 우리는 방금 아버지의 한 달 치 월급을 저 상인에게 넘겼다.

"승이 형!" 호영이가 내 팔을 잡아당긴다.

"잠시만, 호영아."

"형아!" 호영이가 더 크게 외친다.

그제야 고개를 들었다.

상인도 손님도 모두 고개를 숙이고 동전을 주머니에 쓸어 담아 숨기기 바빴다.

일제히 행진하는 군화 소리. 경찰들의 호루라기 소리.

돌아보니 드래곤 제국 군대였다. 열 명 이상의 군인들이 대로를 따라 줄지어 행진하고 철모 아래로 드리워진 짙은 그림자에 얼굴이 묻혀 있다.

두 줄로 늘어선 병사들 사이로 군용 트럭이 평편한 나무 판상(板狀)에 뭔가를 싣고 왔다. 정확히 뭔지는 알 수 없었다. 짙은 녹색 천을 뒤집어씌운 큰 상자 같은 것이다.

거리를 따라 늘어선 경찰들이 호루라기를 불며 앞으로 나아가기 시작한다. 거칠게 밀어붙이면서 사람들을 거리 한쪽 끝으로 몰고 간다. 군중이 서서히 방향을 틀기 시작하면서 소란이 일어났다. 공기 가득 불안과 공포가 채워진다.

나는 호영이의 손을 꽉 붙잡았고 군중이 우리를 밀어붙이기 시작하자 다른 한 손으로는 쌀자루를 단단히 움켜쥐었다.

"무슨 일이에요?" 옆의 남자에게 묻는다.

그가 얼굴을 찌푸리며 고개를 젓는다. "곧 시작되나 봐."

"도살 의식?"

"그런 것 같아. 봐! 우리를 마을 광장 쪽으로 몰고 있잖아."

드래곤 제국 경찰이 앞장서며 흰 장갑을 낀 손을 내밀 때마다 우리는 한쪽 방향으로 밀려났다. 따라갈 수밖에 다른 도리가 없다. 나는 삼베 자루를 묶어 주머니 깊숙이, 들어갈 수 있는 데까지 밀어넣었다. 호영이가 내 팔을 꽉 붙잡는다.

우리가 줄지어 들어갈 때쯤 이미 엄청난 인파의 사람들이 모여 있었다. 마을 '광장'이라고는 하지만 기도 중심부의 먼지 날리는 흙바닥일 뿐이다. 하지만 군중이 여기에 모일 때마다 공식적이면서도 심각한 분위기가 감돌았다. 불안한 웅성거림이 공간을 가득 메운다.

나는 발끝으로 서서 앞사람들의 머리 너머를 보려 했다. 호영이가 내게 바짝 붙어 있다.

"무슨 일이 있어도 내 옆에 붙어 있어." 나는 호영이에게 속삭였다. "그리고 내가 말하면 꼭 눈을 감아, 알았지?"

내 목소리의 절박함과 군중의 분위기가 이제야 호영이에게 전해지면서 아이는 진지하게 고개를 끄덕이고는 입을 다문다. 호영이의 손이 무의식적으로 내 소매를 잡아당겼다.

드래곤 제국 군대가 광장으로 행진해 들어오며 신비스러운 천으로 덮인

상자를 실은 트럭 주위로 원을 그리며 둘러싼다. 트럭이 속도를 늦추고, 군인들이 나무 판상을 트럭에서 분리한 다음, 상자를 광장 중앙으로 밀고 갔다.

낮게 으르렁거리는 소리가 상자 안에서 새어 나왔다.

군인 한 명이 녹색 방수포를 잡아 뜯었다.

군중이 숨을 멈춘다.

상자가 아니라 거대한 우리였다. 우리 한가운데에는 거대하고 털이 곤두선 동물이 앉아 있다.

호랑이.

위엄 있는 짙은 주황색과 검은색 털이 호랑이 몸 위로 물결치듯 일렁인다. 근육질의 뒷다리와 어깨가 단단하다. 사람을 쉽게 갈기갈기 찢을 만큼 강력해 보인다. 네 다리는 각각 우리 바닥의 쇠사슬에 묶여 있다. 호랑이가 불편한 듯 몸을 흔들며 고개를 돌리려 애쓰지만, 무거운 강철 목줄이 옥죄고 있다.

나는 넋을 잃고 몸을 앞으로 기울였다.

수십 년 동안, 드래곤 제국은 식민지 전역에서 호랑이를 사냥해 왔다. 호랑이가 한때 호랑이 왕국의 국가 상징이었기 때문에, 드래곤 제국은 야생 호랑이를 지구상에서 완전히 지워 버리기 위해 전력을 다했다. 우리는 그것이 무슨 의미인지 잘 안다. 야생에서 호랑이를 잡을 때마다 그들은 도살 의식을 열었고 지역 주민들이 강제로 지켜보게 했다. 시간이 지나면서 호랑이가 점점 더 희귀해지자 도살 의식도 점차 줄었다.

이곳 기도에서 도살 의식을 본 마지막 기억은 내가 지금의 호영이보다 조금 더 컸을 때였다.

도살 의식을 보고 싶어 하는 사람은 없다. 호랑이 왕국 사람이라면 누구도 그런 광경을 보는 걸 견딜 수가 없다. 하지만 우리는 어쩔 수 없이 지켜 봐야 했고, 그게 바로 그들의 속셈이다.

군인들이 우리의 걸쇠 몇 개를 움직이자, 벽이 분리되며 땅바닥으로 떨어졌다. 그들 중 한 명이 앞으로 나와서 허리춤 칼집에 긴 의식용 카타나(드래곤 제국의 장검 - 옮긴이주)를 차고 있다. 나머지는 그의 뒤로 대열을 이루었다.

"총독 각하의 메시지이시다!" 카타나를 든 군인이 황제의 전갈을 펼치며 낭독한다.

"여러분은 자비로운 드래곤 제국의 신민입니다. 하나 된 마음으로 황제를 섬기시오. 이 호랑이 식민지에 평화와 문명을 가져다준 위대한 드래곤 황제께 감사하시오!"

그의 뒤에 다른 드래곤 제국 군인들이 차렷 자세로 서 있다. 눈부신 제복을 입은 그들을 보며 내 안에서 또다시 뒤틀린 질투가 치밀어 올랐다.

저 드래곤 제국 군인 하나하나가 모두 기 능력을 갖추었고, 바로 그 기 덕분에 그들 각각은 보통 사람 열 명을 합친 힘이 있었다. 기 능력 때문에 우리가 그들과 맞서 싸우는 것은 불가능하다. 천 년이 지나도 절대 그들과 동등해질 수 없을 것이다.

헛된 꿈일지 모르지만, 내가 인생에서 진정으로 원하는 것은 딱 하나! 아다치 훈련 사관학교에 들어가는 것이다. 우리 가족이 과외 선생을 고용할 형편은 안 되니 내게 그런 기회가 생길 리 만무하지만, 만약 나도 — 저 군인들처럼 — 기를 가지게 된다면, 내 인생의 모든 것이 바뀌게 될 것이다.

경찰들이 요란하게 호루라기를 부니 군중들의 마지막 웅성거림이 잠잠해졌다.

"이 괴물을 보라!" 카타나를 든 군인이 계속했다. "제국이 되기 이전, 낡고 후진적인 시대에는 이 짐승들이 사람을 죽이고 잡아먹었다. 하지만 오늘, 우리는 이 짐승을 제압했다. 감사하라. 호랑이 식민지는 이제 안전하다."

광장 건너편, 군중 속 남자와 여자들이 발끈하는 모습이 보인다. 그들의 얼굴은 분노와 적개심으로 일그러졌고, 나도 모르게 몸이 떨리면서 목덜미에는 털이 곤두섰다.

장교 뒤에서, 호랑이가 이빨을 드러내며 입술을 뒤로 젖혔다. 사람 손만 한 송곳니가 보이고 나무 판상 위에서 불안한 듯 꼬리가 좌우로 흔들린다. 그 생명체의 눈은 이상한 강렬함으로 빛났다. 안쪽 깊숙한 곳에서부터 발광하는 것처럼 보인다. 광장의 공기는 마치 대지가 숨을 참고 있는 것처럼 쥐 죽은 듯 고요하다.

아름답다. 이상하게도 그런 생각이 들었다.

군인이 칼을 뽑아 호랑이를 똑바로 겨눈다.

증오로 일그러진 얼굴로 그가 칼을 치켜든다.

그리고 돌아서서 호랑이가 있는 나무 판상을 향해 돌진했다.

"눈 감아, 호영아!" 나는 재빨리 속삭였다. "지금이야."

옆에 서 있던 동생이 내 손을 꽉 쥔다.

군인이 호랑이의 머리를 기둥에 묶고 있던 사슬에 일격을 가하자, 고리가 끊어지면서 호랑이의 목줄이 그의 발치 아래로 떨어졌다. 이어 두 번째 칼날이 호랑이 목덜미 바로 아래로 내리꽂혔다.

나도 눈을 감았다. 차마 볼 수가 없었다. 둔탁한 쿵 소리가 들리더니 군중이 경악하며 숨을 죽였다.

마침내 눈을 뜨자 호랑이의 몸이 나무 판상 위에 쓰러져 있고, 머리가 앞으로 굴러떨어져 흙바닥 위에 나뒹굴었고, ─ 마치 끓는 물속 달걀처럼 이리저리 움직였고 ─ 군인은 승리에 겨워 기쁨의 미소를 머금고는 피 묻은 카타나를 머리 위로 높이 치켜들었다.

어지러웠다.

돌아서려는데 내 앞의 누군가가 헉 소리를 내며 어딘가를 가리킨다.

나도 내 눈을 도저히 믿을 수 없어 한 번 더 봤다.

바로 우리 눈앞에서, 흙더미에 처박혔던 호랑이의 머리가 무언가에 홀린 듯했고, 호랑이의 눈은 광기로 충혈되고 맹수의 턱은 화난 듯 허공을 물어 뜯고 있었다. 군중 위로 무거운 침묵이 내려앉았다.

감히 아무도 움직이지 못하고 믿을 수 없다는 듯 넋을 잃고 있었다.

홀린 듯한 맹수의 머리는 불경스럽고 사악해 보였다. 격렬하고도 맹목적으로 주변의 모든 것을 물어뜯으려 했다.

드래곤 제국 군인들이 칼을 움켜쥐고는 사방으로 흩어졌다.

시간이 길게 늘어지는 것 같은 정말 이상한 순간이었나. 저 먼 곳인 것처럼 호영이가 내 팔을 붙잡고 있는 게 아득하게 느껴졌다.

그리고 군인 한 명이 비틀거렸다. 군중 속 누군가가 ― 누군지 알 수 없지만 ― 다리를 걸어 군인이 땅에 쓰러졌고, 칼이 그의 손에서 미끄러져 튕겨 나갔다. 시간이 멈춘 듯 아주 천천히 떨어졌다.

순간 맹수의 잘린 머리가 홱 돌아서더니 앞으로 날아가 쓰러진 군인의 발목을 꽉 물었다. 위협적으로 으르렁거리며 몸을 흔들어 댔고, 맹수의 이빨이 그의 다리를 깊숙이 파고들었다. 군인이 고통에 비명을 지르며 땅바닥에서 몸부림친다. 그의 뒤에 있던 장교가 재빨리 떨어진 칼을 집으려 허둥대고 있다.

아수라장이 되었다. 갑자기 광장에 있던 군중은 극도의 두려움에 사로잡혔고, 마을 사람들은 공포에 질려 비명을 지르고 마치 물고기 떼처럼 뿔뿔이 흩어졌다. 출구를 지키던 경찰들이 광장 안으로 떠밀려 들어와 호루라기를 요란하게 불어 대는 가운데, 사람들이 다급하게 안전한 곳으로 도망치려 한다.

하지만 나는 그 자리에 얼어붙었다. 애를 써도 움직일 수 없었다.

호랑이 머리가 으르렁거리며 격렬하게 흔들어 대면서 턱에 힘을 주어 더 꽉 물었을 때 땅바닥의 군인은 고통에 비명을 질렀고, 다른 군인들이 그를 호랑이 입에서 떼어 내려고 헛되이 힘을 쏟고 있다.

그때 군중 속 누군가가 나를 밀치고 지나가면서 그만 호영이의 손을 놓치고 말았다.

"호영아!"

군중이 우리를 짓밟고 지나갔다. 나는 휙 돌아서서 정신을 차리고 동생을 찾았지만, 호영이는 군중에 휩쓸려 사라졌다.

"호영아! 호영아!" 나는 미친 듯이 좌우를 둘러보며 외쳤다. 우왕좌왕하는 마을 사람들 사이로 동생을 찾으려 헤치고 나갔다.

쾅! 무언가가 나를 밀쳐서 땅바닥에 쓰러졌다.

뭐였지? 멍한 상태로 어리둥절했다.

일어서려는데 내 앞에 다른 누군가가 누워 있는 게 보였다. 그 사람은 어깨에 걸친 두건에 얼굴이 가려져 있다. 그 사람이 일어나 앉자, 두건이 뒤로 미끄러지며 소녀의 얼굴이 드러났다.

이 소녀! 나는 바로 알아보았다. 어디서든 그 소녀를 알아볼 수 있다.

"*…… 은지 아가씨?*"

나는 숨이 가빴다.

우리 둘은 앉은 채 억겁의 시간 마냥 서로를 바라보았다.

은지는 얼굴이 새빨개지더니 두건을 다시 머리 위로 덮어쓰고는 일어나서 황급히 달아났다.

나는 그녀가 사라진 공간을 멍하니 응시했다.

그때 작은 손이 내 팔에 찰싹 달라붙어 세게 잡아당긴다.

"형, 가자!" 호영이었다.

나는 벌떡 일어서서 호랑이와 군인이 어떻게 되었는지 보려고 뒤를 흘끗거렸지만, 북적이는 인파 때문에 아무것도 볼 수 없었다.

어안이 벙벙했지만 시선을 돌려 호영이를 등에 업고 안전한 곳으로 내달렸다.

<h1 style="text-align:center">·2·
은지</h1>

나는 죽었다.

아니, 아직 죽지는 않았다.

하지만 아버지가 이 사실을 알게 되면, 차라리 죽은 게 나을지 모른다. 들키면 어떤 결과가 따를지 아니까. 지난 100여 년 동안 최씨 집안의 모든 미혼 여성은 그 결과를 알고 있다.

외출 금지.

이미 심하게 제한된 바깥출입은 더욱 통제될 것이다. 심지어 보호자와 동행할 때조차도 그러했다. 더 끔찍한 것은, 다시 잘못을 저질러 발각될 시에는 뱀 여왕국의 악명 높은 관습인 전족 형벌이 내려질 터였다.

게다가 아버지와 어머니의 신뢰를 완전히 잃게 될 것이다.

어떻게 이렇게 어리석을 수가 있었을까? 혼자 몰래 빠져나가려던 그 순간 단번에 들키다니……

"회장님께서 말씀하시길 제가 엄청나게 유망하다고 하셨어요. 정확히 그 표현을 쓰셨죠, 매우 유망하다고. 지난 11년간 본 사람 중 단연 최고라고 하셨어요.” 큰오빠인 은수가 식탁 건너편에서 지루하게 떠들어 댄다. 부모님은 얌전한 청중이 되어, 어머니는 몸을 앞으로 기울이고 아버지는 흐뭇하게 미소 짓고 있다. “회장님이 올해 지역 운영을 저에게 맡기시면서 제가 스물여덟이 될 때까지 광역 규모로 확장하고 싶다고 하시더라고요. 아버지가 호진이 얼굴을 보셨어야 했는데…… 정말 볼만했어요.”

흠잡을 데 없이 조용하고 모범적인 딸의 표본처럼 나는 음식에 집중하며 가르침 받은 대로 우아하게 식사했다. 오빠는 젓가락으로 쌀밥을 입에 마구 쑤셔 넣으며 시끄럽게 씹어 댄다.

“훌륭하구나, 은수야!” 아버지의 얼굴이 자부심으로 상기되어 오빠를 칭찬한다. “우리 가족 모두가 너만큼 성공할 수 있다면…… 은지야, 너도 시험 공부 열심히 하고 있겠지?”

“그럼요, 아버지.” 나는 한 치의 망설임도 없이 나긋나긋하면서도 분명하게 대답했다.

그건 정말 질문이라고도 할 수 없는 형식적인 물음에 대한 반사적인 대답에 불과했다. 아버지는 나를 제대로 쳐다보지도 않은 채 빙그레 웃고 있는 은수 오빠에게로 시선을 돌린다.

맏아들인 그는 언제나 아버지가 가장 총애하는 자식이었다. 그리고 은수 오빠가 우리 가족 최초로 아다치 사관학교를 졸업하고 기를 얻은 후, 아버지의 편애는 더욱 노골적이었다.

둘은 긴 식탁의 상석에 나란히 앉아 꼭 한 쌍을 이룬 듯 보였고, 색색의 반찬과 김이 모락모락 나는 밥으로 진수성찬인 식탁이 네 식구에게는 너무 사치스러워 보였다.

한때 우리 가족은 아홉 명이었다. 하지만 다섯 언니는 이미 오래전에 집을 떠났고 그 자리는 빈 의자로 남았다.

처음부터 우리가 친했던 건 아니지만 아버지와 어머니의 끊임없는 비교와 평가 탓에 우리 여섯 자매 사이에는 깊은 골이 생겼다. 은수 오빠를 따라 언니들도 각자 시험에 합격했다. — 그렇지 못했다면 그건 치욕이었을 것이다. — 하지만 아다치 사관학교 졸업과 동시에 언니들은 모두 결혼했다. 두둑한 재산과 거만한 목소리의 식민지 고위층에게 시집보내졌다. 명문 최씨 가문과 결혼하는 특권의 대가로 그 남자들은 아버지에게 선물을 바치고 철도 사업에 투자했으며 자기들만의 사교 모임에 초대했다.

언니들이 결혼식 날까지 한 번도 본 적 없는 남자들.

이것이 내 삶의 예정된 계획이기도 하다. 나는 이미 그들이 짜 놓은 속셈을 알고 있다.

봄에 시험에 합격하고 가을에 아다치 사관학교에 입학해 거기서 용의 정령으로부터 기 능력을 받은 후, 아다치의 군사 교관들에게 그 기 능력 사용법을 훈련받을 것이다. 그리고 마침내 동기들은 식민지 드래곤 행정부의 요직에 오르고, 새로 얻은 능력의 한계를 시험하는 동안 나는 언니들 뒤를 이어 아버지에게 유리한 인맥을 가진 가문과 결혼함으로써 나에게 주어진 최종 임무를 완수할 것이다.

황금 새장. 이것이 내 운명이 될 것임을 이미 수년 전부터 알고 있었다.

우리 가족은 전통에 얽매여 불타는 숲속에서도 나뭇가지를 놓지 못하는 나무늘보 같다. 그래서 우리가 이렇게 오랫동안 정상의 자리에 머물 수 있었던 것인지도 모른다. 수십 년의 참혹한 폭력과 무수한 왕권 교체, 심지어 왕가의 멸망을 거치면서도.

드래곤 제국이 호랑이 왕국을 정복하고 43년 전 우리나라를 식민지화한 후, 우리보다 더 명망 있었던 가문들은 몰락했다. 하지만 최씨 집안은 아니었다. 우리는 식민지의 드래곤 정부와 협력하며 수년에 걸쳐 살아남았다. 고개를 숙이고 순종하며 목숨을 부지해 왔다.

우리는 심지어 드래곤 제국식 이름까지 하사받았다. 드래곤 제국 고위층에 완벽하게 동화하려는 선의를 보이기 위해서. 우리의 호랑이 왕국 성씨는 최씨일지 몰라도, 아버지의 사업과 정부 인사들에게 우리는 이제 야마모토였다.

다른 삶을 꿈꾸는 것은 헛된 일이다. 집안의 여자들이 자신의 이력, 관심사, 또는 자신의 선택을 추구하는 건 엄격히 금지되어 있다. 전통, 전통, 전통. 바깥 세상은 빠르게 근대화되어 가고 있었지만 최씨 집안은 옛 규칙을 고수했다. 그래서 이 각본 속 주어진 내 역할을 하지 않으면, 아버지는 우리 가족의 명예가 망가질 것이라고 늘 말씀하셨다.

그 의미는 부모님의 뜻에 "예."라고 말하는 것이다.

보호자 없이 혼자 밖에 나가지 않는 것을 의미했다. 절대로.

아니면 최소한 들키지 않는 것이다.

어머니가 나를 쳐다보고는 아직 손도 안 댄 국그릇으로 의미심장하게 시선을 보낸다.

나는 재빨리 진하고 뽀얀 사골 국물 한 숟가락을 입에 넣고 억지로 삼켰다. 국물이 너무 부드럽고 걸쭉해서 구역질이 날 것 같았다. 하루종일 먹은 게 없지만, 당최 식욕이 생기지 않았다.

나는 진짜로 규율을 어기는 사람이 아니다. 규율을 어긴 언니들이 어디로 끌려갔는지 봤고, 그래서 나는 문제가 생기지 않도록 조심했다. 하지만 어젯밤 철장 안에 갇혀 있던 그 짐승에 대한 생각이 나를 사로잡았다. 어떤 설명할 수 없는 이끌림이 나를 책상에서 창문 밖으로, 그리고 내가 한 번도 동행인 없이 가 본 적 없었던 기도의 거리로 끌어냈다. 식민지 정부와의 긴밀한 협력 덕분에 우리 가족은 도살 의식에 참석하지 않아도 되었지만, 내 호기심은 가라앉지 않았다. 나는 그곳에 가야만 했다.

이제 그 기억들은 내 뇌리에 깊숙이 새겨져 있다. 결박당해 몸부림치는 호랑이의 젖은 눈이 어떻게 떨렸는지, 힘없는 제물을 보고 군중이 어떻게 함성을 질렀는지를 말이다.

그리고 누군가가 나를 봤다. 거기서 나는 누군가에게 목격되었다. 하지만 누구에게? 그게 누구였을까?

"어젯밤 도살 의식에서 무슨 일이 있었는지 들었어?" 마치 내 생각을 알고 있는 것처럼 은수 오빠가 갑자기 묻는다.

나는 찻잔을 주먹으로 꽉 쥐었다. 오빠가 뭔가 알고 있나?

"분명히," 은수 오빠가 입을 뗐다. "호랑이 머리가 잘렸는데 다시 살아난 거야. 장교 중 한 명의 다리를 거의 박살 낼 뻔했지. 그걸 떼어 내는 데 한 시간이나 걸렸고, 그 장교는 크게 다쳤어. 흉터가 영원히 남을 수도 있대."

나는 다른 얘기가 더 있나 하고 숨을 죽이고 기다렸다. 오빠는 국그릇을 얼굴까지 들어올리고는 바닥까지 싹싹 비웠다.

거기까지가 오빠가 알고 있는 전부인 것 같다. 아직 그는 모르는 모양이다. 나는 겨우 들릴 듯 말 듯 안도의 한숨을 내쉬었다.

은수 오빠가 손가락을 튕겨 바위를 반으로 쪼개는 능력이 있는지는 모르겠지만, 내 마음속 생각과 감정을 이해할 순 없을 것이다. 그가 아무리 애를 써 봐도. 물론 걱정은 안 된다. 오빠는 그런 노력조차 안 할 테니.

"매우 불길한 징조구나." 아버지의 얼굴이 굳어졌다.

아버지가 기술이나 제국의 기보다 징조나 영적인 영향력 같은 어떤 우월한 힘을 가진 것들에 대해 말씀하시는 것은 드문 일이다. 나는 그게 무슨 뜻인지 묻지 않으려고 혀를 깨물었다. 도살 의식에 대한 어떤 관심도 드러내지 않는 편이 더 낫다는 것쯤은 나도 알고 있다.

"아들! 이 문제에 대해서는 더 이상 말하지 말아라. 특히 밖에서는 더욱더. 알겠지? 제국은 늘 옳다." 아버지는 선언하듯 말씀하신다. 그러고는 침통한 목소리로 계속 이어 갔다. "이사오 총독에게 무척 힘든 시기다. 부랑자들이 민간 근로자를 약탈, 공격하고 있고, 시골에서는 저항의 움직임이……. 하층민들은 전쟁에 관심이 없어. 양반으로서 또 제국의 대표자로서, 이 젊은 반란군과 불순 세력이 드래곤 제국의 위엄을 훼손시키지 않도록 하는 것이 우리의 책무다."

"네, 아버지." 은수 오빠가 고개를 끄덕인다.

"처형식에서 호랑이 머리가 되살아 난 게 마지막으로 언제였는지 기억이 가물거리는구나." 아버지는 곰곰이 생각한다. "흉조다. 앞으로 무슨 문제가 생길지도 모르겠구나."

문제라면……?

나를 알아본 그 아이는 누구였을까? 생각에 잠긴 듯한 밤갈색 눈동자는 너무나 낯익었다. 전에 그 아이를 본 적이 있을까.

그 아이는 내 이름을 알고 있었다. 소학교 남학생? 아니면 아버지 사업 동료 중 한 명의 아들인가? 하지만 그 녀석의 옷은 양반이라고 하기엔 너무나 허름해 보였는데…….

그 아이가 누구였든 나는 그가 내 비밀을 지켜주길 간절히 바랄 뿐이다. 누군가, 어디선가, 내가 집안의 규칙을 어기고 몰래 집 밖으로 나갔다는 사실을 알고 있다. 그건 그 누군가가 어디에서건 내 인생을 파멸시킬 수도 있다는 것을 의미하기도 했다.

생각이 꼬리에 꼬리를 물고 있던 와중에 하인이 어깨 너머로 보리차를 따른다. 내가 깜짝 놀라 움찔하는 바람에 들고 있던 찻잔을 놓쳤다. 뜨거운 차가 내 손 위로 떨어지더니 옆에 있던 은수 오빠의 맨발 위로 쏟아졌다.

"아이씨!" 미처 막을 새도 없이 욕지거리가 나왔다.

"은지야! 말 조심!" 아버지가 특유의 인상을 쓰며 버럭 호통을 치신다.

은수는 괴성으로 비명을 지르면서 벌떡 일어나 고통스럽게 얼굴을 찡그린다. 마치 나를 때리려는 듯 주먹을 들었다가 내가 움찔하는 모습을 보고는 손을 내린다.

고개를 숙여 나의 무례에 대해 급히 사과하면서도 손을 덴 화상의 통증으로 얼굴이 일그러졌다. 중년의 풍채 좋고 온화한 성품의 하녀 문희는 안절부절못하며 아버지를 힐끔거렸다. 다행히 아버지의 차가운 시선은 그녀보다는 나에게 꽂혀 있었고, 문희는 기어들어 가는 목소리로 용서를 구하고는 수건을 가져오려 황급히 방을 나섰다.

은수 오빠는 과장된 몸짓을 이어 가면서 원하는 만큼 관심 끌기에 성공했다고 생각했는지 조용해지면서 숨을 깊이 들이켰다 내쉬며 상처 부위에 기를 모으는 동작을 했다. 그의 발에 있던 붉은 화상 자국이 서서히 옅어지더니 사라졌다. 은수는 부모님이 그에게 눈길은 주고 있는지 확인하려고 슬쩍 쳐다본다.

아버지는 그 광경을 보고는 흡족한 듯 천천히 고개를 끄덕였다. 은수 오빠가 기 능력을 사용할 때마다 아버지는 질투심과 자부심이 뒤섞인 표정을 짓는다. 제국이 통치를 시작했을 때 아버지는 열여덟 살이었지만 그 나이는 기 훈련을 배울 수 있는 나이를 두 살이나 넘긴 나이였고, 게다가 호랑이 식민지 출신에게 아다치 사관학교 입학을 허용한 것은 그후 12년이나 지난 뒤였다. 그래서 아버지는 자신이 받지 못한 교육을 자식이 받을 수 있도록 우리 가문을 제국과 친밀하게 만드는 데 평생을 바쳤다.

어머니가 조용히 내 옆으로 다가왔다. 점잖은 양반 부인답게 움직이면서도 내내 시선은 바닥에 고정한 채 되도록 주위에 어떠한 관심도 끌지 않도록 모든 일을 처리했다.

"아야." 어머니가 내 손을 자신의 손바닥에 올려 상처를 살피자 신음이 흘러나왔다.

"그냥 가벼운 화상이네요. 내일이면 나을 거예요." 어머니는 입꼬리를 가볍게 올리며 조용히 말씀하신다.

최씨 가문 여자들은 고통스러워도 웃어야 한다.

이제 아버지의 시선은 나를 향했고, "은지야! 너는 도대체 정신을 어디다 팔고 있는 게냐?" 내 부주의함을 꾸중했다.

"저 애는 곧 시집가겠죠. 그러면 남편의 골칫거리가 될 거예요." 은수 오빠가 빈정거린다.

은수 오빠가 남편이라고 콕 집어서 조롱하는 것에 부아가 치민다. 마치 내가 모르는 무엇인가를 알고 있는 눈치다.

이미 그런 얘기가 오가고 있다면 나도 알았으면 좋겠는데…….

"아버지……." 아버지의 심기를 건드리지 않으면서 궁금한 걸 물어보는 적절한 말을 찾고 있다.

두 남자가 나에게로 시선이 향했을 때 하인 소년이 손에 수건을 들고 방으로 들어왔다. 아마 문희가 아버지의 노여움을 피하려고 자기 대신 하인 소년을 보낸 모양이다. 소년은 고개를 숙이고 식탁 밑으로 들어가 무릎을 꿇고 바닥에 엎질러진 차를 닦았다. 나는 남자들을 쳐다보는 대신 원을 그리며 열심히 마룻바닥을 닦고 있는 소년의 손을 지켜보았다.

"그래 은지야, 무슨 일이냐?" 아버지가 재촉하신다.

막 말을 하려는 순간, 하인 소년이 고개를 들었다.

온몸에 소름이 돋았다. 젓가락이 식탁 위로 뚝 떨어졌다.

아니. 그럴 리 없어.

"은지야, 대체 뭐가 문제냐?" 아버지의 목소리에 조바심이 묻어난다.

"아, 아무, 아무것도 아니에요. 죄송해요." 나는 더듬거리며 내 무릎을 쳐다봤다.

은수 오빠가 짜증스럽다는 듯 코웃음을 친다. 하지만 들리지 않는다. 갑자기 귓속에서 깊은 경고음이 울렸다. 다시 한 번 더 그 하인 소년을 쳐다보지 않을 수 없다. 소년은 덥수룩한 흑갈색의 머리카락에 어둡고도 생각에 잠긴 듯한 갈색 눈동자로 의아한 표정을 한 채 나를 올려다본다.

그러더니 그 순간 그가 싱긋 웃는다. *마치 난 네가 한 일을 알고 있다는 듯이.*

그 아이였다. 틀림없이 그였다. 어제 도살 의식에서 나를 알아봤던 사람가 이 하인 소년이다.

어떡하지? 내가 뭘 할 수 있을까?

고작 호랑이를 보겠다고 몰래 밖으로 나가다니. 왜 그리 어리석었을까?

내게 남은 약간의 자유마저도 잃을 위험을 감수할 만한 일이었나?

바보, 멍청이, 모지리.

상상의 나래 속에서 끔찍한 생각들이 펼쳐진다. 하인 소년이 동전 몇 푼 때문에 아버지에게 못되게 속삭이는 모습, 이어지는 호통과 체벌, 그리고 학교로 돌아갈 때까지 집 밖을 나갈 수 없다는 바깥출입 금지령, 고통과 감금의 나날들, 이 모든 것이 내가 무모하고 어리석게도 보호자 없이 혼자서 밖으로 나갔기 때문이다.

정신을 차려 보니 하인 소년은 이미 옆방으로 사라진 뒤였다.

안 돼, 절대 이대로 두고 볼 순 없어. 가만히 있을 수 없지.

나는 식탁 아래에서 다리를 빼내 몸을 일으켰다.

모두의 시선이 나에게 쏠린다. "죄송해요. 몸이 안 좋아서요." 말을 툭 던지고는 "잘 먹었습니다." 황급히 중얼대며 방을 뛰쳐나갔다.

"저기, 잠깐만." 나는 하인 소년을 쫓아 옆방으로 뛰어들어가며 낮은 목소리로 쏘아붙였다. "너!" 소년은 뒤를 돌아보고는 자신을 가리키면서 고개를 갸우뚱했다. 무슨 일인지 모르겠다는 것처럼.

"그래 너! 어, 그러니까……." 당황해서 말이 끊겼다. 그 하인 소년이 우리 집에서 일한 지 꽤 되었지만 나는 그 소년의 이름도 몰랐다.

내가 그를 살피는 동안 하인 소년은 고개를 떨구더니 나의 눈을 피하고 다른 곳을 응시했다. 내 또래로 보였지만 키는 나보다 더 컸다. 마른 골격 때문에 더욱 훤칠해 보인다. 그의 몸 — 팔꿈치, 어깨, 턱선 — 은 온통 예리한 선으로 이루어진 것 같다.

하지만 헝클어진 머리카락 밑으로 드러난 그의 얼굴은 순해 보인다. 착해 보인다.

"승입니다. 이승." 말을 많이 안 해서인지 낮고 약간 쉰 듯한 소년의 목소리에 놀랐다. 목소리의 저편에는 웃음기가 서려 있다. "괜찮습니다. 저라도 기억 못했을 거예요."

그의 입 주위가 미세하게 떨린다. 이런 대범한 태도에 화를 내야 할지 존경해야 할지 혼란스러웠다. 또 비죽거리며 웃으려는 건지 아니면 긴장한 탓인지 구분이 되지 않았다. 아무튼 은수 오빠나 부모님이 언제든 불쑥 들어올 수 있는 이 상황에 방 한가운데 덩그러니 서 있는 것이 영 불안했다.

이대로는 곤란해.

"그래, 이승!" 하인 소년의 팔을 움켜잡았다. 그의 얼굴에서 웃음기가 순식간에 가시고 깜짝 놀라 뒤로 휘청거린다.

"잠시만요."

그러고는 식품 저장고로 통하는 마룻바닥 덮개를 걷어올려 그를 잡아끌고 내려갔다. 문을 당기자 단무지와 김치의 톡 쏘는 냄새가 확 퍼진다. 그곳은 어둡고 냉기로 가득했다.

"우와." 승이 헛기침하며 흙벽에 몸을 바짝 붙인다.

이곳 지하에서는 식당에서 나는 그릇 소리나 가족들의 목소리가 거의 들리지 않는다. 훨씬 좋았다.

"잘 들어, 우리 둘 다 여기에 왜 있는지 잘 알고 있어."

"저는……;" 소년이 말을 더듬는다. "우리가 왜 여기에 있는지 잘 모르겠는데요."

나는 손바닥으로 벽을 탁 내려치면서 턱을 소년에게로 바짝 들이댔다. "그래?"

한기로 몸을 떨고 싶은 충동을 참아 내며 소년이 굴복하기를 기다리며 잠자코 있었다.

인간은 침묵 속에서 진실을 말하기 마련이다. 나는 이 기술을 아버지가 충성심 없는 동료들이 제국에 반역적인 의견을 품었다고 폭로할 때 보고 배웠다. 둘째 언니 은영이 금서인 호랑이 역사책을 몰래 가지고 있다가 들켜서 자백하는 걸 지켜보며 알았다.

언니가 모진 매질을 당하던 그때의 비명과 광경을 결코 잊을 수 없다. 아버지가 내게 가르쳐 준 게 있다면, 비밀 앞에서는 누구도 믿을 수 없다는 것이다. 가족도, 친구도, 하인이라면 더욱더.

"저기……, 감히 제가 말할 입장은 아니지만……," 승이 입을 열었다. "만약에 누군가 지금 문을 연다면…… 이 상황이 좀 이상해 보이지 않을까 싶어서요."

내가 그 말뜻을 알아차리자 소년이 말끝을 흐린다.

어둠침침한 저장고, 비좁은 공간, 소년과 내 입술은 거의 닿을 듯 가까웠다. 미혼인 처녀가 남자와, 더구나 자신과 신분이 다른 이성과 단둘이 이렇게 가까이 있는 것은 엄연히 금지된 일이다.

나는 황급히 뒤로 물러섰다.

"어제 나를 본 거 알고 있어." 용건만 말하고 빨리 여기를 빠져나가야 한다.

승은 말이 없다. 어떤 대답을 할지 고민하는 듯했다.

"어디서 봤다는 거예요?" 소년이 조심스럽게 되물었다.

순간 희망에 들떠, 내가 착각했기를 바랐다. 아마 그가 날 못 봤을 수도 있어! 아무것도 모를 수도.

"아, 도살 의식을 말하는 거군요." 소년이 답했다.

나는 소년이 더 이상 말하지 못하게 급히 손으로 그의 입을 막았다.

"감히 네가 본 걸 다른 누구에게도 말하지 마! 경고했다. 알아들었어?"

소년이 참았던 숨을 내쉬자 따뜻한 숨결이 내 손바닥을 스친다. 그리고 손을 들어 내 손가락을 집고는 조용히 내 손을 끌어내렸다. 움직임은 차분하고 잡은 손은 부드러웠지만, 어둠 속에서 그가 나를 노려보는 눈빛은 느낄 수 있었다. 온몸으로 발산하는 그의 불쾌감이 전해 오는 듯했다.

심장이 내려앉았다. 심한 행동이었다.

"그래, 어…… 미안." 나는 거칠었던 행동을 거뒀다. "입 다무는 대가로 얼마를 원해? 얼마면 돼?" 나는 급하게 주머니를 뒤져서 은화와 금화를 꺼내 한 손 가득 내밀었다.

사실 이 돈은 수고료나 비상금으로만 쓰려고 했는데, 이 상황은 비상 상황과 맞먹는 거나 다름없다.

저장고의 어둠 속에서 승이 내 손을 응시한다. 닫힌 문틈으로 스며드는 희미한 빛에 금속 동전들이 소년을 향해 반짝거린다.

"모자라면 더 줄 수도 있어." 다급하게 덧붙였다. "필요한 만큼 얼마든지 줄 수 있어. 하지만 내가 보호자도 없이 밖에 나갔다는 말을 우리 가족에게 하지 말아 줘. 제발."

멍들고 피 흘리던 은영 언니의 모습이 생생하다. 아버지가 언니 책들을 갈기갈기 찢어 불 속으로 집어던졌을 때 활활 타오르던 불꽃이 떠올랐다. "부탁이야."

승의 침묵이 길었다. 서늘한 공기 속에 번지는 그의 하얀 입김만 겨우 보일 뿐이다.

"거두세요." 그의 목소리가 극도로 진지하다. "아가씨 돈은 필요 없어요."

얼굴이 굳어졌다. "그럼 뭘 원하는지 말해 봐."

소년이 쓴웃음을 지으며 고개를 돌린다. 다시 말하기 시작했을 때 그의 목소리에서 웃음기는 사라지고 없었다.

"뭐 하시는 겁니까?" 그가 묻는다. "저를 시험하는 건가요? 뇌물 따위는 안 받습니다. 그랬다간 쉽게 쫓겨난다는 것쯤은 잘 알고 있습니다."

그가 불신으로 몸을 움츠린다. 주인의 딸이라는 이유로 나를 향한 적개심을 누르고 있는 게 분명하다.

"돈을 받아 줘, 부탁이야." 나는 애원했다. "속이려는 뜻은 없어. 정말이야. 나 혼자 밖에 나간 사실을 가족들이 절대로 알면 안 돼. 제발 아버지한테 말하지 않겠다고 맹세해 줘. 그럼 다시는 귀찮게 안 할게.”

소년이 내 손 안에 움켜쥔 돈을 내려다본다.

“이게 당신네들이 문제를 해결하는 방식인가요?” 말소리가 부드러웠다. “돈 몇 푼 쥐어 주면 모든 게 다 없었던 일이 되나요? 그게 당신들이 살아가는 법이죠. 안 그래요?”

따귀를 맞은 것처럼 얼굴이 화끈거렸다. 속으로 떨고 있는 것만큼 목소리가 떨리지 않기를 바랄 뿐이다.

“이봐!” 천천히 입을 열었다. “넌 내 인생에 대해 아무것도 모르잖아. 난 내 문제를 그렇게 간단히 해치울 수 없다고.”

“네, 그렇겠죠.” 비아냥거리는 말투다. “수놓은 비단옷을 걸치고 대궐 같은 집에서 매일 진수성찬을 먹는 게 얼마나 힘드시겠어요.”

“넌…… 내 처지가 어떤지 모르잖아…….”

“그럼, 굶주린 배로 잠든 적이 있나요?”

할 말을 못 찾고 입을 다물었다.

소년은 멈추지 않았다.

“동트기도 전 살을 에는 얼음장 같은 비를 뚫고 동생 신발 사 줄 돈을 모으려고 일터까지 십 리를 걸어가 본 적 있어요? 본인 외에 다른 것이나 다른 사람을 걱정했던 건 언제였나요?”

손을 꽉 쥐었다. 다만 벌겋게 달아오른 내 얼굴을 그가 알아보지 못하길 간절히 바랄 뿐이었다.

“있잖아,” 나도 화가 나서 쏘아붙였다. “그래! 배를 곯으며 잔 적은 없어. 또 네가 어떻게 살아왔는지 난 알지 못해. 네 눈에는 내 인생이 편해 보일 수도 있어. 그래도 넌 네가 원하면 언제든지 밖에 나갈 수 있잖아. 안 그래?”

“무슨 말을 하는 거예요?” 그의 얼굴이 일그러진다.

“알아 둬, 친구! 여기도 꽃길만 펼쳐진 게 아니라는 걸.”

이런 말들이 어떻게 튀어나왔는지 모르겠지만, 내 안에서 둑의 제방이 한순간에 무너지듯 터져나왔다. 분노가 폭발했다.

"이곳이 집 같아 보이지만 감옥이기도 해. 내가 이 담장을 벗어날 수 있는 유일한 길은 나보다 나이 많은 남자 보호자와 같이 가는 것뿐이야. 그 사람이 내 모든 행동을 감시하지. 절대 혼자서는 나갈 수 없어. 결단코. 항상 누군가의 감시 아래에 있는 심정이 어떤 건지 알기나 해?" 울분을 토하며 그의 가슴팍을 손가락으로 찔러 댔다.

"집 안이라고 더 나을 것도 없어. 정신이 혼미해질 때까지 밤낮으로 공부해서 끊임없이 시험을 치고, 똑똑하지 못하다 빠르지 않다 언니들만큼 예쁘지 않다는 소리를 들어. 그리고 시험에서 수석을 못하면 난 패배자이자 집안의 수치가 될 거야."

소년이 뭐라고 중얼거린다.

"뭐라고?" 되물었다.

"적어도 아가씨에게는 기회라는 게 있다고 말했어요."

말을 멈췄다.

"이해가 안 돼요, 시험 말이에요." 소년이 씁쓸하게 말을 이었다.

그가 무슨 말을 하려는 거지? 혼란스러워 이마가 찌푸려졌다.

"다들 시험을 쳐. 필수로 해야 해. 그건 공정하고 능력 중심 사회를 만들기 위한 무료 국가고시야."

열심히 외운 교과서에서 나오는 문장처럼 말이 술술 나왔다. 아마도 실제로 열심히 암기한 교과서 내용이라 그렇겠지.

"정말 그렇게 배웠나요?" 그가 허탈하게 웃는다. "시험제도가 진짜 실력 위주라면 어째서 우리 동네 출신은 아무도 통과 못 하는 걸까요?"

뭐라고 대답할 말이 없다.

"저에게는 아가씨가 누리는 과외도 수업도 도와줄 이도 없어요. 교과서도 살 형편이 안 되죠." 그가 중얼거린다. "시험을 제대로 볼 기회만 있다면

뭐든 하겠어요. 기 능력을 가지고 좋은 직장에 들어가서 평생 힘든 일만 하
는 삶을 피하는 거죠. 하지만 저에겐 그런 걸 가질 기회가 없어요. 앞으로도
영원히 없을 거예요. 아가씨가 겪고 있는 일이 본인에게는 힘들다고 생각
하겠죠. 아가씨에게는 그럴 거예요. 그렇다고 제가 아가씨를 가엽다고 생
각하길 바라지는 마세요.”

난 여태껏 시험이 고통이 아닌 다른 의미일 수 있다는 걸 생각해 본 적이
없었다. 그래서 누군가에게는 그 시험에 응시할 기회를 얻는 것이 얼마나
절실한지 상상조차 못 했다.

조용히 손을 내려 동전을 도로 주머니에 넣었다. “그래. 그럼, 이건 없던
일로 하자.” 그러고는 그에게 말했다.

“그보다 더 좋은 생각이 있어.”

·3·
승

"오늘 저녁은 이게 전부예요?" 호영이가 작은 목소리로 묻는다.

호영이는 밥상을 내려다보며 낙담한다. 엄마는 우리가 시장에서 사 온 낟알이 섞인 쌀을 찬장 가운데 찻잔에 담아 두셨다. 우리 네 식구가 나눠 먹으려면, 인당 겨우 몇 숟가락 정도밖에 안 될 양이다.

"이번 주에 또 쌀밥을 먹으려면 나머지는 아껴야 해, 호영아." 엄마가 온화하게 답하신다.

아버지가 깊은 한숨을 내뱉자 순간 얼굴의 주름이 선명해진다. 이렇게 오래 일했는데도 요것밖에 못 번다는 게 도무지 믿기지 않는다는 표정이다.

우리 각자 앞에는 주린 배를 채워 줄 묽은 순무국 한 그릇이 놓여 있다. 어제 최씨네 저택에서 본 진수성찬과 비교하면 이 묽고 죽 같은 국물은 초라하기 그지없다. 사랑이 담긴 음식이긴 했지만, 입맛을 돋울 수는 없다. 더구나 오늘 아침 초가지붕을 청소하다가 벌레 몇 마리가 끓는 냄비로 떨어졌는데 국물을 버릴 수 없으니 코를 막고는 벌레를 숟가락으로 조심스레 건져 냈다. 지금 그걸 내려다보자니 속이 영 편치 않다.

종일토록 내 마음은 자꾸 어제 지하 김치 저장고에서 나눴던 대화로 돌아갔다. 간밤 잠자리에서도 계속 은지의 제안이 머릿속에서 맴돌았다. 내 인생을 바꿀 가능성이 있다는 그 말.

"아버지한테 내가 보호자 없이 밖에 나간 걸 말하지 않겠다고 맹세해." 은지가 내게 엄포를 놓는다. "맹세하고 약속을 지킨다면……, 그럼 내가 시험 준비하는 방법을 가르쳐 줄게. 네게 필요한 모든 걸 확실히 알려 줄게. 싸울 수 있는 기회가 생길 거야. 약속해."

내가 가르쳐 줄게.

정말 그럴까? 진짜로 나를 가르쳐 줄까? 이게 내게 기회일까?

어젯밤까지만 해도 내 미래는 언제나 제한된 선택지밖에 없었다. 아버지처럼 금광에서 막노동꾼이 되는 것. 기 능력은 꿈도 꿀 수 없을 것이고……. 출세를 하거나 제대로 된 소득이 있는 직업을 가질 기회도 없을 것이다.

하지만 시험에 합격하면 모든 게 달라질 수 있다.

시험에 통과한다면 내 인생은 하루아침에 바뀔 것이다. 일단 안정적이고 좋은 수입이 보장되는 식민지 행정부에서 평생 직장을 보장받을 수 있다. 게다가 기 능력을 얻게 되고, 드래곤 제국 사람들과 대등하게 맞설 수 있는 존엄성과 자긍심도 갖게 될 것이다.

빈말이 아니다. 최씨 가문은 수년간 자녀들을 철저히 훈련시켜 왔고, 최상급 과외 선생에 거금을 들였다. 은지의 형제자매들 모두 이 지방에서 최상위권으로 시험에 통과했다. 분명 기도에서 내가 뭘 준비해야 하는지 아는 사람이 있다면, 그건 바로 최은지다.

그러나 나는 은지나 다른 학생들에 비해 몇 년이나 뒤처져 있다. 은지의 도움을 받는다 치더라도, 시험까지는 8개월밖에 남지 않았다. 그 격차를 따라잡기에 충분할지 모르겠다. 앞으로 배워야 할 양이 어마어마하다.

그래도 어젯밤 잠들지 못하고 누워 있을 때 내 안에서 꿈이 꿈틀대기 시작했다.

은지가 한 제안의 의미를 깨닫기 시작하면서 일순간 평생 닫혀 있을 거라고 생각했던 문이 열리는 느낌이었다.

탈출구가 있다면? 헤쳐 나갈 길이 있다면?

솔직히 말해 은지가 보호자 없이 밖을 몰래 돌아다니는 걸 봤다고 그녀의 부모님께 말할 생각은 전혀 없었다. 어떤 결과가 따르는지 알기에 그녀가 그런 일을 겪게 할 수는 없었다.

하지만 은지가 그걸 알 필요는 없다.

차라리 그녀가 내가 일러바칠 수 있다고 여기는 편이 나을지도 모른다. 내게 절실한 한 가지, 내 인생을 벗어날 수 있는 황금 열쇠를 그녀가 줄 수 있다면 말이다.

"왜 그러니, 승아?" 엄마가 묻는다. "뭐가 좋아서 그렇게 웃고 있어?"

나는 정신이 번쩍 들어 몽상에서 깨어났다. 밥상 주위에서 엄마, 아빠, 호영이가 잔뜩 기대하는 표정으로 나를 바라보고 있다.

새 과외 선생님에 대해 말해야 할까? 망설였다.

하지만 안 돼. 할 수 없어. 은지와의 약속을 지켜야 한다.

그 의미는 다른 누구도 우리의 거래에 대해 알아서는 안 된다는 뜻이다.

"저 표정 알겠는데." 아빠가 웃는다. "여자애지? 승이한테 새 여자 친구가 생긴 거야."

"승이 형 여자 친구 생겼어요?" 호영이 들떠있다.

"어머, 성급하게 결론부터 내리진 말자고요." 엄마가 웃는 낯으로 호영이의 등을 쓰다듬는다. "승이 인생에 특별한 사람이 생겼다면 우리가 제일 먼저 알게 될 거야. 그렇지, 승아?" 엄마가 내게 눈을 찡긋한다.

"음……." 뭐라 둘러댈지 애쓰느라 말을 더듬거렸다. "나는……."

쾅! 쾅! 쾅!

일제히 문 쪽으로 고개를 돌렸다.

우리 모두 얼어붙었고 숨이 턱 막혔다. 저렇게 노크하는 사람은 단 한 명밖에 없다.

안 돼 ― 오늘 밤은 안 돼.

쾅! 쾅! 쾅!

아버지가 한숨을 토해 냈고 순식간에 10년은 더 늙어 보였다. 뻣뻣하게 몸을 일으켜 터벅터벅 걸어가 마지못해 문을 열었다.

문 밖에는 검은 모자를 쓴 경찰이 무표정한 얼굴로 서 있다. 드래곤 제국 사상경찰로 검은 양복을 입은 히요시 경관이다. 우리 마을 구역의 비밀경찰 책임자로, 마을 사람들이 가장 두려워하는 인물이다.

히요시는 가늘고 깔끔하게 손질된 콧수염과 석탄처럼 생기 없는 무채색의 눈을 가졌다.

매끄러운 젖빛의 하얀 손에는 서류판 하나, 서류 가방, 그리고 가느다란 검은 펜이 들려 있다.

"검사 시간이다." 히요시 경관이 외친다.

"히요시 경관님." 아버지가 즉각 고개를 숙이며 드래곤 제국의 어투로 바꾼다. "이번 달 검사는 이미 받지 않았습니까?"

"또 검사일이야." 히요시 경관이 그의 텅 빈 얼굴만큼이나 감정 없는 목소리로 말한다.

무거운 침묵이 방 안에 내려앉았다.

아버지가 인상을 찌푸리며 옆으로 비켜서서 경찰을 우리 집 안으로 들인다. 히요시 경관이 문지방을 조심스럽게 넘으며 아버지 옆을 지나면서 천천히 그의 발뒤꿈치를 아버지의 발가락 위에다 내리찍었다. 아버지는 이를 악물었다. 그가 한 발짝 더 내디디니 그제야 그의 신발이 벗겨진다.

히요시는 한 칸짜리 우리 집 안을 돌아다니며 천천히 찬장을 열고 물건들을 뒤적거린다. 소름 끼칠 정도로 세세하게 단 1제곱센티미터의 공간도 남기지 않는다.

그가 무엇을 찾고 있는지 묻는 것은 소용없다. 드래곤 제국 경찰은 자신들의 행동을 절대 설명하지 않는다. 그들은 언제든지 원하는 곳 어디든 들이닥쳤다. 국가의 막강한 권력을 등에 업고 있었기에 우리는 따를 수밖에 없었다.

경찰이 다녀간 곳에는 소문이 무성했다. 최근에는 기도 계곡의 외진 시골과 식민지 곳곳에 저항군, 호랑이 독립운동 조직원들이 숨어 있다는 얘기가 나돌았다.

그래서 경찰은 독립운동의 기세가 모이기 전에 주민들 사이에서 그 지지자들을 색출해 제거하는 데 혈안이 되어 있다.

반란군과 아무 관련이 없으니 우리 가족은 안전할 것이다. 그래도 사상경찰은 위험하고 절대적인 권력을 가지고 있어 그들의 심기를 건드려선 안 된다.

히요시 경관은 이제 우리 부엌 찬장을 살펴보면서 호영이와 내가 시장에 들고 갔던 커다란 마대 자루 안을 훑어본다. 경찰은 낮게 신음을 내뱉었고 그의 콧수염이 일그러진다.

그가 쌀자루의 입구를 묶더니 서류 가방 옆에 내려놓았다.

"히요시 경관님." 아버지가 힘없이 반발한다. "그…… 자루를 통째로 가져가는 건 아니시죠?"

경찰이 그저 창백한 하얀 손을 들어올리자 아버지는 말을 멈췄다.

히요시 경관은 무자비하게 계속 찬장을 열어 안을 살펴본다. 그는 찬장 뒤편 구석에서 집안의 가보인 도자기 접시 한 쌍을 꺼냈다. 우리집의 유일한 귀중품으로, 부모님 결혼식 때 외가에서 보낸 작별 선물이었다. 표정 하나 바뀌지 않고 경찰은 서류 가방에 그 소중한 접시들을 집어넣었다.

"부탁입니다, 경관님." 아버지가 애원했다. "무슨 일 때문에 이러시는지 모르겠습니다만, 우리는 경관님의 지시를 항상 따랐는데요."

히요시 경관은 믿을 수 없을 만큼 재빠른 동작으로 돌아서더니 아버지의 옷깃을 움켜쥐고는 비틀어 벽으로 밀어붙인다. 나무 벽이 삐걱거렸고 아버지가 기진맥진하며 숨을 헐떡였다.

기 능력을 가진 히요시 경관은 성인 남성을 헝겊 인형 다루듯 쉽게 들어 올릴 수 있었다. 히요시가 잡았던 손을 놓자 아버지가 바닥에 주저앉는다. 그러더니 가방을 들어 접시들을 안에 넣고, 정확하게 시계 방향으로 몸을 돌렸다. 우리 가족은 그가 우리의 쌀과 어머니의 가보 접시를 들고 방을 걸어 나가는 걸 망연자실 바라만 보았다.

밥상에 조용히 앉아 있던 나는 분노로 온몸이 불타올랐다. 우리는 맞서 싸울 수 없었다. 지켜보는 것 말고 우리가 할 수 있는 건 아무것도 없었다.

아버지가 머리를 문지르며 일어난다. 뒤편 벽에는 그가 내동댕이쳐졌던 충격의 흔적이 선명했다. 아버지는 고통스럽게 비틀거리며 밥상으로 돌아와 앉으셨다. 고개를 떨군 채로.

목덜미에 열기가 오르는 걸 느낀다. 너무 화가 나 미칠 지경이다.

"저들이 왜 우리를 짓밟는지 아시죠?" 떨리는 목소리에 말이 쏟아져 나왔다. "우리가 약하다는 걸 아니까요. 우리를 옴짝달싹 못 하게 만들었다는 걸 아는 거죠."

밥상 건너편에서 호영이가 겁먹은 표정으로 몸을 움츠린다.

"승아." 엄마가 달랜다.

나는 이를 악물고 주먹을 꽉 쥐면서 밥상에서 일어섰다.

"나갔다 올게요." 낮게 중얼거렸다. 그리고 경관이 나간 방향으로 문을 나섰다.

치밀어 오르는 분노를 품고 대문을 닫았다. 밖으로 나오자 서늘한 밤공기가 목덜미를 식혀 주었다. 언덕길을 터덜터덜 내려가며 무작정 걸었다. 이곳을 벗어나야 한다는 생각 말고는 아무것도 머릿속에 없었다.

우리는 평생을 드래곤 제국 사람들에게 괴롭힘을 당해 왔다. 군인, 경찰 심지어 본토 섬에서 이주해 와 장사를 시작하는 변변찮은 상인들한테까지도. 저들은 이곳이 마치 자기 소유인 양 활보하고 다니면서 — 사실 그렇긴 하지만 — 언제든지 자신들의 기와 힘으로 우리에게서 원하는 건 무엇이든 뺏을 수 있다는 사실을 우리가 안다는 걸 저들도 알고 있다.

우리가 저들 앞에서는 꼼짝 못 한다는 것도 저들은 안다.

그래서 저들은 우리를 공포에 떨게 하고 계속 주눅들게 만들려고 날마다 그 힘을 휘두른다.

오늘 아버지가 당한 매질을 내가 얼마나 많이 당했는지 헤아릴 수도 없다. 갈비뼈가 부러지고 온몸을 덮은 멍 자국은 겹겹이 쌓여 영원히 아물지 않는 상처로 남았다.

구원을 바라듯 하늘을 올려다본다. 은하수 별들이 반짝거리며 나를 내려다보고 있다.

내가 시험에 합격해 — 속에서 분노가 끓어오른다 — 기 능력이 생긴다면, 저들이 감히 다시는 우리를 업신여기지 못할 것이다.

최씨 저택으로 향하는 길가 시냇물이 경쾌하게 흐른다.

경찰이 다녀간 지 일주일, 은지와 내가 저장고에서 밀담을 나눈 뒤 일주일이 지났다.

산길 마지막 모퉁이를 돌자 최씨네 대저택이 눈앞에 펼쳐졌다. 저택의 앞쪽은 당당하고 화려하게 장식된 흙담이 에워싸고 있고, 한가운데는 거대한 전통 방식의 대문이 자리 잡고 있다. 대문에는 드래곤 문자로 정갈하게 쓰인 최씨 가문의 표식이 커다란 붓글씨 족자로 걸려 있다.

하인들만 드나드는 쪽문으로 슬그머니 들어가며 대문 안 간이의자에 앉아 무료해 보이는 문지기에게 고개를 끄덕였다. 이곳에서 일한 지도 일 년, 이제는 눈 감고도 이 집 약도를 그릴 수 있을 정도다. 뜰 옆 창고에서 청소 도구를 들고 나와 중앙정원을 가로질러 은지가 머무는 서쪽 안채로 향했다.

정성스럽게 꾸며진 안뜰에는 돌을 깎아 만든 구불구불한 오솔길 위로 벚나무가 숲을 이루고 자그마한 무궁화꽃 덤불이 벚꽃 나무 아래에 은은한 자태를 드러내고 있다.

정원의 봄은 숨이 막힐 정도로 아름답지만, 지금처럼 늦가을에도 여전히 절경이다. 그 모든 것 뒤로, 웅장한 기와지붕 너머 산의 어두운 자태가 조용히 하늘로 솟아올라 있다.

나는 길게 숨을 들이마시고 내쉬며 넋을 잃고 바라보았다.

공들여 손질된 벚나무 아래를 지나며 나무 가까이 몸을 기댄다.

손가락을 들어올리자 나뭇가지가 흔들리며 튕겨 돌아오고 잎사귀들이 나풀거린다.

가끔 이곳에 오면 바깥세상을 잊을 수 있다.

이 모든 아름다움에 취해 고개를 살짝 흔들고는 서편 안채로 들어섰다. 청소 도구를 들고 신발을 벗었다. 그러고는 저택 끝 거의 사용하지 않는 응접실로 걸어간다.

문을 열었다.

안에는 은지가 등을 보인 채 창문 옆 책상에 앉아 있다. 공책에 뭔가를 열심히 쓰느라 몸을 바짝 구부리고 있고, 바다 거품 같은 초록색 치마가 발목 아래로 내려와 바닥을 덮고 있다. 우아한 연분홍 블라우스가 그녀의 어깨를 감싸고 곱게 땋은 머리는 등 뒤로 길게 늘어뜨렸다.

아치형 문간에 서서 잠시 그녀를 지켜보았다. 그녀를 방해할까 봐 망설여졌다. 은지가 집중하느라 입술을 삐죽거리며 짜증스러운 표정을 짓고, 책상 아래 발은 무의식적으로 까딱거린다.

하는 수 없이 나는 조심스럽게 헛기침을 했다.

"어머!" 그녀가 몸을 획 돌려 돌아본다. "들어오는 소리 못 들었어."

“방해해서 죄송합니다, 아가씨.” 응당 최씨네 하인이면 그렇듯 고개를 숙였다. “방 청소를 하러 왔습니다.”

“그럴 필요 없어.” 은지가 코를 찡긋하며 대답한다. “그런 인사말 말이야. 청소도 마찬가지. 아무도 이 방을 사용하지 않거든.”

“하지만 제 일인 걸요…….” 나는 복도 쪽을 힐끗 보고는 창문으로 지나가는 사람이 있는지 확인했다.

아무래도 방에 그녀와 단둘이 있다는 게 어색했다. 어쨌거나 최씨 가문의 자손인 최은지니까. 그녀가 내 시선을 따라간다.

“여긴 우리 둘뿐이야, 걱정 마.” 그녀가 마치 비밀을 공모하는 듯한 목소리로 작게 속삭였다. “원래 이 구역을 청소하던 하인을 동쪽 건물로 보냈거든.”

“네? 아니 왜?”

“우리 둘만 있기 위해서지.” 그녀의 웃음기가 사라졌다. “그리고 그냥 은지라고 불러. 알았지? 편하게 말해도 돼.”

가슴이 철렁했다. 나는 그녀를 정면으로 보는 걸 피하려고 응접실 내부를 둘러보고 눈 둘 곳을 찾으려 애썼다. 벽은 우유처럼 따뜻하고 순백색의 고급 벽지가 둘러져 있고, 은과 비취 손잡이가 달린 커다란 금속 함이 방구석에 위엄 있게 놓여 있다. 벽에는 물에 발을 담그고 있는 학 한 마리와 막 날아오르기 시작한 학을 그린 그림이 걸려 있다.

“주제넘은 말 같지만……,” 머뭇거렸다. “그 하인이 왜 갑자기 자기를 다른 구역으로 옮겼는지 궁금해하면 어쩌죠? 우리 둘이 함께 있는 걸 들키면…… 더 의심스러워 보일 텐데요?”

“그러니까 안 들키면 되잖아.” 은지가 팔짱을 낀다.

“그래요, 안 들키는 데 일가견이 있으시니까요.”

그녀가 턱을 치켜들자 얼굴에 짜증이 잔뜩 묻어난 게 보인다.

나는 자신을 책망했다. 이 기회를 놓칠 수 없다. 그녀가 필요했고 그녀만

이 내 유일한 기회다. 하지만 시작부터 좋지 않다. 은지를 더 이상 자극해선 안 된다. 우리 둘 다 서로의 인생을 완전히 파멸시킬 수 있는 치명적인 정보를 쥐고 있는 동안에는 말이다.

다행히 은지 역시도 그 사실을 잘 기억하고 있는지 인상을 풀고 어깨를 으쓱한다.

"있잖아," 그녀가 해명한다. "우리가 뭔가 나쁜 일을 하는 게 아니잖아. 너는 그냥 이 방을 청소하러 온 거고, 난 때마침 여기에서 공부하고 있었을 뿐이야. 안 그래?"

"그렇긴 하죠." 안심이 됐다. 나는 양동이와 대걸레를 바닥에 내려놓았다. "저는 제 일인 청소를 하는 겁니다."

"난 공부 중이고."

"맞습니다."

"그래."

나는 걸레를 들고 방 가장자리부터 먼지를 털기 시작했다. 은지가 탁자 위로 책더미를 늘어놓더니 책을 집어 책장을 넘긴다.

"우선," 교과서를 훑어보며 그녀가 중얼거린다. "지금 어느 정도 알고 있어? 여태까지 미리 준비한 거라도 있어?"

"저를 그냥 백지 상태라고 생각하세요."

"아……," 그녀가 놀라 고개를 든다. "그렇다면…… 서둘러야 해. 시험까지는 8개월밖에 안 남았으니 네 가지 영역을 다 섭렵하려면 과목당 2개월씩 잡아야겠네. 드래곤 제국의 역사, 고전문학, 기 수련의 철학 기초 그리고……."

"수학이 있죠." 내가 마저 말했다.

"백지 상태라며?" 은지가 웃는다.

"지난 봄 아가씨가 과외 선생님과 수학 공부하던 거 기억하세요? 삼각함수에서 막혀서 고생했던 거요. 문제를 풀 때마다 시간 끌려고 연필심 계속 부러뜨려서 나중에 제가 다 치웠죠."

"흠, 연필심 주운 것 말고 얻은 게 더 있다는 소리 같네."

"그럴지도 모르죠." 가슴 속에 희망이 부풀어 올랐다.

"그럼 확인해 보자."

내가 방 청소를 하는 동안 은지는 책을 펼쳐 소리 내 읽기 시작했다.

"드래곤 제국이 호랑이 왕국을 식민지로 삼은 지 몇 년이나 됐지?"

"대략 40년쯤."

"정확히 몇 년이냐고? 몇 년 전?" 은지가 다그치듯 말한다.

그게 뭐 그리 어렵겠어? 속으로 생각하며 걸레에 손가락을 넣어 창틀과 벽이 맞닿은 모서리를 문질렀다. 난 평생을 이 제국에서 살았으니까.

"정확한 날짜를 알아야 하나요?" 머뭇거리며 물었다.

"정확한 날짜를 아는 건 아주 중요해. 안 그러면 문제 전체를 틀린다고. 시험관들이 세부 사항에 엄청 신경 쓰거든."

"잘 모르겠어요."

"43년 전이야. 드래곤 제국이 우리를 소위 뱀 여왕국의 속국이라는 지위에서 해방시켰지. 122대 드래곤 황제 즉위 21년이었어."

"해방시켰다고요? 한남시를 침공해 점령한 거 말하는 거죠?"

은지가 책을 내려놓더니 의미심장한 눈빛을 던진다.

"승아, 지금 배우는 건 드래곤 제국의 역사야, 호랑이 식민지 역사라 아니라. 이해했지?"

"그게 무슨 의미예요?" 어쩐지 화가 나서 얼굴을 찡그렸다.

"우리가 공부하는 건 제국 측의 역사관이야. 그건 정말 중요해. 알겠지? 시험지에 제국에 도전적인 내용을 쓰면 무조건 불합격이야."

말대꾸를 억지로 삼켰다. 이게 얼마나 어처구니없는 일인지 반박하고 싶었지만, 은혜도 모르는 학생으로 보이고 싶지는 않았다. 그리고 은지의 인내심을 더 이상 시험해서도 안 된다.

은지는 책을 돌려 내가 그녀의 어깨너머로 볼 수 있게 했다. 그녀가 그 페이지를 큰 소리로 읽는다.

동해는 고대부터 세 민족의 터전이었다. 그중 가장 위대한 민족은 언제나 드래곤 민족이었다. 강력하고 인자한, 이 비범한 섬나라는 필시 세계를 지배할 운명이다.

드래곤 제국은 기 능력의 근원이다. 그것은 용의 정령들이 드래곤 민족에게만 하시하신 은총이다. 다른 국가는 기를 갖지 못했다. 과거 기 능력은 오직 드래곤의 엘리트에게만 허용되었으나 제122대 드래곤 황제가 자비롭게도 이 기 능력을 드래곤 민족뿐만 아니라 세계만방에 나누겠다고 천명하셨다.

드래곤 제국은 동해로 뻗어 나가 우리의 가치, 첨단기술, 문화를 미개한 이웃 종족들에게 전파하였다. 다른 나라들이 드래곤 제국의 식민지가 되자 그들 중 가장 전도유망한 청년들이 선발되어 기 능력을 배우고 지배 계급으로 입성할 수 있었다.

호랑이 식민지가 이런 운명을 맞이한 것은 크나큰 행운이다.

중세의 호랑이 왕국은 순박한 농부들과 무당이 설치는 뒤떨어지고 목가적인 땅이었다. 기와 발전된 문명이 없어 호랑이 민족은 언제나 무지하고 가난했다. 수세기 동안 힘이 약한 호랑이 왕국은 뱀 여왕국의 속국이었지만 드래곤 제국에 의해 해방된 이후 호랑이 왕국은 드래곤 제국의 언어와 문화를 배워 빠르게 근대화되었다.

드래곤 제국의 숙적인 뱀 여왕국은 타락하고 낙후되었으며 범죄가 만연한 사악한 땅이었다. 근대 시대가 열리고 그들의 낡은 국가 체제가 무너지자 그들은 혼돈에 휩싸였다. 뱀 여왕국에 정의와 평화를 실현할 때가 왔다고 판단한 드래곤 제국의 제124대 황제는, 뱀 여왕국의 잔당들을 처단해 정의로운 세계전쟁을 벌여 이 사악한 국가에 기와 자유, 그리고 번영을 가져다주겠다고 선포했다.

"여기엔 드래곤 제국이 전쟁에서 밀리고 있다는 얘기는 없네요." 콕 집어 말했다.

"그냥 책에 있는 대로만 공부해." 은지가 툴툴거린다. "여기 적힌 문장을 모조리 다 암기해야 될 거야. 알았지?"

또다시 끓어오르는 반발심을 억누르며 문장을 외우기 시작했다.

몇 시간이 흘렀다. 공부량이 너무 많아 다 해낼 수가 없었다. 일하면서 가능한 한 많이 습득하려고 했다. 저녁이 다 될 무렵, 서편 안채 전체를 다 청소한 육체적 피로와 그토록 지겹고 모욕적인 내용을 너무 많이 외운 정신적인 노고가 합쳐져 나는 완전히 나가떨어졌다.

마침내 은지가 책을 덮고는 나에게로 다가와 내 품에 교과서를 밀어넣었다.

"너에게 줄게."

책 무게에 몸이 휘청거린다. 생각보다 무거웠다.

"이걸로 뭘 하라는 거예요?"

"서진(書鎭)으로 쓰든지."

눈을 깜박였다.

"농담이야." 그녀가 장난스레 말한다. "집에 가서 나머지 분량을 외워서 다음 주에 올 때 공부한 걸 나에게 말해 줘."

"이걸 전부 다요? 수백 쪽은 될 거 같은데……. 아직 본문은 시작하지도 못했는데……."

"아이고, 미안하네요." 은지가 놀리는 듯한 목소리로 손을 뻗어 책을 집으려 했다.

"시험에 합격하고 싶은 줄 알았는데 제가 잘못 생각했나 봐요."

"잠깐만. 아니에요." 거의 고함치듯 소리치고는 교과서를 안고 뒤로 물러섰다. "그러니까 제 말은…… 이게 공부할 전부냐는 뜻이었어요."

"흠……, 그렇군." 은지가 그 즉시 책상으로 다가가 보관함 속에서 얇은 종이 묶음을 꺼내 내 손 위의 교과서에 올려놓는다. "연습문제도 가져가."

나는 서둘러 집으로 돌아가 책을 꺼내 공부하고 싶은 마음이 간절했다. 산길을 얼마 내려가지도 않았는데 비가 내리기 시작했다.

부슬비이긴 했지만 경이로운 기분이 들어 멈춰서 손을 들어올렸다. 올해 가뭄은 정말 지독했다. 몇 달째 비가 내리지 않았다. 차가운 빗방울이 내 손바닥에 하나씩 톡톡 떨어진다. 땀 흘리며 힘들게 일한 뒤 느껴지는 시원한 비의 느낌이 좋았다. 내 얼굴에 미소가 번진다. 몇 주 만에 처음이었다.

"양반으로는 안 보이네."

목소리가 어디에서 나오는 건지 찾으려 주위를 살폈다.

하지만 산길엔 나 말고는 아무도 없었다. 숲속 나무 뒤 그늘에서 한 형체가 나타날 때까지는.

여자 아이였다. 내 또래 정도로 보였고 창백하고 거의 흰색에 가까운 피부에다 까치 깃털 같은 짙은 보랏빛 검은 머리를 하고 있었다. 눈 밑이 움푹 파인 게 여러 날 못 잔 얼굴이다. 화장기 하나 없었지만, 핏기 없는 얼굴은 달빛을 받아 윤기가 흘렀다.

그 아이가 나무숲에서 산길로 걸어 나왔다.

"틀림없네, 저 낡은 신발을 보니……." 두 번째 목소리가 그녀 뒤에서 들렸다.

어둠 속에서 두 명 더 슬그머니 나타나더니 첫 번째 아이 옆에 선다. 뒤에서 발소리가 들려 돌아보니 남자 셋이 나를 에워싸고 서 있다. 순식간에 내

58

모든 감각이 곤두선다.

포위된 채 뒤를 힐끗 보면서 뛰쳐나간다면 산길로 그들을 따돌릴 수 있을지 가늠해 보았다.

"맞아." 그들 전부를 내 시야에 담으려고 애쓰면서 조심스레 대답했다. "난 그냥 평민이야. 양반이 아니니 훔쳐 갈 것도 없지. 시간 낭비야. 너희가 원할 만한 건 하나도 없어."

"이봐 친구, 내 생각은 좀 다른데……." 창백한 얼굴의 소녀가 앞으로 나서며 말한다.

나머지 무리도 그 아이를 따르는 것 같다. "우리가 원하는 건 정보야. 너 같은 촌놈이 도대체 뭐 하러 밤늦게까지 대단한 최씨 집안 막내딸과 같이 있는 거야?"

소녀가 달빛을 가로질러 점차 다가오자 나도 모르게 온몸이 떨렸다.

"그냥 보내 줘. 문제를 일으키고 싶지 않아. 알겠지?"

"진정해, 친구! 고자질하거나 그런 거 아니야." 그녀가 달랜다. "답만 알고 싶을 뿐이지. 뭐 그 애의 비밀 남자친구인 거야?"

"무슨 말 하는지 모르겠네." 그녀와 눈을 맞추며 마음을 단단히 먹었다.

소녀의 가늘게 뜬 눈이 나를 응시한다.

"사실을 말해."

내 착각일 수도 있지만 그녀의 동공이 커지면서 흰자위를 뒤덮어 눈알 전체가 새까맣게 변했다. 마치 밤하늘이 두 쪽으로 갈라진 것 같았다. 내가 미처 멈추기도 전에 저절로 목구멍에서 말들이 쏟아져 나왔다.

사실을 말해.

"은지가 내 시험 준비를 도와주고 있어." 입 밖으로 말이 불쑥 나왔다.

턱을 치켜든 창백한 얼굴을 한 아이의 웃음소리가 밤하늘에 울려 퍼진다.

"어머, 귀여워라. 공부를 하다니."

소녀의 패거리들이 낄낄거리며 합세한다.

"그런 거에 시간 낭비 하지 마." 그녀가 느릿느릿 말을 이었다. "시험은 속임수야. 친구! 저들이 만든 게임 같은 거지. 우리를 정신 팔리게 만든 다음 뛰어넘으라고 만든 장애물이야. 다 쇼일 뿐이지. 근데 넌 우리처럼 식민지 출신이잖아. 정 힘을 낭비하고 싶다면 좀 더 진짜에다 써."

"예를 들면?" 화가 나서 받아쳤다.

"우리의 독립을 위한 투쟁 같은 깃 말이야." 소녀가 나지막이 몸을 기울이며 말한다.

경보음이 내 안에서 울린다.

이들은 반란군이다. 드래곤 제국에 맞서는 조직원이자 선동가들이다.

만약 이들과 함께 있는 걸 들킨다면 엄청난 곤경에 처할 게 뻔하다. 고문, 투옥, 아니 더 나쁠 수도 있다. 우리 가족은 영원토록 감시 당하며 살아야 할 것이다.

최대한 들키지 않게 빠져나갈 구멍을 살폈다. 도망치면 이들을 따돌릴 수 있을까?

창백한 얼굴의 소녀가 지루한 듯 코웃음을 치며 다른 이들에게 고갯짓을 보내자 나를 포위하던 세 명이 그녀 뒤로 물러섰다.

"바보 같은 짓이야." 그녀가 비웃는다. "빨리 정신 차릴수록 좋아. 사랑꾼 나리."

그러고는 그 소녀와 패거리들이 숲속으로 스르륵 걸어가 산비탈을 따라 내려가더니 순식간에 시야에서 사라졌다.

꾹 참았던 숨을 길게 내쉬었다. 다시 산길을 내려가려던 순간, 높고 날카로운 묘한 소리가 울렸다.

무슨 소리지?

눈살을 찌푸렸다.

산길을 벗어난 숲속에서 들려오는 짐승이 고통으로 울부짖는 포효 같은……. 본능적인 불안감이 온몸을 감싼다. 울부짖음은 더욱더 커졌고, 그것이 무엇이든 부상을 입고 괴로워하고 있다.

현명한 판단은 아니었지만 나는 조심스레 산길에서 벗어나 숲속을 살폈다. 산비탈은 덤불이 너무 빽빽해서 앞이 보이지 않았다. 보슬비에 몸이 젖어 한기가 파고든다.

바로 그 순간, 그 사람을 발견했다.

진흙탕 위에서 몸부림치고 있는 누군가가 어렴풋이 보였다.

속옷만 걸친 채 벌거벗은 키가 큰 남자가 거기에 있었다. 그의 손목과 발목은 모두 묶여 있고 눈가리개가 씌워져 있다. 놀라서 움찔하는 순간, 발에 밟힌 나뭇가지들이 딱 소리를 내며 부러졌다.

남자가 고개를 휙 뒤로 젖히고 입을 열었다.

“누구요?” 그가 다급하게 외친다. “제발 좀 도와주시오.”

나는 숨을 헐떡이며 어둠 속으로 물러났다.

익숙한 목소리다. 그는…… 히요시 경관이었다.

“습격 당했소.” 비밀경찰이 절박하게 소리친다.

“반란군들이 나를 때리고 결박하고 여기에 죽으라고 내버려뒀소. 제발 나를 풀어 주시오. 꼭 보상하리다.”

눈앞의 광경을 믿을 수 없었다. 숲속의 이 벌거벗은 남자가 며칠 전 우리 집에 당당히 들어왔던 위세등등한 경관의 껍데기라니. 그는 온몸이 젖고, 두려움에 떨고 있는 완전히 무방비 상태였다.

원한이 생긴 건 당연했다. 마을 사람들 물건을 약탈했으니 자업자득인 셈이다.

그는 날 보지 못했다. 내가 누구인지도 모를 것이다.

추위에 좀 떨고 나면 다음에 우리의 물건을 훔치는 걸 다시 생각해 볼 것이다. 내가 그를 내버려뒀다는 걸 알 리도 없고.

경관이 바닥에서 계속 몸부림치며 도와 달라고 애원했다. 나는 무심하게 지켜보다가 발길을 돌렸다.

한참 후 집으로 가는 길 거의 끝에 다다랐을 때쯤에야 뭔가 이상한 사실을 알아챘다. 아까 경관이 도와 달라고 외칠 때 틀림없이 호랑이말로 얘기했기 때문이다.

·4·
은지

"이건 공평하지 않아." 내가 따졌다.

"응?" 승이 바닥에 쪼그리고 앉아 고개를 들어 나를 본다. 우리의 두 번째 과외가 끝날 무렵, 나는 문틀에 기대어 그가 청소 도구를 정리하는 걸 지켜보았다.

"생각해 봐. 내가 너에게 쏟는 에너지와," 계속했다. "네가 나한테 쏟는 에너지를 비교해 보라고. 나는 가르치고, 준비하고, 채점하는데, 넌 내게 알려 주는 게 하나도 없잖아."

실제로 그랬다. 일이 너무 많았다. 월요일마다 승이 이곳을 청소하는 동안 나는 시험에 대비해 집중적으로 그를 가르치고 일주일 치 수업을 하루에 해치웠다. 그리고 다음 주 공부할 거리 — 교과서, 연습문제, 그밖의 자료 — 도 준비해서 집에서 공부할 수 있게 했다. 그 전주(前週) 답안을 채점해서 전달하는 것은 말할 것도 없고.

승이 물건 정리를 멈춘다.

"아가씨도 이걸로 뭔가 얻는 게 있는 거 아닌가요?"

얼굴이 붉어졌다. 인정할 수밖에 없다. 지난 2주 동안 좀 오묘했지만, 동시에…… 재미있었다.

난생처음, 내가 계획할 무언가가, 지켜야 할 비밀이, 대화할 상대가 생겼다. 하지만 승이 그걸 알 필요는 없다.

이미 그는 내가 건방지고, 현실 감각도 없고, 믿을 수 없는 양반집 딸이라 여겼다. 거기에 내가 외롭고 친구도 없다는 걸 추가해 나에 대한 인상을 너 나쁘게 만들고 싶지는 않았다.

"무슨 뜻이야?" 모른 척 물었다.

"나를 가르치면서 아가씨도 공부하는 거잖아요." 승이 반박했다. "어차피 해야 하는 거고요. 다른 사람을 가르치는 게 최고의 공부법 아니에요?"

틀린 말도 아니었다. 지난주 개인 교사의 모의고사에서 최고 점수를 받았기 때문이다.

"그래 맞아." 승의 말에 수긍했다. "그래도 이 약속이 불공평하다는 건 부정할 수 없어. 이걸 봐."

방문을 지나 방 가운데 있는 그에게 다가갔다. 몸을 굽혀 교재들 틈에 아직 배우지 않은 교과서를 꺼내 첫 페이지를 펼쳤다.

"예를 들어 아주 기본적인 질문부터 물어볼게. 용의 기는 어디서 나오는 거야?"

"어……," 승이 더듬거린다. "학교에서요. 아다치 사관학교."

"그래." 나는 계속 몰아붙였다. "하지만 그곳 학생들이 실제로 어떻게 기 능력을 얻게 돼? 어디서 나오는 건데? 시험에 합격하면 마법처럼 기를 얻게 되는 거야?"

승의 멍한 표정을 보니 감도 못 잡고 있는 게 분명하다. 책을 돌려 그에게 보였다. 펼쳐진 페이지에는 몸을 비틀고 있는 용 정령이 자기의 이빨을 드러내고, 그 옆으로 젊은 남자가 용 정령에게 고개를 조아리고 있는 그림이 나타났다.

"기는 영혼의 세계에서 나와. — 용 정령들로부터지." 차분히 설명했다. "인간이 기를 얻으려면 용 정령에게서 인정받아야 해. 다시 말해 용 정령이 너를 선택하고 기 능력을 내려주는 거지."

"아!" 승이 굳은 목소리로 답했다.

"고대에는 시험이 없었대. 용이 기를 가질 만한 자격이 있다고 생각되는 인간을 선택했어. 하지만 제국이 세워진 후, 정부가 용 정령에 대한 통제권을 독점하게 되자 그 이후로 용 정령에 대한 접근이 극도로 조심스러워졌고, 이제는 당연히 누가 기를 갖고 누가 갖지 못할지는 정부가 통제해."

승이 교과서를 자세히 들여다본다. 그의 미간이 찌푸려졌다.

"다음 질문," 나는 손으로 페이지를 탁 내려쳤다. "기를 가지면 어떤 능력이 생기지?"

"힘이요." 퉁명스러운 대답이다.

"그게 다야?"

페이지를 넘겼다. 이번에는 드래곤 복장의 젊은 남자가 무예를 연마하는 그림이 나왔다. 그의 발치에는 큰 돌이 반으로 갈라져 있고, 맞은편에는 산비탈을 오르는 젊은 여자의 그림도 있다.

"용의 기는 정말 엄청난 신체 능력을 줘. 또 버티는 힘도. 인간이 지치지 않고 몇 시간씩 이동하는 게 가능한 건 이 때문이야. 그리고 그보다 더 중요한 건……."

다음 페이지의 그림을 가리켰다. 젊은 남자가 상처 입은 복부의 깊은 상처에 손을 대고 있고, 뒤이은 그림에는 그 상처가 사라져 있다.

"용의 기에는 심각한 부상도 즉시 치유하는 능력이 있어. 그게 드래곤 군대를 물리치기 힘든 주된 이유지."

승이 입을 삐죽인다.

나는 책을 쾅 덮었다.

"결론적으로, 너는 몇 년이나 뒤처져 있다는 얘기야. 아주 기본적인 지식은커녕 시험에 나오는 높은 수준의 지식도 없으니까. 우리가 공부해야 할 양을 생각해 보면 내 도움 없이 이 시험에 합격할 가능성은 전혀 없다고 할 수 있지."

"그래서 뭐요?" 승이 짜증을 낸다. "그건 이미 다 아는 얘기잖아요. 먼저 제안한 쪽은 아가씨 아니었나요?"

"그래, 원래 제안은 내가 했지만 계산 착오였어." 말을 가로막았다. "그러니 이제 너에게 내가 얼마나 간절히 필요한지 느꼈을 거야."

속으로는 비웃고 있었지만, 그는 자기 얼굴이 창백해지는 것마저 가리지는 못했다.

"그래요?"

나는 우쭐대며 고개를 끄덕였다. "내가 너에게 일생일대의 기회를 주는 거지. 이젠 아버지에게 고자질도 못 할 걸. 네가 일러바치면 모든 게 끝이니까. 시험에 합격할 유일한 기회마저 전부 날아가 버리는 거지. 게다가 ……," 나는 상냥한 미소를 지으며 덧붙였다. "너도 협박할 사람은 아닌 것 같고."

둘의 시선이 부딪친다. 나는 과감하게 손을 뻗어 그의 어깨에 붙은 머리카락을 털어 냈다.

이게 통하려면 가짜 자신감이라도 필요하다. 나는 승을 시험하고 있다. 그가 내 뜻을 거스를지 아니면 내가 간절히 바라는 대로 내 비밀을 지켜 줄지 확인하고 싶다.

위험한 일이라는 건 안다. 하지만 승과 함께하면서 지난 2주 동안 규칙을 어기고 은밀히 반항하면서 내 안에 새로운 용기가 생겼다. 그래서 그가 내가 놓은 덫에 걸린다면, 나는 비로소 안심할 수 있을 것이다.

신경을 곤두세운 채 그를 응시하며 대답을 기다렸다.

"그래요. 난 협박 같은 건 하지 않아요." 승이 시인하며 몸을 움직인다.

안도의 한숨이 나오려는 걸 간신히 참았다.

승은 여전히 나에게서 시선을 떼지 않고 있다. "그래서, 요점이 뭐예요?"

"그러니까……." 말문이 막혔다.

솔직히, 승이 내 비밀을 발설하지 않는 걸 확인하는 데 너무 몰두한 나머지 대화가 어디로 흐를지 전혀 생각해 놓지 못했다. "말했잖아. 이건 공평한 거래가 아니라고."

"좋아요." 그의 날카로운 시선이 계속 나에게 머문다. "그래서 내가 뭘 어떻게 하길 바라는 건데요?"

이건 그의 도전인가?

참 건방지군. 아마 나에게 존댓말을 쓰지 말라고 한 게 실수였을지도. 승은 그 말을 곧이곧대로 새겼을 수도 있다. 어머니라면 분명 '하인 놈'이 나한테 이렇게 스스럼없이 말하는 것에 대해 꾸짖으라고 당부했을 것이다.

사실, 내 또래나 하물며 아버지의 직원이라도 나를 이렇게 허물없이 대한 건 난생처음이었다. 나는 양반들의 무관심한 태도나 다른 사람들의 지나치게 겸손한 아첨에 훨씬 익숙했다.

그런데 분노 대신, 승의 목소리에 담긴 날카로움에 어떤 전율이 느껴졌다. 그가 나를 동지로 보기 시작했다는 게 기분 나쁘지 않았다. 그리고 어쩌면 그도 그 사실을 알고 있을 것이다.

몸을 기울였다. "글쎄……, 승 네가 더 나은 조건을 제안해야 할 것 같은데……."

승이 아랫입술을 살짝 깨물며 천천히 고개를 끄덕이는 동안, 내 요구를 곱씹는 모습을 뚫어지게 보지 않으려 애썼다. 그가 머리를 긁적이며 방을 서성인다.

"음, 더 나은 조건이라……." 그가 낮게 되뇌며 엷게 미소 짓는다. 그러더니 이내 코웃음을 쳤다.

"뭐가 그렇게 웃겨?" 인상을 썼다.

"그게……," 그가 다시 웃으며 두 팔을 머리 뒤로 들어올렸다. "제가 아가씨에게 도대체 뭘 줄 수 있겠어요? 당신은 이미 모든 걸 가지고 있는데요."

"모든 건 아니야."

내 눈길이 제멋대로 움직이더니 창문으로 휙 향했다.

그러고는 시선을 바닥으로 돌렸다. 안 돼. 이래선 안 돼.

가질 수 없는 것을 요구해서는 안 된다.

"음," 승이 작게 말하더니 숨을 들이켰다. "오!"

내가 고개를 들었을 때 승의 얼굴이 환해져 있었다. 그에게 생각이 떠오른 것이다.

물론 나도 그게 정확히 무엇인지 안다.

"그건 안 돼." 즉시 말을 잘랐다. "생각도 하지 마."

"왜 안 돼요?" 승이 은근슬쩍 묻는다. "전에도 했잖아요."

"그건…… 단 한 번의 실수였어." 얼굴이 하얗게 질렸다.

그가 눈썹을 치켜올린다.

"판단 실수였다고." 나는 움찔하며 계속 말을 이었다. "그건 나답지 못했어. 제정신이 아니었어……."

사실이었다. 집을 몰래 빠져나갔던 건 전혀 나답지 않았다. 평소 나는 착한 딸 — 완벽한 딸 — 에게 요구되는 모든 것을 해냈다. 더도 말고 덜도 말고, 딱 그만큼만.

"그래요, 확실히 제정신이 아니긴 했죠." 승이 키득거린다. "아니, 그 비싼 망토를 입고 혼자 몰래 마을로 내려가다니. 더 빨리 들키지 않은 게 다행이에요. 아니면 강도를 만났을 수도 있었죠."

"이봐." 눈살을 찌푸렸다.

"아가씨는 분명 평범한 사람인 척하는 것에 대해 아무것도 모르시네요. 아가씨가 아무리 노력해도 평민으로 보이긴 힘들 거예요."

대꾸할 말이 없었다. 그가 옳다. 그래서 마음이 아팠다.

"내가 원한다 해도 이 시간에 건물 밖으로 나갈 수는 없어. 자정이 지나면 출입구마다 문지기가 지키고 있거든." 나는 따지듯이 말했다.

"모든 출입구는 아니에요." 승이 눈썹을 치켜올리며 대답했다. "하인들이 시장 갈 때 드나드는 뒷문은 아니죠." 그가 씁쓸하게 웃는다. "아가씨에게도 선생님이 필요해요. 이 저택뿐만 아니라 그 너머 세상을 아는 사람이요."

고개를 저었다. "그건 생각만 해도 끔찍해."

"그런가요?"

승이 재빨리 책을 내려놓고 창가로 가더니 창문을 들어올렸다. 목을 내밀어 이쪽저쪽을 살핀다. 그런 다음 창틀로 올라가 다리를 밖으로 내밀었다. 끙 하는 소리를 내며 몸을 내리고는 건물을 둘러싼 바깥 담벼락 위로 한 번에 한 발씩 내디디며 기어 올라갔다. 담장 기와지붕에 올라앉아 숨을 가다듬는다.

잠시 후 돌아서서 나를 향해 손을 내밀었다.

"올 거예요?"

"미쳤어?" 나는 창문으로 달려가 승에게 속삭였다.

"많이 무서워요?" 승이 씨익 웃는다. "거기 영원히 서 있을 거예요? 아니면 선수처럼 몰래 빠져나가는 법을 배울래요?"

코로 소맷자락 냄새를 맡고는 인상을 찌푸렸다. 승이 청소 도구함에서 꺼내 온 지저분하고 낡은 망토를 두르라고 고집했다. 이걸로 마룻바닥을 닦은 게 틀림없다.

재채기가 나오려는 걸 참고 있지만, 솔직히 이 더러움은 내가 느끼는 공포에 비하면 아무것도 아니었다.

승이 나를 하인들이 드나드는 뒷문으로 데리고 나가 골목에서 골목으로 능숙하게 길을 찾았다. 그는 이 일대를 구석구석 알고 있는 듯했다. 내 눈에는 어느 골목이나 다 똑같아 보였지만, 승은 언제 어느 샛길로 접어들어야 할지 정확하게 알고 있었고 예상치 못한 지름길로 들어섰다.

"우와!" 눈앞에 부드러운 금빛 등불들이 밤의 어둠을 밝히는 광경이 펼쳐지자 내 모든 의심은 사라졌다.

덩치 큰 남자들이 소주병을 부딪치며 고함을 지르고, 아기들은 칭얼대고, 어머니들이 아이들을 달래니 아이들의 까르르 웃는 소리가 들렸다. 그야말로 마을이 밤에 살아 움직였다. 길모퉁이에서는 늙은 거리의 악사가 가야금을 연주하고 그의 손끝에서 활이 느릿하게 떠다녔다. 악사는 턱을 가슴에다 축 늘어뜨린 채 음악에 취해 몸을 흔들었다.

이토록 자유로울 수 있다는 게 믿어지지 않았다. 집 밖에서, 내 마음대로. 우리는 마을 안으로 들어서 광장 쪽으로 걷는데 갑자기 승이 내 팔을 붙잡고는 골목 안으로 확 잡아끈다.

"왜 그러는……?"

"쉿!"

승이 손으로 내 입을 막는다. 큰길에서 드래곤 군인 두 명이 행진하고 있다. 그들 중 한 명이 다른 군인에게 말을 하자 그 병사가 낄낄 웃는다. 심장이 쿵쾅거렸다. 숨을 참았다. 그들은 우리를 보지 못하고 그냥 지나친다. 한숨을 내쉬며 벽에 기댔다.

"괜찮아요?" 승이 나를 살핀다.

"돌아가고 싶으면 돌아가도 돼요."

"아니!" 단호하게 말하고는 누더기 망토를 어깨에 바짝 여몄다.

마을 광장에 다다랐다.

나는 그저 그곳을 한번 보고 싶었다. 딱 한 번만이라도.

다시는 못 보겠지만.

"벌써 여기까지 왔는데 지금 돌아갈 수는 없어."

승이 감동한 표정으로 고개를 끄덕였다. 골목 모퉁이 밖으로 고개를 내밀어 큰길 쪽을 잠시 살펴본 후 다시 몸을 숨겼다.

"그래! 이렇게 하면 되겠다." 그렇게 말하고는 땅바닥에서 뭔가를 발견하자 그의 목소리가 갑자기 다시 밝아졌다. 그가 재빠르게 쪼그려 앉아 바닥에서 뭔가를 움켜쥐었다.

"그게 뭐야?" 내가 몸을 기울이며 물었다.

"너 지금 뭘……?" 승이 벌떡 일어서더니 축축한 엄지손가락을 내 뺨에 문질렀다.

그의 손은 온통 젖은 진흙 범벅이었다. 소리를 지르며 손으로 얼굴을 미친 듯이 닦아 냈다. 손끝에는 젖은 진흙이 묻어 있었다.

"너! 네 이놈!" 격분하여 그를 향해 달려들었다.

"이제야 그럴싸하네요." 승이 킥킥거리며 옆으로 몸을 비킨다. "아가씨 얼굴이 너무 말끔해서 눈에 띈단 말이에요. 믿으세요, 이게 도움이 될 거예요."

"그렇게 쉽게는 안 될 걸." 나는 그의 옷깃을 잡아 비틀고는 뒤로 끌어당겨서 손에 묻은 진흙을 그의 코에 묻혔다. "하!"

"뭐 아무렴 어때요." 승이 어깨를 으쓱하며 코를 닦고는 큰길 쪽으로 몸을 돌렸다.

"어차피 내 얼굴엔 늘 검댕이 묻어 있는데요, 뭐!" 그가 소리친다.

그를 따라 내려가면서 터져 나오려는 웃음을 참으려 이를 꽉 물었다. 나는 지금 이 상황에 무척 화난 상태여야 했다.

늦은 시각에도 장터는 사람들로 붐벼 시끌벅적했고, 상인들은 지나가는 행인들에게 목청 높여 물건을 사라고 외쳤다. 승은 인파를 헤치고 앞장서 갔다. 내 오른편으로 포목상이 큰 소리로 옷감을 팔고, 송어 파는 노파가 지나가자 비릿한 생선 냄새가 풍겨 왔다.

"아름다워." 감탄스러웠다. 나는 양동이를 거꾸로 놓고 앉아 새우를 까고 있는 한 무리의 여인들을 넋 놓고 바라보았다.

"정말요?"

"이렇게 많은 사람들이 있다는 게 믿어지지 않아. 게다가 저 물건들……한 번도 본 적 없는 것들이야…….."

승의 낯빛이 어두워졌다.

"이곳 장터는 예전과 달리 많이 변했어요. 전쟁이 시작되고 제국이 본격적으로 단속을 강화했거든요. 제가 어렸을 땐 여긴 온갖 빛깔의 한복을 팔았어요. 지금은 호랑이 의복이 엄격히 금지되어 있죠. 호랑이옷을 팔던 상인들은 대부분 영업면허를 뺏겼어요. 간신히 버티고 있는 가게들은……."

승의 말은 멈췄지만, 그 표정만으로도 미처 끝맺지 못한 말이 무엇인지 알 수 있었다.

양반들.

드래곤 제국에 협력하는 부역자들.

입안 가득 쓴맛이 번졌다.

어머니는 언제나 우리 선조들의 노력과 헌신에 자부심을 가지라고, 그리고 세상이 무너져도 우리 가족이 부귀영화를 누릴 수 있는 것이 얼마나 큰 축복인지를 잊지 말라고 일러주셨다.

나는 날렵한 턱선과 팔꿈치를 가진 승을 슬쩍 훔쳐봤다. 그러고는 깊게 파인 주름에 안색이 수척한 새우 까는 노인도 바라보았다.

"미안……해," 그 말이 마치 돌덩이가 툭 떨어지듯 내 입에서 나왔다. "나는……."

"아가씨 잘못이 아니에요." 승이 굳은 목소리로 말했다. 억지로 말하는 것처럼.

죄책감이 밀려들었다. 승이 순전히 의무감으로 이 자리에 있다는 사실을 깨달았고, 그가 우리의 약속과 아버지에게 고용된 하인이라는 이유만으로 나를 즐겁게 해 줘야 했다. 아마도 그는 저녁 시간을 다른 사람과 함께 보내고 싶었을 것이다.

승이 계속 앞장서서 나를 이끌었다. 내 눈길이 한 아주머니가 파는 걸쭉하고 시뻘건 국물 속에서 떡과 야채가 끓고 있는 큰 솥에 멈췄다. 나와 눈이 마주친 그녀가 수레 뒤편에서 커다란 꼬치 하나를 꺼내 들고는 흔들며 권했다. 상인은 능숙하게 재빨리 떡 네 개를 꼬치에 꽂아 들었다. 그 냄새가 공중에 퍼지더니 매운 향에 눈물이 찔끔 난다.

"육십 엔이야." 아주머니가 다정하게 웃으며 건넸다. 앞니가 대부분 빠진 그녀의 얼굴에 놀라지 않은 척하려 애썼다. 승에게 이런 처참한 가난은 처음 본다는 내색을 하고 싶지 않았다. 조금이라도 그녀를 돕고 싶은 마음에 고개를 끄덕였다.

지갑에서 드래곤 화폐를 꺼내려는 순간, 승이 내 손목을 잡고 막았다.

"육십 엔이라고요?" 그가 눈썹을 치켜뜨며 물었다. "아주머니 감사합니다. 하지만 됐어요."

그가 맛있는 떡을 나에게서 밀어내며 나를 앞으로 끌어당긴다.

"이거 정말 맛난 떡이라우." 상인이 끈질기게 강요한다. "제값은 한다니까."

"네, 맞아요. 하지만 같은 떡을 장터 건너편에서 훨씬 더 싸게 살 수 있거든요." 승이 응수했다.

"그럼 사십 엔에 가져가시구려." 상인이 마지못해 말한다.

나는 흔쾌히 고개를 끄덕였지만 승은 단호히 고개를 가로젓는다.

"사십 엔이면 떡 한 봉지하고도 집에서 만들어 먹을 수 있는 가격이네요. 여전히 비싼데요."

"삼십 엔, 그 이하는 절대 안 돼." 상인이 오만상을 찌푸렸다.

"이십 엔."

"이십 엔? 이십오 엔!"

"떡 주세요."

승이 호주머니에서 동전 몇 닢을 끄집어냈다. 그가 손안에 동전을 물끄러미 쳐다보더니 아깝다는 듯 떡 파는 상인에게 내민다.

"떡 한 꼬치에 육십 엔을 내려고 했어요?" 승이 믿을 수 없다며 중얼거렸다. "이건 그냥 떡에다 설탕과 고추장을 버무린 것일 뿐이에요. 도대체 물건 값에 대한 감이 없어요?"

나는 물건 값을 모른다는 사실을 인정하기가 너무 창피했다. 평생 내 돈으로 돈을 지불해 본 적이 없었다.

"사립학교에서는 그런 걸 가르쳐 줄 필요가 없긴 하겠죠. 그쵸?" 그는 떡 꼬치를 내 손에 쥐어주듯이 건넨다. 그를 제대로 쳐다보기 힘들었다.

"별다른…… 생각이 없었어. 그냥 그 아주머니에게 돈이 필요할 거라는 마음뿐이었어." 나 자신을 변명하려고 나직이 대답했다. "그저 돕고 싶었을 뿐이었는데."

승이 매몰차게 돌아선다. 확실히 내가 잘못 말했다는 걸 알았다. 심장이 덜컹 내려앉는다.

내가 지갑을 열었다. "내 몫을 내게 해 줘."

"넣어 두세요." 그가 나를 막는다. "떡 정도 살 돈은 있어요. 아가씨의 동정은 필요 없습니다."

그의 악다문 턱과 돈을 건넬 때 망설임을 보면 그의 말을 온전히 믿을 수 없다. 하지만 지금 내가 무슨 말을 한다 해도 승은 지금 내 돈을 받지 않을 것이다.

나는 자존심을 억누르고 붉어진 뺨으로 승을 흘깃거렸다. 그가 호기심 어린 표정으로 벽 쪽을 주시하는 것을 보고 그 시선을 따라 벽을 쳐다보았다. 돌벽에 양피지로 된 한 소녀의 초상화가 못으로 고정되어 있었다.

커다란 소녀의 눈은 현실에서는 존재하지 않는 깊고 어두운 자수정 색깔로 그려져 있고 풍성한 속눈썹이 눈을 감싸고 있다. 머리칼은 짙은 보라색이 감도는 검은색으로 칠해졌다.

벽보에는 간단한 짧은 문구가 적혀 있다.

현상 수배 : 이름 미상

까치 깃털 같은 머리를 한 소녀

대화하지 말 것

눈 마주치지 말 것

현상금 : 10만 엔

벽보를 살펴보던 승의 얼굴이 하얗게 질렸다.

"혹시 저 애를 알아?" 눈썹을 치켜뜨며 물었다.

승은 벽보 속 초상화에 머문 시선을 거두면서 어깨를 한 번 으쓱하더니 돌아선다.

나는 소녀의 정체가 궁금해 벽보를 다시 곁눈질했다. 장터 주변에는 똑같은 현상 수배 전단이 나무와 담벼락, 기둥 곳곳에 붙어 있었다.

10만 엔이라는 글씨를 굵은 글자로 표시해 나는 그녀가 그런 거액의 현상금을 걸 만한 어떤 죄를 저질렀는지 궁금했다. 틀림없이 외간 사내와 야밤에 저잣거리로 몰래 빠져나온 행동보다 훨씬 더 나쁜 죄일 것이다.

그건 그렇고 이 맛있는 떡을 한 입 베어 무는 순간, 마치 범죄를 저지르는 듯한 짜릿한 쾌감이 몰려왔다. 혀끝은 매운맛으로 얼얼했다.

승이 내가 먹는 모습을 빤히 쳐다본다. 입 한가득 떡을 넣고 와구와구 먹는 모습에 양반가 규수로서 체면을 구기자 얼굴이 확 달아올랐다. 이런 길거리 음식을 먹어 본 것이 처음이거니와 너무 맛있어서 믿을 수 없었다.

"좀 먹어 봐." 승에게 내밀었지만 사양한다.

"괜찮습니다." 쌀쌀맞다.

“돈은 네가 냈으니 맛이라도 봐야지.” 나도 굽히지 않았다.

비록 거절은 했지만 떡에서 떠나지 않는 그의 시선을 보고는 꼬치를 그의 손에 들이밀었다. 나는 그가 되돌려 주기 전에 황급히 몸을 돌려 걸어 나갔다.

떡볶이의 뜨끈하고 매운 열기로 온몸이 데워지고 나니 부끄러움 따위는 사라졌다. 왠지 모르게, 이곳에서 맛보는 신선한 음식이 집에서 먹은 그 어떤 음식보다 맛있게 느껴졌다.

“아가씨는 좀 다른 것 같아요.”

“그래, 그건 이미 네가 여러 번 확인시켜 줬지.”

우리는 읍내 밖에서 잠시 발걸음을 멈추었다가 강변의 한적한 길을 따라 집으로 향했다. 개천에는 두꺼비들이 울어 대고 잠자리들이 어둠 속을 날아다닌다. 밤하늘에 휘영청 뜬 달의 반쪽을 구름이 가리고 있다.

승이 멈춰 서더니 돌멩이 하나를 들어 개울에 물수제비를 뜬다. 돌멩이가 서너 번 튕겨 나가더니 물속으로 사라졌다. 다른 돌로 한 번 더 같은 동작을 했고 나는 그의 솜씨에 경탄했다. 여기서 그는 너무나도 자유로워 보였다.

“아니, 내 말은 내가 생각했던 거랑 조금 다르다는 말이에요.” 승이 돌멩이를 다시 던지며 말한다. “평소 모습하고는 다르다고요. 집에서 가족들이랑 있을 때 아가씨는 늘…… 좀 긴장하고 있는 것 같았거든요. 기분 나쁘게 듣지 마세요.”

“다른 사람들도 집에 있으면 그렇지 않나?” 집 생각을 하니 속이 울렁거렸다. 부모님이 지금 내가 한 일을 알면 난 진짜 끝장이다.

승이 어깨를 으쓱했다. “우리집은 아닌데. 우린 집에서 편하게 지내요.

아가씨네 집처럼 격식을 차리지 않거든요. 그런데 오늘 아가씨는 뭐랄까 전혀 다른 사람 같아요."

"어떻게 다르다는 거야?"

"내가 아는 평소의 최은지는 좀 더 과묵하다 할까? 말하자면 호랑이 왕국 권세가인 최씨 가문의 막내딸답게 단정하고 흠잡을 데 없이 항상 바른 말만 하는 모습이죠."

말이 이어졌다. "만약 내가 도살 의식에서 아가씨를 보지 않았다면 아가씨가 몰래 빠져나올 줄은 상상도 못 했을 거예요."

당연히 그는 나를 고분고분하고 온실 속 화초 같다고 여기겠지. 인정하긴 싫었지만, 승의 말이 맞을지 몰라 두려웠다.

승을 흉내 내보려고 돌멩이를 던져 봤다. 돌은 튕기지도 못하고 물속으로 그대로 첨벙 하면서 빠졌다. 승이 웃는다.

"아마도 내가 달라 보이는 건…… 내 기분이 달라서 그런가 봐." 작게 속삭였다.

"그게 무슨 뜻이에요?"

나는 인상을 찡그리며 돌을 하나 더 던졌다. 또 풍덩.

"모르겠어." 막상 말을 뱉고 나니 탁 트인 야외에서, 숲과 강으로 둘러싸인 이곳의 공기 속에 있는 기분이 어떤지 정확히 깨달았다.

살아 있다는 느낌.

나는 실눈을 뜨고 집중하면서 다시 물수제비에 도전했다. 세 번째 역시 앞의 두 개처럼 그냥 물에 빠져 버렸다.

"약간 튄 것 같은데요?" 승이 몸을 숙이며 말했다.

"아니야. 물에 바로 빠졌어."

다시 다른 돌을 집었다. 던지고 또 던졌다. 계속 실패해도 굽히지 않았다. 이제 이건 게임이다. 나는 반드시 이겨야 한다. 승은 재밌다는 듯 팔짱을 끼고 보고 있다.

마침내 여덟아홉 번쯤 시도 끝에 성공했다! 돌멩이는 개울 위를 세 번 통통 튀다가 물속으로 사라졌다.

"됐어!" 두 손을 번쩍 들어 환호했다. 깡총깡총 춤도 절로 나왔다. "해냈다고, 하하!"

"그만 하면 나쁘지 않았어요." 승의 얼굴에 미소가 번진다.

우리 둘은 팔이 아플 때까지 돌을 던진 후 반쪽짜리 달빛이 비치는 강둑에 기대어 앉았다.

"시험에 합격하면 인생이 어떻게 변해요?" 승이 묻는다. "아가씨는 형제들을 지켜봤으니 알잖아요."

나는 몸을 일으켜 숲 쪽을 바라봤다. 아득하면서도 서글픈 기분이 내 안에서 퍼진다.

"시험에 합격하면 드래곤 제국 본토의 멀리 떨어진 섬에 있는 아다치 사관학교로 보내져."

승이 끄덕인다.

"거기서 용 정령이 너에게 용의 기를 내려 주지. 그런 다음 그걸 쓰는 법을 전수받아. 기본적으로 1년 과정의 군사학교라고 할 수 있지. 다른 학생들과 용의 기 마스터들과 기숙하면서 훈련하는 거야."

"기대되겠네요……, 가족과 떨어져 지내는 거." 승이 곁눈으로 나를 살핀다.

"아다치 사관학교는 자유로운 곳이 아니야. 군사학교라고." 나는 어깨를 으쓱했다.

"은영 언니 말로는 아다치에서는 아침부터 밤까지 엄격한 일과에 따라야 한대. 여학생을 비롯해 많은 학생이 나중에 드래곤 군대에 들어가기도 하지만…… 최씨 집안 딸들에게는 그저 신붓감으로서 자격을 증명하는 것에 불과해."

은영 언니는 학교에서 돌아오자마자 한남시 광산 재벌가 장남과 혼인했다. 그녀는 숨막히는 집에서 또 다른 숨막히는 집으로 거처를 옮긴 셈이었다.

그녀가 집을 떠나고 2년 후 다시 만났을 때, 아이 하나는 허리춤에 또 다른 생명은 뱃속에 품고 있었다. 그 기억을 떨쳐 내려 나는 발밑에 돌을 주워 손가락으로 만지작거렸다. 참 매끄럽다.

여기 개울가에 있으니, 마치 꿈꾸는 것 같다.

"아가씨는 그렇게 신나 보이지 않네요." 승이 나를 살핀다.

"내가 왜 그래야 하는데? 그냥 내가 해야 할 일 중 하나일 뿐이야. 아버지 사업 파트너 중에서 우리 가문에 가장 유리한 집안 아들에게 시집가는 게 일 년 앞당겨진다는 의미 정도야."

"낭만적이네요."

"원래 그런 거야. 언제나 그래 왔고. 그래서 나도 그걸 따르는 거지."

"진심이에요?"

고개를 돌렸을 때 승이 입꼬리를 살짝 올린 채 나를 뚫어지게 쳐다보고 있었다.

"물론이지!" 헛기침이 나왔다.

"흠." 그가 의심스럽다는 듯 되물었다.

"뭐, 아가씨 진심이 그렇다면야."

"나를 못 믿는 거야?" 그의 시선이 좀 더 오래 머무른다. 그리고 어깨를 으쓱하더니 강 쪽으로 몸을 돌렸다.

"야!" 내가 들고 있던 돌멩이를 승의 무릎 위로 던졌다.

"뭐요." 그도 돌을 던져 응수한다.

"네가 뭘 생각하는지 말해 봐." 씁쓸한 웃음이 입 밖으로 새어 나오고 말은 툴툴거린다.

승이 빙그레 웃는다. "글쎄요, 나도 잘 모르겠어요. 다만 아가씨는 여기 밖에서 너무 행복해 보여요. 스스로 바깥으로 나온 거 말이에요. 내가 틀렸을 수도 있지만, 아가씨는 집보다 여기를 훨씬 좋아하는 거 같은데, 아닌가요?"

개울의 매끈한 수면을 바라보는 승의 시선을 따라갔다. 환한 달빛이 물결의 일렁임으로 흐트러지고 있었다.

"난 하나도 자유롭지 않아." 푸념을 뱉었다. "그냥 허상일 수도 있어."

"그럴지도요." 승이 답한다.

"하지만 만약에 자유로워질 수 있다면요?"

그를 쳐다봤다. 표정이 심상치 않다.

"나를 봐요! 예전에 나는 시험에 통과할 수 있는 기회라는 건 생각해 본 적이 없었어요. 과외 선생을 고용하는 건 꿈도 못 꿨죠. 백만 년이 지난다 해도요. 나 역시 그런 운명에 순종하고 있었어요. 그렇지만 지금은…… 달라요. 아가씨가 나한테 다른 길을 보여 준 거예요. 희망이 생긴 거죠. 아가씨도 자신을 위해 그걸 찾을 수 있다면? 자신이 바라는 미래의 모습이요."

"네가 무슨 말을 하는지 하나도 모르겠어……." 말끝을 흐렸다.

"왜, 안 돼요? 상상해 보세요. 그냥 장난삼아, 내 말대로 해 봐요."

"아버지가 날 죽이려 들 거야." 나도 모르게 말이 터져 나왔다.

하지만 그 생각은 어둠 속에서 반짝이는 별처럼 내 머릿속에 박혀 버렸다.

그래 만약에……?

"그러니까…… 설령 뭐든 할 수 있다면……."

"헉!" 승의 목소리가 갑자기 차가워졌다. "이게 뭐지?"

"뭔데?"

"아가씨, 이걸 봐요."

승이 허리를 굽혀 바닥에 있는 뭔가를 살펴본다. 나는 그의 뒤로 다가가 그가 가리키는 곳을 내려다봤다. 진흙탕 속에 커다랗고 이상한 형태의 뭔가가 있다.

발자국이었다.

발바닥 중심으로 네 개의 큰 발톱을 가진 거대한 동물의 것이었다. 바로 몇 주 전에 있었던 그 사건이 내 뇌리를 스친다. 쇠사슬. 떨리던 눈빛의 그 짐승. 그러나 이 발자국들은 방금 생긴 것이다. 몇 주 전의 것이라고 보기 어려웠다.

우리 둘은 눈을 마주쳤다.

"설마 그 짐승이라고 생각하는 건…… 아니죠?" 승이 내 눈을 직시하며 말했다.

"호랑이," 나는 온몸에 한기를 느끼며 고개를 끄덕였다. "틀림없어."

·5·
승

"이것 봐," 은지가 속삭인다. "아직 축축해."

발자국을 자세히 보니 그녀의 말이 맞다.

전율이 몸을 타고 흐르고 소름이 돋는다.

놈의 꼬리가 나무 판상 위에서 불안한 듯 좌우로 흔들린다. 그 생명체의 눈동자는 마치 안에서부터 발산하는 듯한 기이한 강렬함으로 빛난다.

흔적으로 봐선 이 숲속에는 다른 호랑이도 있는 것 같다. 그리고 놈들은 멀리 있지 않다.

머리 위 반달이 세상을 부드럽게 비추며 주변 풍경을 회백색 빛과 그림자로 물들인다. 개울은 고요히 숲을 가로지르고 수면은 완벽하게 맑아서 마치 유리가 흐르는 것 같다.

"승……?"

은지가 놀라움과 두려움 그리고 적잖은 흥분이 뒤섞인 표정으로 나를 올려다본다.

내 심장 역시 요동친다.

쿵쾅, 쿵쾅, 쿵쾅.

한 가지는 분명했다. 호랑이는 위험하다.

이런 사실은 모를수록 더 좋다. 그렇지 않으면 우린 비밀경찰에게 괜한 표적이 될 수도 있다.

"아가씨! 집으로 돌아가는 게 좋겠어요." 일어서면서 옷에 묻은 흙먼지를 털었다.

은지가 아랑곳하지 않고 주변을 계속 살핀다. 산 계곡에서 불어오는 바람에 그녀의 머리가 살랑살랑 흩날렸다. 용맹함과 순수함이 혼재된 그녀의 표정에 나는 가슴 한 구석이 아려 왔다.

발자국에서 눈을 돌려 숲을 바라보던 은지가 몸을 부르르 떤다.

"저길 봐, 더 있어."

은지가 가리킨 곳으로 시선을 옮기자 또 다른 발자국이 보였다.

그리고 또 하나 더.

발자국은 강가에서 시작해 산으로 이어지고 있었다.

"아가씨," 다시 입을 열었다. "이젠 그만 가 봐야……."

은지가 하얗게 질린 채 내 손목을 꽉 붙잡는다. 그녀가 보고 있는 쪽으로 고개를 돌리니 내 눈에도 그것이 들어왔다.

노랗게 번들거리는 두 개의 구슬.

나무 아래 어두운 수풀 속에서 우리를 노려보고 있다. 첫 번째 앞발이 어둠 속에서 모습을 드러냈다.

이젠 정말로 온몸의 털이 다 곤두섰다.

검은 코가 나타나고, 이어서 널찍하고 겨울 눈처럼 하얀 머리가…….

호랑이가 한 발 한 발 천천히 숲에서 걸어 나온다. 은지는 내 옆에서 돌처럼 굳어 버렸고, 나는 조심스럽게 그녀를 내 등 뒤로 숨겼다.

다리에 힘이 잔뜩 들어간다. 근데 뭘 어쩌자고? 맞서 싸워? 아니면 달아나야 하나?

어찌해야 할지 몰랐다. 호랑이가 나무 아래에서 걸어 나오자, 달빛에 비친 그 거대한 짐승의 몸 전체가 드러났다.

호랑이가 머리를 돌려 우리를 번갈아 쳐다본다.

그런 다음 우리는 안중에도 없다는 듯 유유히 개울 쪽으로 걸음을 옮겼다. 짐승은 머리를 낮춰 분홍빛 혀로 물을 핥아 마시기 시작했다.

나는 손끝 하나 움직일 엄두가 나질 않는다. 사방이 이상하리만큼 고요하다. 두꺼비 울음소리, 귀뚜라미의 노랫소리 하나 없다.

오직 호랑이가 물을 핥는 찰싹찰싹 소리만 들릴 뿐이다. 그것의 꼬리가 씰룩거리며 불규칙하게 이쪽 저쪽으로 흔들린다.

눈이 휘둥그레졌다. 자세히 보니 호랑이는 성인 남자 키보다 더 컸다. 날렵하면서도 탄탄한 날 것 그대로의 뒷다리에는 엄청난 힘이 담겨 있다는 게 느껴졌다. 그런데 이 야생 동물이 지금 이 순간 이리도 온순해 보이는지……. 달빛 아래 강가에서 목을 축이는 모습이라니.

눈부시다. 이런 광경은 태어나 처음 본다.

그때 갑자기 호랑이가 머리를 번쩍 들고 경계하는 눈빛을 보인다. 수염이 곤두서고 눈에 힘이 들어가더니 은지와 나를 넘어 저 멀리 무언가를 노려본다.

호랑이가 순식간에 몸을 틀어 숲속으로 내달린다. 그렇게 몇 번을 껑충 뛰었을 뿐인데 이내 완전히 자취를 감추었다. 짐승이 지나간 자리엔 나뭇잎만 파르르 흔들렸다.

개울물은 아무도 손댄 적 없다는 듯 한 치의 동요도 없이 잔잔하다.

나는 고개를 돌려 뒤를 살폈다. 저 멀리 불빛 하나가 흔들흔들 다가오고 있었다. 누군가 이쪽으로 다가오고 있다. 드래곤말로 수런거리는 말소리가 여기까지 들린다.

이런. 야간 순찰대다.

나는 재빨리 주위를 둘러보며 도주로를 찾았다. 하지만 숲길 말고는 도망칠 곳이 없었다. 호랑이가 저 안에 있다는 걸 아는 이상, 이 선택이 현명한 선택은 아니지만, 은지와 내가 여기에 함께 있는 걸 절대 야간 순찰대에 들켜서는 안 된다.

은지를 밤에 몰래 데리고 나온 나 자신을 원망했다. 도대체 무슨 생각으로 이런 짓을 한 걸까?

나는 순식간에 결정을 내렸다.

얼른 땅에 떨어진 나뭇가지를 집어 진흙 위에 찍힌 호랑이 발자국을 지웠다. 흔적을 없애 못 알아보게 만든 다음 뒤쪽의 불빛을 힐끗 돌아보고 다시 숲으로 시선을 향했다. 몇 초 후면 들킬지도 모른다.

"이쪽으로." 은지에게 속삭였다.

그녀의 팔을 잡고 숲속 나무 아래 그늘진 곳으로 끌어당겼다. 우리는 수풀 속에 쪼그리고 앉아 상황을 파악했다. 얼굴을 덮고 있는 커다란 잎사귀를 손으로 치웠다.

적어도 여기에서선 바로 들킬 일은 없다. 나는 순찰대가 무엇을 발견했는지 알아내려 그들을 유심히 살폈다.

은지가 숨을 삼키며 내 옆구리를 툭 친다.

"저 사람은 오가와야." 손가락으로 가리키며 소곤댄다. "우리 동네 군부대 대장이지. 아버지를 아는 사람이라 내가 여기 있는 걸 들키면……."

역시나 드래곤 병사 두 명이 강변을 따라 다가오는 게 어렴풋이 보인다. 키 큰 병사가 든 등불 때문에 병사들의 얼굴은 그림자 져 있었다. 등불이 두 사람 주변을 은은하게 감싸고 그 광채가 어두운 밤 속에 번진다.

마치 무슨 신호라도 받은 듯 등불 불빛이 멈췄다. 병사 한 명이 실눈을 뜨며 어둠 속으로 고개를 들이민다.

"뭔 소리 나지 않았어?" 그가 묻는다.

은지가 새어 나오려는 비명을 힘겹게 삼킨다. 다행히 등불 불빛이 밝은 탓에 병사들 눈에 어두운 숲속의 우리 모습이 보이지는 않았다. 하지만 이곳에 오래 버틸 수는 없다. 내가 은지의 팔을 툭 쳤다.

"따라오세요." 소리 없이 입 모양만 냈다.

위험천만한 동물이 있는 숲속으로 들어가는 것이 어리석은 일일지 몰라도 우리에겐 딱히 다른 선택의 여지도 없다. 어디로 가야 하는지 몰라도 이곳을 빨리 떠야 한다는 건 안다.

내 옆으로 은지가 덤불 사이를 정신없이 내달린다. 흥분과 공포로 그녀의 얼굴이 상기되어 있다. 내달리다 보니 숲속 나무들이 듬성듬성한 기이한 공터가 나왔다.

달빛이 나무 사이의 빈 공간을 곧바로 비추면서 공터 일대에 조용하고 신비스러운 분위기가 감돌았다. 서둘러 주위를 살펴보니 저 멀리 커다란 바위 동굴이 눈에 들어왔다. 숨기에 안성맞춤인데…….

동굴 입구 암흑 속 황금빛 눈동자 두 개가 깜빡이는 걸 보기 전까지는 말이다.

호랑이는 꼬리를 흔들더니 몸을 틀어 사라졌다.

내가 정신이 좀 어찌된 건지는 모르겠지만 그 맹수는 우리를 보고 따라오라고 하는 것 같았다.

모양이 특이한 바위 형상 한 쌍이 동굴 입구를 지키고 있는 오묘한 광경이 눈에 들어왔다. 그것이 석상임을 깨닫는 순간, 나도 모르게 온몸에 전율이 흘렀다. 어떤 동물의 석상인 듯한데…….

지체할 시간이 없다. 근방에서 군화 소리, 나뭇가지와 낙엽 밟히는 소리가 들린다. 병사들이 숲으로 들어온 것이다. 아마도 개울가에서 우리 발자국을 본 모양이다. 쫓아오는 이유는 모르겠지만 그들이 매우 가까이 와 있다는 건 분명하다.

반드시 은지를 지켜야 한다. 무슨 수를 써서라도. 오늘 밤이 참극이 되어서는 안 돼.

"이쪽!" 은지가 내 팔을 당기며 입 모양을 냈다.

우리는 공터와 동굴을 지나 숲속 더 깊이 달렸다. 나는 바위 턱을 뛰어 내려 은지가 내려올 수 있도록 손을 잡아 거들었다. 숨을 곳을 찾아 이리 저리 살폈다. 오래된 고목 뿌리 아래 좁은 틈이 보인다. 뿌리와 바닥 사이 공간에 한 사람이 숨기에 충분해 보였다. 은지와 눈이 마주쳤다. 그리고 우리 둘 다 고개를 끄덕였다.

은지가 먼저 내려가 뿌리 사이로 몸을 비집고 들어갔다. 나는 낙엽을 한 무더기 쓸어 모아 틈새 위로 뿌렸다.

은지가 완벽하게 숨겨졌다.

"뭐 하는 거야?" 은지가 간신히 들리게 속삭인다. "너도 얼른 들어와."

"둘이 숨기엔 공간이 부족해요." 숨죽여 답한다. "이곳이면 무사할 거예요. 저는 다른 곳을……."

바위 턱 건너편에서 병사의 군홧발 소리가 들린다. 오싹할 정도로 가깝다. 병사 한 명이 소리친다.

"거기! 누구냐?"

은지가 죽은 듯이 입을 다물었다. 보이는 거라곤 나무뿌리 틈새에서 두려움에 젖어 나를 올려다보고 있는 그녀의 촉촉한 눈망울이다.

마지막으로 낙엽 한 움큼을 더 끌어다가 틈새를 덮었다. 나무뿌리도 은지도 전혀 보이지 않는다. 그러고는 몸을 돌려 달리려는 찰나. 드래곤 병사와 정면으로 마주쳤다.

"이 시간에 여기 숲속에서 대체 뭘 하는 거냐, 꼬마야?" 그가 묻는다.

심장이 터질 듯이 요동친다. 나는 침을 몇 번이나 삼키면서 그의 얼굴을 조심스레 살폈다. 병사는 은지를 못 본 게 분명하다. 그녀가 저기 있는 걸 모른다. 늙은 병사의 얼굴은 험악하고 주름투성이에다 왼쪽 뺨에서 턱까지 긴 흉터가 나 있다. 나는 그걸 쳐다보지 않으려 애썼다.

뒤에서 다른 병사가 등불을 들이대며 다가왔다.

"무슨 일이야?" 그가 내 얼굴을 살핀다.

은지가 바로 우리 발치 부근에 숨어 있는 걸 들키지 않으려면 안간힘을 써야 했다. 마음이 조급해진다. 어떻게든 뭐라도 얘기해서 이 위기를 벗어남과 동시에 신속히 병사들을 은지의 은신처로부터 떼어 놓아야 했다.

뭘 할 수 있을까? 뭐라 말해야 하지?

그 순간 묘책 하나가 퍼뜩 떠올랐다. 단지 병사들을 여기서 떨어뜨려 놓는 정도가 아닌, 지금 여기 문제를 한 번에 해결할 수 있는 기막힌 생각이다.

"호랑이를 봤어요." 다급하게 말을 꺼냈다. "여기 숲에서요. 강가에 발자국이 있기에 따라왔어요. 관청에 신고하려고요. 그놈을 잡아서 마을 사람들이 안전하게 지낼 수 있도록요."

병사들이 눈썹을 치켜뜬다. 얼굴에 의심이 가득하지만 내 말에 관심을 보인다.

얼굴에 흉터가 있는 늙은 병사가 코웃음을 쳤다. "그래, 어디서 봤다는 게냐?"

"제가 보여 드릴게요."

"포상금을 노리고 저러는 거겠죠." 둘 중 체구가 작고 젊은 병사가 퉁명스럽게 말을 내뱉는다. 깜빡이는 등불 불빛 아래 그의 앙상한 볼이 움푹 파여 보였다.

"꼬마야," 늙은 병사가 으르렁거렸다. "만약에 거짓이면……."

"정말 봤어요. 맹세해요." 땀이 났다. "방금 저쪽으로 달아났어요." 나는 그들이 더 묻기 전에 몸을 돌려 은지가 숨어 있는 곳에서 먼 방향으로 큰 원을 그리며 그들을 유인했다. 병사들이 내 뒤를 쫓아오고 묵직한 군화에 밟힌 낙엽들이 바스락거린다.

머릿속이 복잡하다. 호랑이 포상금은 어마어마해서 50만 엔이 넘는다는 소문도 있다. 내 인생은 물론이고 우리 가족의 삶도 송두리째 바꿀 수 있는 금액이다. 영원히.

시험은 차치하고 이것이야말로 내게 필요한 절호의 기회일지 모른다.

나는 욕설을 퍼붓는 병사들을 뒤세우고 수풀 사이를 내달리며 여러 생각들이 머리를 스쳤다. 그리고 호랑이를 봤던 그 동굴로 병사들을 데려가기만 하면 포상금은 내 것이다.

그렇게 병사들을 이끌고 가던 순간, 문득 한 장면이 머리를 관통해 지나갔다.

병사가 칼을 높이 치켜든다. 그의 얼굴은 증오로 일그러져 있다.

달리던 걸음을 멈춰 섰다. 그러고는 뒤로 돌아서 "죄송합니다……" 떨리는 목소리로 병사에게 말했다.

그들은 얼굴에 부딪히는 나뭇가지를 치우고 마구 욕하면서 비틀비틀 따라왔다.

"어딨어?" 젊은 병사가 숨을 헐떡이며 묻는다.

"제가…… 헛것을 봤나 봅니다."

순간, 나 자신에게조차 의구심이 들었다. 그 돈을 놓친다면 속이 쓰릴 걸 알면서도.

하지만 저들이 호랑이를 죽이도록 놔둘 순 없다.

다시는. 그 누구도.

그리고 오늘 밤 우리가 무사히 돌아갈 수 있다면 나는 내 길을 갈 것이다. 제국의 돈 따위는 필요치 않다. 나는 은지와 약속했고 시험에도 합격할 것이다. 내 운명은 내 손에 달려 있다. 앞으로 내 이익을 위해 무고한 생명을 희생시키지 않을 것이다.

허탈해진 젊은 병사가 팔을 축 늘어뜨리자, 손에 들었던 등불이 힘없이 아래로 떨어진다. 험악한 흉터의 나이 든 병사가 무서운 눈으로 내게 바짝 다가왔다.

"장난친 거냐?"

"아…… 아닙니다. 절대로."

　너무 순식간에 일어난 일이라 무슨 일이 있었는지 알지도 못했다. 날아온 주먹에 나는 땅바닥에 나동그라졌고, 뺨은 마치 불에 덴 것 같은 통증이 밀려왔다. 병사가 발을 뒤로 젖히더니 내 복부를 두 번 강하게 걷어찼다. 나는 고통에 몸을 웅크렸고, 입안에는 피 맛이 가득했다.

　그가 한 번 더 발길질을 가했고 가슴에선 극심한 통증이 느껴졌다.

　"그만하시죠. 아직 어린애잖아요." 젊은 병사가 말렸다.

　귓속에서 윙윙거리는 소리가 난다. 병사의 말소리가 귓가에 멍하게 울렸다.

　"이놈의 호랑이 새끼."

　험상궂은 얼굴의 병사 입에서 욕이 튀어나왔다. 그가 바닥에 침을 뱉자, 욕지거리와 함께 그의 침이 내 뺨에도 튀었다. "괜히 시간 낭비했네. 근무 끝내고 집에 가세나."

　그가 마지막으로 일격을 가한다. 기가 실린 그의 발길질은 쇠막대기로 가슴을 후려치는 것 같다. 신음이 터져 나오고 정신이 아득했다.

　얼굴이 일그러지고 후들거리는 손으로 병사가 뱉은 침을 닦았다. 속이 뒤틀린다. 바닥으로 고개를 숙이자, 입에 고였던 피와 침이 흘러나와 흙과 뒤엉킨다.

　돌아가야 한다. 은지를 찾아야 한다.

　숲속 어디선가 짐승의 소리가 들렸다. 깊게 울리는 야생의 소리. 팔에 소름이 돋는다.

　그르렁거리는 소리가 점점 가까워진다.

　일어나려 애써도 몸에 힘이 하나도 없다. 갈비뼈 하나가 부러진 것 같다. 필사적으로 몸을 움직이려 발버둥치고 있을 때 황금빛 두 눈을 빛내며 호랑이가 수풀 속에서 유유히 모습을 드러냈다.

　나는 완전히 무방비 상태였다. 세상에서 가장 쉬운 먹잇감이 된 것이다.

　호랑이가 조용히 다가와 흰색과 검은색 줄무늬가 선명한 거대한 얼굴로 나를 내려다본다. 비명이라도 지르고 싶었다. 하지만 온몸이 굳은 듯 감각은 사라지고 숨조차 제대로 쉬어지지 않았다.

호랑이가 숨통을 끊으려 머리를 낮췄다.

그 순간, 머리 위로 달빛이 섬광처럼 번쩍 빛났다. 강렬한 달빛 줄기가 숲속으로 쏟아져 내려 유골처럼 창백한 빛으로 퍼지더니 그 강도가 점점 강해졌다. 무엇인가가 내 셔츠에 닿는 게 느껴졌다. 따스하고 부드러운, 그리고…… 축축한 느낌이다.

나는 혼란스러웠지만 목을 빼 그게 뭔지 내려다봤다. 호랑이는 공격하지 않았다. 그저 머리를 숙여 코끝을 내 가슴팍에 묻고 있었다. 심장이 뛰는 그 자리에 닿을 때까지…….

아득히 먼 곳에서 금속이 부딪치는 듯한 소리가 아련하게 들려왔다. 음악 같기도 하고. 북소리가 울리기 시작하고 멀리서 여인의 노랫소리가 들렸다. 자유롭고 거침없는 노랫소리. 목소리가 떨리고 흔들리고 점점 고조되더니 마침내 절정에 달했다.

"아리랑~ 아리랑~ 아라리요~."

뭐지? 무슨 일이 벌어지고 있는 거지? 그리고 왜 이런 느낌이…….

빛은 흩어지고 달빛 줄기도 사라졌다.

나는 멍한 채로 바닥에 누워 있었다. 가슴 깊숙이 따뜻한 온기가 느껴져 내려다보니 가슴에서 빛나던 하얀 빛이 서서히 꺼지면서 원래 옷 색깔로 되돌아왔다. 고개를 들었을 때 숲속으로 사라지는 호랑이의 꼬리만 보였다.

몸을 일으킨 다음, 놀란 가슴 위로 손을 얹었다. 통증은 말끔히 사라졌고 갈비뼈도 멀쩡했다. 부러진 곳은 한 군데도 없었다.

놀라움으로 가득 차 주변을 살폈다. 손으로 가슴과 얼굴을 샅샅이 훑었지만, 멍자국 하나 보이질 않았다. 마치 병사에게 구타 당한 적이 없는 것처럼.

게다가 이상하리만큼 감각이 예민해져서 피부에 스치는 공기가 유난히 상쾌하게 전해졌고, 숲이 갑자기 살아 움직이는 것처럼 예전에는 거의 들리지 않던 동물의 소리도 들을 수 있었다. 곤충들의 윙윙거림은 나를 에워싼 합창 소리 같았다. 올빼미가 나무 위를 날아오르며 날개 치는 소리, 나뭇가지에 내려앉는 소리, 발밑에서 조그만 딱정벌레 한 마리가 부지런히 흙 위를 기어다니는 움직임마저 느낄 수 있었다.

눈을 가늘게 뜨고 딱정벌레를 다시 살펴봤다. 그것 주위를 무엇인가가 감싸고 있다. 언한 갈색의 후광이. 눈을 깜빡이고 비벼 보았지만, 그 일렁이는 빛은 그대로였다.

공터 가장자리에서 나뭇잎이 바스락거리는 소리가 났다. 나는 황급히 몸을 일으켜 달릴 준비를 했다.

"괜찮아, 나야." 은지가 나무 사이에서 불쑥 나타났다. 나뭇잎이 여전히 그녀의 머리에 달라붙어 있다. "네가 뭘 했는지 모르겠지만 효과가 있었어. 병사들이 물러갔거든. 자, 여기서 나가자."

떨리는 몸으로 고개를 끄덕였다.

은지가 고개를 갸우뚱했다. "괜찮아? 벌레라도 씹은 얼굴인데?"

"아니, 아 그게요⋯⋯, 네." 말을 더듬었다. "정말 괜찮아요."

믿으라는 듯 엄지를 치켜올려 보였다.

다시 땅바닥을 내려다보았을 때 딱정벌레는 온데간데없었다.

최씨네 저택의 높은 담장을 타고 올라 손을 뻗어 은지가 담을 넘을 수 있도록 도왔다.

아까 거기서 무슨 일이 있었는지 한마디도 하지 않았다. 사실 뭐라 설명해야 할지 난감했다.

우리는 하인들의 숙소 뒤편 담장으로 뛰어내린 다음, 창가에 비친 문희가 촛불을 끄는 모습을 보며 조용히 발걸음을 옮겼다. 서편 건물에 도착했을 때 바깥에서 은지 방의 창문 걸쇠를 풀었다. 은지는 다리를 창 안으로 넘겨 쿵 소리와 함께 방 안으로 들어서서 뒤돌아 창가 아래 서 있는 나에게 고개를 내밀었다.

그녀를 위험에 처하게 했다는 자책감이 들었다. 우리 둘 다의 생명을. 어쩌면 그녀는 두 번 다시 나와 만나길 원치 않을지 모른다.

"죄송합니다, 아가씨." 그녀에게 사과했다. "오늘 밤이 이렇게 될 줄은 정말 예상 못 했어요."

"농담이지?" 은지가 함박웃음을 지으며 내 말을 막았다. "승아! 오늘 밤이 내 평생에 가장 신나는 밤이었어."

순간, 할 말을 잃었다.

은지의 뺨은 상기되었고, 이마에는 땀이 송글송글 맺혀서 검은 머리카락이 흐트러져 산발이 되었다. 우리 둘 다 미처 보지 못한 나뭇잎 하나가 머리카락 사이에 삐죽이 튀어나와 있다.

하지만 내게 할 말을 잃게 만든 건 은지의 미소였다. 누구에게서도 본 적 없는 가장 순수한 기쁨의 미소. 뭐라 말로 표현하긴 어렵지만 여태까지 봐 온 은지의 모습 중 지금이 가장 그녀다운 모습이다. 그녀가 너무나 행복해 보여 나조차 행복감에 얼굴이 붉어지고 가슴이 두근거리고 숨이 턱 걸렸다.

"승아, 괜찮아?" 은지가 미간을 모은다. 나는 깜짝 놀라 시선을 발끝으로 옮겼다.

내가 지금 뭘 생각하는 거야? 이 사람은 최은지, 기도에서 아니 식민지 전체에서 가장 막강한 호랑이 가문의 막내딸이라고.

그렇다면 나는? 그녀의 집에서 품삯을 받고 청소하는 일개 하인이다.

"네 괜찮습니다. 고마워요, 아가씨." 예의 바른 미소를 억지로 짓는다.

은지는 한참을 말없이 날 쳐다본다. 그런 다음 창밖으로 몸을 내밀고 엄한 투로 말한다. "다음 주 월요일에 보는 거야. 알았지?"

"네." 허리를 숙여 대답했다.

은지의 눈살이 찌푸려졌다. "승아! 그러지 말라니까."

불편한 마음에 멈칫했다. 어색한 침묵이 흐르고 은지가 손짓하며 잘 가라고 인사한다.

겨우 집에 도착했을 때 이미 밤은 깊었고 나도 녹초가 되어 있었다. 옷에 붙은 나뭇잎과 나뭇가지를 모조리 떼어 낸 후 머리도 매만져 보지만, 여전히 형편없는 몰골이다. 셔츠는 나뭇가지들에 걸려서 찢겨 있고 바지는 진흙 범벅이었다. 젠장.

가족들을 깨우지 않으려고 조심스럽게 신발을 벗고 현관문을 열었다.

하지만 잠들지 않은 사람은 비단 나뿐만이 아니었다. 탁자 위 등불이 켜진 채 집 안을 밝히고 있었다.

얼굴을 찌푸렸다. 뭔가 잘못되었다.

단칸방 한가운데에 엄마와 호영이가 아직 잠들지 않고 있다. 둘은 문을 등진 채 무언가 앞에 무릎을 꿇고 앉아 있다. 당혹스러웠지만 조용히 문을 닫고 두 사람 곁으로 다가갔다.

엄마는 고개를 돌리고 아무 말 없이 내 등 뒤로 손을 얹는다. 엄마의 두 볼에 눈물이 흘러내리는 걸 본 순간, 가슴이 철렁 내려앉았다.

무슨 일인지 몰라서 바닥을 내려다봤다. 아버지가 낡은 담요를 덮고 누워 있다. 아버지의 얼굴은 여위고 창백했으며 두 눈은 잠든 듯 감겨 있다. 얕은 숨을 쉬다가 호흡이 목에 막히면 연이어 기침이 터져 나왔다. 거친 기침이 아버지의 앙상한 몸을 사정없이 흔들어 댔다.

"폐렴인 것 같구나." 엄마가 낮게 속삭이며 간절하게 내 이마에 입을 맞쳤다.

등골이 오싹해졌다. 폐렴은 무시무시한 병이다. 우리처럼 제대로 된 치료 약을 구할 형편이 안 되는 집에서는 그야말로 절망적인 진단이다. 설상가상으로 아버지의 허약한 폐는 오랜 기간 광산에서 일하며 더더욱 망가졌다. 사소한 감기에도 며칠을 앓고는 하셨다.

아버지는 단순히 아픈 게 아니었다. 위독한 상태다.

"무슨 일이 있었어요?" 간신히 말이 나왔고 눈물이 차올랐다. "도대체 언제……?"

"일주일 전 비왔던 날 기억하니?" 엄마가 차분히 말씀하신다.

지난주가 까마득한 옛날처럼 느껴졌다. "네." 한참 후 대답했다.

물론 그 밤을 기억하고말고. 그날 밤은 숲속에서 히요시 경관을 봤던 날이었다.

"그날 밤 야간 근무를 마친 아버지가 집으로 돌아오는 길에 비 내리는 추운 길가에 쓰러진 사람을 발견했단다. 그 사람은 거의 벌거벗은 몸으로 얼어 죽을 만큼 떨고 있더란다. 아마 강도에게 당한 것 같았대. 그래서 아버지가 입고 있던 외투를 벗어 그에게 입히고 집까지 데려다주셨지. 근데 돌아오는 길에 비를 흠뻑 맞았단다."

마치 얼음으로 만든 손이 내 척추를 훑듯 끔찍한 두려움이 내 등골을 타고 내린다. 어머니가 다른 손으로 호영이의 머리를 쓰다듬었고, 호영이는 평소와 달리 조용히 침대 옆의 널빤지 마냥 우두커니 서 있다.

"아버지가 그날 감기에 걸리셨어. 그게 폐렴으로 악화된 모양이다."

아버지가 그날 밤 숲속에서 발견한 사람은 히요시 경관이었다.

하지만 아버지는 우리 가족의 물건을 빼앗고 자신을 벽에 내동댕이친 그자를 살리기 위해 걸음을 멈췄다. 그리고 체온을 지켜 줄 유일한 코트를 벗어 준 친절함을 베푼 대가로 아버지는 위태로운 병에 걸렸다.

아버지는 왜 이리 어리석은가! 눈물이 흘렀다.

탁자 위 등불이 깜박이며 우리의 그림자가 벽에서 춤을 추고, 나는 엄마의 손을 꽉 쥐었다. 등불이 희미하게 내뿜는 빛은 방안을 따스하고 아늑한 색으로 물들였다.

하지만 등잔의 기름이 얼마 남지 않았다는 걸 이미 알고 있었다. 등잔의 기름이 다 떨어지면 우리는 밤새도록 캄캄한 어둠 속에서 지새야 할 것이다. 오직 내가 할 수 있는 건, 그 불빛이 좀 더 오래 버텨 주기를 기도하는 것뿐이었다.

·6·
은지

어렸을 때, 문희는 내 침대 옆에 앉아 바느질하면서 내가 잠들기 전까지 옛날이야기를 들려주곤 했다. 그중에서도 우리나라 건국 신화에 관한 옛 설화가 오랫동안 내 기억에 남아 있다.

그 이야기는 이렇다.

옛날 옛적에, 간절히 인간이 되기를 원하는 곰과 호랑이가 있었다. 신령한 임금에게 자신들의 소원을 들어주어 인간으로 만들어 달라고 기도했다. 임금이 그 기도를 듣고는 그들의 결심을 시험하고자 호랑이 와 곰에게 백 일 동안 깊은 동굴 안에서 살라고 명령했다.

컴컴한 동굴의 어둠 속에서 그들에게 주어진 것이라고는 오직 마늘과 쑥뿐이었다. 신령한 임금이 이르길, 이 형편없고 보잘것없는 음식을 백 일 동안 먹으면, 너희들의 소원대로 인간으로 만들어 주겠다고 약 속했다.

동굴로 들어간 곰과 호랑이에게 시험이 시작되었고, 둘 다 마늘과 쑥만 먹으며 쓰디쓴 음식을 억지로 삼켰다. 스무날쯤 지나자, 호랑이는 안절부절못했고 배도 몹시 고팠다. 결국 호랑이는 곰을 동굴에 홀로 남겨 두고 밖으로 나가 버렸지만, 곰은 신령한 임금의 명령에 순종하면서 끝까지 버텼다.

백 일이 지나 약속대로 신령한 임금은 곰의 소원을 들어주어 곰을 아름다운 여인으로 만들었다. 여인이 어두운 동굴에서 빛 속으로 걸어 나온 순간, 신령한 임금은 여인의 아름다움에 매료되어 그 즉시 그녀에게 청혼했다.

그 곰 여인이 우리나라 최초의 인간이다.

얼마 지나지 않아 그녀는 신령한 임금의 아들을 낳았고, 그 신령한 왕자가 훗날 우리나라를 건국하였다. 호랑이 왕국! 왕자의 어머니가 그 운명적인 동굴을 먼저 떠나 홀로 세상을 헤매는 호랑이를 기리기 위해 붙인 이름이었다.

자라면서 나는 문희 이야기 속의 곰 여인을 동경했다.

그녀의 끈기와 굳은 의지, 그리고 신령한 임금의 명령을 따르는 모습이 얼마나 존경스러운지 몰랐다. 순종의 대가로 그녀는 신의 아내이자 우리나라 창시자의 어머니가 되었으니, 참으로 훌륭한 영예가 아닐 수 없다.

하지만 문희의 이야기를 다시 되짚어 보면서 나는 궁금해졌다.

애초에 곰은 왜 인간이 되고 싶었을까? 단지 어머니와 아내가 되려고? 그녀에게 원하는 다른 무언가가 있었던 건 아닐까? 무엇보다 밤에 몰래 빠져나간 그 안절부절못하고 충동적인 호랑이에게 무슨 일이 일어났는지 나는 한 번도 궁금해 본 적이 없었다.

월요일을 내 삶의 기준으로 삼았다.

일주일에 한 번 승이 오면 그가 방을 청소하는 동안 나는 그에게 시험 과외를 해 주었고, 그는 내가 마을로 몰래 빠져나갈 수 있게 도왔다. 예전에 내 과외 선생님은 내가 시험을 통과할 정도의 점수만 간신히 넘는다고 계속 질책했지만, 승을 가르치기 시작한 후부터 내 성적은 치솟았다. 내 기분도 그러했다. 밖에서 보내는 시간과 마음이 통하는 벗이 있다는 게 영혼에 얼마나 큰 영향을 미치는지, 놀라운 일이다.

지금 그 일이 내 인생의 가장 큰 즐거움이다.

그러나 그것만으로는 충분치 않다.

화요일부터 일요일까지, 나는 창가에 우두커니 앉아 하늘에 떠다니는 구름만 쳐다본다.

그래서 나는 문희에게 승의 청소와 광내기 실력이 좋다고 칭찬했고, 그녀도 그의 급여를 올려주는 데 찬성했다. 승이 2교대 근무에 응하고 그다음엔 3교대, 그리고 일주일에 여러 번 근무하는 걸 동의한다면 말이다.

몇 주가 지나고, 늦가을 낙엽들이 하나씩 떨어져 나뭇가지들이 앙상해졌다. 겨울이 깊어지면서 몇 달의 시간이 흘렀고, 그동안 나는 노련한 아낙처럼 시장에서 가격도 흥정하고, 물수제비쯤은 거뜬했고, 무릎 하나 안 까지고 나무에 오르는 법도 익혔다.

마을 광장으로 가는 구불구불한 뒷길도 기억해 두고, 마을 구석에선 동네 아이들과 윷놀이도 했다.

그리고 나는 마음을 여는 법도 배웠다. 세상에 내보이던 점잖은 가면을 벗고 나 스스로가 자랑스러운 진짜 나를 진정으로 나누는 법 말이다. 승이랑 어린 시절 노래를 부르며, 누가 더 우스꽝스러운 가사로 바꿀 수 있는지 경쟁했다. 우리는 한패가 된 도둑처럼 길거리 빵을 반으로 나누고 견과를 서로에게 던져 입으로 받으려는 시늉도 하며 달리기와 수수께끼 시합으로 승부를 겨뤘다.

승의 관찰력은 예사롭지 않았다. 공부한 무수한 시험 지식과 수치들 말고도 그는 내가 왜 누룽지와 물수제비 뜨기를 좋아하는지, 그리고 엄격한 최씨 가문의 규율 중 내가 어떤 것을 가장 힘들어하는지 정확히 알고 있었다. 시간이 흐를수록 승은 내가 말하고 싶은 걸 미처 말하기도 전에 아는 것 같았다. 마치 내가 어떻게 느끼는지 정확히 읽어 낼 수 있는 사람처럼.

물론 모든 게 완벽하거나 항상 쉬운 건 아니었다. 자주, 승의 재치 있는 입담에 멋지게 응수하려다 오히려 머릿속이 뒤엉켜 말을 더듬곤 했다. 하지만 그것보다 더 힘든 일은, 우리가 함께 있을 때는 절대 방심하면 안 됐고, 발각되어 처벌 받지 않기 위해 늘 긴장했다. 위험하고 위태롭고, 범죄 행위라는 생각이 매 순간 나를 따라다녔다.

아마도 우리가 함께 보내는 이 시간이 — 솔직히 인정하자면 — 내가 가장 좋아하는 시간일지 모른다.

그렇지만 우리가 진정한 친구가 되어 가고 있다고 믿으려 할 때마다 승이 물러서는 느낌이다. 그의 마음이 먼 곳으로 떠나는 것 같다. 특히 최근 들어선. 그가 하늘을 바라보며 웃음이 사라지는 그 짧은 순간에 무슨 생각을 하는지 궁금했다. 그에게 묻고 싶지만, 괜스레 그를 방해해서 무례를 저지르는 건 아닌지 걱정이 앞선다.

그래서 나는 계속 나 자신에게 다짐했다. 지금 나의 가장 가까운 친구는 승일지 몰라도, 여전히 그에게 이것은 그냥 약속에 불과하다고. 서로에게 이익이 되는 협력 관계이자 하나의 거래일 뿐이라고.

그렇다면 이 거래에서 내가 얻는 것은? 그러자 그건 무엇과도 바꿀 수 없는 가치가 있다는 생각이 들었다.

단순히 가족에게서 벗어나 밖에서 보내는 몇 날 밤 정도가 아니었다. 그것은 완전히 다른 방식으로 자유로워지는 법을 배우는 것이다.

요즘 내 마음은 개울가에서의 그날 밤으로 되돌아가곤 한다.

"난 하나도 자유롭지 않아." 중얼거렸다. *"그냥 허상일 뿐이야."*

"어쩌면요." 승이 대꾸했다. "하지만 만약 아가씨가 진짜로 자유로워질 수 있다면요?"

나에겐 두 가지 다른 내가 있는 것 같다.

내 가족이 아는 최은지! 얌전하고 시키는 대로 행동하며, 말을 걸지 않으면 한마디도 하지 않는 나.

그리고 승이 아는 은지! 은밀하게 저녁 외출 때만 나타나 규칙을 어기고 흙투성이 얼굴에 밤거리를 내달리는 은지.

곰과 호랑이만큼이나 서로 다른 두 가지 모습의 최은지.

호랑이 얘기가 나와서 말인데……, 승과 내가 처음 발자국을 발견했던 그 개울가로 다시 돌아가 봤지만 발자국을 찾을 수 없었다.

나는 호랑이가 어디로 사라졌는지 궁금했다.

언젠가 우리가 다시 찾겠지만 말이다.

어느새, 시험까지 한 달밖에 남지 않았다.

"늦었네." 승이 길을 따라 천천히 걸어와 서쪽 안채 밑에 도착하자 내가 빈정거렸다.

"제 잘못이 아니에요."

"어?"

승이 걸레를 던져 올리자, 내가 손으로 낚아챘다.

"주인 나리와 도련님이 건물 이곳저곳으로 끌고 다니면서 온갖 일을 시켰다고요. 여기 먼지를 털고, 저기도 청소하고……. 그러더니 나와 다른 하인들에게 정원에 백만 개쯤 되는 장식을 걸라고 하시더라고요." 승이 한숨을 내쉬며 창문으로 대걸레와 양동이를 넘겨주고는 앞쪽으로 돌아왔다. 나는 문을 열어 그를 안으로 들였다. "그러니까 내가 늦은 거 가지고 뭐라

할 거면," 그가 말을 끝낸다. "주인 나리께 얘기하세요."

"우리 둘 다 내가 그렇게 못 한다는 거 알잖아." 그의 말에 코웃음을 치며 말했다.

"그럼 늦었다고 혼나지 않아도 되네요." 승이 씩 웃으며 신발을 벗고 나머지 청소 도구들을 마저 건넨다. 그가 오늘 저녁 내 옷차림을 보고는 고개를 갸웃한다.

"되게 화려한데요."

평소의 평범한 드레스 대신 오늘 저녁을 위해 가족이 특별히 주문한 하얀 꽃무늬의 짙은 청색 기모노를 입었다. 아름다웠다. 치마는 몸을 휘감아 허리 뒤편에서 크고 미려한 매듭으로 장식하고, 머리는 위로 단정하게 틀어 올린 쪽머리에 비취와 하얀 진주로 한껏 치장했다.

"그래서 말인데," 그에게 일렀다. "오늘 저녁 집안에 손님들로 넘쳐날 거야. 그러니까 넌 여기서 공부해." 왼쪽 문을 열었다.

승이 움찔하며 안을 힐끔 들여다본다. "여기는 아가씨의……?"

"맞아, 내 침실이야. 오늘 밤엔 완전히 비어 있고 아무도 들여다보지 않는 유일한 곳이지."

"어……," 승이 머뭇거렸다. "잘 모르겠어요……."

"걱정 마." 다급하게 말했다. 어쩌면 약간 크게 소리가 났을지 모른다. "나는 너랑 같이 있지 않을 거야!"

"음…… 걱정 안 했어요." 그가 뜸을 들였다. "솔직히, 했어요. 누군가가 오해할 수 있고, 내 말은 다른 사람이 봤다면…… 내가 그렇다는 게 아니라…… 그러니까 내 말은……."

그의 뺨이 빨개지는 걸 보니 내 안에서 웃음이 새어 나왔다. 승이 이렇게 당황하는 모습을 본 건 처음이다.

"그럼, 아가씨는 어디 있으려고요?" 그가 몸을 돌려 내 뒤를 따라 방 안으로 들어왔다.

나는 체념하며 한숨을 내쉬었다. "그래서 일찍 오라고 말한 거야. 오늘 저녁 우리 가족이 드래곤 제국의 봄 축제를 기념하는 연회를 열거든. 곧 나가서 손님맞이 준비를 해야 해."

"그래서 우리더러 등불을 매달라고 한 거구나." 그가 얼굴을 찌푸렸다. "저는 주인 나리가 드래곤 장식을 정말 좋아하셔서 그러는 줄로만 알았어요."

"오, 그것도 사실이야." 내가 덧붙였다. "어쨌든 불행히도 오늘 밤은 연회가 끝나도 평소처럼 나가지 못할 수도 있어."

"그래도 공부할 여분의 시간은 생길 것 같아."

"시험이 이제 한 달밖에 안 남았다는 게 믿기지 않아." 우리의 모험이 끝나 간다고 생각하니 목구멍이 막힌 듯 목이 메었다. 어떻게든 올해가 끝나지 않기를 바라는 마음이 컸다.

그렇게 계획한 대로 된다면 우리 둘 다 아다치 사관학교에 입학할 것이고 거기서 우리는 숨을 필요가 없다. 떳떳하게 훈련도 같이하고 식당에서 식사도 함께 할 수 있다. 그런 상상만으로도 미래에 대한 기대감이 부풀어 올랐다.

승이 고개를 끄덕이며 무심코 흐트러진 머리카락을 손으로 쓸어 넘기자, 짙은 곱슬 머리카락 몇 가닥이 그의 눈 위로 흘러내린다. 손으로 그의 머리를 쓸어 넘겨 주고 싶은 걸 간신히 참았다.

"아가씨네 가족은 왜 드래곤 제국 명절을 축하하는 거예요?" 그에게 건네줄 마지막 연습문제를 찾느라 책을 뒤적이고 있던 참에 승이 묻는다.

"아버지 뜻이야." 시큰둥하게 답했다.

몇 주 전, 아버지가 잔뜩 화가 나서 오셨다. 호랑이 식민지를 다스리는 이사오 총독이 드래곤 행정부가 '국가 안보 목적'으로 개인 소유 철도를 징발할 수 있다는 내용의 행정 명령을 발표했다고 하셨다. 우리 가족의 생계가 식민지의 주요 철도 회사에 달려 있으니 명백히 아버지의 일에 엄청난 위협이었다. 이사오의 명령이 아직까지 실제로 철도 압류로 이어지지는 않았지만, 위협이라는 사실은 명확했다.

아버지는 그 행정 명령을 아버지에게 직접 전하는 메시지로 받아들이셨고, 실제로도 그랬을 가능성이 농후했다. 아마도 총독은 아버지에게 당신이 식민지 사람이라는 사실을 일깨워 주고 싶었던 것인지도 모른다. 아버지가 아무리 총독의 신임을 받더라도 모든 권력은 총독인 이사오에게서 나온다는 것을 말이다.

그래서 아버지는 이사오 총독에 대한 절대적인 충성을 보여 주기 위해 최씨 가문이 올해 드래곤 제국의 최대 명절을 위한 축하 행사를 개최하겠다고 제안했다. 전략가인 아버지는 식민지에 가장 영향력을 미치는 드래곤 제국 고위 관리들과 상류층 인사들을 초대했고, 이 소식은 틀림없이 이사오의 귀에도 들어갈 것이다.

"여기," 승 앞에 두툼한 뭉치를 내려놓았다. "시작해. 연습문제의 절반이고 시험시간은 세 시간이야."

"아가씨는요?"

"나 역시 오늘 나만의 시험을 치러야 해. 드래곤 제국 귀족들 앞에서 바보가 되지 않고 이 밤을 무사히 넘길 수 있는 시험 말이야. 하나도 재미없을 거야. 좀 있다 확인하러 돌아올게. 이런 연회는 항상 똑같아. 어차피 나중에 모두가 내 존재를 잊어버릴 거고, 그럼 그때 몰래 빠져나오면 돼."

승이 다시 씩 웃는다. "좋아요. 즐거운 시간 보내고 와요." 내 뒤통수에 대고 당부했다.

"그럴 리 없어." 대꾸하며 문을 닫았다.

안뜰이 손님들로 붐볐다.

정부 고관대작들과 그들의 부인들이 최고급 비단으로 차려입은 부잣집 자제들과 담소를 나누는 광경이 보이고, 안뜰에 걸린 노란 등불이 달빛에 은은하게 빛나서 정원 전체에 승이 심었다는 억새가 화려한 존재감을 드러내고 있었다. 마당 한쪽 끝에는 한 노부인이 능숙하게 타는 가야금 가락이 울려 퍼지고, 그녀 옆에서 무뚝뚝한 얼굴을 한 남자가 거대한 북을 두드리고 있다.

안뜰이 내려다보이는 본관 건물 앞쪽에 이사오 총독의 거대한 초상화가 모든 사람이 볼 수 있는 위치에 걸려 있다. 총독은 어깨에 별이 박힌 진한 붉은색 군복 차림으로 위압적이고 엄숙한 모습이다.

눈에 띄지 않으려 정원 가장자리를 따라 천천히 걸었다.

나는 이런 연회가 싫다. 의미 없는 수다, 사람들의 예의범절과 옷차림에 대한 평가로 가득했다. 나는 공손하게 미소 짓고 고개 숙이면서 손님들에게 인사했고, 너무 많은 대화에 휘말리지 않으려고 애썼다.

아버지와 손님 일행이 정문으로 들어오자 음악 소리가 커졌다. 아버지가 한 남자에게 머리를 기울여 귀에 무엇인가 속삭이자, 그 남자는 호탕한 웃음을 터뜨리며 아버지의 등을 여러 번 쳤다.

바로 그 남자가 엄청난 규모의 전자 회사를 소유하고 있고, 유력한 드래곤 제국 외교관 집안의 고바야시 국장인 걸 알아봤다. 고바야시 국장은 아버지와 드래곤 제국을 연결해 주는 중요한 연락책 중 한 명이고, 우리 가문은 그의 집안과 매우 가까웠다.

솔직히 나는 고바야시 집안을 혐오했다. 특히 고바야시 국장의 아들 켄조, 그는 아마 내가 세상에서 가장 싫어하는 사람일 것이다.

그 사람으로 말하자면……, 아버지와 고바야시 국장 뒤로 눈에 익은 키가 크고 호리호리한 형체가 들어섰다.

안뜰 입구에서 아버지가 부른 기자들이 드래곤 제국의 젊은 귀족 자제가 나타나자, 관심을 보이며 카메라 플래시를 터뜨리기 시작했다.

켄조 고바야시가 그의 긴 다리에 딱 붙는 검은색에 가까운 진한 파란색 바지를 입고 당당하게 들어왔다. 그는 플래시가 터지는 카메라 앞에서 꽤나 자신만만한 미소를 짓는다. 머리는 깔끔하게 손질되어 있고 얇은 입술은 오므린 채 정원에 들어서는 그에게 손님들이 몰려들어 미소와 아첨의 눈빛을 보낸다. 그러자 그가 바다를 가르는 배처럼 그들의 인사와 칭찬을 손으로 휘저으며 나아갔다.

"켄조가 드래곤 제국 중위로 발탁됐대." 한 소녀가 나른 소녀에게 소곤댄다. "저렇게 젊은 나이에……."

내 존재를 감지한 켄조가 고개를 들어 군중 속에서 나를 찾아냈다. 손가락 끝을 입술에 대고 내게 입맞춤을 날리며 유유히 의도한 듯한 미소를 짓는다. 못 본 척했어도 가슴 속에는 부아가 치밀어 올랐다.

이를테면 켄조는 언제나 나의 화를 돋우는 존재였다. 어린 시절 고바야시 가족이 드래곤 제국에서 우리 이웃으로 이사 왔을 때부터 아버지는 자주 켄조를 집으로 초대해서 억지로 함께 놀게 했다. 그는 예나 지금이나 거만하고 자기중심적이지만, 세월이 가면서 오히려 그의 자만심은 더 커진 것 같다.

그가 드래곤 제국의 기를 배우려고 아다치 사관학교를 떠난 지 1년도 채 안 되었는데 어떻게 드래군 군대에 이렇게 빨리 발탁되었는지 의아했다. 보통 졸업생들은 1년 훈련을 마칠 때까지 기다려야 했다. 다시는 그를 안 보는 게 훨씬 기쁠 텐데 말이다.

아버지가 정원 건너편에서 나를 부르며 손짓한다. 다른 선택의 여지도 없으니, 이번에는 부름에 응했다.

"안녕하세요, 은지 양." 고바야시 국장이 드래곤 언어로 인사를 한다.

"안녕하세요, 고바야시 국장님!" 나도 완벽한 드래곤말로 대답했다.

오늘 밤 저들은 내 발음을 면밀하게 심사할 것이다. 최상의 실력을 보여 줘야 한다.

호랑이 가문으로서 드래곤 언어를 완벽히 구사하는 것은 우리 가문에 특히 중요한 문제다. 이곳에서 내 행실 또한 아버지의 명성에 반영된다. 나의 사소한 실수나 단어 하나라도 더듬거린다면, 아버지는 불같이 화내실 게 뻔하다.

나는 공손히 고개를 낮췄다.

"다음 달에 시험을 치를 예정이지?" 고바야시 국장이 묻는다.

고개를 끄덕였다. "예, 그렇습니다. 물어봐 주셔서 감사합니다."

"그럼, 만점 소식을 기대하겠네." 건조한 말투다. "명석한 야마모토 국장의 딸에게 그 정도야 대수롭지 않은 일이지."

그는 우리를 드래곤 제국의 성으로 불렀다. 아버지의 중요한 드래곤 제국 인맥들에게 우리는 최씨가 아닌 야마모토였다.

가르침을 받은 대로 나는 시선을 바닥으로 떨구고 겸손하게 고개를 살짝 가로저으며 완벽한 순간에 약간 부끄러워하는 듯한 웃음을 지었다.

"최선을 다하겠습니다, 국장님."

"은지야," 아버지의 목소리에 조바심이 담겨 있다. "어린 시절 친구에게도 인사해야지?"

나는 자존심을 억누르며 전보다 더 불쾌한 기색으로 고바야시 국장 옆 소년에게 돌아섰다.

"켄조 선배님." 이를 악물며 인사했다.

"어." 켄조가 돌처럼 딱딱하고 냉담한 눈으로 나를 내려다보며 느릿하게 대꾸한다.

켄조의 오만함에 속이 뒤틀렸다. 그는 일부러 사회적 예의를 무시하고는 그게 그에게는 허용된다는 걸 알고 있다. 그의 날카로운 턱선, 항상 냉소를 띤 완벽한 대칭 얼굴, 그리고 최고의 사회적 지위 덕분이었다.

"다시 보니 반갑네." 켄조가 느릿느릿하게 말하며 입술 끝을 느슨하게 반쯤 미소 짓듯 올린다. 열여덟 살짜리 소년이 자신이 서 있는 위치에서 나를 압도하듯 내려다보고 있다.

어렸을 때 켄조 주위에는 그가 수족처럼 부리는 남학생 한 무리가 항상 그의 곁을 지켰다. 그들은 켄조에게 은혜라도 입은 것처럼 황송해하며 어른과 어린아이 할 것 없이 끈적이는 꿀에 파리가 끌리듯 그에게 모여들었다. 그들은 켄조를 위해 무엇이든 했고, 스스로 망신을 사거나 다른 사람을 해치는 일도 기꺼이 했다. 켄조가 원한을 품으면 그는 손가락 하나 까딱할 필요 없이 그의 무리에게 말을 흘리기만 하면 됐고, 그의 졸개들은 켄조가 미워하는 사람의 삶을 철저히 고통스럽게 만드는 데 온 힘을 다했다.

그는 군중 앞에서 자신이 매력적이라고 생각하는지 모르지만, 그건 내가 역겹다고 느끼는 뻔뻔하고 특권의식으로 똘똘 뭉친 매력이었다. 세상은 켄조 고바야시 같은 소년들을 떠받들도록 만들어졌고, 그도 그 사실을 알고 있다. 그리고 다른 사람들이 그 사실을 안다는 것 또한 그는 안다.

"자, 그럼." 아버지가 간결하게 덧붙인다. "모두 모였군요."

우리 넷은 다 같이 안뜰 중앙으로 걸어갔다. 아버지가 헛기침을 뱉고는 옆 테이블의 빈 샴페인 잔을 들어올렸다. 금속 숟가락으로 잔을 부드럽게 몇 번 두드리니 정원 전체에 맑은 소리가 울려 퍼진다. 주변 손님들이 돌아보고 그들의 대화는 작은 속삭임으로 잦아든다.

"모두가 허락하신다면," 아버지가 선언하듯 말한다. "오늘 저녁 연회를 시작하겠습니다. 방금 이사오 총독의 명으로 개발부 장관으로 승진한 저의 친애하는 친구 고바야시 님을 축하하는 자리에 동참해 주십시오."

고바야시 국장의 눈이 자부심으로 반짝였다. 손님들은 그에게 열렬한 박수갈채를 보낸다.

"그리고 제 옆의 이 잘생긴 청년, 그의 아들 켄조 고바야시는 아다치 사관학교의 기 마스터들이 놀랄 만한 뛰어난 실력으로 조기 졸업을 허가 받아 이번 가을부터 드래곤 군대의 정보부장 보좌관 중위라는 매우 중요한 직책을 맡게 되었습니다."

미소와 박수가 켄조에게로 향하자, 그의 교활한 미소로 입꼬리가 더 올라가 그의 뾰족한 송곳니가 드러났다. 기쁨에 찬 탄성이 간간이 터져 나왔다. 나는 옆에서 분통이 터져 박수칠 생각도 들지 않았다.

잘 돼 가네. 이게 켄조가 바라는 바겠지. 그를 더 우쭐하게 만들 거리.

"우리 가운데 천재가 있는 건 흔한 일이 아니지." 누군가가 외쳤다. "켄조, 우리에게 한 수 보여 주게!"

"용의 기를 보여 줘!"

"아닙니다. 어떻게 제가……." 켄조가 손을 들며 반쯤 마지못해 사양하는 시늉을 한다.

"보여 주거라, 켄조!" 고바야시 국장이 냉정하면서도 자랑스러운 목소리로 청한다.

"아닙니다. 그럴 수 없습니다." 켄조가 겸손하게 고개를 저으며 웃었다. "오늘 밤은 저를 위한 자리가 아닙니다. 아버지께서는 야마모토 씨와 나누고 싶은 말씀이 있는 것 같은데요. 그렇죠?"

"맞아요. 정말 훌륭한 아드님을 두셨습니다." 아버지가 고바야시 국장에게 덕담을 전했다. 군중을 향해 몸을 돌렸을 때 그의 얼굴에서 빛이 났다.

"오늘 밤 행사를 위해 한남시에서 발걸음해 주신 모든 분께 감사드립니다. 여러분을 모시게 되어 정말 영광입니다. 아시다시피, 야마모토 가문은 언제나 드래곤 제국의 확고한 동맹이었습니다. 우리 가문은 이사오 총독을 돕고자 반역을 꾀하는 무리나 독립 반란군 소탕을 위해 밤낮없이 노력하고 있다는 것을 알아주시기 바랍니다. 그 일환으로, 드래곤 제국의 통치 하에 우리 동포의 삶이 얼마나 큰 혜택을 입고 있는지 교육하는 것입니다. 고바야시 국장과 저는 오늘 밤 이 나라의 운명을 바꿀 무언가를 여러분께 선보이고자 합니다. 우리 모두 알고 있듯이 호랑이 식민지의 미래는 여러분의 은총과 자비에 달려 있습니다."

군중이 동요하기 시작하고 아버지가 고바야시 국장에게 고개를 끄덕이자, 그가 큰 상자를 들고 앞으로 나선다. 상자를 여니 유리로 만들어진 타원형 둥근 물체가 모습을 드러냈다.

손가락 하나로 상자 옆의 스위치를 작동시키자 유리 전구에 빛이 터져 나왔다. 너무 밝아 쳐다볼 수 없을 정도다. 군중이 환호성을 지르고 나도 입을 벌린 채 몸을 앞으로 기울여 멍하니 바라보았다.

마치 태양의 한 조각 같다.

고바야시 씨가 다시 스위치를 켜자, 전구가 정상으로 돌아오고 군중은 다시 한 번 박수를 보냈다.

"오, 이 작은 기계는 시작에 불과합니다." 아버지가 계속했다. "여러분은 아직 본 게 없습니다. 드래곤 제국은 호랑이 식민지를 근대화시키겠다고 약속했습니다. 그것은 통신을 의미합니다. 그렇습니다, 철도를 의미합니다. 그것은 전기를 의미하며, 빛을 의미합니다. 반역적인 독립 타령은 그만해야 합니다. 우리 다 같이 그것을 근절해야 합니다. 오늘 밤, 저는 야마모토 지주회사가 개발부와 협력하여 호랑이 식민지 전역에 전기 공급을 확대할 것이라고 발표하게 되어 영광입니다. 이는 여러분의 도움 없이는 불가능합니다. 드래곤 제국 없이는 할 수 없습니다. 그리고 무엇보다 이사오 총독 없이는 꿈도 못 꿀 일입니다."

아버지가 안뜰 위에 걸린 초상화를 가리켰다.

"감사합니다, 이사오 총독 각하!" 아버지가 갑자기 외친다. "총독 만세! 드래곤 황제 만세!"

기자들의 카메라가 다시 한 번 더 플래시 세례를 퍼붓는 가운데 아버지가 총독의 초상화에 경례했다. 옆눈으로 군중을 살피는 그의 얼굴에서 광채가 났다.

정원은 또다시 우레와 같은 박수 소리로 가득하다.

두 시간 동안 지겹도록 미소 짓고 고개를 끄덕인 후에야 마침내 탈출했다.

내가 돌아왔을 때 승은 《민족국가에서 초강대국으로 : 드래곤 제국의 역사 개요》라는 책에 열중하고 있었다. 다 푼 연습문제지는 그의 옆에 가지런히 놓여 있다.

"어떻게 돼 가?" 문을 닫으며 물었다.

"질문 하나," 승이 책에서 눈을 떼지 않으며 말한다. "오늘 밤 주인 나리께서 나더러 정원 주변에 걸라고 한 그 초상화들 있잖아요?"

"응."

"이 둘이 같은 사람이에요?"

그는 페이지를 펼쳐 내게 보인다.

이사오 총독의 전신사진 초상화, 그가 맞다.

"같은 사람이야." 고개를 끄덕였다. "아버지는 그 사람을 숭배하면서도 동시에 증오하지."

"주인 나리가 이사오 총독과 아는 사이에요? 호랑이 식민지의 수장을?"

"유감스럽게도." 그의 앞에 앉으며 답했다.

"우와," 승이 천천히 책을 내려놓는다. "아가씨. 물어볼 게 있어요."

왠지 모르게 심장이 빨리 띈다. 승이 할 말을 찾느라 입술을 축이는 동안 나는 초조히 기다렸다. "우리가 해 온 게……, 정신 나간 일일까요?"

우리가 해 온 것? 거래를 의미하는 걸까? 공부? 혹시 몰래 돌아다닌 것? 아니면…….

"무슨 얘기를 하는 거야?"

"글쎄 아가씨는 지금까지 저를 지켜봤잖아요."

"너를 지켜봐?" 당황스러운 웃음이 내 입에서 새어 나오며 황급히 고개를 휙 돌려 다른 곳으로 시선을 피했다. "무슨 뜻이야?"

승이 어색하게 웃는다. "제 말은, 제가 공부해 온 걸 다 봤잖아요. 근데 제가 정말로 시험에 통과할 수 있을까요?"

아. 그게 그가 말하고자 하는 바였다.

지난 몇 달 동안 승은 드래곤 제국의 역사와 고전문학 자료를 엄청난 속도로 소화해 냈고, 거의 천 페이지에 달하는 이야기, 사실, 수치를 암기했다. 수학은 좀 버거워했지만, 최근 한두 번의 연습 시험에서 거의 '합격'을 받을 만큼 높은 점수를 받았다. 그리고 마치 그의 삶이 기의 철학직 기초 부분에 달린 것처럼 미친 듯이 파고들었다.

"승아," 조심스러웠다. "솔직히 말하면, 넌 많이 뒤처진 상태에서 시작했어. 그리고 남은 마지막 한 달 동안 다뤄야 할 자료가 많이 남은 것도 사실이야. 하지만 내 평생 너만큼 열심히 하는 사람을 본 적이 없어. 그리고 네가 공부해 온 속도라면…… 아마도 합격할 사람은 너일 거야."

그는 말이 없었다. 다시 먼 곳을 응시하는 표정. 그러고는 환한 미소를 지어 보였다.

"다행히 나한텐 훌륭한 선생님이 있으니까요."

"나도 마찬가지야." 나는 지난 가을 처음으로 그 우스꽝스러운 거적 망토를 두르고 그와 함께 밖으로 나갔던 밤이 떠올라 실소가 나왔다.

주변이 정적에 휩싸였다.

승은 여전히 내게 삐딱한 미소를 짓고 있다. 그의 왼쪽 뺨에 보조개가 패인다.

그전에 내가 왜 못 봤을까?

"있잖아요," 승이 입을 뗐다. "보답으로 아가씨를 위해 특별한 걸 준비했어요."

나는 손사래를 쳤다. "뭘 사 올 필요 없어……."

"아니, 산 건 아니에요." 그의 말에 나 자신이 좀 바보 같다고 느꼈다. 하지만 그는 계속 미소 짓고 있었고 눈에 장난기가 가득했다. "장소예요. 한 번도 아가씨에게 보여 준 적 없는 특별한 곳. 시험 끝나면 최고의 외출을 위해 아껴 두는 게 어떨까 하고 생각했어요. 우리 둘의 모든 것을 축하하려고요."

우리 둘의 모든 것. 그 말이 내 가슴에 머물렀다.

"아직 고마워하긴 일러." 내가 달랜다. "시험 이후를 위해 아껴 두자, 알았지?"

"약속해요."

밖에서 연회의 소음이 희미하게 들린다. 유리잔을 부딪치는 소리가 나자 나는 일어섰다. "나가 봐야 할 것 같아. 손님들이 내가 어디 있는지 궁금해하기 전에."

"알겠어요, 저도 들키기 전에 여기서 나가야겠어요."

나는 씩 웃으며 뒤에서 문을 닫고 복도를 따라 현관 쪽으로 걸었다.

이곳을 벗어나 진짜 세상으로 너무나 돌아가고 싶다. 이미 승은 나를 시장이며 강변, 마을을 둘러싼 산골짜기 같은 여러 신기한 장소로 데려갔다. 그렇지만 이 마지막 모험이 무엇이든 지금까지 모든 모험을 능가할 것이라는 건 확실했다. 기대감으로 벅차올라 웃음이 절로 나왔다.

"뭐가 그렇게 싱글벙글이야?"

나는 얼어붙었다. 아는 목소리다.

"켄조?"

소년이 복도 구석 그림자에서 나온다.

"뭐, 존칭도 없어?" 켄조가 나를 향해 다가오자, 벽 램프의 빛이 그의 눈을 비춘다.

순간 눈이 밝은 호박색으로 번쩍였다. "네 주제를 잊지 마, 호랑이 새끼야."

나는 찡그린 표정을 숨기려 뻣뻣하게 고개를 숙였다. "죄송합니다, 켄조 선배님."

“에이, 장난인 거 알지?” 그가 킥킥거린다.

나는 이를 악다물었다.

“왜 나를 피해 다니는 거야, 은지-지? 내 어린 시절 소꿉친구가 나를 보고 더…… 기뻐할 줄 알았는데.”

“피하지 않았어요.” 거짓말이다. 나는 은지-지라는 별명이 정말 싫었다.

켄조가 몸을 더 가까이 기울여 차가운 손을 내 어깨에 올린다. 그의 얼굴은 나를 내려다보는 위치지만, 그래도 거의 내 눈높이에 맞추려 허리를 굽혔다.

나는 눈을 돌렸고 문 바로 밖에 숨어 있는 험담하기 좋아하는 무리가 무척 신경 쓰였다. 우리가 이렇게 가까이 서 있는 모습을 누군가 본다면, 내 평판이 나빠지는 건 말할 것도 없고 우리 가족에게도 불명예일 것이다. 이런 전통적인 규율이 시대에 뒤떨어지고 어리석다고 생각하지만, 지금은 그가 정신을 차려 규율에 따르기를 간절히 바랐다.

“나를 봐.” 켄조의 목소리가 차갑다.

“뭐 하는 거야?” 예의 따위는 집어치우고 쏘아붙였다. 마음을 가다듬고 그와 눈을 맞추자, 그의 미소가 한순간 떨리더니 이내 더 짙은 비웃음으로 변한다.

“무슨 말이야! 일 년이나 됐잖아, 은지-지. 내 옛 친구가 얼마나 자랐는지 보고 싶어.”

그는 어부가 갓 잡은 물고기의 흠집이라도 찾는 듯 내 얼굴을 살폈다. “얼굴이 하나도 안 변했네. 아, 뺨이 좀 더 통통해졌나.”

그의 시선이 아래로 내려오자, 귀가 화끈거려 고개를 옆으로 돌렸다.

“실례합니다.” 서둘러 말했다. “밖에서 어머니가 손님들을 응대하는 걸 도와드려야 해요. 뵙게 되어 반가웠습니다.”

내 어깨를 누르던 켄조의 손이 느슨해졌다. 그러더니 그의 손이 재빠르게 내 팔을 따라 미끄러져 내 손목을 낚아챈다.

"잠깐이라도 나와 시간을 보내고 싶지 않아? 정말 오랜만이잖아."

그의 다정한 말투에 당황스러웠다. 하지만 그의 말은 어쩐지 위협적으로 들린다.

벗어날 구실이 필요했다. "켄조 선배님, 우리 가족과 다른 손님들이 생각하기에……."

그가 낄낄거린다. "몇 분만 지나면 아무도 상관 안 할 거야."

"무슨 소리예요?" 인상을 찌푸렸다.

"너도 알고 있잖아." 내 질문의 답이 아니다. 그의 얼굴이 무표정해지더니 내 반응을 기다린다.

나는 고개를 흔들었다. "무슨 말을 하는지 정말 모르겠어요."

"아!" 그의 얼굴에 깨달은 표정이 스친다. "너한테 말 안 했구나?"

"뭘 말하지 않았다는 거예요?"

"양가 아버지들께서 우리를 결혼시키기로 약속하셨다는 걸 모르진 않겠지?"

심장이 멎는다.

"지금 발표를 준비하고 있어. 우리가 드래곤 제국과 호랑이 식민지의 두 명문가 사이에 첫 공식 혼인이 될 거라는 거 알지? 이사오 총독 본인이 직접 승인하셨어. 총독은 그게 그의 '문화 동화 정책'에 딱 들어맞는다고 하시더라고."

뭐라고?!

"그리고 나는 우리가 잘 어울리는 한 쌍이 될 거라고 생각해. 넌 늘 너무……," 켄조가 멈칫하며 적절한 단어를 찾는다. "순종적이잖아."

거짓말일 거야. 켄조의 또 다른 못된 장난일 거야. 그래야만 한다.

켄조가 잡고 있던 내 팔을 놓으며 무심하게 창밖으로 시선을 던졌다. "지금 결혼 발표를 위해 사람들이 모이고 있어." 말을 마치고 그는 작별 인사도 없이 돌아서서 밖으로 걸어 나간다.

나의 보호막이 산산이 무너졌다. 바닥에 주저앉아 무릎을 가슴에 파묻었다. 머릿속이 윙윙거렸다.

켄조만은 안 돼, 필사적으로 생각했다. *누구라도 괜찮다*. 이제 겨우 열일곱인데, 청혼 시기는 적어도 몇 달 더 지나야 하는 것 아닌가? 더구나 적어도 내가 아다치에서 1년을 마칠 때까지는 아닐 텐데. 목구멍 깊은 곳에서 덩어리가 점점 더 높이 치밀어 올라와 몸서리쳐졌다.

분이 다시 열리고, 나는 벌떡 일어났다. 켄조가 기기 서서 내게 손을 내민다.

정원 잔디밭에는 연회를 가득 메운 손님들이 기대에 찬 미소를 머금고 있고, 기자들은 열심히 카메라를 들이밀며 환하게 웃고 있다.

"아! 저기 있구나!" 아버지가 외친다. 아버지 옆에서 깍지를 낀 어머니의 손이 창백하다. "은지야, 이리로 오거라. 모두가 기다리는 중대한 발표가 있구나."

말했듯이 아버지는 치밀한 전략가다.

우리 가문과 유력한 드래곤 제국 외교관의 가문 사이에 처음 맺는 결합으로, 아버지와 드래곤 제국을 잇는 이보다 더 최고의 방법은 없을 것이다.

심호흡하며 정신을 가다듬었다. 머릿속에 곰의 형상이 스친다. 그 옆에는 굶주린 채 으르렁대는 호랑이가 있다. 나는 어두운 방을 벗어나 빛을 향해 첫발을 내디뎠다.

·7·
승

겨울 내내 나는 공부하고 일했고, 일하고 공부했다. 아버지가 병마와 싸우는 동안 아버지 대신 광산에서 밤낮으로 일했고, 다만 은지와 함께 마을 곳곳을 뛰어다니며 그녀가 지난주 수업에 대한 연습문제를 내는 시간만이 유일한 휴식이었다. 집에서는 모든 여가 시간을 시험 공부에 쏟았다.

요새 내 삶은 하루하루가 흐릿하게 지나간다. 어제와 오늘이 없다. 몇 분 만에 식사를 끝내야지만 나머지 시간에는 교과서를 읽고, 불안감에 집 안을 서성여도 머릿속으로는 답을 암기하는 데 더 많은 시간을 벌 수 있다. 이제 늘어지게 자는 건 엄두도 못 낼 만큼 잠은 호사가 되었다. 예전엔 밤새 푹 자는 게 얼마나 좋은 건지 몰랐다.

금광 일로 완전히 녹초가 됐다. 온몸이 계속 욱신거리고 쑤신다. 그래도 악착같이 힘을 내 버텼다. 시험 날짜는 길 끝의 이정표처럼 점점 다가오고 있다.

밤늦도록 공부하느라 집에 있던 등유를 다 써 버려 기름 살 돈이 없을 때 공부한 내용과 수치를 어둠 속에서 중얼거렸다.

그 사이 아버지의 병은 깊어만 갔다.

눈이 그친 날이면 난방용 땔감을 해 와 모았다. 집 뒷산에서 마른나무 둥치를 도끼에 온 힘을 실어 힘껏 베고 쪼갰다.

아버지 살아요, 도끼를 휘두르며 생각했다.

입김이 하얗게 피어오르고 장갑을 껴도 손가락이 시려 따끔거렸다. 그래도 나는 두꺼운 나무 조각들을 쪼개는 일을 멈추지 않고 계속 도끼를 휘둘렀다.

살아 주세요, 제발.

늦은 밤 엄마와 호영이는 이미 잠자리에 들었지만 나는 잠들지 못했다. 아버지의 거칠고 고통스러운 숨소리가 몇 시간째 이어진다. 어둠 속에서 뒤척이며 불안하고 초조하기만 했다. 저녁 내내 장작을 팼더니 팔과 온몸이 뻐근하다. 쓰러질 듯 지쳤지만 도통 잠이 오지 않는다.

"승아." 아버지가 다른 가족을 깨우지 않으려 조용히 나를 부르셨다.

눈을 비비고 일어나 앉아 아버지가 누워 계신 자리로 갔다. 살이 너무 많이 빠진 아버지의 몸은 앙상하고 창백하다.

아버지가 힘없이 내 손을 잡으신다. 손가락이 가늘고 가벼워 간신히 내 손을 감쌀 힘밖에 남지 않았다.

"물 드릴까요?" 내가 물었다. "가지고 올게요."

물컵을 들고 돌아오니 아버지가 베개에서 머리를 들어올리려 했지만 일어나 앉을 기력조차 없다. 아버지가 물을 마시도록 도와드렸는데 물이 턱으로 조금 흘러내렸다.

"잠을 못 잤구나." 아버지가 쉰 목소리로 나직이 말씀하신다. "내가 너를 깨워서……."

아버지가 몸을 구부리며 격렬한 기침을 내뱉자, 가슴이 철렁했다.

"아니에요, 아버지. 걱정 마세요."

"괜찮을 거다, 승아." 아버지가 작게 중얼거리시지만, 마음이 딴 데 있는 것 같다.

아버지가 또다시 심하게 기침을 토해 냈다. 그렇게 힘들어하는 모습을 보니 마음이 미어진다.

"만약 내가 못 버티면……." 아버지가 말을 시작했다.

"아버지, 그런 말씀 마세요." 그의 손을 꽉 쥐었다.

"쉿. 네가 엄마와 호영이를 잘 돌볼 거란 걸 안다. 그건 전혀 걱정 안 됐어. 너한테 맡기니 안심이란다. 정말 자랑스럽구나, 자랑스러워."

아버지는 다시 멈췄고, 병마가 그를 짓누르고 있다.

"아버지, 그만하세요. 괜찮아질 거예요. 아시죠? 좋아지실 거예요."

"아니다." 아버지가 기침을 참으려 애쓰신다. "이건 중요해."

땀이 흐르는 아버지의 이마를 천으로 닦았다. 다시 말씀을 시작했을 때 아버지는 한결 차분해졌다.

"승아, 네가 항상 우리의 삶을 받아들이지 못해 힘들어하는 거 안다."

"아버지……."

"나도 안다, 그게 사실이지. 우리네 삶은 쉽지 않아. 나도 알고 있단다. 광산에서 30년 일했으니 잘 알고 있지."

나는 몸을 움츠리며 하려던 말을 삼켰다. 아버지의 얼굴에서 지금 꼭 하려는 말이 있다는 걸 알 수 있었다.

"승아, 누구의 삶도 쉽지 않다. 우리의 삶이 다른 사람들보다 더 어려울 수 있어."

아마도 우리가 남의 지배를 받는 호랑이 사람들이기 때문이겠지. 가진 게 별로 없어 그럴 수도 있고. 그게 맞는 말이긴 하다.

"하지만 승아, 우리 삶도 충분히 가치 있어. 네가 그걸 알기를 바란다. 우리에겐 호랑이 민족의 피가 흐르고 있다. 힘을 모아 함께 결속하고 서로 사랑하지. 그게 우리가 할 수 있는 전부란다. 그리고 언젠가 나는 내가 그것으로 충분하다는 걸 깨닫길 바란다." 아버지가 내 시선을 붙잡는다. "내가 떠난 뒤에 오늘 내가 한 말을 기억하겠다고 약속해다오, 알겠지?"

"아버지, 저는……."

"*약속해.*"

말하느라 애쓰신 탓에 기력이 다한 아버지는 자리에 누워 눈을 감으셨다. 나는 뺨에 흐르는 눈물을 닦고는 고개를 돌렸다.

"저는…… 저는……." 아버지에게 괜찮아지실 거라고 말하고 싶었다.

왜 그 말이 안 나왔는지 모르겠다. 너무도 간단한 말인데. 아버지가 많은 걸 바라신 적도 없었는데 말이다.

그냥 거기 앉아 있을 뿐, 말이 목에 걸려 나오질 않았다.

오직 내 눈에는 경찰이 아버지를 내동댕이칠 때 생겼던 방안 벽이 패인 자국만 눈에 들어왔다. 그리고 숲에서 그 경찰에 등돌렸던 내 모습. 아버지가 길을 따라 내려오다 코트를 벗어 경찰을 집으로 데려다주는 모습이 떠올랐다.

내 잘못일까? 이 모든 일을 내가 초래한 건가?

아버지에게 우리가 처한 삶을 받아들이겠다고 약속하고 싶다. 내가 모든 걸 받아들였으니 편히 쉬시라고 말하고 싶다.

하지만 만약 내가 그럴 필요가 없다면? 다시는 드래곤 경찰에게 구타당하지 않아도 된다면? 내가 시험에 합격할 수 있다면? ― 신분을 뛰어넘을 수 있다면? ― 누구도 꿈꾸지 못했던 삶을 살 수 있다면? 만약 주어진 삶을 그대로 받아들이지 않고 그걸 넘어설 수 있다면? 우리 자신을 더 나은 존재로 만들 수 있다면?

아버지를 내려다보니 잠드셨다. 가슴이 천천히 오르락내리락했지만, 숨소리가 거칠었다. 담요로 아버지 자리 주위를 단단히 감싸고는 내 잠자리로 향했다.

다음 날 아버지는 깨어나지 않았다.

고개가 한쪽으로 기울어져 있었고 얼굴은 희미한 미소를 머금고 있었다. 아버지는 너무나 평화로워 보였고 햇빛이 그의 몸 위를 비스듬히 감싸고 있었다. 나는 아침부터 오후 내내 그저 서서 아버지를 바라보았다. 차마 눈을 뗄 수가 없었다.

호랑이 식민지에 봄이 갑작스레 찾아왔다. 달이 차올라 보름달이 되었다가 몇 주 후에는 초승달로 사그라졌다.

겨울 눈이 산 위로 두껍게 내리고 아침 햇살 아래로 하얗고 묵직한 설경이 펼쳐졌다. 눈이 점차 쌓이면서 온 계곡을 집어삼키자, 세상은 완전한 백색으로 뒤덮였다.

그러더니 공기 중 알아차릴 수 없는 변화가 있은 후, 날이 풀리기 시작하고 눈이 서서히 녹아내렸다.

작은 물줄기들이 모여 시내를 이루고 산을 덮고 있던 눈송이들이 녹아내리면서 산등성이 암벽이 하나씩 모습을 드러냈다. 나뭇가지들이 겨울 동안 들러붙어 있던 얼음과 눈을 떨쳐 내고 새 생명을 터뜨렸다. 생명의 꽃봉오리들이 가지 끝에서 움트기 시작했고, 처음에는 드문드문하다 한 움큼으로 이윽고 산 전체를 채우는 거대한 물결을 이뤘다.

강렬한 붉은색과 길고 가는 꽃잎의 자유분방한 노란색 꽃들이 피었다. 그리고 그중에는 한때 우리 민족의 국화(國花)였고 호랑이 식민지의 자부심인 순백의 꽃잎 중앙에 꼬집힌 뺨처럼 불그레한 분홍빛을 띤 무궁화가 있다.

마침내, 봄이다.

기나긴 길 위에서 어김없이 마주하는 표지판처럼 시험 날짜는 다가왔다.

3주, 2주, 1주.

드디어 시험 날이다.

집 뒤편 언덕 꼭대기에 앉아 지평선 너머로 떠오르는 일출을 바라본다. 주황빛과 노란빛이 동쪽 하늘을 물들이더니 언덕 위로 점차 밀고 올라왔다. 며칠간 울었던 탓에 여전히 부어 충혈된 눈을 비비며 잠을 쫓았다.

어젯밤 내 인생의 가장 중요한 날을 앞두고 푹 자기 위해 야간 교대는 포기하고 광산에서 일찍 집으로 돌아왔다. 밤새 푹 잔 것이 얼마 만인지 기억도 안 날 만큼 오랜만에 잘 잤다.

그토록 꿈꿔 왔던 날이 오다니 믿을 수 없다. 충분히 준비되었는지 알 길은 없었지만 한 가지는 확실했다. 더 이상 내가 할 수 있는 것은 아무것도 없다는 것이다. 이 시험을 치르기 위해 마지막 한 방울의 땀까지 모든 것을 쏟아부었다. 이제 무슨 일이 일어나든 운명에 달렸다.

언덕 꼭대기에 서서 산비탈 위로 부서지는 햇살을 바라본다. 점점 커지는 태양의 열기가 내 머리카락을 데운다. 나는 깊게 숨을 들이마시고 천천히 내쉬었다.

준비되었나? 반드시 그래야 한다.

언덕 아래로 내려가 문 옆에 선 엄마와 마주하자, 눈물이 터져 나오려 했다. 그 자리에 서 있는 엄마는 연약해 보이면서도 용감해 보였다. 엄마는 언덕 위에 있던 나를 지켜보셨던 게 틀림없다. 얼마나 오랫동안 지켜보셨는지 알 길은 없지만.

엄마에게 다가가자 작은 꾸러미 한 개를 내미셨다. 그 안에 물병 하나, 긴 하루를 버틸 힘을 줄 어떻게든 아껴 둔 떡 두 개, 그리고 작은 손수건이 들어 있었다.

"손수건은 뭐예요?" 나는 무슨 말을 해야 할지 몰라 물었다.

"땀 닦으라고." 엄마가 담담하게 말했다. "혹시나 긴장되면."

나는 고개를 끄덕였지만, 모든 게 비현실적으로 느껴진다. 오늘이 정말 시험 날이라는 것이 도저히 믿기지 않았다. 어색하게 앞으로 다가가 엄마를 안았다. 엄마도 나를 꼭 안아주셨다. 돌아서서 길을 내려가려는 순간, 엄마가 나를 멈춰 세운다.

"잠깐만, 승아! 마지막으로 줄 게 하나 더 있어."

그러더니 천으로 감싼 무언가를 내미셨다.

열어 보니 흠잡을 데 없이 깨끗한 연필 두 자루가 가지런히 놓여 있었다. 단단하고 짙은 흑심이 들어 있는 최상품의 고급 연필이다. 가슴이 뭉클했다.

엄마가 이걸 사기 위해 얼마나 오래 돈을 모으셨는지 모르겠다. 이 대단한, 아니 완벽한 연필로 시험을 치게 하려고 멀건 뭇국으로 끼니를 때운 밤이 몇 날이었던가!

터져 나오려는 눈물을 간신히 삼키며 엄마에게 한 번 더 고개를 끄덕였다. 등 뒤로 태양이 떠오르고 엄마가 주신 두 개의 완벽한 연필을 손에 쥐고 있는 이 순간이 영원하기를, 어떻게든 여기서 시간이 멈췄으면 하고 바랐다. 하지만 짧은 순간을 뒤로하고 발걸음을 떼며 엄마에게 인사를 건넸다.

"행운을 빌어, 승아." 엄마는 문 옆에 서서 내가 시야에서 사라질 때까지 지키고 계셨다.

발이 땅에 닿는 걸 느끼지도 못하고 길을 따라 비틀거리며 내려갔다. 걸음을 옮기면서 깊은 생각 속으로 빠져들었다. 아버지도 내 나이 때쯤 나와 같은 시험을 보러 이 길을 따라가는 걸 상상했다. 그날 아버지는 어떤 심정이셨을까? 지금 내가 느끼는 것과 똑같을까?

침을 삼키며 크게 심호흡했다. 잠든 아버지의 지친 얼굴이 눈에 아른거린다. 눈을 감고 고개를 저었다. 그럴 때가 아니다. 시험이 끝나고 내 인생의 운명이 결정되면 그때 아버지를 생각할 것이다. 지금은 고개를 들고 어깨를 펴야 한다. 오늘 나는 아버지를 자랑스럽게 만드는 것, 단 하나만 생각할 것이다.

오늘 아침 길에는 학생들로 넘쳐나고 긴장감마저 감돌았다. 길을 따라 내려가면서 다른 사람들에 합류해 마을 중앙으로 향했다. 어느새 수많은 학생과 함께 광장에 다다랐다.

시장에 들어서자마자 나도 모르게 입이 떡 벌어졌다. 위를 올려다보니 거리 곳곳에 수백 개의 종이 등이 건물 꼭대기 사이를 가로지르는 줄에 매달려 있고, 형형색색의 등마다 이름이 적혀 있다. 시험 합격을 기원하는 학생 가족들의 축복을 담고 있었다.

우리 가족은 이런 아름다운 등을 살 형편이 안 된다는 걸 알기에 두 자루의 연필이 가족의 축복이라 여기며 손에 든 천을 꼭 쥐었다.

학생들에 둘러싸인 채 인파에 떠밀려 시내 광장에 들어섰다. 광장은 이 끝에서 저 끝까지 긴 줄을 이룬 낮은 책상들로 빼곡했고, 각 책상에는 이름이 적힌 명패가 놓여 있었다.

학생들이 광장에 이르자 사방으로 흩어져 미로 같은 책상 사이를 헤매며 자신의 이름을 찾으려 돌아다녔다. 나도 순서를 대략 짐작해서 내 자리가 어디쯤 있을지 추측했다. 마침내 이름을 찾았고 책상에 앉았다. 쓸 공간이 넉넉하고 단단한 나무 표면의 된 책상에서 나는 앞으로 몇 시간 동안 시험을 치를 것이다.

주위를 둘러 은지를 찾았다. 그녀가 심상치 않은 표정으로 책상에 앉아 입술을 잘근잘근 깨물며 허공을 응시하는 모습이 눈에 들어온다. 목이 메인다. 아버지가 돌아가신 이후로 그녀를 보지 못했고, 며칠 전에 그녀의 약혼 소식을 들었다. 그때 가슴속에서 억지로 떨쳐 내야만 했던 이상하고 뜨거운 감정이 솟구쳐 올랐다.

지금은 딴 생각할 여유가 없다.

그녀가 내 시선을 알아차리자, 손을 흔들었다. 은지가 나에게 어색한 미소를 보이며 고개를 끄덕인다.

은지. 오늘 내가 이 자리에 있을 수 있는 건 전적으로 그녀 덕분이다.

고마워요, 소리 없는 말을 전했다.

그녀가 고개를 저으며 나를 가리켰는데 그게 무슨 의미인지 정확히는 모르겠다.

큰 이변이 없는 한 그녀의 합격은 확실하다. 그러나 겉으로 보이는 그녀의 풍족한 삶이 그녀에게는 얼마나 굴레인지 알고 있는 나의 마음 깊은 곳에는 연민이 일었다.

조용히 그녀의 행운을 빌었다. 오늘 결과야 어떻든 그녀가 행복하면 좋겠다.

광장이 순식간에 조용해지더니 드래곤 제국의 관리가 앞으로 나섰다. 그가 거대한 의례용 황금 징을 들어 붉은색 망치로 징 중앙을 내려치니 웅장한 소리가 광장 전체로 퍼져 나갔다. 늦게 도착한 이들은 서둘러 자신의 책상으로 달려가 앉는다.

정적이 흘렀다. 입이 바짝바짝 마른다.

주변을 둘러본다. 대부분은 나처럼 낡고 해진 옷을 입었고 가족이 어렵사리 모은 돈으로 산 한두 자루의 좋은 연필을 들고 있다. 몇몇 부유한 집 녀석들이 비싼 펜을 꺼내 책상 위에 잉크병을 놓는 얼굴에는 여유와 자신감이 있어 보인다. 저들은 오늘을 위해 수년간 준비해 왔고, 시험에 대해 정확히 알고 있다. 양반들은 지루한지 하품을 해댔다.

분노가 치민다. 나는 절치부심 오늘 이 기회를 위해 내가 가진 모든 것을 쏟아부었고 내 인생 전부를 걸었다. 그런데 지루해서 하품이 나온다고? 그렇지만 나는 그런 생각을 떨쳐 내기로 했다.

저들이 나보다 나을 건 없다. 오늘 내가 그 사실을 모두에게 증명해 보일 것이다.

불현듯 아버지의 백지장 같던 얼굴이 눈앞에 아른거린다. 나는 격렬히 고개를 흔들어 그 기억을 밀어냈다.

한 무리의 시험 감독관들이 줄마다 시험지를 나눠준다. 내 책상 앞에 왔을 때 니는 눈을 크게 뜨고 지켜보았다. 내 운명을 좌우할 종이들이 부드럽게 쓱 소리를 내며 책상 위에 뒤집혀 놓였다. 그것들을 만지고 싶어 손이 근질거린다.

"학생 여러분," 앞쪽의 관리가 외쳤다. 그의 가늘고 날카로운 목소리가 말할 때마다 갈라진다. "여러분은 오늘을 위해 잘 준비해 왔습니다. 그리고 얼마나 다행입니까! 가난하고 후진적인 여러분의 나라에 우리가 없었다면 어땠을지 생각해 보십시오! 기 능력도, 기술도, 교육도, 문화도 없었을 것입니다. 하지만 드래곤 황제의 은혜로 여러분은 성공할 기회를 부여받았습니다! 여러분 중 최고가 드래곤 민족의 기를 배워 여러분 나라에 문명과 번영을 가져올 것입니다. 이 위대한 기회를 주신 드래곤 황제를 찬양하는 감사의 외침이 여러분의 입에서 끊이지 않게 하십시오! 이제 내 신호에 맞춰 종이를 뒤집어 시험을 시작하십시오. 준비……, 시작!"

아드레날린이 내 혈관을 타고 흐른다. 나는 두꺼운 시험지를 움켜쥐고 뒤집었다.

1부 :

드래곤 제국의 역사

1. 드래곤 제국 군대가 호랑이 식민지를 해방시킨 것은 몇 년도입니까?

웃음이 나왔다. 쉽다. 답을 연필로 적는다.

43년 전. 제122대 용 황제 21년.

어머니가 준 연필은 새롭고 가볍게 느껴진다. 처음 몇 문제는 너무 떨려서 여러 번 읽어야 했다. 그러다 서서히 안정을 찾았다.

시간이 흐르자 내 자신감도 커졌다. 은지가 나를 잘 준비시켜 준 덕분이다. 익숙한 문제들이었고 쉽게 해치웠다. 한 페이지씩 차근차근 풀어 갔다.

나는 정말로 해내고 있었다. 고마워, 은지.

일 분이 한 시간으로 한 시간이 두 시간이 되어 흘렀다. 하늘 높이 태양이 떠오르자, 어머니가 챙겨 주신 손수건으로 이마의 땀을 닦았다. 시험은 순조롭게 진행되었다.

지루하기만 하던 그 엄청난 양의 자료들을 암기한 무수한 시간을 지금 보상받고 있다고 느낀다. 가장 어려운 몇 문제는 막혔지만 대부분 답에 자신 있었다.

두 번째 과목, 한창 고전문학 문제를 풀고 있는데 갑자기 무슨 일인가 일어났다.

처음에는 그게 뭔지 알아차리지 못했다. 무엇인가 내 눈앞을 빠르게 지나가는 것을 보았는데 그러고는 사라졌다. 혼란스러움에 눈을 깜빡였지만, 거기에는 아무것도 없는 것 같았다. 내 앞에 있는 것은 시험지뿐이었다. 코를 찡그리며 눈을 몇 번 더 깜빡이고는 그것을 잊고 시험에 집중하려 애썼다.

그 일이 다시 일어날 전까지는.

몇 문제를 더 풀었는데, 똑같은 현상 — *빛으로 장난치는* — 이 다시 나타났다.

시력에 문제가 있는 걸까? 눈을 감아 몇 번이고 비볐다.

그러고는 올려다보며 숨을 크게 들이마셨다.

주변 다른 학생들은 자신의 책상에 앉아 열심히 시험에 몰두하고 있다. 하지만 나는 내 눈이 단단히 잘못되었다고 생각했다. 왜냐하면 마치 학생들이…… 빛을 발산하는 것처럼 보였기 때문이다.

놀라서 의자를 뒤로 물렸다. 고개를 들어 주위를 둘러보았지만, 아무도 이상한 걸 알아차리는 것 같지 않다.

무슨 일이지?

옅은 붉은색 후광 같은 것이 내 주위의 학생들 각각을 부드럽게 둘러싸고 있다. 그들은 계속해서 시험 문제를 풀고 있고 이 현상을 감지한 사람은 나뿐인 듯했다.

여러 번 눈을 깜빡이고 다시 비벼 봐도 눈을 뜨면 그 빛은 그대로였다.

내가 무엇을 보고 있는 걸까?

단지 보는 게 아니라 내 가슴에서 미묘한 무언가가 느껴지고 있었다.

내 앞의 아이는 문제와 씨름하느라 점점 더 불안해졌고, 내 옆의 소녀는 자신감에 차서 열심히 쓰고 있다. 두 줄 뒤편 누군가는 방금 중요한 것을 깨달았는지 몇 장 뒤로 가 답을 고쳐 쓰고 있다.

내가 이것을 어떻게 알지? 설명할 수 없지만 내 직감이 옳다는 건 분명했다. 그들의 긴장감을 거의 내가 직접 느끼는 것 같았다. 흥분, 걱정, 불안의 파장이 이곳에 모인 이들에게서 마구 쏟아져 나와 광장에 응집된 아드레날린은 실로 압도적이었다.

나는 다른 학생들이 느끼는 것을 정확히 느낄 수 있었다.

문제 풀이를 멈췄다. 그러다 문득 시간이 얼마 남지 않은 것을 깨닫고, 시험으로 주의를 되돌리려 안간힘을 썼다. 여기에 무슨 일이 벌어지고 있든 생각할 시간이 없었다. 내가 뭔가를 상상했거나 아니면 이상한 병에라도 걸린 건지도……. 그게 뭐든 지금 나는 힘을 끌어모아 시험에 집중해야 한다. 두 번 다시 기회는 없을 테니까.

시험을 치르기 위해 주의력을 가다듬으려 노력했지만 힘들었다. 머릿속이 순식간에 혼란스러워졌고, 사방에서 밀려드는 감정을 떨쳐 낼 수 없었다. 헤아릴 수 없이 많은 마음, 그중 몇몇은 서로 모순되었다. 줄지어 앉은 학생들로 가득 찬 광장은 억눌린 감정들이 파도처럼 계속 출렁이고 있다.

누군가가 나를 흔들어 깨웠다. 감독관이 눈에 들어왔다.

"괜찮소?" 그가 물었다. "방금 기절했소."

어리둥절한 채 고개를 끄덕이며 그에게 감사의 인사를 하고는 그를 돌려보냈다.

온몸이 떨렸지만, 나는 악착같이 시험에 집중하려고 노력했다. 연필이 종이에 닿자 미끄러진다.

도대체 나한테 무슨 일이 벌어지고 있는 거야?

이 순간부터 무슨 일이 벌어지든 최선을 다해 외면하려 했다. 시험에 집중하는 와중에도 그 현상은 단 1분도 사라지지 않았다. 그런 현상이 계속 보이는 걸 보니 내가 아픈 게 틀림없다. 나는 극도의 불안감을 간신히 참고 있었다.

지금은 안 돼, 승아. 집중해. 집중.

몇 시간이 흘렀지만 무아지경이었다.

하도 연필을 꽉 쥔 탓에 손에 통증이 일었다.

나머지 문제들을 고통스럽게 풀었고 수학은 평소에도 버거운 과목이었기에 그저 최선을 다해 그것으로 충분하기를 간절히 기도했다. 마침내 내가 가장 좋아하는 기의 철학적 기초 과목의 문제로 넘어갔다.

천천히 문제지가 줄어들더니 점점 끝을 향해 갔고, 마침내 시험지의 끝장에 도달했다.

마지막 문제에 최선의 답을 적었고, 나는 시험이 끝났다는 것을 믿을 수 없었다.

시험지를 뒤집어 더 찾아보았다. 이게 전부인가?

크게 숨을 토해 냈다. 그것으로 시험이 끝났다.

뭐, 나로서는 최선을 다했다는 얼떨떨한 기분이 들었다.

하늘을 올려다보니 해는 이제 하루의 정점을 통과해 오후를 향해 낮아지고 있었다.

그러고는 의자에 털썩 주저앉았다.

도대체 그게 뭐였지?

한 가지는 확실하다. 시험은 끝났다.

이제 어떻게 되든 내가 할 수 있는 건 없다.

결과 발표까지는 단 일주일밖에 걸리지 않았다.

예전처럼 학생들이 집에서 언덕 아래 광장으로 달려 내려왔다. 하지만 이번에는 책상과 의자, 거리를 가로지르며 걸려 있던 등은 모두 제거되고 없었다. 흙바닥 위엔 성인 남자 키만 한 높이에 너비는 그 길이의 몇 배나 되는 커다란 나무판 하나가 덩그러니 놓여 있었다. 나무판 위에는 긴 백지 두루마리가 붙어 있고, 거기엔 학생들 이름으로 빼곡히 채워져 있었다.

내가 도착했을 때는 이미 아수라장이었다. 수많은 학생이 모여들었고, 본인의 이름을 알아볼 수 있는 데까지 가려고 서로 밀치고 떠밀었다. 앞에 도착한 학생들은 손가락으로 종이를 집으며 눈으로는 미친 듯이 명단을 훑고 있었다.

한편에서는 탄식이 나오거나 고개를 떨구었고, 다른 편에서는 표정만 찌푸릴 뿐 어깨를 늘어뜨리며 예상했다는 듯 실망했다. 개 중 누가 주먹을 불끈 쥐고 기쁨으로 뛰어오르기라도 하면, 모두 그곳을 바라보며 부러움과 질투로 수군거렸다.

하필 남학생 중 하나가 승리감에 도취되어 과도하게 펄쩍펄쩍 뛰고 안도감으로 눈물을 보이자, 시험에 떨어진 성난 무리가 그를 쫓았다. 순식간에 따라잡힌 그는 머리와 등을 사정없이 가격당해 넘어지고, 남학생들이 원을 그리며 발길질을 퍼붓기 시작하자 먼지구름이 일었다.

한쪽에 서 있던 드래곤 제국 경찰이 호루라기를 사납게 불어 대며 팔을 든 채 싸움터를 향해 다가가자, 주먹을 날리던 무리는 흩어졌고 소년만 그 자리에 남았다. 그는 몸을 구부린 채 머리를 부여잡고 신음했고, 코를 만지니 그 주위가 피범벅이다. 경찰은 투덜거리더니 자기 자리로 돌아갔다.

나는 군중의 가장자리에 가만히 서 있었다. 나무판을 제대로 보려고 목을 길게 뺐지만 별 소용없었다. 앞으로 밀고 들어갈 수밖에.

"실례합니다." 침을 꿀꺽 삼키고 목청을 가다듬었다. 꿈쩍도 안 한다.

"*실례합니다.*" 이번엔 더 크고 더 단호하게 말했지만 아무도 비켜주지 않는다.

나는 악다구니를 쓰며 무리를 밀어서라도 거침없이 앞으로 나아가겠다고 각오를 다졌다.

드디어 맨 앞이다.

내 앞에 우뚝 선 나무판은 내 머리 위로 긴 그림자를 드리웠다. 나는 미친 듯이 이름들을 훑어 내 이름을 찾기 시작했다.

바로 이 순간. 운명의 순간.

곧바로 명단의 맨 위에서 내가 아는 이름 하나를 찾았다, *최은지.*

그녀가 기도에서 최고 점수로 합격했다. 주먹을 쥐고 공중으로 뛰어오르려다가 황급히 생각을 접었다.

하지만 마음속으로는 그녀를 향한 기쁨이 샘솟아 올랐다. 계속해서 나무판을 눈으로 쓸어내리며 내 이름을 찾았다.

1분이 지나고, 그다음 2분.

갑자기 섬뜩한 공포가 나를 관통한다. 목덜미에는 소름이 돋았고 무언가가 잘못된 것 같다. 3분이 지나도록 내 이름을 찾지 못하자 나는 내가 엉뚱한 명단을 보고 있을 수도 있겠다는 생각이 들었다.

그래서 반대쪽 불합격자 이름을 확인했다. 구토가 나올 듯 속이 뒤집히는 울렁거림이 위장에서부터 북받쳐 오르고 목구멍에서 몹시 쓴맛이 느껴진다.

넓찍하고 긴 나무판 위 불합격자 명단에서 내 이름을 발견했다. 선명하고 또렷한 글씨로 적혀 있다. 이승.

나는 시험에 떨어졌다.

·8·
은지

"소주 한 잔 더, 기도에서 최고 득점을 받은 우리 딸 은지를 위해!"

기분 좋아진 아버지는 술병을 은수에게 건넸다. 오늘 밤은 어머니도 합석해 술잔을 기울이셨다.

문희는 식탁을 돌면서 반찬을 채우고 나를 지나칠 때 따뜻한 축하의 미소를 보였다. 그녀가 내 접시에 콩을 더 올리자 나는 감사의 표시로 고개를 숙였다.

오늘 밤도 승은 보이지 않는다. 그는 몇 주 동안 일하러 나오지 않고 있다. 화요일에 문희가 승의 아버지가 지난달에 돌아가셨다는 소식을 전했다. 승이 아버지를 얼마나 존경하고 부자지간이 얼마나 각별했는지 안다. 그런 상실감을 견디면서 어떻게 시험까지 치를 수 있었는지 상상조차 하기 힘들다. 시험이 끝난 후에야 비로소 그가 무슨 일을 겪었는지 알게 되었다.

불합격자 명단에서 그의 이름을 본 순간을 떠올리니 가슴이 미어졌다.

수년간 아다치 사관학교에 입학하는 게 집을 떠나 가족에게서 벗어날 수 있는 나의 유일한 희망이었다. 단 한 번만이라도. 하지만 승과 함께 그곳에

갈 수 있다고 생각한 후로는 진정으로 그렇게 되기를 고대했었다.

이제는 승 없이 가야 한다.

"오늘 고바야시 장관과 얘기하다가 장관께서 은지에게 축하한다고 전하시더구나."

아버지가 젓가락으로 절인 배추를 집으며 말씀하신다. "내일 저녁 그쪽 집안과 약혼 조건을 마무리 짓기 위해 식사하기로 했다."

숟가락을 내렸다. 쓰리던 속이 새까맣게 변하는 것 같다.

"기쁘기 그지없구나." 아무것도 눈치채지 못한 아버지가 계속하신다. "애초에 우리 가문과 고바야시 가문의 혼사가 우리에게 좀 과분한 일이었던 건 인정한다. 하지만 네가 최고 점수로 합격했으니 켄조에게 완벽한 신붓감이 될 게다. 우리 쪽 지참금도 확실히 줄어들 거고."

지금 아버지 마음속에는 지참금 생각밖에 없다. 그리 놀랍지도 않다.

"인정해야겠네요." 은수 오빠가 거든다. "은지가 언니들도 능가했으니 엘리트 드래곤 가문과 양반 호랑이 가문 사이에 처음으로 공인된 이 결혼은 역사적인 일입니다. 이사오 총독 역시 우리 가문에 흡족해하실 거예요. 이건 우리 모두에게 밝은 미래를 보장하는 게 아니겠어요?"

"아니야!" 막을 새도 없이 입 밖으로 말이 터져 나왔다.

식탁 위로 정적이 흘렀다. 입으로 향하던 은수 오빠의 젓가락이 중간에 멈추며 집었던 무가 철벅 소리를 내며 그릇으로 떨어진다.

아버지가 헛기침하신다. "뭐라고 했냐, 은지야?" 아버지는 화난 것보다는 놀란 것 같았다.

누군가 말을 하기 전에 뛰쳐나가 내 방을 향해 달렸고, 문을 닫고 침대에 주저앉았다.

한 시간 후, 문이 열리고 누군가가 다가오는 발소리가 들려 나는 마음을 단단히 먹었다. 눈을 떴을 때 내 곁에 서 있는 사람은 아버지가 아니었다.

"켄조는 훌륭한 배필이야." 어머니가 내 옆에 앉으며 부드럽게 말했다. "은지야, 제국의 식민지에 대한 지배력이 커지고 있는 지금, 우리가 그들에게 잘 보이려면 무엇이든 해야 한단다. 켄조는 유력한 가문 출신이고, 너도 마찬가지잖니. 이 혼사는 좋은 거야."

"그렇지만," 울먹였다. "결혼하는 사람은 저예요. 평생을 그와 함께 살아야 할 사람도 저고, 그리고 그리고……." 켄조의 아이를 낳는다는 생각에 구역질이 날 것 같았다.

"그래." 단호한 말투다. "하지만 시간이 지나면 너도 이 혼사가 고마울 거야. 한때 나도 네 아버지와의 결혼을 두려워하고 망설였단다. 그렇지만 그게 얼마나 잘된 일인지 보거라."

그래요? 어머니에게 따져 묻고 싶었다. 그래서 행복하세요? 나는 어머니가 조용히 앉아 아버지가 하는 말도 안 되는 소리에 그저 고개만 끄덕이는 모습을 보곤 해요. 정말 그 결혼이 잘된 일일까요?

뜨거운 눈물이 차올랐다. 눈물 사이로 어머니의 몸이 일그러져 보여 그녀의 얼굴 표정을 읽을 수 없었다.

"은지야, 하인과 결혼할 수는 없단다. 게다가 청소부라니."

"네?"

"내가 모를 거라고 생각하니?"

나는 충격을 숨길 수조차 없었다.

"은지야, 너는 내가 내 딸이 매주 몰래 밖으로 나가는 걸 눈치 못 챘을 거라고 생각했어?" 나를 보고는 고개를 저으셨다.

"혹시……."

"아버지는 모르신다." 어머니가 내 말이 끝나기도 전에 덧붙였다.

그러고는 내가 어머니의 입에서 도저히 나올 거라고는 예상하지 못한 말을 꺼내셨다.

"은지야, 이해한다. 나도 예전엔 젊었으니까."

"어머니가……?" 믿을 수 없다는 듯 고개를 흔들며 물었다.

어머니가 손짓으로 내 말문을 막는다. "너희 둘 사이에…… 뭔가 있었니? 그게 켄조와 결혼하고 싶지 않은 이유인 거야?"

"아니에요, 어머니. 우리는 그냥 친구예요."

"명심하거라." 어머니의 목소리는 차갑게 가라앉아 있었다. "네가 그 애와 어울리는 게 재미있어도 그 아이는 우리 가문에 어울리는 상대가 아니다. 문희를 시켜 그 아이에 대해 좀 알아봤다."

"뭘 하셨다고요?"

"집안은 몹시 가난한 데다 또 그 아이가 장남이라 언젠가는 가족을 돌봐야 할 거다. 힘들게 살 게 뻔한데 나는 내 딸이 그렇게 사는 걸 원치 않아." 어머니가 한숨을 뱉는다. "은지야, 지금 네 눈엔 안 보이겠지만 네가 잘못된 선택을 한다면 나중에 후회할 거야. 사랑이 밥 먹여 주지는 않잖니."

"그를 사랑하는 게 아니에요, 어머니. 승이는 그냥 친구예요."

"은지야. 그럼 이렇게 하자꾸나. 이게 다 너를 위해 하는 말이란다."

톡. 톡. 톡.

창문에서 들려오는 익숙한 소리.

이보다 더 난감한 순간은 없을 것이다.

어머니를 곁눈질하는 순간, 쿵쾅대는 심장이 갈비뼈 밖으로 튀어나오려는 듯 아릿했다.

어머니는 입술을 오므리며 애써 말씀하신다.

"마지막이다, 은지야! 작별 인사 하고 오너라." 그런 다음 어머니는 일어서서 말없이 방을 나갔다.

나는 급히 창문으로 달려들어 열었다.

축 처진 어깨에 붓고 충혈된 눈을 하고 승이 문밖에 서 있다. 그의 인생에서 최악의 한 주를 보낸 것처럼 보였다. 그를 보자마자 깊은 한숨이 나왔고 눈시울이 시큰거렸다.

"승아……."

나는 곧바로 창틀을 뛰어 내려 마당으로 떨어지면서 그를 꽉 껴안았다. 순간 승의 몸이 굳자 나는 안았던 손의 힘을 풀고 뒤로 물러났다.

"승아, 정말 미안……."

"사과하지 마세요." 그가 고개를 흔들었다. "아가씨는 최선을 다했어요. 그리고 정말 놀라운 과외 선생님이셨죠. 은지 아가씨, 저는 그냥……." 승의 목소리가 갈라진다. 그가 눈을 빠르게 깜빡이며 별이 빛나는 하늘을 올려다봤다. "운이 좀 없었던 것 같아요."

가슴이 저렸다. "네 아버지 소식 들었어……."

그가 긴 한숨을 토하며 얼굴엔 얼핏 미소가 스쳤지만, 나는 그게 억지웃음이라는 걸 알 수 있었다. "그나저나 축하해요." 그가 속삭였다. "최고 점수던데요?"

나는 입술을 꽉 깨물고 고개만 끄덕였다.

"정말 훌륭해요. 최은지라면 멋지게 해낼 거라고 생각했어요."

"그럼, 이제 어떻게 할 거야?" 나는 그 질문을 하자마자 후회했다. 왠지 모르지만 나는 당연히 승이 합격할 거라고 믿고 있었다. "어쩌면 다른 방법이 있을지도 몰라. 내년까지 기다렸다가, 다시 시험을……."

"아니에요. 제가 앞으로 할 일은," 승이 두 손을 상의 주머니에 넣은 채 내 말을 가로막는다. "아가씨와의 약속을 지키는 거예요. 지난번에 마지막 깜짝 선물이 있다고 말했던 거 기억나요?"

"승아," 나는 고개를 흔들었다. "그럴 필요 없어."

"에이," 그가 말했다, "우리 약속했잖아요, 그렇죠? 나는 약속을 지키고 싶을 뿐이에요."

승이 몸을 돌려 길을 따라 내려가기 시작한다.

"자," 그가 어깨 너머로 손짓한다. "여기서 나가요. 마지막으로 딱 한 번!"

"너무 아름다워." 눈을 반짝이며 승을 보니 나에게 씩 웃어 보인다.

옛 궁궐 뜰. 기도에서 산속으로 꽤 멀리 올라가는 긴 여정이었지만 그만한 가치가 있었다. 고대로부터 내려온 호랑이 왕국의 수십 개의 장엄한 궁궐 건물들이 버려진 궁터 외벽 안에 자리하고 있고, 기와지붕의 어두운 처마는 잠들어 있다. 여기에는 등불도, 촛불도, 밤의 마법을 막을 그 어떤 것도 없다. 뜰 전체가 고요하고 정적이 감돌아 마치 멈춘 시간 속에서 궁궐이 깊은 잠에 빠진 것 같다.

"여태 이런 곳이 남아 있는 줄 몰랐네." 경이로웠다.

"네, 여긴 드래곤 제국이 불태우지 않은 몇 안 되는 곳 중 하나예요. 아마 이곳이 너무 외진 데라 굳이 그럴 필요가 없는 곳이었거나 아니면 계곡 깊숙한 이곳을 찾지 못했을 수도 있어요."

우리는 고대 궁궐 뜰을 거닐며 오로지 밤하늘의 달과 별의 희미한 빛에만 의지했다. 버려진 건물들 사이로 흙더미 위에 쓰러진 왕좌에 앉아 있는 군주의 석상을 발견했다. 오래되고 금이 간 석상 표면은 흙먼지로 뒤덮여 있었다.

명황후. 바랜 비문이 그리 말해 주고 있다.

여왕. 옛날 유물이다.

여성이 남성과 함께, 때때로 그들을 대신해 통치하던 시절의 것이다.

승이 왼쪽으로 방향을 틀어 오래된 침전 옆으로 이끌었다. 건물을 둘러싼 기단 위로 올라 나에게 손을 내민다.

"이쪽으로 올라와요. 조각상들을 손잡이로 이용해서요."

기와지붕을 따라 동물 모양의 작은 조각 장식들이 새겨져 있다. 뱀, 용,

호랑이, 개, 토끼, 소. 나는 조심스럽게 손을 뻗어 손가락 끝으로 용 장식을 만졌다. 단단하다. 꽉 붙잡고 몸을 끌어올렸다. 지붕 위로 올라오도록 승이 나를 끌었다.

"조심해요. 여기서 떨어지지 않게 몸을 낮춰요."

나는 숨을 가다듬고 앉아 눈에 경치를 담았다.

우와.

이곳에서는 마을 전체가 한눈에 들어왔다. 계곡 아래 자리 잡은 기도 시내 광장의 등불이 따뜻하고 붉은 꽃처럼 밤 속으로 퍼진다. 나는 고개를 젖혀 우리 뒤에서 고요히 솟은 보랏빛을 띤 어둡고 신비로운 산을 올려다봤다.

갑자기 내가 이 세상을 얼마나 조금밖에 보지 못했는지 깨달았다. 기도가 겨우 한 시간 떨어진 거리에서 이렇게 다르게 보인다면 이 세상에는 뭐가 더 있을까? 산의 반대편에는? 이 나라의 저편에는?

"고마워." 나란히 앉아 경치를 감상하면서 말을 전했다.

"뭐가요?" 승이 다리를 뻗어 등을 대고 누우며 손바닥을 머리에 얹는다. "아가씨 인생에서 낭비한 시간들요?"

"아니." 부드럽게 대꾸하며 반짝이는 별들로 가득한 하늘을 쳐다보는 승의 시선을 쫓았다. "경치가. 나를 여기로 데려와 준 것. 그리고 우리가 함께했던 모든 곳이."

과거형이라 마음이 아팠다. "그 시간 중 헛된 건 하나도 없어. 너도 내 공부를 도왔잖아. 그리고 너를 가르치는 것도 재밌었어."

승이 몸을 일으킨다. "그랬어요?"

"물론이지. 네가 성장하는 모습을 지켜보는 게 즐거웠어. 홀로 방에서 아무것도 안 하는 것보다야 훨씬 낫지."

"분명 아가씨는 아무것도 안 하고 있었을 리 없어요."

"네 말이 맞아." 쓸쓸하게 웃었다. "먼지 쌓이는 거 구경하면서 쑥스러울 때 어색하게 표정 짓고 얼굴 붉히는 연습이나 하는 멋진 추억들로 가득하지."

"과외하는 게 그것보다는 재미있을 거 같네요."

그는 웃었지만, 눈빛은 전혀 유쾌해 보이지 않았다. 나는 무슨 말을 해야 할지 몰라 가만히 침묵했다.

잠시 우리는 말없이 궁궐 지붕에 앉아 있었고, 시원한 봄밤의 공기가 우리 주위를 감쌌다.

"무슨 생각해?" 내가 침묵을 깨며 물었다.

"아무것도요." 그가 대답했지만, 믿기지는 않았다. "아가씨는 무슨 생각해요?"

"아무것도." 거짓말이었다.

밝은 미래를 생각해 보려고 노력했지만 내 마음은 혼란스러웠다. 정말 어머니도 한때 밤의 어둠 속을 뛰어다니며 더 나은 삶을 꿈꾸었을까? 결국 지금의 현모양처가 되려고? 도저히 상상하기조차 힘들었다. 어머니는 아버지 뒤에서 심지어 은수 오빠 뒤에서도 그림자처럼 살면서 자신의 존재를 거의 드러내지 않는다. 절대 자신의 마음을 드러내는 법이 없다. 언젠가 나도 그런 운명을 받아들여야 할까?

탁 트인 궁궐의 회랑을 지나는 바람이 휘파람을 분다. 구름이 머리 위로 스치며 잠시 달을 가린다. 구름이 지나니 밤하늘은 다시금 별빛으로 가득하다.

"가족 생각을 하고 있었어요." 승이 나직이 중얼거린다. "지금부터 무엇을 해야 할지. 아버지를 대신해 이제 내가 가장이 되어야 해요."

아까 어머니의 말씀이 머릿속에서 맴돌았다. 사랑이 밥 먹여 주지는 않잖니.

"광산에서 아버지가 하던 일을 제가 할 거예요. 아다치 사관학교는 물 건너갔네요……."

승이 머리에 손을 얹는다.

"웃기죠." 그가 계속했다. "짧았지만, 행복했던 8개월 동안 나는 내 인생을 바꾸는 게 가능하다고 생각했어요. 태어날 때 정해진 운명을 극복하고 새로운 삶으로 나아갈 수 있다고. 그리고 이게 가장 멍청한 부분인데 내가 성공한다면 언젠가는 누군가에게 부족함 없는 사람이 될 수 있을지 모른다고 생각하기 시작했어요……."

그가 말끝을 흐린다.

"누군가에게……?" 나는 질문을 끝낼 수 없었다.

무엇 때문에? 아니면…… 누구를 위해?

승이 체념하듯 고개를 흔든다.

"세상에는 이루어질 수 없는 것들이 있는 것 같아요. 아무리 간절히……," 그의 목소리가 가라앉았다. "원한다고 해도."

지붕 위 내 곁에 앉아 있는 나와 너무나 다른 세계에 사는 사람인 이 소년을 바라본다. 그의 눈동자에 비친 별들이 보인다. 그리고 그가 나를 응시하는 시선 속에 어쩌면 더 깊은 메시지가 있을지 모른다.

무궁화 꽃잎 하나가 그의 머리카락에 엉켜 바람결에 이리저리 나부낀다.

"승아……."

"네?"

"머리에 뭐가 있어." 손을 뻗어 그의 머리카락에서 분홍 꽃잎을 떼어 냈다. 꽃잎이 빙글빙글 춤을 추며 땅으로 내려앉는다.

도로 팔을 거두려는 순간, 승이 갑자기 내 손을 붙잡는다. 그의 손가락이 내 손을 감싸자 우리의 두 손이 공중에서 그대로 멈췄고 서로의 눈이 마주쳤다. 그의 입술을 내려다본다. 살짝 벌어진 그의 입술은 너무나 부드러워 보였다.

그리고 나도 모르게 승에게로 몸을 기울였다.

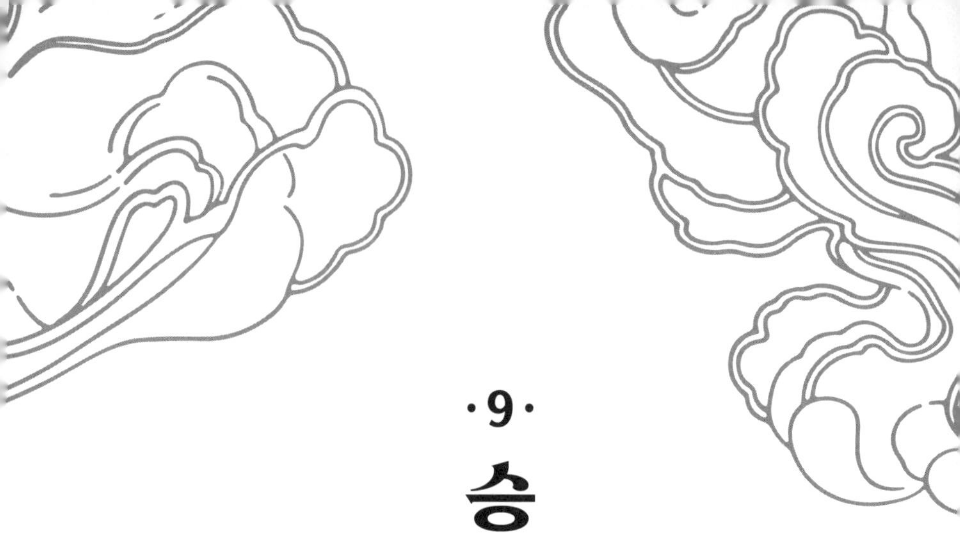

·9·

승

그녀의 입술이 수줍게, 그리고 강하게 내 입술에 닿았을 때, 내게 무슨 일이 벌어지고 있는지 깨닫는 데 잠시 시간이 걸렸다. 맞잡은 손에 은지의 빨라진 맥박이 전해졌고 내 심장도 똑같이 빠르게 뛰었다.

나 역시 그녀에게로 거의 몸을 기울일 뻔했다.

그러고 싶었다. 무엇보다도 그렇게 하고 싶었다.

하지만 그럴 수 없었다. 우리는 그래서는 안 된다.

그녀의 손을 놓고 조심스럽게 물러섰다.

여전히 몸을 앞으로 숙이고 입술을 벌린 채 은지가 눈을 떴다. 그녀의 얼굴에 떠오른 갑작스럽고 상처받은 표정이 비수가 되어 내 심장을 찌른다. 그녀가 창피한 듯 뒤로 몸을 뺀다.

"미안해." 그녀의 목소리가 잠겨 있다. 상처가 배어 있는 목소리다.

"아가씨, 나는……." 무슨 말인가 하려고 애썼지만 뭐라고 해야 할지 몰랐다. "아가씨는 약혼한 몸이잖아요."

"그래, 내가 증오하는 사람과." 차가운 말이 돌을 내뱉는 것처럼 그녀의 입에서 튀어나온다.

이런 그녀를 보는 게 괴롭다. 어둠 속에서도 그녀의 뺨은 새빨갛게 물들어 격한 당혹감으로 열기를 내뿜고 있다. 문득 나는 내 앞에 있는 똑똑하고 용감하면서도 고집 센 이 소녀가 안쓰러웠다.

그녀의 눈동자는 반항심과 갈망이 뒤섞여 여전히 빛났고, 어깨 위 바람에 흩날리는 머리카락이 그녀의 복잡한 심경을 보여주는 듯했다.

내가 진정으로 원하는 것은 오직 하나, 할 수만 있다면 궁궐에서 아침의 해를 맞이할 때까지 밤은 애초에 없었던 것처럼 지워 버리고 별빛 아래에서 그녀를 꼭 껴안고 있는 것이다.

하지만 인생에는 내가 할 수 없는 일들이 있다. 삶이 나에게 그 사실을 혹독하게 가르쳐 주었다.

"늦었어요, 우리…… 집으로 돌아가야 할 거 같아요."

은지가 움츠러들며 손으로 얼굴을 감쌌다.

"승아, 정말 미안해……."

"아가씨가 싫어서가 아니에요."

왜 그런 말을 했을까? 말을 멈출 새가 없었다.

은지가 고개를 들어 나를 보자 자책했다. 그녀의 희망 섞인 표정이 내 가슴에 찢기는 듯한 통증을 남긴다.

순간 생각했다. 만약 우리가 어떻게든.

아니다. 그 생각이 움트기 전에 짓눌렀다.

8개월 전, 나는 결정을 내렸다. 어리석은 결정을. 불가능한 미래를 믿어 보기로 했다.

내가 아닌 다른 사람이 될 수 있다고 착각했었다.

다시는 그런 실수를 하지 않을 것이다.

은지는 드래곤 제국의 전도유망한 외교관 집안의 자제와 약혼했다. 내가 넘볼 수 없는 모든 것을 가진, 그녀의 신분에 걸맞은 인물이다. 몇 년 후, 아다치 사관학교에서 돌아오면 그녀는 내 이름조차 기억하지 못할 것이다.

그리고 그것은 옳은 일이다.

"이건 안 될 일이야." 입안의 쓴맛을 억지로 삼키며 낮게 중얼거렸다. 몸을 일으켜서 은지를 부른다. "이제 가요, 아가씨. 돌아가요."

그러고는 지붕 가장자리로 올라가 다리를 넘겨 기둥을 타고 미끄러져 내려갔다. 모래 위에 착지한 후 은지를 기다렸다.

영원 같던 긴 시간이 흐른 후, 부드러운 쿵 소리를 내며 은지가 나를 따라 땅으로 발을 디딘다. 조용히 궁궐 뒷문을 지나갈 때 우리의 발자국이 마당 자갈에 자그마한 흔적을 남긴다. 그녀를 먼저 통과시키고 나도 뒤따랐다. 우리 둘은 고통스러운 침묵 속에서 언덕 아래 저택으로 향했다.

걷는 동안 둘은 아무 말도 없었다. 최씨 가문의 저택이 보일 때쯤 은지가 나를 향해 돌아섰다.

"승아, 정말 미안해." 그녀가 같은 말을 했다. 그녀의 마음을 짓누르는 후회가 느껴졌다. 가능하다면 그녀는 시간을 되돌려 좀 전에 있었던 일을 지워 버리길 간절히 바라고 있다.

"아가씨, 나한테 미안해할 건 없어요."

"그래도 미안해." 그녀가 거칠게 숨을 토해 낸다. "미안해 승아, 너의 일 년을 허비하게 해서, 내가 할 수 있을 거라고 생각했던 것들……. 내가 하려고 했던 거……."

"그만해요." 무례하게 말하려는 의도는 없었지만, 이미 내 입에서 나와 버렸고 주워담을 수도 없었다.

은지가 입을 다문다.

"아가씨는 결혼할 거잖아요. 아가씨에게 필요한 모든 걸 해 줄 수 있는 사람과. 근데 나는 '가난해요'. 집안의 장남으로서…… 평생 고생하며 살아야 해요."

그녀의 목소리가 낮아졌다. "그걸 들었어?"

"되게 새삼스러운 얘기도 아니잖아요. 어쨌든, 그건 사실이고요."

그녀가 내게 한 걸음 다가왔다. "승아, 처음 자신이 원하는 삶을 꿈꾸라고 말한 건 너였어. 네가 내 안에 그 열망을 심어 놓고 이제는 그걸 잊어버리라는 거야?"

나는 이를 악물고 억지로 고개를 끄덕였다.

"그럼 이게 끝이구나." 그녀의 목소리가 떨린다.

"네."

"모든 게. 우리의 모든 것……."

"아가씨, 처음부터 '우리'라는 건 없었어요."

"알았어." 그녀가 조용히 말하며 입술을 깨문다. "그래, 이해해. 네 마음이 나와 같지 않다는 거."

"아니에요. 당연히 아가씨와 같은 심정이에요!" 소리를 지르며 팔을 공중으로 휘저었다. "아가씨가 나를 저장고로 끌고 갔던 순간부터 아가씨에게 무언가를 느끼지 않았다면 그건 거짓말이에요. 그 감정들이 몇 달 동안 자라지 않았다고 하면 그것도 거짓이겠죠. 하지만 아가씨와 나? 우리가 처한 상황이 얼마나 다른지 생각해 봐요."

은지의 표정이 굳어진다.

"나도 너만큼이나 매어 있는 삶이야, 승아." 담담한 말투다. "네가 그걸 이해한다고 생각했어."

"그래요. 그게 바로 내가 말한 거예요." 모든 분노와 좌절과 상처가 이제는 나한테서 터져 나왔다. "그게 권력자들이 가진 특권이에요. 자기들이 정한 방식대로 삶을 사는 것. 아가씨도 나도 그만한 힘은 없죠, 그리고 절대 가지지 못할 거예요."

그녀는 침묵했다.

"아가씨," 목소리를 누그러뜨렸다. "부정한다고 바뀌는 건 없어요. 과거가 바뀌지도 않고요. 내 시험 점수나 아가씨의 미래도 변하지 않아요.”

아버지를 되살릴 수도 없다.

“그러니 제발, 이제 그만해요.”

“그럼 내가 어쩌길 바라는 거야?” 그녀의 말이 냉정해지며 목소리는 싸늘하게 멀어져 있었다.

이것은 한때 내가 알던 착하고 예의 바른 양반집 딸, 최은지의 말투다.

질문이 날카로웠다.

정말로 그녀가 뭔가 해 주길 원하는 걸까?

나는 그녀가 나를 안아 주며 오늘 밤 이후 아무것도 바뀌지 않을 거라고 말해 주기를 바랐다. 오늘이 마지막이 아니라고 말해 주기를. 그녀가 나와 같이 있기를 원했다.

하지만 은지에게 나를 위해 그녀의 인생을 던져 버리라고 요구할 수는 없다. 시험에 실패한 지금 나에게 내세울 만한 미래도 없으면서 그녀까지 나락으로 끌고 가서는 안 된다.

그래서 마음을 굳게 다지고 눈물을 억누르며 말했다.

“아가씨, 이 작은 마을에서 벗어나세요. 아다치에 들어가면 사람들을 놀라게 할 정도로 뛰어날 거라는 거 알아요. 그리고 아가씨가 훌륭하고 편안한 삶을, 할 수 있다면 진정으로 행복한 삶을, 아무 걱정 없는 삶을 살기를 기원해요. 내일 아침 일어나면……”

목이 메어 와 말이 더듬더듬 나온다.

“나를 잊으세요.”

질끈 감은 은지의 눈에 소리 없는 눈물이 뺨을 타고 흐른다. 그녀는 눈물을 닦아 내며 차마 나를 바라보지 못한다.

그녀를 집까지 데려다주는 걸음걸음마다 내 마음이 무너져 내렸다.

이번엔 창문을 통해 다시 올라갈 때 그녀가 어깨를 돌려 마지막으로 나를 쳐다보았다. 뭔가 말하려는 듯 입술을 살짝 벌린다. 달빛이 쏟아져 내려와 그녀의 창백하고 핏기 없는 얼굴을 비추고 있다.

창문이 닫혔다.

눈에 띄지 않는 곳에 도달할 때까지 눈물을 보이지 않았다. 그곳을 완전히 벗어난 후에야 눈물이 얼굴을 타고 내리기 시작했다.

먼 길을 돌아 집으로 갔다.

한밤중 마을은 조용하고 무겁게 가라앉아 있다. 오늘 밤 우리 집과 똑같은 모양의 한옥들이 애도의 장소 같아 보인다. 나는 이 밤을 시험에 떨어졌던 날처럼 영원히 기억할 것이다.

눈물을 훔치며 기도 변두리 구불구불한 거리를 무작정 걸었다. 어느새 발길이 몇 달 전에 은지와 내가 물수제비를 떴던 개울로 이끌었다. 물 위로 내 얼굴이 비친다.

흙바닥에 무릎을 꿇고 앉아 돌멩이 한 줌을 집어 들어 하나씩 물에 던졌다. 풍덩.

풍덩. 잔물결이 유리처럼 매끄러운 개울 수면 위로 파장을 남기며 물에 비친 별들을 흐트러뜨렸다.

"멋진 꿈이었다!" 개울에 속삭인다. "처음부터 불가능한 일이었지만."

"이제 알았어?"

벌떡 일어나 휙 돌아섰다. 가늘게 실눈을 뜨고 누가 말했는지 찾으려 강둑을 따라 좌우를 살폈다.

그 목소리. 어디선가 들어본 적 있는 목소리.

그때 그 소녀가 보인다. 숲과 개울이 만나는 경계, 그곳에 소녀가 자작나무에 등을 기댄 채 팔짱을 끼고 서 있다. 까치 깃털 같은 짙은 보랏빛 머리를 이번에는 질끈 묶었다. 창백한 얼굴로 나를 무심하게 바라보며, 입가에는 모든 것을 알고 있는 듯한 미소를 머금고 있다.

"그게 불가능한 이유는 모든 게 거짓이라 그래." 빈정대듯 말한다. "전에 말했잖아. 그건 제국이 우리를 속이는 허구일 뿐이라고. 저들이 사람들을 길들이려고 희망이라는 미끼를 흘리는 거지. 시험도 속임수야. 처음부터 그랬어. 특권층만 통과할 수 있고, 너와 나에게 기회란 없지."

"나를 미행한 거야?" 눈물을 닦으며 화가 나서 따졌다.

"한번 맞혀 볼까." 반란군 소녀는 내 물음엔 아랑곳하지 않고 계속 말한다. "너의 비밀 여자친구는 시험에 통과했고, 너는 못 했어. 그 애는 아다치 사관학교로, 너는 여기 처박혀 있게 되는 거지. 그래서 그 애가 널 차 버린 거야."

나는 이곳을 떠나려 발걸음을 뗐다.

"기다려. *가지 마.*"

갑자기 다리가 납덩이가 된 것처럼 움직이지 않는다.

도대체 이게 무슨.

"도와주고 싶어." 창백한 얼굴의 소녀가 명랑하게 말한다. "그리고 네가 우리를 도울 수 있다고 생각해. 그 애와 친한 사이였지, 안 그래?"

"누구와?" 모르는 척했지만 소용없었다.

"내가 누구를 얘기하는지 정확히 알잖아, 연애 소년아." 그녀가 몇 걸음 더 앞으로 다가오며 나를 손가락으로 가리킨다. "그 부잣집 소녀, 최은지. 호랑이 식민지의 가장 강력한 가문 막내딸. 그 집안이 제국과 정말 친밀하거든. 넌 틀림없이 중요한 정보들을 많이 알고 있을 거야."

"그래서 원하는 게 뭔데?" 나는 팔짱을 꼈다.

"우리와 함께 일하자."

"난 네가 누군지도 몰라."

"알아." 소녀가 눈을 반짝인다. "저항군에 대해 들어봤지? 자유 투사들."

멈칫했다.

"우리와 함께하자."

"내가 왜 그래야 하는데?"

"이 마을을 봐." 소녀가 말라비틀어진 나뭇잎들과 우리 발치에서 누렇게 시든 풀을 가리켰다. "우리나라는 죽어 가고 있어. 대지 전체가 해방을 갈구하며 울부짖고 있다고. 이게 다 제국이 저지른 짓이야. 저들이 사람들을 착취한 것처럼 우리의 대지도 짓밟았어. 산산조각 냈다고."

소녀가 나를 뚫어지게 노려본다.

"그 절망감, 지금 네가 느끼는 이 상실감, 나는 네가 어떤 기분인지 알아. 우리 모두 느끼고 있지. 그리고 이건 시작에 불과해. 시험에서부터 시작하는 거야. 네가 손놓고 가만히 있으면, 제국은 끊임없이 너에게서 뜯어낼 거야. 네가 가진 모든 것을 빼앗겠지. 네 육체의 노동력, 너의 재산 그리고 네 혈관 속 피까지. 네가 텅 빈 껍데기가 될 때까지. 그러고 나서 너를 버릴 거야."

나는 아버지도, 출세의 길도, 미래도 잃었다. 내가 아꼈던 그녀, 나의 가장 친한 친구마저도. 제국이 나에게서 무엇을 더 빼앗을 수 있을까?

하지만 한 가지 사실은 분명했다. 수배 중인 범죄자와 엮이는 게 해답은 아니다. 그건 내가 아끼는 모든 이에게 상처만 줄 뿐이다.

여기서 벗어나야 한다. 이 이상한 소녀로부터 되도록 멀리. 발을 움직여 보지만 꿈쩍도 하지 않는다.

왜 움직일 수 없지?

"너를 도울 수 없어."

"흠. 아직 준비가 안 됐구나." 소녀가 혀를 찬다. "뭐, 네가 자기 자신을 지키고 싶다는 마음이 들면 나를 찾아와. 우리는 항상 도움의 손길이 필요하거든."

소녀가 가방 속에서 그림이 그려진 종이와 펜을 꺼내 재빨리 뒷면에 뭐라고 휘갈겨 쓰더니 내게 들이민다. *"받아."*

마치 내 손이 조종당하는 것처럼 앞으로 뻗어 종이를 받는다.

그녀가 나에게 무슨 짓을 하는 거지?

"결심이 서면 계곡 기슭에 있는 폐공장으로 와. 창문을 정확히 네 번 — 더도 덜도 말고 — 두드리고 이 쪽지를 보여 줘. 살고 싶으면 문 두드리지 말고. *아, 그리고 내가 방금 한 말을 절대 다른 사람에게 하면 안 돼. 알았지?"*

입술은 봉인이라도 된 듯 딱 붙어서 멍하니 그녀를 바라본다.

"좋았어." 소녀가 씩 웃는다. "안으로 들어오면, 진을 찾아."

소녀가 떠나려고 몸을 돌려 숲 쪽으로 몇 걸음 옮겼을 때 무언가 생각난 듯 작고 기운 빠진 한숨을 내쉬었다. "아, 맞다. *이제 가도 돼."*

드디어 내 다리가 걷는 걸 기억해 낸 것 같아 얼빠진 채 다리를 내려다봤다. 소녀는 사라져도 그 웃음소리가 귓가에 맴돌았다.

"곧 보자……."

소녀가 떠난 뒤 그녀가 건네준 종이를 쳐다봤다.

뒷면에 이렇게 써 있다.

연애 소년에게 — 진 XX

종이를 뒤집으니, 거칠고 굵은 붓으로 그린 그림이 눈에 들어왔다. 턱을 한껏 벌려 송곳니를 드러낸 짐승의 머리였다. 호랑이 눈빛에서 강렬한 분노가 느껴진다.

2부
눈치

어느 날, 갑자기 어머니와 아버지가 나를 방으로 부르시더니 "너 창규랑 사귀니?" 하고 물었다. 알고 보니 우리 교회의 한 장로님이 아버지에게 우리가 서로 좋아하는 것 같다고 말했던 것이다. 부모님은 창규가 매우 똑똑하고 유능하며 좋은 사람이지만, 아버지를 여의고, 일곱 식구를 부양하느라 힘겹게 고생하고 있어서 우리의 '풋사랑'만으로는 현실의 문제를 해결하지 못한다고 충고하시며 당장 그와 헤어지라고 말씀하셨다.

_ 할머니 현수 '킴' 류

세상이 무너지는 느낌이었다. 마음속으로 나의 묘비명을 '독보(獨步)'로 정했다. 해석하면 '독 = 홀로, 보 = 걷다', '홀로 걷다'. 내 가족에 대한 책임을 오롯이 내가 지고 누구에게도 내 가족을 의탁하지 않을 것이다. 중학교 선배들의 권유로 한국 독립을 도모하는 지하 운동 조직에 합류했다. 피 말리는 극도의 긴장감으로 언제든 체포될 두려움에 떨었다.

_ 할아버지 창규 '키이스' 류

일요일이었다. 평소처럼 교회에 갔지만 창규는 어디에도 보이지 않았고, 그때부터 그와의 모든 연락이 끊겼다.

_ 할머니 현수 '킴' 류

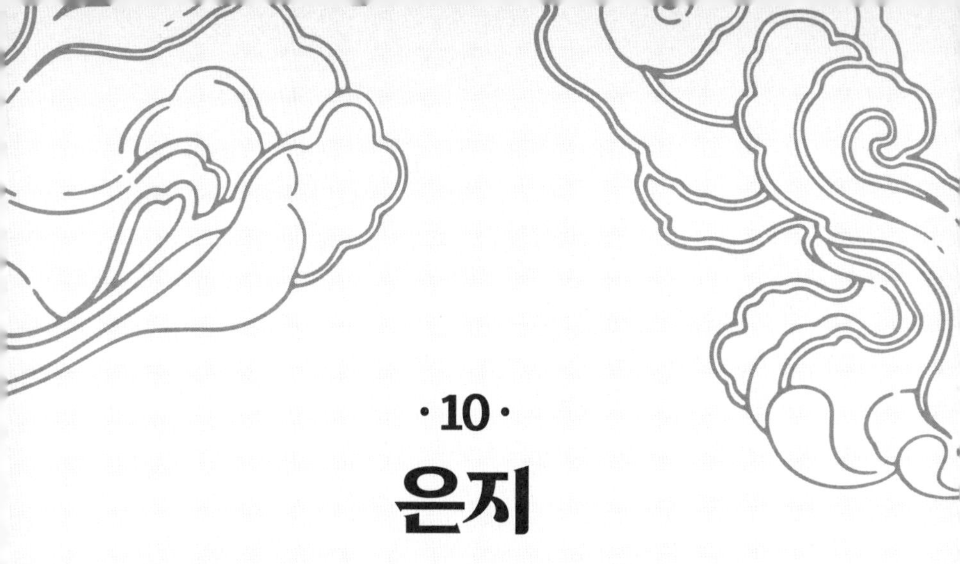

·10·
은지

1년 후.

드래곤 제국.

포위되었다.

땀방울이 이마를 타고 턱으로 흘러내린다. 나는 싸울 자세를 취하며 손을 들어올려 점점 다가오는 상대들을 경계하며 쳐다본다. 다른 이들도 주먹을 쥐고 조심스럽게 앞으로 나서면서 훈련장 모래 위를 쓸며 맨발을 구른다.

남은 상대를 센다. *하나, 둘, 셋, 넷.*

충분히 해 볼 만하다.

야외 훈련 도장을 원형으로 둘러싼 횃불이 모래 훈련장을 붉은빛으로 물들였다. 그 횃불 너머는 보이지 않는다. 지금으로서는 이 훈련장이 세상 전부나 다름없다. 공기는 흙먼지와 땀, 그리고 연기 냄새로 가득하다. 나는 얼굴에 인상을 쓰며 주먹을 꽉 쥐었다.

교관인 나리 훈련 대장은 이번 평가를 위해 최대 10번의 타격만 허용했다. 나는 이미 네 번의 타격으로 처음 세 명의 상대를 도장 밖으로 쓰러뜨렸다. 고로 이제 여섯 번의 타격만 남은 셈이다. 훈련생 네 명을 물리치는 데 여섯 번의 타격.

하지만 그것보다 적은 횟수로도 할 수 있을 것 같다.

공격하기 전 눈을 감고 숨을 깊이 들이마셨다.

상대편 중 가장 대범한 아키리가 먼저 나에게 덤버든다. 왼쪽으로 재빨리 움직여 그녀를 속인 다음, 앞으로 달려가 그녀의 팔을 잡고 위로 바깥으로 흔들었다. 용의 기가 상대를 날려 보낼 만큼 강력한 힘을 내 근육에 실어 주었다. 공중으로 날아간 아키리가 끙끙대며 모래 훈련장을 벗어나려는 찰나, 다른 상대 한 명과 부딪혀 그 상대가 아키리 대신 도장 밖으로 나가떨어졌다.

의도한 바는 아니었지만 어쨌든 한 명은 처리했고, 아직 셋 남았다.

아키리가 먼지를 털어 내면서 다시 일어선다.

그 사이, 나는 보미 — 머리를 땋은 키 작은 소녀 — 의 주먹을 공중에서 손바닥으로 저지했다. 그녀의 일격이 온몸으로 전해졌고, 이를 악물고 버티면서 몸을 비틀어 그녀의 균형을 무너뜨렸다. 바로 그때, 다른 누군가가 — 아마 태현일 것이다 — 뒤에서 나를 향해 달려들었다. 때맞춰 몸을 돌려 다리에 힘을 모았다.

그리고 공중으로 뛰어올랐다.

상대들이 뒤로 물러나 피하려 했지만 이미 늦었다. 나의 돌려차기 한 방으로 둘 다 모래 훈련장을 벗어나 도장 바깥으로 나가떨어졌다.

발로 착지한 뒤 몸에 묻은 모래를 털어 냈다. 웃음이 나온다. 세 번의 공격 성공으로 이제 마지막 상대 한 명만 남았다. 아직 세 번의 타격 기회가 남았으니 최종 상대를 도장 밖으로 쓰러뜨리기에 충분하다.

아키리는 거침없었다. 그녀가 나를 향해 돌진하자 재빨리 그녀의 첫 번째 주먹 치기를 막고 그다음 공격도 막아 낸 후, 정확한 찌르기로 반격해 그녀를 밀어낼 기회를 잡았다.

그녀가 가까스로 방어했지만, 이미 주도권은 내게로 넘어왔다. 나는 기세를 몰아 강력한 발차기로 계속해서 그녀를 모래 훈련장 가장자리로 밀어냈다.

마지막 발차기로 그녀를 끝장내려던 순간, 나는 고개를 들었다.

바로 그때 연한 분홍색 꽃잎 하나가 바람에 날려 우리 둘 사이를 스친다. 그 순간 아키리의 얼굴이 아닌 다른 누군가의 얼굴이 보였다.

"아가씨……," 승이 말한다. "나를 잊어요."

공격을 멈췄다. 그 틈을 타 상대가 앞으로 돌진해 무방비 상태인 내 복부에 주먹을 강타한다.

으윽. 통증이 일었다.

휘청거리며 뒤로 물러났다. 폐부에서 숨이 완전히 빠져나가는 듯하다.

머리를 가로젓는다. 지금은 정신을 똑바로 차려야 한다. 앞으로 달려들어 시합을 다시 시작했지만 내 경기력은 흐트러졌고 제대로 된 공격을 할 수 없을 것 같았다. 결국 조급해진 나는 그녀를 잡아서 밀쳐 냈다. 현란한 기술은 아니었지만 어쨌든 경기는 끝났다.

아키리가 휘청거리며 뒷걸음으로 모래 훈련장 끝단을 넘어 도장 바닥으로 뒤집혀 고꾸라졌다.

쿵!

심벌즈 소리가 경기가 끝났음을 알린다.

이마에서 흘러내리는 땀을 손등으로 훔쳤다. 도장 바깥쪽에 있던 반 친구들이 나의 승리를 축하하며 박수로 경의를 표한다. 그러고는 자리에 앉아 자신들의 부상을 살핀다.

아키리가 눈을 감고 다리의 긁힌 상처를 옅어지게 만들며 치유한다. 나도 마찬가지로 눈을 감고 내 복부 주변으로 기를 모으니 통증이 점차 완화

되면서 멍이 사라졌다.

단 1년 만에 내가 얼마나 변했는지 믿을 수 없을 정도다.

작년 가을 아다치 사관학교에 처음 입학했을 때, 나는 일일 기초 훈련조차 끝내지 못했다.

하지만 아다치의 교관들은 평생 고생이라곤 안 해 본 아이들을 교육시켜 진정한 전사로 만드는 데 탁월했고, 그게 바로 드래곤 제국 최고 군사학교의 목적이기도 했다. 우리 같은 부잣집 응석받이들을 전투에 투입할 유능한 전사로 만드는 것.

나에게는 그것이 절실했다. 강도 높은 훈련, 맹렬한 연습, 그리고 무엇보다 나에게 어떤 목적의식을 일깨워 줄 나리 교관의 가르침(그리고 그녀의 주먹)이 필요했다.

작년에 나와 켄조의 약혼이 공식 발표되면서 언론의 큰 화젯거리가 되는 바람에 아버지는 "사업에는 이롭지만 젊은 신부에게는 좋지 않다." 말씀하시며 나의 외출을 완전히 금지하셨다. 나는 모든 걸 잃었다. 여름 동안 집 안에만 갇혀 있었고 동행인과 함께여도 저택 밖으로 나갈 수는 없었다. 몇 달간 나는 온화하고 따뜻한 미소를 지었지만 과묵한 문희 외에는 그 누구와도 대화하지 않았다.

그해 여름, 저녁마다 나는 별이 총총히 박힌 하늘을 창밖으로 바라보며, 옛날 호랑이 궁궐에서 승과 함께 보낸 마지막 밤을 마음속으로 되새겼다. 내 상처받은 자존심을 추스르고 난 뒤, 그날 밤 나를 밀어냈던 그를 더 이상 원망하지 않는다. 그의 달콤한 목소리와 그 애절한 눈빛이 나에 대한 호감이라고 착각한 건 내 실수였다. 시험에 낙방한 갑작스러운 충격과 아버지의 죽음이라는 고뇌 사이에서, 우리의 미래 같은 건 그의 안중에도 없었을 것이다.

그래도, 지난 1년간 내가 겪은 모든 부상과 눈의 멍자국을 다 합해도 승의 말만큼 내 가슴 깊이 생채기를 낸 건 없었다.

그게 권력자들이 가진 특권이에요. 자기들이 정한 방식대로 삶을 사는 것.

그가 옳다. 우리는 갇힌 인생이다. 나는 약혼을 피할 수도, 부모님의 뜻을 거역할 힘도 없다. 그 또한 자신을 금광과 가난의 굴레로 내몬 운명에 맞설 수 없다. 우리는 함께할 수 없었다. 그때의 우리로서는.

하지만 승이 틀린 것도 있다.

아가씨도 나도 그만한 힘은 없지요, 그리고 절대 가지지 못할 거예요.

무수히 많은 장애물과 싸워야 하는 승에게 그건 사실일지 몰라도 우리가 한 팀이 된다면 다를 것이다. 이제 나는 교관도 인정하고, 학우들의 존경도 받는 용의 기를 터득했다. 만일 승 혼자서 우리의 운명을 바꿀 힘이 부족하다면 — 우리가 원하는 것을 가질 수 있는 세상, 어쩌면 우리가 함께할 수 있는 세상을 꿈꿀 힘이 부족하다면 — 그렇다면 나는 기꺼이 우리 두 사람 몫을 감당해 낼 것이다.

나를 순진하고 어리숙하다 못해 무모하다고 해도 좋다. 하지만 나는 그런 힘을 기를 수 있다고 — 아니 — 쟁취할 수 있다고 확신한다. 1년 전, 승이 처음으로 그 신념을 내 가슴속에 심어 줬다. 비록 그가 이미 그 신념을 저버렸을지 몰라도 나는 그것을 지키고 싶다.

그래야만 했다. 내가 집 밖의 세상을 보고, 나 자신의 힘을 키우는 경험을 맛본 후 그런 신념을 포기한다는 것은, 껍데기만 남은 순종적인 여자로 집안에 틀어박혀 누군가의 명령에 복종하며 사는 삶과 같으니까⋯⋯.

아니. 나는 절대 그런 삶으로 돌아가지 않는다. 지금도. 앞으로도.

그래서 결심했다.

승이 틀렸다는 걸 보여 주기로 마음먹었다.

아다치 사관학교가 딱 제때 시작되었다. 아다치의 붉은 용으로부터 기를 받은 날, 내 안의 무언가가 달라졌다. 용 정령의 힘이 내 혈관을 타고 흐르는 것이 느껴지자 나는 이것이 기회라는 것을 깨달았다. 아버지는 우리 가문과 제국의 연결을 견고히 하려고 나를 아다치의 엘리트 군인인 켄조와 약혼시킨 것이리라.

그런데 만약 내가 켄조가 이룬 명성에 도달한다면 — 만약 내가 군으로부터 그의 직위에 버금가는 제안을 받는다면 — 그렇다련 어쩌면, 정말 어쩌면, 부모님이 나 하나만으로도 충분하다고 생각해 이 혼사를 다시 고민해 보시지 않을까. 결혼 없이도 내가 부모님께 그만한 권력과 인맥을 보장해 줄 수 있으니 말이다.

그때가 되면 부모님이 나를 은수 오빠처럼 대해 주실지도 모른다.

그래서 아다치 사관학교에 들어온 후 나는 다짐했다. 단지 용의 기만 배우지는 않겠노라고.

우리 반 최고가 되겠다고 맹세했다.

물론 단번에 이루어지지는 않았다.

체력 단련 시간, 나는 마지막 숨이 다할 때까지 나 자신을 밀어붙였다. 근력 훈련 때는 근육에 경련이 일어나고 파열되고 회복되는 동안 마지막 젖 먹던 힘까지 쏟아부었다. 양반 가문 자제들은 시험에 통과할 정도로 마지못해 운동하는 시늉만 낼 뿐이었지만, 나는 내 인생의 사활을 걸었다.

매일 아침 훈련 도장에 5분 일찍 도착해 반 순위표를 확인했다. 내 이름이 한 단계씩 올라갈 때마다 기쁨에 전율했다. 12월이 되자 500명 중 17위까지 올랐지만, 그후로는 성적이 좀처럼 오르지 않았다.

그래서 늦은 저녁과 주말에는 도서관으로 향했다.

거기서 나는 용의 기에 대한 모든 자료를 찾아 공부했다. 용 정령의 힘이 발견된 역사적 기록, 제국 역사상 가장 위대한 기 마스터의 전기(傳記), 기술에 관한 교재를 탐독했다. 인간과 괴물 간의 전투에 관한 역사적 기록을 읽으며, 영적인 세계에 머물지만 때때로 인간의 세계로 넘나드는 존재에 대해 배웠다. 그리고 배운 것을 늦게까지 연습했다.

매일 밤 막사로 돌아오면 침대에 누워 천장을 바라보며 내가 원하는 것을 이룰 수 있는 힘을 가졌을 때 펼쳐질 삶에 대해 생각했다. 내가 원하는 곳에서 살고, 내가 선택한 사람과 결혼할 것이다.

아다치의 겨울은 혹독했다. 1월 중순부터 3월 말까지 공격과 방어 동작 훈련을 꾸준히 연습해 수월하게 통과했고, 힘, 지구력, 치유 능력을 빠르게 습득했다. 마침내 10주 만에 나의 성적은 17위에서 7위로 올라섰다.

계속해서 나의 성적이 오르자, 반 친구들이 나를 선망의 대상으로 바라보기 시작했다.

자라면서 으레 양반 자제들이 하는 가식적인 칭찬이나 입에 발린 소리에 익숙해 나도 그들에게 똑같이 화답했으나 지금 그들의 태도는 진심으로 느껴졌다. 실제로 반 친구들은 나와 점심을 먹고 훈련도 같이 하고 싶어 했다. 과연 켄조 고바야시가 평생 받은 대접이 이런 기분일까 궁금해지기도 했다.

사실 기분이 좋았다.

그래서 더 열심히 하고 싶었다.

중간 평가에서는 모든 과목이 거의 만점이었다. 다음번 반 순위표에는 4등이었던 남학생을 제치고 내 이름을 올렸다.

그러자 상황이 심상치 않게 흘렀다. 도장의 분위기가 갑자기 변한 게 느껴졌다.

항상 상위 5위권을 고수하던 드래곤 고위층 자녀들이 동요하기 시작했고, 나는 수년 만에 처음으로 상위 5위에 오른 호랑이 학생이 되었다.

4월 내내 내가 산을 한 번 더 오르거나 단련실에서 체력 운동을 할 때마다 드래곤 학생들이 나를 주시하시는 게 느껴졌다. 전부터 그들은 우리가 같은 공간에 있을 때도 나와 호랑이 학생들을 마치 없는 사람 취급하듯 냉담하게 굴었다.

그러다 그해 봄 식사 시간에 드래곤 학생이 나의 발을 걸어 넘어뜨려 내 가슴에 음식이 다 쏟아졌을 때, 나는 그게 단순한 사고가 아니라는 걸 눈치챘다. 그리고 취침 시간 내 베갯속에서 바퀴벌레 알집을 발견하고는 정확히 누구의 소행인지도 알았다.

우리의 출신 배경 때문에 나와 호랑이 학생들이 당하는 차별이 처음은 아니었다. 하지만 갈수록 우리를 겨냥한 괴롭힘은 노골적으로 자행됐지만, 학교를 운영하는 기 마스터들은 알면서도 못 본 체했다.

제국은 호랑이 식민지 학생을 환대하지 않았다.

하지만 상관없다. 오히려 불편한 편이 더 났다는 걸 알고 있었으니까.

천천히 그러나 부단히 나 자신을 연마하면서 나는 이전에는 한 번도 되어 본 적 없는 어떤 존재로 되어 가고 있었다. 어쩌면 그것이 항상 내 영혼 어딘가에서 나도 모르게 잠재되어 있다가 세상에 그 모습을 드러낼 순간만을 기다리고 있었는지도 모른다.

그렇게 나는 군인이 되어 갔다.

짝. 짝. 짝. 차분하지만 느릿한 박수 소리가 생각의 심연에서 나를 끄집어내 경기장으로 되돌려 놓았다.

내 뒤, 일렁이는 횃불 너머에서 누군가의 웃음소리가 들린다.

"잘했어……."

그림자 밖으로 나리 교관이 휠체어를 타고 모래 경기장 가장자리로 다가온다. 나는 자부심으로 얼굴이 붉어졌다. 그녀는 총명하고 용맹스러우며 자신감이 넘친다. 내가 가장 본받고 싶은 인물이다. 뿐만 아니라, 호랑이 식민지 출신 학생이 자신의 반으로 들어와도 싫은 내색을 하지 않는 아다

164

치의 몇 안 되는 기 마스터 중 한 명이다. 다른 교관들과 달리 나리 교관은 나의 출신 때문에 나를 차별한 적이 단 한 번도 없었다.

18세 때 나리 교관은 식민지에서 호랑이를 잡은 — 슬레이어라는 명예로운 칭호를 하사받은 — 아다치의 첫 여성 졸업생이다. 그녀가 실패할 거라고 장담했던 남자 동급생들의 비아냥에도 불구하고, 자신의 실력으로 제국을 놀라게 했고 그녀를 무시하던 학생들 코를 납작하게 만들었다. 그런 역경이 오히려 그녀에게 큰 힘이 되었다고 그녀는 말했다. 그녀를 얕잡아 본 동급생들보다 두 배 더 노력하고, 두 배 더 강인하게 싸우도록 만들었기 때문이다.

10년이 지난 지금, 그녀는 아다치에서 교육하는 것 말고도 호랑이 슬레이어로 불리는 젊은 병사로 구성된 드래곤 군대의 정예 엘리트 부대를 이끌고 있다. 부대 명칭은 호랑이를 많이 사냥했던 시절에 유래한 것으로, 현재는 거의 2년 동안 호랑이가 보이지 않아 드래곤 제국은 호랑이의 멸종을 공식 선언했지만, 나리의 부대는 과거의 영예를 기리기 위해 여전히 '호랑이 슬레이어'로 불렸다. 이제 그 슬레이어들은 드래곤 군대 전체에서 신임 병사들이 가장 동경하는 부대로 제국 전역에서 유명세를 떨쳤다.

나는 일 년 내내 나리 교관의 부대에 선발되기를 희망했다. 겨울 방학 이후 그녀는 나를 혹독하게 훈련시켰는데, 아마도 최종 부대원 선발이 임박해서 그랬으리라. 그녀가 나를 시험하는 것이 틀림없었다. 그래서 나도 두 배로 노력했다. 올해 졸업생에게 인기 보직 선발 결과는 기말고사 후에 발표된다.

바로 오늘이다.

드래곤 군대의 요직은 반드시 아다치 사관학교 1등 졸업생이 차지한다. 평가가 예상대로 진행됐다면 내가 바로 그 주인공이다.

이번 주말이면 나는 결혼식을 올려야 한다. 1등의 영예를 안겨 드려 부모님이 생각을 바꾸도록 설득할 시간은 단 6일뿐이다.

"있잖아, 최은지. 네가 싸우는 걸 보는 건 정말 고통스러워."

내가 나리 교관에게 고마워하는 또 다른 점은, 아버지나 그의 사업 파트너들이 선호하는 드래곤 이름이 아닌 내 진짜 이름, 호랑이 이름으로 나를 불러 주는 것이다. 나는 즉시 몸을 곧추세우고 차렷 자세를 취했다.

"그렇게 형편없나요?" 숨을 가다듬었다.

나리 교관은 휠체어 옆에서 지팡이를 꺼내 일어선다. 등 뒤로 묶어 길게 늘어뜨린 그녀의 적갈색 머리카락이 그녀가 몸을 일으키자 잘랑거린다. 그녀의 의족 금속 발이 모래 훈련장 주변 자갈을 밟으니 바스락 소리가 난다.

"아니, 그 반대지."

고개를 들어 그녀와 눈을 마주쳤다.

"아다치 사관학교에서 거의 10년을 가르쳤는데," 나리가 계속한다. "이렇게 자랑스러우면서도 실망스러울 수 있다는 걸 몰랐어. 안타까워. 너는 내가 가르친 훈련생 중 가장 뛰어난 학생 중 하나야, 은지. 정말 너를 내 팀에 데려오고 싶었어."

실망스럽다고? 데려오고 싶었다고? 심장이 철렁했다.

"아……." 실망감을 감추려 애쓰며 멍하니 반응했다.

"그래서 10주 전 내가 너를 드래곤 군대의 호랑이 슬레이어 부대 조기 입대를 추천했던 거야." 나리가 설명한다.

조기 입대?

그건 켄조가 받은 제안과 같은 것으로 극히 드문 경우이기도 했다. 엄청난 실력과 특별한 재능을 인정받았다는 의미다. 나는 흥분을 숨길 수 없어 거의 공중으로 뛰어오를 뻔했다.

"나리 대장님, 이게 나에게 얼마나 큰 의미인지 모르실 거예요."

"그래, 몰라." 그녀가 눈썹을 치켜올리며 내 말을 가로막는다.

"저…… 죄송한데? 무슨 말씀인지 모르겠어요."

"은지! 그렇게 열심히 해 놓고 왜 내 제안을 거절한 거야?" 나리 교관이 내 옆에 무릎을 꿇고 앉으니, 의족의 금속 발이 모래 깊숙이 파묻힌다. 반 아이들이 떠들면서 하나둘씩 자리를 뜨자 나리는 군복 바지 한 쪽을 걷어 올려 의족을 분리하고는 상의 주머니에서 기름통을 꺼내 의족에다 정성스레 기름칠한다.

"거절했다고요?" 나는 여전히 흥분한 상태로 고개를 내저었다. "아닙니다, 제가 호랑이 슬레이어에 발탁된다면 더없는 영광일 텐데요. 지금 막 알게 된 제안을 어떻게 거절할 수 있겠어요?"

"방학 중 신년 연휴 때 학교에서 집으로 제안서를 보냈어. 어제 네가 그 제안을 거절했다는 답변을 받았지."

얼굴에서 웃음기가 싹 가셨다.

"집으로 보냈다고요?" 나리가 고개를 끄덕인다.

"지난 방학 때 저는 집에 가지 않았어요." 충격으로 목소리가 나오질 않았다.

"공부하려고 여기 남아 있었거든요."

나리의 얼굴이 굳는다. "음, 누군가가 너를 대신해 거절했다는 얘기네."

아버지. 그럴 리가. 그럴 리 없다.

"아니요, 아니요, 아니요, 이건 착오예요." 온몸의 피가 뺨으로 쏠리는 걸 느끼며 허둥거렸다. "학교에 착오가 있었다고 말해 줄 수 있나요? 저는 ……."

"미안해, 은지." 나리가 내 말을 자른다. "너에게 주어졌던 제안은 이미 다른 사람에게 넘어갔어. 그리고 나머지 추천 기회도 모두 소진된 상태고 ……, 안타깝지만 내년까지 기다려야 돼."

내년? 하지만 결혼식이!

"안 돼요." 절망스러웠다. "제발! 나리 대장님, 분명 뭔가 방법이 있을 거예요."

"미안해, 은지. 이건 정말 우리 둘 모두에게 너무나 안타까운 일이야. 진심으로."

나리 교관이 의족을 다시 부착하고 자리에서 일어선다. 그러고는 돌아서서 나를 향해 고개 숙여 인사한다. 망연자실한 채 나도 그녀를 따라 고개를 숙였다.

"축하합니다, 학생 여러분. 여러분은 용의 기를 터득했습니다. 이제 여러분은 아다치 졸업생입니다."

그것은 내가 최종 시험을 통과했다는 뜻이다.

"기분이 어때, 은지?" 잔뜩 풀이 죽은 채 막사로 들어가는 나를 본 보미가 쾌활하게 말을 건다. 그녀는 명랑하고 체구가 자그마한 소녀다. 그렇다고 만만하게 생각해선 안 된다.

보미는 강력한 타격을 가할 줄 안다. 우리 훈련 조의 다른 여학생들도 기대에 들떠 내 주위로 모여든다. "네 결혼식이 다음주지, 그렇지?"

켄조의 비웃는 얼굴이 떠오르자 두려움이 가슴속 깊은 곳에 무거운 돌덩이처럼 자리 잡는다.

하지만 최씨 가문의 여인들은 고통 속에서도 미소 지어야 한다.

입꼬리를 올려 기분 좋은 표정을 만들어 냈다.

"제국을 위해 충실히 나의 의무를 다하기를 기대하고 있어." 응당 최씨 가문의 딸로서 요구되는 모습을 하고 침착하면서도 절제된 미소로 거짓말을 했다.

·11·

승

탁! 탁! 탁!

곡괭이로 암벽을 내려치자, 바위 표면 사방으로 거미줄 형태의 균열이 퍼진다. 몸을 낮춰 살펴봤지만, 아무것도 없다. 금이라고 여길 만한 광채 같은 건 어디에도 보이지 않는다.

목표 지점에 정확히 조준해 곡괭이질을 하는 건지도 모르겠다. 내 머리는 텅 비어 있고 오직 바위에 금속이 부딪치는 소리만 들릴 뿐이다. 오늘도 몇 시간째 이 암벽을 두들기고 있다. 이 터널 하나에서만 수개월간 작업을 했고, 이 금광에서 일 년을 버텼다. 마치 내 삶이 정지해 시간은 나에게서 멈춘 것 같다.

쨍!

균열이 점차 넓어지며 충격 지점으로부터 뻗어 나간다.

쨍! 쨍!

암석이 부서지며 깨진 파편들이 바닥으로 쏟아진다. 계속해서 곡괭이로 내리치며 조금씩 그 틈을 넓혀 가자 마침내 바위층이 완전히 갈라져 떨어져 나간다.

희미한 반짝임이 보인다.

더 자세히 보려고 몸을 숙였다. 어쩌면……?

빛이 새어 나오는 주변을 계속 파고들었다. 여간 힘든 게 아니다. 바위는 좀처럼 부서지지 않았고 숨을 쉴 때마다 하얀 입김이 나왔다. 이곳 금광 깊숙한 곳에서 끊임없이 느껴지는 냉기가 일하는 내내 뼛속까지 스며든다. 때로는 한밤의 꿈에서도 금광의 차디찬 공기가 나를 감싸고, 내 피부에 입 맞추며, 나를 더 깊은 잠의 심연으로 이끄는 것을 느낄 수 있다.

드디어 마지막 바위 조각을 조심스럽게 떼어 내자 빛나는 울퉁불퉁한 덩어리가 내 손 위로 떨어진다. 금이었다.

손안에서 반짝이는 광석을 쳐다보며 희미한 웃음을 지었다. 순도가 너무 낮아서 보상이라고 해 봐야 푼돈이겠지만, 그래도 그 푼돈은 음식을 의미했다.

오늘 밤엔 집에 쌀을 가져갈 수 있겠다.

나는 손에 든 금덩어리를 내려다봤다. 금덩이를 발견했으니 기뻐야 하는데 왜 마음속에는 다른 기분이 드는 걸까?

눈물을 억지로 삼켰다.

시험에 떨어진 이후 곧바로 아버지의 일을 이어받아 금광에서 종일 근무를 시작했다.

지난 일 년 동안 세 가지의 일을 했다. 낮에는 아버지 대신 금광에서 작업했고, 아침과 저녁에는 시장의 상인 조합에서 물건을 나르며 상인들이 가게를 차리고 정리하는 것을 도왔다. 주말에는 여전히 최씨 저택에서 은지 오빠인 은수의 엄한 감시 아래 청소를 했다.

외로운 일이었다. 특히 최씨 저택에 그녀가 없으니 왠지…… 텅 빈 느낌이다. 꿈속에서 우리 둘은 여전히 마을 여기저기를 뛰어다닌다. 그녀가 내 손을 잡으며 나에게 미소 짓고, 눈에 잔뜩 힘을 준 진지한 표정으로 강물에 조약돌을 던지고, 그녀의 아버지가 안 보는 틈을 타 식탁에서 혀를 내밀어 장난을 친다. 숲속 소나무 아래에서 비를 맞은 그녀가 머리를 풀어헤치자 젖은 머리카락이 그녀의 어깨에 달라붙는다. 나는 수천 번 옛 궁궐 지붕으로 되돌아가 만약 내가 다른 선택을 했다면 무슨 일이 일어났을지 상상했다.

이불 아래 마룻바닥 밑에는 그녀에게 보내지 못한 편지들이 수북하다. 그날 밤 내가 준 상처를 더 크게 만들 뿐이라는 걸 알기에.

처음 몇 주는 우리가 친구로 남을 수 있을 거라고 생각했다. 하지만 그 후 몇 달이 지나면서 나는 무거운 진실을 깨달았다.

최은지를 영원히 잊지 못할지도 모른다는 것을.

지난 일 년은 흐릿하게 지나갔지만 내 기억 속에 하나의 긴 얼룩으로 남았다.

한동안 나는 내 변변찮은 수입 — 여기저기서 푼푼이 모아서 — 이라도 저축하면 언젠가는 우리가 이곳을 벗어날 만큼 충분한 액수가 되고, 그러면 온 가족이 수도인 한남시로 이사해 그곳에서 새로운 삶을 시작할 수 있다는 정신 나간 생각을 했었다.

왜냐하면, 솔직히 기도에는 우리가 기대할 건 아무것도 남아 있지 않다. 여기서 나에게 주어진 미래라고는 똑같은 일을 반복해 평생토록 일주일에 6일 반을 쥐꼬리만 한 임금으로 고된 노동을 하고, 이가 덜덜 떨리는 금광의 냉기를 참아 가며 일해야 하는 게 그 미래의 전부라는 사실을 알고 있으니까.

그래서 나는 저축하기 시작했다. 내심 과연 내 계획이 실현 가능한가라는 의문이 들면서도 아무튼 엄마와 호영이를 위해 쌀과 옷을 사고 남은 동전들을 모았다.

한남시에 거주하려면 몇 년이나 저축해야 할까? 시 외곽에 허름한 방 한 칸 구할 만한 돈을 모으지 못할 수도 있다. 시험처럼, 이사한다는 계획이 또 하나의 허무맹랑한 꿈일지 모른다. 그럼에도 나는 그 꿈을 좇았다. 그럴 만한 게 필요했다.

그게 무엇이든 좋으니 앞으로 나아갈 목표가 절실했다.

하지만 현실은 꿈을 짓밟는 법을 알고 있다. 이건 내가 이미 오래전 힘겹게 터득한 진리이기도 하다. 겨울 동안 전례 없이 사나운 눈 폭풍이 계곡을 덮쳐 나뭇가지들이 휘어지고, 강물은 하룻밤 사이에 꽁꽁 얼어붙어 헤엄치던 물고기들마저 가둘 정도였다.

꼬마 아이들은 유리 표면 같은 얼음 위에서 신기한 듯 물속을 보며 논다. 지붕이 낡아서 수리해야 했지만 그만한 형편이 안 된다고 생각해 지붕 고치는 걸 미루고 있었고, 눈이 많이 내린 어느 날 끝내 지붕이 무너져 내렸다. 엄마와 호영이 그리고 나까지 눈에 파묻혀 거의 죽을 뻔했다.

어리석었다……. 내 잘못이다.

언젠가 한남시로 이사하겠다는 순진한 희망으로 내가 모은 저축에 손대는 걸 도저히 견딜 수 없었지만, 결국 나는 새 지붕에 얹을 짚을 사기 위해 그토록 알뜰하게 모아 둔 돈을 다 썼다.

그제야 나는 깨우쳤고, 그리고 다짐했다. 다시는 헛된 꿈을 좇느라 내 인생의 단 한 순간도 허비하지 않겠노라고.

한남시도, 시험도, 은지도……, 아무런 희망이 없다.

그런데 최악은 아직 남아 있었다.

그 겨울, 마지막 교대 근무를 끝내고 자정이 넘은 늦은 시간까지 집 지붕을 수리하는 동안 우리 가족은 계곡 아래 이웃집에 기거했다. 고된 나날이었다. 그러던 어느 날 아침, 집을 확인하러 갔을 때 눈앞에 끔찍하고 처참한 광경이……

현관문 경첩이 뜯겨 나가고 자물쇠가 땅에 떨어진 걸 발견했다. 우리가 없는 사이 도둑이 든 것이다. 찬장은 텅 빈 채 열려 있고 온 집안이 쑥대밭이 되었다. 우리에게 남아 있던 돈이 될 만한 것들은 모조리 훔쳐 갔고, 밥상까지도 가져갔다.

그날 나는 할 말을 잃은 채 눈 속에서 무릎을 꿇고 있었다.

그때까지 나는 희망이 완전히 사라진다는 것이 어떤 느낌인지 몰랐다. 그저 눈 속에 호영이가 다가와 나를 안아줄 때까지 무릎을 꿇고 망연자실해 있었다. 동생을 밀어내려다가 그 녀석이 작은 팔로 나를 꼭 안아 주도록 내버려두었다.

물건을 죄다 도난당한 후 우리 가족에게 남은 건 그날 우리가 입고 있던 옷가지들뿐이었다. 다음 몇 달 동안 엄마는 내가 집으로 돌아오면 낮에 입었던 그 한 벌의 셔츠를 빨아 다음 날 내가 출근하기 전까지 준비해 주셨다.

아침에 그 셔츠를 입으면 빳빳하고 뻣뻣한 느낌이 났다. 시간이 지나면서 셔츠의 단단함은 없어지고 단벌 신사다 보니 색도 바랬다.

그렇게 해서 지금에 이르렀다.

나는 손안의 아직 가공되지 않은 금덩이를 이리저리 돌려보며 텅 비어 버린 집의 기억을 떨쳐 냈다. 그러고는 터널 입구에 놓아둔 가방으로 천천히 걸어가 금덩이를 가방 안에 넣고 터널로 되돌아가 곡괭이를 들어올렸다.

다시 작업으로 복귀.

탁!

이 순간, 내 정신이 완벽하게 맑고 깨끗한 상태여서 그랬는지 주변이 극도로 예민하게 감지되었다. 바위들은 검은색보다 더 검은 빛을 발산하고 차가운 공기에 피부는 소름이 돋는다. 거의 터널의 벽과 바닥을 조심스럽게 기어가는 곤충들의 존재까지 느낄 수 있었다. 어디로 향하든지 간에 한 발짝씩 앞으로 나아가는 것에만 몰두하고 있는 그것들의 일편단심이 느껴진다. 그리고 내 뒤편 터널 한가운데 서 있는 소년의 불안으로 쿵쾅거리는 따뜻한 심장도 느껴진다.

잠깐만. 누구라고……?

공중에 곡괭이를 든 채 멈춰 뒤를 돌아보니, 그 순간 바닥에 낮게 웅크린 소년이 눈에 들어왔다.

그가 누구든, 방금까지는 거기에 없었다.

그의 팔이 금덩이가 있는 내 가방 깊숙이 들어가 있다.

"야!" 내가 소리쳤다.

곧바로 그 아이가 금덩이를 움켜쥐고 달아나기 시작했다.

곡괭이를 내던지고 앞으로 뛰쳐나가 도둑의 셔츠 뒷자락을 잡았다. 소년이 고함을 지르고 몸을 비틀며 빠져나가려고 발버둥쳤다.

내가 그를 붙잡아 제압하자 소년이 내 팔을 깨문다. 내가 비명을 지르는 사이에 소년이 내 손아귀를 벗어났지만, 겨우 몇 걸음 만에 그를 뒤에서 넘어뜨렸다.

금 도둑과 몸싸움하느라 거친 암벽에 내 뺨과 팔과 무릎이 긁혔다. 멀리 다른 갱도에서 희미하게 울리는 광부들의 쨍, 쨍, 곡괭이 소리가 터널을 통해 들린다.

금덩이를 손으로 거의 낚아채려는 순간, 거친 손이 내 옷깃을 잡아당긴다.

"이봐," 걸걸한 목소리의 나이 든 남자가 말한다. "그만해!"

감독관이었다. 그는 양손으로 우리 둘의 목덜미를 단단히 부여잡았다. "무슨 일이야?"

그가 고함을 지른다.

"저, 저 애가 내 금을 훔쳤어요." 나는 숨을 헐떡이며 얼굴을 찌푸렸다. 기가 실린 감독관의 손은 무쇠 같다.

"거짓말이에요." 도둑이 악을 쓴다. "제가 찾은 거예요. 저 사람이 저한테서 훔쳐 가려고 했어요!"

"누구 것이든 상관없다." 감독관이 쏘아붙인다. "이건 드래곤 제국의 재산이고, 너희는 제국을 위해 일하는 것뿐이야. 둘 다 시간 낭비하고 있구

나. 여기서 얌전히 일하지 못하면 누구도 금 발견자 보상금을 받을 자격이 없다. 알겠냐?”

말을 끝내고 우리 둘을 땅바닥에 내던진다. 골반이 바위 표면에 세게 부딪혀 나는 몸을 움츠렸다. 도둑 소년도 내 옆에서 목을 문지르며 끙끙댄다. 감독관이 금덩어리를 집어 주머니에 넣는다.

“부탁드립니다, 감독관님.” 나는 고개를 숙였다. “이건 부당합니다……”

감독관이 나를 밀어내려 장화로 내 가슴팍에 발길질하자 신음이 절로 나왔다. 발차기 타격의 충격으로 내 몸의 공기가 다 빠져나가는 것 같다.

“부당하다고?” 위협적이다. “내 결정에 불만이 있다는 게냐?”

입을 다물어야 한다는 걸 알고 있지만 그럴 수 없었다. 그 금덩이는 쌀을 의미했고, 내 동생과 엄마가 집에서 배를 곯고 있다. 그리고 그것은 내가 캐 낸 것이다.

“우리 가족에게는 그 보상금이 필요합니다.”

감독관이 내 뺨을 후려치자, 눈에 섬광이 번쩍인다. 나는 바닥으로 나자빠졌다.

“네 주제를 알거라, 얘야.” 감독관이 으르렁거린다. *“호랑이 새끼.”*

호랑이 새끼.

분노로 치가 떨린다. 머릿속에서 지금처럼 과거에 나와 내가 아끼는 사람들을 지킬 힘이 없었던 수많은 기억이 스쳐 지나간다.

아버지에게 폭력을 가했던 히요시 경관을 비롯해 숲속에서 마주쳤던 얼굴에 긴 흉터가 있던 경찰관, 금광의 감독관, 아니, 이자들만이 아니다. 내 평생, 드래곤 관리들은 자기들이 그렇게 해도 된다는 이유로 우리에게 권력을 마음대로 휘둘렀고 나를 마치 헝겊 인형 다루듯 짓밟았다. 내 몸에 새겨진 상처가 그걸 말해 준다.

분노의 격정이 나를 휩쓴다. 거친 파도에 거품이 솟구치듯 빠르게 내 심장에서 뿜어져 나온다.

붉은 안개가 내 시야를 가린다.

부들거리며 몸을 돌려 감독관을 향해 손을 뻗었다. 핏빛 섬광이 눈앞을 가로지른다.

"나를," 이를 악물고 말한다. "그렇게 부르지 마!"

동굴이 어두워지더니 갑작스레 나의 손에서 진흙빛의 탁한 붉은 기운이 뿜어져 나오고 감독관이 두려움에 몸을 떤다. 분노가 끓어오르며 내 심장에서 솟구치는 좌절과 그보다 더한 절망이 붉은 구름으로 점점 부풀어 올라 공중에서 소용돌이를 만들기 시작한다.

그를 향해 손을 겨누니 단번에 분노의 격류가 터져 나온다. 이것이 내 손을 떠나 추악한 분노의 물줄기로 변해 감독관의 몸에 퍼부어졌다.

감독관의 눈이 뒤집히고 의식을 잃어 바닥에 쓰러진다. 금덩이가 그의 손에서 쨍그랑 소리를 내며 바닥으로 떨어진다. 그의 몸이 몇 차례 경련을 일으켰고, 나는 충격에 빠져 그를 내려다봤다.

내가 지켜보는 중에도, 뿌연 붉은빛의 잔상이 남아 감독관 몸에서 옅어지더니 허공으로 흩어져 사라졌다.

도대체 무슨 일이.

내 옆에 있던 도둑 소년의 얼굴은 유령처럼 창백하다.

방금 내가 무슨 짓을 한 거지?

동굴 주변을 둘러보며 충격으로 뒷걸음질쳤고, 뒤로 물러나 땅바닥에서 반짝이고 있는 금덩이를 남겨 둔 채 터널 밖으로 뛰쳐나갔다.

넋이 나간 채 계곡을 걷다 보니 길 위로 그림자가 길게 드리운다.

그나마 그 감독관이 내 이름을 모른다는 것에 감사할 따름이다. 그가 호랑이 일꾼들을 구분 못하니 우리를 못 알아보는 건 확실하다. 그리고 그

도둑, 그가 누구든, 나 역시 그 아이를 알아보지 못한다. 그 둘 다 방금 일어난 일로 나를 추적할 수는 없을 것이었다.

하지만 조금 전 벌이진 일은 도대체 뭐란 말인가? 나에게 무슨 일이 일어나고 있는 걸까?

작년부터였다. 시험장에서 설명할 수 없는 그 사건과 함께……. 그때를 떠올린다. 다시 그 빛이 눈앞에 아른거려 그 기억을 떨쳐 냈다.

지난 일 년 동안, 나는 내 지각과 감각에 기이하면서도 뭐라 형언할 수 없는 어떤 변화가 일어났다는 것을 알아차렸다. 말로 어떻게 표현해야 할지 모르겠지만, 이상하게 모든 사람과 교감하는 것 같았다.

살아 있는 것들, 동물들, 사람들, 뛰는 심장을 가진 모든 것. 마치 내가 그들 각각의 존재를 느끼는 것처럼 말이다.

제국이 식민지 전역에 설치한 새 전기 가로등이 저녁 무렵 켜지면서 묘한 백색 빛을 내뿜자 나는 화들짝 놀랐다. 계곡 아래로는 새로운 전신주들이 허수아비처럼 서 있고, 전선이 산맥을 가로질러 이 기둥에서 저 기둥으로 멀리 뻗쳐 나간 낯선 광경이 보였다.

새로 생겨난 깜빡거리는 강렬한 전기 불빛 아래서 내 그림자를 다시 내려다봤다.

그림자는 아버지의 모습 같다.

지친 걸음걸이. 광부의 옷차림.

눈을 감고 아버지의 얼굴을 떠올렸다.

하지만 눈을 떴을 때 아버지는 없었다. 대신 계곡 꼭대기에 있는 우리 집이 보였다. 아버지가 매일 같이 일터에서 돌아올 때 보시던 바로 그 풍경이다. 나는 무거운 발걸음으로 길의 마지막 계단을 올라 비틀거리며 현관문을 들어섰다.

"저 왔어요."

방으로 들어서니 호영이가 방 한가운데 앉아 있다. 엄마는 쪼그리고 앉아 동생의 다리에 새 붕대를 감고 있다.

붕대를 갖다 대자 선명한 붉은 피가 번져 나온다.

"무슨 일이에요?" 나는 그 둘에게 달려갔다.

엄마가 지친 기색으로 나를 올려다본다. "호영이가 물건을 훔치다가 붙잡혔어."

"네? 뭐요?" 호영이를 쳐다봤지만, 그 아이는 그저 바닥만 응시한 채 입술을 꾹 다물고 있다.

엄마가 동생 다리에 붕대를 감아 고정한다. "경찰이 집으로 데려온 뒤로 한마디도 안 해."

드래곤 경찰이라고? 호영이는 자기가 얼마나 운이 좋은지 모른다. 만일 경찰이 기분 나빴다면 동생에게 무슨 짓을 했을지 상상도 안 된다. 호영이가 무사히 집으로 돌아왔다는 생각에 안도감이 들면서도 한편으로 두려웠다.

호영이 옆에 주저앉았다. 주먹 쥔 동생의 손에 무언가가 삐져나와 있다.

"호영아," 작은 소리로 불렀다. "손에 든 게 뭐야, 친구?"

손을 뻗어 조심스럽게 호영이의 손을 펴 보니 손바닥에 구겨진 양피지 종이 뭉치가 있다.

"호영아? 이게 뭐야?"

구겨진 종이 뭉치를 꺼내 펴 보자, 내 어린 동생이 훌쩍이기 시작한다. 너무나 익숙한 글귀를 보는 순간 깜짝 놀라 충격에 휩싸였다.

<u>용의 기의 철학적 기초 입문</u>

어린 수험생들이 드래곤 제국의 가장 큰 자랑거리인 용의 기의 철학적 기초를 이해하는 것은 필수적이다. 이 단원에서 학생들은 해당 기술 형식의 실행은 물론, 기의 사회적 그리고 정치적 역사를 아우르는 근본원리를 학습하게 될 것이다.

제1장 — 용의 정신

그 구절을 단번에 알아차렸다.

"호영아," 천천히 입을 뗐다. "너 교과서를 훔치려고 한 거야?"

호영이가 눈물과 진흙이 범벅된 뺨으로 나를 보고 고개를 끄덕인다.

"왜 이런 짓을 한 거야?" 갑자기 화가 나서 채근했다.

동생은 여러 번 말을 꺼내려 애쓴 뒤에야 겨우 입을 열었다.

"나, 난 생각했어……." 호영은 몸을 떨면서 중얼거린다. "만약에 내가 책을 한 권이라도 구해서 지금 당장 공부를 시작할 수 있다면, 부잣집 아이들처럼 나에게도 기회가 있을 텐데 하고……."

"아, 호영아……." 목이 메어 왔다.

"내게 기회가 생겨 시험에 합격한다면, 그러면 아마 좋은 직업을 가질 수 있을 거야. 그러면 형이 그렇게 걱정 많이 안 해도 돼."

가슴이 미어졌다.

"자, 꼬맹이!" 호영이를 일으켜 세우며 갈라진 목소리로 속삭인다. "이제 자러 가자."

자리에 누워 천장만 쳐다본다.

구겨진 종이 뭉치를 쥐고 있던 호영의 모습이 머리를 떠나지 않는다.

희끄무레한 새벽 햇살이 왼편 창으로 은은하게 스며들어 단잠에 빠져 있는 호영이의 부드러운 뺨을 비춘다. 동생 곁에서 새근새근 코를 고는 엄마의 얼굴에 미세한 주름이 잡혀 있다. 머리 위 지붕이 울퉁불퉁하니 제대로 된 모양새가 아니다. 그야 내가 목수는 아니니 당연지사다.

몇 시간 후 아침 교대 근무를 시작하러 시장으로 가야 하는데, 뼛속까지 느껴지는 통증과 온몸을 짓누르는 피로로 도저히 잠들 수가 없다.

만약 내가 지금 당장 공부를 시작할 수 있다면, 부잣집 아이들처럼 내게도 기회가 있을지 몰라……

속이 뒤틀린다.

안 돼. 호영이는 안 돼.

시험은 속임수야, 친구. 그 말소리가 머릿속에 맴돌았다.

마음속에서 장면들이 펼쳐진다. 호영이는 시험에 합격할 수 있다고 상상하며 수년간 공부하고 나이를 먹으면서 그 꿈은 점점 더 커져 언젠가는 여기를 떠날 수 있다는 희망을, 이런 삶에 벗어날 수 있다는 희망을 품을 것이다.

하지만 이제 나도 진실을 안다.

그 희망은 거짓이다.

시험은 늘 거짓이었다. 누가 과외를 받을 형편이 되나? 오직 양반들만 가능하다.

그것은 선택받은 소수를 위한 특권이고, 결코 나와 호영이를 위한 게 아니다. 우리에게 그 '기회'라는 건 우리를 길들이기 위해 만든 신기루에 불과하다.

단지 시험만이 아니다.

암흑 속, 생각의 소용돌이에 휩싸여 나는 문득 깨달았다. 소위 제국이 우리를 위해 건설했다는 이 식민 체제의 모든 것은, 우리가 희망을 품고 더 나은 삶을 꿈꾸도록 유도하지만 절대로 이루어질 수 없게 만들어졌다. 우리의 월급은 겨우 목숨만 부지할 정도고, 최고의 직업들, 가장 선망받는 외교관이나 사업 요직은 죄다 드래곤 사람들이 차지했다.

호랑이 식민지 전체의 사회 현실은 성공할 길도, 발전할 길도, 체제에서 벗어날 길도 없다.

우리는 우리 땅에서 천민으로 살고 있다. 체제를 그렇게 설계했고 그런 식으로 돌아가게끔 만들어 우리를 영원히 그 체제 안에 머물도록 가두었다.

네가 자기 자신을 지키고 싶다는 마음이 들면 나를 찾아와.

나는 몸을 일으켜 똑바로 앉았다.

그 애를 떠올렸다. 달빛 속의 반란군 소녀. 창백한 얼굴과 까치 깃털 색 머리카락의 그 소녀.

받아.

그녀가 나에게 무언가를 줬다. 그녀를 찾는 방법.

내가 그 쪽지를 어디에 뒀지?

조용히 일어났다. 가족이 깨지 않도록 조심하며 바닥 이부자리를 옆으로 밀어 그 밑에 나무 마루판을 들어올렸다.

거기, 1년 전 내가 시험 노트들을 보관했던 그곳에 노트들이 거미줄과 먼지에 뒤덮여 쌓여 있다. 노트를 뒤적이자 내 시선은 은지의 작고 단정한 필체 위로 향했다. 이 글씨를 쓰던 그녀의 모습, 연습문제를 채점하면서 장난스럽게 입꼬리를 올리던 표정이 떠올라 가슴이 저려 온다.

기억이 고통스러워 억지로 삼키며 눌러 내렸다.

아마도 은지는 지금쯤 결혼했을 것이다. 그녀는 새 가족과 함께 멀리 드래곤 제국에 살고 있다. 그녀는 나를 잊었고 결코 내가 속할 수 없는 새로운 삶을 시작했다.

노트 사이사이를 살피며 계속 찾았다.

거기 있다는 걸 안다. 어딘가에 뒀다.

나를 찾아와.

반란군 소녀가 했던 제안이 다시 떠올랐다. 그 기억이 되살아나니 도무지 다른 생각은 할 수 없다.

찾았다. 이거다.

굵은 붓놀림으로 성난 호랑이 머리를 그린 종이 한 장. 어둠 속에서 가늘게 뜬 눈을 하고서 종이를 들어올렸다.

쪽지를 꺼내고 나머지 공부 자료들을 제자리에 넣은 후 마루판을 닫았다. 바닥을 내려다보며 이것들을 호영이에게 줘야 할지 잠시 고민했지만 이내 고개를 저었다.

시험은 그만. 그래. 다른 방법이어야 해.

연애 소년에게 — 진XX

진이 누구든 그녀를 찾아야 한다.

·12·

은지

"고바야시 켄조와 결혼은 정해진 일이고, 이것이 그 문제에 대한 최종 결정이다."

"하지만 왜요?" 드래곤 제국에 있는 가족의 여름 별장 복도에서 아버지를 쫓으며 물었다.

"너도 이유를 알잖니?" 아버지의 목소리에 짜증이 묻어난다. "은지야, 네 방으로 가거라. 이럴 시간이 없다."

마음속에 반발심이 일었다. 예전 같았으면 아버지의 명령에 이렇게까지 화가 나지 않았을 텐데 지금은 참을 수 없다.

"아버지 죄송해요, 하지만 오해하고 계신 거 같아서요. 아버지가 저를 대신해 거절하신 그 제안은 켄조와 동등한 수준의 조건이었어요."

"이해하지 못하는 건 너다." 아버지가 분노에 휩싸여 내게로 휙 돌아서는 바람에 손에 들린 서류 일부가 사방으로 흩어졌다. 아버지는 짜증스럽다는 듯 그것들을 쳐다본다.

"은지야, 그건 아무것도 아니야."

"하지만 켄조가 그 자리에 올랐을 땐 무척 의미 있어 보였는데요." 나는 허리를 굽혀 서류를 주워 아버지에게 건넸다. "제가 혼자서도 충분히 잘할 수 있다는 걸 보여 주는 거 아닌가요? 켄조가 우리 가문에 안겨 줄 부와 지위 중 제가 못할 게 뭐가 있어요?"

복도를 급히 가로지르는 초면의 하인이 아버지 옆에 멈춰 서서 30분 후에 사업 회의가 열린다고 알린다. 아버지는 하인에게 손짓으로 물러가라고 했고, 나에게 돌아서는 그의 얼굴에 성난 기운이 감돈다.

"너와 켄조의 혼인이 네가 얼마나 스스로를 잘 돌볼 수 있고 없고의 문제와는 상관없다, 은지야." 아버지가 계속한다. "돈에 관한 게 아니라 이것은 혈통의 문제야."

아버지는 지친 듯 미간을 집는다.

"뱀 여왕국과의 전쟁이 잘 풀리지 않고 있다. 이사오가 격분해 있지. 제국이 우리 회사의 재산 소유권을 압류하겠다고 위협하고 있는 마당에 그게 우리 가족에게 무엇을 의미하는지 이해하니? 너나 은수가 누리는 자격도 심지어 이 아비도 호랑이 민족인 우리 가족에게 필요한 것을 줄 수 없다. 우리에게 필요한 건, 은지야, 오직 드래곤의 혈통이야. 지금 이사오는 그 어떤 불복종도 용납하지 않고 있어. 우리는 반드시 완벽한 충성심을 보여 줘야 해. 이런 것들은 내 통제 밖이란다, 딸아. 그리고 너의 통제 밖이기도 하지."

나는 뒤로 물러나며 처음으로 아버지를 똑바로 대면했다. 아버지의 눈은 부어 있고 그 아래로 짙은 그림자가 축 늘어져 있다. 수척해 보이는 아버지 관자놀이에서 땀 한 줄기가 흘러내린다.

그리고 그 순간 알았다. 깨달음이 번개처럼 나를 뚫고 지나간다.

나는 완전히 틀렸다.

1년을 하루도 빠짐없이 열심히 노력했고, 부모님께 내 능력을 인정받고 내가 그토록 갈망하는 자유를 얻고자 했다. 하지만 이제 깨달았다. 내가 설득해야 할 상대는 부모님이 아니었다. 다른 호랑이 사람들과 마찬가지로 나의 부모도 진정한 힘은 없다.

아버지가 아무리 부유하고 인맥이 거창해 보여도 결국 제국의 손바닥 안에서 놀아날 뿐이다.

아버지에게도 자유가 없는데 나한테 자유가 주어지는 건 어림없다. 아버지가 자유롭지 못한 이유는, 단지 그가 드래곤 혈통이 아니기 때문이다. 아버지는 절대로 드래곤 제국에 속하지 못할 것이다. 그런 이유로 아버지는 늘 위험에 빠지고 가족의 안녕도 온전하게 지켜 낼 수 없다.

드래곤 혈통과 결혼하는 것보다 이사오의 눈에 더 드는 방법이 무엇일까?

처음으로, 나는 아버지가 머릿속으로 어떤 생각을 하는지 이해하게 됐다. 권력에 그토록 가깝고 자유를 누리며 살지만, 그것을 언제든 뺏길 수 있다는 걱정 속에 사는 것은 차라리 무지하고 갇혀 사는 삶보다 괴로울 수 있다.

며칠이 지났다.

내 결혼식 날이다.

거울을 향해 걸음을 옮기니 예복 가운이 바닥에 펼쳐진다.

"팔 올리세요, 아가씨." 문희가 지시한다. 내가 팔을 들어올리자, 그녀가 혀를 끌끌 차며 내 주위를 바삐 움직이고, 분홍색과 흰색 비단으로 수놓은 기모노 소맷자락에 내 팔을 끼운다. 나이 지긋한 하녀는 눈물을 훔친다.

"우리 작은 애기씨," 그녀가 속삭인다. "다 컸네요."

어머니는 평소처럼 우리 뒤편 의자에 조용히 앉아 계셨다.

문희를 보는 건 1년 만이다. 드래곤 여름 별장 이중문 밖에서 나를 다시

봤을 때, 순간 그녀는 넋이 나간 표정을 하더니 이내 놀라움과 기쁨으로 눈썹을 크게 치켜뜨는 모양새가 나를 거의 못 알아보는 것 같았다.

아마도 알아보지 못했을 것이다.

오늘 거울에 비친 내 모습을 나조차 알아보기 힘들다. 거울 속의 최은지는 1년 전 기도의 거리에서 하인의 거적때기를 걸치고 뛰어다니며 희망에 부푼 소녀가 더 이상 아니었다. 이 젊은 여인은 더욱 날카롭고 성숙한 몸을 하고 어깨는 잔뜩 긴장되어 있다. 상앗빛 화장을 한 얼굴이 차분하다.

거울 속 그녀는…… 드래곤 여인 같아 보인다.

문희가 허리에 기모노를 두르자, 내 몸이 그 안으로 묻히고 피부는 벚꽃 비단 속에서 부드럽게 유영한다. 문희가 내 오른쪽 엉덩이 바로 위에 작은 빨간 리본으로 옷을 단단히 고정했다.

그러고는 뒤로 한걸음 물러서 자신의 작품을 감탄하더니 다시 코를 훌쩍이며 눈물을 닦는다.

화려한 드레스와 빨간 립스틱으로 치장한 이 소녀는 간절히 기도 거리로 되돌아가고 싶다. 자기를 그곳으로 데려갔던 소년을 찾아 그의 손을 잡고서.

도망치고 싶다.

연지와 마스카라로도 그녀의 눈에 담긴 비애를 감출 수 없다.

나는 거울에서 시선을 돌렸다.

탈의실 문이 열렸고 우리를 신사로 데리고 갈 고바야시 집안의 드래곤 하인이 서 있다. 그가 나에게 극진히 인사한다.

어머니가 내 옆으로 와서 손끝으로 내 팔꿈치를 살짝 건드린다. 어머니와 눈이 마주쳤을 때 그녀에게서 일말의 안타까움이라도 찾으려 살폈다.

"시간이 됐다, 은지야." 작은 속삭임으로 어머니는 나에게서 몸을 돌려 문 쪽으로 향했다.

넓고 밝은 붉은색 아치형 문을 지나 사원 내로 들어서니 삼선 튕기는 선율이 들린다.

내가 신은 목각 신발이 차갑고 하얀 돌에 부딪혀 또각또각 소리를 낸다. 어머니가 나와 동행하고 앞쪽에는 아버지가 야외 공간 한편에서 우리가 지나가는 걸 지켜보며 십여 명이 넘는 제국 고위 관리들 틈에서 차렷 자세로 서 있다.

보통 드래곤 제국의 결혼식은 조촐하고 사적인 의식이지만 오늘은 특별하고 역사적인 날이다. 사진사 여러 명이 길 가장자리에 자리해 중요한 순간을 포착하고 이 역사적인 결합을 영원히 남길 준비를 하고 있다.

나는 발을 쳐다보다가 사원 중앙의 신사를 올려다봤다. 거기에는 화려한 드래곤 영혼의 조각상이 있다.

마지막으로 드래곤 신사를 찾았던 건 거의 9개월 전이었다. 아다치에서의 첫날 내가 용의 기를 받기 위해 이곳을 방문했던 — 지금과는 완전히 다른 일로 이곳을 방문했던 — 기억을 떠올리며 눈을 감았다.

용의 영혼이 신사에 나타나 내 주위를 감싸며 눈부신 진홍색 잔상을 남기고 휙 지나가자, 내 머리카락이 바람에 나부낀다. 두껍고 금빛의 붉은색으로 발광하는 비늘과 순금빛 용의 눈동자.

용이 거대한 턱을 벌리고 앞으로 돌진해 와 나를 통째로 삼키자 나는 비명을 질렀다. 나는 그 자리에 쓰러졌고 사원은 어느새 텅 비어 고요했다.

용은 사라졌다. 내 팔이 신사 중앙의 차가운 물웅덩이에 깊숙이 잠겨 있다. 아래를 내려다보며 물속에서 팔을 꺼내니 동그란 돌 하나가 오른손에 들려 있다. 충동적으로 손에 힘을 힘껏 주자 돌에 금이 가고 부서져 산산조각이 났다.

손으로 주먹을 쥐어 보지만 이제 잡히는 건 아무것도 없다. 손톱이 빈 손바닥을 파고들어 피가 날 것 같다. 나는 오늘 아침 문희가 조심스럽게 칠해 준 손톱을 망칠까 봐 억지로 손가락을 폈다.

어머니가 등에 손을 얹어 가볍게 밀면서 서두르라고 재촉한다. 오늘은 어머니의 다섯 번째이자 막내딸의 결혼식 날이다. 어머니는 무표정하다. 어머니가 무슨 생각을 하는지 알 길은 없다. 아무 생각이 없을지도. 아마도 어머니에게는 이 모든 세월이 지나도 본인의 것이라고 부를 만한 건 자신이 쓰고 있는 가면 외에는 아무것도 남는 게 없을지도 모른다.

슬쩍 아버지를 본다. 고위 인사들에게 둘러싸인 아버지의 시선도 앞으로 고정되어 있고, 관자놀이의 혈관들이 긴장으로 미세하게 경련한다.

나는 부모님을 위해 이것을 하고 있는데 그분들은 내 눈조차 마주치지 않는다.

신사를 향해 천천히 걸어가면서 수많은 드래곤 귀족과 장군들의 이목이 나에게로 쏠려 있는 걸 느낀다. 사원 맨 앞에 주례가 결혼식의 시작을 알리는 의례용 술 석 잔을 들고 있는 모습이 눈에 들어온다.

그리고 그곳 주례 바로 옆에 서 있는 사람.

거기에 그가 서 있다.

아다치를 떠난 이후 그를 보는 건 처음이다.

그는 내 분홍색과 백색 기모노에 어울리는 빨간색과 검은색의 전통적인 드래곤 군인 제복을 갖춰 입었다. 두꺼운 황동 단추들이 그의 제복에 촘촘히 달려 있고, 고전 양식의 강철 투구가 그의 얼굴을 감추고 있다.

마치 내 시선을 느낀 것처럼 고바야시 켄조가 고개를 들어 투구를 이마까지 올린다.

오늘 그의 입가에 거만한 냉소는 보이지 않는다. 나와 눈을 마주치자 깜짝 놀라기라도 한 듯 그의 눈이 커지는 걸 보니 등골이 오싹해진다.

그의 눈에 서려 있는 이상한 표정이 읽힌다.

두려움.

서늘한 공포의 물결이 밀려 와 머리가 새하얘지고 다리에 힘이 풀린다.

최씨 가문 여자들이 상품처럼 만들어져 역설로 가득한 상자에 담기는 방식이 괴상하기 짝이 없다.

우리 집안은 호랑이 식민지에서 가장 강력한 집안이지만, 우리에게 힘은 없다. 가문의 남자들을 능가하지 않기 위해 열심히 공부하라는 명령은 따르되 너무 똑똑해서는 안 된다. 우리에게도 엄청난 힘과 초자연적인 능력이 있지만 그것을 절대 사용하지 말아야 했다.

우리는 고통 속에서도 미소 짓는다. 하지만 지금 아무리 애써도…… 나는 미소를 머금을 수 없을 것 같다.

아니. 이제는 웃지 않을 것이다.

다시 한 번 환상이 내 마음속을 불쑥 파고든다.

수년 전, 문희가 잠자리 이야기로 들려 줬던 순종적인 곰과 방랑하는 호랑이를 본다. 내 눈에 미래가 보인다. 오늘 부모님의 뜻에 따른다면 앞으로 무슨 일이 일어날지 안다. 나는 신왕의 자손을 낳아 칭송받고 내 희생에 대한 보상도 받을 것이다.

나는 이런 날이 올 걸 예전부터 알고 있었다.

그리고 내 등에 얹힌 어머니의 손을 밀쳐 냈다.

미처 깨닫기도 전에 나는 돌아서 달리고 있었다. 내 다리가 아닌 것처럼 움직인다.

나는 여기가 아닌 어딘가를 향해 사원의 입구 쪽 계단을 넘어 거대한 석조 아치 기둥을 지나 무작정 내달리며 내 결혼식으로부터 도망치고 있다.

"그녀를 막아!" 누군가 내 뒤에서 소리친다.

"은지야, 멈추거라."

나는 멈추지 않았다. 멈출 수가 없었다. 그들이 하는 소리가 들리지 않았다. 나를 뒤쫓던 사람들이 서두르다 넘어지는 바람에 발소리가 요란하게 뒤엉킨다.

뒤돌아보지 않았다. 도저히 그럴 수 없었다.

추격자들로부터 도망치려 서둘러 내려가는 계단에 내 무거운 기모노가 끌린다. 계단 끝 마지막 아치를 지날 때 나는 본능적으로 기 에너지를 팔에 집중시켜 있는 힘껏 기둥을 밀었다. 기둥이 휘청이며 흔들리더니 연쇄적으로 넘어지며 눈사태를 일으키듯 쓰러져 주저앉았다.

내 뒤를 쫓아오는 남자들의 길을 막아섰고, 그들은 자욱한 먼지구름 속에서 욕을 뱉으며 기침해 댔다.

죄책감이 든다. 저 석조 건축물들은 아마도 수천 년 된 것일 것이다.

하지만 지금은 그걸 걱정할 시간이 없다.

나는 나를 짓누르고 있던 두꺼운 예복을 벗어 던지고 돌바닥에 내버렸다. 그리고 달렸다. 켄조와 아버지와 어머니에게서 멀리. 제국과 식민지의 엘리트 간의 첫 공식 결혼을 보려고 기대에 차서 우리를 기다리던 드래곤 황제 궁전의 수백 명 하객이 모인 연회로부터 멀리.

나는 더 이상 달릴 수 없을 때까지 달렸다. 내가 정확히 어디로 가고 있는지 몰랐지만, 한 가지는 알고 있었다. 그곳은 여기서 아주 아주 먼 곳이다. 내가 있던 곳으로 절대 돌아가지 않겠다!

·13·

승

거의 한 시간이나 계곡 바닥으로 구불구불 이어지는 인적이 드문 길을 걸어 내려갔다.

산길은 누렇게 바싹 마른 풀과 잡초들로 무성하다. 올해 가뭄도 심상치 않아 말라비틀어진 나뭇가지들이 내 발걸음마다 부스럭거리며 부서진다.

갑자기 길 어딘가에서 소리가 들려 멈춰 섰다. 숲속을 뚫어지게 쳐다본다. 분명 무언가가 움직였다. 군인인가? 그들이 내가 어디로 가는지 알아낸 걸까? 사슴 한 마리가 숲에서 길 위로 나와 귀를 쫑긋 세우고 나를 쳐다보더니 멈춰 섰다가 다시 계속 걸어갔다.

안도의 한숨이 나오고 심장이 목구멍까지 밀려 올라온 듯했다.

내가 여기서 뭘 하는 거지?

결심이 서면 계곡 기슭에 있는 폐공장으로 와. 창문을 정확히 네 번 — 더도 덜도 말고 — 두드리고 이 쪽지를 보여 줘.

계곡 깊숙한 곳에 공장이 있었던 걸로 기억한다. 마을의 남자들이 그곳에서 일하며 뱀 여왕국과의 전쟁을 위해 무기를 만들었다. 하지만 정부가 생산 시설을 전방 근처로 이전하기로 결정한 이후 공장은 수년 전에 폐쇄되었다. 나는 그곳에 가 본 적이 없다. 계곡 바닥은 사람이 다니는 길에서 한참이나 벗어나 있다.

길을 잘못 든 게 아닌가 의심이 드는 순간, 숲의 양쪽이 트이면서 들판이 나타났다. 칠이 벗겨진 낡은 사각형 건물이 숲의 가장자리 한편에 자리하고 있다. 폐공장 입구의 나무 문에는 마을 광장에서 열릴 행사를 알리는 전단지와 기타 안내장들이 덕지덕지 붙어 있다. 다가가 그중 하나를 살펴보니 날짜가 수년 전 것들이다.

공장 입구 옆 창가로 걸어갔다. 창문은 온통 먼지로 뿌옇다. 안을 들여다보니 내부에 검은 커튼이 드리워져 있다.

갑자기 의식이 명료해지면서 내가 어떤 경계의 문턱에 와 있는 것처럼 느껴졌다. 저 문을 통과하는 순간 나는 비밀을 품은 무법자가 될 것이었다. 반역자이자 제국의 적으로.

실수일까? 아직 늦지 않았다. 떠날 수 있다. 지금 돌아서서, 집에 도착할 때까지 걸으면 된다. 광산의 내 일자리로 돌아가서 예전처럼 살면 된다. 일단 발걸음을 내디디면, 다른 모든 길은 닫히고 내 삶은 다시 이전으로 돌아갈 수 없다.

창문에 손을 댔다.

톡, 톡, 톡, 톡.

뒤로 물러서서 기다리는 동안 심장이 가슴속에서 미친 듯이 요동친다. 몇 초가 지나도 아무 일이 없다.

1분쯤 지나 돌아서서 달아나야 하나 하는 생각이 드는 순간, 창문 뒤의 검은 커튼이 움직였다. 누군가의 얼굴이 보인다. 날렵한 매부리코에 경계하는 눈으로 나를 쏘아본다.

"진을 만나러 왔어요." 창문 너머로 소리쳤다.

커튼이 다시 창문을 가린다.

긴장되어 목을 가다듬었다.

"저기요!" 쪽지를 창문에 대고 고함을 질렀다. "진이 나에게 여기로 오라고 했어요. 그 애를 만나야 해요."

문 뒤쪽에서 자물쇠 풀리는 소리가 나더니 나무 문이 미끄러지듯 열렸다. 아치형 출입구에 나보다 몇 살 어려 보이는 십대 소년이 서 있다. 소년이 나를 위아래로 훑어보며 별로 시덥잖다는 반응이다. 면 셔츠 위에 헐렁한 전투 재킷을 걸치고 있는 소년의 낡은 옷차림은 다른 사람 옷을 걸친 것처럼 보인다.

내가 소년에게 쪽지를 흔들어 보이자 소년이 눈을 가늘게 뜨고 쪽지를 이리저리 살피더니 쪽지 뒷면 글씨를 읽으며 그 필체를 확인한다.

연애 소년에게 ─ 진 XX

"이거 확인해 봐야겠는데……." 소년이 투덜거린다.

소년이 내가 건넨 쪽지를 받은 뒤 문을 닫는다. 이리저리 서성이고 싶은 충동을 억누르며 몇 분을 기다렸다. 마침내 문이 조금 열리더니 소년이 나에게 안으로 들어오라고 손짓하며 종이를 돌려준다.

"서둘러, 오늘 대장 기분이 영 별로야."

공장 안은 먼지로 가득했다.

신문지들이 안쪽에서 창문을 모조리 가리고 있어 내부가 어두컴컴하다. 넓고 탁 트인 공간 한가운데를 긴 컨베이어 벨트가 가로지르고, 긴 의자들이 벨트 주변을 둘러싸고 있다. 벨트 위로 장시간 방치된 것 같은 녹색 방수포가 덮여 있다.

공장의 벽면을 따라 통로들이 설치되어 있고 천장의 철제 기둥이 각 통로를 지탱하고 있다. 통로 한쪽 끝은 계단으로 1층 바닥과 연결되고, 구석에는 흰색 현수막이 걸려 있다. 그 위에 빨간 페인트로 턱을 벌린 동물의 머리를 그린 그림이 눈에 들어온다.

호랑이였다.

손에 쥔 종이를 내려다보니 같은 그림이다.

10여 명의 십대들이 컨베이어 벨트 건너편 의자에 앉아 밥과 국을 나눠 먹고 있다.

우리가 지나갈 때 그들이 나를 올려다본다. 나를 안으로 들인 소년이 주 작업 구역을 지나 복도 끝 사무실로 안내한다. 그가 문을 두드렸다.

"어." 익숙한 목소리가 들린다.

안으로 들어가니 문 맞은편으로 매우 비좁고 지저분한 사무실에 나무 책상이 놓여 있다. 책상 위에는 한 쪽 다리를 다른 쪽과 교차한 더러운 검은 부츠가 보이고, 책상 뒤로 크게 펼쳐진 신문이 앉은 이의 얼굴을 가리고 있다.

소년이 바닥으로 눈을 내리깐다.

"대장," 그가 나직이 말한다. "누가 대장을 만나러 왔어요. 대장이 불렀다는데……."

신문을 내리자 까치 깃털 같은 보랏빛 머리 사이로 내가 아는 창백한 얼굴이 빼꼼히 드러난다. 진이 우리를 무표정하게 쳐다본다.

그녀가 묘한 표정을 한다. 눈 밑 그림자가 더 짙어졌고 얼굴이 훨씬 더 창백해 보여 작년에 느껴졌던 그녀의 오만한 자신감은 사라진 것 같다.

그녀의 눈빛이 변하며 소년에게 손짓한다.

"고마워, 지섭아. 나가 봐도 돼."

소년이 짧게 고개를 끄덕이고 나가면서 나를 한 번 더 쳐다본다. 그의 뒤에서 문이 닫혔다.

"꽤 오래 걸렸네." 진의 목소리가 차가운 실내 공기를 가른다.

그녀가 나를 보고 놀라는 기색은 없다. 오히려 재밌다는 표정이다.

주위를 둘러보았다. 진의 사무실도 주 작업장과 마찬가지로 먼지로 가득하다. 재채기하고 싶은 걸 간신히 참았다. 표시가 가득한 신문 조각과 사진들이 책상 위에 어지럽게 펼쳐져 있다.

사무실 한쪽 벽에 호랑이 식민지의 지도가 펼쳐져 있고, 그 위로 잡다한 쪽지들과 종이들이 붙어 있다. 다른 종이에서 뜯어낸 것 같은 찢어진 종이 파편들도 보였다. 벽 가장자리에 고정된 커다란 쪽지의 글자 몇 개만 겨우 알아볼 수 있다.

두 번째 목격 아래 참조

제국이 강릉 지방 현상금 철회

도살 의식 중단??

진이 책상에서 발을 내리고 똑바로 앉는다.

"사실 너를 생각하고 있었어."

그녀가 신문을 돌려 나에게 보여 주었을 때, 기사 제목을 보고 온몸에 소름이 돋았다.

총독 이사오, 드래곤과 호랑이 엘리트 가문의 첫 결혼 공식 승인

오늘 예정된 결혼식은 드래곤 군대의 신임 중위 장교 고바야시 켄조와 명문 호랑이 가문의 막내딸 야마모토 은지 간에 진행된다.

가사 아래에 사진 속 은지는 감정을 알 수 없는 무표정한 얼굴로 기모노를 입고 켄조 옆에서 가족과 함께 안뜰에 서 있다.

이 사진이 찍힌 날을 정확히 기억한다. 은지의 드레스, 드래곤 봄 연회 날

정원에 내가 걸었던 장식들. 은지의 약혼 발표 바로 직전이었다.

진이 휘파람 소리를 낸다. "너의 전 여자친구가 다른 사람에게 갔네. 이를 어째, 연애 소년."

이를 꽉 깨물었다. 진이 나를 놀리는 게 재밌다는 듯 눈을 찡긋한다.

"네가 진이지, 맞지? 나에게 마음의 준비가 되면 너를 찾아오라고 했잖아." 그녀에게 말했다. "이제…… 준비됐어, 너희와 함께하고 싶어."

강인해 보이고 싶었는지 아니면 단호한 인상을 주고 싶었는지 모르겠지만 나는 어깨를 꼿꼿이 세웠다.

진은 내 몸을 훑어보며 나를 자세히 살핀다.

"넌 우리가 여기서 뭘 하는지도 모르잖아." 그녀가 넌지시 따진다.

"제국에 맞서 싸운다고 들었어." 나도 대꾸한다. "호랑이 왕국의 독립을 위해……."

그녀가 눈썹 한 쪽을 치켜뜬다.

"호랑이 공화국의 독립이야." 진이 바로잡는다.

"그래, 뭐……. 나는 도우러 왔어. 항상 도움의 손길이 필요하다고 하지 않았나?"

진이 한숨을 쉬며 고개를 돌렸다. "너무 늦었어, 연애 소년."

"승이야. 내 이름은."

"좋아, 승. 아까 내가 말했듯이, 넌 너무 늦었어."

갑자기 진이 일어나더니 책상 주위를 돈다. 그때 나는 그것을 봤다. 저항군 지도자의 머리에 드리운 검은 절망의 그림자를.

말 그대로 그녀 머리 위에 떠 있다. 몇 번이고 눈을 깜빡여 다시 보지만 여전히 거기, 진의 머리 위에 있다. 검은 연기구름이 소용돌이를 일으키며 그녀의 머리 위를 맴돈다.

그것이 투명해 그 너머로 벽도, 방의 다른 부분도 보이지만, 분명한 건 그 구름이 그녀 옆에 책상이 있는 것처럼 실제로 거기 떠 있다는 것이다.

그리고 그 검은 구름을 보는 순간, 나는 그녀가 느끼는 것을 느꼈다. 어째서 그런지는 모르겠지만, 그냥 알았다. 마치 내 감정인 것처럼 명확하게. 그녀의 영혼을 끌어내리는 절망감을……

그 검은 구름 깊숙한 곳에서 깜빡거리는 무언가. 단단하고 어둡고 붉은 무언가. 안에서 끓어오르는 무언가가 있다.

"끝났어." 진이 다시 덤덤히 말한다.

그녀는 이상한 것을 못 보는 것 같다. 그 기이한 광경을 애써 무시하려 다시 이 저항군 지도자에게 집중했다. 진의 시선이 벽의 지도에 머문다. 나도 그녀의 시선을 따라가 보지만 무엇을 봐야 할지 모르겠다.

"지난 2년간 호랑이를 본 사람은 아무도 없어." 진이 계속한다. "저들은 호랑이가 멸종됐다고 선언했지. 그리고 만약 호랑이들이 정말 사라졌다면…… 이젠 끝이야. 호랑이를 찾는 노력도 끝난 거지. 집으로 돌아갈 시간이야."

"호랑이를…… 찾고 있어?"

진이 턱을 앞으로 빼고 콧잔등 너머로 나를 내려다본다. 생각에 잠긴 그녀는 아마 다른 고민거리들도 가늠하는 것 같다.

"제국이 왜 그토록 필사적으로 호랑이를 전부 없애려는 것 같아?" 그녀가 묻는다.

"그리고 왜 저항군은 목숨 바쳐 그걸 막으려는 걸까? 이사오 총독이 아무 이유 없이 동물에 집착한다고 생각해?"

진이 책상 서랍을 열어 낡고 겉표지 일부는 타 버린 수십 년 돼 보이는 책을 내 앞으로 던진다. 표지에 《뱀 여왕국의 역사》라고 적혀 있다.

책을 집으려고 하자 그녀가 도로 낚아챈다. "어- 어- 어. 만지지 마. 몇 권이 남았는지 모르겠고, 내가 이걸 구하느라 얼마나 고생했는지 넌 상상도 못 할 거야." 그러면서 진이 조심스럽게 첫 장을 펼쳐 보인다. 거기엔 거대한 뱀이 또아리를 틀어 앞을 응시하고, 한 인간이 그것을 향해 고개를 숙인 채 서 있다.

"여기 뭐가 보여?" 나에게 묻는다.

"그게……." 내가 보고 있는 게 뭔지 모르겠다.

"뱀의 정령이야. 뱀 기의 근원이지."

그 첫 장을 뚫어지게 쳐다보는 동안 내 손이 미세하게 떨렸다.

뱀의…… 기?

"용의 기를 말하는 거 아니야? 그치?"

뱀의 기 같은 건 없다.

이곳에 온 게 잘못된 일이 아닌가 하는 생각이 다시 고개를 쳐든다.

우리가 태어날 때부터 드래곤 제국이 우리의 뇌리에 그들 권력의 정당성과 지배의 근거를 가장 중요한 사실로 각인시켰고, 나를 비롯한 모든 사람이 그들을 부러워한 건 바로 드래곤 제국만이 기 능력을 소유한 유일한 민족이라는 이유 때문이었다. 그리고 우리는 늘 그렇게 믿어 왔다.

진이 극도의 경멸하는 눈빛으로 나를 쳐다본다. "설마 그들이 선동하는 헛소리를 진짜로 믿는 건 아니겠지."

어쩌면 이건 진이 나를 시험하는 것일지도 모른다. 내가 얼마나 말도 안 되는 사실까지 믿는지 보려는 그녀의 의도일지도.

"내가 모르는 게 많을 수 있어도," 조용히 말했다. "바보는 아니야. 네가 말하는 모든 걸 믿을 거라 기대하는 건 아니겠지……?"

진이 책상에 손을 올리고 뒤로 기댄다. 그녀가 허리춤에서 칼을 꺼내며 칼집을 벗기자 그녀의 눈에 번뜩이는 빛이 스친다. 나는 손을 들어 뒷걸음질 쳤다.

"안심해." 그녀가 느릿하게 말하며 칼자루를 내밀어 내게 건넨다. "너한테 주는 거야."

몹시 당혹스러웠지만, 그녀가 내민 칼을 내려다보고 다시 그녀를 올려다봤다. 우리의 눈이 마주치는 순간 숨이 멎었다.

갑자기 그녀의 머리 색깔과도 같은 짙은 보라색이 동공으로 번지더니 눈의 흰자위를 거의 덮었다. 이제 그녀의 안구는 완전히 어두워져 밤하늘 같아 보인다. 그러더니 나를 통째로 삼켰다.

"칼을 받아." 진이 명령한다. 그녀의 목소리가 머릿속에서 메아리친다.

칼을 받아.

내 손이 저절로 움직이더니 진의 손에서 칼을 받아 들고 준비 자세를 취한다.

"책상에 X 자를 그어."

내 몸이 제멋대로 책상 앞으로 가 칼로 책상 표면에 들쭉날쭉하게 X 자를 새겨 넣는다.

힘을 준 탓에 손이 덜덜 떨렸다. 나는 거침없는 내 행동에 충격받았고, 도무지 내가 그런 행동을 했다는 게 믿기지 않았다.

"좋아. 됐어. 이제 놔도 돼."

그녀의 눈이 정상으로 돌아왔다. 내 손에 힘이 빠지며 달그락 소리와 함께 칼이 아래로 떨어졌다. 그러자 갑자기 손이 떨리기 시작해 손을 부여잡았다.

"그게 뭐였……?"

"아직도 못 믿겠어?" 진이 이빨 사이로 혀를 내밀며 능청스럽게 웃는다.

이제 알겠다.

"뱀의 기를 가졌구나." 입이 떡 벌어진다.

"그래, 맞아. 똑똑한데? 근데 시험에 왜 떨어진 거야." 진이 책을 서랍에 넣고 닫았다.

"도대체 네가 어떻게 그 기를……." 진은 뱀 여왕국 사람 같지 않았다. 내가 보기엔 그녀는 호랑이 사람이다.

"드래곤 제국은 다른 모든 기 능력을 역사에서 모조리 지워 버리는 엄청난 업적을 이뤘지." 진이 계속한다. "교과서에서 사라지고, 기억에서도 완전히 지웠어. 하지만 그건 거짓이야. 저들만이 기 능력을 가지고 있는 게 아니야. 뱀 여왕국도, 그리고 우리에게도 있어.”

그녀가 지도를 가리키며 이어 갔다.

“뱀 정령은 뱀 사람들에게 뱀의 기를 줘. 용 정령은 용의 기를 주지. 그럼 생각해 봐, 승. 왜 저들이 호랑이를 사냥하고 있다고 생각해?”

아니다. 그럴 리 없다.

찜찜한 확신 같은 것이 내 안에 싹트기 시작했다.

이상하고 짜릿하면서도 두려운 감정이 되어 가는……

강렬하고도 또렷하게 나는 어제 금광에서 감독관과 있었던 사고를 떠올렸다.

지난 시험 때 공중에서 기이한 환영을 본 것을 기억했다.

그리고 숲속에서의 그날 밤도 생각났다.

호랑이가 나에게 다가왔던 순간. 그의 코를 내 가슴에 대던 순간.

숲속 달빛이 나를 똑바로 비추고 멀리서 여자의 노랫소리를 들었다.

“호랑이의 기 때문이야, 연애 소년. 맞아. 제국은 단순히 역사를 다시 쓰는 것에 만족하지 않아. 아, 아니다. 그들은 훨씬 더 사악한 목표를 가지고 있지. 다른 모든 나라의 기 능력을 완전히 없애 버리는 거야. 세상의 모든 기를 말살하는 것. 우리를 시작으로.”

이게 사실일 리가! 그럴 수 없다. 이건 내가 믿어 왔던 모든 것을 부정하는……

“우리…… 우리에게도 기 능력이 있다고?” 시야가 흐릿해진다.

“많은 사람이 그 사실을 모르지.” 그녀의 목소리가 낮아진다. “호랑이의 기는 제국 이전부터 은밀한 기술이었어. 호랑이 무당들은 이 비밀을 지키려 조심했지. 그러다 드래곤 제국이 침략한 이후, 그 비밀은 완전히 자취를 감췄어. 하지만 나는 우리가 그것을 다시 찾아낼 수 있다고 믿었어. 제국이 호랑이를 사냥하고 있다면 거기엔 분명 이유가 있다고 생각했지. 우리가 그게 뭔지, 잃어버린 기 능력이 무엇인지 알아낸다면 저들과 맞서 싸울 수 있을 거야.”

그녀가 뒤로 기대며 생각에 잠긴다.

“용의 기는 힘과 지구력, 그리고 치유 능력이야. 뱀의 기는 오직 말로 다른 사람들을 조종할 수 있지. 몇 가지 조건이 필요하지만 네 의지력이 상대보다 강하다면 문제없어. 호랑이의 기에도 뭔가 특별한 것이 있을 거야. 제국에 대항하는 데 도움이 될 거라고 확신해. 하지만 결국 그 능력이 뭔지는 별로 중요하지 않아. 중요한 건 오직…….”

“그것이 존재한다는 사실이네.” 내가 그녀의 말을 끝맺었다.

진이 사뭇 달라진 표정으로 나를 바라본다. 내가 점차 깨달아 가는 동안 내 얼굴에서 뭔가 마음에 드는 구석을 찾아낸 모양이다.

기 능력은 드래곤 제국이 우리를 지배하는 기반 그 자체다. 기는 어떤 대화도 끝낼 수 있고 어떤 다툼도 힘으로 해결할 수 있다. 결국 우리는 그들이 진실이라고 말하는 모든 것에 복종할 수밖에 없었다.

하지만 만약 그들이 말하는 것이 진실이 아니라면…….

목덜미에 소름이 돋는다.

“만약에 호랑이 기가 존재한다면……,” 천천히 입을 열었다. “그리고 네가 그것을 증명할 수 있다면, 제국의 정당성에 대한 근거를 깨부수는 거잖아. 그건 호랑이 민족에게 희망을 주는 거야.”

진이 지친 기색으로 한숨을 뱉는다. “그래서 우리의 임무가 끝났다는 거야. 호랑이가 멸종됐거든.” 그녀의 짧은 흥분의 순간도 금세 사라졌다.

“그걸 어떻게 알아?”

“가뭄이 얼마나 극심한지 봤잖아, 승. 호랑이는 대지의 수호자야. 호랑이가 없으면, 비도 없어. 벌써 2년간 호랑이를 본 사람도 없고. 땅은 점점 매마르고 황폐해졌어. 그게 그 사실을 말해 주는 거야. 호랑이는 사라졌어. 결국 제국이 승리한 거라고.”

절망의 검은 구름이 그녀 뒤에서 다시 피어오른다.

그녀가 정말로 모든 희망이 사라졌다고 믿는 걸 나는 알 수 있다.

예전 숲에서 본 진의 모습은 온데간데없다. 그녀는 위압적이고 냉정하며 모든 것을 완벽하게 장악하고 있었다. 그러나 지금 여기에 있는 진은 짧은 순간이나마 무력해 보인다. 패배자처럼.

이 사람이 정말로 히요시 경관을 때려눕혀 숲속에 묶어 놓고 죽도록 내버려 둔 그 진과 동일 인물이 맞나?

"진," 느리게 입을 뗐다. "만약 내가 아직도 산속에 호랑이가 있다고 말한다면?"

그녀가 내 말에 눈썹을 치켜올리지만, 감흥 따윈 없는 표정이다.

"그리고……," 잠시 멈춰 목청을 가다듬었다. "그것을 어디서 찾을 수 있는지 정확히 안다면?"

·14·
은지

옅은 안개 너머로 해가 떠오르고 있다. 아침 바람이 밤새 몸을 웅크리고 숨어 있던 나뭇가지 위로 불어오자 무릎을 가슴팍 가까이 바짝 끌어당겼다. 불편한 자세로 잠을 설친 탓에 한 쪽 다리가 쥐가 난 듯 저린다.

멀지 않은 곳에서 천둥소리가 들린다.

아…… 내가 무슨 짓을 한 거지?

지금쯤 황제도 내 잘못을 알고 있을 것이다. 드래곤 제국 전체에 소문이 퍼지는 것은 시간문제니까. 어제 내가 끼친 피해를, 상징적이든 실제든 간에, (미안해, 천년의 신사여.) 되돌릴 수 있을지 알 수 없다.

하늘이 어두워지면서 뭔가 축축한 것이 내 뺨을 때린다. 어느새 이슬비로 변했고 빗방울이 굵어지자 숲이 요란해진다. 천둥소리가 다시 울리는 걸 보니 번개도 곧 내리칠 모양이다. 폭풍이 거세게 몰아친다면 나무 위가 최악의 장소인 건 틀림없다.

여기 계속 있을 수는 없을 것 같다.

차가운 비가 내 얼굴을 타고 흐르기 시작하자 흰색과 붉은색으로 화장한 분칠이 이미 더러워진 기모노 혼례복 위로 뚝뚝 떨어진다. 완벽하군. 돌아가면 속죄해야 할 일이 하나 더 생겼네.

나뭇가지를 붙잡고 몸을 힘껏 흔들어 바닥으로 뛰어내렸다.

우리 가족의 새 드래곤 여름 별장 입구에 도착했을 때 나는 흠뻑 젖어 있었다. 마치 구름이 폭우를 한참 품었다가 한꺼번에 쏟아 내기로라도 한 것처럼 장대비가 내린다.

이른 아침 시간 물에 잠긴 거리에는 아무도 없다.

처음 언덕 꼭대기에서 들었던 굉음이 천둥소리인 줄 알았지만, 두 개의 환한 노란색 불빛을 보고 나서야, 정문 앞에 주차된 그 괴물 같은 것은 기계라는 사실을 깨달았다.

리무진 자동차다.

실물로 보는 건 처음이다. 최고위직 관리들만 개인 차량을 소유하고 있었고, 저렇게 호화로운 것은 더더욱 그랬다. 아마도 드래곤 황제의 최측근이거나…… 총독 정도 되는 신분의 인물임이 분명하다.

한 가지 자명한 것은, 내가 상상도 할 수 없을 만큼 어마어마한 곤경에 빠져 있다는 사실이다.

먼저 피해 상황을 파악하는 게 급선무다. 나리 교관이 말했듯이, *정보는 힘이다. 항상 먼저 살피고 상대보다 우위를 점하는 것을 목표로 해야 한다.*

정문으로 들어가는 대신 몰래 돌아서 집 옆으로 뻗어 있는 오래된 큰 나무를 발견했다.

나무에 오르다 미끄러질 뻔했다. 새 별장의 지형이 아직 익숙하지 않지만, 그래도 나무에 기어오르면서 기도의 옛집을 몰래 드나들던 그 기억을 잠시 떠올렸다. 거기서 지붕 위로 몸을 날렸다. 다행히도 세찬 빗소리가 내가 지붕에 내딛는 소리를 삼켜 주었다.

굴뚝에서 연기가 피어오르지만, 빗물에 지워진다. 그 틈새로 날카롭고 격앙된 목소리가 흘러나온다.

"각하, 제 여식의 불찰에 대해 깊이 사죄 드립니다……."

아버지다.

"불찰?" 나이 든 남성의 목소리가 크게 울린다. 차갑고, 무자비한 목소리. 위험하다.

"이것은 사소한 실수 그 이상입니다, 야마모토. 황제께서 몸소 이 결혼식을 기대하며 기다리셨습니다. 언론에서 이 혼사를 황제의 호랑이 식민 통치에 대한 상징이라 칭했소. 그대의 딸이 내 뜻을 고의로 무시했을 뿐만 아니라 드래곤 황제께도 개인적인 모욕을 가했습니다."

하느님 맙소사!

저 사람은…… 이사오 총독이다.

"황제에 대한 반역의 대가가 무엇인지 알고 계시겠지요." 총독이 계속했다. 총독의 어조와 이어지는 정적이 단순한 법정 사회봉사 정도가 아니라는 것을 말해 주고 있다.

"네, 총독님, 명심하고 있습니다." 아버지가 간신히 입을 뗀다. "최대한 빨리 그 아이를 찾도록 모든 노력을 다하겠습니다."

"당연하오. 그래야만 할 것이오." 총독이 말을 맺는다. "그리고 찾으면, 그 애는 자신의 죄로 처형될 것입니다. 응하시겠습니까, 야마모토?"

굴뚝 가장자리를 잡은 손을 거의 놓칠 뻔했다. 아버지가 말을 끝냈을 때 그의 목소리는 나약하고 체념한 듯했다.

"네…… 네, 각하."

좋아. 정신 똑바로 차려.

희망을 가지자. 아버지는 분명 다른 대안이 있을 거야. 아마도 시간을 버는 거겠지. 그저 굴복해서 본인의 막내딸을 쉽사리 죽음으로 내몰 리 없잖

아. 안 그래?

"제발! 아직 어린아이입니다!" 갑자기 여자 목소리가 울부짖는다. 순간 나는 그 목소리가 어머니라 생각했다. 어리석게도.

총독의 음성이 무섭게 낮아진다. "야마모토, 방금 당신의 하인이 나에게 말하는 겁니까?"

어머니가 아니었다. 문희였다.

"은지는 아직 아이입니다. 용서해 주십시오."

"참으로 불손하기 짝이 없군." 이사오 총독의 목소리가 얼음장 같다. "야마모토, 하인의 명령을 따르는 게 식민지 관습입니까?"

"용…… 용서를 구합니다, 각하!" 아버지가 더듬거렸다. "문희. 당장 사죄 드리거라."

하지만 문희는 굽히지 않았다. "그 애를 죽일 수는 없습니다. 그건 아무런 의미도 없고 잔인한 일입니다. 이미 모두가 알고 있듯이 그것은 당신네 썩어 빠진 드래곤 제국이 독재적이고 부당하다는 걸 증명하는 것뿐입니다."

호흡이 가슴에서 멎었다. 거친 숨소리가 공기를 가르더니 곧이어 뚝 하는 소리와 함께 문희의 말이 중간에서 끊겼다.

본관 측면 종이 창문이 찢어지며 무언가가 뚫고 날아와 땅바닥으로 떨어진다. 나는 젖은 지붕에서 미끄러지지 않으려 조심하며 몸을 낮춰 지붕 끝까지 기어갔다.

그러고는 터져 나오려는 비명을 삼키려 손으로 입을 틀어막았다.

땅바닥으로 쓰러진 건 문희였다. 진흙탕 속에 미동도 없이 누워 있는 그녀의 척추는 끔찍한 형태로 뒤틀려 있다. 유리처럼 투명한 문희의 뜬 눈 위로 빗방울이 들이친다.

그녀는…… 죽었다.

고함을 지르고 몸부림치며 울부짖고 싶은 충동을 억누르려니 온몸에 경련이 일었다.

하지만 지금 발각되면 안 된다. 다음은 내 차례일 테니까.

찢긴 종이 창문의 불빛에 비친 이사오 총독의 거대한 형체를 볼 수 있었다. 총독은 믿기 힘들 만큼 큰 키에 머리는 두피 가까이 아주 짧게 깎았다. 그가 위엄 있고 여유롭게 곰 같은 큰 손을 쓸어 턴다.

"누구 또 말하고 싶은 사람 있습니까?"

들리는 건 지붕을 두드리는 빗방울 소리뿐이다. 공포에 질린 내 눈물과 빗방울이 하나가 되어 얼굴을 타고 내린다.

죽은 사람을 본 적은 없다. 아다치에서 훈련하다 뼈가 부러지고 근육이 파열되고 피도 흘렸지만 절대로 죽이기 위해서는 아니었다. 손이 떨려 온다. 나에겐 그냥 문희가 아니었다. 가엾은 문희. 나를 키워 준 수줍고 다정했던 문희였다.

문희는 나를 지키려고 맞서다 자신의 목숨을 잃었다.

뱃속이 울렁거려 앞으로 몸을 숙이니 헛구역질이 나왔다. 비는 하염없이 머리 위로 쏟아지고 몸은 통제할 수 없을 만큼 떨리기 시작하자 시야가 뿌옇게 흐려졌다.

저곳에서 일어난 모든 일, 그것은 나 때문이다.

내 잘못이다.

아마도 그들이 나를 잡아가도록 지금 자수해야 할지 모른다.

하지만 내가 벌을 받는다 해도 문희가 살아 돌아오지는 않는다.

또 무너진 드래곤 신전의 잔해를 다시 예전처럼 되돌릴 수도 없다.

아무것도 제자리로 되돌릴 수 없다.

그리고 어떠한 변화도 없을 것이다. 최씨 집안 딸들은 힘없이 계속 이용만 당하고, 무엇을 할지 어디로 갈지 결코 선택할 수 없을 것이다.

"아까 말하려던 건, 야마모토······." 총독이 다시 말을 시작하려는 순간 갑작스러운 말발굽 소리와 이어서 돌바닥을 부딪치는 다급한 발소리가 들렸다. 나는 재빨리 몸을 낮추며 공포로 얼어붙은 시선을 문희의 시신에서 거두며 슬레이트 지붕의 거친 표면에 몸을 바싹 붙였다.

누군가 급박하게 대문의 종을 울린다. 발각된 건가? 나를 체포하러 온 거야?

대문이 황급히 열리고 아버지가 내 아래에 모습을 드러냈다.

"이런 시간에 누가 감히 내 집 문을 두드리는 게냐?" 그가 방문객에게 호통친다.

"지금 총독과 중요한 회의 중이다."

"그분을 알현하고자 왔습니다, 나리." 방문객이 말했다. "이사오 총독께 전해 드릴 호랑이 식민지의 긴급한 전갈을 가지고 왔습니다."

아버지가 누그러졌다. 전령이 실내로 들어오자, 나는 굴뚝 옆으로 가 귀를 기울였다.

"총독 각하!" 전령이 말한다. "각하께서 즉각 관심을 기울이셔야 할 사건이 보고되었습니다."

"그래?" 이사오가 되묻는다.

"어제 지방의 금광에서 한 젊은 남자가 심각한 소란을 일으켰다고 합니다. 기도라는 마을입니다. 두 명의 목격자에 의하면 그 남자가 감독관에게 초자연적인…… 힘처럼 보이는 것을 사용했다고 확인되는 바입니다. 그것은…… 호랑이의 소행으로 보입니다."

"말도 안 되는 소리. 호랑이는 2년 전에 멸종됐는데."

"각하, 그 보고는 신빙성이 있습니다. 호랑이 기로 여겨집니다."

호랑이 기가 무엇인지는 모르겠지만 총독의 어조가 즉시 바뀐 걸로 봐서 꽤 안 좋은 것임에 틀림없다. 이사오가 곧바로 답한다.

"이것을 또 누가 알고 있나? 목격자는 몇 명이고?"

"목격자 두 명과 드래곤 지방 행정관뿐입니다. 그곳에서 각하께 이 소식을 가장 먼저 전달하라는 명을 받았습니다."

"좋네." 이사오가 답한다. "먼저, 그 목격자 두 명을 처형해. 그런 다음, 제국의 모든 슬레이어에게 은밀히 통지하게. 그자를 잡는 자에게는 5백만 엔, 호랑이를 잡는 자에게는 1천5백만 엔을 포상한다고. 그리고 덧붙여, 마지막 호랑이를 잡는 자에게는 총독의 무한한 감사와 함께 나의 은총이 그의 이름 위에 새겨질 것이며 원하는 어떠한 보상도 하사한다고 전하게. 내 약속일세."

마지막 호랑이.

강가에서의 그날 밤이 떠올랐다.

"기도는 제 고향입니다. 거기엔 우리의 연줄이 있습니다." 아버지가 말했다. "저희가 돕겠습니다, 각하. 저희가 호랑이와 그자를 찾을 수 있습니다."

"야마모토 상." 이사오의 말이 차갑다. "당신은 내 인내심을 시험하고 있소."

"저희가 그 지역을 잘 알고 있습니다, 각하!"

"당신이 정 그렇게 돕겠다고 고집하니 기한을 정하는 게 좋겠소." 이사오의 목소리가 침울하다. "호랑이를 찾아오시오. 불량한 당신의 딸도 잡아오시오. 만약 다음주…… 말까지 둘 다를 나에게 데려오지 못한다면, 당신도 죽음을 면치 못할 것이고, 당신 가족 전체와 후손들도 마찬가지일 게요. 야마모토 가문이 이 땅에서 사라지는 겁니다. 이해했습니까?"

방 안에 침묵이 무겁게 내려앉는다.

내가 저 남자를 원망할지는 몰라도, 그는 내 아버지다.

그리고 이제 우리 가족 전체의 목숨이 위태롭다.

도대체 내가 무슨 짓을 한 건가!

한 가지만은 확실하다. 나는 절대로 내 손에 다른 이의 피를 묻히고 싶지 않다.

호랑이가 어디 있는지 안다고 소리치고 싶었다. 지금 당장 그들에게 호랑이의 비밀 은신처 위치를, 승과 내가 지나쳤던 숲속 동굴을 말할 수 있다.

그러자 갑자기 더 좋은 묘안이 떠올랐다.

서둘러 내 방으로 들어가 흠뻑 젖은 데다 더러워진 혼례복을 벗고 편한 일상복으로 갈아입은 뒤, 엉망이 된 기모노를 옷장에 아무렇게나 구겨 넣었다. 그런 다음 사냥을 결심했다.

붙잡히지 않고 기도까지 가려면 명문가의 실종된 딸로 돌아다닐 수는 없다. 변장이 필요했고 거기에 딱 맞는 걸 안다.

방 한쪽 구석 식민지에서 가져온 옛 중학교 때 옷들이 담긴 큰 나무 상자 옆에 무릎을 꿇고 앉았다. 비단과 면직물 옷을 뒤적여 손을 맨 밑바닥까지 뻗어 헝겊 천을 찾았다.

팔과 상체가 옷더미 속에 반쯤 파묻혔을 때 문가에서 발소리가 들렸다. 문이 열리기 직전, 상자 안으로 뛰어들어 간신히 옷으로 몸을 덮었다. 문이 열리자 땅을 두드리는 빗방울 소리가 방을 가득 채운다.

누군가가 방문 앞에 가만히 서 있다. 그냥 거기 서서 내 침실 내부를 바라보고 있는 것 같다. 그 사람이 오래 머물지 않기를 기도했다.

그리고 애절한 한숨 소리가 들렸다. 어머니다.

알아듣기 힘든 작은 목소리로 말씀하신다.

"아이고, 은지야." 어머니가 호랑이말로 속삭였다. "어디로 간 거니?"

죄책감과 분노로 속이 뒤틀려 혀를 깨물었다.

조금만 기다려 주세요, 어머니. 제가 모든 걸 되돌려 놓을게요. 며칠만요.

드래곤 혈통과 결혼하는 것보다 제국에서 우리 가족이 더 많은 은혜를 받기 위해 내가 할 수 있는 게 뭐가 있을까?

나의 자유와 우리 가족의 안전, 그리고 황제에게 내 죄의 용서를 구하는 완벽한 해결책을 방금 생각해 냈는지도 모른다.

이사오가 원하는 게 호랑이란 말이지? 그게 그의 무한한 감사의 열쇠? 이번에는 운이 내 편일지 모른다.

왜냐하면 나는 호랑이가 어디 숨어 있는지 정확히 알고 있으니까.

발소리가 더 들리더니 문이 닫히고 자갈 밟는 소리가 멀어진다.

어머니가 방을 나간 걸 확인한 후에야 긴장이 풀리면서 드디어 그것을 찾았다.

상자에서 낡은 망토를 꺼냈다. 익숙한 곰팡내. 밀려드는 지나간 삶의 추억들이 내 폐부를 가득 채운다.

이제야 그럴싸하네요!

승의 웃음소리가 귓가에 맴돈다.

몸을 일으키며 무릎에 붙은 스카프를 떼어 내고 머리 위로 망토를 뒤집어쓰고는 해진 책가방을 어깨에 메고 서둘러 나섰다. 다시 지붕 위로 올라가 오래된 나무를 타고 밖으로 뛰어내렸다.

승이 지금의 나를 볼 수 있다면.

급히 별장 뒷문으로 향하며 부엌에 있는 하인들의 거처에 들렀다. 거기서 비닐로 덮인 손도 안 댄 김밥 바구니를 발견했다. 분명 문희가 준비한 것이리라. 자꾸만 목구멍으로 넘어오는 쓰디쓴 침을 꾸역꾸역 삼키며 김밥을 가방에 넣었다.

그런 다음 돌아서 뒷문을 통해 거리로 나갔다.

"이게 누군가, 예비 신부 아니신가."

휙 돌아봤다.

"오, 은지-지……?" 켄조가 큰 우산 아래 두꺼운 자주색 망토를 걸치고 뻣뻣하게 서 있다.

"대체 어디 가려는 거야?"

몸에서 피가 빠져나가는 기분이다.

"안녕." 나는 무덤덤하게 말하면서도 필사적으로 변명거리를 찾고 있었다.

"안녕?! 네가 무슨 짓을 했는지 알기나 해?" 냉정하게 말하는 그의 목소리에 짜증이 묻어 있다. 나를 우산 아래로 끌어당기려 손을 뻗었지만 나는 피했다. "총독이 비밀경찰을 풀어서 너를 찾고 있어. 그들이 뭐라고 하는지 알아?"

"나를 처형하겠다고. 알고 있어." 공포심에 짜증이 나서 그의 말을 가로막았다.

"이사오 총독이 나에게 유죄를 선고했지."

한 걸음 더 다가서는 켄조가 몹시 침울하게 말한다. "너만 끝난 게 아니야, 은지. 넌 나도 망쳤어."

그럴 리가. 제국이 최고로 총애하는 켄조 고바야시를 버릴 리 없다.

"잘 들어, 나는 드래곤 군대에서 해임됐어. 아버지는 나와 말도 안 하시고, 이사오 총독은 너의 반역 행위가 알려지면 우리 집안도 무사하지 못할 거라고 경고했어."

세상만사 밝은 면도 있으니까. 웃지 않으려 애썼다.

"미안해. 딱하게 됐네." 아무 감정 없이 말했다. "하지만 걱정하지 마. 내가 다 해결할 테니까."

"그래야지." 켄조가 고개를 끄덕인다. "그럼 지금 당장, 바로잡도록 하자. 나와 함께 황제의 궁으로 가서 바닥에 엎드리고 황제께 용서를 비는 거야. 그러면 결혼식은 예정대로 치를 수 있어." 켄조가 몸을 돌리며 나에게 따라오라고 손짓한다. "네가 결혼식 도중 기절했다고 몸이 안 좋아 순간적으로 정신이 잠깐 이상해졌다고 둘러대는 거지. 황제가 나를 용서하기 위해서 우리는 필요한 무슨 말이든 해야 한다고.”

나는 그 자리에 서 있었다. 켄조가 의아한 듯 뒤를 돌아본다.

“왜? 뭐 기다리는 거라도 있어?” 그가 다그친다.

네가 꺼져 주길 기다리고 있지, 그래야 내가 여기를 벗어나 기도로 갈 수 있으니까…….

“너 혼자 가는 게 더 나을 거 같은데…….”

“그러지 말고, 은지-지.” 켄조의 목소리가 부드러워지며 나를 달랜다. “이미 네가 충분히 어렵게 만들어 놨어, 더 어렵게 만들지 마!”

그의 말이 내 마음을 누그러뜨린다. 그의 말처럼 만약 켄조가 제국을 설득해 나와 우리 가족이 용서받을 수 있다면, 그것은 내 형벌을 피할 쉬운 방도일 것이다. 훨씬 더 간단한 방법일 테지. 눈을 닦으며 아직 남은 화장을 문질러 지웠다.

켄조는 내가 예전부터 싫어하는 그 차분한 모습으로 돌아와서 나를 설득하고 있다.

그가 다시 손을 내밀며 기다린다. 나는 그의 손을 거의 잡을 뻔했다.

잠깐. 내가 뭘 하는 거지?

“나는 너와 결혼할 수 없어, 켄조.”

잠시 동안, 우리는 서로의 눈을 응시한 채 서 있었다. 그 사이 폭우가 이슬비로 변했다. 산들바람이 켄조의 칠흑 같은 머리카락을 흔들고 그의 눈동자에 노여움의 빛이 번쩍하며 지나갔다. 그와 동시에 감명받은 기색도 보였다.

“왜 나와 함께하고 싶지 않은 거야, 은지?” 그의 목소리가 한결 부드러워지며 묻는다.

마치 그런 생각 자체가 터무니없는 생각이라는 듯이 말이다. “나는 똑똑하고 의욕적인 데다 야망도 있어. 그리고 — 어제의 실수는 제쳐두고라도 — 나에게는 촉망받는 직업도 보장되어 있지. 나는 너희 가족이 사회적으로나 정치적으로 성공할 수 있게 도울 수 있어. 그런데도 여전히 나와 결혼하고 싶지 않다니. 누가 나보다 더 나은 배우자가 될 수 있겠어?”

더 나은 배우자?

삐딱한 미소와 헝클어진 짙은 갈색 머리칼이 내 뇌리를 스친다. 그것들을 급히 지워 버렸다.

“너는……,” 나 자신도 궁금해한다는 사실을 깨달았다. “정말 나와 함께하고 싶은 거야?”

“그런 건 상관없어.” 켄조가 딱 잘라 말한다. “나도 너만큼이나 이 문제에 대한 선택권이 없으니까.”

“하지만 만약 그런 결정권이 있다면?” 내가 보챘다.

“만약이라고 가정하는 건 아무 의미 없어.” 그가 나에게 손짓하며 내 말을 끊는다.

“지금 우리가 가정 먼저 해야 할 일은 너의 처형을 막고 내 직위를 복원시키는 거야.”

“그러니까 너도 나와 함께하고 싶지는 않다는 거네.”

“나는……,” 그가 쭈뼛거리며 헛기침한다. “나는 내 아버지의 뜻에 따르는 거야. 그리고 제국에 최선이 되는 것을 따르는 거지.”

길 끝에서 빛이 번쩍이며 젖은 도로에 반사된다. 드래곤 군인들이나 비밀경찰이 다가오고 있는 게 분명하다. 나는 급히 몸을 돌려 반대 방향으로 빠르게 걷기 시작했다.

“어디 가는 거야?” 켄조가 소리지르며 나를 따라잡으려 종종걸음으로 다가온다.

“꼭 알아야겠다면……,” 어깨 너머로 씩씩거리며 답한다. “나는 우리를 구하러 가는 거야.”

길모퉁이를 돌며 머리 위 두건을 깊이 끌어내렸다. 손전등 불빛이 우리 뒤 반대편 골목을 순찰 중이다.

"재밌는 생각이네. 하지만 제국은……."

"제국으로부터가 아니야." 내가 속삭였다. "우리를 서로에게서 구하려는 거야."

"무슨 말이야?"

나는 휙 돌아섰다.

"이것만 분명히 하자, 켄조. 너는 나와 함께하고 싶지 않지. 나도 너와 함께하고 싶지 않아. 만약 내가 우리의 아버지들을 기쁘게 해 드리고 제국의 용서도 받아 내고 또 우리의 결혼마저 취소할 수 있는 방법이 있다고 말한다면 어때?"

"믿을 수 없어."

"그래? 아직 호랑이가 한 마리 살아 있어. 지금 제국은 세상 무엇보다 그것을 찾고 싶어 하고, 이사오 총독은 호랑이를 찾는 사람에게 부와 영광 그리고 그의 '무한한' 감사를 쏟아부을 준비가 되어 있어. 그 사람이 바로 나일 거야. 내가 그것을 찾아 보상도 받고 이사오의 총애도 얻을 거니까. 그리고 모든 걸 바로잡는 거지."

켄조가 비웃는다. "마지막 도살 의식 이후로 기도에서 호랑이는 보이지 않았어."

"아니, 틀렸어. 아직 한 마리가 남아 있어. 내가 직접 봤어."

"너 정신이 나갔구나." 켄조의 몸이 굳으며 안색이 창백해진다.

"네가 내 말을 믿을 필요는 없어. 나는 호랑이가 어디 있는지 아니까. 거기 가서 찾을 거야. 그리고 호랑이를 잡으면 제국이 날 두 팔 벌려 환영하겠지. 이사오 총독이 직접 말했어, 호랑이를 찾는 사람은 영웅이 될 거라고."

"그러고 나면?" 켄조는 계속 믿을 수 없다는 표정이다.

"그러면 우리는 곤경에서 벗어나게 될 거야. 나한테 보상이 주어질 거고, 돈뿐만 아니라 총독의 총애도 받겠지. 황제가 우리를 용서하실 거야. 그리고 이 약혼을…… 무효화시킬 수 있어."

그리고 마침내 나는 자유로워지겠지.

켄조가 발걸음을 멈추고 발아래 젖은 자갈을 내려다보다가 내 얼굴을 쳐다본다.

"좋아. 하지만 나도 같이 간다."

"안 돼!" 나는 눈을 깜빡였다.

"아니, 갈 거야."

"안 된다니까!" 내가 반복했다. "안 돼. 나 혼자 할 거야."

"그렇게 하도록 놔둘 수 없어!"

"왜지?"

"첫째," 켄조가 손가락 하나를 든다. "너는 나를 모욕했어. 네가 속죄하고, 제국에 사과하고, 계획대로 이 결혼식을 진행할 때까지 너를 내 감시하에 둘 거야." 그가 두 번째 손가락을 치켜세웠다. "둘째, 며칠 안에 너를 설득해서 앞서 말한 일을 내가 할 수 있을 거라 확신해." 그는 세 번째 손가락을 보탠다. "그리고 셋째, 이건 멍청한 생각이고 네가 다칠 수도 있어."

"내가 다치든 말든 무슨 상관이야?" 그에게 눈을 흘겼다.

켄조가 콧등 너머 나를 거만하게 내려다본다. "우리 아버지들이 우리의 결혼을 약속했을 때 나는 너를 보호하기로 마음먹었어, 은지. 내 미래의 아내로서 너는 이제 내 책임이야. 어떤 사람과는 다르게 나는 내가 한 약속은 꼭 지켜. 그리고……," 켄조가 완벽한 상앗빛 치아를 드러내며 덧붙인다. "나는 하자 있는 상품과 결혼하고 싶지 않거든."

"넌 나쁜 자식이야, 켄조."

"농담이야." 그가 웃는다. "하지만 그래도…… 정말 네가 나와 같이 가는 걸 싫어한다면, 저기 거리에 있는 드래곤 군인들에게 알릴 수도 있어. 총독이 너를 위한 재미난 계획을 준비했다던데……."

그가 손을 모아 소리를 치려는 듯 입 주위를 감싼다. 나는 손을 뻗어 그를 막았다.

"좋아, 좋다고!"

켄조가 고개를 비스듬히 기울이며 모르는 척한다. "'좋아'가 내가 저 경비병들을 불러야 한다는 거야? 아니면 내가 너의 그 무모한 소임에 동참하는 것을 받아들이겠다는 거야?"

"후자." 나는 쏘아붙였다. "그리고 이건 무모하지 않아."

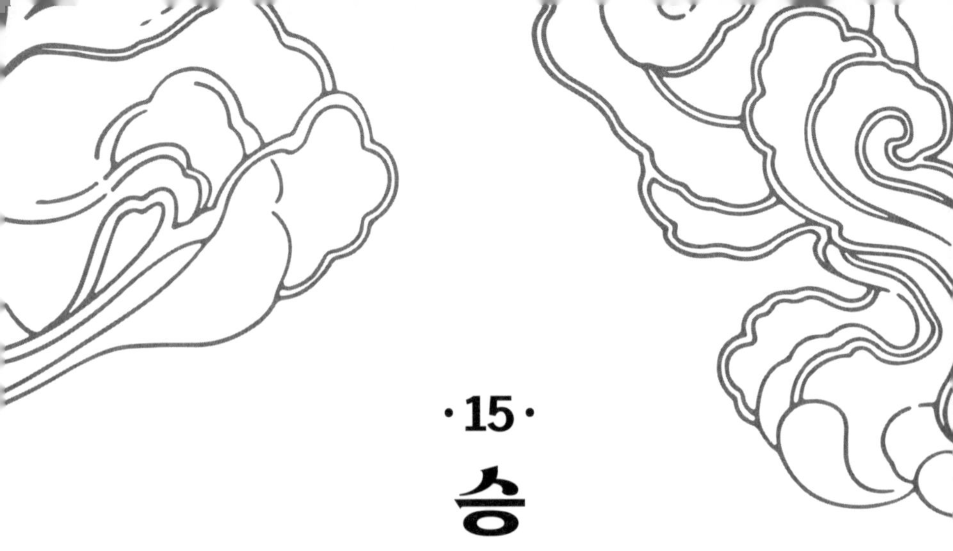

·15·

승

진이 범상치 않은 석상을 손으로 훑으니 희뿌연 햇살 아래 하얀 돌 표면이 반짝인다.

"이상한데……." 그녀가 혼잣말을 한다.

1년 전 내가 호랑이를 봤던 그 공터는 참나무와 단풍나무로 둘러싸인 숲을 이뤄 나무들 사이로 햇빛이 은은하게 스며들고 있다. 대낮이라 그 주변을 더 쉽게 찾아낼 수 있었다. 호랑이가 유유히 사라지던 그 동굴이 확실하다.

다만, 열려 있는 대신 이번에는 동굴 입구가 두꺼운 암벽으로 막혀 있는 것처럼 보인다.

예전에는 입구였던 자리 양쪽으로 기이한 석상 한 쌍이 있다. 그것들은 내가 한 번도 본 적 없는 신화 속 동물을 본뜬 것 같았는데, 사자의 얼굴과 몸을 하고 있지만 피부는 비늘로 덮여 있고 허공을 보며 공허한 웃음을 짓고 있다.

"해치." 진이 나를 돌아보며 말한다. "영혼의 세계에서 온 고대 수호신들이야. 틀림없이 이곳엔 보호 주술 같은 게 걸려 있을 거야.”

나를 쳐다보는 진의 눈빛이 새롭게 생겨난 경외감과 호기심으로 뒤섞여 있다.

“나는 이 숲의 구석구석을 너무나 잘 알고 있어. 하지만 이 동굴을 본 적은 없어. 해치들이 이곳을 지키고 있는 게 분명해. 어쩌면 그들이 원할 때만 우리가 여기 올 수 있는 건지도 몰라.”

은지와 함께 몰래 빠져나왔던 첫날 밤을 떠올리며 나는 확신이 서지 않아 고개만 끄덕였다. 달빛 아래에서 미친 듯이 달려 이 공터를 지나쳤던 그 밤이 떠올랐다.

나무뿌리 아래로 그녀를 숨기던 장면, 그리고 가슴속 그 느낌.

“근데 왜 해치들이 네게 이곳을 보여 줬을까?” 진이 얼굴을 찌푸린다.

새로 생겨난 경외심은 거기까지였나보다. 진의 말투에는 ‘너처럼 별 볼 일 없는 녀석에게’라는 무언의 의미가 담겨 있었다.

공기 중에 무언가가 깜박인다. 눈을 가늘게 떠 손을 휘저어 보지만 그 빛은 사라지지 않는다. 어떤 노란 빛줄기가 — 햇살처럼 밝고 아름다운 — 진의 가슴에서 뿜어져 나오고 그녀의 심장에서 전해지는 전율이 마치 내 것인 양 생생하게 느껴진다.

석상은 여전히 기괴한 얼굴을 하고 우리를 향해 웃고 있다. 나는 설명할 수 없는 이끌림으로 몸을 앞으로 숙였다. 사자를 닮은 해치의 돌 혀를 내려다보고서 천천히, 마치 부름에 응답하듯, 나는 손을 들어올렸다.

그리고 석상의 입 안으로 집어넣었다.

즉시 해치의 눈이 살아나더니 색 바랜 회색에서 루비처럼 붉은 진홍색으로 변했다. 눈부신 붉은 섬광이 공터로 갑자기 쏟아졌다 사라진다.

진이 깜짝 놀라 휙 돌아선다.

“뭐……?”

대지가 낮게 으르렁거린다. 땅이 흔들리자 나는 넘어지지 않으려 석상을 붙잡았다. 우리 앞에서 동굴 입구를 막고 있던 암벽이 점차 열리기 시작하더니 동굴 내부가 서서히 드러났다. 솟아오르는 암벽을 쪽으로 몸을 돌린 진은 땅이 계속 흔들리는 동안 다른 석상을 붙잡고 몸을 지탱했다.

순수한 환희가 진의 얼굴에 어린다. 그녀의 가슴에서 빛나던 노란 햇살이 금색으로 짙어졌다.

"나쁘지 않은데, 연애 소년!" 그녀가 소리친다.

잠시 후 진동이 멈췄다. 암벽이 지키고 있던 자리에 동굴 입구가 우리에게 손짓한다. 공터로 내리쬐는 희미한 햇살이 입구 안쪽으로 비스듬히 흘러든다.

그 너머, 동굴 입구 안쪽에는 어둠이 자욱하다.

진과 나는 눈빛을 나눴다.

어쩐지, 왠지 모르지만, 나는 두렵지 않았다. 한 걸음 앞으로 걸어갔고 진이 내 옆에서 따라온다.

동굴로 들어서자 숲에서 들어오던 희미한 빛이 우리 뒤에서 약해졌다. 몇 걸음 옮기니 완전한 어둠에 잠겼다.

소리가 들린다.

그르르.

목덜미의 털이 곤두선다.

눈이 어둠에 점차 적응되면서 갑자기 그것이 보였다.

터널 끝 동굴 막다른 곳에, 호랑이가 몸을 웅크리고 머리를 뒷다리 가까이 붙인 채 깊이 잠들어 있다. 꼬리가 코앞에서 씰룩거리며 땅을 툭툭 치고 있고, 갈비뼈가 호흡에 맞춰 천천히 부풀었다 가라앉는다.

나는 그 자리에 얼어붙었다.

호랑이가 우리 앞에서 몸을 떨며 마치 악몽이라도 꾸는 것처럼 불편한 듯 몸을 뒤척인다. 입술이 뒤로 올라가니 길고 흰 송곳니가 살짝 드러났고, 몸을 움직이자 다시 숨소리가 새어 나온다.

그르르르.

진은 아직 보지 못했다. 그녀가 한 걸음 더 앞으로 발을 뗀다.

호랑이가 눈을 번쩍 떴다.

갑자기 동굴 안의 온도가 급변한다. 이미 차가웠던 공기가 한기로 바뀐다. 우리 뒤에서 요란한 굉음이 울려 퍼진다.

뒤돌아보니 동굴 입구가 닫히는 것이 보인다.

우리는 완전한 암흑에 갇혔다.

순간 칠흑 같은 어둠 속에서 우리 둘만 덩그러니 남겨졌다. 잠시 후 동굴 벽이 밝은 에메랄드빛을 내기 시작했다. 우리를 둘러싼 희뿌연 회색 바위가 빛을 발산하더니 눈부신 광채가 동굴을 환하게 비춘다.

우리 앞에서, 호랑이가 네 발로 서서 우리를 똑바로 응시하고 그의 꼬리가 불안한 듯 흔들린다. 나는 한 걸음 뒤로 물러났다.

수정 벽면이 발광하자 번쩍 하는 빛의 섬광이 일었다.

빛이 꺼지자 호랑이는 사라지고 없었다. 그 자리에 나이를 가늠할 수 없는 한 여인이 서 있었고 고귀해 보이는 옷차림이었다. 흰색과 검은색 줄무늬로 된 그녀의 옷은 동굴의 고요한 공기에도 산비탈의 풀이 나풀거리는 것처럼 물결치듯이 보였다.

그녀는 마흔 살일 수도, 아니면 사천 살일 수도 있다. 짐작조차 안 된다.

"안녕, 승아!" 그 여인 또는 그녀가 어떤 존재이든 간에 나에게 말을 건넸다. *"그리고 진, 너희를 만나 정말 기쁘구나. 너희가 못 올까 봐 걱정했단다."*

절실함이 배어 있는 그 여인의 목소리는 내 예상과 달리 지금껏 내가 들어 본 적이 없는 목소리였다. 수십 명이 동시에 말하는 것 같고, 남성과 여성, 그 어느 쪽도 아니면서 둘 다이기도 했다.

그녀가 미소를 짓자 입안 가득 뾰족한 송곳니가 보였다.

호랑이의 이빨처럼 날카로운 이빨이었다.

그 순간 나는 그녀가 누구인지 바로 깨달았다.

내 옆에서 진이 무릎을 꿇었고 나도 따랐다.

"위대하신 호랑이 신령님이여……," 진이 열렬히 외친다. "저는 비록 작지만 용맹한 저항군 지도자입니다."

"*나는 네가 누군지 아주 잘 알고 있다, 진!*" 호랑이 신령이 손가락을 구부리자 바람이 우리 둘을 일으켜 세웠다. "*그리고 낭비할 시간이 없어. 우리나라의 미래가 위태롭단다. 승, 너의 수련은 어떠하냐? 지금쯤 너는 우리의 능력을 알게 됐겠지.*"

나를 보는 진의 입이 떡 벌어진다.

"제…… 능력……." 그녀의 말을 반복했다.

호랑이 신령의 눈에서 격렬한 야생의 광채가 번뜩인다.

"제게 호랑이의 기를 주신 분이 당신이군요." 목이 메어 말이 나오질 않았다.

"*그래. 용의 기는 육체에 나타나지. 그것은 힘의 능력이야. 뱀의 기는 머리에 나타나 지배하는 능력을 준단다. 하지만 호랑이 기는 가슴에 깃들지. 그것은…… 감정의 능력이란다.*"

"저에게 계속 보였던 그 색깔들……, 그것은 단순한 착시가 아니었군요." 내가 중얼거리자 그녀가 고개를 끄덕인다.

나는…… 믿을 수 없었다.

어린 시절 모래 위에다 용의 기를 가진 미래의 나를 그렸었다. 시간이 지나면서 거리의 군인들을 볼 때마다 질투심이 내 안에서 끓어올랐고, 매년 아다치에서 돌아오는 양반집 아이들이 새로 얻은 능력으로 자신만만한 모습을 지켜봤다. 그리고 매일 밤, 잠 못 이루고 누워 천장의 그림자를 바라보며 그것이 내 삶이 되기를 간절히 바랐다. 그 꿈이 이루어지지 못할까 봐 두려워하면서도.

시험에 통과하려고 얼마나 많은 촛불을 태우고, 얼마나 많은 시간 눈물을 삼키고 교과서와 씨름하며 공부했던가. 호랑이 기가 이미 내 안에서 자라고 있다는 걸 알지도 못한 채.

그러나 나는 가슴속에 싹튼 희망이 믿기지 않는다.

감정의 힘? 그게 무슨 의미일까?

이게 나와 내 가족에게 어떤 의미가 있을까?

"감정이라……." 나는 그 단어를 곱씹어 보지만 확신이 서질 않았다.

"인간의 감정은 세상에서 가장 강력한 힘 중 하나란다, 승."

"하지만 감정으로 어떻게 적과 맞서 싸운단 말인가요?" 잠시 말을 멈췄다. "드래곤 군인들에게 그걸 어떻게 사용하죠?"

"직접적으로는 아니지." 그녀가 대답한다. *"호랑이 기로 바위를 움직이지는 못하지만 사람을 움직일 수는 있어. 올바르게 다룬다면 군중을 움직일 수도 있지. 잠든 민중을 깨워 그들 자신의 운명에 눈뜨게 하고, 그들을 통해 세상을 뒤흔들 수 있단다."*

그 말을 온전히 이해하는 데는 약간의 시간이 필요했다.

하지만 직접적으로는 아니잖아.

그것은 나처럼 평생 폭력을 당해 온 사람에게는 받아들이기 힘든 입에 쓴 약과 같았다.

드디어 내게 기가 생겼지만, 여전히 나 자신과 사랑하는 사람을 보호할 수 없다는 사실을 알게 되었다.

"승아, 진아, 나는 너희가 겪어 온 길을 알고 있다. 너희를 지켜봐 왔어." 호랑이 신령이 계속했다. *"너희는 탈출구를 찾고 있지만 그걸 어디서 찾아야 할지 모르고 있지. 너희는 무엇 때문에 고통받는지 이해하려고 애쓰고 있어. 하지만 너희는 혼자가 아니다. 약속하마. 호랑이 민족 스스로가 자유를 갈망하며 울부짖고 있어. 우리나라는 40년 동안 드래곤 세력에 의해 식민 지배를 받아 왔다. 자유로 가는 길은 아직 있단다. 너희 둘뿐 아니라 우리 민족을 위해서. 그렇지만 그 길이 빠르게 닫히고 있어."*

호랑이 신령이 팔을 흔든다.

공기 중으로 안개가 피어오르더니 그 안에서 빛이 흘러나왔다. 그리고 먼 곳으로 보이는 환영이 나타났다. 안개가 소용돌이치며, 울창한 숲이 우거진 산봉우리 형상이 보인다. 그 산은 번화한 대도시 중심에 우뚝 솟아올라 있다.

"한남시 한가운데에 신성한 산이 있단다. 단군 산이지. 그 산꼭대기에 신성한 영혼의 동굴이 있어. 너희 둘은 되도록 빨리 나를 그곳으로 데려가야 해."

다시 안개가 회오리치며 다른 장면이 나타난다.

도시 외곽에 있는 돌로 된 문이 보이고 해치 석상이 양쪽에서 단군 산 입구를 지키고 있다. 문 안쪽은 숲으로 둘러싸인 초원이 보이고 황금빛 나뭇잎이 반짝이고 있다.

단군 산 정상이 보인다. 거기에 어둡고 고대의 모습을 간직한 동굴이 있다. 동굴 안에는 낡은 나무 두레박이 걸린 우물이 자리하고 있다.

"단군 산 정상에는 호랑이 기를 가진 인간이 마셔야 하는 영혼의 우물물이 있다. 그러면 태고의 위험한 능력이 주어지는데, 그 능력을 소유한 자를 파멸시킬 수도 있는 능력이지. 그렇지만 올바른 사람이 그 능력을 쓴다면 우리 민족을 해방시킬 수 있단다."

진이 열의에 차 몸을 앞으로 숙인다.

"우린 준비됐습니다!" 그녀가 즉시 대답한다. "뭐든지 따르겠습니다."

잠깐만! 능력의 소유자를 파괴할 수 있다고?

"잠시만요!" 진이 나를 쳐다보다 보는 동안 물었다. "정확히 산의 우물물이 어떤 효과를 내는 거죠?"

신령이 잠시 멈춘다.

"우물에는 특별한 마법이 담겨 있지. 그 너머는, 너희에게 전부 말하기는 어렵구나." 그녀가 말을 잇는다. *"나는 네가 아직 길을 찾는 중이라는 걸 알아, 승. 모든 능력처럼, 이것 역시 여러 방식으로 쓰일 수 있지. 네가 그*

것을 나쁜 일에 쓰고 싶은 마음이 들 수도 있어. 실제로 그렇게 사용한 사람도 있었지. 나는 네가 그것을 선을 위해 사용할 준비가 되었는지 확인해야 돼.”

찌푸린 얼굴로 고개를 끄덕였다. 신령이 다시 팔을 휘두른다.

그녀 뒤로 동굴 벽에 황금빛 테두리가 나타났다.

자세히 들여다보니 도시의 건물, 숲, 계곡, 산이 보인다.

그것은 위에서 내려다본 호랑이 식민지의 전경이다.

지도다.

황금색으로 빛나는 선이 한 쪽 끝에서 시작해 풍경들 사이로 구불구불 뻗어 나간다. 기도 주변의 숲에서 출발해 지도를 가로질러 수도인 한남시와 그 시의 중심에 솟은 산까지 이어졌다.

“기도에서 단군 산까지는 도보로 꼬박 삼일이 걸린다. 승은 아직 본인의 능력을 완전히 익히지 못했어. 진, 우리가 살아서 그곳까지 무사히 도착할 수 있도록 하는 건 너의 책무다. 그리고 매 순간이 위험할 거야.”

안개가 다시 바뀌더니 드래곤 군의 병사 부대가 보인다.

그들이 행군하고 있다.

기도 마을을 통과하며.

“드래곤 제국은 금지된 기 능력을 가진 젊은이가 있다는 것을 알게 됐어. 그들이 지금 너를 쫓고 있다. 승과 진, 너희는 절대 들키지 않도록 극도로 조심해야 해.”

연기가 피어오른다. 병사들이 거리를 행진하면서 가옥들이 불타는 것이 보인다.

우리집이다.

엄마가 몸을 떨고 있는 호영이를 꽉 안고 구석에 웅크리고 있다. 밖에는 군대가 이리저리 오가며 집 안을 들여다보고, 이웃집으로 이어진 길을 따라 이동한다. 엄마가 어린 동생의 눈을 가리자 호영이가 작게 울먹인다.

"안 돼!" 낮게 속삭이며 그들에게 손을 뻗으려 해 본다.

"안 돼, 승아. 너는 지금 집으로 돌아갈 수 없다. 만약 돌아간다면 드래곤 제국이 당장 너를 찾아낼 거고, 저들은 너와 네가 소중히 여기는 사람들 모두를 죽일 거야. 제국은 아직 너의 정체를 모른다. 네 가족의 안전을 위해서라도 너의 임무를 다할 때까지 돌아가서는 안 돼."

안개가 걷히고 마을도 안개와 함께 사라졌다.

"엄마, 호영아……." 울부짖었지만, 나의 외침은 동굴 벽 안에서만 울릴 뿐이었다.

"그리고 드래곤 군대만이 위험한 게 아니다."

환영이 바뀌었다.

이번에는 시골 어딘가, 맑은 물이 흐르는 강의 다리가 보였다.

다리 위 창공에 이계(異界)의 문이 열리고 있다.

기괴한 생명체들이 쏟아져 내리기 시작한다. 아홉 개의 꼬리를 가진 기이한 개 같은 괴물들과 들쭉날쭉한 비수 같은 이빨을 가진 보라색 도깨비들……. 그것들이 울부짖고 비명을 지르며 이계의 문을 통해 미친 듯이 땅으로 흩어진다.

"호랑이의 수호가 없어지자 영혼의 세계와 인간의 세계 사이의 다리가 무너지기 시작했어. 너희의 여정 중에 괴물들을 만날 수도 있다. 호랑이 왕국의 균형이 무너지면서 광기에 사로잡힌 괴물들이지. 그것들 역시 너희를 해하려 할 거야."

마침내 환영이 사라지고 동굴에는 우리만 남았다. 호랑이 신령 뒤로 황금빛 지도가 벽에서 찬란히 빛나고 있다.

"승아, 진아," 호랑이 신령이 당부한다. "나는 마지막 호랑이란다. 드래곤 군은 내 종족 전부를 사냥하고 죽였어. 너희에게는 아직 우리 민족을 해방시킬 수 있는 기회가 있다. 하지만 만약 제국이 나를 찾아서 죽인다면, 모든 희망은 사라질 거야. 네가 알고 있는 호랑이 기는 더 이상 존재하지 않게 될 거야. 승, 너는 너의 능력을 잃게 될 거다. 그러면 이 땅은 돌이킬 수 없는 혼돈에 빠지게 되겠지.”

이어서 말한다. “우리가 이 동굴을 벗어나면 나는 너희와 인간의 모습으로 소통할 수 없을 거야. 하지만 나는 너희가 누군지 기억할 것이고 여기서 단군 산까지 가는 길도 알고 있지. 무엇보다도, 너희는 드래곤 제국에 발각되어서는 안 돼. 너희 둘은 호랑이 왕국의 균형을 회복해야 한다. 승아, 진아, 너희를 믿는다.”

호랑이 신령이 우리 어깨에 부드럽게 손을 얹는다.

진이 천천히 돌아서며 마치 나를 처음 보는 것처럼 바라본다.

“왜 하필 저 애한테……?” 그녀가 낮게 속삭였다. “호랑이 기를 줄 수 있는 그 많은 사람 중에…….”

나 역시 그 점이 궁금해 답을 알고 싶었다.

“사실은, 나도 내가 올바른 선택을 했는지 정말 모르겠구나.” 호랑이 신령의 웃음소리가 풍경 소리처럼 맑게 울렸다. “선택지가 그리 많지 않았어. 내가 승의 겸손함을 보았다고 말하는 게 좋겠구나. 그의 공감 능력과 용기, 그 안에 깃든 선량함을 발휘할 깊은 잠재력을. 그리고 그 어느 것도 거짓은 없었단다. 하지만 내가 너를 선택한 진짜 이유는, 승…… 네가 고통받았기 때문이야.”

동굴 벽 에메랄드빛이 사라지고 우리는 또다시 어둠에 휩싸였다. 굉음과 함께 동굴 입구를 덮고 있던 벽이 열리면서 가냘프고 희미한 빛이 흘러들었다.

진과 내 앞에서 꼬리를 흔들고 서 있는 것은 호랑이 그 이상도 그 이하도 아니었다.

호랑이가 입을 크게 벌리고 포효한다.

·16·
은지

바다로 나가자 섬이 멀어진다. 배 창문 밖으로 비가 잦아들고, 나는 바람에 일렁이는 파도를 응시했다. 멀리 드래곤 제도는 아직도 폭풍우에 휩싸여 먹구름 아래로 억수 같은 비가 쏟아져 내린다.

배는 물살을 거침없이 가르며 심하게 출렁거렸고, 이런 사나운 날씨에 배를 타려는 여행객은 거의 없어 아래층 객실에는 우리 둘뿐이다.

켄조는 한 시간 동안 천 번쯤 한숨을 내쉰 것 같다.

"도대체 뭐가 문제야?" 내가 쏘아붙였다.

"사람들이 이런 식으로 여행하다니 믿기지 않아." 그가 투덜거리며 좌석에서 몸을 이리저리 움직이면서 얇고 빛바랜 빨간 쿠션을 탁탁 두드린다.

"좀 참아!" 내가 다그쳤다.

나 역시 켄조처럼 일반 칸을 타 보는 건 이번이 처음이라 솔직히 내가 평소에 누리던 안락함과는 거리가 멀었다. 하지만 우리에겐 다른 선택지도 없고, 여기 아래층에서는 특등 칸에 있을 때보다 우리를 알아볼 사람이 적다. 아마 특등 칸이었다면 우리 아버지들의 동료 중 한 명과 마주칠 가능성이 열 배는 높았을 것이다.

갑자기 나 자신이 달라 보였다. 아마 나도 승과 함께 몰래 시장을 돌아다니지 않았더라면 켄조처럼 행동했을 것이다. 처음으로 승이 철없고 세상 물정 모르는 나에게 화 한번 내지 않고 어찌 참았을까 하는 생각이 들었다.

"얼마나 더 가야 해?"

"두세 시간." 쌀쌀맞게 답했다. "좀 자 둬. 체력을 아껴야 해."

"그래."

켄조가 모자를 내리고 몸을 기울이더니 내 어깨에 머리를 얹는다. 나는 잔뜩 인상을 쓰며 창문 쪽으로 몸을 확 뺐다. 그러나 오히려 켄조는 그 틈을 노려 더 넓은 공간을 차지하고는 상체를 내 옆구리에 기댄다. 모자 아래로 그의 입가가 만족스러운 듯 실룩거렸다.

"'사적 영역'이라는 거 들어 본 적 없어?" 켄조를 째려봤다.

"응, 들어보기는 했지." 그의 말이 늘어진다. "그건 이 배를 만든 사람한테 알려 줘야 할 거 같은데……." 켄조가 몸을 떼고 곧추세운다. "근데 은지, 생각이 나서 하는 말인데, 사적 영역이 가장 넓은 곳이 어딘지 알아? 그건 바로 우리를 기다리고 있는 드래곤 제국의 새 저택이야. 분명히 네가 좋아할 거라고 장담해."

켄조는 당연히 내가 그의 저택에 혹할 거라고 믿고 있다. 내가 진정 어떤 사람인지 그는 전혀 모른다. 내가 평생 집이라는 감옥에서 벗어나기를 갈구했다는 걸 그는 상상조차 못 할 것이다.

이 여정에 켄조를 동참시킨 걸 진심으로 후회하기 시작했다. 얼굴을 손으로 감싸며 예전에 몰래 집 밖으로 함께 빠져나갔던 그 사람을 너무 많이 떠올리지 않으려 애썼다.

"누구야?" 켄조의 말에 몽상에서 깨어났다.

"뭐가?"

“누구를 그리워하고 있냐고?”

나는 굳어졌다. “누구? 뭐? 아무도. 그런 거 아니야.”

켄조가 가만히 내게 시선을 고정한다. “으흠. 드래곤 군대가 왜 나를 정보 담당으로 발탁했는지 알아? 내가 사람을 잘 보거든.”

창문으로 몸을 돌리며 팔짱을 꼈다. “왜 그렇게 생각하는데? 내가 왜……?”

“아다치 학생이야, 응?” 켄조가 끈질기게 묻는다. “분명 누군가 있어. 그게 네가 나한테 마음을 안 주려고 그렇게 애쓰는 이유인 거지.”

큰소리로 웃다가 급히 목소리를 낮추었다. “믿어 줘. 난 애쓸 필요가 전혀 없다고.”

그가 멈칫하며 배 내부로 시선을 돌린다.

“켄조, 만약 네가 나를 어떻게든 설득할 수 있다는 생각으로 나를 따라온 거라면…….”

켄조가 갑자기 내 입에 손을 갖다 대고 입술에 손가락을 올려 조용히 하라는 신호를 보낸다.

화가 나서 그의 팔을 치우려 손을 들었다가 그의 시선을 쫓았다.

드래곤 병사 한 무리가 배 하층 갑판으로 막 들어섰다. 그들이 통로를 따라 천천히 줄지어 들어와 좌석을 훑으며 무언가를 수색하고 있다. 나는 두건을 내리고 돌아서서 자는 척했다.

병사들이 멈추고 차렷 자세를 취하는 소리가 들리는 걸 보니 누군가가 도착한 모양이다. 그들의 불규칙한 걸음 소리와 함께 지휘관이 움직일 때마다 들리는 익숙한 쨍그랑 소리가 발을 뗄 때마다 울린다.

가늘게 뜬 눈으로 지휘관이 투구를 벗고 긴 적갈색 머리를 풀어헤치는 모습을 훔쳐본다. 너무나 낯익은 금속 의족이 그녀의 제복 아래로 드러나고 튼튼한 은색 지팡이가 바닥에 비스듬히 놓여 있다.

맙소사. 나리 대장이었다.

켄조와 눈을 마주쳤고 우리는 더욱 깊숙이 몸을 숙였다.

"상황은?"

"몇 명의 수상한 여행자 외에는 아무도 없는 것 같습니다. 대위님!" 한 병사가 답했다.

"그렇다면 우리가 첫 번째 출발팀이라는 뜻이군." 나리 대장이 만족스러워한다. "좋아!"

나리 부대의 슬레이어들이 웅성거리는 가운데 그 목소리 중 하나가 반 친구 보미라는 걸 알았다. 질투심이 가슴을 후벼 판다. 다른 길을 갔더라면 그게 나였을 텐데…….

"좋아, 슬레이어들. 첫 사냥에 나서는 제군들, 잘 들어라." 대장의 목소리는 아다치에서 매일 우리에게 들려 주던 것과 같은 열정으로 가득했다. "단 한 마리의 호랑이만 남았다. 이건 우리가 지금까지 잡은 것 중 가장 큰 사냥감이야. 앞으로 몇 시간 안에 제국의 모든 은퇴한 호랑이 슬레이어들이 기도라는 마을로 가려고 군침을 흘릴 거야. 우리가 상금을 차지하려면 빨리 움직여야 한다." 그녀가 잠시 말을 중단하고 슬레이어들이 그 의미를 새기도록 한다. "그리고 누구든 우리를 가로막는다면…… 싸울 준비를 하는 게 좋을 거다. 알겠나?"

"알겠습니다!"

우리의 눈길이 부딪혔다. 그도 나와 같은 생각을 하는 게 분명하다.

우리에게 경쟁자가 생겼다.

그것도 그저 그런 경쟁자가 아니라 제국에서 가장 뛰어나고 단련된 병사들과 맞서야 한다. 내가 내 능력 밖의 일에 뛰어든 건가? 지난 9개월 동안 나리 대장의 슬레이어 부대에 들어가려고 죽도록 노력했는데, 이제 그들과 경쟁해야 한다. 이들은 나와 켄조보다 훨씬 더 많은 경험과 훈련, 그리고 인력도 받았다.

하지만 그들과 달리 이 일은 나에게 영광과 상금 이상의 의미를 가져다준다. 내 목숨이 달려 있다.

켄조가 은밀하게 고개를 끄덕인다. "이해했어."라고 말하는 것처럼.

가슴속에 문희의 얼굴이 아른거린다. 위가 뒤틀리고 메스꺼움이 올라온다.

동굴로 돌아가야 한다. 마지막 호랑이를 잡아 이사오에게 바치고 제국의 은혜를 받아야 한다. 그리하여 내 가족을 구하고, 마침내 나도 자유를 얻게 될 것이다.

그렇게 어렵지 않을 거야. 그렇겠지?

배가 호랑이 식민지 해안에 도착할 때쯤 구름 사이로 해가 얼굴을 내밀기 시작했다.

우리는 기도로 가는 다음 기차를 탔고 객차는 사람들로 붐볐다. 이런 기차는 호랑이 슬레이어 같은 정예 부대가 타기 꺼리는 이동 수단이다.

켄조는 김밥을 게걸스럽게 먹어 치운 후 두 시간이나 잠을 잤다. 그동안 나는 거의 일 년 만에 고향으로 돌아간다는 생각에 맘이 편치 않았다.

승이 그곳에 있다. 그가 지금 뭘 하고 있는지 모르지만 그래서 그를 찾아가 볼까 하는 마음이 들다가도 승이 나를 보고 싶어 하는지 확신이 없다.

더구나 허비할 시간도 없다. 나리 대장과 그녀의 부대가 언제든 호랑이를 먼저 잡을 수 있으니까.

기차가 느려진다. 기도 정거장에 거의 도착했다.

"아⋯⋯, 안 돼⋯⋯."

잠결에 몸을 뒤척이는 켄조의 얼굴이 공포로 일그러진다. 악몽을 꾸나 보다.

"나는⋯⋯ 미안하지 않아. 미안하지 않다고."

켄조의 목소리가 공포로 점점 커지려는 순간, 내가 그를 밀쳤다. 그가 벌떡 깨어나며 혼란스러운 눈으로 주위를 둘러본다. 잠시 그는 제정신이 아닌 것 같다. 그가 꾼 꿈이 무엇이든지 간에 끔찍한 것이었음은 틀림없다.

눈썹을 치켜올리며 그를 쳐다봤다.

"꿈꾼 거야?"

"응?" 켄조의 눈이 흐릿하고 멍하다.

"네가…… 잠꼬대를 했어. 나쁜 꿈인 거 같던데……."

"아……." 그가 눈을 깜빡이자 서서히 눈빛이 돌아온다. 그러고는 고개를 돌려 똑바로 앉더니 다시 시큰둥해졌다. "그랬어?"

"응."

"허, 거참 이상하네." 그가 덤덤하게 대답하며 망토에서 실밥 조각을 떼어 발밑으로 떨군다.

내가 대답하려던 찰나, 기차가 역으로 들어가며 끼익 소리와 함께 멈춘다. 우리는 빠르게 일어나 객실 출구로 향했다. 문이 열리자마자 나는 기차에서 내려 익숙한 고향의 봄 내음을 들이켰다.

그런데 뭔가 이상하다. 특유의 달콤한 무궁화 꽃잎 향기도 보리 냄새조차도 전혀 나지 않는다. 대신 공기에서 코를 찌르는 악취와 연기의 매캐한 냄새가 사방에 가득하다.

기차가 크게 경적을 울리며 떠난다. 켄조를 올려다보니 그가 눈을 가늘게 뜨며 당혹스러운 표정을 짓는다.

그리고 그때 그 광경이 눈에 들어왔다. 길 저편, 나무들 너머로.

하늘로 치솟는 연기 기둥들.

우리 고향이 불타고 있다.

그 의미는 단 하나다. 이사오의 명령이 이미 기도에 닿았다. 제국이 우리보다 먼저 도착한 것이다.

우리는 한순간도 낭비하지 않았다. 두건을 부여잡고 켄조와 나는 조심스럽게 마을로 다가갔다. 한옥이 즐비한 외곽 돌담을 따라 중심가로 들어서니 상점과 가옥 여러 채가 완전히 불탔고, 한때 상인들이 길거리에서 물건을 팔던 곳은 이제 재만 남았다.

나는 켄조의 소매를 잡아 골목길로 끌어당겼다. 바로 그 순간 우리 옆의 한옥 지붕이 무너지면서 나무들이 불꽃을 튀기며 거리로 쓰러졌다. 저 멀리 거리 앞쪽에는 드래곤 병사들이 무장하고 길 양쪽으로 행군하고 있다.

밖에 드래곤 군복을 입지 않은 사람은 아무도 없다.

마을 광장으로 이어지는 시들한 풀밭은 어마어마한 진흙으로 뒤덮였다. 여기 기도의 도로는 아직 미포장이었고 심지어 우리 가족조차도 차가 없었다. 하지만 오늘은 십여 대의 군용 장갑차량이 시장 밖 진흙탕에 주둔해 있고 드래곤 병사들로 바글거린다.

켄조와 나는 시장 모퉁이 근처 버려진 과일 수레 뒤에서 그 광경을 지켜봤다. 여기서 숲까지 가는 경로를 머릿속으로 그렸다. 우리의 정면, 광장의 저 끝에서 숲이 시작된다. 불에 타 그을린 노점 좌판을 방패 삼아 시장을 가로질러 갈 수만 있다면 성공이다.

나는 켄조의 팔꿈치를 쿡 찌르며 눈으로 신호를 보냈다. *가자.*

시선을 드래곤 병사에게 고정한 채 그가 고개를 가로젓는다.

"다시 동네를 샅샅이 뒤져!" 한 장교가 고함친다. "한 명도 빠뜨려선 안 된다. 그자를 찾을 때까지."

"예!"

드래곤 병사들이 경례하고 거리로 흩어진다.

"지금이야." 켄조를 재촉한다. "빨리!"

"우회하는 게 나아. 숲으로 이어진 뒷길로 가자." 켄조가 답한다. "그게 더 안전해."

"그럼 시간이 두 배나 걸린다고. 우리 말고 다른 누군가가 호랑이를 찾기 전에 지금 가야 해."

"드래곤 병사들이 득실대는 마을 한가운데를 통과할 생각은 아니겠지? 성급하게 굴지 마!"

"성급하게 구는 게 아니야." 내가 쏘아 댔다. "성급한 건 너야."

"발끈하기는. 은지-지."

"나한테 계획이 다 있어." 그를 설득했다. "알겠어? 우리는 가능한 한 빨리 호랑이에게 가야 한다고."

말이 끝나기 무섭게 나는 벌떡 일어나 부서진 수레들 사이로 시장을 가로질러 달렸다.

목표만 생각하라. 목적지에 초집중해라. 나리 대장의 가르침이 내 가슴속에 메아리친다. 잡념에 휘둘리지 마라. 용의 기품으로 어떤 장애물도 놀라운 속도로 헤쳐 나갈 수 있으리라.

반대편 끝에 이르러 뒤를 돌았을 때 켄조가 바로 뒤에 있을 거라 예상했는데, 그는 어디에도 보이지 않았다. 멈춰서 그를 찾았다.

어디로 간 거야?

갑자기 무언가가 내 손목을 낚아채 위로 끌어당긴다.

"거기 누구냐?"

망했다. 드래곤 군인이다. 드래곤 중위가 내 손목뼈가 부서질 만큼 꽉 쥐어 고통에 비명이 새어 나왔다. "어디 가려는 거지, 호랑이 새끼야?"

이를 악물고 거짓말이라도 지어내려고 애썼다.

"저는……, 저는 그냥……." 변명거리를 찾느라 머리를 쥐어짰다.

드래곤 장교를 재빠르게 훑고는 이자를 제압하는 데 몇 번의 동작이 필요한지 속으로 가늠해 본다. 그가 나보다 몸집이 클지 몰라도 나 역시 나보다 힘센 상대와 싸우는 법을 훈련받았다. 움직이지 않고 조심스럽게 들키지 않도록 손가락을 말아 주먹을 쥔다.

"여기 있었네! 어디로 갔는지 걱정했잖아."

켄조가 갑자기 내 뒤에 나타나며 환하게 웃는다. "저 친구를 찾아주셔서 고맙습니다. 장교님! 정말 감사드려요.”

남자가 작은 눈을 가늘게 뜨고는 우리 둘을 번갈아 노려본다. “그런데 너는……?”

“아!” 켄조가 쑥스러운 듯 웃는다. 그의 미소가 너무나 침착해서 나마저도 안도감을 느꼈다. “무례를 저질렀습니다. 제 소개를 못 했네요. 아버지가 이걸 아시면 창피해하실 테니 비밀로 해 주시리라 믿습니다.” 그러고는 장교에게 공손히 인사를 했다. “제 아버지에 대해 들어보셨을 것 같습니다만, 고바야시 장관님 말입니다. 개발부 아시죠? 저는 그분의 아들, 켄조 고바야시입니다. 만나서 반갑습니다.”

드래곤 장교가 머뭇거리며 켄조의 말뜻을 깨닫고는 겁먹은 표정이 된다. 그가 즉시 자세를 똑바로 한다. “고바야시 장관님의 아들 되십니까?”

“네, 그렇습니다.” 켄조가 느릿하게 말한다. “저 친구를 찾고 있었는데 여기 있네요. 장교님 덕분이에요! 항상 말썽을 부리거든요. 호랑이 새끼들이 어떤지 아시잖아요. 야생동물처럼 마구 뛰어다니는 거…….”

모욕적인 말에 화가 치미는 순간, 켄조가 내 어깨에 팔을 두르고 있던 당황한 군인의 손아귀에서 나를 확 잡아끈다.

“기도 주민들은 추가 통지가 있을 때까지 집 안에 머물러야 합니다.” 장교의 단호함이 다소 풀어지며 기계적인 대답을 뱉는다. “통행금지 위반입니다.”

“알고 있습니다. 하지만 장교님!” 켄조가 꿈꾸는 듯한 표정으로 내 팔을 토닥이며 답했다. “제 아내 은지와 저는 더 이상 여기 주민이 아닙니다. 신혼여행의 첫 기착지로 잠시 들른 것뿐입니다. 제국에서 여기 조그마한 기도 마을까지 소식이 전해지는 게 꽤 오랜 시간이 걸리는 건 압니다만. 혹시 소식을 들으셨는지……?”

장교의 얼굴이 단번에 환해진다. “물론입니다. 결혼식! 축하드립니다.”

켄조가 점잖게 고개를 끄덕인다.

“감사합니다. 함께 있어 너무 행복합니다. 그렇지, 은지-지?” 켄조의 손이 스르르 미끄러져 내려와 내 손을 꽉 움켜잡는다.

“음…….” 나는 억지로 웃으며 다정하게 화답했다. 나도 그의 손을 아주 아주 세게 쥐었다가 만족할 만한 뚝 소리가 난 후에야 힘을 풀었다. 켄조는 여전히 미소를 머금고 있었지만, 관자놀이의 핏줄이 약간 불거져 있었다. 안심하고 돌아서며 장교에게 인사했다.

“걱정 마세요, 장교님. 제가 이 아이를 단속하겠습니다.” 켄조가 악다문 이 사이로 말하며 내 손을 놓는다. “장교님, 임무로 바쁘신데 얼른 본 업무로 복귀하시죠.”

“감사합니다, 도련님. 감사합니다.”

“아, 그리고……,” 켄조가 무슨 대단한 비밀을 공유하려는 것처럼 몸을 기울인다. “오늘 저희가 기도에 머물고 있다는 사실을 누구에게도 알리지 말아 주시길 부탁드립니다. 아시다시피, 우리 결혼식이 상당히 공개적인 행사였기에 신혼여행만큼은 우리 둘만의 시간을 원합니다. 언론의 관심을 받고 싶지 않거든요, 이해하시죠?”

드래곤 장교가 고개를 끄덕인다. “물론입니다. 다시 한 번 축하드립니다, 고바야시 님!”

“감사합니다. 그리고 귀하의 노고에 경의를 표합니다.” 켄조가 장교에게 한쪽 눈을 찡긋하고는 특유의 새하얀 치아를 드러내며 내 팔꿈치를 잡고 서둘러 그 자리를 벗어났다.

모퉁이를 돌자마자 그의 팔을 밀쳐 냈다. “넌 방금 우리 정체를 알렸어. 이제 제국 전체가 우리가 여기 있다는 걸 알게 될 거야.”

“못 들었어? 그가 아무에게도 말하지 않겠다고 했잖아.”

“넌 그걸 믿는 거야?” 내가 코웃음 쳤다.

“왜 못 믿는다는 거야? 내가 정중하게 부탁했어. 정중하게 부탁하면 사람들은 다 들어줘.”

"그건 너한테만 통하는 방식이겠지." 그를 다그쳤다. "아직 그가 결혼식에서 무슨 일이 있었는지 모르고 있어서 우린 운이 좋았던 거야. 소문이 퍼지는 건 시간문제라고."

"잠깐, 내가 제대로 못 들은 것 같은데. 네가 하려던 말이 '고마워' 지?"

화가 나서 팔짱을 끼고 켄조를 앞질러 강둑으로 걸어갔다. 저 멀리 계곡 위쪽으로 연기가 솟는 게 보인다. 우리는 서둘러 얼룩덜룩한 나무 군락이 시작되는 숲의 가장자리로 갔다.

유리처럼 맑은 강물은 언제나 그렇듯 가까이 있는 마을의 환란 따위는 아랑곳하지 않고 무심하게 흘러간다. 그것을 바라보던 나는 승과 처음 이곳에 왔던 그날 밤으로 완전히 빠져들어, 강가 너머를 바라보며 평평해서 물수제비 뜨기 좋은 돌멩이를 집어 들고 싶은 충동을 애써 참았다.

그가 여전히 이 강가로 혼자 오는지 궁금했다.

어쩌면 다른 누군가를 데려오는지도.

나는 나무 둥치를 돌아 숲으로 들어섰다.

켄조가 호랑이의 동굴로 향하는 동안 내 뒤를 따른다.

우리 둘은 말없이 숲을 걸었다.

"왜 그랬어?" 긴 침묵을 깨며 내가 물었다.

"뭘?" 켄조가 거스러미를 뜯던 손을 살핀다.

"나를 위해 그 장교에게 거짓말한 거."

"거짓말은 아니지. 엄밀히 말하면……."

고개 숙여 나무 아래를 지나갔다. "내 말은, 왜 내가 그냥 붙잡히게 내버려두지 않았냐는 거야. 네가 나서서 그 장교가 우리를 제국으로 다시 돌려보내고 돌아가서 내가 사죄하게 만들면, 너는 너의 명예와 지위, 뭐든 되찾을 수 있을 텐데. 그런데 그 대신 너는 우리가 이 일을 계속할 수 있도록 거짓말을 했어.”

켄조가 어깨를 으쓱한다. “이미 여기까지 왔는데. 한번 가 보는 것도 나쁘지 않은 거 같아서. 그리고 너는 도움이 필요해 보였고.”

“내게 계획이 다 있었어.”

“그러게. 모든 게 완벽하게 진행되는 것처럼 보이더라.”

갈피를 잡지 못해 짜증이 나 멈춰 서서 가야 할 길을 찾으려 애썼다. 숲의 밤과 낮은 너무나 달랐다. 곧 방향을 정해 걸었고 켄조가 뒤따랐다.

“나한테 유리한 상황이었어. 그 장교는 내가 용의 기를 가지고 있다는 걸 몰랐으니까. 내가 막 움직이려던 참이었다고.”

“좋아!” 켄조가 계속했다. “네가 그를 제압했다고 치자. 그다음엔? 근처에 수십 명의 병사들이 싸우는 소리를 듣고 달려오면 그다음엔? 주먹과 발차기로 모든 걸 해결할 수 있는 게 아니야, 은지. 가끔은 말로 해야 할 때도 있어.”

“아다치에서는 그런 건 가르쳐 주지 않았어.” 내가 중얼거렸다.

“그래서 내가 기회 있을 때 아다치를 일찍 떠났나 봐.” 켄조가 혼자 피식 웃다가 한숨을 쉬었다. “있잖아, 은지야. 어쩌면 넌 나의 도움이 필요 없을지 몰라. 그래도 나는 그냥 가만히 있을 수 없어. 넌 내 아내고, 그리고 ……”

“나는 네 아내가 아니고 절대 그럴 리도 없을 거야. 넌 마치 나한테 무슨 대단한 은혜를 베푸는 것처럼 행동해.” 화가 나서 이를 악물었다. “하지만 진짜로 내게 무슨 일이 생긴다면 넌 상관도 안 할 거야. 단지 너 자신을 위한 일을 하는 것뿐이야. 너의 가족을 기쁘게 하고 군대에서 네 지위를 되찾으려고. 그리고 네가 멋대로 한 맹세를 지키려는 거지.”

“우리 둘 다 마찬가지 아니야?” 켄조가 걸음을 멈추고 나를 경멸 섞인 눈초리로 내려본다. “네가 여기 온 이유도 호랑이를 잡으러 온 거잖아? 넌 내가 나만의 이익을 위해 행동한다고 범죄인 양 비난하지만, 하지만 은지-지, 그게 지금 우리가 하는 거야. 너를 포함해서. 그게 세상의 이치야. 모두가 살아남기 위해 해야 할 일을 하는 거지. 나는 정상에 올랐고, 그리고 그 자리를 지킬 거야.”

바닥만 응시했다. 한편으론 그의 말이 맞는 것도 같다. 나도 나 자신과 내 가족을 위해 이 일을 하고 있으니까. 그렇지만 어떤 이유에서인지 몰라도 켄조와의 비교는 뭔가 다르다고 생각됐다.

그는 완벽한 아들이자 천재 소년이고.

나는 속박된 딸이자 도망자 신세다.

그에게는 적어도 무엇이 옳고 그른지에 대해 자신이 결정할 수 있는 권리와 힘이 있다. 하지만 나에게 그런 건 사치에 불과하다.

“그냥 집으로 가는 게 어때, 은지?” 켄조가 내 손목을 잡으려 손을 뻗는다. “이건 네 길이 아니야. 넌 동굴이 어디 있는지도 모르잖아.”

“네가 뭔데 내 길이 어딘지 말하는 거야, 켄조?” 화가 나 그의 손을 뿌리쳤다. “나는 일 년 전의 그 힘없는 어린 소녀가 아니야. 빌어먹을. 나는 반에서 최고 성적이었어! 용의 기를 터득했고 더 강해졌어. 싸우는 법도 알아. 나를 그렇게 쉽게 꺾지는 못 할 거야.”

멈춰 선 켄조의 얼굴에 알 수 없는 표정이 어렸다.

“그래서 어때? 강해진 기분이?” 그의 목소리가 가라앉아 있다.

“엄청 좋아.” 내가 답했다. “그리고 내가 호랑이를 잡아서 우리 결혼식이 영원히 연기된다면 훨씬 더 좋을 거야.”

우리는 계속 숲을 헤쳐 나갔다. 쓰러진 나뭇가지들을 밟고 지났고, 이따금 나무 둥치를 넘을 때면 다시금 싸늘한 침묵이 찾아왔다. 주변을 살피며 익숙한 공터를 찾았지만, 주변 풍경은 어디에서나 똑같아 보였다.

내가 동굴이라면 어디에 숨을까?

잠깐만.

“어떻게 알았어?” 내가 휙 돌아섰다.

“응?”

“넌 내가 동굴이 어디 있는지조차 모른다고 했어. 하지만 어떻게 호랑이가 동굴에 숨어 있다는 걸 알았지?”

켄조가 한쪽 눈썹을 치켜올리며 삐딱하게 웃는다. “호랑이가 어디에 숨겠냐?”

얼굴이 찌푸려졌다. 그건.

그러나 그 질문은 내 마음에서 사라졌다. 왜냐하면 마치 신호라도 받은 것처럼 동굴이 눈에 들어왔기 때문이다.

초록 풀과 밝은색 꽃들이 흐드러진 골짜기가 보였다. 불에 타버리거나 가뭄에 메마르지 않은 숲속 유일한 곳.

호랑이의 동굴이 거기 있고, 입구는 활짝 열려 있었다.

하지만 문제는 동굴이 완전히 비어 있다는 것이다.

호랑이는 사라졌다.

믿을 수 없어 풀썩 주저앉았다. 그리고 그 순간 무엇인가가 눈에 들어왔다. 진흙에 찍힌 호랑이 발자국. 이제 막 새로 생긴 듯 촉촉했고, 동굴에서 덤불로 이어져 있다.

그 옆에 사람의 발자국도 찍혀 있다.

누군가 우리보다 먼저 도착했다.

그리고 그들이 호랑이를 데려갔다.

·17·

승

우리를 이끌고 호랑이가 앞장을 선다. 바짝 집중하고 있는 꼬리가 팽팽하게 위로 서 있다. 내 허리보다 키가 큰데도 호랑이 신령의 발걸음은 너무나도 고요하다.

신령이 말한 대로 동굴 밖으로 나오자, 호랑이 모습으로 돌아온 영혼은 인간의 말을 하지 못했다. 영물 뒤에서 뒤처지지 않으려 빠르게 걸음을 옮기며 나는 지금 기도에서 최고의 현상 수배범과 함께하고 있다.

걷는 내내 새롭게 알게 된 사실들로 마음이 어지럽다.

나에게 기가 있다.

우리에게 기가 있다. 호랑이 민족에게도 호랑이의 기가 존재한다.

"조심해!" 나뭇가지에 머리를 부딪치기 직전 진이 나를 잡아당긴다. 진은 어이없다는 표정이다. "눈 뜨고 다녀. 나뭇가지 하나 못 피하면서 산에 무사히 도착할 수 있겠어?"

"아. 미안." 나뭇가지 아래로 몸을 낮추고 계속 걸었다.

진의 말이 옳다. 호랑이 기를 품고 있다는 것, 단순히 기 자체가 존재한다는 사실을 아는 것만으로도 모든 게 바뀌었다.

평생 나는 드래곤 사람이나 양반만큼 강력하고, 풍요롭고, 좋은 인맥에 유능할 수 있다고 생각해 본 적이 없다. 나 같은 배경을 가진 그 어떤 호랑이 사람도 그들과 동등한 지위를 가져 본 적 없고, 우리 마을 사람 누구도 드래곤 사람보다 더 높은 곳까지 올라간 사람을 보지 못했다. 시간이 흐르면서 나는 그것이 내 운명이라고 생각하기 시작했고, 내 꿈은 꽃을 피우기도 전에 시들어 죽었다.

그러다 내게 시험의 기회가 왔고 일 년 동안 나는 신기루를 좇았다. 그때는 그것이 내게 인생의 전환점이 될 수 있다고 생각했다. 시험에 통과하면 드래곤 사회의 존경받는 계층에 들어갈 수 있으리라. 내가 그 백만 명 중 한 명이 될 수 있으리라.

하지만 이제 깨달았다. 그 꿈을 꾸게 만든 건 제국이라는 사실을.

저들은 시험을 이용해 우리를 현혹했다. 출세하고자 하는 우리의 갈망을 통제하기 위한 수단으로, 우리가 저들과 동등하지 않고 또 절대 그럴 수 없다는 걸 강제로 주입하기 위해. 저들의 메시지는 교묘했지만, 그들의 의도는 모든 것에 담겨 있었다.

기 능력을 갖춘 민족은 오직 자신들뿐이라고. 자신들이 지배자라고. 우리는 그냥 저들에게 고분고분하게 복종하면 됐다. 그렇게 저들의 뜻대로 하면 우리는 착한 사람이고 겨우 바닥에 떨어진 빵부스러기라도 얻어먹을 수 있었다.

왜냐하면 저들에게는 그들 자신과 그들이 정한 방식이 가장 중요한 문제이기 때문이다.

시험. 그게 얼마나 우스운 일이었나. '너에게도 기회가 있어!'라는 사탕발림으로, '너의 훌륭한 자격을 증명할 수 있다면'이라고 깨알 글씨로 적혀 있었다. 그리고 나는 그 말을 철석같이 믿었다.

모든 게 우리의 주체성을 짓밟기 위해 정교하게 설계된 계획이었다. 끊임없이 우리로 하여금 그들의 인정을 구하도록 만들기 위해. 어린 시절부터 내 삶을 지배했던 그 터무니없던 꿈, 용의 기를 갖겠다는 목표는 처음부터 우리 민족을 말살하고 우리의 문화와 정체성을 지워 버리려고 제국이 심어 놓은 망상이었다.

하지만 호랑이 기를 가진다는 것은? 그것이 모든 것을 바꾸었다.

호랑이 기는 우리도 중요한 존재라는 의미다. 우리 자신의 의지로. 다른 누구의 승인 없이도.

"그들이 왜 그런 짓을 했을까?" 나는 도무지 이해할 수 없다.

"무슨 짓?" 진이 나를 힐끗 쳐다본다.

"우리 언어를 금지하는 것. 우리 호랑이들을 죽인 것." 나는 쓴웃음을 지을 수밖에 없었고, 처음으로 우리가 맞서야 할 것이 무엇인지 이해했다. "그들은 단지 우리를 식민지화하려는 게 아니라 우리의 존재를 지우려 하고 있어. 실제로 그들은 우리를 완전히 없애려는 거야."

"이제야 깨달은 거야, 엉?" 진이 눈을 부라린다.

"저들은 자기들이 하는 일을 늘 고상한 용어로 포장했지……" 잠시 멈춰서 그 의미를 곱씹는다. "왜 그런지 몰라도 나는 항상 저들을 믿었어."

진은 내가 생각에 잠기도록 내버려뒀다.

우리는 계속해서 한참을 걸었다.

"도대체 왜 다른 민족 전체를 모조리 없애 버리고 싶은 걸까?"

진은 고개를 젓는다. "저들한테 직접 물어 봐."

깊게 숨을 내쉬자, 정신이 맑아지면서 진의 말처럼 그 선전용 헛소리들이 싹 다 게워내지는 기분이었다. 제국이 나에게 가르쳤던 모든 것, 독이 든 사상들을 바람 속으로 날려 보냈다. 모든 것에서 벗어나 진정으로 자유로워지고 싶었다.

갑자기 내게 숨겨진 모든 것을 알아야겠다는 욕구가 타올랐다. 제국이 우리를 속인 것 중에 내가 모르는 게 또 뭐가 있을까?

"진, 어떻게 뱀의 기를 얻었어?" 내가 물었다. "나한테 한 번도 말해 준 적 없잖아."

전에 보았던 검은 구름이 진의 어깨 주위를 감싼다. 중심에 단단하고 어두운 무언가가 뭉쳐 있다. 순간 선 넘는 질문을 했다는 걸 감지했다.

"그건…… 사연이 좀 있어." 진이 침묵에 빠졌다.

갑자기 그녀가 손을 뻗어 나를 세운다.

그때 그들을 봤다.

앞쪽에 우리의 길을 막고 있는 드래곤 경찰 부대.

족히 십여 명은 넘어 보인다. 우리가 맞서 싸우기엔 너무 많은 수다. 그들 중 몇몇은 넓은 그물을 휘둘렀고 그들을 이끄는 비밀경찰 간부가 중앙에서 그들을 지휘하고 있다.

히요시 경관을 알아보는 순간, 내 피가 얼어붙었다. 햇빛 아래로 보이는 그의 윗입술 위의 작고 뻣뻣한 콧수염이 더 흉측하다.

호랑이가 우리 앞에서 멈춘다. 영물이 낮게 으르렁거리자, 입술이 이빨 뒤로 젖혀지며 새하얀 송곳니가 드러났다.

강철 투구와 가면 뒤로 얼굴을 감춘 부대원들이 마치 하나의 기계처럼 움직인다. 저들에게서 뿜어져 나오는 결집된 목적의식이 느껴진다.

저들의 숫자가 너무 많다.

저들이 나를 죽이러 왔다.

저들은 호랑이를 죽이러 왔다.

온몸이 얼어붙으며 공포에 휩싸인다. 어쩔 도리가 없다. 용의 기를 가진 한 사람으로도 나를 쉽게 제압할 수 있을 것 같다. 이렇게 많은 숫자라면 …… 우리의 여정은 시작도 못 하고 끝날 것이다.

용의 기를 가진 저렇게 수많은 무리와 어떻게 싸울 수 있을까?

"너," 히요시 경관의 눈이 가늘어진다. 그가 나에게 하는 말인 줄 알고 깜짝 놀랐지만, 그의 눈은 진을 똑바로 노려보고 있다.

"다시 뵙다니 반갑네요, 경관님!" 진이 당당하게 응수한다.

우리는 꿈쩍도 못 하고 그 자리에 섰다.

히요시의 눈이 호랑이를 보는 순간 번뜩였다.

그러자 호랑이 신령이 재빠르게 나와 진의 뒤로 내달린다.

"짐승을 잡아라!" 경관이 소리친다.

"가!" 진이 나를 돌려세워 앞으로 떠민다. "내가 이들을 처리할게."

나는 비틀거리다가 있는 힘껏 달리기 시작했다. 호랑이가 뒤따라오며 덤불 사이를 뛰어넘는다. 나뭇가지를 피하려 얼굴 앞으로 손을 든다.

휙 - 휙 - 휙 - 휙!

턱 하는 소리와 함께 공중을 가르며 무언가가 휙 지나간다. 돌아보려는 순간 발이 걸려 넘어져 바닥에 쓰러졌다. 정신을 차리니 발목에 밧줄이 감겨 있고 그 양 끝으로 무거운 철 구슬 두 개가 발목을 단단히 묶고 있다.

경찰이 나에게 달려들었다. 내 옆에서, 호랑이는 자기 몸을 옭아맨 그물과 격렬하게 씨름하며 울부짖고 있다. 세 명의 경찰이 호랑이를 제압하려 애쓴다. 나는 일어서려고 발버둥쳤지만 소용없다. 그 순간 경찰 두 명이 나를 내려다보고 있다.

머리가 새하얘진다.

즉시 내가 무엇을 해야 하는지 깨달았다. 나의 기를 사용하는 것. 내 힘을 끌어내 이자들을 무력화시키는 것. 하지만 제대로 생각할 수 없다.

만약 내가 지금 죽는다면, 모든 것이 끝이다.

내가 죽으면, 내 가족도 죽는다. 내 나라도 죽는다.

손을 들어올려 금광에서 했던 걸 필사적으로 다시 재현해 보려 하지만 아무런 힘도 나오지 않는다.

"여기! 이쪽이야!" 뒤에서 진의 목소리가 들린다.

경찰들이 깜짝 놀라 그쪽을 돌아본다.

"멈춰! 무기를 버려!" 진이 소리친다. 그녀가 우리 뒤쪽에서 나무를 뚫고

나타나 눈동자 동공을 확장해 흰자위를 채운다. 경찰들의 힘이 풀리면서 칼을 땅에 떨어뜨렸다.

"나를 봐!" 그녀가 명령한다. *"좋아. 이제 무릎 꿇어."*

나를 봐. 진이 이렇게 사람들을 조종하는구나 하고 깨달았다. 그들은 그녀와 눈을 마주쳐야 한다. 경찰들이 무릎을 꿇고, 갑자기 순응한다.

진이 나에게 달려왔다.

"내 말은 여기를 벗어나라는 뜻이었어. 호랑이를 여기서 데리고 나가라고!" 그녀가 내 발목에 묶여 있던 밧줄을 들쭉날쭉한 칼로 자르며 나무란다. "붙잡히라는 게 아니라."

"그러려고 했어." 반박했다.

"그래, 됐고. 좋아, 여러분. 이리로!"

우리 뒤에 남았던 경찰들이 고분고분하게 나무 사이로 줄을 선다. 그들의 표정은 멍하다. 이제 그들의 눈이 모두 진의 눈처럼 보이고 동공이 확장되어 있다.

"호랑이를 풀어 줘. 나머지는 무릎 꿇어."

몇몇이 호랑이를 감고 있던 그물을 풀어 주자, 호랑이가 으르렁거리며 빠져나온다. 나머지 경찰들은 진을 향해 일렬로 늘어서서 모두 무릎을 꿇고 있다. 히요시 경관이 한가운데 앉아 있고 그 역시 텅 빈 표정이다.

입이 떡 벌어진다. 세상에! 진은 정말 대단하다. 그녀 혼자서⋯⋯ 방금 전 경찰 부대 전체를 무장 해제시켰다.

갑자기 내 안에서 희열이 폭발한다. 우리가 단지 저들과 맞서기만 한 게 아니다. 우리가 우위였다.

"좋아, 여러분. 잘 들어." 진이 무릎 꿇은 남자들에게 말한다.

"너," 히요시 경관이 진의 지배에서 벗어나려 발버둥치자 그의 뺨이 사탕무처럼 벌겋게 달아오른다.

"뭐야, 경관 나리?" 진이 부드럽게 속삭이며 손가락을 그의 턱 끝에 갖다

댄다. "뭐 할 말이라도 있으신가?"

"너……." 히요시가 위를 노려본다. 녹색의 끈적한 액체가 그의 어깨로 흘러내리며 그의 등과 팔, 다리를 뒤덮는다.

조심스레 진 옆으로 다가갔다.

오랫동안 우리 가족을 공포에 떨게 했던 이자를 내려다본다는 게 믿기지 않았다. 아무런 처벌도 받지 않을 거라는 확신에 우리에게 절대적인 권력을 휘두른 자. 내 기억 속에 우리 가족과 이웃들 가슴에 엄청난 두려움을 심어 준 이 폭군 같은 존재가 이제는 우리 앞에서 한없이 무기력하다.

"흠……." 내가 낮게 중얼거렸다. 진이 나를 재미있어 하는 눈빛이다.

비밀경찰을 내려다봤다. 경관이 코를 훌쩍인다. 그의 좌절감이 느껴진다. 우리가 그를 궁지에 몰았다는 걸 그도 알고 있다. 그의 앞에 서서 그가 나를 해칠 수 없다는 걸 아는 기분이 너무나 좋다.

한 번이라도 주도권을 잡아 보는 것.

그리고 문득 깨달았다. 그도…… 그저 한 인간일 뿐이라는 걸.

왜지? 그를 내려다보며 생각했다.

당신이 우리에게서 원하는 게 뭔가요?

저들한테 직접 물어 봐, 진의 말이 떠올랐다.

"왜 그렇게 오랜 세월 우리를 약탈한 거야?" 갑작스레 경관에게 물었다. "우리는 힘이 없었어. 우리에겐 아무것도 없었어. 그리고 당신도 그걸 알고 있었지. 당신은 국가 공무원이잖아."

히요시가 우리를 노려보지만, 아무 말도 하지 않는다.

"한 가지 기억나는 게 있어." 내가 계속했다. "그날 밤 이 여자가 당신을 숲에 묶어 두고 갔을 때 나도 거기 있었어. 당신이 도움을 요청할 때 호랑이 언어로 말하던데. 맞아?"

"대답해!" 진이 명령한다.

히요시 경관이 마지못해 기계적으로 답한다.

"내가 드래곤의 후손이긴 하지만 호랑이 식민지에서 태어나고 자랐어. 금지령이 내려지기 전까지 내 모국어는 너희들 호랑이 언어였지. 자라면서도 나에게는 늘 너희 음식, 너희 생활 방식이 잘 맞았어. 나는 이곳을 좋아해."

"그러면서 왜?" 경악스러운 대답에 다시 물었다. "아무도 당신에게 사람들을 착취하라고 강요하지 않았어. 그런데 왜 그토록 우리를 괴롭힌 거야?"

히요시가 어깨를 으쓱한다.

"대답해!"

"그게 내 일이야. 그런 걸 하라고 돈 받는 거야." 그가 대답한다.

믿을 수 없어 말문이 막혔다. "그것뿐이야?"

"그래." 그의 대답이 담담하다. "나도 먹고살아야 하니까."

나도 먹고살아야 한다.

거기엔…… 거창한 목적도 거대한 음모도 없었다.

그는 그저 한 사람에 불과했다.

"하지만 당신의 배를 채우려고 우리를 굶주리게 만든 거야?" 그의 대답을 받아들일 수 없어 따졌다. "우리가 얼마나 가난한지 알잖아."

"거야 내 알 바 아니지." 히요시가 무심히 말을 뱉는다. "나는 모든 가정에서 같은 양을 거둬들여. 너희 가족이 그렇게 가진 게 없었다면 그건 네 아버지가 더 높은 임금을 받는 일자리를 구하려고 좀 더 노력했어야 할 일이지."

순간 솟아오르는 화를 참을 수 없었다. 나의 통제 밖이었다.

일부러 끌어낸 것은 아니지만 그렇다고 막지도 않았다.

적갈색 구름이 피어올라 내 시야를 가린다.

"너……."

나를 둘러싼 구름이 핏빛처럼 짙고 어두워지자, 분노에 휩싸인 내 손가락 끝에서 불꽃이 튄다.

팔을 들어올리자 사위가 어두워지고 분노는 손끝을 타고 흐른다. 평생토록 느꼈던 내 안에서 터져 나오는 분노, 회한 그리고 증오가 경관에게로 쏟아져 들어가 그의 영혼을 집어삼킨다. 히요시가 경련을 일으키며 눈이 뒤집히고 갑작스러운 발작으로 굳어 버린다. 구름이 태양을 가리듯이 증오심이 그의 심장 위를 지나가는 게 느껴진다.

히요시의 몸이 부풀어 오르며 머리를 뒤로 젖힌 채 울부짖는다. 그의 울부짖음은 인간의 것이 아닌 것 같다. 다시 우리를 쳐다봤을 때, 그의 눈에는 분노만이 가득했다.

영혼 없는 눈.

갑자기 경찰이 일어섰다. 그리고 나를 향해 똑바로 돌진한다.

놀라서 뒤로 물러섰다.

진이 한 치의 망설임도 없이 떨어진 칼을 집어 들고, 나와 히요시 사이를 파고들었다. 경관이 거침없이 달려들었고 칼날이 그의 몸을 관통한다. 어마어마한 고통이 내 심장에서 폭발한다. 칼에 찔려 떨리는 그의 심장이 온몸으로 느껴진다. 나는 숨을 헐떡이며 뒤로 물러났다.

진의 얼굴이 일그러지고 히요시가 옆으로 고꾸라진다.

"이곳을 뜨자!" 진이 다급하게 재촉한다. "승!"

"안 돼!" 내가 속삭였다.

"승, 이제 가야 해!"

그녀가 다른 경찰들에게 휙 돌아섰다.

"우리를 봤다는 말 아무에게도 하지 마. 절대로. 알겠지?"

바닥에서 몸부림치는 경관에게서 눈이 떨어지지 않는다. 호랑이는 꼬리를 좌우로 흔들며 죽어 가는 경관을 무심하게 쳐다본다.

"승, 가자!"

진이 갑자기 돌아서더니 경찰 무리를 등지고 나무 사이로 걷기 시작한다. 그녀가 어깨 너머로 나를 돌아다본다.

경관의 숨이 끊어지기 직전 힘겨운 마지막 심장 박동이 느껴져 떨리는 가슴에 손을 대 본다. 그러고는 돌아서서 진의 뒤를 따랐다.

·18·
은지

좋아, 은지야. 진정해.

괜찮아.

동굴은 텅 비었지만, 그래도 괜찮다.

호랑이는 사라졌고, 누가 그를 데려갔는지 또 어디로 향했는지 알 방법도 없다. 그래, 그 동물을 잡는 것만이 나와 내 가족의 목숨을 구하고 삶의 자유와 평화를 얻을 수 있는 유일한 희망이었지만……, 이렇게 된 이상 정말 아무렇지 않다. 이건 그냥…….

"아니야, 아니야, 아니야!"

주먹으로 흙바닥을 내리치자 켄조가 나를 쳐다본다.

위장에 끈적하게 달라붙어 있던 무언가가 점차 딱딱하게 변하더니 얼음같이 차가워지다 불타오르고 쓰라리면서 찌르는 듯했다. 숨이 쉬어지지 않는다.

처음부터 내 계획은 전적으로 호랑이가 이 동굴에 있다는 전제하에 세운 것이었다.

돌이켜보면 제국 전체가 호랑이를 찾겠다고 난리인 상황에 이렇게 쉬울 거라고 믿었던 내가 어리석었다. 아마도 이미 오래전에 붙잡혔을 것이다. 드래곤 군용 차량에 실려 갔을 테지.

그건 지금까지의 모든 게 수포로 돌아간다는 의미다.

"아니, 이럴 수 없어……."

떨리는 손으로 가슴을 쥐어뜯고, 숨조차 가빠진다. 손이 떨려 왔다. 문희의 얼굴이 뇌리를 스친다.

그자가 죽었다. 이사오가 문희를 죽였다. 만일 내가 호랑이를 찾지 못한다면, 당장 찾지 못하면, 그다음은 나와 우리 가족 차례다.

눈가에 뜨거운 눈물이 고여 흘러내린다. 가슴이 조여와 숨을 들이쉴 수가 없다. 제대로 밥도 못 먹고 잠도 못 잔 까닭도 있으리라.

두 손이 내 어깨를 잡더니 허여멀건한 얼굴이 시야에 들어온다.

"정신 차려, 은지. 날 봐."

"나, 나는……."

켄조가 본인의 얼굴을 내 얼굴 정면에 갖다 댄다.

"숨 쉬어. 숨 쉬어야 해."

"못 하겠어……."

"할 수 있어." 켄조가 손으로 내 어깨를 꽉 붙잡고는 숨을 깊게 들이마셨다가 내쉬면서 나에게도 똑같이 하라고 고개를 끄덕인다.

몸이 떨리고 숨이 막혀 와 고개를 내저었다. "내게 무슨 일이 일어나고 있는지 모르겠어."

"공황 상태에 빠진 거야. 괜찮아질 거야." 조곤조곤 다정하게 말한다. 그는 침착하면서도 천천히 움직이며 내가 정상 호흡이 될 때까지 계속해서 숨쉬기 동작을 반복한다. "넌 진정되고 있어. 괜찮아지고 있어."

안도감이 서서히 내 혈관을 타고 돌며 폐에 공기가 채워졌다.

켄조가 무릎 꿇은 자세에서 일어나 팔을 들어올렸을 때 나는 급하게 그의 손을 다시 잡아당겼다. 혼자 남겨지면 다시 숨 쉬는 법을 잊어버릴까 봐 몹시 두려웠다.

켄조는 이해한다는 듯 고개를 끄덕이며 땅바닥에 앉았고, 그의 망토 밑단이 흙투성이가 되었다.

우리가 얼마나 오래 그곳에 머물렀는지 모르겠다. 열린 동굴 앞 숲속에 앉아 둘 다 한마디도 하지 않았다. 마침내 맥박이 느려지고 뺨의 열기도 식어 갔다.

내가 켄조의 손을 놓자 그의 팔이 아래로 떨어진다.

"고마워." 기어들어 가는 목소리로 작게 말하고는 시선을 돌린다. 정신을 차리고 보니 당혹감이 목덜미를 타고 오르는 느낌이다.

켄조는 말이 없다. 그가 손을 머리에 얹고 풀밭에 기댄다.

"기분 나쁘지, 안 그래?" 그가 말을 시작하자 그를 쳐다봤다. 그의 입꼬리가 실룩거린다. 마치 이런 일이 재밌다는 듯.

"이제는 괜찮아." 마지막 몸서리를 떨쳐 내며 대답했다. "그냥…… 이런 일이 처음이라……."

"그럼 익숙해지는 게 좋을 거야."

그에게 눈을 흘겼다. 켄조는 손에서 흙을 털어 내며 어깨를 으쓱한다.

"은지, 네가 계속해서 모든 일을 네 뜻대로 고집부리다가…… 뭐, 그 일이 잘 안 되면 매번 이런 기분이 들 거야."

어쩌면 그의 말이 맞을지도 모른다. 인정하긴 싫지만.

평생을 나는 무엇을 어떻게 해야 하는지 듣기만 했다. 공부해야 하고, 집 안에 있어야 하고, 옷을 차려입어야 하고, 웃어야 했다. 집을 벗어난 아다치에서조차 훈련 중 내가 할 수 있는 타격의 횟수와 배워야 할 동작의 순서와 종류까지도 교관인 나리의 지시에 정확히 따라야만 했다.

자유에 대한 갈망으로 나는 밤마다 몰래 집을 빠져나갔고, 만나서는 안 될 소년을 만나고, 결국 결혼식에서 도망쳤다. 규율을 어길 때마다 느껴지는 위력과 짜릿한 쾌감에 취했지만 동시에 수치심도 들었다.

규율을 어기는 건 쉽다. 나만의 규율을 만드는 것에 비하면. 이제 나를 옭아맬 규율도 없는 이곳에서 이 여정의 모든 결정과 계획은 내가 세워야 한다. 나에게 이런 삶의 방식이 너무나 낯설고, 이 순간이 내가 상상했던 것만큼 그리 자유롭다고 느껴지지도 않는다.

차라리 이건…… 두려움에 가깝다.

"네 방식을 고수하겠다면," 켄조가 계속했다. "좋아. 그럼 그 일의 결과도 마주해야 해. 네가 실수하고 실패한다 해도 그건 네가 책임질 일이야."

"실패는 내 선택지 중에 없었어." 내가 일어서며 말했다. "그리고 여전히 없어."

내가 동굴 입구로 걸어가 안을 들여다보려고 목을 길게 빼자 켄조는 믿을 수 없다는 듯 웃는다. "뭐 하려고? 혹시 상황 파악이 안 되나 본데 호랑이는 없어."

"글쎄……," 그에게 답했다. "어쩌면 되찾을 방법이 있을지도 몰라."

"은지, 잠깐!"

나는 동굴 안으로 한 걸음 내디뎠다.

내부 공기는 시원하고 고요하다.

벽면을 손으로 훑으며 동굴 가장자리를 따라 걸음을 옮기자 동굴 속 어둠이 짙어지며 앞이 잘 보이지 않는다.

"거긴 어때?" 켄조가 밖에서 고함을 지른다.

대꾸할 가치도 없어 나는 계속해서 누가 그리고 어디로 호랑이를 데려갔는지 알려 주는 그 어떤 단서나 버려진 물건이라도 찾으려 애썼다. 내부의 벽면은 울퉁불퉁할 뿐 아무런 흔적이 없다.

다만 동굴의 가장 깊숙한 곳에 뭔가가 있다.

거기 동굴의 맨 끝 벽 표면에……, 어떤 그림 같은 것이 보였다.

"은지……? 거기 있어?" 평소 저음의 켄조 목소리보다 더 높게 들린다.

나는 피식 웃으며 바위 위로 올라가 벽쪽을 더 자세히 살핀다. "아, 켄조, 좀 참아. 잠깐만, 뭔가 찾은 것 같아."

"나는 그냥 확인하려고……."

갑자기 바스락거리는 소리와 발소리가 들려 돌아보니, 켄조가 울퉁불퉁한 천장에 부딪히지 않으려 고개를 숙인 채 동굴 안으로 들어온다.

그런 켄조의 모습을 보니 실소가 나왔다. "드넓고 무시무시한 숲에 혼자 있으려니 무서워?"

평소보다 더 창백해진 그가 고개를 저으며 동굴 입구를 가리킨다.

그가 가리키는 곳을 쳐다본 나는 얼어붙었다.

20미터도 채 안 되는 곳에서 나리 대장이 천천히 그리고 꼼꼼히 살피며 숲을 가로지르고 있다. 그녀 곁을 호랑이 슬레이어 부대가 호위하고 있고, 주변을 살피는 나리 대장의 입술이 일그러진다.

"도대체 이 숲에 무슨 일이 벌어지고 있는 거야?" 그녀가 낮게 속삭인다. "모든 게 죽어 가고 있어……."

그녀의 눈동자가 보일 만큼 가까웠다.

나리 대장의 시선이 왼쪽에서 다시 오른쪽으로 느릿하게 움직인다. 그러나 나와 켄조가 서 있는 곳이 훤히 보이는데도 마치 안 보이는 것처럼 그냥 지나친다.

아무것도 알아차리지 못하고 우리를 지나쳐 시선을 계속 움직인다.

이상하게도 그녀는 우리를 보지 못했다. 그들 중 누구도 마찬가지다.

하지만 어떻게……?

갑자기 나리 대장이 동굴 주변 덤불이 끝나는 지점에서 발걸음을 멈추더니 매우 혼란스러운 얼굴을 하고 앞을 응시한다.

나는 꼼짝도 못 하고 그녀를 똑바로 쳐다봤는데, 흡사 나와 대장이 서로 눈 맞춤을 하는 것 같았다. 적어도 나에게는 그렇게 느껴졌다.

하지만 그녀의 얼굴에는 나를 알아보는 일말의 기색도 없다. 찰나도 아니고 나리 대장의 얼굴에는 나를 보고 있다는 그 어떠한 기미조차 없어, 마치 그녀가 나를 보는 게 아니라 나를 통과하는 것 같다. 내가 거기 있는 것조차 못 보는 것처럼.

기이한 오싹함이 등골을 타고 내린다.

"괜찮으십니까, 대위님?" 한 군인이 그녀를 뒤따르며 묻는다.

"응, 괜찮다." 나리 대장이 담담하게 답한다. "그냥…… 무슨 소리를 들은 것 같아서."

"대위님!" 누군가 애타게 외치며 일행을 향해 달려온다. "마을 외곽에서 사건이 있었습니다. 숲속에서 죽은 경찰관이 발견됐고, 칼이 그의 흉부를 관통했습니다. 시체 주변에 호랑이 발자국 천집니다."

나리 대장이 돌아서서 병사에게 고개를 끄덕이며 화답한다. "그곳으로 안내해!"

호랑이 슬레이어 부대가 숲에 진입했을 때처럼 빠르게 움직인다. 잠시 후 그들은 모두 사라졌다.

당혹스러워 고개를 갸웃했다.

이해할 수 없다. 십여 명의 기민하면서도 고도로 훈련된 호랑이 슬레이어 병사가 잡으려는 바로 그 동물의 소굴을 그냥 지나치다니……. 어떻게 아무도 이 동굴도 그 안에 있는 사람도 알아채지 못한 걸까? 그들에게 단순히 못 본다는 게 가능한 일인가?

만약 그들 눈에 동굴이 안 보인다면 나와 승은 어떻게 볼 수 있었을까? 그리고 어떻게 나는 지금 볼 수 있는 걸까?

"음, 다행이네."

켄조가 거기 있다는 걸 잊어버린 나는 깜짝 놀라 돌아섰다. "무슨 뜻이야?"

그가 동굴 안쪽 벽에 기대서서 망토 윗단추를 채운다. "반란군이 호랑이를 데리고 빠져나갔다면 제국이 아직 호랑이를 손에 넣지 못했다는 걸 의미하지. 그러니 우리에게 아직 기회가 있는 걸.”

“넌 누구 편이야?” 눈썹을 치켜올렸다. “이 계획에 완전히 반대하는 줄 알았는데?”

“응, 뭐?” 그가 어깨를 으쓱한다. “그건 내가 이 일이 불가능하고 어리석다고 생각했을 때 얘기지.”

“근데 지금은?”

“지금은…… 어쩌면 진짜로 우리에게 기회가 있을지도 몰라.” 그가 희미해진 동굴 벽화를 가리켰다. “우리가 이걸 찾았으니까!”

“그러니까!” 내가 힘주어 말한다. “내가 이걸 찾았다는 거지.”

별 가치도 없는 유물을 발견한 걸 가지고 공로를 인정받으려고 고집을 부리는지 나도 모르겠지만, 그래도 턱을 꼿꼿이 들어올렸다.

그는 내 주장에는 아랑곳하지 않는다. “이게 뭔가 의미 있는 거겠지, 그렇겠지?”

눈을 가늘게 뜨고 벽화를 들여다본다. 계곡, 산, 마을을 그린 전형적인 고대 동굴 벽화로 아마도 수 세기 전 어느 승려가 그린 것인지도 모르겠다.

“그냥 오래된 그림이야.”

“그럴 수도.” 켄조가 천천히 손가락으로 그림을 가리키며 말했다. “어쩌면 아닐 수도…….”

그의 손가락이 가리키는 곳을 따라 시선을 옮기다 보니 거기에 거대한 산과 그 옆으로 마을이 보인다. 교과서에서 본 적 있는 한남시의 모습이다. 기도에서 숲을 통과해 산 정상까지의 경로가 금색 물감으로 선명하게 그려져 있다.

“이게 그냥 오래된 그림일까……?” 켄조가 말한다. “아니면…….”

나는 답답한 마음에 팔짱을 꼈다.

“지도?”

인상을 잔뜩 찌푸리며 그를 쳐다보았다. 내가 바위 위에 서 있는 덕에 우리의 눈높이는 거의 맞았다. 켄조가 나를 향해 미소를 보이자 나는 깜짝 놀라 시선을 다시 벽으로 돌렸다.

"그들이 호랑이를 데리고 저곳으로 가고 있다고 생각해? 한남시 옆 저 산으로?"

"어쩌면."

"하지만 왜?"

"그건 알 수 없지."

다시 지도를 들여다보며 손가락으로 금빛 경로를 따라갔다. 그러자 갑자기 그것이 환해지면서 안쪽에서 밝은 빛이 뿜어져 나왔다. 나는 숨을 참으며 뒤로 물러섰다.

"방금, 봤어?"

켄조가 고개를 끄덕이며 빛나는 그림을 뚫어져라 쳐다본다. 그의 얼굴은 호기심과 긴장된 표정으로 가득하고 뺨에는 핏기가 완전히 가신 것처럼 보였다.

금빛 선은 숲을 통과하는 경로가 분명하다. 만약 누군가가, 무슨 이유로든, 호랑이를 한남시로 몰래 데려가려 한다면, 이 구불구불한 길이 기차를 타고 도시로 가는 것보다 훨씬 더 눈에 띄지 않고 도달할 수 있는 방법이다.

빛이 희미해지기 시작해 나는 그림을 다시 훑어보며 최대한 기억 속에 새기려 했다. 대부분 아는 장소라 큰 무리는 없다.

몇 분 후, 머리에 담았다는 확신이 들자, 바위에서 뛰어내려 몇 발짝 물러나 켄조에게 결심이 선 듯 고개를 끄덕였다. 그때 갑자기 심장에서 복받치는 죄책감이 들어 애써 눌렀다.

도살 의식이 머리를 스친다. 떨고 있는 생명체. 잘려 나간 머리가 공중에서 미친 듯이 몸부림친다. 소름이 돋았다. 과연 내가 이 일을 할 수 있을까?

호랑이는 한때 우리나라의 상징이었다. 만약 내가 제국에 호랑이를 넘긴다면, 그것은 내 동족을 배신하는 것과 같다. 사람들이 우리 집안을 두고 하는 말처럼. 하지만 나는 결코 그런 존재가 되지 않겠다고 다짐했었다.

부역자.

그러나 나에게는 어떠한 선택의 여지도 없다.

우리 가족은 이사오의 손아귀에 있고, 내가 그에게 호랑이를 바치지 못하면 가차 없이 우리를 죽일 것이다. 그건 틀림없다. 다시 문희가 생각나자 속이 뒤틀리는 것 같다.

어쩔 수 없다. 지금으로선. 나에게 힘이 없으니 더더욱.

하지만 만약 내가 호랑이를 넘겨 이사오의 총애를 얻는다면, 만약 내가 드래곤 제국의 영웅이 된다면, 그때 나는 진정으로 뭔가를 바꿀 힘을 갖게 될 것이다.

처음으로, 아버지가 그동안 어떤 심정이었는지 이해가 될 것 같다. 자신과 가족을 지켜 내야 한다는 절박함. 우리 집안을 쥐락펴락하는 이사오 총독에 대한 무력감. 만약 내가 총독이 원하는 것을 준다면, 어쩌면 우리를 살려 줄지 모른다는 외침이 머릿속에서 아우성친다.

아버지처럼 나도 답이 없는 수수께끼를 마주하고 있다. 부패한 체제 안에서 해결하기 힘든 문제를 어떻게 처리한단 말인가.

내가 호랑이를 잡지 못한다면 분명 다른 누군가가 할 것이다. 사실, 이미 다른 이의 손에 넘어갔다. 내가 지금 포기한다면 이사오가 문희를 죽였듯이 우리 가족도 쉽게 죽일 것이다. 그러니 이제 문제는 호랑이가 죽는 것이 아니라 그것의 죽음으로 누구를 구하느냐가 되어 버렸다.

그래서 나 자신에게 맹세했다. 만약 내가 성공한다면 — 호랑이를 잡는다면 — 먼저 제국을 내 편으로 만들고, 이사오의 신임을 얻어 그것으로 권력이 내 손에 들어온다면, 나는 그 권력을 우리 민족을 위해 사용하리라 다짐했다.

“좋아!” 결심을 굳혔다. “그래, 해보자. 가서 호랑이를 훔쳐 오는 거야.”

켄조가 대답하려는 찰나, 갑자기 시간이 늘어진다. 왜 그런지 그의 말이 들리지 않았다.

마치 그의 목소리가 꿈속에서 말하는 것처럼 먹먹하게 들린다.

그러더니 온몸의 뼈가 녹아내린다. 동굴 내벽에 손이 세게 부딪히고 거친 돌에 긁히고 무릎을 꿇은 채 비틀거린다. 설명할 수 없는 공포감이 가슴속 깊은 곳에서부터 밀려든다. 순식간에 형언할 수 없는 비애로 목이 메어와 울음이 터져 나왔다. 피가 끓는다. 그러고는 한순간에 얼음처럼 차가워지고 시야가 흐려진다.

뭔가 이상하다.

“우리가 여기에 있는 걸 원하지 않는 거 같아.” 안개 속에서 켄조가 숨을 가쁘게 쉰다.

“무슨 뜻이야?”

켄조가 내 손을 움켜쥐고 잡아끈다.

우리는 마치 바람에 밀려나듯 동굴 입구에서 튀어나왔다. 둘 다 풀밭 흙바닥으로 날아가 팔과 다리가 뒤엉킨 채 쓰러졌다. 내 밑에 깔린 켄조가 신음한다. 그 즉시 동굴 안에서 느껴졌던 현기증이 사라지고 다리에 피가 돌면서 정신 또한 또렷해졌다.

나는 켄조에게서 떨어져 벌떡 일어섰다.

호랑이가 없는 빈 동굴.

마법 같이 빛나는 지도.

분노한 살아 있는 동굴.

솔직히 오늘 이런 걸 발견할 줄 몰랐다.

하지만 뭔가 있다. 이게 끝이 아니라는 것을 보여 주는 것. 어쩌면 우리는 이제 1단계를 끝냈을 뿐일지도.

여전히 호랑이를 손에 넣을 수 있을지 확신은 없다.

그러나 나는 의심을 과감히 떨쳐 냈다. 지금은 그런 의구심을 가질 여유가 없다.

"덕분에 안 다쳤어, 고마워." 먼지를 털며 말했다.

"아야……." 아직 흙바닥에 널브러져 있는 켄조가 가슴을 부여잡고 과장된 몸짓으로 거친 숨을 내쉰다. 태어나서 넘어진 게 처음인 것 마냥.

"엄살 좀 그만 떨어!" 켄조에게 눈을 흘긴다. "아다치에서 받은 훈련에 비하면 아무것도 아니잖아."

"등에 돌이 박혔어." 그가 징징대며 일어나 소매를 정리한다. "피 나는 것 같은데……."

"그건 알아서 하고 그만 좀 징징대라구!" 웃으며 무릎에 묻은 진흙을 털어 낸다. 이런 사소한 일로 투덜대는 걸 보니 응석받이 도련님답다. "천상 군인이라면서? 언제부터 피 몇 방울에 쫄보가 된 거야?"

"난 정보부에 배치됐어. 현장 투입이 아니라. 육탄전은 소모 병력이나 하는 거라고."

어이가 없어 웃음이 터질 뻔했지만 켄조의 진지한 표정을 보고 참았다.

그가 땅바닥을 노려보고 입술을 굳게 다문다. 헝클어진 긴 머리를 손으로 쓸어 정리한 다음 모자를 눌러쓰며 얼굴을 가린다.

에휴, 뭐가 그리 기분 나쁜지 모르지만 분명 그의 약점을 건드린 게 분명하다. 나는 시선을 돌려 마지막으로 빛나는 벽화를 보려고 동굴 쪽을 다시 돌아보았다.

하지만 사라지고 없다.

초록빛 원형 공간과 기괴한 석상들, 그리고 바위 동굴이 있던 자리에 무성한 나무만 보여 처음부터 호랑이 동굴 같은 건 존재하지 않았던 것 같다.

흙바닥에 뭔가 떨어져 있다. 자세히 보니 낡고 구겨진 채 접힌 종이다. 다가가 종이를 집어 올렸다. 최근 것인 듯 주변에 선명한 발자국들이 있다.

종이를 펴 보니 앞면에는 호랑이 그림이, 뒷면에는 서툴게 휘갈겨 쓴 글씨
가 있다.

연애 소년에게 — 진 XX

연애 소년? 그게 누굴까.
"목표물을 찾은 것 같아!" 쪽지를 들고 켄조에게 알렸다.

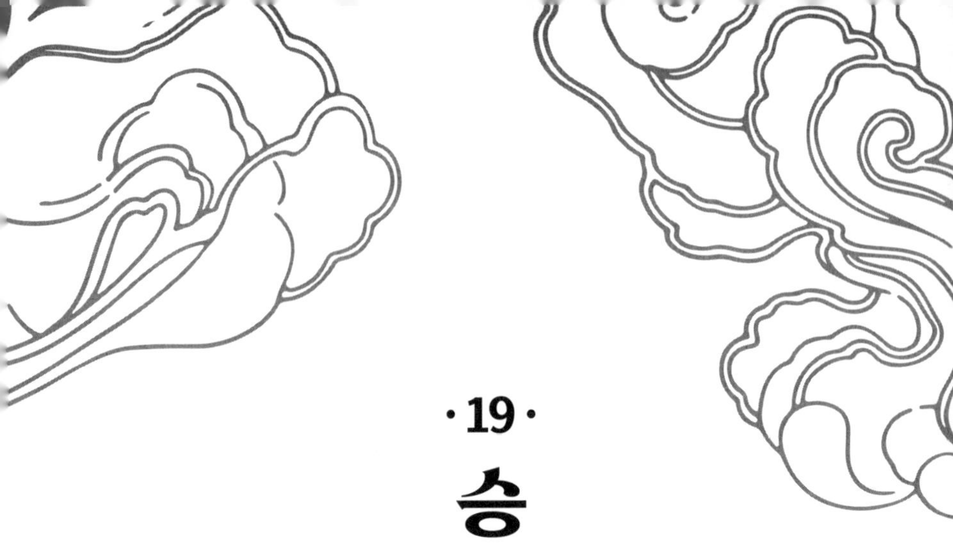

·19·

승

우리는 숲속에서 밤을 보내야 했다. 머리 위로 별들이 하나둘씩 떠오르며 밤하늘은 은하수의 향연으로 부드럽게 빛났다.

멍하니 무릎을 가슴에 대고 앉았다. 옆에서는 호랑이가 꼬리를 동그랗게 말아 웅크리고 곤히 잠들어 있다. 영물의 옆구리가 편안하게 오르내린다.

진이 주변을 살피며 장소가 안전한지 확인한다. 우리는 산 위로 높이 솟아오른 거대한 절벽 뒤 숲이 우거진 곳을 은신처로 정했다. 여기는 눈에 띄지 않으면서도 울창한 숲 사이로 탈출로가 확보되어 있었다. 진은 만족한 듯 고개를 끄덕인다.

땅바닥만 쳐다보는 내 가슴에는 공허함이 가득하다. 서늘한 숲속 저녁 공기가 피부를 스치니 몸이 약간 으슬으슬하다.

"처음이지?" 진이 말을 건넨다. "걱정 마. 점점 익숙해질 거야."

그녀가 내게 무슨 말을 하는지 알 것 같다.

"내가 죽인 게 아니야." 내가 낮게 중얼거렸다.

"그래."

칼 때문이었다. 진이 들고 있던 칼. 히요시 경관이 달려든 칼. 왜냐하면 …… 그건…….

호랑이를 바라본다. 영물의 빳빳하고 두꺼운 흰색과 검은색 털은 마치 부드러운 바늘더미 같다. 영물의 발톱은 발 안으로 말려들어 발톱 가장자리만 드러나 있다.

"나도 처음에는 힘들었어." 진이 부드럽게 달랜다. "처음엔 다 그래." 먼 곳을 향하는 그녀의 눈이 가늘어지고 얼굴은 그늘져 있다.

관자놀이가 욱신거린다. 이를 악물어 보지만 고통만 더할 뿐이다.

"승아," 그녀가 손가락으로 뭔가를 가리킨다. "저거 보여?"

진의 손끝을 쫓았다. 그게 뭔지 알아차리는 데 시간은 걸렸지만, 숲 너머로 가느다란 연기 기둥이 눈에 들어온다. 칠흑같이 어두운 밤하늘에 회색 얼룩처럼 선명하고 또렷하다.

"모닥불 같네." 내가 말했다. "누군가 저기 있나 봐."

"아니면 신호일지도." 진이 대답한다. "가서 확인해 보는 게 좋겠어. 혹시 모르니까."

"나도 같이 가."

진이 반대한다.

"누군가는 여기 호랑이랑 함께 있어야 해."

나는 불안한 마음으로 고개를 끄덕였다. 진과 떨어지는 게 영 내키지 않지만. "승아, 네가 네 능력을 제대로 쓸 수 있을 때까지 넌 우리에게 그냥 짐이야." 그녀가 더 보탠다. "기분 나쁘게 듣지 마."

"고마워."

"호랑이 신령이 우리에게 당부했잖아. 산에 무사히 도착하게 하라고. 그리고 그 임무는 내 몫이야. 그리고 네가 할 일은……."

"여기 꼼짝 말고 있는 거." 대신 그녀의 말을 끝맺었다.

진의 얼굴에 웃음이 번진다. "맞아, 바로 그거야."

인정해야 한다. 그녀의 말이 옳다. 그리고 아까 일어난 일로 다시는 내 능력을 쓰고 싶지 않다.

"드래곤 군인들일까?" 내가 물었다.

"그럴지도. 분명히 군대가 온 마을을 뒤지고 있을 거야. 아마 지금쯤 죽은 경관을 발견했을 테고."

우울한 기분에 입술을 깨물어 본다. 아직도 그의 가슴을 관통하던 칼날에 찔린 심장의 떨림이 생생히 느껴지고, 경관의 생명이 숲의 흙 속으로 빠져나가던 그 순간이 떠오른다.

진이 일어서며 흙과 나뭇잎을 털어 낸다.

"금방 올게."

그녀가 숲속으로 사라지는 것을 지켜보면서 호랑이를 한번 살피고는 나무 위로 피어오르는 가느다란 연기 기둥을 응시했다. 시간이 흐르는 동안, 무릎을 감싸고 앉아 머리를 뒤로 젖혀 별들을 바라봤다.

이 별자리들은 지난 1년간 그대로인데 다른 모든 건 변한 것 같다. 잠시, 은지와 함께 올려다보던 그 밤하늘이 기억났다. 결코 오지 못 할 미래를 꿈꾸었던 그 수많은 밤들.

그녀가 무릎을 꿇고 호기심 어린 눈으로 꽃을 살피던 모습, 부드러운 손가락으로 꽃을 들던 모습이 눈에 아른거리고 기쁨에 겨운 웃음소리가 내 귓가에 울린다.

이제 나는 혼자서 머리 위 반짝이는 별들을 지켜본다.

오늘 밤 그녀가 어디 있는지 궁금하다. 아마도 멀리 있겠지. 추억 속 사람들이 여전히 이 세상 어딘가에서 예전 기억을 간직하고 살아간다고 생각하니 묘한 기분이 들었다.

시간이 흐르면 희미해지거나 바래질 그 기억들 말이다.

가슴이 타오른다.

나도 처음에는 힘들었어. 진이 말한다. *처음엔 다 그래.*

진이 누구를 죽였는지, 왜 그랬는지 궁금했다.

그게 사고였는지, 아니면 계획한 일이었을 수도.

히요시 경관을 죽일 생각은 전혀 없었다. 나의 기로 무엇을 했든, 그건 내 의도가 아니다. 하지만 그를 죽음으로 몰고 간 사람이 나라는 사실을 부정할 수 없다.

손톱으로 팔을 꾹꾹 누르고, 뱃속은 요란하게 울렁거린다.

아버지의 지친 얼굴이 마음속에 되살아났다. 천 번도 넘은 것 같다. 그리고 천 번도 넘게 왜 아버지가 우리를 괴롭힌 경찰을 살리고자 자기 생명을 희생시켰는지도 궁금했다. 아버지를 구할 수 있었을까? 만약 그날 밤 내가 히요시 경관을 도왔더라면.

나 때문에…… 아버지의 죽음이 헛되게 되었다.

낮에 나를 삼켰던 분노를 생각하며 몸서리쳤다. 히요시 경관의 말에 격분한 게 아니라 평생 반복해서 들어 왔던 말들, 그 말 속 의미에 대한 반응이었다.

그 분노. 그것은 내가 느낀 것 중 가장 강력한 분노였다.

몇 시간 전만 해도 나는 그런 분노로 가득 차 있었다. 하지만 이제 나는 완전히 지쳤고 텅 빈 채 길을 잃었다. 그래도 여전히 참을 수 없는 고통스러운 증오가 내 안에서 꺼지지 않는 불씨로 남아 있다.

나는 그것을 마주하는 게 두렵다. 다시 그 능력이 밖으로 나온다면 무슨 일이 일어날지 겁이 난다.

하지만 억누르기도 쉽지 않다. 그 능력은 내 안에 있고 예기치 못한 순간 나도 모르게 다시 튀어나올 수 있다는 불안감을 떨쳐 내기 힘들다.

휙!

숲에서 소리가 들려 몸을 일으켰다.

휙!

또 들린다.

소름 끼치는 웃음소리 같은 것이 들리자 온 신경이 곤두선다. 숲으로 울려 퍼지는, 낄낄거리면서도 사악한 고음의 재잘거림이 도저히 사람이 내는 소리 같지 않다.

나는 몸을 바로 세우고 앉아 주의를 경계했다. 가만히 응시하니 나무 사이로 뭔가가 움직인다. 그러자 그림자 밖으로 모습을 드러낸 땅딸막하고 기괴한 생명체. 그것들은 여덟, 아홉 마리 정도로 보라색 팔다리를 하고 섬뜩한 적갈색 얼굴에 눈은 동공 없이 온통 흰자위뿐이다.

나와 호랑이 주변을 에워싸며 수십 개의 면도날 같은 날카로운 이빨을 드러내고는 서서히 입을 벌려 웃는다. 얼굴에서 피가 다 빠져나가는 것 같다.

도깨비들이다. 어디서 들었는지 가물거리지만, 보자마자 이 요물들의 이름이 떠올랐다. 아마 오래된 이야기나 어린 시절의 전래동화에서 들었던 기억이 되살아났나 보다.

광기에 사로잡혀 사람을 잡아먹는 도깨비들.

공격당하기 딱 좋네. 호랑이와 내가 무방비 상태로 단둘이 있으니.

도깨비들의 키는 내 허리춤까지밖에 안 되지만, 날카로운 이빨과 굵고 두꺼운 팔다리는 분명 치명적으로 보인다. 달빛을 품은 그들의 텅 빈 안구는 영혼 없이 나를 쳐다보고 있다. 입을 크게 벌리고 빨간 혀를 드러내고는 계속해서 고음으로 낄낄거리며 웃는 소리를 낸다.

도깨비 중 하나가 앞으로 나서더니 주둥이를 치켜들고 공기를 킁킁댄다. 그러고는 내 공포의 냄새를 한껏 들이마시고는 입술을 핥으며 입맛을 다신다. 만족스러운 미소가 귀에 걸리자 날카로운 이빨이 칼날로 만든 목걸이처럼 반짝거린다.

온몸에 소름이 돋는다. 나는 몸을 완전히 일으켰다.

도깨비들이 앞으로 나서며 나와 호랑이를 포위한다. 그중 하나가 조금씩 앞으로 다가오며 나를 시험하는 듯하다. 나는 대비했다. 어떻게든 호랑이를 보호해야 한다.

하지만 지금 머릿속에 떠오르는 건 증오에 사로잡혔던 히요시 경관밖에 없다.

진은 어디 있지? 숲을 바라보며 그녀가 돌아오기를 간절히 바랐다.

승. 네 능력을 사용해.

하지만 나는 할 수 없다. 아니, 다시는 안 된다. 그 일 이후로는.

갑자기 눈 깜짝할 사이에 도깨비들이 날카로운 이빨을 보이며 빨간 혀를 축 늘어뜨리고 나를 향해 돌진한다.

나는 고통을 각오했다.

그때 호랑이가 내 옆으로 다가와 섰고, 미풍으로 영물의 털이 곤두선다. 호랑이가 몸을 최대한 일으키더니 나를 보호하려는 듯 내 앞으로 나서며 송곳니를 드러냈다.

그르르르르르.

도깨비들이 얼어붙은 채 멈춰 서 나를 지키는 호랑이를 주시한다.

도깨비 하나가 몇 걸음 더 앞으로 나가자, 호랑이가 턱을 벌린다.

으르렁!

도깨비들이 화들짝 놀라 뒤로 물러난다. 고개를 왼쪽으로, 그다음 오른쪽으로 갸웃거리더니 반짝이는 흰 안구를 호랑이에게 고정한다. 호랑이가 앞으로 뛰어올라 턱을 부딪치고 어둠 속에서 발톱을 휘둘렀다. 재잘거리고 낑낑거리는 소리를 내며 도깨비들이 뒤돌아서 도망치니 그것들의 자그마한 발이 보이지 않을 정도로 빠르게 종종댄다. 도깨비들이 숲속으로 급히 사라지고, 이내 시야에서 보이지 않는다.

호랑이가 몸을 돌려 나를 보자 얕은 숨을 내쉬었다.

"고마워요." 호랑이에게 속삭였다.

호랑이가 나에게 눈을 끔벅한다.

진을 기다리는 동안 다리가 뻐근하고 피곤하다. 그녀에게 무슨 일이 생긴 건 아닐까 하고 걱정될 즈음 다가오는 발소리가 들렸다.

숨을 헐떡이는 진이 배낭 하나는 어깨에 메고 다른 하나는 팔에 안고 와 두 개 모두 땅으로 던진다.

"괜찮아?" 그녀가 빠르게 말한다. "으르렁거리는 소리가 들려 최대한 빨리 왔어."

"우린 괜찮아." 그녀에게 대답했다. "뭐, 거의 산 채로 잡아먹힐 뻔했지만, 그거 말고는 완전히 멀쩡해."

"산 채로 잡아먹혀?" 그녀가 눈썹을 치켜올린다.

"도깨비. 호랑이 신령이 말한 괴물 얘기가 농담이 아니더라고."

진이 나직이 욕을 뱉는다. "여기는 위험해. 몇 시간 자고 바로 움직이는 게 좋겠어."

그녀가 배낭을 연다.

"저녁." 그녀가 퉁명스레 말하여 종이에 싼 무언가를 던진다. 풀어 보니 부드러운 팥빵이다. 한입 베어 무니 달콤한 팥앙금이 입안에 퍼지면서 감격의 눈물이 나오려는 걸 간신히 참았다.

"저기 누가 있었어?" 진에게 물었다. "이걸 어디서 구한 거야?"

"한남시에서 돌아오는 상인들이었어. 우리 둘이 먹을 만큼만 챙기고 나머지는 남겨 뒀어."

"얼만데?" 가슴이 철렁했다. 이걸 갚을 여력이 없다는 것을 어떻게 얘기하지?

진이 웃으면서 손을 내젓는다. "무슨 생각하는 거야, 승?"

입안에서 달콤하던 팥 맛이 재가 된 듯 껄끄럽다. "훔쳤구나."

"우린 도망 중이야." 진이 우걱우걱 씹어 댄다. "고상한 척은 그만두라고. 내가 지금까지 반란군 아이들을 어떻게 먹이고 입혔다고 생각해? 걱정 마, 부자들한테서만 훔치니까.”

우리는 나란히 앉아 훔친 빵을 들고 있다. 내 양심이 허기와 한바탕 싸움을 치르고 난 뒤 나는 한 입 더 베어 물었다. 아직은 차가운 봄바람이 맨살로 드러난 내 목덜미와 발목을 스치니 몸이 떨린다. 작년에 급격하게 키가 자란 탓에 바지가 조금 짧다.

왜 그런지 호랑이 신령의 말이 머리에 맴돈다.

승아, 내가 너를 선택한 이유는 네가 고통받았기 때문이야.

난생처음으로, 나는 내가 자라 온 방식이 오히려 다행일지도 모른다고 생각했다. 나는 이런 추위와 배고픔쯤은 익숙했기 때문이다. 이번 3일간의 여정은 내가 여태껏 겪은 혹독한 겨울, 금광에서 지새운 날들, 그리고 배를 곯던 밤들에 비하면 아무것도 아니다.

갑자기 상상해 봤다. 만약 여기에 양반이 있었다면 그 양반은 큰소리로 불평하면서 코를 훌쩍거렸을 게 분명하다. 다른 생활 방식을 살던 이가 이런 야생에서 견디는 게 쉬운 일은 아니니까.

게다가, 그들 같은 사람들은 진과 내가 가진 그 절박함 — 결단력 — 을 가지지 못했을 것이다. 세상을 더 나은 곳으로 바꾸려는 목숨을 건, 투지 같은 것 말이다.

나는 진이 빵을 뜯어 먹는 걸 지켜봤다.

“배고픔 때문에 우리는 더 끔찍한 일을 하기도 해.” 나는 경관을 떠올리며 중얼거렸다.

“진정해. 겨우 팥빵 두 개야.”

“너 얘기하는 게 아니야.”

“이봐, 승. 나를 봐.” 진이 다가와 내 머리를 돌려 그녀와 마주하게 했다. “너 자신이나 다른 사람에게 미안해하느라 시간 낭비하지 마. 너는 잘못한 거 없어. 알겠지? 분노는 불의에 대한 정당한 반응이야.”

어떻게 생각해야 할지 확신이 서질 않아 멈칫했다.

"하지만 신령이 말하기를……."

"신령이 말한 건 잊어버려. 물론 그녀로서는 그렇게 말해야 할 거야. 그녀는 수호 신령이니까. 하지만 우리는 인간이야. 우린 싸워야 해. 저 동굴 속에 있는 것이 무엇이든 그게 너의 능력을 일깨워 호랑이 민족을 해방시킬 열쇠야. 그걸 위해서라면 난 뭐든 할 거야. 너 역시 그래야 해." 진이 내 어깨를 단단히 움켜쥔다. "네 분노를 의심하지 마, 승. 그게 너의 가장 중요한 무기야."

진의 말을 받아들여야 한다. 아무튼 화내도 괜찮다는 말을 들으니, 안심이 된다. 그녀는 자신과 자신의 사명에 대해 확신에 차 있다. 진은 본능적으로 내가 어떻게 느끼는지, 제국에 처절하게 짓눌린 압박감을 이해한다. 그녀도 나와 같을까? 가족이 고통받는 걸 지켜봤을까? 나처럼 산산조각 난 꿈 때문에 분노하는 걸까?

"진, 어떻게 반란군 대장이 됐어?" 그녀에게 물었다.

진이 나를 바라본다. "전에 말했듯이. 얘기가 좀 복잡해."

분명 그녀의 기 능력과 관련 있을 것이다.

"말해 줄래?"

진은 침묵에 잠겼고, 그녀의 고민이 엿보였다.

"반란군에 들어오기 전에," 그녀가 마침내 입을 연다. "나는 아무것도 아니었어. 성씨도 몰랐어. 가족이 없었으니까. 여섯 살까지 고아원에서 살았는데, 그곳마저 망해서 우리는 거리로 나앉았지. 집도 없는 고아에다 먹을 걸 동냥하고 다녔으니…… 그야말로 보이지 않는 존재라 아무도 나를 거들떠보지도 않았어."

짙고 검은 구름이 그녀의 이마를 드리우고 어떤 기억이 떠오르는지 번개로 번쩍인다.

"애초에 나는 사람을 그렇게 믿지 않았어. 그러면서도 멍청하고 순진하긴 해서 홀딱 넘어가기도 했지." 말이 계속 이어진다. "그러다 제국 국경 근처 제조 공장에서 소녀들을 구한다는 구인 광고를 보고 지원했어. 나와 지원한 다른 소녀들은 전쟁이 한창인 뱀 여왕국 최전방으로 끌려갔지. 그건 내가 기 능력을 갖기 이전 일이야."

그녀의 목소리가 무겁게 가라앉는다. "근데 알고 보니, 드래곤 군대가 우리를 위해 마련한 진짜 일자리 같은 건 없었어. 그들이 계획한 건 '위안부'라는 거였는데, 매일 강간 당하는 게 일이었어. 어떤 날은 30명이나 40명씩 되는 드래곤 군인들에게. 우리가 죽거나 더 이상 '봉사'할 수 없을 정도로 완전히 망가질 때까지 시달리는 거였어."

밤공기가 점점 더 차가워진다. 진이 너무나 담담히 말하는 바람에 그녀의 목소리에서 어떤 내면의 아픔도 거의 드러나지 않았다.

"그때 나는 열네 살이었어."

그녀는 울지 않았다. 표정에도 변화가 없었다. 다만 그녀의 눈빛은 공허하고 아득해졌다. 딱딱하게 굳은 어깨가 연약해 보여 금방이라도 부서질 것만 같다.

검은 구름이 그녀의 어깨 위로 다시 나타나더니 번개가 되어 번쩍인다.

"어느 날 더 이상 참을 수가 없었어. 나는 군인의 벨트에서 칼을 훔쳐 내 옷 안에 숨겼어. 처음에는 자살하려고 했는데 그때 문득 뭔가 깨달았어. 분노를. 내가 왜 죽어야 해? 이 짓을 한 건 저놈들인데? 다음 군인이 들어왔을 때, 칼로 그의 목을 찔렀어. 그러고는 도망쳤지. 할 수 있는 한 멀리, 오래 달렸어. 그곳 숲에서 뱀의 정령이 나를 기다리고 있었어."

진을 둘러싼 검은 구름이 잠시 흐려지더니 노랑과 주황색 희망의 빛줄기 하나가 구름을 뚫고 그녀의 얼굴을 비춘다.

"그렇게……," 빛이 희미해지며 사라지자, 그녀가 고개를 흔든다. "그후로 오랫동안 나는 살고 싶지 않았어. 사는 게 무슨 의미가 있나 싶더라고. 마음이 편치 않았지. 하지만 그때 내가 죽인 그 군인을 떠올렸고, 이제 그가 다시는 다른 사람을 해치지 않을 거라는 걸 깨달았지. 그리고 그 사실이 나에게 살아갈 목적을 줬어."

진이 무심코 작은 나뭇가지를 집어 들어 한 손으로 돌리며 말하자 말이 점점 빨라지고 목소리도 커졌다. "원래 나는 가족도 없고 거리를 떠돌던 아이였어. 그냥 당하기만 하는 피해자였지. 하지만 지금 나에게는 기가 있어." 그녀가 계속해서 나뭇가지를 팅긴다.

"전에는 목표도 의욕도 없이 공허했는데……, 이제 나는 목표도 있고, 그걸 이룰 수 있는 힘도 가졌어. 기가 내 인생을 바꾼 거야. 난생처음으로 나에게 주도권이 생기고 처음으로 내 명령을 따르는 사람이 생겼어. 그런 것들이 가능성이 있는 일에 대한 내 생각을 변화시켰지. 원래는 그저 군인 한 놈 한 놈에게 복수하려고 했어. 그들의 눈을 뽑거나, 피부를 벗기고 싶었지. 그들이 나한테 저지른 짓 후에 내가 내 피부를 모조리 뜯어내고 싶었던 것처럼. 그렇게 한두 번 해 봤지만, 결코 내 안의 큰 구멍을 메울 순 없더라고. 나는 더 높은 목표를 꿈꿔야 한다고 생각했어. 내 능력으로 이룰 수 있는 더 높은 목표를. 내 안에서 꿈이 싹텄지. 드래곤 제국을 무너뜨리는 것. 그래서 나는 저항군 지부를 결성하기 시작했고 그것이 내 전부가 됐어. 드래곤 제국은 괴물들이 만든 거야." 그녀가 속삭인다. "인간 괴수들. 우리는 저들처럼 안 해. 우리는 우리식대로 할 거야. 악과 맞서 싸울 때 너의 분노를 이용해도 돼."

그녀는 더 말하려고 하다가 그냥 다문다. 침묵이 길어진다.

"나는 새로운 세상을 만들 거야. 완벽한 세상. 고통 없는 세상을."

나는 최면에 걸린 듯 진이 나뭇가지 팅기는 걸 바라본다.

"그 분노, 네 안의 그 목소리, 그걸 막지 마, 승. 그걸 외면하면 안 돼. 그 목소리가 너에게 무언가를 말해 주고 있어. 뭘 해야 하고 누구와 싸워야 하는지. 만약 필요하다면, 누굴 죽여야 하는지까지도."

나뭇가지가 똑하고 부러지자 나는 깜짝 놀랐다. 진은 말없이 부러진 나뭇가지 두 조각을 땅에 내려놓는다.

그녀가 더 말해 주길 기다렸지만, 더 이상 할 말이 없는 것 같았다.

"진," 목소리가 떨렸다. "저들이 너한테 저지른 일……, 내가 정말 미안해."

"미안해하지 마, 연애 소년." 진이 웃어 보이려 하지만, 그 미소가 얼굴 전체로 번지지 않는다. "네 잘못이 아니잖아."

진은 널빤지처럼 등을 꼿꼿하게 편 자세로 당당히 앉아 있다.

"진!"

"호랑이 언어에 한(恨)이라는 말이 있어." 그녀가 내 말을 가로막는다. "알아?"

나는 고개를 끄덕였다. "그건…… 슬픔, 비통함 같은…….."

"한은 우리가 함께 나누는 슬픔이야. 삶의 불공평함에 대해 우리 모두 집단으로서 느끼는 고뇌지." 그녀가 말한다. "드래곤 제국은 우리를 항상 나약하다고 불렀어. 슬픔과 고통이 우리의 특성이라고. 저들은 우리의 본질이 서글픔이라고 하지. 우리에게 결함이 있고, 늘 그래 왔고, 그래서 저들이 우리를 고쳐서 온전하게 만들어야 한다고 주장해. 나에게 한은 그런 의미가 아니야." 진이 계속하며 눈을 감는다.

"한, 그 슬픔, 네 안에서 끓어오르는 그 분노는 약점이 아니야, 승. 중요한 건 네가 한으로 무엇을 하는가, 너의 슬픔으로 무엇을 바꾸는가야. 그 분노, 그 원한, 그 격정을 어떻게 힘으로 바꾸는가 하는 거지. 전에 너는 저들이 왜 우리의 문화를 말살하고, 우리의 역사를 빼앗으려 하는지 물었어. 그 이유는 우리가 호랑이 민족으로서 갖는 정체성에 있어. 우리 자신이 누구인지 잊어버려야 저들에게 지배당하니까."

"그럼 잊지 말아야지." 내가 말했다. "저들이 기억하도록 만들자."

"호랑이 민족이란 무슨 의미야? 세상이 우리를 짓밟으면 우리는 어떻게 할까?" 감정에 북받친 진의 목소리가 갈라진다. "그래도 우리는 살아남을 거야."

진 주변의 폭풍 구름이 떨리면서 검은색에서 짙고 어두운 파란색으로 변한다. 그녀가 나무 쪽으로 몸을 돌린다. 그녀의 어깨 위에서 짙은 파란색 구름이 소용돌이치며 천천히 빗방울로 변해 떨어진다.

나는 손을 뻗어 손끝을 그녀의 손목 위에 얹었다. 진은 이해한다는 듯 미세하게 고개를 끄덕인다.

그런 감정이 어디서 오는지 모르겠다. 하지만 내 마음속 어딘가 황금빛으로 찬란한 감정의 옹달샘이 있다.

나는 그 속으로 들어가, 저녁 밥상에 둘러앉은 우리 가족을 떠올렸다. 우리 앞에는 멀건 죽 한 그릇이 놓여 있고, 맛없어 보여도 우리는 함께여서 행복했고 웃음과 대화를 나눴다. 어쩌면 그랬기 때문에, 우리가 함께 고난을 헤쳐 나갈 때 뭔가 따뜻하고 강인하며 숭고한 감정을 느낄 수 있었는지 모른다.

은지를 생각했다. 우리가 숲에서 돌아온 그 밤, 창문을 열고 머리 위의 달을 바라보며 그녀의 얼굴에 깃든 기쁨은 내가 본 것 중 가장 순수하고, 가장 위대하고, 가장 아름다운 환희였다.

나는 그 따뜻하고 포근한 빛을 향해 손을 뻗어 끌어올렸다. 그 빛이 내 팔을 통과해 손끝을 지나 진에게로 전해진다. 따스한 느낌이 그녀에게 퍼져 진의 어깨 위 파란색 고통이 잦아들자, 그녀의 어깨가 이완되면서 축 늘어진다. 비구름이 떨리다가 희미해진다.

그녀는 나에게서 몸을 돌려 옆으로 눕는다. 그녀가 다시 말할까 잠시 기다렸지만, 그녀는 곤히 잠들어 있었다.

호랑이가 우리 둘에게로 살며시 다가와 부드럽게 입을 벌려 따뜻한 하품을 내쉰다. 진의 몸 주위로 부드러운 황금빛이 나타났다가 사라지는 게 보인다.

그런 다음 나도 바닥에 몸을 뉘었다. 호랑이는 몸을 웅크린 채 우리 뒤에 자리를 잡고 나는 팔로 베개를 삼았다. 등을 대고 누워 별들이 총총하게 박힌 하늘을 바라본다.

"호랑이 기를 익힐 거야." 큰 소리로 나 자신에게 약속했다. 그건 진심이었다.

오랜만에 뭔가 기대되는 일이 생긴 것 같다.

다음 날 일찍 서둘러 여정에 나섰다.

오늘, 진 안에서 새로운 꿈틀거림이 느껴진다. 금빛 아침 햇살이 후광처럼 그녀를 감싸고 있는 게 왠지…… 그녀가 더 행복해 보인다.

가파른 고갯길을 내려가면서, 내가 먼저 입을 열었다.

"진, 너의 능력은 좀 다른 것 같아." 조용히 말을 꺼냈다. "어제, 경찰 부대를 너 혼자서 제압했어. 있잖아, 혹시 수도를 습격해서 이사오를 네 손으로 처단하려고 시도한 적 있어?"

"암살 말이야?" 진이 음흉한 표정을 짓는다. "우리 연애 소녀가 적군 한 놈을 처치하더니 몸이 달았나 보네. 어?"

나는 움찔했다. "그런 뜻이 아니야……."

그녀가 무심하게 어깨를 한번 으쓱한다. "당연히 해 봤지. 내가 왜 수배 전단에 실렸겠어?"

은지와 내가 시장에 갔던 그날 밤이 떠올랐다.

10만 엔.

"물론 실패했지." 진이 눈을 흘긴다. "뱀의 기는 의지력에 관한 거야. 나의 의지는 강해. 하지만 이사오의 의지도 만만치 않아. 나는 이사오나 뱀의 기에 대항하는 훈련을 받은 그의 근위대를 이길 수 없었어. 내 능력이라고 해 봤자 일반병사들에게나 효과가 있지, 이사오 같은 사람에게는 큰 힘을 발휘 못 해." 진이 호랑이를 힐끗 쳐다본다.

"뱀의 기에도 한계가 있으니까."

태양이 하늘 꼭대기로 올라 오후로 접어들면서 우리는 이 계곡에서 저 계곡으로 타고 내려가 마침내 대지를 가로질러 바다로 흘러가는 강에 다다랐다. 강은 깊고 유속 또한 빨랐다. 동굴에서 호랑이 신령이 보여 준 환영 속 광경이 떠오른다. 강 위에 놓인 넓은 돌다리가 고갯길로 이어져 있었다.

다른 사람의 눈을 통해 봤던 걸 실제로 보고 있자니 묘한 기분이 드는 것이 마치 꿈속 같다.

강둑에 도달했을 때 나는 몸을 굽히고 손을 오므려 강물을 담았다. 그러고는 얼음장 같은 차가운 물에 내 갈증을 달래고자 감사한 마음으로 깊이 들이켰다.

진이 무릎을 꿇고 나를 따라 한다. 우리는 거기 잠시 앉아, 바위를 가르며 흐르는 강물의 아름다운 자태에 넋을 놓았다. 진이 조용히 그 풍광에 젖어드는 게 느껴진다.

그녀가 이 순간을 즐기고 있다는 걸 알 수 있다. 우리 옆에서 호랑이가 물을 마시고 발을 핥는 것을 함께 지켜본다.

목을 충분히 축인 우리 셋은 몸을 일으켜 돌다리로 향했다. 다리 앞에 선 순간 기묘한 감각이 나를 사로잡는다. 공기가 일렁이는 파문 같은 느낌. 천상의 무지갯빛 광채가 다리 위에서 영롱하게 빛났다.

호랑이가 우리를 앞서 돌다리로 나아가며 코를 치켜든다. 공기 중 무지갯빛 파문이 호랑이가 지나가자 서서히 옅어져 사라지고 머리 위로 햇살이 쏟아져 내린다.

호랑이가 다리를 건너자 이상한 느낌이 사라졌다.

진과 내가 호랑이를 뒤따른다.

·20·
은지

동굴을 떠난 지 꼬박 하루가 지났지만, 여전히 호랑이 찾는 일은 아무 진전이 없다.

우리는 계속 나아가며 계곡 아래로 때론 험준한 바위 위로 오르기도 했다. 켄조가 나에게 좀 쉬라고 애원하다시피 했지만 나는 쉬지 않았다. 안전을 위해 교대로 잠을 청하기로 했지만, 그 역시 자지 않기는 마찬가지였다. 켄조는 겨우 한두 시간 견디다가 악몽에 빠져 신음하고 몸부림치다가 공포에 질린 채 깨어나곤 했다. 그럼에도 그에게 무슨 꿈을 꾸었는지 묻지 않았다.

나는? 켄조를 못 믿겠다. 혹시라도 내가 잠든 사이 그가 내 계획을 그르칠 방법을 찾을까 봐 그를 두고 잘 수가 없다.

산을 타는 동안, 나는 호랑이를 먼저 찾은 이가 누구고 그를 만나면 뭘 할지 머릿속으로 그려 보았다. 연애 소년이라. 일종의 암호인 게 분명하다. 누구든 그 사람이 될 수 있다. 늙었거나, 젊거나, 키가 크거나, 작거나……, 그 사람의 발이 빠른 것은 틀림없다. 우리가 엄청난 속도로 이동하고 있는 걸 감안해 보면 말이다.

다행히도 우리는 드래곤 군대와 마주치지 않았다. 지도에도 없는 숲을 통과하는 거라 도시의 성문과는 멀리 떨어져 있어 그렇다. 아무도 이 길로 호랑이를 추격하지 않는다.

아마도 그런 노력이 헛수고이기 때문일지도 모른다. 설상가상으로 오늘 기온이 갑자기 떨어져서 해가 지면 더 추워질 거 같다.

"받아."

켄조를 돌아보자, 그가 망토를 벗어 내게 내민다.

"왜?"

"네가 추워 보여서."

코웃음을 날리며 팔 주위로 나의 해진 갈색 망토를 단단히 여몄다.

"나는 괜찮아."

켄조가 묻지도 않고 손을 뻗어 내 망토 끝자락을 붙잡고 비웃듯이 엄지와 검지로 문질러 본다. "어휴, 이건 한 겹 더 걸친 것도 아니네. 이게 뭐야, 면이야? 내 거는 제대로 된 방한용 외투라고."

몸이 으슬으슬 떨리는 게 짜증이 나 그저 걸음만 재촉했다. 켄조가 내 뒤에서 한숨을 내쉬더니 서둘러 쫓아온다. 그가 말없이 망토를 내 어깨에 두르자 따뜻한 온기가 내 몸에 확 퍼진다.

제장. 확실히 훨씬 낫긴 하네.

"고맙지?" 그가 싱긋 웃는다. "별말씀을."

고맙다고 해야 하는 게 맞다. 하지만 켄조에게 눈을 흘겼다. 어머니가 나의 이런 태도 아니 무례함을 보셨다면 아마 기겁하셨을 것이다.

"왜 그래, 은지……?" 켄조가 당혹스러워 고개를 젓는다. "왜 굳이 너 자신의 삶을 힘들게 만드는 건데?"

이를 악물었다. "원래 삶은 고달픈 거야."

"꼭 그럴 필요는 없어."

“너한테나 그렇겠지.” 그의 부드럽고 솜털 같은 망토를 내 팔에 꽉 감으며 얼굴에 붙은 머리카락을 불어 떼어 냈다.

“은지-지, 내 인생이 네가 생각하는 것만큼 항상 순탄했던 건 아니었어.”

마치 한 생애 전에 일어났던 일처럼, 김치 저장고에서 나눴던 승과의 대화가 떠올라 나는 움찔했다.

“아무튼 너는 호랑이를 잡아야겠다는 생각에 집착한 나머지 너 자신을 너무 혹사하고 있어.” 켄조가 계속했다. “이건 좋지 않아. 너에겐 휴식이 필요해.”

“다른 대안도 없잖아.” 내가 답했다. “너도 똑같겠지. 우리 가문은 망했어. 제국은 정말로 내가 죽는 게 낫다고 생각해. 그래서 만약 내가 마지막 호랑이를 잡지 못하면, 나는…… 죽은 거나 다름없어.”

바로 그때, 다행스럽게도 구원의 소리가 들려 왔다.

물 흐르는 소리.

켄조도 갈증에 목마른 눈길로 고개를 든다. 순간 신선한 물 외에 이 세상에 중요한 건 아무것도 없는 듯하다. 나는 서둘러 숲을 가로질러 나뭇가지를 부러뜨리고 떨어진 나뭇잎들을 짓밟으며 질주했다.

탁 트인 계곡을 마주하자 너무나 강렬한 갈증이 밀려왔다. 우리 눈앞에 깊고 빠르게 흐르는 광활한 푸른 강이 펼쳐졌다. 강 하류의 흰 물살이 날카롭고 뾰족한 바위 위를 미끄러져 지나가고, 강물은 계곡 경사면을 따라 급하게 흘러간다. 거대한 흰색 돌다리가 강둑의 이쪽과 저쪽을 이어 주고 있다.

막 내려가려던 찰나.

그녀가 보인다.

다리 한가운데 서서 몹시 낙담한 표정으로 강을 바라보고 있는 여자가 있다. 매우 화려하고 정갈한 한복을 입은 걸로 봐선 특별한 행사가 있는 모양이다. 하지만 뭔가 예사롭지 않다. 거의 저녁 무렵인데 시골에서 양반가 부인이 집에서 이렇게 멀리 떨어진 곳을 돌아다니는 건 이상하다. 내 발소리에 그녀가 고개를 내 쪽으로 돌린다.

그것은…… 어머니였다.

목이 조여 온다.

어머니가 여기에 왜?

우리의 눈이 마주치고 어머니의 입가에 번지는 안심의 미소를 보니 생각지도 못했던 온기가 내 가슴을 채운다. 어머니가 팔을 벌려 나에게 가까이 오라고 손짓하자 나는 그녀에게 달려갔다.

어머니가 뭐라 말하고 있지만 알아들을 수 없었다. 거세게 흐르는 강물이 어머니의 부드러운 목소리를 삼키고 있었다. 어머니에게 달려가 그녀의 품에 안겨 모든 것이 괜찮아질 거라는 어머니의 위로를 듣고 싶은 마음이 간절했다. 다른 것을 생각할 겨를도 없이 나는 비탈길을 내려 전속력으로 다리를 향해 내달렸다.

어머니에게 가야 한다. 다리 위로 무지갯빛 아지랑이가 일렁인다.

하지만 내가 막 돌다리 위로 발을 디디려는 순간.

어머니의 얼굴이 녹아내리기 시작한다. 너무 놀라 갑자기 멈춰 서는 바람에 넘어질 뻔했다.

잠깐. 어머니는 녹고 있는 게 아니라 변신 중이다. 점점 커지고 있다.

어머니의 척추가 길어지고 어깨가 벌어지기 시작하면서 공포에 질린 내 눈앞에서 남자의 모습으로 변했다.

그냥 아무 남자가 아니다. 아버지였다.

내 결혼식 때 입었던 최고급 정장 차림으로 내 앞에 우뚝 선 아버지의 얼굴은…… 분노로 일그러져 있다.

이건 끔찍한 악몽일까?

나는 그 자리에 얼어붙었다. 아버지 — 아니면 그의 형상을 한 형체 — 가 한 걸음 앞으로 걸어온다. 그러고는 입을 벌렸다. 하지만 인간의 소리라고는 믿기 힘든 너무나 기괴하고 섬뜩한 괴성이 터져 나와 온몸의 피를 얼음처럼 차가워지게 했다.

도망쳐야 한다. 그래야 한다는 것을 알고 있다.

그렇지만 아버지에게 다가가 그의 발치에 엎드려 사죄하고 용서를 구해야 한다는 절박한 심정이 자꾸만 나를 앞으로 떠민다.

나는 뒤에서 나를 애타게 부르는 켄조의 목소리를 거의 듣지 못했다.

"은지, 기다려!"

나는 눈을 떼지 못하고 아버지의 형상을 향해 계속 걸어갔다. 아버지를 실망시켰다. 그러니 그에게 가야 한다. 어쩌면 용서받을 수 있을지 모르니 지금 당장 해야 한다.

너무 늦기 전에.

그때 켄조가 숲에서 걸어 나오고, 아버지의 머리가 회오리치며 내게서 멀어진다. 켄조를 보고는 그가 다시 변신하기 시작한다. 몸이 뒤틀리고 늘어나더니 고바야시 장관으로 탈바꿈했다.

나를 사로잡았던 주술이 풀리자, 다리가 다시 움직이고 몸의 감각이 되살아났다. 정신이 번뜩 들면서 경고음과 함께 위험 신호를 감지하고는 켄조를 향해 물러서라고 미친 듯이 손짓했다. 그러나 켄조는 나를 보지 않고 다리 위의 남자를 똑바로 응시하고 있다. 그의 눈은 멍한 채 흐릿하고 턱은 축 늘어져 그 남자를 향해 달려간다.

"아버지!" 평소보다 더 창백한 켄조가 숨을 헐떡인다.

고바야시 장관이 경멸스러운 듯 턱을 치켜들더니 아들을 바라보는 얼굴엔 비난이 가득하다.

"켄조." 내가 외쳤다. "거기 서! 그곳에서 빠져나와야 해."

내 말을 듣지 못하는 켄조가 풀밭을 가로질러 다리로 향해 가는 걸 나는 가슴 졸이며 지켜봤다.

잔디밭. 풍성하고 짙은 초록색 잔디. 호랑이 동굴을 떠난 뒤 가뭄으로 황폐해지지 않은 유일한 장소인 것 같다. 주변의 메마르고 죽어 가는 숲과는 달리 다리 주변의 풀과 나무들은 너무나 기이할 정도로 싱싱하고 생기 있다.

이 존재는…… 또 다른 영혼이다.

고바야시 장관의 환영이 켄조에게 다가오라고 손짓한다. 켄조가 나를 지나쳐 다리 위로 올라가 그의 아버지 형상 앞에 멈춰 선다. 켄조를 뒤로 끌어당겨 보지만 그는 꿈쩍도 안 한다.

"아버지…… 용서하십시오. 거역하려는 의도는 아니었습니다."

"켄조, 내 말 들어!" 애원하며 그의 팔을 잡아당기지만 부질없다.

켄조가 고바야시 장관 형상 앞에 무릎을 꿇고 고개를 드는 순간, 그 형상이 달려들어 귀청을 찢는 괴성을 지른다. 장관의 벌어진 입에서 인간의 것이라고는 할 수 없는 들쭉날쭉한 날카로운 이빨과 너무나도 긴 핏빛 혀가 나온다. 겁에 질린 켄조가 비명을 지르며 물러서자 괴물이 그를 바닥으로 내동댕이치고 팔을 머리 위로 들어올린다.

괴물이 또다시 변신하며 더욱 커진다. 코가 늑대의 주둥이처럼 길어지더니 귀가 뾰족하고 납작해진다. 옷 아래로 윤기 나는 흰 털이 삐져나오고 꼬리를 세어 보니 다섯 개, 일곱 개, 아니 아홉이었다.

구미호다.

문희는 꼬리가 아홉 개 달린, 변신도 하고 사람을 속이는 여우 이야기를 들려주곤 했는데, 이 요물 같은 여우는 사람들 내면의 깊숙한 비밀을 미끼로 홀려서 순진한 나그네들을 잡아먹는다고 했다.

걱정 마세요. 무서워 소리를 지르며 이불 속으로 파고드는 나를 문희는 안심시켰다. *그건 진짜로 있는 게 아니라 그저 전설이에요.*

구미호가 본모습을 드러내자, 켄조는 공포에 떨면서 소리 지르고 정신을 차리려 발버둥치기 시작했지만 빠져나오기 쉽지 않았다.

"걸어차! 맞서 싸워!" 켄조에게 소리를 질렀다. "네 힘을 쓰라고!"

보통 인간이었다면 지금쯤 갈기갈기 찢겼을 것이다. 하지만 켄조는 평범한 사람이 아니다. 특출나고 용의 기를 쓰는 재능이 남달라 아다치 사관학교에서 명예로운 조기 졸업과 함께 파격적인 승진으로 군에 배치되었다.

그런데…… 왜 그는 요괴 여우에 대항하지 않는 걸까?

켄조가 울부짖으며 몸부림치지만 그의 기는 이미 그를 떠난 것 같다. 그의 팔은 축 늘어졌고 요괴의 압도적인 힘 앞에 무력하기만 했다. 눈 깜짝할 사이에 구미호가 낫처럼 예리한 발톱을 들어올려 하얀 섬광을 번뜩이며 켄조의 어깨를 깊숙이 내리찍는다. 칼로 종이를 자르듯 그의 옷이 쉽게 찢겨 나가고 켄조가 고통에 절규한다.

나는 바로 행동에 나섰다.

죽을지도 모른다. 켄조의 기 능력이 통하지 않는다면 내 것도 마찬가지일 것이다. 그렇다고 아무것도 안 하고 있을 수 없다. 가만히 서서 내 유일한 동료가 산 채로 잡아먹히는 걸 그냥 지켜볼 수는 없으니까.

먼저, 그리고 강하게 쳐라. 나리 교관의 목소리가 내 마음속에 메아리친다. 집중해서 정확하게 적의 급소를 공격한다면 자신보다 더 강한 상대를 제압할 수 있어.

나는 공중으로 뛰어올라 발뒤꿈치로 요괴의 옆구리를 강타했다. 용의 기가 내 혈관을 타고 흐르면서 내 발차기에 엄청난 힘이 실린다. 효과가 있었다. 구미호가 찢어지는 괴성을 지르며 공중으로 팅겨 나가 다리의 돌벽에 처박히더니 바닥으로 쓰러진다.

괴물이 후들거리는 다리를 바로잡으며 다시 뛰어올라 나를 향한다. 인간의 소리와는 너무나 다른 깊은 으르렁거림이 요괴의 가슴에서 터져 나오자 나는 주먹을 들어올려 준비 자세를 취했다.

그런데 갑자기, 여우가…… 사라졌다.

대신, 그 자리에 오랫동안 보지 못했던 사람이 있다.

다시는 볼 수 없을 거라고 생각했던 사람.

나를 바라보는 승은 미안해하며 눈물짓고 있다. 시험에 떨어진 다음 날과 똑같은 얼굴이다. 숨이 멎을 듯 아려 온다. 다정했지만 너무나 먼 그 사람.

손이 옆구리로 뚝 떨어진다.

정신 차려, 간절히 나 자신을 타이른다. *이건 승이 아니야. 이건 현실이 아니라고.*

하지만 벗어날 수가 없다. 아무것도 할 수 없다.

주먹을 내리고 멍하니 바라보니 승이 애처롭게 한숨지으며 조심스레 내 시선을 사로잡는다. 그가 오라고 손짓하자 내 심장 박동이 빨라진다. 두 손을 위로 들고 손바닥을 보여 흔들며 마치 '은지야 나야, 승이야'라고 하는 것 같다.

그 모습이 너무나 승다웠다. 그 삐딱한 미소하며…….

그를 향해 걸어가 불과 몇 센티미터 앞에 멈춘다. 승이 손을 뻗어 손등으로 내 왼쪽 뺨을 부드럽게 쓸어내린다. 손을 떼자, 그의 손에 반짝이는 눈물이 맺혀 있다. 내 눈물.

나는 내가 울고 있었다는 사실조차 몰랐다.

승이 자신의 손끝을 응시하다 다시 나를 본다. 그의 얼굴은 고뇌로 가득하다. 승이 입을 열어 뭐라고 말하려 한다.

그 순간 켄조가 나를 밀친다.

그리고 바로 그때, 내가 알던 소년은 다시 요괴 여우로 돌변해 불과 몇 초 전까지 내가 있던 자리로 달려들어 턱을 내밀어 물어뜯는다.

균형을 잃고 넘어지면서 겨우 켄조를 붙잡았다. 우리는 같이 굴러떨어지며 다리 난간을 넘어 거센 강물 속으로 추락했다. 물에 빠지기 직전 나는 숨을 있는 힘껏 들이마셨다. 강으로 떨어지면서 등이 강바닥에서 튀어나온 날카로운 바위에 부딪혀 눈앞에 무수한 별들이 보일 만큼 고통에 외마디 비명이 터져 나왔다. 차디찬 강물이 입속으로 밀려든다.

당연히 내가 원했던 상쾌한 음료는 아니다.

잠시 나는 차갑고 어두운 고요 속에 잠겨 있었다.

그러고는 발버둥치며 빠르게 다리를 차며 수면 위로 올라왔다. 머리를 물 밖으로 내밀어 주위를 둘러본다. 기침이 나오고 숨을 헐떡이며, 눈에 맺힌 강물을 몇 번 깜빡여 털어 냈다.

여기서 오래 머물 시간이 없다. 거센 급류가 우리를 강의 하류로 밀어내고 있다. 추위에 떨고 있는 켄조는 한 쪽 팔은 나에게 매달려 있고, 다른 팔은 축 늘어져 있다. 그의 상처가 꽤 심각해 보인다.

쿵! 몇 미터 떨어진 곳에서, 구미호가 우리를 쫓아 물속으로 뛰어들어 사납게 으르렁거리며 헤엄쳐 온다.

거의 의식이 없는 켄조를 끌고 강 반대편으로 전력을 다해 헤엄쳤다. 뒤따르던 구미호가 급류에 휩쓸려 비명을 질러 댔고, 흰 물살에 갇혀 멀리 떠밀리며 울부짖는다.

강 반대편 둑에 도착해 켄조를 물 밖 모래 위로 끌어냈다. 그가 고통스럽게 신음하더니 다친 쪽 반대쪽으로 돌아누우며 물을 토해 낸다. 조심스레 뒤를 돌아보니 요괴 여우는 사라지고 없었다.

해가 앙상한 나무 꼭대기 위로 지고 있다. 나는 다만 그 구미호가, 아니 그 요괴 무리가 우리를 끝장내려고 다시 오지 않기를 바랄 뿐이다.

켄조는 반쯤 잠든 것 같다. 차가운 땀방울이 그의 턱을 따라 목으로 흘러내려 젖은 셔츠 깃 속으로 사라진다. 그가 다시 고통으로 신음한다. 그의 어깨에 난 끔찍한 상처를 보니 내 부상도 치유해야 한다는 생각이 든다. 피부를 봉합하고 등 근육을 재생해 멍이 사라지도록 하려면 내게 남은 기력을 다 써야 할 판이다. 나는 너무나도 지쳐 한숨이 나왔다.

켄조의 신음이 깊어진다. 그를 깨웠다.

"켄조," 내가 쉰 목소리로 그를 흔들며 말했다. "일어나. 치유해야 해."

"추워……. 감각이 없어……." 그의 목소리가 거의 들리지 않는다.

"어깨 때문이야." 내가 달랜다. "상처 때문에 감각이 마비되고 있어. 의식을 잃기 전에 스스로 치유해야 해, 알았어?"

켄조가 알아들을 수 없게 중얼거리다가 다시 조용해지더니 숨이 거칠고 힘겨워진다.

그의 젖은 뺨을 때려 몇 번이고 그를 깨우려고 시도했다. "야! 지금 잠들면 안 돼. 일어나, 제발!"

뺨 때리기가 효과가 있었는지 켄조의 눈이 파르르 떨린다. 나를 바라보는 그의 두 눈은 석양빛에 반짝거리는 검은 웅덩이 같다.

"치유 먼저. 그러고 자." 내가 다그쳤다.

알 수 없는 눈빛으로 그는 머리를 천천히 왼쪽으로, 그다음 오른쪽으로 젖는다.

켄조가 왜 협조하기를 거부하는지 이해가 안 된다.

생각해 보니, 지난 며칠 동안 켄조를 보면서 가장 의아했던 건 그가 자신의 기 능력을 쓰는 걸 꺼렸다는 것이다. 시장에서 나와 함께 뛰는 것도, 드래곤 장교와 맞서 싸우는 것도 피했다. 그건 그럴 수 있다. 하지만 구미호에게 완전히 제압당한 건? 그리고 치명상을 입은 어깨를 치유하는 것마저 거부한다는 건 납득이 되지 않는다.

갑자기 일 년 전 봄 연회 때 우리가 약혼하기 직전이 떠올랐다. 그때도, 손님들과 그의 아버지가 켄조에게 새 능력을 보여 달라고 요청했지만, 그는 정중히 거절했다.

아닙니다. 그럴 수 없습니다. 그가 말했었다.

불현듯 매우 이상한 생각이 머리를 스친다.

아니야. 나는 고개를 가로저었다. *그건 불가능해.*

"켄조……," 다치지 않은 팔을 한 번 더 흔들었다. "제발 그만해. 무슨 이유든 간에 그만둬. 피를 너무 많이 흘려서 내가 여기 혼자 남겨지기 전에 어서 빨리 자신을 치유하라고, 이 바보야."

켄조의 입술이 일자로 굳어지며 여전히 등을 대고 누워 나를 올려다본다. 그가 뭐라고 중얼거린다.

"뭐라고?" 내가 묻는다.

"나는 할 수 없어."

"뭘 할 수 없다는 거야?"

그는 다시 한 번 입술을 꾹 다물고 눈을 감는다.

"그냥 너의 기를 써." 그를 채근했다. 치유하는 법을 모를 리가 없다. 입학하는 첫 달에 배우는 기술이다.

"은지, 난 못 해." 그가 침울하게 반복한다.

순간 나는 말문이 막혀 그를 쳐다봤다.

사실일 리가 없다.

"너 기 능력이 없는 거야?" 비난 섞인 말이 불쑥 튀어나왔다.

그의 턱이 떨린다. "그건…… 아니……."

"아니야?" 내가 묻는다. "그럼 너를 치유해. 내가 틀렸다는 걸 증명해 보라고."

켄조가 침을 삼킨다. 몹시 힘들어 보인다.

불어오는 산들바람에 젖은 옷이 펄럭이자 나도 몸이 떨린다. 서서히 어둠이 내려앉기 시작하고 햇살의 끝자락도 나무 사이로 모습을 감추고 있다.

켄조는 여전히 바닥에 누워 덜덜 떨고 있다. 그가 돌처럼 굳는 게 아닐까 생각될 정도로 미동조차 없다.

갑자기 나는 그의 몸에 불이라도 붙은 것처럼 그에게서 확 물러났다.

"또 누가 이걸 알아?" 그동안 그가 나와 모두에게 거짓말을 해 왔다는 걸 믿을 수 없었다.

그가 뜸을 들인다. "너뿐이야."

머릿속이 질문들로 가득하다.

무엇보다도 어떻게? 세상에! 켄조가 어떻게! 기 능력도 없이 드래곤 군대에서 그렇게 높은 위치에 오를 수 있었을까?

이게 그가 아다치를 떠난 진짜 이유임이 틀림없다. 아니면 애초에 거기를 가기나 했을까? 맙소사! 그가 어떻게 드래곤 제국으로부터 이 엄청난 비밀을 숨길 수 있었단 말인가!

켄조가 고개를 들고 몸을 일으켜 앉으려고 했지만, 몸에 기력이 하나도 없다.

그는 힘이 없구나, 나는 그 사실을 깨닫자 충격에 휩싸였다. 힘이 전혀 없다. 모든 것이 허울이었다. 켄조 고바야시는 신동도, 자랑스러운 영웅도, 천재도 아니었고, 위대한 운명을 타고 태어난 것도 아니었다. 그는 아무것도 아닌…… 사기꾼에 불과했다.

"그냥 나를 여기 두고 가." 그가 생을 포기하려는 듯 눈을 감고 중얼거린다. 그가 다시 몸을 떤다. "난 네 발목만 잡을 뿐이야."

잠깐 동안이었지만 정말 그렇게 할까 심각하게 고민했다.

이렇게 취약하고 힘없는 동행자는 내가 상대해야 할 가장 약한 적한테도 상대가 안 될 게 뻔하다. 저런 큰 부상에다, 계속 같이 다닌다면 켄조는 나에게 짐 덩이만 될 것이다. 그는 나에게 또 하나의 신경 써야 할 사람, 그리고 나에게 잘못된 길로 들어섰다고 말하는 또 하나의 목소리일 뿐이다.

깊은 숨을 내쉰다. 무릎을 굽히고 몸을 숙여 내 팔을 키가 큰 켄조에게 낀 다음, 젖은 옷더미들을 안아 올리듯이 일어섰다. 그의 헝클어진 머리카락에서는 물이 뚝뚝 떨어지고 앞뒤로 흔들린다. 나는 걷기 시작했다.

몇 분 아니면 몇 시간이 흘렀는지 모른다. 다리의 감각이 없어질 때까지 걸었다. 내 힘이 바닥나고 켄조의 무게로 팔이 축 처질 때까지 걷고 또 걸었다. 강물 소리가 희미해질 때까지, 따뜻한 저녁 황혼에서 깊고 어두운 밤이 될 때까지 계속했다. 나는 불빛을, 마을을, 따뜻한 온기와 먹을거리를 찾을 수 있을 때까지 나아갔다.

하지만 이곳엔 아무것도 없다. 이런 첩첩산중에는 더욱더. 정신이 혼미해지면서 끝도 없는 숲속에서 길을 잃고 마음이 무너져 내리고 있다. 발걸음 하나하나가 너무 힘겹다.

나 역시 간신히 정신을 부여잡고 있을 뿐 현실과 허상, 그 어딘가에 갇혀 있다. 일순간 나는 누군가 애타게 도움을 구하는 절규를 들었다. 그게 켄조인지 아니면 나인지 모르겠다.

마침내 나는 큰 나무들로 둘러싸인 숲속 작은 골짜기로 비틀거리며 들어갔다.

여기서 멈춰야겠다고 생각했다. 더 이상 걸을 수 없었다.

나는 켄조를 바닥에 눕히고 어깨에서 그의 망토를 벗어 무릎을 꿇고 앉아 두껍고 따뜻한 천을 세 조각으로 찢었다. 소중한 망토가 갈기갈기 찢기는 소리가 들리자, 켄조가 반응한다.

"그거 비쿠냐 울이야." 그가 항의하듯 징징댄다.

"그래 알았어. 조용히 해." 내가 속삭였다. "네가 오늘 밤 어떻게든 살아남는다면 너의 아버지가 번쩍이는 새 걸로 사 주실 거야."

켄조의 등 아래로 손을 넣어 조심스럽게 큰 바위에 그를 기대어 앉혔다. 그의 셔츠를 한 겹씩 벗겨내며 그의 어깨 상처를 가까이에서 보고는 움찔했다. 너무 깊다. 상처 주변으로 켄조의 젖은 속옷이 그의 피부에 달라붙어 있고, 팔과 복부의 근육에는 소름이 돋아 있다.

찢어진 망토 조각들을 그의 어깨 주위에 단단히 고정해 여러 번 감았다. 이런 건 다 아다치에서 배웠는데, 의식을 잃었거나 부상당해 기를 쓸 수 없는 동료를 위한 처치법이다. 내가 열심히 작업하는 동안, 켄조는 반쯤 감긴 눈으로 나를 지켜본다. 천 조각이 그의 찢어진 살에 닿았을 때 고통스럽게 숨을 들이켰지만, 그는 아무 말도 하지 않았다.

그는 되도록 빨리 치료받아야 한다.

하지만 지금으로서는 이게 최선일 것이다. 적어도 하룻밤 사이에 출혈로 죽지는 않을 테니.

켄조가 입을 떼며 무슨 소리를 낸다.

"뭐라고?" 그에게 묻는다.

작게 기침을 뱉으며 웃을 일 없는 암울한 상황인데도 그의 입술 위로 작은 미소가 번진다. "고맙다고…… 말했어."

어깨에 힘이 빠진다. 켄조가 나를 올려다보자, 가슴속 무언가가 내 의지와 상관없이 두근거린다. 승 이후로 느껴 보지 못한 기분이다.

잠깐, 아니야. 내가 뭘 생각하고 있는 거지?

"나도 고마워." 내가 조용히 답했다.

"뭐가?"

"음……." 정확히 무엇 때문인지 모르겠다. 아마도 그가 죽지 않아서? 나에게 진실을 숨기고 거의 죽을 뻔할 때까지 말 안 한 거?

어쨌든 상관없다. 켄조를 돌아봤을 때, 그는 이미 잠들어 있었다.

우리가 묵을 허술하기 짝이 없는 요새를 다 완성했을 때쯤 나는 완전히 쓰러질 정도로 녹초가 됐다. 이토록 극심한 피로는 난생처음이다.

나뭇가지들을 겨우 빗대어 세운 게 전부라 피신처라고 하기에도 민망했다. 그래도 아예 없는 것보다야 나을 거다. 오늘 밤 켄조의 체온을 조금이나마 지킬 수 있을 테니.

나는 그를 흔들어 깨웠다. 그의 얼굴 혈색이 약간 돌아온 것 같아 보였지만 캄캄해서 분간이 어려웠다. 켄조가 눈을 깜박이며 정신을 차리려 애쓴다. 나는 말없이 피난처를 가리켰다.

내일 아침 날이 밝을 때까지 숲을 헤매는 대신, 우리 둘 다 휴식을 취하게 될 첫 번째 밤이다. 이제 그가 용의 기를 가지고 있지 않다는 사실도 알았으니 지금쯤 그가 얼마나 지쳤을지는 짐작하는 수밖에 없다. 거의 쉬지도 못한 채 험한 산길을 계속 걸었으니, 그는 젖 먹던 힘까지 전부 쏟아부었을 것이다.

켄조가 숨을 길게 들이마시더니 다리를 모아 일어선다. 발이 세 개인 개처럼 절뚝거리며 피신처로 들어가 부상이 없는 쪽으로 몸을 눕힌다.

그를 따라 들어가다 잠시 망설였다. 피신처 안은 한 명이 들어가기에도 빠듯해서 두 명은 무리다. 이미 켄조가 누워 공간 대부분을 차지하고 있다. 아마도 추위에 얼어 죽지 않고 밤을 넘기려면 우리는 딱 붙어 있어야 할 것이다. 나는 피신처를 짓느라 너무도 지쳐서 하는 수 없이 얼굴을 찡그리며 나뭇가지 아래로 몸을 비집고 들어갔다.

그리고 몸을 돌렸다.

켄조와 얼굴이 맞닿을 만큼 가까워 그의 따뜻한 숨결이 느껴질 정도다. 켄조는 가만히 내 시선과 마주하고, 알 수 없는 표정이 그의 눈을 스친다. 왜 갑자기 심장이 이리도 빨리 뛰는지 모르겠다. 켄조가 그와 나 사이에 이 좁은 틈으로 내 빨라진 심장 박동을 눈치채지 못하길 바랄 뿐이다.

확실히 이곳이 바깥보다는 따뜻하다. 아니면 내 뺨이 불타고 있어 그럴 수도 있다.

조심스럽게 몸을 조금 아래로 움직여 내 코가 그의 가슴 높이에 오도록 했다. 훨씬 낫다. 적어도 이렇게 하면 서로의 얼굴을 마주보는 일은 없을 테니까.

한참 시간이 흘렀다. 언뜻 보기엔 켄조가 다시 잠든 줄 알았는데 그가 말을 건넨다.

"그래서, 그 남자는 누구야?"

잠시 나는 그가 누구를 말하고 있는지 몰랐다. 그러고는 구미호가 마지막으로 변신한 사람에 대해 말하고 있다는 것을 알아차렸다. 승.

몸이 굳어졌다. "중요치 않아."

"굉장히 중요해 보이던데. 너한테는."

"그는 그냥……." 그에게 사실을 털어놓을까 고민했지만, 목을 가다듬고 딴청을 피웠다.

"근데, 여기서 설명을 좀 해야 할 사람은 너인 것 같은데."

켄조가 한숨을 몰아쉰다. "너를 속일 생각은 없었어, 은지."

어둠 속에서 그를 응시하며 침묵했다.

"누구도 속일 의도는 없었어." 그가 계속했다. "나는 내가 해야 할 모든 걸 해냈어. 시험에 합격하고, 의식을 거쳤고, 용도 만났지. 그치만……." 그가 말끝을 흐린다.

나는 의식을 치르고도 용의 기를 즉시 받지 못한 경우를 들어 본 적 없다. 하지만 생각해 보니, 그런 일이 정말 일어났다면, 켄조로서는 필사적으로 그 사실을 숨기려 했을 것이다.

고개를 들어 그를 쳐다봤다. 큰 키에 평소에는 우월한 존재감마저 풍기던 켄조가 이제 너무 초라해 보인다.

"근데 어떻게 그걸 숨길 수 있었어?" 놀란 마음에 그에게 물었다.

대답하는 켄조의 목소리는 풀이 죽어 의기소침했다. 그에게 자부심이라고는 찾아볼 수 없다. "너도 감쪽같이 속았잖아, 안 그래?"

"하지만…… 부대 승진이랑, 네가 받은 표창들은……."

그가 짧고 쓴웃음을 토했다. "제국은 보고 싶은 것만 봐, 은지. 사람들도 똑같아. 그들은 믿고 싶은 것만 믿지. 더욱이 고바야시 장관의 아들처럼 유능한 사람에게는 두말할 것도 없어. 게다가, 나를 봐." 그의 말에 장난기가 서려 있다. 어둠 속에서 자신의 몸을 가리킨다. "이 정도 남자라면 엄청난 괴력이 있다고 생각하지 않겠어? 다 그렇게 생각할 거야."

나는 누워 있는 채로 그의 가슴팍에 멍하니 시선을 고정했다.

순간 웃음이 터져 나왔다. 켄조도 내가 그를 비웃고 있다는 걸 알기 전까지 나와 같이 웃었다.

"야, 그만 웃어." 그가 나를 툭 하고 친다. 머리 위 어디쯤 분명 입을 부루퉁하게 내밀고 있을 그의 모습이 그려진다.

"너!" 나는 박장대소하며 배를 움켜잡았다. "'나를 보호하는 게 너의 의무라고 큰소리치더니, 실제로 내가 위험에 빠지면 어떻게 나를 지킬 생각이었어? 누가 누구를 보호했다면…… 오히려 내가 너를 보호해 준 거 같은데."

"그럴지도." 켄조가 툴툴댄다. "내가 전에 말했잖아. 모든 걸 주먹질과 발차기로 해결할 수 있는 건 아니라고."

"그래, 알았어."

"그만 웃어."

"이제 끝." 한 번 더 웃음이 새어 나왔다. "지금부터 진짜로."

켄조는 다시 조용해진다. 그가 다시 말하기를 기다렸지만, 아무 말도 없다. 몇 분이 지나고 그가 잠들었다는 것을 알았다. 나도 하품이 나오며 몸이 땅으로 꺼지듯 축 늘어진다. 쉬어야 할 시간이 한참 지났다.

잠들면서 내 머릿속은 다리 위에서 내게 미소 지으며 눈물을 닦아 주던 승의 모습과 지금 내 옆에서 깊은 잠에 빠져 있는 켄조 사이를 오간다. 점차 밤이 모든 걸 지배하더니 나 역시 무의식의 심연 속으로 빠져들며 잠들었다.

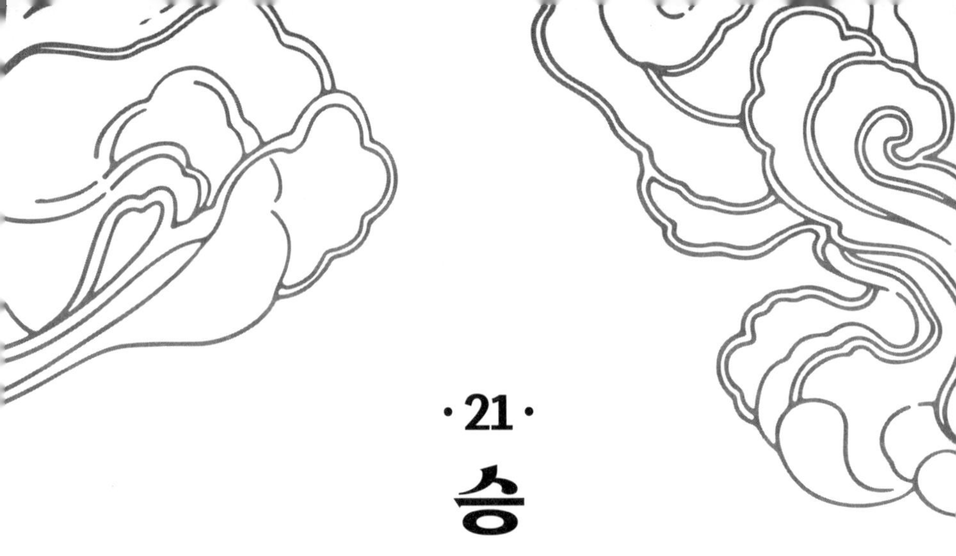

·21·

승

우리는 드디어 숲을 벗어나 긴 산골짜기 꼭대기에 도착했다. 머리 위로 쏟아지는 별빛이 산 정상을 부드러운 보라색 안개로 물들인다. 저 멀리 눈부신 도시의 불빛이 미로처럼 구불구불 펼쳐져 한밤의 어둠 속에서 은은한 주황빛으로 반짝거리며 깜빡인다.

한남시다.

내 곁에서 호랑이가 꼬리를 앞뒤로 흔들고, 그 풍경을 내려다보는 영물의 수염이 실룩거린다. 무심한 표정이다.

호랑이 신령이 택한 이 외진 길 덕분에 우리 일행은 하루 반나절 동안 제국 군대를 피할 수 있었다. 군인들과 마주치지 않으니 확실히 안도감이 든다. 하지만 그건 쉬지도 못하고 거친 산길을 오르내려야 한다는 걸 의미했다.

거리상 도시 진입까지는 이제 하루도 안 남았다. 그리고 단군 산과도 그만큼 가까워졌다.

하지만 지금부터가 가장 힘든 여정이 될 것이다. 한남시는 호랑이 식민지에서 드래곤 제국의 주요 거점이자 행정 수도다. 우리가 제 발로 제국의 소굴로 걸어 들어가는 셈이다.

"오늘 밤 여기서 야영하는 게 어때?" 앞으로의 여정을 생각하니 손에 땀이 밴다.

진이 고개를 젓는다. "여기는 너무 노출돼 있어. 계곡으로 들어가 은신처를 찾자."

산비탈을 따라 내려가면서 나는 가슴속에서 뭔가 타오르는 느낌이 들었다. 그러더니 그 느낌은 타닥거리며 공중으로 불안한 불꽃이 되어 뻗쳐 나왔다.

산 아래에 이르자 별들이 모습을 드러냈다. 고갯길로 통하는 길이 보이고, 아마 이 길이 한남시까지 쭉 이어진 것 같다.

그렇다면 문제는?

그곳은 드래곤 군인들이 들끓고 있다는 것이다. 거대한 도시 성문에서 산봉우리까지 병사들이 끊임없이 오가고 있다. 모두 순찰 중이다.

호랑이를 찾고 있다. 우리를 찾고 있다.

길을 훑어보고는 진에게 고개를 돌렸다. "통과할 방법이 없어 보여."

하지만 진은 온데간데없다.

어디로 간 거지? 갑자기 내 옆에서 호랑이가 으르렁거리며 낑낑댄다. 내 동료를 찾으러 휙 돌아서는 그 순간.

쿵.

나는 땅바닥으로 쓰러졌다.

어지러움을 느끼며 올려다보니 수십 개의 군화가 내 주위를 둘러싸고 있다.

"으음!" 내 옆 풀밭에서 진이 몸부림치고 있었고, 거대한 자루가 그녀의 몸 위를 덮고 있었다. 육중한 그물에 갇혀 여러 군인과 씨름하고 있는 호랑이의 낮은 으르렁거림이 지축을 흔든다.

조금 전만 해도 여기에 없던 병사들이 마치 허공에서 나타난 것만 같다. 그중 한 명이 앞으로 나선다. 선명한 진홍색 제복을 입은 사나운 인상의 키가 큰 여자다. 그녀의 오른쪽 다리는 단단한 금속 의족으로, 그녀가 걸을 때마다 쨍그랑 소리가 났다.

금속 의족의 여자가 휘파람을 두 번 불어 뒤에 군인들에게 손짓을 보낸다. 그러더니 드래곤 언어로 명령한다.

"좋아, 슬레이어들! 저들을 포위해!"

군인들이 우리를 제압하려고 둘러싸자 나는 몸을 일으키려 했지만, 역부족이었다. 호랑이 슬레이어들이 순식간에 진격해 우리를 에워싼다. 멀리서 호랑이가 또다시 포효하는 소리가 희미하게 들린다. 그런 다음 무거운 자루가 내 위로 씌워지자 모든 것이 암흑으로 변했다.

지금이 내 최고의 순간은 아니라는 걸 확실히 해 두자.

우선, 아무것도 보이지 않는다. 호랑이 슬레이어들이 나를 자루 같은 것에 쑤셔 넣고 꽉 조였다. 검은 천이라 빛은 막혔고 숨쉬기조차 힘들었다. 자루를 통해 들어오는 빛으로 가늠컨대, 아마 지금은 아침인 듯하다.

당연히 내 손과 발은 묶여 있어 움직일 수도 없다.

밤새도록 슬레이어들이 우리를 썰매에 실어 끌고 왔다. 어디로 향하는지도 모른 채. 어쩌면 그들은 우리를 기도로 바로 데려가 처형하려는 것일지도 모른다. 그렇다면 지금까지의 여정이 모두 물거품이 됐다는 의미다.

우리는 거의 다 왔었다. *거의 다.*

"승!" 밖에서 나를 부르는 목소리가 들린다.

"나 여기 있어." 깜짝 놀라 갑자기 정신이 번쩍 든다. "너 괜찮아?"

"승. 우리 지금 탈출해야 해."

“진…… 저들이 듣고 있어.”

자루 너머로 그녀의 비웃는 소리가 들린다. “저 용의 기 숭배자들은 호랑이말을 한마디도 못 알아들어.”

과연, 우리 썰매를 끌고 있는 슬레이어들은 우리의 대화를 못 알아듣는 것 같다. 어쩌면 이 시점에서 우리가 탈출하는 건 꿈도 못 꿀 거라고 생각할지도 모른다.

“생각해 봤어?” 진이 묻는다.

“뭘 말이야?”

“우리가 어디로 가고 있는지.” 그녀가 멈춘다. “계곡으로 되돌아가는 게 아니야. 포장도로 위에 있어. 저들이 우리를 수도로 끌고 가는 게 틀림없어. 이 멍청이들이 우리를 한남시로 데려가고 있다고.”

그녀 말이 맞았다. 새소리와 계곡의 바람 소리도 멀어져 가기 시작했다. 대신 노새들의 숨소리와 도로를 달리는 바퀴의 덜컹거리는 소리가 들린다. 저 멀리서 자동차의 경적 소리 같은 것도 들리는 것 같다.

“승,” 진이 입을 연다. “때가 됐어. 너의 힘을 발휘해 봐.”

그게 무슨 뜻인지 물어 볼 필요도 없다. 의미는 명확하다. 내 기를 쓰라는 말이다.

나는 두려움에 마음속에서는 한숨이 나왔다. 죽어 가던 히요시 경관의 얼굴이 눈앞에 어른거린다.

“진, 나 못 할 거 같아.”

“아니, 넌 할 수 있어.” 그녀의 대답에 단호함이 서려 있다.

썰매가 도로의 울퉁불퉁한 곳을 지나면서 머리가 나무에 세게 부딪히는 바람에 얼굴이 일그러졌다. 주변 소음이 점점 커지는 걸 보니 서서히 도심으로 진입하는 게 분명하다. 주변은 수레바퀴의 삐걱대는 소리, 행인을 호객하는 상인들의 부산스러운 소음으로 가득하다. 처음에는 목소리들이 드문드문했지만, 몇 분이 지나니 사방에서 들린다.

노새의 똥, 톱밥, 수천 명의 발냄새가 섞인 악취가 내 코를 찌른다. 자루 틈 사이로 실눈을 뜨고 밖을 보려 하지만 소용없다. 아무것도 보이지 않는다.

그렇지만 나는 뭔가 느낄 수 있다. 주변의 군중들, 공기 중에 떠도는 감정의 소용돌이들, 여태껏 내가 경험했던 것보다 훨씬 깊고 복잡하다. 수십 명, 어쩌면 수백, 수천 명의 사람이 걱정하고, 바쁘게 길을 가고, 불안해하고, 신나고, 속상해하고, 화나고, 살아 있다는 걸 느끼고 있다.

수도와의 첫 조우가 이렇다니. 눈을 가리고 납치돼 자루에 담겨 채소 꾸러미처럼 질질 끌려다니고 있다.

"승!" 진이 부른다.

상황을 살피느라 머릿속이 빠르게 돌아간다.

사실 1. 우리는 심각한 곤경에 처해 있다.

사실 2. 여기서 살아서 나가고 싶다면, 탈출해야 한다. 그것도 빨리. 왜냐하면 저들이 향하는 곳이…… 얼마 안 남았을 테니까.

지금까지 나는 나의 기를 겨우 몇 번만 썼다. 사실 나는 이 능력이 두렵다. 내가 이걸 사용하면 무슨 일이 벌어질지 알 수 없다.

썰매가 다시 덜컹거리는 바람에 머리가 썰매를 끄는 나무에 강하게 부딪혀 눈에 불꽃이 보인다. 제기랄.

사람들이 우리가 지나가는 걸 알아보고 외치는 소리가 들린다. 그들이 몰려와 손가락질하면서 호랑이를 빤히 쳐다보는 모습이 그려진다.

자루가 다시 한 번 흔들리자, 이번에는 허리 아래쪽에 찌르는 듯한 통증이 밀려온다.

휴. 어쩔 수 없다, 이젠 하는 수밖에.

나는 깊게 숨을 들이마셔 내 안의 깊숙한 곳, 전에 닿았던 그곳으로 손을 뻗었다.

내 기억들 속으로 들어간다.

네 분노를 의심하지 마, 승아. 진의 목소리가 들린다. *그게 너의 가장 중요한 무기야.*

내 안에서 불꽃이 일더니 활활 타오르기 시작한다.

눈을 감고 그것이 자라도록 집중한다. 평생 쌓인 게 많으니 끄집어낼 것도 많다. 불꽃이 커지며 붉어지다가 어두운 구름으로 변하더니 감정이 소용돌이치고 이제는 원망과 분노로 커져 타닥타닥 튀기 시작한다.

붉은 화염이 눈앞에서 번쩍이고 가슴속에 회오리가 휘몰아친다. 나는 눈을 부릅뜨고 소리쳤다. 내 몸에서 튀어 나간 그 붉은 화염이 소용돌이를 일으키며 거리로 뻗어 나간다.

· 22 ·

은지

처음에는 함성을 무시했다. 그건 아득한 꿈속에서 들려오는 소리 같았고 나는 편안한 침대에서 따뜻한 체온을 느끼며 누워 있다.

잠깐. 따뜻한 체온?

화들짝 놀라 깨어나 켄조에게서 확 물러났다. 쾅 하고 나뭇가지에 뒤통수를 부딪쳤다.

아야. 눈앞에 별이 왔다 갔다 한다.

멀리서 그 함성은 점점 더 커진다. 저게 뭐지?

"저 소리 들려?" 내가 속삭였다.

"음……?" 켄조가 여전히 반쯤 잠든 채로 중얼거린다.

"일어날 시간이야." 등을 대고 누운 채 켄조에게 일렀다.

나는 다리를 안쪽으로 굽혔다가 힘차게 위로 차서 나뭇가지들을 부러 뜨렸다. 가지 몇 개가 켄조 위로 뚝 하고 부러지며 떨어지는 바람에 그가 다치지 않은 쪽 팔을 들어올려 얼굴을 가린다.

"으음!"

다행이다. 머리 위 하늘은 여전히 어둡고 별들은 총총히 박혀 있다. 우리가 많이 뒤처진 건 아니다. 지평선 가장자리로 푸르스름한 물결이 일렁이면서 일출을 알린다.

"깼네. 잘됐다." 나는 태연하게 말하며 일어나 앉았다. "가야 해. 지금 당장."

"오 분만 더……." 켄조가 중얼거리며 나를 내쫓듯 손짓하고는 다시 돌아눕는다.

"켄조, 애처럼 굴지 마. 어깨 좀 봐봐."

그는 마다하지 않는다. 천 조각들을 벗겨 내 염증으로 곪아 터진 어깨의 상처를 보니 숨이 턱 막힌다. 빨리 소독 처치를 해야 한다.

하지만 도대체 어디서 한단 말인가!

그 순간 그 소리가 들린다.

으르렁거리는 소리.

확실하다.

내 옆에 켄조가 화들짝 놀라며 잠이 깼는지 벌떡 일어나 앉는다. 나는 재빨리 상처를 천으로 감고 켄조를 일으켰다.

"빨리," 내가 말했다. "내 등에 업혀."

그가 한 걸음 뒤로 물러서더니 입술을 삐죽인다. "그건 절대 안 돼."

"오? 그럼, 네가 이런 큰 부상에다 기 능력도 없으면서 나를 따라올 수 있다고 생각해?" 그에게 등을 대며 앉았다. "그만 투덜대고 빨리 업혀."

켄조가 꽤 과장된 한숨을 내쉬더니 순순히 따른다. 그가 성한 팔을 내 어깨에 둘렀고 나는 흡족하게 웃으며 일어섰다. 지난밤 숙면으로 나는 완벽하게 기력을 회복했다. 최상의 상태다.

"좋아, 켄조-조." 그에게 활짝 웃어 보인다. "꽉 잡아."

"그 별명을 부르면 대답 안 할 거야, 아!"

곧바로 회복된 체력으로 숲을 질주하려던 순간, 또 한 번의 포효가 공기를 가른다. 소리가 나는 데까지 도달하는 건 그리 오래 걸리지 않았다. 나는 숲 경계 주변의 나뭇가지 사이로 조심스럽게 들여다보며 우리가 숨은 곳이 들키지 않도록 조심했다.

호랑이 슬레이어 부대가 끄는 세 개의 썰매가 보인다. 가장 큰 썰매에는 쇠사슬에 결박된 흑백 줄무늬 호랑이가 실려 있다. 쇠사슬에 묶인 호랑이가 몸부림치며 울부짖고 있다. 부대 후미에는 나리 대장이 있고, 슬레이어들이 숲을 가로질러 전진하고 있다.

"뭘 기다려? 바로 저기 있잖아." 켄조가 속삭이며 나리 대장과 그녀의 부대가 호랑이를 끌고 가는 것을 간절한 눈빛으로 응시한다.

"내가 어쩌길 바라는 거야? 저들과 싸우라고?" 쏘아붙였다. "저기는 열두 명이나 되는데 우리는 둘, 아니 겨우 한 명이야."

"나를 왜 빼는데?"

그를 향해 눈썹을 치켜올렸고, 그래도 내 말에 수긍하는지 어깨를 으쓱한다. "그래, 인정!"

망토를 두르고 호랑이 슬레이어 부대 뒤를 바짝 쫓아 그들을 시야에서 놓치지 않으면서 몰래 한남시로 잠입했다. 태양이 막 떠오르기 시작해 도시는 일찌감치 상인들과 정장 차림의 남자들, 그리고 드래곤 군인들로 북적인다.

다행히도 사람들은 모두 자기 할 일이 바빠 두건을 쓴 이 두 사람이 지나가도 무심하다. 게다가 위풍당당한 호랑이 슬레이어들이 잡아들인 거대한 짐승이 거리의 모든 사람의 이목을 끌고 있어 나와 켄조에게는 눈길조차 주지 않는다. 군중은 나리 부대가 지나가도록 길을 터 주며 놀란 듯 수군댄다. 아무도 뒤따라오는 우리 둘에게 신경도 안 쓴다.

오전 내내 우리는 산을 타며 나리 대장의 슬레이어 부대 뒤를 쫓아 공격 기회를 노렸지만 좀처럼 틈이 생기지 않았다.

드래곤 군인들로 바글거리는 이 도시에서, 우리가 찾던 호랑이를 낚아챌 가능성은 점점 희박해졌다. 호랑이를 잡을 영예가 바로 눈앞에 있었지만, 나는 아무것도 할 수 없었다. 이제 나에게서 기회가 영원히 사라질지 모른다.

그렇게 희망을 포기하려던 순간, 바로 그때 그 일이 일어났다.

정확히 무슨 일이 일어났는지는 잘 모르겠다.

하지만 잠시 전까지도 나리 부대의 병사들이 행진하면서 이끄는 썰매에는 울퉁불퉁한 모양의 큰 자루 두 개와 또 다른 썰매에는 쇠사슬에 묶인 호랑이가 실려 있었다. 그러다가 어떤 신묘한 힘으로 병사들이 정신을 잃었다. 이걸 달리 어떤 말로 표현해야 할지 알 수 없다.

갑자기 호랑이 슬레이어 병사들이 미친 듯이 비명을 지르기 시작하더니 멈춰 서서는 무기를 떨어뜨리고, 하늘을 향해 울부짖으며, 급작스레 분노가 치민 것처럼 자신의 사지를 부들부들 떨었다. 거리의 군중은 겁에 질려 뒤로 물러났다.

썰매 하나가 광기에 휩싸인 병사로 인해 옆으로 전복돼 이상한 모양의 자루가 흙바닥으로 굴러떨어져 몇 번을 구른다.

자루 안에 뭔가가 꿈틀거리면서 그것이 밖으로 나오려 발버둥친다.

하지만 나는 그 속에 뭐가 들었는지 궁금하지 않다. 내 관심사는 오로지 호랑이였으니까. 탈출할 기회를 감지한 호랑이는 쇠사슬을 끊으려 맹렬하게 몸부림치기 시작했다.

지금이 기회다. 아니면 다시는 기회가 없을지 모른다.

켄조를 남겨 두고 미쳐 날뛰는 병사들을 헤치고 나가 짐승이 실린 썰매로 돌진했다.

주위의 군중은 너무나 혼란스럽고 광기에 사로잡힌 나머지, 내가 빠르게 지나쳐 호랑이가 실린 썰매로 달려가는 것도 알아차리지 못한다. 손에 닿을 만큼 가까이 가자 등골이 오싹해졌다. 나를 경계하는 호랑이가 낮게 으르릉거렸고 날카롭고 치명적인 이빨이 가득한 입에는 재갈이 물려 있어 얼마나 다행인지 모른다. 몸을 굽혀 호랑이의 목에 연결된 쇠사슬 하나를 풀었다. 그런 다음 온 힘을 모아 호랑이를 결박한 썰매의 쇠사슬을 끊어 냈다.

호랑이가 밤새 뻣뻣해진 몸을 천천히 일으킨다. 몸을 털자, 쇠사슬이 쨍그랑 소리를 낸다. 내가 해냈다는 깨달음에 전율을 밀려온다. 호랑이가 드디어 내 손안에 있다. 목에 감긴 쇠사슬을 움켜쥐고 달리기 위해 몸을 돌렸다.

콩!

뭔가 나를 세게 들이박아 날려 버린다.

넘어지면서 충격을 줄이기 위해 흙투성이 돌바닥으로 굴렀을 때 누군가 나와 함께 구르고 있다는 걸 깨달았고 그건 나와 부딪친 군인이었다. 그녀가 재빨리 일어선다. 나도 황급히 일어나 쇠사슬을 잡으려 손을 뻗었다. 호랑이가 으르릉거리며 쇠사슬을 당긴다.

슬레이어의 투구 너머로 두 눈이 나를 알아보는 듯 번뜩인다.

"은지? 맞아?"

아다치에서 같은 반이었던 보미다.

"야, 꼬마야!" 또 다른 군인이 큰 소리로 호통친다. "호랑이한테서 손 떼!"

다른 슬레이어들도 방금 그들을 사로잡았던 광기의 주술에서 풀려나면서 서서히 정신을 차리는 것 같다. 그들이 몸을 돌려 나와 호랑이를 포위한다.

"'주운 놈이 임자'라는 말 들어 본 적 있어?" 한 슬레이어가 발끈한다.

"그럴지도." 내가 떨리는 목소리로 대답했다. "하지만 '나는 이 호랑이가 정말 필요하니 나한테 양보해'라는 말은 들어 본 적 있어?"

슬레이어는 그저 비웃는다. 급박한 상황임에도 불구하고 여정을 시작한 이후 처음으로 마음이 편하다. 마치 아다치에서 전투 훈련하던 때로 돌아간 기분이다. 하지만 이건 훈련이 아니다.

나는 호랑이의 쇠사슬을 손에 여러 번 감아 단단히 고정했다.

그런 다음 맞설 준비를 했다.

사방에서 주먹이 날아와 나는 몸을 숙여 막으며 반격했다. 팔 한 쪽과 두 다리만 가지고 싸워야 했지만, 훨씬 더 악조건에서도 대항하도록 훈련받았었다. 쇠사슬을 위쪽으로 확 잡아당기자, 호랑이가 낑낑거리고 왼편의 적들이 걸려 넘어진다.

그런 다음 다시 오른쪽에 집중하여 강력한 발차기를 날리자, 군인 한 명이 가까운 건물 문짝으로 날아가 우지끈 소리를 내며 나무를 쪼갠다. 누군가 나에게 덤벼들자 그를 옆으로 밀쳐 다른 슬레이어에게 떠넘긴 다음, 돌아서서 반대편 슬레이어 병사에게 강력한 발차기를 날렸다.

시간이 흐르면서 목숨을 건 싸움으로 이어졌다. 주위에선 여전히 비명이 들리고 아직도 많은 사람들이 이상한 광기에 사로잡혀 있는 듯하다.

그런데 어쨌든 여기에 서 있는 건 나뿐이다. 다른 슬레이어들은 고통으로 거리에 누워 있거나 부상을 치유하고 있다. 그들 중 몇 명을 기절시켰고 호랑이가 쇠사슬을 다시 잡아당기며 벗어나려 했지만 나는 꽉 붙잡았다.

"나쁘지 않네." 익숙한 목소리다. 돌아서려는 순간, 주먹이 공중을 가로질러 날아와 내 뺨을 강타한다. 내 머리가 뒤로 젖히면서 휘청거렸고 얼굴은 찢긴 듯 통증이 밀려온다. "하지만 놀랍지는 않아. 넌 내 최고의 학생이었으니까."

휙 돌아섰다. 나리 대장이 자랑스러운 듯 나를 보며 활짝 웃고 있다. 방금 내 머리를 날린 적이 없었던 것처럼. "최은지! 대체 어디 있었어? 그리고 지금 신혼여행 중인 거 아니야?"

"그냥 내 결혼식이 계획대로 되지 않았다고 해 두죠." 나는 조심스럽게 말하며 뒤로 물러나 뺨을 문질렀다.

"그래, 들었어." 몸을 돌려서 뻗대는 호랑이를 질질 끌고 거리로 내달리려는 나를 쫓으며 그녀가 말한다. "그냥 소문인 줄 알았는데 너 진짜 도망자가 된 거구나, 그래?"

나리 대장이 단숨에 나를 따라잡고 내 어깨를 움켜잡아 돌려세워 그녀와 마주보게 됐다. "또 이사오가 네 목숨에 엄청난 현상금을 걸었다는 소문도 있던데." 나리가 금속 의족으로 내 가슴 한가운데를 정통으로 걷어찬다. 뭔가 부러지는 소리가 들리는 게 아마 갈비뼈인 것 같다. 근처 건물의 돌담에 부딪혀 고꾸라지자 눈앞에 별이 번쩍인다.

"그래도 옛 제자인데…… 그렇게까지는 안 하시겠죠?" 초조한 웃음이 새어 나온다.

"안 하겠지." 대장이 어깨를 으쓱한다. "그렇다고 내 슬레이어 병사들을 때려눕히고 우리가 잡은 호랑이를 가로채려는 걸 응징하지도 않고 그냥 내버려두지는 않을 거야."

다리에 힘이 풀리면서 온몸이 욱신거린다. 벽을 따라 미끄러지며 신음도 터져 나온다. 나리 대장이 몸을 굽혀 팔을 붙잡아 나를 들어올린다. "자, 은지, 내가 너한테 그것보다 잘 가르쳤을 텐데! 항상 높은 곳을 선점해야지, 안 그러면 공격에 노출되거든."

그녀가 나를 집어던진다. 팔을 허우적거리고 발이 붕 뜨면서 내가 공중으로 치솟았다. 그러고는 다시 땅바닥으로 곤두박질치며 처박히자, 숨이 막혀 왔다. 나리 대장이 내게 걸어와 내 옆에 무릎을 꿇는다. 인파로 북적이는 거리가 아득하게 느껴지고 어딘가를 향해 호랑이가 포효한다. 머리가 빙빙 돈다.

나리 대장은 나를 매몰차게 몰아붙이면서도 주먹으로 기절시키거나 치명적인 타격을 가하지는 않았다. 대신 그녀는 다급하고 호기심 어린 목소리로 내게 속삭이면서 호랑이 목의 쇠사슬을 슬그머니 빼앗아 자기 손에 거머쥔다.

"은지, 넌 호랑이로 뭘 하려고 하는 거야? 너한테 무슨 의미야?"

"저는…… 제가 원하는 게……." 힘없이 기침을 뱉으며 말했다.

그녀가 눈을 부릅뜬다. "좀 더 자세히 말해 줘야 할 것 같은데."

이사오가 나와 내 가족 모두를 죽이겠다고 위협한 일, 이 일에 대한 포상, 나의 요청 사항, 그리고 켄조와의 결혼 의무에서 벗어나는 것에 대해 그녀에게 모조리 털어놓을까도 생각해 봤다.

나는 모든 걸 말할 수 있었다. 하지만 내 입에서는 이런 말이 나왔다.

"저는 교관님처럼…… 자유롭고 싶습니다."

"호랑이가 그걸 가능하게 해 줄 거라고 생각해?"

곧바로 나의 대답이 실망스러워 어깨를 한번 으쓱했다. — 이런! "교관님이 이룬 것들을 보세요. 교관님은 아다치의 존경받는 선생님인 데다가 최고의 부대인 호랑이 슬레이어의 대장이잖아요."

"하지만 내가 잃은 것도 좀 봐." 나리가 냉정하게 말하고는 나를 잡고 있던 손을 놓으며 일어나 앉는다. 그녀의 의족이 눈에 들어왔다.

"큰 문제로 보이지는 않는데요."

"그 얘기가 아니야. 저 호랑이를 잡는 건 내가 다리를 잃었던 것보다 더 많은 걸 앗아가, 은지. 모든 것에는 대가가 따르는 법이거든."

"저는…… 이해가 안 가요."

"호랑이는 그냥 물건이 아니야. 살아 있는 존재라고. 네가 호랑이를 잡는다는 건 그것의 생명이 네 손에 달려 있다는 의미야." 그녀가 타이른다.

내 손에 달린 생명. 문희의 얼굴이 떠올랐다. 머리가 지끈거린다. 왼쪽으로 고개를 돌려 침을 뱉자 또다시 기침이 나왔다.

"그게…… 교관님의 임무 아닌가요? 그 이후로도 호랑이를 숱하게 죽였잖아요?"

"그래서 너에게 일러두는 거야, 은지. 신중하라고. 일단 이 길에 들어서면 이 길이 너를 어디로 이끌지 알 수 없어. 전혀."

"저에게는 이사오 총독의 은혜가 절실합니다." 다시 침을 뱉자, 핏방울이 흙에 튄다.

"다른 사람에게 요청해서 너의 자유가 보장된다면 너는 그 사람 소유가 되는 거야. 이번 일을 그들을 위해 한다고 치자. 그럼, 그다음엔 너에게 더 많은 걸 요구하겠지. 그리고 또 그다음. 도대체 끝이 어딜까?" 나리 대장이 이마의 머리카락을 쓸어 올린다. "내가 네 나이였을 때 알았더라면 좋았을 얘기를 해 줄게, 은지. 내가 힘들게 터득한 교훈이야. 진정한 힘과 진정한 자유라는 건 타인을 만족시키는 데서 나오는 게 아니야."

"저는 단지 저 스스로 선택할 힘을 가지길 원해요." 내가 속삭였다.

대장이 혀를 차며 한숨을 쉰다. "넌 착각하고 있어, 은지. 진정한 힘이란 네가 스스로 선택하는 것에서 나오는 거야."

"어, 저기?" 왼편에서 갑자기 켄조의 목소리가 들린다. 돌아보니 낯익은 흙투성이 신발 두 짝이 눈에 들어온다.

"이 멋진 가르침의 순간을 방해해서 굉장히 죄송하지만……, 혹시 눈치 못 챘을까 봐. 호랑이가 사라졌거든."

나리 대장과 나, 우리 둘 다 욕설을 내뱉었고, 대장이 잡고 있던 쇠사슬을 잡아당기자 마지막 고리가 정확히 반으로 부러진 채 끊어져 있었다. 어깨 너머 군중 틈으로 사라지는 호랑이의 꼬리가 겨우 보인다. 거리의 군중은 으르렁거리는 짐승을 피하려 혼비백산하며 비명을 지르고 뛰어다니는 소리가 사방에 가득하다.

나리 대장이 달려들어 나를 일으켜 세운다.

"뒤쫓아!" 그녀가 다급하게 말하며 나를 앞으로 떠민다.

"교관님은 안 가시나요?"

"나는 슬레이어이기 이전에 선생이야, 은지. 나보다 너에게 호랑이가 더 필요한 거 같구나." 그녀가 계속 말했다. "하지만 네가 지금 뭘 하고 있는지 생각해 보겠다고 약속해. 이게 정말 네가 원하는 건지."

"저는……." 무슨 말을 해야 할지 몰랐다.

눈물이 고였다. 나리 대장은 나를 열렬히 지지해 준 첫 번째 사람이었다. 오늘 그녀가 자신이 잡은 호랑이를 가로채려 한 나를 경찰에 신고하는 건 너무나 쉬운 일이었을 것이다. 나를 제압하고 마지막 호랑이를 잡아 그 어마어마한 보상을 차지하면 되는 일이었다. 하지만 그녀는 그 대신…….

"나는 여기 남아서 내 부대 병사들이 괜찮은지 확인해야 해." 나리 대장이 명랑하게 말한다. "내가 여기 나의 부대원을 버려두고 간 걸 내 약혼자가 아는 날엔 나를 가만 안 둘 거야."

약혼자? 갑자기 저렇게 침착하고 위엄 있고 뛰어난 나리 대장이 아다치 선생님과 드래곤 부대의 명망 있는 지휘관이라는 역할을 넘어 인간으로서 그녀에게도 사생활이 있다는 생각이 퍼뜩 들었다. 그리고 그녀 자신의 의견과 신념이 어쩌면 사람들이 생각하는 것과는 다를지도 모른다.

하지만 멈춰 서서 더 이야기할 시간이 없다. 호랑이가 모퉁이를 돌아 황급히 사라지고 있었고, 다른 사람들이 짐승을 붙잡는 건 시간문제였다.

"뒤따라야겠어요." 부러진 갈비뼈의 고통을 견뎌 내면서 숨을 내쉬고 치유 과정을 시작했다. 부러진 뼈들이 아물기 시작한다.

켄조를 힐끗 쳐다보았다. 내게 다가오더니 내 얼굴을 살피며 손을 뻗어 머리카락을 내 귀 뒤로 넘겨 준다.

"가서 잡아 와." 그가 침착하게 말한다. "조심하고."

그러더니 몸을 앞으로 기울여 내게 입을 맞춘다.

너무도 순식간에 일어난 일이라 나는 상상 속에서 벌어진 일이라고 생각할 뻔했다. 순간 머리가 하얘졌다.

켄조가 한 걸음 뒤로 물러선다.

"뭐 해? 안 가고!"

몸이 떨려 겨우 고개를 끄덕였다. 그런 다음 돌아서서 있는 힘껏 달렸다.

·23·

승

뾰족한 칼날이 자루를 뚫고 들어와 내 얼굴 바로 앞에서 멈춘다. 그러더니 내 허리춤까지 따라 그어 내리며 자루를 갈라서 연다. 눈부신 햇살이 쏟아져 들어와 눈을 찡그렸다.

누군가 내 손목과 발목에 묶인 밧줄을 잘랐다. 올려다보니 진이 칼을 집어넣고 있다. 그녀의 칼을 압수했던 슬레이어로부터 되찾은 모양이다. 진이 내게 손을 내민다.

"빨리, 여기서 나가자."

눈앞은 아수라장이다. 우리가 있는 곳은 도심 한가운데 교차로인 듯한데 사방이 완전히 막혔다. 상인들의 수레가 거리 곳곳에 뒤집혀 있고 호랑이가 있었던 썰매는 한쪽으로 넘어져 나뒹굴고 텅 비어 있다. 그 주변으로 무시무시한 드래곤 병사들이 여기저기 흩어져 고통을 호소하고 부상을 치유하고 있다.

내가 이렇게 한 건가?

"승, 가야 해. 호랑이가 움직이고 있어."

진의 손을 잡고 일어선다.

"어느 쪽이야?"

그녀가 가리키는 곳으로 흰색과 검은색 털이 번쩍이며 사라진다.

뒤에서 병사들이 끙끙대며 몸을 일으키려 애쓴다. 하지만 미처 그들이 저지하기 전에 우리는 달아나고 있었다. 그들 중 한 명이 힘없이 나를 붙잡으려 했지만, 내가 그 병사에게 나의 기를 날리자 발작을 일으키며 쓰러져 사지를 떤다.

이런, 그럴 의도는 아니었는데.

그러나 멈추어 생각할 여유가 없다. 군중을 뚫고 나가는 우리를 향해 경찰 부대가 달려든다. 맞서 싸우기엔 그 수가 너무 많다.

"여기!" 진이 소리친다. "나를 봐!"

경찰이 마법에 걸린 듯 그 자리에 멈춰 선다.

"길을 비켜." 그녀가 명령한다. "우리를 뒤따라오는 사람을 막아."

경찰들이 순순히 진의 말을 따르며 우리가 지나가도록 길을 터 준다. 그런 다음 우리 뒤에서 방어선을 구축해 경찰봉을 들고 거리를 차단한다. 지나가며 그들의 뒷모습을 슬쩍 돌아봤다.

그래, 진의 엄청난 능력을 잊고 있었다.

소란의 흔적만 봐도 호랑이가 어디로 갔는지 알 수 있다. 난장판이 된 상점도 두려움에 떨고 있는 행인도 돌볼 겨를이 없다. 우리에게는 더 급한 일이 남았으니까.

호랑이가 다음 골목에서 우리를 기다리고 있었다. 거친 숨으로 몸을 잔뜩 웅크린 채 당장 뛰어오를 자세다. 진과 내가 막 따라붙자, 호랑이는 다시 앞으로 튀어 나가며 모퉁이를 돈다.

"단군 산 쪽으로 가는 것 같아." 진이 외친다.

한남시를 질주하는 동안 모든 것이 흐릿한 혼란 속으로 빨려들어 간다. 뛰어다니는 호랑이, 호랑이를 피하는 행인들, 뒤집힌 수레와 엎어져 널브러진 물건이 우리 뒤에 펼쳐졌다. 진과 나는 겁에 질린 사람들의 비명을 뚫고 전속력으로 내달렸다.

"잠시만요! 죄송해요! 지나갈게요!" 내가 큰 소리로 알린다.

우리가 막 광장으로 들어섰을 때, 갑자기 사방에서 우리를 향해 쏟아져 밀려드는 병사들과 맞닥뜨렸다.

진이 놀라서 숨을 헐떡거린다.

맙소사! 나는 재빨리 두려움을 끄집어내 내 심장까지 끌어올려 손을 통해 병사들에게 극악의 공포심을 불어넣었다. 그러자 그들이 길에 쓰러지며 머리를 움켜잡고 몸을 떨면서 눈물 흘린다.

우리는 뒤에서 흐느끼는 병사들을 내버려둔 채 지나쳤다.

도시의 북단 너머로 장엄한 화강암 산이 우뚝 솟아 있다.

단군 산이다.

도심을 벗어나니 거리의 수가 점차 줄었다. 마침내 모퉁이를 돌자, 산기슭의 거대한 바위 절벽으로 구불구불 이어진 넓고 인적 없는 흙길이 나타났다. 암벽 뒤로 나무들이 병풍처럼 둘러싸고 있어 절벽은 5미터도 더 돼 보인다.

길 끝에 호랑이가 불안한 듯 꼬리를 흔들며 우리를 기다리고 있다.

서둘러야 한다.

호랑이 뒤쪽으로 한 쌍의 해치 석상이 보인다.

우리는 숨이 턱에 찰 때까지 호랑이를 따라잡았다. 진은 몸을 굽혀 무릎에 손을 얹고 가쁜 숨을 몰아쉰다.

호랑이를 올려다보니 그 뒤로 바위와 나무 벽, 그리고 우리를 향해 신비로우면서도 굳은 미소를 짓고 있는 해치 석상이 보인다.

바로 이곳이다.

석상 중 하나의 입에 손을 넣자, 그 즉시 그것의 눈이 빛을 발하며 밝은 루비색을 띠면서 석상 사이의 돌벽이 덜컹거리며 열린다.

도시에서 외치는 함성이 들린다. 누군가 우리를 따라오면서 소란을 일으킨 게 분명하다.

나는 초조해진 마음에 열린 문틈으로 밖을 기웃거렸다. 반대편 숲속에서 어두운 기운이 스멀거린다. 호랑이가 머리를 치켜들고 입구로 뛰어든다. 진과 나도 그 뒤를 따랐다.

공기는 선선하고 뒤에서 들리던 도시의 소음도 멀어져 간다. 여기, 나무 아래 어둠 속에는 아무런 움직임도 없다. 오직…… 정적뿐이다.

도시를 보려고 뒤돌아서는 순간, 돌문이 움직이며 소리를 토해 낸다. 문이 닫히기 시작하자 바위가 천천히 제자리로 돌아가며 또다시 덜컹거린다.

가만히 보니 반대편에 뭔가가 있다. 닫히는 입구 틈으로 새어 들어오는 빛에 희미하게 드러나는 어떤 것.

누군가 엄청난 속도로 달려온다.

방어 자세를 취했다. 문이 닫히려는 순간, 얼굴을 두건으로 가리고 드래곤 복장을 한 신원미상의 누군가가 돌진해 돌문이 완전히 닫히기 직전 간신히 미끄러져 들어왔다. 그 병사가 나에게 부딪히자, 사방에 먼지가 일고 우리 둘 다 뒤엉켜 바닥으로 나뒹굴었다.

침입자가 일어서자 나도 황급히 물러서 싸울 태세를 취하고 손을 들어 올렸다. 머리 위로 두건이 벗겨지며 얼굴이 드러났다.

숨이 멎는다.

그 둥근 얼굴, 처진 눈에 얇고 단호한 입술.

이 소녀. 나는…… 이 소녀가 누군지 안다.

어디서든 알아볼 수 있다.

말을 하려 했지만, 목이 메고 내 눈을 믿을 수가 없었다.

"은지?"

3부
한(恨)

하지만 바로 그 순간 나는 마음속으로 조용히 주님께 도와 달라고 기도드렸다.

"오 주여, 제게 닥칠 운명 앞에서 그저 가만히 있거나 눈물만 흘리고 있을 수 없습니다. 거대한 산이 제 삶을 가로막고 있습니다. 주여! 저를 도와주소서. 오직 당신만이 저를 도울 수 있습니다."
_ 할아버지 창규 '키이스' 류

호랑이는 죽어서 가죽을 남기고, 사람은 죽어서 이름을 남긴다는 말이 있다. 나는 남길 게 아무것도 없다.
_ 할머니 현수 '킴' 류

·24·

은지

저 헝클어진 갈색 머리와 밤색 눈동자. 이럴 수가.

아니, 절대 아니다. 이번만은 결단코 속지 않을 테다.

승의 모습을 한 이것은 또 다른 구미호가 틀림없다.

변장한 요괴가 내게 너무나 익숙한 승의 얼굴을 하고 입을 벌린 채 나를 올려다보고 있다. 나는 벌떡 일어나 싸울 준비를 했다. 그러고는 구미호가 먼저 공격을 못 하도록 온 힘을 끌어모아 앞으로 뛰어들었다.

"은지, 멈춰! 대체 뭐 하는 거……?" 구미호가 숨을 헐떡이며 승의 목소리를 섬뜩할 정도로 똑같이 흉내 낸다. 정말 한때 내가 알던 사람처럼 들렸다. 그래도 이제 나를 속일 수는 없다. 요괴를 힘껏 땅바닥으로 밀쳐 냈다.

"꽤 그럴싸하긴 해." 내가 쏘아붙였다. "하지만 날 두 번 속일 순 없을걸."

"너를 속여?" 가짜 승이 기침하며 말한다. "무슨 말을 하는 거야, 은지. 여기서 뭐 하고 있는 거야?"

"그건 내가 묻고 싶은데. 아까 우리를 거의 죽일 뻔해 놓고. 재대결이라도 하겠다는 거야?”

“도대체 무슨 소리를 하는 거야?”

놈을 제압했으니 잠시 숨을 돌리고 구미호의 얼굴을 찬찬히 살폈다.

솔직히, 이놈은 얼마 전에 다리 위에서 봤던 놈보다 훨씬 더 형편없는 복제품처럼 보인다. 가짜배기 승은 내 기억 속의 그 사람과는 완전히 달랐다. 머리는 더 길고 눈 밑 그늘은 깊게 패어 보이고 어깨 근육은 단단했다. 내 흐릿한 기억 속의 좁고 깡말랐던 어깨보다 훨씬 더 떡 벌어져 있다.

“그리고 넌 그 아이를 그다지 닮지도 않았어.” 내가 중얼댔다.

“누구를?” 구미호가 기침을 해댄다.

“승 말이야.”

“내가 승이야.”

그를 내려다보며 눈을 깜빡였다.

확실히 조금 이상하긴 하다. 예전에 괴성만 지르고 거인 같던 요괴 여우에게 갑자기 말할 수 있는 능력이 있다는 게 예사롭지는 않다.

그렇다고 이게 정말 승이라면 더욱 기이한 일이 아닌가…….

말도 안 된다. 승이 대체 여기서 뭘 하는 걸까? 기도에서 멀리 떨어진 한남시에는 왜 왔으며, 또 호랑이하고 무슨 일을 벌이고 있는 걸까? 갑옷도, 무기나 보호 장비도, 용의 기도 없이 드래곤 군인들이 득실대는 산길을 무사히 통과했다고?

호랑이는 공터의 희미한 빛 속에서 신기하리만큼 승의 뒤에 바짝 붙어 있다. 나를 응시하며 끔벅이는 모습이 나를 알아보는 눈빛이다. 머리 위 하늘로 뻗은 거목의 잎사귀가 금빛으로 물들어 있다. 이곳은 전혀 다른 세상 같다.

거의 다 왔다. 드디어 그것을 찾아냈고 목표물이 내 눈앞에 있다.

바로 끝내야 한다. 이 약삭빠르고 허술하기 짝이 없는 구미호 승이 다시 식인 요괴로 변해 나를 해치기 전에. 어깨를 꽉 움켜잡고 두 번째 타격을 가하자 요괴가 비명을 쏟아 낸다.

"이봐. 저기요!"

사실, 나는 호랑이와 구미호 사이 한쪽 구석에 조용히 서 있던 소녀의 존재를 알아채지 못했다.

그녀가 비스듬히 내리쬐는 햇살 속으로 걸어 나오자, 그녀 주위의 먼지들이 반짝거리며 공중을 떠다닌다. 그녀는 놀랍도록 아름다웠다. 매끈하면서도 무표정한 얼굴에 거의 보라색에 가까운 길고 어두운 머리카락. 그런데 묘하게 낯설지 않다.

소녀가 경멸의 시선으로 나를 노려본다. *"그 사람한테서 손 떼."*

갑자기 그녀의 동공이 커지더니 홍채를 가득 채운다. 나를 통째로 빨아들이는 것 같다. 순식간에 내 의지와 상관없이 온몸이 뻣뻣해진다. 내가 일어나 뒷걸음칠치고 있다.

왜 이런……?

승, 아니면 구미호, 정체가 뭐든 간에 그 존재가 땅바닥에 쓰러져 고통으로 신음하며 얼굴에는 혼란스러움과 믿을 수 없다는 표정이 뒤섞여 있다. 그가 등을 대고 누운 풀밭은 유난히 환한 꽃들이 만발해 흐드러져 있다.

"은지……?"

"승? 정말…… 너야?"

창백한 얼굴의 소녀가 킥킥거린다. "야! 이건 뭐, 너무 예상 밖인데? 연애 소년과 연애 소녀의 재회라."

"연애 소년……." 멍하니 그녀의 말을 따라 했다. "네가 연애 소년이야?!" 주머니에서 구겨진 쪽지를 꺼내 뒷면에 휘갈겨 쓴 메모를 보였다.

승이 일어나 먼지를 털어 낸다. 그가 다가오자 나도 모르게 뒤로 물러났다. 그의 존재감, 그의 냄새가 — 마른 나뭇잎, 소나무, 그리고 뭔가 형언할 수 없는 — 너무나 익숙하다.

승이 분명하다.

승이 내 손에서 쪽지를 채 가며 믿을 수 없다는 듯 고개를 젓는다. 우리의 손이 닿을 듯 아슬아슬하게 스치자 내 손이 저릿했다.

"이거 어디서 났어?" 그가 놀라 묻는다.

"네가 흘린 것 같던데." 나는 호랑이를 힐끗 보았다. "저거 훔쳤을 때."

"훔쳤다고?" 그가 인상을 쓴다.

승 뒤로 그와 무척 가까이에서 호랑이가 울창한 금빛 나뭇잎 아래 원을 그리며 돌고 있다. 영물은 산으로 이어지는 구불구불한 돌길을 올려다보더니 수염 사이 큰 소리로 킁킁대며 공기를 들이마신다.

"그거 네가 한 일 맞지?" 나는 등을 곧추세우며 물었다. "너도 보상금에 대해 들었을 거 아니야."

승 역시 총독의 포고령을 들었을 것이다. 당연히 그렇겠지. 내가 아는 한 그 동굴에 대해 아는 사람은 승밖에 없으니, 그를 뒤쫓아야 한다는 생각을 했어야 했다. 그리고 엄청난 포상금이 그의 가족에게 어떤 의미일지 짐작했더라면 그가 나만큼 저렇게 필사적으로 덤비는 것도 예상했어야 마땅하다.

오히려 지금이 내가 기대했던 것보다 더 나은 상황일 수도 있다.

나는 연애 소년이 누구든 간에 그와 보상을 두고 겨룰 각오가 되어 있다. 하지만 그게 승이라면, 나는 그와 함께할 수 있다. 상금과 총독의 은혜도 나누면 된다. 이것이 새로운 시작이 될지도.

"그래서 여기 온 거 아니야?" 나는 흥분을 감추지 못하고 계속했다. "나와 같은 생각인 거지. 호랑이를 잡아서 이사오 총독에게 바치는 거?"

"아니야." 순간 승의 목소리에 힘이 빠진다. "너 정말로 그렇게 하려고
……?"

짐작하건대 쪽지에 적힌 그 진이라는 인물로 보이는 소녀가 유유히 다가와 승의 어깨에 고운 손을 얹는다.

"놀랍네, 놀라워." 그녀의 입꼬리가 실룩이며 위로 들려 올라가자, 이빨

이 살짝 드러난다.

앞서 말했다시피, 그녀는 예뻤다. 정말 예뻤다.

왠지 모르게 속이 메슥거린다.

"누군데, 넌?" 애써 아무렇지도 않은 척 물었다.

"그게 너에게 무슨 상관일까?" 진이 가벼이 웃는다. "난 너의 세상에서 아무것도 아닌 사람. 돈이나 재산도 없고 집안이랄 것도 없어. 너 같은 양반네처럼 내세울 만한 건 더더욱 없지. 야마모토 은지 양."

"뭐? 근데 내가 누군지 어떻게 아는 거야?"

"그게 너희 양반들이 가장 염두에 두는 거잖아, 안 그래? 신분 말이야."

긍정적인 면이라면 승이 새 동료에게 내 얘기를 한 것 같다는 거다.

반면, 부정적인 면은 나를 그리 우호적으로 설명한 것 같진 않다. 나는 마치 싸대기를 한 방 얻어맞은 기분이다.

"이제 나를 그렇게 생각하는 거야?" 승을 돌아다본다.

"은지야, 대체 여기서 뭐 하는 거야?"

그는 여전히 어리둥절한 얼굴이다. 승은 아직 눈앞에 있는 내가 정말 은지라는 걸 받아들이지 못하는 것 같다. 내가 그를 진짜 승이라고 믿기 어려운 것처럼.

그의 목소리에 담긴 날 선 감정과 혼란스러움, 불신이 내 안에서 불티가 되어 타오른다. 분노, 좌절, 그리고…… 뭔가 다른 것들도 뒤엉켜 있다. 나는 그 기분을 밀쳐 내 억지로 짓누른다.

"내가 말하지 않았나?" 퉁명스럽게 대답했다. "호랑이 잡으러 왔다고."

마침내 내 말을 이해한 승의 눈빛이 변한다.

그의 표정이 서서히 불신에서 씁쓸한 표정으로 바뀐다. 고운 먼지 입자들이 우리 주변을 계속 맴돌고 거대한 금빛 나무들에서 쏟아져 나오는 기묘한 새들의 지저귐이 공터를 가득 메운다.

"그럼 넌 이제 호랑이 슬레이어구나." 순간 그는 나를 똑바로 보지 못하고 다른 곳을 쳐다보는 것 같다.

"정확히는 아니야."

"하지만 호랑이를 잡아 이사오 총독에게 넘기려고 이곳에 온 거잖아. 드래곤 제국에. 그들을 위해 호랑이를 찾고 있는 거 아니야?"

"네 계획도 같잖아?"

"아니!" 승이 고통스러운 듯 얼굴을 일그러뜨리며 고개를 젓는다. "은지, 아니야. 내 계획은 우리를 짓밟고 식민지 삼은 제국에 우리의 마지막 호랑이를 넘겨주는 게 아니야."

지난 1년 동안, 나는 승과 재회하는 걸 천 번도 넘게 상상했었다. 당연히 우리의 만남이 이런 식이 될 거라고는 단 한 번도 생각해 본 적 없지만.

"은지, 도대체 왜?" 승의 목소리에 아픔이 배어 있다. "난 도저히 이해가 안 돼."

내가 왜 호랑이를 쫓냐고?

왜냐하면 그날 밤 고대 궁궐 지붕에서 네가 내게 했던 그 말 때문에. 네가 내 머릿속에 새겨 둔 그 생각 때문에. 가질 수만 있다면 우리의 삶을 변하게 할 그 어떤 힘 때문에. 지금은 그 힘이 이 호랑이를 잡아야지만 주어지기 때문이지.

그렇다고 그렇게 말할 수는 없다. 말 못 한다. 우리 둘 사이에 있었던 일, 아니 없었던 일도 인정하는 셈이니 그랬다간 창피함은 오로지 내 몫이겠지. 그리고 확실히 나는 그걸 마주할 준비가 전혀 안 되어 있다.

여기 서서, 나를 차버린 남자가 무심코 건넨 몇 마디 말 때문에 이런 정신 나간 일까지 벌였다는 걸 마음속으로 인정하는 게……

완전한 바보천치처럼 느껴진다.

그래서 진실의 절반만 말했다.

"저들이, 저들이 날 죽이려 해, 승."

승의 미간에 주름이 진다. "뭐?"

"이사오가 내 목숨에 현상금을 걸었어. 결혼식 날 도망쳐서 그를 망신시켰거든. 그가 너무나 격분해서 그에게 호랑이를 갖다 바치는 것만이 우리 가족을 구하는 유일한 길이야. 만약 내가 그렇게 못 하면…… 그는 우리 가족 모두를 죽일 거야. 나도 죽일 거고. 그가 이미……." 목소리가 갈라진다. 문희…….

"그래서 네가 호랑이를 잡아가면 그가 너를 용서할 거라고 생각하는 거야?"

"성공하면 누구든 제국의 영웅이 될 거야. 이사오가 선언했어. 원하는 소원은 뭐든 들어준다고."

승이 깊은 생각에 잠긴 듯 다시 조용해진다.

"너, 결혼식에서 도망쳤구나." 그가 마침내 입을 연다.

나는 고개를 끄덕였다.

"켄조와 결혼하는 거 아니었어?"

"그래, 승. 안 했어." 이를 악물었다.

침울한 표정이 승의 얼굴을 스친다. 그러더니 고개를 내젓는다.

"도무지 믿을 수 없네."

"전부 사실이야." 말에 힘을 주었다. "넌 이사오가 무슨 짓을 했는지 못 믿을 거야."

"아니," 승이 내 말을 끊는다. "난 네가 자기 목숨 구하겠다고 무고한 생명을 죽음으로 몰고 갈 사람이 아니라고 생각해. 그건 내가 아는 은지가 아니야."

말문이 막혔다.

뭐라고?

"뭐, 별로 놀랍지도 않네." 진이 지루한 듯 말을 보탠다. "사실, 양반들한테 뭘 기대하겠어? 자기 살겠다고 다른 사람 희생시키는 게 그들 특기라니까."

“그냥 호랑이일 뿐이야. 짐승이라고, 승.” 속상한 마음에 말이 속절없이 터져 나왔다. “만약 나와 그 짐승 중 선택해야 한다면, 넌 누굴 선택할 거야?”

그 말을 뱉자마자 후회가 밀려왔다. 대답을 모르는 편이 내 자존심에 더 나을 것 같았다. 이제 이 사람은 나에게 관심이 없다는 게 너무나 명백하니까.

“호랑이는 짐승이 아니야.” 승이 나를 노려본다. “은지야, 호랑이는 드래곤 제국으로부터 호랑이 민족을 해방시킬 유일한 희망이야.”

“식민지를 해방시켜?” 쓴웃음을 지었다. “승, 호랑이 식민지가 열망하는 해방의 희망은 이미 오래전에 사라졌어. 우리가 태어나기 훨씬 전에.”

나는 승의 얼굴이 더 굳어질 수 있다고 생각하지 못했지만 그건 내 오판이었다.

도대체 그는 무슨 생각인 걸까? 승을 이런 망상에 빠지게 한 게 무엇이든, 누구든 따끔한 독설을 날려 주고 싶다. 기껏 호랑이 한 마리로 막강한 드래곤 제국으로부터 독립은 어림도 없다.

나는 너무나 울화가 치밀어 아무것도 눈에 안 들어왔다. 혼란스럽고 배신당한 기분, 그리고 그리움은 아닌데…… 뭐랄까 아...., 정말 열불이 나 미칠 것 같다.

“승아, 나를 이해해 달라는 거 아니야.” 이를 바득바득 갈며 그에게 말했다. “비켜서! 그리고 당장 호랑이를 넘겨. 두 번 말하지 않을 거야.”

승이 제자리에서 꿈쩍도 안 하고 버티고 섰다.

“승, 비켜.”

“안 돼, 은지…….”

주먹을 들어올렸다. “너를 다치게 하고 싶지 않아.”

“나도 너를 아프게 하고 싶지 않아.” 승이 답한다.

“이미 넌 나를 아프게 했어.”

"도전으로 들리는데?" 승의 뒤에서 진의 목소리가 나직하게 들린다.

나는 호랑이를 힐끗 보았다. 호랑이도 약간 호기심에 찬 듯 우리를 지켜보고 있다.

그러고는 행동에 나섰다.

나는 왼쪽으로 돌아 승을 지나쳐 호랑이를 향해 달려들었다.

"안 돼!" 승이 외쳐 보지만 내 속도를 당해 낼 수는 없다. 나는 그를 획 지나쳐 뒤로 제쳤다.

그 순간 기이한 느낌이 가슴팍에 쾅 하고 부딪친다.

나는 놀라서 비틀거리며 발을 헛디뎠다.

말로는 설명할 수 없는 절대적인 공포가 내 심장을 요란하게 방망이질한다. 구름이 내 눈을 가리자 나는 땅바닥에 주저앉았고, 하늘은 어둑해졌다. 몸을 공처럼 웅크리고는 순수하면서도 원초적인 두려움에 온몸이 떨렸다.

그러나 그 느낌은 빠르게 사라졌다.

어째서 이런.

승이 돌아서서 내게 손바닥을 펼친다. 이번에는 극도의 불안감이라고밖에는 표현이 안 되는 기운이 내 몸을 관통해 무릎까지 뻗쳐 다리가 후들거리고 속이 뒤집혔다.

뭐야, 이게⋯⋯?

일전에 호랑이 동굴에서 있었던 일과 묘하게 비슷한데⋯⋯.

나는 몸을 일으키려 애썼다. "내게 지금 무슨 일이 일어나고 있는⋯⋯."

"은지, 이게," 승이 당당한 웃음을 지으며 나에게 말한다. *"호랑이 기야!"*

다리에 힘이 빠져 옆으로 휘청거리며 바닥에 떨어진 나뭇가지를 붙잡아 몸을 지탱했다.

"호랑이 뭐?" 승의 주의를 흩뜨리려 나뭇가지를 휘둘러 댔다. 그가 제때 몸을 숙여 피하는 바람에 나뭇가지는 그의 머리 위를 스쳐 풀밭으로 날아

갔다.

"네가 들은 게 맞아, 호랑이 기."

호랑이 기…….

문득 이사오 총독과 소식을 전하러 왔던 전령의 대화가 떠올랐다.

어떤 젊은이가…… 어제 지방의 한 금광에서 큰 소동을 일으켰습니다. 호랑이 기로 여겨집니다.

젊은이.

호랑이 도둑.

연애 소년.

맙소사. 그게 다 그였어. 승이었다. 나의 승.

뭐, 엄밀히 말하면 이제 나의 승은 아니지.

"제국이 찾고 있는 그 사람이 바로 너야?" 입이 떡 벌어졌다.

"맞아. 그 사람."

"왜 웃어?"

"모르겠어." 승이 히죽거린다. "왠지 좀 재미난 것 같아서."

속에서 부아가 치민다. "그래? 진짜 재미가 뭔지 보여 줄게."

내가 다시 손을 들어올리자 승이 바짝 긴장하며 벌어질 일에 대비한다.

"좋아, 잡담은 이제 그만!"

고개를 돌리자 진이 그의 옆으로 와 있다.

"*여기를 봐.*" 그녀가 명령한다. "*내가 말할 때는 나를 봐.*"

그녀의 동공이 다시 확장되면서 눈을 가득 채운다. 내 시선이 한 곳으로 고정되면서 나는 나에게 무슨 일이 일어나는지 모른 채 얼어붙었다.

"*이리 와.*" 그녀가 한 손가락으로 나를 부른다.

보이지 않는 힘이 나를 완전히 지배해 그녀 앞으로 끌어당긴다.

"으…….." 이를 악물고 창백한 얼굴을 한 소녀의 힘에 맞섰다.

내게 무슨 짓을 하려는 거야? 버텨야 한다. 나의 일을 망치게 놔둘 순 없어. 나는 거의 다 왔다. 굴복시키려는 힘에 대항하느라 다리가 후들거렸다.

나는 지금 질 수 없다. 실패해선 안 된다. 절대로.

진의 눈이 휘둥그레진다.

"정말 대단한 의지력인데?" 그녀가 진심으로 놀란 눈치다.

"넌…… 날…… 제압할…… 수…… 없어……." 턱을 꽉 다물고 얼굴을 찡그렸다.

진의 입술이 혐오로 뒤틀린다.

"네가 제국에 호랑이를 넘기면 어떻게 되는지 알아, 야마모토?"

"분명…… 또 한 번 의식을…… 치르겠지……."

"오, 거참! 친절한 표현이네. 승, 나는 더 이상 이 배신자와 말 섞고 싶지 않으니 얘가 제국에 호랑이를 넘기면 우리나라에 무슨 일이 생기는지 알아 듣게 설명해 줄래?"

나에게 돌아선 승의 얼굴엔 웃음기가 싹 가셨다. 그의 곁에 호기심 어린 눈으로 나를 바라보는 호랑이가 보였다. 분한 마음에 이가 갈린다.

"은지야," 승이 침착하게 말을 건넨다. "만약 제국이 마지막 호랑이를 없앤다면, 그건 단순히 동물 한 마리를 죽인다는 의미가 아니야. 호랑이는 영혼이자 호랑이 민족의 수호자거든. 마지막 호랑이가 죽는다면 우리나라는 무너질 거야. 괴물이 창궐하고 자연은 심각한 통제 불능 상태에 빠져. 사실 이미 시작되고 있어. 하지만 가장 끔찍한 건 호랑이 기를 영원히 잃게 된다는 거야. 호랑이 기가 없으면 우리는 영원히 자유로워질 수 없어."

앙상한 나무들, 가뭄, 먼지 폭풍이 떠올랐다. 그럼 그런 일이? 우리 땅이 황폐해진 진짜 이유가…….

아니. 아니, 아니다.

무릎에 힘이 빠진다. 의구심이 내 마음을 헤집어 놓자, 진의 주술이 나를 장악한다. 다리가 저절로 움직이더니 그녀 앞으로 이끌었다.

"좋아," 진이 땅을 향해 손가락을 튕기며 나에게 말한다. *"무릎 꿇어."*

무릎이 꺾이고 온몸이 떨리면서 풀밭에 주저앉았다. 울고 싶었지만 우는 법을 잊어버린 것 같다.

진이 몸을 숙여 극도로 경멸하는 눈빛으로 나를 내려다본다.

"너희 같은 사람들," 그녀가 으르렁댄다. "동족이 고통받는데도 너희는 저택 안에서 은쟁반에 진수성찬을 즐기잖아. 그러면서 그냥 방관하는 게 아니라 오히려 드래곤 황제에게 충성을 다하지. 너희는 저들이 우리의 자원을 빼앗고, 무고하고 가난한 백성을 착취하는 걸 도와 우리의 고통을 더 깊게 만들어."

진이 손을 뻗어 허리춤에서 작고 날카로운 단도를 꺼내 나에게 다가온다. 진정한 공포가 온몸을 휘감는다. 진이 몸을 기울여 칼날의 평평한 면으로 내 뺨을 부드럽게 쓸어내린다. 금속의 차가운 느낌이 닿자 움찔하며 몸을 떼려는 순간, 진이 내 뒤통수 머리채를 움켜잡는다.

"안 돼, 안 돼!" 손가락을 좌우로 흔드는 그녀의 눈에 광기가 서려 있다.

"진!" 뒤에서 승의 목소리가 울린다. "그만해."

"해치려는 게 아니야." 내 목에 칼을 들이대고 있는 모습과는 완전히 상반되게 진의 목소리는 노래하듯 경쾌하다. "그냥 겁만 좀 주는 거야. 얘와 얘네 가족이 우리에게 무슨 짓을 했는지 똑똑히 알려 주려고."

일어나 도망쳐야 한다. 여기서 벗어나려면 뭐든 해야 하는데 아무 소용이 없다. 마치 내 온몸이 딱딱하게 굳은 것 같다.

모든 것을 주먹과 발차기로 해결할 수는 없어, 은지.

"그래 좋아, 얘기 좀 하자." 나는 이를 악물고 간신히 말했다. "내 말 좀 들어 봐."

"그건 아니지! 내 말부터 들어." 진의 눈에서 불꽃이 번쩍 일었고, 내 머리채를 더 세게 움켜쥔다.

"너희는 모든 걸 다 가졌어." 그녀가 격분해서 말한다. "꿈꾸는 뭐든, 너희는 인생에서 원하기만 하면 다 이룰 수 있잖아. 그런데 너의 그 원대한 계획이라는 게 우리의 유일한 희망인 마지막 호랑이를 제국에 갖다 바치는 거라니……."

"나는……."

"있잖아," 진이 뒤로 물러났고, 이제는 섬뜩할 정도로 차분하다. "너한테는 아마도 쉬웠을 거야. 네가 가진 걸 조금 나누어주고, 너의 지위를 이용해 우리가 싸울 수 있게, 우리나라를 되찾을 수 있게 도와주는 거 말이야. 하지만 그 대신……."

"난 몰랐어."

"몰랐다?"

이제는 광기로 가득한 진의 얼굴을 보며 움츠러들었다. 분명 내가 말실수해서 그녀의 심기를 건드린 게 틀림없다.

"밖에 있는 사람들이 굶주리고 있는 걸 몰랐어? 네 아버지가 이사오의 앞잡이로 저항군을 잡아들인 걸 몰랐다고? 비밀경찰들이 내 친구들을 체포하고 고문하고 총살한 걸 몰랐어? 양반 놈들이 순진한 처자들을 전방에 좋은 직장이 있다는 거짓말로 꼬드겨서 뱀 여왕국으로 끌고 가 그들의 인생을 짓밟아 버린 것도 모른다고?"

공중으로 번쩍이는 칼을 휘두르는 진의 입에서 침이 튀고, 내 손목을 붙잡아 뒤집으니 팔 안쪽 속살이 드러났다.

"진! 진정해." 승이 앞으로 나선다.

"*안 돼, 승. 넌 빠져 있어.*"

그는 그만 입을 다물어 버린다. 그게 진의 주술 때문인지 아니면 더 이상 나를 신경 쓰지 않기 때문인지 알 수 없다.

내 본능이 그녀를 공격하고, 내려치고, 나 자신을 방어하라고 외치지만 소용없었다.

진의 눈빛이 흐려지고 얼굴이 창백해진다. 지금 그녀는 이곳이 아닌 저 멀리 내가 상상할 수도 없는 어떤 공포 속을 헤매고, 멍한 눈빛이 나를 보지 못하는 것 같다. 내가 숨죽인 채 그녀를 응시하던 순간, 강렬하고 즉각적인 위험이 감지됐다. 땀방울이 진의 이마를 타고 내려 바닥으로 떨어진다.

"넌 모를 거야," 그녀가 섬뜩하게 조용한 목소리로 말한다. "너희가 우리에게 무슨 짓을 했는지. 상관도 안 하겠지."

양반으로서 또 제국의 대표자로서, 이 젊은 반란군과 불순 세력이 드래곤 제국의 위엄을 훼손시키지 않도록 하는 것이 우리의 책무다. 아버지의 목소리가 귓가에 울린다.

그게 사실일까? 아버지와 그의 동료들이 이 소녀가 겪은 고통에 책임이 있는 걸까?

그리고 내 무지함으로 인해 나도 책임져야 하나?

"정말 미안해." 나는 소용도 없는 말을 중얼댔다.

진이 앞으로 나서더니 갑자기 말도 없이 단검으로 내 손목 깊숙이 뼈에 닿을 때까지 찔러 비틀었다.

비명이 터져 나왔다.

헛구역질이 나오고 통증으로 눈앞이 아득하다. 하지만 웬일인지 감긴 내 눈꺼풀 뒤로 모든 것을 집어삼키고 내 영혼까지 빨아들이려 소용돌이치는 보랏빛 동공 두 개가 보인다. 진이 내 팔에서 칼을 빼내 목으로 옮긴다. 차가웠던 칼날은 이제 따뜻한 내 피로 데워져 끈적인다.

의식이 점차 흐려진다. 내 손목은 우주를 찢어 놓은 새하얀 불구멍처럼 터져 버렸다. 평생 이렇게 극심한 통증은 처음이다. 뒤에서, 희미하게 승이 진의 명령에 저항하는 게 느껴진다. 하지만 그는 멀리 있는 것 같다.

진은 승의 호소에도 아랑곳하지 않는다. 그녀의 얼굴은 증오 이외에는 아무것도 없다. 피가 뚝뚝 떨어지는 칼을 움켜쥐고 높이 치켜들어 내 목을 향해 내리꽂으려 한다.

"죗값을 치를 시간이다." 그녀가 속삭인다.

그녀가 칼을 치켜들고 찌르려는 순간, 나는 무너져 내려 고함을 지르고 살려 달라고 애원했다.

"승아!" 나는 외쳤다. "승, 제발. 날 도와 줘."

진이 앞으로 달려든다. 나는 몸을 다시 움츠리며 또 한 번의 고통에 대비했다.

1초가 흘렀다.

그리고 또 1초.

눈을 떴다.

칼끝이 내 눈 바로 앞에 멈춰 허공에서 떨리고 있다. 칼을 쥔 진의 손마디가 하얗게 변해 그녀의 목덜미는 긴장으로 경련이 일고 얼굴은 핏기 하나 없이 창백하다.

진의 손에 들렸던 칼이 바닥으로 떨어지고, 마치 그녀는 보이지 않는 힘에 사로잡힌 듯 거친 숨을 몰아쉬더니 몸을 격렬하게 떤다.

그 즉시 내 몸도 풀렸다. 나는 풀밭으로 쓰러져 급히 숨을 들이켰다. 힘이 필요하다. 내 왼팔을 치유할 힘을 모아야 하는데, 팔이 옆으로 축 늘어졌다.

"은지야!"

나와 마찬가지로 진의 주술에서 풀려난 승이 나에게 달려왔다. 움찔하며 뒤로 물러서는 나를 보는 그의 얼굴이 일그러진다. 내가 느끼는 고통을 실제로 느끼는 것처럼.

"그녀에게 뭘 한 거야?" 겁에 질려 간신히 묻고는 승의 기로 몸을 떨고 있는 그녀를 응시했다.

승도 영문을 모르겠다는 표정으로 고개를 젓는다.

"내가 그런 게 아니야……."

내 뒤에서 무엇인가가 그의 눈길을 끈 듯, 승이 갑자기 말을 멈춘다. 나도 그의 시선을 따라 뒤돌았다.

육중한 문이 열린다. 그 틈으로 도시의 불빛이 쏟아져 들어와 나는 눈을 가렸다. 열린 문으로 누군가 성큼 걸어 들어온다. 우리를 향해 걸어오는 빛을 등지고 윤곽만 드러낸 검은 그림자. 키 큰 그림자가 진을 손가락으로 가리키며 다가오고 문은 반대 방향으로 미끄러지며 닫히기 시작한다.

눈을 가늘게 떴다. 그림자의 손에서 어떤 종류의 붉은 안개 같은 것이 뿜어져 나왔다.

놀라서 말문이 막혔다.

"그녀한테서 떨어져." 켄조가 노려보며 고함을 친다. 그가 팔을 내리는 순간 진의 몸이 경련으로 떨리면서 바닥으로 쓰러진다.

·25·

승

진이 땅바닥에서 몸부림친다. 허공에 그녀를 둘러싼 핏빛 구름이 빛을 뿜으며 피부 깊숙이 파고든다. 나는 그녀가 몸을 이리저리 비틀며 빠져나오려 발버둥치는 걸 겁에 질린 채 지켜볼 수밖에 없었다.

이건…… 분명히 호랑이 기다.

하지만 내가 한 게 아니다.

우리 뒤쪽, 벽의 틈 사이로 도시의 회색빛을 등지고 선 그림자 형체가 보인다. 그 그림자가 앞으로 걸어 나오며 모습을 드러냈다.

켄조 고바야시.

이 젊은 드래곤 후계자를 알아보는 데 잠깐 시간이 걸렸다. 그가 공터로 성큼성큼 걸어 들어오자, 그의 뒤로 문이 쿵 하고 닫힌다. 손을 뻗은 채 떨리는 손가락을 들고 이를 악다물고 있다. 밝고 붉은 구름이 그의 손가락에서 뻗어 나와 공기를 가르며 진에게로 스며든다.

틀림없다. *켄조 고바야시가 호랑이 기를 쓰고 있다.*

이 젊은 드래곤 후계자가…… 호랑이 기를 가지고 있다고?!

하지만 그게 어떻게 가능하지?

"그녀한테서 떨어지라고 했잖아!"

켄조가 다시 손을 휘두르자, 진의 몸에 새로운 경련이 일어난다. 나는 그녀 안의 공포가 점점 커지면서 다른 모든 감정을 삼켜 버리는 게 느껴진다. 그녀의 눈이 뒤집히고 이를 드러내면서 기괴하게 찡그린다.

켄조가 마지막으로 손을 한 번 더 흔든 뒤 놓아준다. 진이 축 늘어지며 의식을 잃는다. 그녀의 정신이 암흑 속으로 가라앉는 게 전해진다.

"켄…… 켄조?" 은지가 피로 얼룩진 풀밭에서 휘청거리며 일어난다. 황금색 희망의 빛이 그녀의 심장을 뚫고 나와 공기 중의 안개를 가른다. 켄조가 다가오자, 그녀가 눈을 깜빡인다.

"다쳤구나." 그가 다급하게 말한다.

"아니야, 나는 괜찮아……."

켄조가 은지 옆으로 와 주저앉자, 내 몸이 굳는다. 자리를 뜨고 싶지 않지만, 왠지 모르게 내가 둘만의 시간을 방해한다는 느낌을 떨칠 수 없다. 켄조의 창백한 얼굴이 은지에게로 향했고, 그녀의 손목에 피가 돌고 뺨에는 핏자국이 묻었다. 은지가 눈을 감고 치유를 시작한다. 피부가 봉합되면서 상처가 안쪽에서부터 점차 아물어 간다. 그 모습에서 눈을 뗄 수가 없다. 은지가 용의 기를 쓰는 게 너무나 낯설다.

나를 보며 돌아서는 켄조의 창백한 얼굴엔 온통 분노로 가득하다.

"내 말 안 들려, 아니면 멍청한 거야? 그녀한테서…… 떨어지라고…….”

켄조가 벌떡 일어서자 나도 따라 일어섰다.

이 드래곤 왕자는 은지의 고통을 보는 나도 그만큼 아파하고 있다는 걸 모른다. 내 친구가 그녀를 해치는 걸 내가 막을 수 없었다는 것은 알면서도 말이다.

"이봐." 이를 꽉 깨물고 물러서지 않았다.

갑자기 켄조가 팔을 들더니 공중으로 내게 탁한 붉은빛의 분노를 겨누어 쏜다. 간신히, 내 힘으로 그걸 막아 냈다. 햇살 같은 희망의 빛이 내 손에서 뿜어져 나와 분노의 구름을 거둔다. 내 주위 색채의 기류가 양쪽으로 갈라지면서 힘없이 흩어진다.

"도대체 너?" 은지가 외친다. "어떻게 그걸 하는 거야?"

켄조가 인상을 쓰더니 내게 더 강력한 분노의 장풍을 날린다. 이번에도 나는 거뜬히 막아 냈다.

그가 놀라 눈썹을 치켜뜬다. "너 호랑이 기를 가진 거야?"

"너야말로 호랑이 기를 가졌는데?" 내가 응수했다.

은지가 우리를 번갈아 쳐다본다.

"아니야. 켄조에게는 기 능력이 없어." 그녀가 조용히 중얼댄다.

"사실, 나한테 기 능력이 없다고 말한 적은 없어……." 켄조가 대꾸한다. "그냥 용의 기가 없다고 했지."

이건 처음 듣는 소리다.

한편, 은지에게서 무지개처럼 온갖 감정들이 스친다. 혼란스러움, 안도감, 배신감, 걱정. 그녀의 관자놀이를 두드리는 두통이 느껴진다.

"암튼. 넌 죽었어, 애송이야." 켄조가 손을 들어 다시 공격하려 한다.

"켄조, 저 애를 해치지 마!" 은지가 앞으로 달려가 그의 팔을 붙잡는다. "승은…… 내 친구야."

계속해서 경고의 의미로 손을 들고 있던 켄조는 믿을 수 없다는 표정이다.

"친구?" 그가 헛웃음을 터뜨린다. "그거 재밌네. 다리 위에서 본 장면은 그 이상이었던 것 같은데, 뭐 옛 연인인 건가?"

그가 애써 자신만만하고 무심한 태도를 내보이고 있지만, 나는 켄조의 위장 깊숙한 곳에서 초록색 끈적한 질투의 액체가 소용돌이치며 그의 턱을 타고 스며 나오는 게 보인다.

"너 이 녀석이랑 정확히 무슨 관계야, 은지?"

은지의 얼굴이 붉어진다.

"승은……," 그녀가 속삭이자, 내 목덜미에 소름이 돋는다. 아직 그녀의 손목 피부 표면에 맺힌 핏방울을 보니 속이 메스껍다. "우리 집 청소부였어. 승이 시험을 볼 수 있도록 내가 시험 과외를 했고, 과외 후엔 승이 내가 집 밖으로 몰래 빠져나가는 걸 도와줘서 우리 둘은 마을 곳곳을 돌아다녔어. 그게……우리의 약속이었거든."

은지가 마지막 말을 뱉으며 나를 똑바로 쳐다본다. 그녀의 상처 입은 얼굴에 우리가 함께 겪었던 모든 것이 담겨 있다.

실제로 호랑이 기를 가진 켄조는 그녀의 말뜻을 단번에 이해했다. 충격과 감출 수 없는 혐오가 그의 얼굴에 고스란히 드러난다.

"너랑…… 저 청소부 놈하고?!"

청소부 놈. 상처에 소금을 뿌린 듯 쓰리다.

그에게 나는 청소부 놈이다. 켄조 고바야시의 세계에서 청소부란 주변 배경 소음 정도밖에 안 되는 존재니까.

켄조가 처음으로 나를 찬찬히 살펴본다. 내 얼굴에 묻은 흙, 낡은 옷을 보면서 역겨움도 숨기지 않는다. 그의 화려한 드래곤 복장과 내 행색이 극명한 대조를 이룬다.

"은지, 내가 보기엔, 더 이상 이놈이 너희 집 하인도 아닌 것 같은데."

호랑이가 다시 모습을 드러내자, 켄조가 갑자기 말을 멈춘다. 영물은 조용하고 차분하게 발걸음을 옮기며 귀를 쫑긋 세우고 켄조를 응시하면서 고개를 갸웃거리며 관심을 내비친다. 호랑이는 조금도 두려워하거나 불안해하지 않는다. 호랑이가 어둠 속에서 모습을 드러내고 나와 켄조를 바라보자, 그가 얼어붙는다.

그의 주위로 음산하고 불길한 회색빛 안개가 피어오르더니 그의 얼굴이 창백해지면서 손이 떨리기 시작한다.

"아…… 안 돼." 그가 뒤로 물러서며 떨리는 목소리로 말한다. "가만 있어

……. 가까이 오지 마…….”

젊은 드래곤 후계자가 몸을 덜덜 떤다. 그의 앞으로 호랑이가 다가가자 고요함 속에 호랑이의 거친 숨소리만 희미하게 들릴 뿐이다.

뒤에서 진의 움직임이 느껴진다. 그녀가 일어나 몸의 먼지를 털어 낸다.

“내 차례야.” 그녀가 잠긴 목소리로 말한다.

켄조가 깜짝 놀라 그녀를 쳐다본다.

“그렇지.” 그녀가 감미롭게 말한다. “내가 말할 때는 나를 봐, 알겠어?”

진의 주술에 걸린 켄조의 동공이 확장되면서 눈을 가득 채운다. 그의 옆에 있던 은지도 입을 벌린 채 순순히 진을 응시한다.

“갑자기 기습 공격했단 말이지.” 진이 침을 뱉고는 입을 닦는다. “좋아. 하지만 다시는 안 당할 거야. 무릎 꿇어.”

둘 다 복종한다. 진이 떨어뜨렸던 칼을 집어 들고 그들에게 다가간다. 칼에 맺혔던 은지의 핏방울이 풀밭 위로 떨어진다.

안 돼. 두 번 다시는.

“진!” 앞으로 나섰다.

“날 막지 마, 승!”

하지만 이번에는 내가 고개를 제때 돌려 손으로 눈을 가렸다.

“진, 너는 지금 제정신이 아니야. 내 말 들어.”

“쟤들은 이사오 총독의 수하야, 승. 우리가 쟤들을 살려 두면, 쟤들은 …….”

“그렇다고 그냥 죽일 순 없어”

“안 그러면, 승, 어떻게 할 건데? 여자애는 호랑이를 봤고 남자애는 호랑이 기를 가졌어. 드래곤 제국을 여기로 끌어들일 수 있다고. 이제 쟤들이 알고 있으니 우리가 위험해.”

말하는 진의 음성이 떨린다. 그녀가 이렇게까지 불안해하는 걸 본 적이 없다.

"승, 넌 사람에게 배신당해 본 적 없잖아." 그녀의 말소리가 어두워진다. "너는 우리가 뭘 상대하고 있는지 몰라. 전혀 모른다고. 나는 너와 나, 그리고 우리 모두를 지키려는 거야. 그게 호랑이 신령이 나에게 명한 일이라고."

갑자기 모든 게 이해됐다. 진은 은지와 켄조를 죽이는 데 진심이다. 단지 그녀 자신만을 보호하려는 게 아니다. 진정으로 그들을 적이라고 여기고 있다.

너무나 큰 고통에 사로잡힌 진은 적이라고 생각되는 사람이 더 이상 자신 같은 인간이라는 사실을 깨닫지 못하고 있다.

어쩌면 은지가 내 친구라서 다른 시각으로 보는 것일 수도 있다. 나에게 은지는 이 세상 그 누구보다 소중하니까.

나는 그녀가 양반이라는 것도, 또 드래곤 군대의 켄조 고바야시와 한패라는 사실도 안다. 그녀의 가족이 제국 편에 서서 진과 내가 이루려는 모든 것을 방해하려는 것 역시 알고 있다.

그리고 그녀의 저택을 볼 때마다 느꼈던 기분이 어땠는지, 세상에는 저런 삶을 사는 사람도 있는데 왜 나는 이렇게밖에 살지 못하고, 또 죽을 때까지 저렇게 살 수 없는지 허탈하기도 했었다.

그렇지만 그녀로 산다는 게 어떤 건지 조금은 알 것 같기도 하다.

은지도 결국 한 인간이다.

아마도 진은 그 사실을 직시하지 못할 만큼 엄청난 고통에 휩싸여 있으리라. 훗날 서로 아픔을 치유할 시간이 있을지 모른다. 하지만 지금은 그걸 생각할 여유가 없다.

은지를 구하려면 서둘러 방법을 찾아야 한다.

슬쩍 바라본 은지는 진의 주술에 갇혀 꼼짝도 못 하고 있다. 공포에 질려 작은 불꽃들이 그녀의 심장에서 미친 듯이 튀어 오르고, 켄조가 위험에 빠졌다는 걱정과 그를 향한 고통스러우면서도 애틋한 이끌림의 감정들이 흐릿하게 얼룩져 있다.

너무나 많은 감정이 느껴져 견디기 힘들다. 켄조의 심장도 두려움으로 뒤덮였고, 진은 고통과 집념이 뒤섞여 시커멓게 타들어 가고 있다. 이들 사이에서 당장 내 눈앞에 벌어지는 일을 처리하는 것조차 벅차다.

"진, 저들을 죽일 필요는 없어. 쟤네를 이용할 수 있을 거야." 생각한 걸 큰 소리로 외쳤다. "둘 다 기 능력이 있으니까, 우리가…… 이용하면 될 거야."

"뭘 어떻게?" 진이 기침하며 소매로 코를 닦는다. "우리는 신령한 동굴에 도착했어. 쟤네 도움 따위는 필요 없다고."

"그래," 내가 달랜다. "하지만 나중에 우리가 도시로 되돌아갈 때 우리를 기다리는 슬레이어 부대와 맞서야 한다면? 힘 있는 사람을 우리의 통제하에 두면 도움이 될 거야. 그러면 우리에게 승산이 더 있어. 우리가 반격할 때 쟤네가 도움이 될 거야. 켄조조차도, 우리가 제대로 이용하기만 한다면 말이야."

은지의 관자놀이에 핏줄이 튀어나오고 분노로 그녀의 얼굴이 새빨개진다. 나는 그녀를 피해 다른 쪽으로 눈을 돌렸다. 내가 그들을 미끼로 사용한다는 말이 무자비하게 들릴 걸 알지만, 이게 지금 당장 은지를 살리는 유일한 방법이라면 그녀의 미움을 사도 어쩔 수 없다.

"진!" 애원했다. "우리는 거의 다 왔어. 임무를 완수해 식민지를 해방시키자. 그러니까 꼭 그럴 필요가 없다면 누구든 죽이지 말자. 나중에 바로잡을 시간이 충분히 있을 거야."

진이 잠시 멈춰 거칠게 숨을 몰아쉰다. 그녀에게 설득이 통한 것 같다. 진이 나를 쳐다보더니 이내 두 포로를 뒤돌아본다.

그녀 안에서 뭔가가 빠져나가면서 그녀의 광기 어린 눈빛이 옅어진다. 칼이 그녀의 손에서 떨어진다.

"좋아." 그녀가 다시 기침한다.

"그래, 쟤네를 이용할 수 있을 거 같아. *너!*"

그녀가 은지를 가리킨다.

"*저 남자애 손을 묶어.*"

진이 숲에서 상인들한테 훔친 배낭을 열어 포장용 끈 뭉치를 꺼낸다. 은지가 일어나 진이 시킨 대로 켄조의 손목을 묶는다.

"*더 세게.*"

진이 은지를 흘끗 본다.

"*네가 너무 강해서 밧줄로는 안 될 거 같다. 음, 너희 둘은 우리 바로 앞에 걸어. 싸우지 마. 도망치려고 하지도 마.*"

그들이 그녀를 쏘아본다.

"*그리고 너!*" 진이 켄조를 가리킨다. "*우리가 걷는 동안, 네가 정확히 어떻게 호랑이 기를 얻었는지 설명해 봐.*"

"내가 열다섯 살 때 호랑이 동굴을 발견했어."

우리가 산을 오르는 동안 켄조가 덤덤하게 말한다.

지평선을 넘어가는 해는 진한 주황빛 붉은색으로 변했고, 황금색 나뭇잎 사이로 보이는 풍경이 눈부시게 아름답다. 은지와 켄조는 손을 등 뒤로 모은 채 우리 앞에서 걷고, 진이 그 둘의 마음속에 심어 놓은 보이지 않는 족쇄가 있다.

진이 그 둘을 경계하며 지켜보는 가운데, 나와 진은 그 둘을 앞세우고 뒤따른다. 무심하게 우리 맨 뒤에서 따라오는 호랑이가 무슨 생각을 하는지 궁금했다. 인간이 무거운 발걸음으로 사방에 자갈을 튀기며 걷는 것과는 다르게 호랑이는 자갈길 위를 사뿐히 걷는다.

"나는 기도에서 그리 멀지 않은 옆 도시에 있었어." 텅 빈 목소리로 켄조가 계속한다. "드디어 아버지를 설득해서 출장에 따라가게 됐지. 정말 행복했어. 차라리 그때 따라가지 않았더라면 좋았을 텐데. 나는 늘 외교관이 되고 싶었어. 하지만 아버지는 내가 군대에 가길 바라셨지. 어느 날 저녁 아버지와 심하게 다투었을 때 아버지가 나를 때렸어. 벨트로 그다음엔 주먹으로. 아버지가 방을 나간 후 나는 집을 뛰쳐나갔어. 숲속에는 비가 세차게 내리고 있었는데 옷이 비에 흠뻑 젖어 추위로 기절할 것 같더라고. 내가 의식을 잃어 가기 시작할 때쯤…… 달빛 한 줄기가 하늘에서 쏟아져 내려 내 몸을 비췄지. 그때 그걸 본 거야."

켄조의 목소리가 갈라진다. 그가 뒤를 돌아 호랑이를 흘낏 본다.

"호랑이 한 마리가 나무 사이에서 걸어 나와 코를 내 가슴에 갖다 댔어. 그때는 무슨 일이 일어났는지 전혀 몰랐지. 나중이…… 돼서야 내 인생이 영원히 바뀌었다는 걸 알게 됐어. 집으로 돌아간 후, 나는 그 일을 지워 버리려 애썼어." 켄조가 입술을 적신다.

"하지만 그날 밤 호랑이가 나에게 저지른 끔찍한 일은 되돌릴 수 없었어. 그건 날 떠나지도, 놔주지도 않더라고. 공기 중에 이상한 색깔이 보이기 시작했고 시간이 지나면서 사람들에게 영향을 주고, 그들의 감정을 조종할 수 있다는 걸 깨달았어. 어쨌든 나는 이상한 종류의 힘을 얻게 된 거야. 기라는……. 답을 찾으려고 집안 서재를 샅샅이 뒤졌어. 그래서 찾았지. 호랑이 기에 대해 잘 알려지지 않은 기록들 말이야. 처음에는 믿기지 않더라. 나는 우리 가족 사업을 물려받고, 가문의 자랑이자 대를 이을 후손이니까 당연히 용의 기를 받아 제국을 섬길 거라고 생각했지. 그게 내 운명이라 여기고 살았어. 근데 갑자기 모든 걸 잃은 거야. 되돌릴 수 있는 방법을 찾아야 했어. 뭐든 할 각오가 돼 있었거든. 그 길로 마을로 몰래 되돌아가 호랑이를 찾았어. 숲에서 다시 호랑이를 발견했을 때, 호랑이가 나를 호랑이 동굴로 데려갔고 신령의 모습으로 나타났지. 그러고는 호랑이 신령이 나에게 자신을 단군 산으로 데려가 호랑이 식민지 세계의 균형을 회복하는 걸 도와 달라고 말했어."

"그래서?" 진이 그를 쏘아본다.

"호랑이 신령을 돕겠다고 했지."

"그래서…… 도와줬어?" 내가 물었다.

"아니. 사실 나는 무서웠어. 그리고 호랑이 신령이 싫었어. 나는 호랑이를 이끌고 숲을 나와 곧장 기도로 데려갔어. 그런 다음 새벽이 오기 전 경찰서에 묶어 두고 와 버렸어. 그후에 곧바로 도살 의식이 열렸을 거야."

그 말에 나는 걸음을 멈췄다.

켄조 고바야시를 개인적으로 미워한 적도, 은지가 그와 약혼했다는 걸 기뻐한 적도 없었다.

하지만 지금, 그의 이야기를 들으니, 혐오감이 북받쳐 오른다.

걸음을 멈추고 뒤돌아 나를 보는 은지의 얼굴에도 충격이 서려 있다.

우리 둘은 동시에 깨달았다. 그녀와 내가 처음 마주쳤던 그 도살 의식, 우리 둘의 거래를 만들고, 우리의 삶을 엮어 버린 그 의식.

호랑이를 제국에 넘긴 게 바로 켄조였다.

그리고 지금, 또 다른 호랑이로 인해 우리 모두 이 자리에 섰다.

"호랑이가 사라지면 자유로워질 수 있기를 기도했어." 켄조가 말한다. "마지막 호랑이가 죽으면 기 능력도 사라질 거라는 걸 알고 있었거든. 호랑이 신령이 그렇게 말했어. 그날 밤 나는 밤새 이상한 능력이 사라지길 빌었지. 하지만 그건 사라지지 않더라. 나에게 계속 남아 있었어. 그때 나는 절대 자유로워질 수 없다는 생각에 두려웠어. 그러자 나 자신이 싫어지면서 내 혈관을 타고 흐르는 이 더럽고 끔찍한 호랑이 기가 미치도록 증오스러웠어. 나는 순수한 드래곤 혈통이야. 드래곤 후계자라고. 우리 가문은 완벽해. 그런데 왜 내가? 왜 나에게 이런 일이 일어난 거야? 어떻게 켄조 고바야시가 이리도 더럽혀질 수 있느냐 말이야? 그럴 수 없어. 그럴 수 없다고!"

말이 이어졌다. "그후 악몽을 꾸기 시작했어. 계속되는 악몽. 호랑이 신이 복수심 가득한 눈으로…… 꿈에 나타났고, 때로는 잘린 머리로, 머리 없는 시체로 나타나……."

몸서리치는 켄조의 눈빛이 멍하게 흐려진다.

"도살 의식이 있던 날이 내가 평온하게 잠든 마지막 밤이었어."

"그래서 나랑 같이 온 거야?" 은지가 갑자기 끼어든다. "이 일의 처음부터 넌 마지막 호랑이를 잡고 싶었던 거군. 그래야 그 기에서 벗어날 수 있으니까."

"뭐, 내가 널 보호하고 싶었다는 걸 못 믿는 거야?" 켄조가 은지에게 쓴 웃음을 짓는다.

"날 보호해? 말 같지도 않은 소리." 은지가 쏘아붙이고는 눈살을 찌푸리며 혼란스러워한다. "잠깐. 그럼 넌 아다치에서 어떻게 살아남았어? 싸울 수도 없는데……."

"싸울 수 있었어." 켄조가 자기 자신을 설득하려는 듯 재빨리 답한다. "단지…… 너네가 하는 방식이 아니어서 그렇지……. 나는 용 의식이 나한테 효과가 없다는 걸 바로 알았어. 그래서 어떻게 해야 할지 곰곰이 생각해 봤지. 만약 이 사실을 들키면, 단지 웃음거리나 망신만 당하는 게 아니라 처형될 수도 있었으니까. 나를 지킬 방법을 오랫동안 고민했지. 분명 탈출구가 있을 거라고 믿었어. 아버지의 필체를 위조해서 사관학교에 나를 개인지도 하라는 명령서를 보냈지. 그러고는 나의 기 능력을 이용해 훈련 대장이 나에게 경외심과 존경심을 가지게 한 다음, 역사상 내가 아다치 학생 중 최고의 학생이라 나에게 더 이상 가르칠 게 없다고 믿게 만들었어. 나는 다른 학생들도 같은 방식으로 제압하려고 했어. 때로는 효과가 있었지만, 여전히 내 능력을 다루는 법을 배우고 있었어. 한번은 반 친구가 주먹을 날려 갈비뼈가 몇 개 부러졌을 때 아프다는 핑계를 대고 2주 동안 방에 숨어 있었어. 치욕스러웠지. 그때 깨달았어. 급우 중 누구 하나가 나를 실수로 죽이기 전에, 아니 설상가상으로 내 정체가 세상에 탄로 나기 전에 아다치를 빠져나가야 한다는 걸.”

켄조의 얼굴이 굳는다.

“다음 번 집에 갔을 때,” 그가 계속한다. “완전히 벗어날 방법을 찾아야 겠다고 생각했어. 그래서 아버지 동료 중 한 명을 조종해서 출세가 보장된 직위를 얻어 내는 데 성공했지. 주먹이 아니라 머리를 쓰는 비전투 전략 직책으로. 그들이 즉시 나를 학교에서 빼냈고, 나는 다시는 돌아가지 않았어. 그때부터 내 인생은 확정된 거나 마찬가지였지. 나의 결혼식 날까지는.”

은지의 뺨에 온기가 돌더니 그녀 안에서 당혹감이 일어나는 게 느껴졌다.

“결혼식 날 신전에서 우리의 눈이 마주쳤던 순간, 나는 내 안에 있는 것과 똑같은 두려움이 네 안에서도 메아리치는 걸 느꼈어. 미안해. 우리의 감정들이 맞부딪히면서 서로에게 튕겨 나간 것 같아. 아마도 그것들이 네 안에서 뒤섞여 더 커졌을지도 모르지. 그리고……”

“그리고 나는 도망쳤지.” 은지가 중얼댄다.

켄조가 고개를 끄덕였다. “그래서 지금 여기에 우리가 있는 거고.”

진이 천천히 손뼉을 친다.

“완전 감동인데?” 진이 비꼬듯 말한다. “너희 둘 다 최악인데, 정말 천생연분이라니까.”

켄조가 입을 다문다.

나는 이 모든 얘기를 잠자코 들었다. 켄조 고바야시에 관해서는 아는 게 없다. 단지 그의 집안이 부자고 대단한 인맥에 은지와 약혼한 사이이자, 당시 은지가 정말 그 결혼을 원치 않았던 것 정도가 전부다.

하지만 그가 이렇게까지 비겁한 사람인 줄은 몰랐다.

그가 의도적으로 호랑이 신령을 죽음으로 내몰았다는 걸 알고는…….

내 마음 한편에서는 은지에게 따로 그가 나쁜 사람이라고 말해 주고 싶다. 그가 그녀에게 좋은 영향력을 끼칠 리 없다. 그리고 솔직히, 나는 그가 그냥 싫다. 그는 특권의식에 절어 있고, 대단히 오만하며 자기혐오로 가득 차 있다.

하지만 그를 바라보는 은지 안의 복잡한 감정도 느낄 수 있다.

속이 울렁거린다.

우리는 말없이 계속 산을 올랐다. 시간이 흐르면서 햇빛도 점차 약해졌다. 해가 지자 보랏빛 황혼이 우리 주위를 빠르게 감싼다.

그리고 밤이 깊어지면서 우리가 길을 오르는 동안 이상한 하얀 안개가 우리 주변으로 깔리기 시작했다. 처음에는 옅다가 조금씩 두터워지더니 너무 짙어져 한 치 앞도 안 보인다. 짙은 안개로 아무것도 안 보이자 우리는 구불구불한 오르막을 걷는 속도를 늦춰야 했다.

내가 멈춰 서자 호랑이가 갑자기 으르렁댄다.

"조심해!"

은지가 산길 가장자리로 발을 내딛으려는 순간, 그녀를 확 잡아당겨 내 가슴에 끌어안았다. 숨을 몰아쉬며 발아래를 내려다보니, 그녀가 내딛으려던 곳은 칠흑 같은 어둠 속의 절벽이다.

방금 그녀는 추락해 죽을 뻔했다.

내가 조심스럽게 숨을 토해 내자, 그녀의 목덜미 뒤로 나의 따뜻한 숨결이 느껴질 만큼 너무나 가까웠다. 은지가 얼굴을 붉히며 다시 한 번 깊이 숨을 들이마시고는 몸을 돌려 나를 바라본다.

눈에 보이지 않는 노란 불꽃이 갑자기 번쩍이며 우리 사이가 얼마나 가까운지, 아니 거의 붙어 있는지를 비춘다. 그것이 우리 둘 중 누구에게서 나온 건지 모르겠다. 은지가 나를 살짝 밀치며 차가운 눈길을 보내자 나도 그녀의 팔에서 손을 뗐다. 그러자 불꽃도 꺼진다.

"잠시 멈춰야 할 것 같아." 내가 조용히 말했다. "아무것도 안 보여. 이 안개가 걷히면 산을 오르기 더 수월할 거야."

진이 호랑이를 힐끗 본다. 마치 동의한다는 듯 호랑이가 뒷다리를 굽히고 고개를 아래로 숙인다.

"어쨌든 다른 사람은 문을 통해 들어올 수 없어. 여기는 안전해." 내가
덧붙였다.

검은 절벽을 내려다보는 은지의 몸이 떨린다.

우리 넷은 산비탈 가장자리의 움푹 들어간 곳에 자리를 잡았다. 앞에
는 조그마한 풀밭이 있어 다행히 우리 모두 편안히 누울 만큼 공간도 넉
넉하다.

나는 은지와 켄조를 돌아봤다. 호랑이 기를 가진 드래곤 후계자는 무표
정한 얼굴로 호랑이를 응시하고 있지만 그 속내를 읽을 수는 없다. 음산한
안개 속에 그의 얼굴이 상앗빛으로 하얗게 빛난다. 호랑이는 산길 가장자
리에 몸을 웅크리고 몸을 절벽 바위 가까이 바짝 붙이고 있다. 섬뜩한 안
개가 계속 우리 주변을 불길하게 소용돌이친다.

·26·

은지

이제 모든 게 명확해졌다. 기도에서 켄조가 그렇게 쉽게 경찰관을 구슬린 것, 숲속에서 내 공포 발작을 진정시킨 것, 그리고 내가 말하기도 전에 호랑이 동굴에 대해 알고 있었던 것.

그리고 그 입맞춤마저도.

"네가 나에게 그 능력을 쓴 거야?" 급하게 켄조에게 속삭였다. "그래서 내가…… 그런 감정을…… 느낀 거야?"

"뭘 느꼈는데?" 켄조가 관심을 보인다.

켄조와 나란히 누워 있는 우리 주변으로 으스스한 하얀 안개가 쉼 없이 소용돌이치고, 산 절벽 모퉁이에 자리한 이 작은 공간 너머는 암흑이 뒤덮고 있다. 등을 댄 바위가 불편해 좀 더 편한 자세를 찾으려 몸을 뒤척였다.

"근데," 짜증스러운 마음에 그에게 쏘아붙였다. "동굴에서, 그리고 한남시에서, 네가……." 도저히 말을 끝맺기 힘들다.

"오!" 켄조가 입을 길게 벌리며 활짝 웃었고, 눈가에는 장난기 어린 웃음이 가득하다. 그가 큰 소리로 말한다. "네가 나한테 끌린 거, 은지-지?"

승을 흘끗 봤다. 그의 머리는 반대 방향을 향해 있고 고른 숨을 쉬고 있다. 승이 제발 잠들어 있기를.

"아니야." 단호하게 일렀다.

"정말?" 켄조가 능글맞게 답한다. "다시 말하지만, 나는 네가 느끼는 모든 걸 느낄 수 있어……."

뺨이 화끈거렸다.

"솔직히," 켄조가 계속한다. "내가 그런 것까지 나의 기 능력을 써야 한다는 너의 발상이 기분 나쁜데?" 그의 껄껄대는 웃음이 내 목덜미를 타고 내리는 열기에 열기를 더 보탠다.

"너희 둘에게 조용히 하라고 하고 싶지만, 솔직히 재밌긴 하네." 진이 중얼거린다. 그녀는 등을 대고 누워 양팔을 벌리고 손바닥 위에 머리를 올려놓고 있다.

진이 말할 때마다 겁이 나 손목이 저절로 욱신거린다. 하지만 지금 반란군 소녀는 진정된 것 같다. 켄조와 나를 완전히 자기 통제하에 두었으니, 이제 진은 냉철하면서도 거침이 없고 이전에 격렬하게 분노했던 모습을 찾아볼 수 없을 정도로 차분해졌다.

"고마워." 켄조가 진에게 말을 건넨다. "혹시 재미있었다면 상으로 우리를 풀어 주면 안 될까, 아니면 나만이라도?"

"생각해 볼게." 진이 대답하며 그를 향해 조약돌을 튕긴다. 그는 자신에게 조약돌이 굴러오자 몸을 움찔하며 입으로 불어서 날려 보내려 한다.

어서, 은지, 나는 속으로 외쳤다. 일어나. 뛰어. 싸워. 발로 차. 뭐라도 하라고. 하지만 진의 주술이 내 몸을 쇠사슬로 묶어 꽉 붙들고 있다.

"마음껏 몸부림쳐 봐." 진이 입을 연다. "그렇지만 벗어나지는 못할 거야. 넌 의지를 완전히 상실했으니까."

"무슨 소리야?" 나는 반박했다. "난 시도도 안 했어……."

"모르겠어?" 그녀가 비웃으며 어깨를 으쓱해 보인다. "넌 그냥 도구야.

총독에게 고용된 무기라고. 너는 너 자신이 뭘 하고 있는지도 몰라.”

“날 잘 알지도 못하면서!” 퉁명스레 대꾸하고 고개를 돌렸다. 그녀에게 내 뺨이 빨개지는 걸 들키고 싶지 않다.

분명 깨어 있었던 승이 내 쪽으로 몸을 돌리더니 잠시 우리의 눈이 마주치자 곧바로 반대편으로 몸을 돌려 버린다.

오늘만 해도 벌써 두 번이나 그가 내 목숨을 구해 주었다.

하지만 그게 승이 진심으로 나를 걱정해서일까?

아니면 그저 내가 쓸모가 있어서일까, 또다시?

우리 사이가 너무나 멀게 느껴진다. 바로 곁에서 손만 뻗으면 닿을 만큼 가까이 있는데도, 내 눈앞에 있는 승이 어떤 사람으로 변했는지 알 수 없다. 여전히 그는 나를 시장으로 데려갔던 그 소년일까?

잠시라도 승과 나의 능력을 바꿀 수 있기를 바란다. 그래야만 한때 내 마음을 아프게 했던 그 아이의 마음속도 들여다볼 수 있을 테니까.

깜짝 놀라 잠에서 깼다.

진의 주술에서 풀려났다. 확실하다.

반란군 지도자를 슬쩍 쳐다보니 내 왼편으로 진이 머리를 아래로 떨구고 있다. 절벽 바위벽에 기대어 책상다리하고 앉은 그녀에게서 희미하게 코 고는 소리가 새어 나온다. 깊은 잠에 빠진 그녀의 가슴이 깊고 천천히 오르내린다. 반대편에 있는 승이 잠결에 가벼이 몸을 떤다.

아까 진과 승은 교대로 취침하기로 정하고 한 사람이 쉬는 시간에 다른 사람이 우리를 제압하기로 했다. 아마도 둘 중 한 명이 자기 차례에 잠들어 버린 모양이다.

안개는 여전히 자욱하다. 머리 위로 짙은 우윳빛 구름에 가려져 저 멀리 떠 있는 달이 은은한 광채를 뽐내고 있다. 여기서 달은 보이지 않고 높은 곳 어디에선가 번지는 달무리만 흐릿하게 눈에 들어온다. 온화한 하얀 빛이 내 옆에서 깊이 잠들어 있는 세 친구와 호랑이를 비추고 있다.

기회가 왔다. 이번 기회를 놓치면 나에게 다른 기회란 없다.

조용히 일어나 켄조를 깨우려고 손을 뻗었다가 순간 멈칫했다. 내 손이 그의 팔 위에 떠 있다.

켄조가 왜 여기 있는 거지?

널 지키기 위해, 그가 예전에 말했었다.

되짚어 보면, 켄조가 누군가를 지켜 주는 사람이었나? 그에 대해 모르는 게 너무 많다. 그의 진짜 목적이 뭘까?

정말로 나를 걱정하는 걸까?

그가 나를 이용하지 않는다고 어찌 장담할 수 있을까? 여태껏 내 인생의 모든 사람이 그렇게 했는데. 호랑이를 잡는 순간 그가 자신의 목적을 위해 나를 버리지 않는다고 어떻게 믿을 수 있냐고.

넌 내가 나만의 이익을 위해 행동한다고 범죄인 양 비난하지만, 하지만 은지-지, 그게 지금 우리가 하는 거야……. 그게 세상의 이치야. 모두가 살아남기 위해 해야 할 일을 하는 거지.

이럴 수가. 그가 직접 경고했었다. 내가 그때 알아챘어야 했는데. 켄조를 내려다보는 순간 드는 깨달음이 나를 정면으로 들이박는다.

나는 여기서 혼자다. 그리고 늘 그래 왔다.

켄조에게서 물러서며 탈출 계획을 세웠다. 진은 내가 진짜로 경계해야 할 대상이다. 다행히 그녀가 지금 자고 있으니 만약 내가 먼저 그녀를 무너뜨린다면 아마도 승 정도는 나 혼자서도 감당할 수 있을 것이다. 나중에 승과 켄조를 서로 맞붙게 만들면 호랑이는 내 것이다.

주변을 둘러보며 무기가 될 만한 돌이나 단 한 번의 공격으로 끝낼 수 있는 뭔가를 찾았다. 두 번째 기회란 없을 것이다. 눈에 진이 허리에 찬 칼이 들어왔다.

안 돼. 다른 생명을 앗아가는 건 거부하겠다.

훨씬 덜 치명적인 다른 뭔가가 필요했다. 예를 들어…….

작은 돌멩이 몇 개가 안개 가장자리 부근에 놓여 있다. 완벽하다.

일어서서 발끝으로 살금살금 절벽 끝 가까이 다가갔다. 그곳에 투박하지만 매끄러워 손에 꼭 맞는 완벽한 돌들이 나를 기다리고 있었다. 나는 천천히 몸을 낮추고 조심스럽게 돌을 집어 들고는 조용히 공터 중심으로 발을 옮겨 진에게 다가서며 돌을 높이 쳐들었다. 그 순간 손 하나가 내 손목을 부드럽게 감싸자 거의 비명을 지를 뻔했다.

뒤를 돌아보니 승이 내 뒤에서 천천히 고개를 가로젓고 있는 게 보인다. 그의 눈가가 충혈돼 있다.

안 돼, 그가 입 모양만 낸다. 제발.

그의 모습이 내 마음속 무엇인가를 산산이 부순다. 저 표정을 마지막으로 본 건, 이제는 까마득한 옛일 같은 오래전, 우리 둘이 버려진 옛날 궁궐 지붕 위에 나란히 앉아 있을 때였다. 순식간에 그 순간으로 빨려 들어간다.

그날 밤 우리 머리 위로 바람에 춤추듯 날리던 연분홍 꽃잎들이 생각난다. 기억 속에서, 꽃잎 하나가 그의 머리카락에 걸렸다.

내 손목을 감싼 승의 손이 부드러웠다.

은지, 소리 없이 나를 부르는 그의 얼굴에는 실망감이 역력하다.

그 한 번의 눈길은 내게 수치심이 들게 했다. 내가 뭘 하고 있지? 무방비 상태로 잠들어 있는 소녀를 공격한다고? 승에게 이런 모습으로 보여지길 바란 게 아니다. 나답지 않았다.

아니면 이게 나인가?

넌 그냥 도구야. 총독에게 고용된 무기라고.

나는 돌을 내리고 두 손으로 붙잡아 승의 가슴으로 들이밀어 그가 돌을 잡도록 했다. 그러고는 아무 말 없이 돌아서서 안개 속으로 걸었다.

딱히 계획이 있었던 건 아니었지만 거기 있을 수도 없었다.

몸을 낮추고, 짐승처럼 손바닥으로 바위를 기어 어둠 속에서 손끝으로 길을 더듬으며 절벽 아래로 떨어지지 않게 극도로 조심히 움직였다.

몇 분을 정처 없이 기어가 보니 바닥이 바위에서 점차 풀이 있는 언덕으로 이어졌다. 나는 푹신한 대지에 앉아 무릎을 가슴에 끌어안고 몸을 웅크리며 모든 게 그냥 사라져 버리길 바랐다. 사방에 안개가 너무 짙고 칠흑같이 어두워 내 발조차 안 보인다. 눈을 감아도 떠도 별 차이가 없다.

나는 길을 잃었다. 완전히. 여러 면에서.

"은지야." 승의 목소리가 바로 가까이에서 들린다.

"어떻게 날 찾았어?" 어둠 속으로 속삭였다.

"널 따라왔어."

"아무것도 안 보여."

"난 볼 수 있어." 승이 말한다. "네가 보여. 아니면 느껴진다고 해야 하나?"

그래. 호랑이 긴가 뭔가 덕분에.

"글쎄, 썩 공평하지는 않네." 내가 대꾸했다.

"먼저 날 따라온 건 너야." 승이 맞받는다. "나라 절반을 가로질러서 말이야. 이제 우리 비긴 것 같은데."

나는 입술을 깨물었다. "글쎄, 난 생각이 좀 다른데."

우리는 조용히 신령한 곤충들의 속삭임에 귀 기울였다. 저 멀리 어디선가 이름 모를 새가 목놓아 우는 소리가 들리고 바스락거리더니 승의 음성이 아까보다 훨씬 더 가까이에 와 있다.

"은지, 얘기 좀 해."

"무슨 얘기?"

"네가 무슨 생각을 하는지 알고 싶어," 승의 말이 차분하다. "그리고 너도 내 얘기를 들어 주길 바라."

이제 가까이에서 그의 온기가 느껴진다. 나는 웅크렸던 몸을 펴고 일어나 앉았다. 아직도 주변이 너무 어둡고 안개가 자욱해 승이 잘 보이지 않는다.

"이렇게 어두운데 산신령이 네 목소리를 흉내 내서 날 속이는 건 아닌지 내가 어떻게 알겠어?" 대화를 피하려 애써 대답했다. "네 모습을 보여 봐."

"너무 깜깜한데 어떻게 내 모습을 보여 주란 말이야?"

"구미호에게 당한 후로 내 눈을 믿을 수 없어. 지금은 내 귀도 못 믿겠어." 내가 고집을 부렸다.

"뭐라고?"

한숨을 쉬었다. "켄조와 내가 너를 찾는 동안 너와 똑 닮은 요괴를 만났어. 날 죽이려 했거든."

"뭐? 은지. 나야."

"네가 승이라는 걸 증명해 봐."

잠시 정적이 흐른 후 결국 승은 대답한다. "알겠어."

어둠 속에서 승이 다가오자 그의 온기가 더욱 가까이에서 전해진다. 나는 안개를 뚫고 내 손끝이 그의 체온, 해진 옷자락, 그리고 그 아래 단단한 팔에 닿을 때까지 손을 뻗었다. 승이 자기의 손을 내 손 위로 포개며 엄지로 내 손바닥을 어루만진다. 그는 살포시 끌어당긴 내 손끝을 그의 덥수룩한 곱슬머리로…… 눈꺼풀로…… 코로…… 그리고 부드럽고 살짝 벌어져 거칠어진 입술로 가져갔다.

분명 승인 것 같다.

"이제 됐어?" 그의 입술이 움직이자 나는 손을 뗐다.

"아니. 승만이 알 수 있는 걸 말해 봐."

지친 듯한 한숨이 새어 나온다. "진심이야?"

"응, 진심이야."

"나에겐 호영이라는 남동생이 있어."

"그 정도는 요괴한테 너무 쉬워. 다른 거."

"우리는 거의 2년 전에 만났어. 호랑이 도살 의식이 있던 날 밤에. 너는 비단 망토를 두르고 광장에 나타났고, 몇 주 뒤에 그걸로 내가 널 놀려 댔지."

"더 낫긴 한데 아직 확신이 서질 않네."

"좋아." 그의 어이없어하는 얼굴이 보이는 것 같다. "알았어. 그럼, 이건 어때? 너는 턱 아래에 주근깨가 있는데 별을 보려고 고개를 들 때만 보여. 여름 매미 소리를 무척 좋아하고 기도에 있는 너의 방에서는 벚꽃과 녹차 향이 났지. 예전에 너에게도 같은 향이 났었어. 근데 지금은 안 나."

내가 인상을 찌푸리며 물었다. "지금은 어떤 냄새가 나는데?"

그가 말을 안 하는 걸로 봐서는 기분 좋은 답은 아닌 것 같다.

"그러니까…… 네가 지난 며칠 동안 목욕도 제대로 못 하고 계속 돌아다 녔다 걸 염두에 두면……."

"야!" 어둠 속에서 그의 팔을 때렸다.

"아야!"

"살짝 친 건데."

"은지, 너의 곁에 있는 사람들이 모두 너처럼 엄청난 괴력을 가진 건 아 니라는 거 잊었어?"

어머나.

"미안." 나는 멋쩍게 헛기침했다. "뭐, 그래도 이젠 믿어."

"좋아." 아직 짜증스러운 말투이긴 해도 웃음기 또한 배어 있었다. "그럼 이제 이야기할 준비 됐어?"

지금이 적당한 때다. 나에게 그의 얼굴이 보이지 않고, 그 또한 내 얼굴 이 보이지 않는 게 더 낫다.

그리고 그에게 묻고 싶은 질문도 있다. 그것도 아주 많이.

"어디 있었어, 승? 지난 1년 동안 무슨 일이 있었던 거야……?"

승이 말을 멈춘다.

"많은 일이 있었어." 그가 부드럽게 웃으며 말하자 나도 모르게 내 입술도 실룩거렸다.

그러고는 그가 내게 들려주었다.

그동안 있었던 모든 일을.

그는 우리가 숲에서 호랑이를 발견한 후 자신이 경험했던 신비한 힘, 시험에 떨어진 후 금광에서의 삶, 호영이는 본인이 겪은 세상에서 자라지 않게 하겠다고 다짐했던 순간, 그리고 드래곤 제국이 처음부터 자신이 실패하도록 계획했다는 걸 깨달았을 때 느꼈던 분노를 말해 주었다.

진과의 만남, 동굴 속 호랑이 신령, 국토를 가로지른 그들의 여정도.

그가 말을 끝냈을 때 나는 어떻게 받아들여야 할지 몰랐다. 이번에도 승은 내가 한편으로는 회의적으로, 또 한편으로는 감명받도록 만들었다.

"너, 변했어." 승에게 말했다.

"너도 그래."

"아마 기 능력 때문일 거야." 내가 말했다. "그리고 그것이 불러온 모든 것. 그리고…… 삶의 방향성과 목적. 예전에는 그런 게 없었거든."

"이해해. 진짜로, 은지."

왠지 몰라도, 그를 볼 수 없으니 더욱 대범해지는 것 같다. 어둠 속이라 모든 것이 덜 현실적으로 느껴졌다. 행동도, 그 결과도.

"그래도 내가 이해 안 되는 건," 승의 목소리가 무거워진다. "왜 호랑이를 잡으려는 거야?"

몸이 굳어졌다. 그렇다고 지금 내 행동을 정당화시키고 싶지도 않다. "말했잖아. 이사오 총독이 나에게 사형 선고를 내렸다고. 그래서 내가 호랑이를 갖다 바치지 않으면 내 가족을 전부 죽일 거야."

"그래서 그냥 굴복한 거네."

"아니." 내가 받아쳤다. "결단코. 오히려 그 반대야. 나는 그들의 마음을 돌릴 나만의 방법을 찾기로 결심했어.”

“너만의 방법이라는 게 그들이 너에게서 원하는 것과 정확히 일치하는 거고.”

나는 입을 꽉 다물었다. 이건 내가 원하는 게 아닌데……

“그들과 맞서 싸워 볼 생각은 안 해 봤어?” 승이 묻는다. “우리, 함께할 수 있어.”

“맞서 싸워? 드래곤 제국에?”

“응.”

“미쳤어?” 나는 비웃었다.

아마도 겪어 보지 않았으니 이해하기 힘들겠지만, 총독이 너를 키워 준 하녀를 죽이고 너에게 사형 선고를 내리면 너의 머릿속에 떠오르는 첫 번째 생각은 맞서 싸우는 게 아니라 도망치는 걸 거야. 일단 도망쳐 어떻게든 사형 선고에서 벗어나려고 애쓰는 것이 본능이라고.

“이사오와 맞서 싸우는 건 불가능해, 승. 아무도 그에게 대항할 수 없어.”

“방법이 있어.” 그가 답한다. “그게 지금 진과 내가 하는 일이야.”

“글쎄, 실수하는 거야.”

“내가 실수하고 있다고?”

“너희들의 계획은 절대 성공하지 못해. 재앙으로 끝날 거야.”

“그럼 은지 너의 계획은 괜찮다는 거야?”

“도대체 이 산 정상에서 너를 기다리는 게 뭔데?” 따지고 들었다. “무슨 일이 일어날 거라는 거야?”

“호랑이 신령이 말했어……. 위대한 힘이라고.” 승이 말한다. “제국을 물리칠 수 있는 유일한 힘.”

“호랑이 신령?” 내가 말 중간을 잘랐다. “제국이 전멸시킨 그 정령 말하는 거야? 감정만으로 힘에 맞설 수는 없어. 승 너 혼자서 수천 명의 드래곤 군인들을 어떻게 상대할 건데? 총독을 화나게 해서 죽일래? 슬프게 만들어서 이길 거야?"

"모르겠어, 어쩌면!" 승이 좌절감에 외친다. "방법을 찾을 거야. 그래도 노력은 해 봐야 하잖아."

"네가 죽을 수 있어도?"

"그래." 그가 말을 멈춘다. "나는 잃을 게 없으니까."

"네 동생은?" 내가 따지듯 물었다. "어머니는? 그리고…….." 나를 거기에 넣지는 않았다. "그리고 만약 네가 진다면, 누가 그들을 돌보고 먹여 살릴 건데?"

"그래서 너의 그 원대한 계획은 뭔데?" 승이 입을 뗀다. "호랑이를 잡은 후, 영광, 명예, 이사오의 은혜와 그의 어마어마한 보상. 그다음엔? 뭘 할 건데?"

"그다음엔…….," 나는 잠시 멈춰 생각해 봤다. "내가 하고 싶은 걸 하는 거지."

"와. 정말 자기희생적이네." 승이 빈정댄다.

막상 큰 소리로 말했더니 훨씬 더 나쁘게 들린다.

특히 지금 호랑이 목숨의 진정한 대가를 아는 마당에 더욱더.

그렇다고 한들 자유를 갈망하는 게 뭐 그리 잘못인가?

"나만 좋자고 이러는 게 아니야." 내가 너무 작게 속삭여 그가 거의 알아 듣지 못했을 수도 있다. 어쩌면 그게 더 나을지도 모르지만.

"응?" 승이 어리둥절한 표정이다.

"그날 밤 너는 너무나 힘든 상황이었어." 내가 불쑥 말을 꺼냈다. "네 아버지가 돌아가시고…… 시험도 그렇게 됐고…… 그리고 네가 나에 대한 감정을 말했을 때…… 우리에 대해…….."

"우리…….." 그가 겨우 목소리를 낸다.

"기억하는지 모르겠는데, 그날 밤 네가 나에게 말해 준 게 있어. 오직 힘 있는 자만이 자기 방식대로 사는 특권을 누린다고 했어. 너와 난 그런 힘을 가지지 못했고 앞으로도 가질 수 없을 거라고.”

나는 눈을 감았다. 그렇다고 더 어두워지진 않았지만 그래도 눈을 감으니 마음은 편했다.

그냥 말해. 어서, 그와 여기 함께 있는 동안 말하는 게 낫다.

오늘 밤 이후 무슨 일이 일어날지 누가 알겠는가? 이번이 내가 승을 보는 마지막일지도 모른다.

“만약에, 예전에 네가 말했던 그 힘을 내가 가질 수 있다면……” 힘겹게 말을 끄집어냈다. “어쩌면…… 네가 우리의 미래를 믿게 될 거라고. 내가 그걸 믿었던 것처럼 말이야.”

그의 표정을 볼 수 있으면 좋겠다. 승이 나의 감정을 느끼는 것처럼 나도 그의 감정을 느낄 수 있다면. 손을 뻗으면 그의 얼굴을 만질 수 있을 텐데. 하지만 그럴 엄두가 안 난다.

“승? 승아!” 갑자기 진의 목소리가 멀리서 들려온다. “어디 있어? 그 애가 사라졌어.”

“여기 있어.” 승이 차분히 알린다. “걱정 마.”

“그 아이는 어디 있어?”

“나랑 같이. 여기에.”

진이 목을 가다듬더니 즉시 말소리를 바꿔 점잖게 말한다. 그녀의 목소리는 꿀처럼 부드러우면서도 섬뜩하다. “그럼, 그 소녀에게 전해 줄래? 지금 당장 돌아오지 않으면 그녀와 그녀의 애인은 죽은 목숨이라고. 알았지?”

한숨을 뱉으며, 승이 다시 나를 절벽으로 데려갈 수 있게 그의 어깨에 손을 올렸다. 내 눈이 달빛에 익숙해지는 데 잠시 시간이 걸렸다. 진이 헝겊 인형처럼 힘없이 누워 있는 켄조 옆에서 그의 목에 칼을 대고 있다. 그가 한 손이 묶인 채로 손을 흔들며 손가락을 까닥인다.

“날 버리고 간 줄 알았잖아.” 켄조가 나직이 말한다.

“그럴 수 없었어.” 여전히 그를 경계하면서 덤덤하게 말했다.

“어디 있었어?” 진이 묻는다. “뭐 했는데?”

“그냥 얘기 좀 했어.” 승이 답한다.

“얘기?” 그녀가 인상을 찌푸린다. “근데, 세상에! 이 고약한 냄새는 뭐야?”

“유감스럽게도,” 켄조의 말투가 몽롱하다. “그건 나야.”

오. 이런. 안 돼.

나는 급히 몸을 숙여 켄조의 어깨에 감긴 천 조각을 풀었다. 끔찍하게 감염된 상처를 보는 순간 뒤로 물러났다. 정말…… 심각해 보인다. 지난 하루 동안 대혼란을 겪느라 그의 부상을 거의 잊고 있었다.

켄조가 창백한 얼굴로 신음을 토한다. “기분이…… 이상해.”

우리 모두 어찌해야 할 바를 몰랐다.

그때 호랑이가 일어나 켄조에게로 다가갔다. 그는 흐릿해진 눈으로 애써 외면하려 했지만, 호랑이가 코를 그의 어깨로 들이대자 밝고 하얀빛과 기이한 소리가 들린다. 마치 여자의 노랫소리 같다.

우리 넷이 눈을 떴을 때는 이미 아침이었고, 안개는 걷혔다. 산비탈 아래 공터에 나무들의 황금빛 잎사귀들이 선명하게 보인다. 저 밑으로 보이는 석문이 단군 산과 한남시의 경계를 나누고 있다.

석문 밖에서 드래곤 군인들이 진을 친 모습과 이렇게 높은 곳에서도 저들의 진홍색 군복이 또렷이 보인다. 지금 저들은 들어오지 못하는 것 같다. 하지만 우리가 산을 내려갈 때 어떻게든 저들을 상대해야 할 것이다.

켄조가 깨어나 눈을 깜빡인다. 몸을 숙여 그의 어깨를 살폈다. 상처가 완벽히 치유됐다. 처음부터 다친 적 없는 것처럼 아기 피부마냥 깨끗하다.

호랑이의 마법 덕분이다.

영물을 가까이에서 다시 보자 새삼 그 생명체의 아름다움에 감탄스러웠다. 윤이 나는 줄무늬 털이 부드럽게 일렁이고 아침을 알리는 숲 주변 소리에 귀가 영민하게 움직인다.

승의 이야기를 다 듣고 나서 제국이 호랑이를 손에 넣으면 어떤 일이 벌어질지 알게 된 마당에 내가 내 소임을 의심하지 않았다면 거짓말이다.

그렇다고 해도 승의 계획은 무모하기 짝이 없다. 아니, 그 이상이다. 그긴 불가능하다. 호랑이가 승의 손에 있는 한, 그건 그 자신이나 그의 가족, 그리고 조금이라도 이 일과 관련된 사람에게 사형 선고나 다름없다.

해가 우리 머리 위로 떠오르고 있다. 바람이 내 머리카락을 스친다. 산 정상에서 우리를 기다리고 있는 것이 무엇이든 이제 얼마 남지 않았다.

사실대로 말하자면 나는 너무나 갈등하고 있다. 승이 죽는 걸 원치 않는다. 켄조도 마찬가지다. 그리고 진은 나에게 그런 마음이 없겠지만 진이 죽는 것도 바라지 않는다.

이제 신중하게 판단해야 한다. 드래곤 제국 군대가 저 석문 밖에서 우리를 기다리고 있다. 드래곤 군대 때문이건 우리 자신 때문이건, 아무도 이 산에서 살아서 내려가지 못할 수도 있다. 게다가 켄조와 나는 한 번의 실수로도 진의 칼 앞에 무사하지 못할 거라는 것도 잘 알고 있다.

우리를 감싸는 영험한 숲의 공기가 무겁게 가라앉아 있다. 지금 우리의 모든 선택이 삶과 죽음을 가르는 순간이라는 걸 공기조차 알고 있는 것 같다.

·27·

승

그냥 평범한 동굴이다.

산 정상, 이끼로 뒤덮여 축 늘어진 입구는 상처로 멍이 든 입처럼 슬프게 벌어져 있다. 빛바랜 검은 돌들이 풍기는 닳고 오래된 분위기만 아니라면, 이곳이 신성한 장소라고 말해 주는 건 아무것도 없다.

하지만 내 머리 뒤편의 어딘가에서 귓가에 메아리치는 속삭임으로 이곳이 그냥 평범한 동굴이 아니라는 걸 알 수 있다.

단군 산 정상이다. 결국 우리가 해냈다.

내 뒤에 은지, 켄조, 진이 호랑이와 함께 산 정상 너머를 바라본다. 솟아오른 좁은 고원이 산 정상을 이루고, 바람이 우리의 옷자락을 뒤흔들고 태양은 우리에게 쏟아져 내린다. 지평선이 저 멀리 끝도 없이 펼쳐지고 우리는 사방이 한눈에 들어오는 산의 최고점에 서 있다.

우리 아래 산기슭에 한남시의 회갈색 도심이 눈에 들어온다. 그 반대편에서 반짝이는 건 바다다. 해안에서 시작된 강줄기가 대지를 구불구불 가로지르며 이 산비탈을 휘감아 흐른다. 햇살을 품은 강물이 철광석처럼 빛난다.

진에게서 차가운 청록빛 평정심의 광채가 뿜어져 나온다. 그녀 옆, 켄조의 어깨는 잔뜩 긴장되어 있고, 공포가 그림자처럼 그를 덮고 있다. 그리고 은지. 나는 그녀가 상반된 감정들 사이에서 갈등하는 걸 느낄 수 있다. 죄책감, 불안감, 그리고 경외심이 어지럽게 뒤섞여 있다.

호랑이가 동굴 입구 쪽을 향한다. 그러고는 시야에서 사라졌다.

나도 뒤따른다.

우리는 함께 동굴 안으로 들어서며, 바위 턱 아래로 고개를 숙였다. 동굴 안의 서늘한 어둠에 적응하는 데 잠시 시간이 걸렸다.

호랑이가 동굴 뒤편 작은 돌우물 옆에 서 있다.

돌을 깎아 만든 낮고 둥근 우물 벽은 내 허리춤을 간신히 넘긴 높이다. 밧줄로 연결된 낡은 두레박이 벽에 고정된 금속 고리에 걸려 있다.

나는 앞으로 나서며 확인을 구하듯 호랑이를 쳐다본다. 영물의 짙은 황금빛 눈이 어둠 속에서 반짝인다. 그리고 마치 승낙의 표시 같이 눈을 깜빡인다.

단군 산 정상에는 호랑이 기를 가진 인간이 마셔야 하는 영혼의 우물물이 있다. 그러면 태고의 위험한 능력이 주어지는데, 그 능력을 소유한 자를 파멸시킬 수도 있는 능력이지. 그렇지만 올바른 사람이 그 능력을 쓴다면 우리 민족을 해방시킬 수 있을 거란다.

이제는 해 보는 수밖에.

손을 들어 두레박을 고리에서 떼어 냈다. 두레박이 축축하고 낡아서 세게 잡아당기면 맨손으로도 깨뜨릴 수 있을 것 같다. 우물 안을 들여다보니 흰 안개 소용돌이가 보이고 그 아래로 잔잔한 회색빛 물웅덩이가 감춰져 있다.

두레박을 어둠 속으로 내린다. 물에 닿자 작은 물보라가 인다.

두레박이 회백색의 웅덩이 속으로 가라앉으며 물이 고인다. 하얀 안개가 호흡하듯 한숨을 토한다. 동굴 안에는 바람 한 점 없는데도 우물 속 안개는 제힘으로 소용돌이를 만들어 점점 더 빠르게 몰아친다. 두레박을 위로 끌어올리자, 우물 담 너머로 안개가 피어오른다.

마침내 두레박이 내 손에 있다. 묘한 은빛 금속성의 물이 두레박 옆면에 출렁이며 떨린다. 액체는 마치 수은처럼 걸쭉하면서도 끈적하다.

두레박을 들고 있는 동안 귓가를 맴돌던 이상한 속삭임이 더 커지면서 내 머릿속을 울리는 목소리로 변해 간다. 하지만 말소리는 거의 알아들을 듯 말 듯 분명하지 않다.

이유는 모르겠지만, 나는 머릿속 목소리들이 실제 사람들의 소리라는 걸 안다. 진짜로 존재했던 남자와 여자들, 아이들, 지금도 살아 있는 사람들, 아니면 과거에 살았던 사람들의 것으로, 그 목소리들이 서로 겹치고 엉키며 나를 감싸는 잔잔한 웅성거림을 만든다. 그들이 무슨 말을 하는지 몰라도 한 가지는 알고 있다.

그들 모두 호랑이말을 한다.

두레박에 입을 갖다 대 물을 마셨다.

이제 막 녹기 시작한 시원한 설수(雪水)의 맛이다.

그러자 목이 갈라지고 타는 느낌이 들었고, 나는 길고 깊게 갈증 난 사람처럼 물을 들이켰다. 목을 타고 내리는 차가운 물이 혀를 달래 주고 목구멍으로 천천히 흘러들어 뱃속에 고이는 게 느껴진다. 그러자 귓가의 속삭임이 갑자기 또렷이 들리면서 생생해지더니 실제 현실이 되어 마치 이 동굴 안에 나와 함께 있는 것 같다.

"사랑해요, 혜준! 난 영원히 당신 거예요."

"지영아, 제발 부탁이다. 아버지는 네 도움이 필요해."

"엄마, 내가 얼마나 컸는지 봐요!"

누군가가 바로 내 뒤에서 하나하나의 목소리로 말하는 것처럼 선명하고 또렷하다. 목소리들이 커지기 시작한다.

시야가 흐릿해지면서 일그러진다.

순식간에 내가 동굴에서 휩쓸려 나간다.

초가지붕에 구운 진흙으로 지은 작은 오두막, 나는 평평한 땅바닥의 방석 위에 앉아 있다. 손을 내려다보니 내 손이 아니다. 다른 이의 것으로 모르는 사람이다. 손은 크고 두툼한 근육에 손톱에는 때가 끼어 지저분하고 손끝은 굳은살로 거칠다.

입은 옷도 내 것이 아니다. 헐렁하게 묶은 바지를 입고, 일면식 없는 농부의 윗도리를 걸치고 있다. 내 맞은편에 앉은 여인도 처음 보는 얼굴이다. 그녀를 바라보자, 그녀가 눈물을 닦으며 내 손을 감싼다.

순간, 기억들이 폭포수처럼 내 마음속으로 쏟아져 들어온다. 낯선 이의 기억들. 내가 내려다본 손의 주인인 남자의 기억들.

이 굳은살 박힌 손으로 집 밖 논에서 쟁기질하는 모습이 보인다. 그의 아이들, 어린 소녀와 소년이 태어났다.

논을 가로질러 뛰어가는 소녀의 얼굴엔 순수한 기쁨이 가득하다.

그리고 소녀가 병으로 죽어 가며 그녀의 살갗이 열에 달아올라 녹색을 띠고 있다. 남자의 크고 따스한 손이 그 소녀를 논 뒤편 언덕에 묻는다. 헤아릴 수 없는 슬픔이 내 온몸을 뚫고 지나간다.

나는 슬픔과 분노가 뒤섞이는 걸 느낀다.

그가 딸을 데려간 하늘을 원망한다. 그리고 그는 다음날, 매일 같이, 평생을, 아침에 깨어나면 논 너머 언덕 딸이 묻힌 무덤 위로 뜨는 해를 보러 간다. 그리고 일출의 아름다움을 지켜본다.

논 위로 높이 뜬 창백하면서도 불타는 듯한 태양이 눈에 보이는 모든 걸 맑고 투명한 수정처럼 비춘다. 어쩌면 승리한 것 같은 아름다우면서도 슬픈 감정이 살아간다는 것의 의미를 축하라도 하듯 그의 가슴속에 뒤섞여 있다. 이 낯선 이가 누구든 나는 그의 삶을 느낀다.

환영이 물결치고 녹아내리며 새로운 모습으로 바뀐다.

다시, 손을 내려다보니 변한 게 보인다. 이번에는 작고 주름진 노인의 손으로 손톱은 정성스레 다듬어 연분홍색으로 물들였다.

기억들이 흘러들어 온다.

나는 이 노파가 소녀였던 시절, 처음으로 자두를 맛보던 순간을 느낀다. 과즙이 턱을 타고 흘러 달콤한 맛이 입안에 퍼진다. 세상에 이런 맛난 과일이 있다는 사실을 안 순수한 기쁨이 전해진다.

처음으로 집을 떠나는 그녀는 극심한 외로움을 안고 태어나 한 번도 만난 적 없는 사람과 결혼하러 나라를 넘어 멀리 여행해야 한다.

그녀가 아이를 낳는다.

아이들이 성장해 결혼하고 집을 떠나는 걸 지켜본다. 여느 어머니들처럼…….

드래곤 경찰이 시장에서 드래곤말을 쓰지 않았다는 이유로 이제는 노쇠한 이 여인을 법정으로 끌고 갔다. 그녀 안에서 저항심이 끓어오르고 경찰이 그녀의 얼굴을 때릴 때 통증이 느껴진다. 목구멍에서 사그라져 내뱉지 못한 저주의 말들로 그녀의 가슴에는 씁쓸함만이 가득하다.

또다시 시야가 흔들리더니 변한다. 계속해서 내 손이, 몸이, 기억들이, 삶이 바뀐다.

나는 10년간 투쟁했지만 결국 굴복해 드래곤 정부에 협력하는 사업가다. 손에 어마어마한 액수의 돈을 세고 있지만 죄책감에 사로잡혀 있다. 그는 생전 이런 거액을 벌 수 있다는 건 생각도 못 했다.

다시 나는 노숙자 여자로, 도시 쓰레기통에서 옷을 뒤지며, 입을 만한 예쁜 옷을 찾고 있다. 화려한 스카프도 눈에 들어와 몸에 감아 보고, 물웅덩이에 비친 내 모습을 살핀다.

나는 호랑이 군대의 병사로, 아군의 엄청난 수적 열세에 끝없이 밀려드는 적군과 마주하고 있다. 우리가 이길 수 없다는 걸, 다시는 고향이나 가족을 보지 못할 걸 알고 있다.

가쁜 숨을 내쉬며 나는 한 사람의 기억에서 빠져나와 다른 사람의 기억 속으로 빨려 들어간다. 다시, 그리고 또다시.

어린아이였고, 노인이었다가, 중년 여성이 된다.

반항심 가득한 딸이었다가 환멸에 빠진 등이 부러진 남자다. 또는 좀도둑이기도 하다.

나는 겁에 질린 어린 소녀다. 그리고 그녀를 담요로 감싸고 집까지 데려다주는 친절한 낯선 사람이다. 나는 안도하며 그녀를 맞아 주는 애가 닳은 어머니이자, 딸을 심하게 꾸짖는 아버지다.

나는 태어나 늙고 죽는다.

하나의 삶에서 다른 삶으로 기억들이 내 마음을 스치고 내 얼굴과 몸이 빠르게 변해 삶들 사이를 빙글빙글 돈다.

수십, 수백, 수천의 삶들.

기억들이 너무 빠르게 쏟아져 들어와 어느 하나에 멈출 수가 없다.

눈을 깜빡여 보지만 모든 것이 단번에 감당이 안 된다.

삶의 수레바퀴는 눈이 멀 정도의 속도로 돌아, 이제는 변하는 손과 얼굴을 인식할 수조차 없다. 너무 빠르게 변해 나는 더 이상 한 사람이 아니고 어떤 특정한 기억도 아니며 더 큰 무엇인가, 무한히 더 거대한 무엇인가가 되어 가고 있다.

아득히 먼 어딘가에서 깊고 어두운 물웅덩이 속을 들여다보듯, 눈을 아래로 내려 이승의 손을 본다.

승은 낡은 나무 두레박을 품에 안고 영혼의 우물 밑바닥에 앉아 있다.

자신의 몸과 마음을 담은 이 현실이 무상하게 느껴진다. 마치 끝없는 카드 더미 속에 한 장의 카드처럼, 무한히 펼쳐진 우주 속 하나의 별처럼……

저게 나인가? 그는 궁금하다. 이 하나의 가냘픈 삶이?

승이 눈을 깜빡인다. 그는 가슴에 숨이 멎는 것을 느낀다.

내 가슴이고, 나다.

"승." 누군가 내 손목에 손을 얹으며 말을 건다.

고개를 들어 호랑이 영혼이 승 앞에 — 내 앞에 — 서 있는 걸 본다. 잠시 시야가 겹친다. 그녀는 호랑이인가, 아니면 신령인가? 그녀의 형상이 깜빡이며, 나는 그 둘이 겹치는 걸 본다……. 그녀는 동시에 둘 다.

"무, 무슨 일이……." 말이 둔하고 혀가 멀리 있는 것 같다.

내 뒤에서, 희미하게 속삭이며 걱정하는 목소리들이 들리고 동굴을 가득 메운 흰 안개가 사방에 깔려 내 몸 주위를 더 깊이 휘감는다.

"승, 두려워하지 말아라." 호랑이 영혼이 내게 말한다. 그녀 뒤에, 그녀를 뚫고, 호랑이가 꼬리를 흔든다. "너는 호랑이 사람들의 기억을 받아들이고 있어. 너보다 앞서 살았고 지금 너의 삶을 가능하게 해 준 사람들의 기억들. 그들을 무서워할 건 없다. 단군 산은 호랑이 왕국의 영적 중심이다. 여기서 네 기의 힘은 천 배로 커질 것이다. 이것이 호랑이 식민지 세상의 균형을 회복시킬 너의 기회란다. 바로 지금 해야 한다. 네 감정의 깊은 심연으로 들어가 그 원천을 끌어내라. 이곳에서 그 힘은 배가 될 것이고, 호랑이 민족 전체의 집단 기억을 이끌어 낼 것이다. 네 선조들의 기억으로 다가가거라. 그 힘이 식민지를 해방시킬 것이다."

세상이 내 손안에 있는 느낌이지만 뭐라고 말해야 할지, 어떻게 해야 할지 모르겠다. 호랑이 신령이 바로 이 순간 우리에게 닥친 문제의 해답이 밝혀질 거라고 했다.

하지만 아무것도 안 보인다. 그전보다 더 내가 뭘 해야 할지 모르겠다.

저 멀리서, 나는 나 자신이 고개를 끄덕이는 걸 느낀다. 승이 자신의 내면으로 들어가 이제는 익숙한 감정들을 끌어내는 게 보인다. 모욕감, 갈망, 자유를 향한 강렬한 욕구, 절박함, 좌절.

그리고 분노.

탁한 붉은색 안개가 내 심장 속에서 깜빡거리며 살아나기 시작한다.

내면의 분노에 불이 붙어 끓어오르더니 마치 숯불처럼 자유롭게 타오르길 갈망한다. 그 감정이 몇 배로 불어나 수많은 세대를 거치면서 더욱 강렬해진다. 나는 드래곤 군인이 내 뺨을 후려친 걸 느끼고, 두 팔에 안긴 딸아이의 몸무게를 느끼며, 드래곤 칼이 내 가슴을 뚫고 지나가는 차가운 쇳덩이를 느낀다.

단지 한 생명의 분노가 아니다. 수많은 생애에 걸친 분노다.

내 안의 불꽃이 불을 일으킨다. 타닥거리며 커지면서 작은 태양만큼 강렬해진다.

뜨겁다. 아니 그 이상이다. 불타오른다.

예리한 붉은빛이 내 가슴에서 뿜어져 나와 무수한 세대에 걸친 좌절과 짓밟힌 꿈들이 내 안에서 배가되면서 그것이 바람개비의 날개처럼 빙빙 돌기 시작한다. 발밑에서 엄청난 진동이 산을 뒤흔든다.

아득히 먼 곳, 누군가의 다급한 비명이 들린다. 내 뒤에서 움직임이 느껴졌지만 나는 너무 깊이 빠져 있어 멈출 수가 없었다.

내 몸에서 물결치듯 퍼져 나간 지진에 동굴이 요동치고 바닥에 생긴 균열이 순식간에 사방으로 번진다.

발아래가 덜컹거리고 흔들리면서 동굴 천장에서 커다란 암석들이 떨어진다. 두려워해야 한다는 걸 알지만, 나는 더 이상 내가 아니다.

호랑이 민족의 집단적 분노가 모두 합쳐져 하나의 거대한 감정의 물줄기로 변해 나에게 밀려든다.

마침내 나는 입을 벌려 사나운 포효로 그것을 쏟아 낼 준비가 됐다.

갑자기 호랑이 신령이 소리친다.

그녀의 얼굴이 깜빡이더니 이내 사라진다.

내 앞에 호랑이 신령의 얼굴 대신 다른 것이…….

"내가 말했잖아." 은지가 고함을 지른다.

우리 주변으로 동굴이 무너져 내리면서 은지의 목소리에는 공포가 짙게

서려 있다. 그녀가 팔로 호랑이를 부둥켜안고 있다.

"넌 지금 네가 뭘 하고 있는지 몰라. 이건 위험하다고 말했잖아."

은지가 잡아당긴다.

호랑이를 동굴 밖으로 끌어낸다.

"안 돼! 아, 안 돼!" 나는 비틀거리며 손을 뻗었다. "은지야!"

내 가슴속의 거대한 수레바퀴가 단번에 멈춘다. 안개가 그대로 얼어붙어 공중에서 흩어진다.

나는 정신을 차리려 안간힘을 썼다. 머리가 망치로 얻어맞은 듯 지끈거리고 바닥에 쓰러진 진이 흐릿하게 보인다. 그녀의 머리 주변으로 천장에서 떨어진 바위 파편들이 널려 있는 걸로 봐서 낙하하는 돌에 머리를 맞은 게 분명하다. 켄조가 헐떡이며 일어서려 하지만 또 한 번의 강력한 지진이 동굴을 뒤흔든다.

나는 휘청거리며 겨우 몸을 일으켰다. 돌덩이가 내 옆으로 떨어진다.

"은지, 멈춰!"

하지만 너무 늦었다. 은지가 이미 호랑이를 동굴 밖으로 끌고 나갔다.

나는 강렬한 햇살이 쏟아지는 동굴 밖으로 비틀거리며 나갔다. 계속되는 지진이 산 전체를 흔드는 동안 내 머리는 고통으로 아우성친다.

시야가 흐려지면서 겹쳐 보인다. 손을 내려다보니 노파의 손으로 변해 있다.

"은지야!" 내가 외쳤다.

호랑이와 은지가 산 정상의 고원에서 사투를 벌이고, 위쪽에는 폭풍우가 몰려들고 있다. 맑았던 하늘이 구름으로 뒤덮이고 발아래 대지가 흔들린다.

"은지, 네가 실수하고 있는 거야."

"아니야, 승." 그녀가 나에게 소리친다. "실수하는 건 너야. 주위를 봐! 이건 자살 행위라고."

"날 믿어야 해."

"널 믿으라고?" 고원을 가로지르는 거센 바람으로 그녀의 머리카락이 눈물로 얼룩진 뺨 위로 흩날린다.

"날 못 믿는 거야?" 그녀에게 애원했다. "은지야, 날 알잖아."

고개를 내젓는 은지의 얼굴에서 눈물이 뚝뚝 떨어진다.

"모르겠어." 그녀가 말한다. "그리고 정말 너를 알았던 적이 있는지도 모르겠어. 너는 너 자신과 우리 모두를 파멸시킬 거야."

"이게 우리의 마지막 기회야." 내가 외쳤다. "이게 우리에게 남은 전부라고."

"아니, 네가 틀렸어." 그녀의 목이 메인다. "이건 네가 예전에 했던 것과 똑같아, 승. 넌 아무것도 남지 않았다고 생각해서 모든 것을 내던졌어. 그건 네 잘못이야. 나는 너의 편이었고 우리는 서로에게 기댈 수 있었어. 넌 내가 너를 사랑했다는 걸 알고 있었잖아."

그 순간, 은지의 손안에서 빛을 받아 반짝거리는 무언가가 내 눈에 들어온다.

진의 칼.

은지가 호랑이의 목에 칼을 겨눈다.

"은지야, 안 돼!" 내가 다급하게 소리친다.

발밑 어딘가에서, 산 아래 바위 깊숙한 곳으로부터 진동이 전해진다.

이제는 우리 발 바로 밑에서 산이 거침없이 흔들리자, 호랑이가 목구멍 깊은 곳에서 고통스러운 포효를 내뱉는다. 바위 표면에 금이 가고 구불구불 뻗어 나간 길을 가로지르더니 고원을 둘로 가른다. 머리 위로 광란의 바람이 울부짖고 하늘이 끓어오르더니 회색빛 구름이 드리운다.

몸이 비틀거려 거의 넘어질 뻔했다. 내 뒤로 진과 켄조가 동굴을 빠져나온다.

"죽여, 은지." 켄조가 외친다. "지금 해!"

은지가 비틀거리면서도 호랑이를 붙잡으려 애쓴다. 칼을 쥔 그녀의 손이 하얗게 질린다.

"안 돼!" 내가 소리친다.

그러다 또 다른 지진이 산비탈을 흔드는 바람에 우리는 넘어질 정도로 휘청거렸다. 산 전체가 뿌리째 흔들리면서 발아래 균열이 점점 더 벌어진다.

은지가 호랑이를 놓치자, 칼이 땅바닥으로 떨어진다. 산이 마지막으로 크게 요동치더니 귀청이 찢어질 듯한 쩍! 하는 소리가 허공을 가른다.

나무들이 벼랑 끝으로 떨어진다.

지진이 바위를 타고 퍼지면서 산이 완전히 반으로 쪼개지며 두 동강이 나고, 그 사이가 점점 넓어진다.

호랑이가 울부짖으며 몸부림친다.

그러고는 저 아래 강을 향해 점점 벌어지는 그 틈으로 영물이 떨어졌다.

비명이 나왔다. 하지만 너무 늦었다.

산이 한 번 더 흔들리고 또 다른 지진이 산을 강타해 나도 균형을 잃고 발을 헛디뎠다.

은지, 켄조, 진, 그리고 나.

마지막 지진이 산을 흔들자 우리 모두 휘청거리며 넘어졌다. 마치 느린 화면처럼 내 발이 절벽 가장자리에서 미끄러지면서 내 옆의 나머지 친구들도 함께 절벽 아래로 떨어지는 걸 바라본다.

·28·
은지

추락하고 있다.

바람을 가르며 영겁의 시간이 흐른다. 비명조차 나오지 않는다.

순간, 이곳은 나 자신과 위에 펼쳐진 무한한 하늘만 존재한다.

시간이 느려진다. 문득, 나리 교관이 훈련생인 우리를 이끌고 아다치 인근 최고봉인 이토 산으로 데려갔던 기억이 떠오른다. 그건 일반 산악 훈련이라고 했지만, 우리가 도착한 곳은 반짝이는 광활한 동해가 내려다보이는 절벽이었다.

나리 교관은 우리를 절벽 끝에 하나씩 줄 세우고…… 뛰어내리라고 했다.

반 친구들은 그날의 훈련이 자신들 인생에서 가장 짜릿하면서도 무서운 경험이었다고 말했다. 자신의 두려움을 극복하는 법을 배웠다고. 눈앞에 그들의 과거가 주마등처럼 지나가고, 가족, 친구, 사랑하는 사람들을 다시 떠올리며 살아 있다는 의미를 되새겼다고 했다.

나는 어땠냐고?

그날 내 눈에는 오직 눈부신 하늘만 보였다. 사방에 갈매기가 날아다니고, 팔을 쭉 펼쳐 대기를 뚫고 바다로 돌진하면서 나도 저 새들처럼 자유롭고 편안한 기분이었다.

여기에 제국은 없다. 어머니, 아버지도. 호랑이도 없고 승과 켄조도 없다. 결정할 일도, 후회스러운 것도, 그리고 해야 할 임무도 없다.

오직 나와 하늘뿐이다.

그러다 바닥에 부딪혔다.

처음에는 이제 끝이구나 하고 생각했다. 수세기 동안 사람의 손길이 닿지 않은 것 같은 물이 빙판처럼 딱딱하게 내 몸을 강타하기 전까지는. 그런 다음 나는 물속으로 가라앉았고 모든 것이 고요해졌다.

꿈결 같은 어둠 속에서, 부드러운 목소리들이 들린다. 들어 본 적 없는, 인간의 소리가 아닌, 형언할 수 없을 만큼 아름다운 소리였다. 그 소리가 사방으로 퍼진다.

이것이 죽음일까? 궁금하다. 단군 산은 이토 산의 거의 두 배 높이로 아무리 용의 기를 가졌다 할지라도 그런 높이에서 추락하면 살아남을 수 없다.

갑자기 밝은 빛이 어둠을 뚫고 들어온다. 눈을 떠 보니 승, 켄조, 진의 몸이 축 처진 채 바다 위에 떠 있는 게 보인다. 우리를 감싸고 있는 물은 정신이 아득해질 만큼 쨍한 푸른 빛이다. 물 위에 떠 있는 이들의 살짝 벌어진 입에서 거품이 새어 나온다. 그들 가까이 호랑이가 물속에서 발길질하며 소리 없이 울부짖고 있는 게 보인다.

모든 것이 아득히 먼 곳에 있는 것 같고, 너무나…… 평온하다.

나는 손가락 하나 까딱하지 않고 물의 고요함, 살갗을 파고드는 냉기, 중력과 시간이 멈춘 이 순간을 온전히 받아들였다.

우리 주변을 거대하고 밝게 빛나는 띠가 에워싸며 바닷속을 빙빙 돌며 회전한다. 마치…… 용의 정령들처럼.

저들은 우리나라 바다에 사는 해룡으로, 제국에서 나에게 용의 기 능력을 준 붉은 용의 먼 친척쯤 된다. 이 존재들은 내가 예전에 동해에서 훈련하던 때 보았던 것들보다 세 배나 크고 더 부드럽고 은은한 색채를 띠고 있다.

해룡들이 우리 주위를 돌자 빛이 더 밝아지고 그들의 노랫소리도 커진다. 그들 중 하나가 나를 향해 그의 거대한 머리를 천천히 돌린다. 그 빛나는 비늘이 너무나 경탄스러워 나는 황홀경에 빠졌다.

바닷물이 밀려들어 와 숨이 막히기 시작했다.

그러자 용은 그의 꼬리를 맹렬히 흔들며 다른 무리에게 돌아갔고, 나는 어떤 힘에 이끌려 수면으로 떠밀려 올라왔다.

수면 위로 튀어 올라 숨을 헐떡거리고 입속에 짠맛과 쓴맛을 토해 냈다. 눈앞에 광경이 들어온다. 우리는 둘로 갈라진 산 사이의 거대한 협곡 안에 있고, 산이 양쪽으로 쪼개지는 바람에 두 개로 우뚝 솟은 험준한 절벽이 만들어졌다. 강물이 바다와 만나는 곳에 햇살이 쏟아진다.

잠시 후 승의 머리가 수면 위로 나오고 뒤이어 켄조도 나타난다. 둘은 허우적대며 다급하게 숨을 들이마신다.

진도 물 위로 올라오면서 격렬하게 버둥댄다. 그녀가 수영을 못 한다는 걸 즉시 알아차렸다.

그녀가 수면 아래로 미끄러져 내려가자 문희의 얼굴이 내 눈앞을 스친다. 망설일 새도 없이 재빨리 진을 향해 물속으로 헤엄쳐 들어가 그녀의 몸을 잡고 수면으로 끌어올렸다.

진이 내쪽으로 휙 돌며 이글거리는 눈으로 나를 노려본다.

그때 귀청이 찢어질 듯한 뱃고동 소리가 들린다.

그 순간, 우리 모두 뒤돌아 수십 척의 드래곤 전함이 협곡 입구를 지나 바다에서 강을 거슬러 우리 쪽으로 빠르게 전진해 오는 걸 보았다.

"이럴 수가⋯⋯!" 승이 가쁜 숨을 뱉는다.

아연실색했다. 첫 번째 전함의 뱃머리에 우뚝 선 거대한 형체가 겨우 보인다. 순간 온몸이 떨렸다. 그건 단지 내 몸이 잠겨 있는 얼음장 같은 물 때문만은 아니었다.

"호랑이는 어디 있어?" 진이 따지듯 묻는다. 머리를 좌우로 급히 돌리는 진의 목과 얼굴에 머리카락이 달라붙어 있다.

쾅!

귀가 터져 나갈 듯한 폭발음이 울린다. 그물을 보기 전에 그것이 날아오는 소리를 먼저 들었다.

"안 돼!" 진이 비명을 지르는 순간, 그물이 그녀를 덮친다. "안 돼!"

전함이 쏜살같이 돌진하며 우리를 포위한다.

두 개의 커다란 손이 물속으로 뻗쳐 와 내 어깨를 붙잡아 나를 물 밖으로 들어올려 배의 갑판 위로 내던진다.

고개를 돌려 승을 보니 같은 배에 나와 겨우 몇 미터 떨어져 수많은 병사에 둘러싸여 있다. 흠뻑 젖은 그의 머리카락과 옷 때문에 갑판에 물이 고여 그의 발 주위에 물웅덩이가 생겼다. 그의 바로 뒤에서 그물에 갇혀 절규하는 호랑이를 병사들이 선상으로 끌어올리고 있다.

승이 이를 악다문다. 병사들이 앞으로 다가서며 그를 에워싼다.

그가 팔을 들어올리자…… 나는 경외심과 불신을 동시에 느꼈고, 수십 명의 병사가 제자리에 얼어붙고 어두운 그림자가 그들의 얼굴에 드리워졌다. 그들이 무기를 내려놓더니 눈물이 그들의 뺨을 타고 내린다.

승이 저들을 조종하고 있다.

혼자서 부대 전체에 맞서는 것이다.

그가 손을 들어올리자 통곡하던 병사들이 무릎을 꿇는다.

그 순간 다른 함선에서 창들이 공중으로 날아오는 게 보인다.

"승아, 조심해!" 승에게 외쳤다.

나도 내가 왜 그에게 조심하라고 외쳤는지 모르겠다. 불과 조금 전까지 나를 인질로 삼았던 사람이 바로 승이었는데 말이다.

그래도 그는 여전히 승이다.

위로 튀어 올라 갑판을 가로질러 그에게 달려가 그의 옆구리에 몸을 날렸다. 바로 그 순간, 날아온 창이 그가 있던 자리에 꽂힌다. 배가 심하게 흔들려 바닥으로 쓰러지자 속이 몹시 울렁인다.

우리는 박차고 일어났다.

셀 수 없이 많은 병사들이 무기를 겨누며 우리를 둘러싼다.

절박한 심정으로 뒤를 돌아보지만 피할 방도가 없다. 네 척의 배가 우리를 포위하고 성난 병사들이 사방에서 우리에게 무기를 들이대고 있다.

진과 켄조는 그 어디에도 안 보인다.

여기에는 나와 승, 그리고 호랑이뿐이다.

손 하나가 내 손목을 꼭 쥔다. 승의 손이다. 그의 젖은 머리카락에 소금기가 가득하다. 그의 뺨은 창백하고 입술은 굳게 닫혀 있다. 우리의 두 눈이 마주치자 그가 고개를 끄덕인다.

나는 그의 표정에서 알 수 있었다.

승은 싸울 준비가 됐다.

나는 그대로 굳어 버렸다. 미동도 없이 그에게서 멀어지지도 가까워지지도 않았다. 그러고는 조용히 포기하라고 애원했다. 승이 아무리 강해도 총독의 군대를 무너뜨릴 수 있다고 생각한다면 그건 바보 같은 짓이다. 그가 덤빈다면 우리 모두 다 죽는다……

병사들이 조심스럽게 앞으로 다가온다. 승이 나에게서 시선을 거둔다. 나는 병사들이 우리를 향해 진격하는 동안, 그를 다시 한 번 쳐다봤다.

어휴! 내 문제가 뭐냐면……, 내 말을 나 자신이 못 지킨다는 거다.

나는 제국에 맞서는 게 얼마나 어리석은 일인지 태양이 다 타버릴 때까지 승이랑 말씨름할 수 있다.

하지만 막상 그와 나의 목숨이 걸려 있을 땐…….

그가 죽는 걸 가만히 보고 있을 수만은 없다.

주먹을 불끈 들어올렸다.

그리고 돌아서서 드래곤 군대에 맞선다.

내가 지금 뭘 하는 거지? 나는 최악의 결정을 내렸다.

여태껏 공들인 모든 걸 포기하고 있다.

나는⋯⋯,

생각이 너무 많다.

바람 소리일 수도 아니면 공중에서 날아드는 창일 수도 있지만, 승이 환호성을 지르는 걸 들은 것 같다.

병사들이 우리에게 다가오자 대치 상황이 순식간에 혼란스러워졌다. 갑자기 무기와 주먹이 사방에서 날아들어 나는 승 앞으로 뛰쳐나가 배운 대로 본능에 내 몸을 맡겼다. 뒤에서 승의 손이 내 등에 닿자 힘이 솟는다. 황금빛 희망찬 기운이 온몸에 퍼진다.

나는 할 수 있다.

"고마워." 병사의 공격을 막고 그를 밀쳐 내며 소리쳤다.

"창에 찔리는 걸 구해 준 보답이야." 승이 어깨 너머로 답한다.

"너의 그 바보 같은 얼굴이 더 못생겨지는 건 막아야 하니까." 내가 소리쳤다.

병사의 무릎에 돌려차기를 날려 넘어뜨렸다.

"알았어." 승이 믿지 못하는 눈치다. "뒤에 조심!"

승이 팔을 올리자, 내 옆 병사의 몸이 굳더니 배를 움켜잡고 칼을 떨어뜨린다. 말하지 않고도 우리 둘은 자연스레 위치를 바꾸고 내가 떨어진 칼을 집어 앞으로 휘두르며 나가자 다른 병사들이 뒤로 물러난다.

이 상황이 내가 저지른 일 중 가장 멍청한 것일지 모르지만, 승과 나의 손발이 꽤 잘 맞는 건 인정해야겠다.

병사들이 어찌할 바를 몰라 주춤거리는 사이 나는 칼을 휘저으며 앞으로 나아갔다.

"은지야." 승이 내 옆에서 속삭인다.

"왜? 지금 좀 바쁜데……."

"우리가 지금 죽는다면……?"

"우리는 지금 안 죽어." 그 말이 사실이길 바라며 말했다.

저 멀리 어디선가 나팔 소리가 들린다. 뒤돌아볼 여유가 없지만, 그게 더 많은 배가 오고 있다는 것을 의미한다는 것쯤은 안다.

병사들이 경계하면서 우리에게 다가온다.

쾅!

가슴이 찌릿하더니 바로 그때 그물이 우리 머리 위로 쏟아졌다.

그물망에 불꽃이 튀는 게 보이자 나는 이를 갈며 욕을 해댔다. 전기 그물. 내 시야에 빛이 번쩍이고 별들이 폭발하는 것이 온몸의 뼈가 전기 충격으로 덜덜 떨린다. 내 비명이 승의 비명과 공중에서 뒤섞인다. 배의 어딘가 우리 근처에서 호랑이가 울부짖는 소리가 희미하게 들린다.

나의 의식이 흐려지고 있다. 어디가 갑판이고 어디가 하늘인지 분간이 안 된다. 필사적으로 그물을 찢으려고 하지만 철망을 만지는 건 고통만 더할 뿐이다.

영원 같던 시간이 지나고 마침내 그물의 전기가 멈춘다. 나는 축 늘어져 쓰러졌다.

내 옆의 승도 움직이지 않는다.

갑판이 조용하다.

머리가 욱신거린다. 입가로 피가 흘러내리며 짜고 쇠 맛이 난다. 타는 냄새가 공기를 메운다. 작고 차가운 무엇인가가 내 얼굴을 때린다. 빗방울이다. 나를 둘러싼 수십 개의 군화를 멍하니 바라보는 동안 내 시야가 흐려진다.

그들이 많다. 너무나 많다.

그때 한쪽 구석에서 배의 난간에 손 하나가 올라온다.

두 번째 손이 보이고 켄조가 선체 난간을 넘는 모습을 보고는 안도감에 소리를 지를 뻔했다. 그의 옷은 소금물이 뚝뚝 떨어지고 탈진한 얼굴은 창백하다.

병사들이 우리를 에워싼 가운데 그가 휘청거리며 일어섰다. 혼돈과 호랑이에 대한 집착으로 그들은 그들 뒤에 서 있는 청년을 보지 못했다. 켄조는 주변을 훑어보고 승과 호랑이 옆에 붙잡힌 나를 보고는 굳어진다. 포위당한 우리에게 희망이란 없다. 병사들이 다가오는 그 순간, 우리의 눈이 마주쳤다.

"도와줘." 내가 간신히 애걸한다.

켄조가 당황하며 주위를 둘러보고는 묘하게 갈등하는 표정이 그의 얼굴에 스치고 그의 턱이 떨린다.

미안해, 켄조가 입 모양을 낸다. 그리고 다른 말도. 나는 못 해, 라고 하는 건가?

쿵. 쿵.

묵직한 두 발이 우리 옆 젖은 갑판 위를 딛고 선다. 병사들이 길을 터 주느라 황급히 비켜선다. 믿기 어려울 정도로 큰 키에 공포스러운 형체가 성큼성큼 걸어오자 병사들의 대열이 좌우로 갈라진다.

"얼굴을 보여라. 우리의 상대가 누군지 봐야겠다."

병사가 그의 엄지와 검지로 내 턱을 거칠게 움켜쥐고 그 거대한 형체를 향해 비틀어 올리는 바람에 얼굴이 고통으로 일그러졌다.

맙소사. 이사오 총독이다.

이사오가 허리를 굽혀 우리를 내려다보더니 잔뜩 못마땅한 표정을 짓는다. 그의 뒤를 따라 더 많은 드래곤 병사들이 다른 전함에서 쏟아져 들어오고, 거의 의식을 잃은 진을 우리 옆 갑판으로 내동댕이친다. 아직 그물에 휘감긴 진의 피부는 잿빛으로 변했고, 머리카락 끝이 그을렸다. 그녀가 얕은 신음을 내뱉더니 이내 조용해진다.

이사오가 그의 시선을 나에게로 돌리더니 내가 누구인지 알아보는 순간, 그의 얼굴에 놀라움이 드러난다.

"내가 생각하는 그 아이가 맞나?" 그가 낮게 읊조린다.

그가 멈춰 생각에 빠진다.

"야마모토의 막내딸. 바로 너구나."

총독은 도저히 믿을 수 없다는 듯 어안이 벙벙한 얼굴이다.

순간, 한 가지 생각이 떠올랐다.

아직 나는 나 자신을 구할 수 있다. 이사오에게 그와 제국을 위해 내가 왜 호랑이를 잡으러 나라를 가로질러 왔는지, 승과 진을 쫓아 결정적인 순간에 그들을 어떻게 저지했는지 말하면 된다. 그러면 가족도 구할 수 있고 명예도 되찾고 호랑이 슬레이어도 될 수 있다.

침을 삼키자 목을 타고 내리는 짠맛이 내 식도를 태우는 것 같다.

하늘을 날던 갈매기의 모습이 떠오른다. 이토 산에서 낙하 훈련하던 그날, 내 어깨를 짓누르던 건 아무것도 없었다. 나는 그 새들처럼 자유로웠다.

진정한 힘이란 네가 스스로 선택하는 것에서 나오는 거야, 나리 교관의 가르침이 생각났다.

"도대체 여기에 어떻게 왔느냐?" 총독이 소금기 밴 그의 군화로 내 소매 끝을 툭툭 친다. 당혹스러운 눈치다.

저항의 의미로 입술을 꾹 다물었다.

드래곤 병사들 틈에 서 있는 켄조가 보인다. 그는 가만히 지켜만 보고 있다. 이사오 총독이 주위를 둘러보며 호랑이와 도망자 신세인 나를 본다. 그의 눈이 반짝인다. *이렇게 쉽게 일이 풀리다니!*

그러고는 뒤돌아서는 이사오의 눈에 켄조가 들어왔다.

그러자 켄조가 신발을 질질 끌며 우리에게 다가온다. 그의 이가 덜덜 떨리는 소리가 들리는 것 같다.

가슴에 불가능한 희망이 스민다. 그에게 조용히 애원했다. 제발 우리가 여기를 빠져나갈 수 있게 뭐라도 해 달라고.

켄조가 몸을 돌려 이마에 손을 올려 경례한다.

그리고 그가 한 쪽 무릎을 꿇는 바람에 더 이상 그의 얼굴이 보이지 않는다.

그래도 그의 말은 또렷이 잘 들렸다.

"총독 각하, 때마침 오셨습니다. 저는 이 도망자들을 식민지 전역에 걸쳐 추적했습니다. 저들이 각하로부터 호랑이를 빼돌리려고 하는 걸 알아채고는 저들을 미행해 습격한 후, 저들이 목적을 달성해 제국에 해를 끼치기 전에 저지했습니다."

켄조가 이사오 총독에게 머리를 조아린다.

"제가 호랑이를 찾았습니다, 각하!" 켄조가 확신에 찬 목소리로 말했다.

이사오가 눈썹을 치켜올린다.

"총독 각하, 저는 켄조 고바야시로 각하의 충직한 부하입니다. 제 목숨을 걸고 맹세합니다."

이사오가 미간을 좁히고 뒤돌아 나를 쳐다본다.

전기 그물로 난 상처가 온몸으로 퍼져 본격적으로 고통스러워지기 시작하자 내 입에서는 신음이 터져 나왔다. 눈이 뒤집혔고, 배가 미끄러지듯 물살을 가르고 나아가는 동안, 내 주위의 빛이 서서히 꺼져 간다.

·29·

승

 양팔이 붙들린 채 어둡고 악취가 진동하는 복도를 질질 끌려 지나가고 있다.

 신음이 터져 나오지만, 눈을 깜빡여 주변을 살피려 애썼다. 드래곤 병사들이 행진하며 내 양팔을 거칠게 앞쪽으로 끌어당긴다. 그들의 고약한 체취가 코를 찌른다. 내 뒤편 어딘가 은지의 존재가 희미하게 느껴진다. 그녀의 심장 박동이 전해지고 맥박은 희미해 고르지 않고 의식을 잃었지만, 아직 살아 있다. 나와 마찬가지로 그녀 주변을 병사들이 둘러싸고 있다.

 진 역시 의식을 잃고서 그들 뒤 어딘가에 있다.

 나는 고통에 울부짖으며 축 늘어져 다시 불안정한 무의식의 저편으로 빠져든다. 깨어나 보니 금속 부딪치는 소리가 사방에 울린다. 몸이 떨렸다. 철창 너머 복도 천장의 불빛이 희미하게 깜박거린다. 나는 철문으로 막힌 감옥 안에 있다. 병사가 나가면서 문을 쾅 닫는다.

 내 옆에 은지가 더럽고 차가운 바닥에 기절해 있고, 옆 감방에는 진이 눈가리개를 하고 묶여 있다.

병사들의 군화 소리가 점점 멀어지자 나는 흐릿한 눈으로 감옥 안을 둘러보았다. 두꺼운 쇠창살이 바닥에서 천장으로 이어져 감방의 세 개 벽면을 이루고 있고, 네 번째 면은 단단한 콘크리트 벽으로 더러운 담요가 덮인 침대가 달려 있다. 코를 찡그렸다. 담요 속에서 수많은 이가 신나서 뛰노는 게 느껴진다. 기운이 없어 다시 머리를 바닥에 대고 눈을 감았다.

세상이 뒤틀리면서 소용돌이친다.

이마에 열이 오르고 머리가 깨질 듯 아파 관자놀이를 지나는 피가 쿵쿵 방망이질하는 게 느껴진다. 눈을 감고 의식과 무의식을 넘나들며 타오르는 횃불의 그림자처럼 끊임없이 변하는 장면들, 타인의 기억, 그들의 삶이 여전히 보인다.

얼마나 오래였는지 모르겠지만, 나는 그런 꿈속을 오갔다.

현실의 경계가 희미해진다……. 방이 쪼그라들면서 나에게서 멀어진다.

점점 번뜩이던 기억들이 잠잠해진다. 전에 본 적 없는 완전무결한 어둠이 세상을 덮어 버린다. 그러나 나의 의식은 명료해져 그 어둠 어딘가에 서 있다. 아래를 내려다보니 아무것도 없다. 온전한 공허만 있을 뿐, 마치 나는 공중에…… 망망대해에…… 떠 있는 것 같다.

여기가 어디지?

고개를 드니 호랑이가 허공에 발을 내딛고 내 앞에 서 있다. 영물이 부드럽게 호흡하자, 그 입술이 미세하게 떨린다. 고대의 처연한 황금빛 눈동자가 느리게 깜박인다.

그 즉시 나는 호랑이의 영혼이 고통받고 있다는 걸 알 수 있었다. 영혼의 목구멍 깊숙한 곳에서 으르렁거리는 소리가 난다.

미안해요, 호랑이 신령에게 전하고 싶었다. *실패해서.*

그 말이 입 밖으로 나오기 전에 호랑이가 뒤에서 무슨 소리를 듣기라도 한 듯 몸을 돌린다. 영물이 포효하며 등을 활처럼 구부리고 털이 곤두선다. 호랑이의 뒤, 검은 허공으로 네댓 명의 드래곤 군인들이 나타나 호랑이를 향해 달려든다. 그들이 칼을 뽑자 영물이 다시 으르렁거렸고 환영은 흩어졌다.

안 돼!

헛되이 손을 뻗어 그들을 막으려 했지만…… 호랑이는 사라졌다.

나는 무릎 꿇었다.

호랑이가 이사오의 손안에 있다.

그는 곧 호랑이를 죽일 것이다. 아직 죽이지 않았다면.

이제 호랑이 식민지는 결코 해방되지 못할 것이다.

어떻게 우리에게 이럴 수 있나? 나는 내 말을 들을 누군가를 향해 조용히 절규했다. *너희들이 우리 땅에 사는 우리를 부랑자로, 이방인으로 만들었어.*

성공이 코앞이었는데.

눈물이 고인다. 눈물방울이 내 얼굴에서 떨어져 나와 어둠 속을 떠다닌다. 허공을 자유롭게 유영하며 보이지 않는 바람에 실려 가다 기이한 빛이 그 속으로 스며들자 물방울들이…… 영롱해진다.

눈을 가늘게 뜨니 저 멀리 뭔가가 보인다.

사람 같다.

허공을 가로질러 걸어 나오는 그 형체의 발소리가 울린다.

그가 마지막으로 한 걸음을 떼자 그의 얼굴이 눈에 들어온다.

숨이 멎는다. 이럴 수가!

"아들!" 아버지가 미소 짓는다.

매일 일터에 입고 가던 광부 작업복이 아니라 어쩌다 쉬는 날이면 항상 입으시던 평상복 바지와 흰 셔츠 차림이다. 이 옷을 입은 채로 기절한 듯 잠들어 있던 아버지의 무표정한 얼굴이 떠오른다.

하지만 뭔가 다르다.

기억 속 아버지는 늘 눈 밑 그늘이 짙었다. 그런데 지금은 피로에 찌든 모습도, 긴장한 표정도, 그리고 찌푸린 이마도 모두 온데간데없다. 여기서 보는 아버지는 환하고 맑아 보이고, 그 미소는 평온하다.

목에 뭐가 걸린 듯 아려 온다.

"아니, 꿀 먹은 벙어리가 됐어?" 아버지가 눈웃음을 보인다. *"아버지한테 인사도 안 할 거야?"*

나는 고개를 가로저었다. 이게 환영인지 꿈인지, 섣불리 다가가기가 두렵다. 손을 뻗으면 아버지가 사라지는 건 아닐까?

내 염려와는 달리 아버지가 두 팔을 활짝 벌리고 나에게 걸어온다. 아버지의 모습이 너무나 생생하다. 정말 이곳에 계신 것 같다. 아버지가 나를 꼭 안는다. 아버지에게서 기도의 우리집 냄새가 난다. 내가 잊어버리고 있던 그 냄새. 마치 전생의 기억처럼 아득하다.

"이야! 우리 승이," 아버지가 한 발짝 물러서며 나를 찬찬히 살핀다. *"많이 컸구나."*

사실이다. 이제 내 키가 아버지보다 조금 더 큰 걸 보니 지난 1년 동안 내가 생각한 것보다 훨씬 더 자랐나 보다. 늘 아버지가 나보다 더 크다고 생각했었는데.

"겨우 1년밖에 안 됐는 걸요." 나는 조그맣게 속삭였다.

"1년이면 많은 일이 일어날 수 있지." 아버지가 눈가를 훔친다. *"그래, 우리 좀 걸을까? 네게 보여 주고 싶은 게 있어."*

고개를 들었다.

바로 옆에서 개울물 소리가 들리고 오후 햇살이 수면을 은빛으로 물들인다. 우리는 기도 마을을 가로질러 흐르는 강가에 서 있다.

너무나 익숙한 곳이다. 잠자리들이 개울 위에서 햇빛을 받아 반짝거리는 날개로 이리저리 맴돌다가 휙 날아가 버린다. 강가의 갈대는 물살에 몸을 맡긴 채 흐느적거린다.

아버지와 나는 강둑을 따라 나란히 걸었다.

"아버지…… 이게 진짜예요?" 물어야 했다. "우리가 지금 어디 있는 거예요?"

아버지는 강물만 바라본다.

"글쎄다! 나도 잘 모르겠구나, 승아."

"아버지, 저도…… 저도 죽은 건가요?"

아버지가 웃는다. 그러고는 내 등 뒤로 손을 얹으신다.

"아니다, 승아. 너는 아직 살아 있어. 네 몸은 아직 저기, 한남시의 감옥에 있어. 이건 그냥, 너와 내가 잠시 산책하는 거란다."

그 말에 마음이 무너져 내린다. 다시 현실이 내게 고개를 들이민다.

"아버지…… 저는 실패했어요. 거의 다 됐는데……. 호랑이 식민지를 해방시켜야……."

강가에 주저앉자 신발이 축축한 진흙 속으로 꺼진다. 얼굴을 감싼 손가락 사이로 강물이 우리 곁을 유유히 흐르는 게 보인다.

"아버지는 결코 자유롭지 못했어요." 내가 아버지에게 말을 건넨다. "평생을 드래곤 제국에 그 알량한 자비를 기대하며 사셨죠. 성공하지도 그 굴레를 벗어나지도 못하고. 저도 그런 삶을 살까 봐 몹시 두려웠어요."

다른 누군가의 삶의 기억이 눈앞을 스쳐 지나가, 잠시 말을 멈추고 들여다보기도 전에 사라진다.

"그렇다고 아버지의 삶만 그랬던 것도 아니었어요." 나는 계속했다. "그런 사람들이 너무 많았어요. 그들도 본인의 삶을 바꾸려고 갖은 노력을 해 봤지만 결국 실패했죠."

"알고 있단다." 아버지의 목소리가 차분하다.

"아버지, 저는…… 이해가 안 돼요. 그게 대체 무슨 소용 있나요?"

"승아." 아버지가 내 뒤에 서서 휘파람 소리를 낸다. *"너에게 보여 줄 게 있어."*

아버지가 손가락을 들어 가리켰는데 예전에 기력이 없어 떨리던 손이 이제는 소곤대듯 목소리를 낮추어 말해도 조금도 떨리지 않았다.

"저기 강이 꺾이는 곳 옆에 있는 굽은 나무 보이니?"

나는 가는 실눈을 하고는 아버지의 시선을 따라 은빛 물결이 넘실대는 강 너머를 바라보았다.

물살이 휘어져 시야에서 보이지 않는 곳에 회색빛 앙상한 고목 한 그루가 벼랑 끝에 매달려 있다. 가느다란 뿌리 몇 가닥으로 겨우 지탱하고 있을 뿐, 뒤틀린 나무껍질에는 한 줌 마른 잎사귀만 달려 있어 약간만 밀어도 무너질 것 같다.

그렇지만 고목의 몸통만 봐도 그 나무가 얼마나 오래된 나무인지 알 수 있다. 이 고목은 여기, 이 강가에서 수십 년 어쩌면 수백 년, 아니면 그 이상 살아왔는지 모른다.

"이 세상 모든 것들은 제 자리가 있기 마련이다." 아버지가 말한다.

잠자리 한 마리가 그 고목 가지에 내려앉더니 날갯짓하며 다시 날아 간다.

"승아, 우리네 인생에는 우리 마음대로 할 수 있는 일과 그렇지 못한 일이 있다는 걸 모두 알고 있다. 때론 삶이 너에게 가혹할 수도 있어. 시험에 통과할 기회를 빼앗고 네가 꿈꾸던 미래를 앗아가기도 하지. 그렇다 하더라도 너의 존엄성마저 빼앗을 순 없어. 저 고목을 보거라. 강가에 얼마나 당당히 서 있느냐? 아무도 네 존엄성을 빼앗지 못해, 승아. 아무리 뺏으려 해도 빼앗을 수 없고 항상 네 안에 있는 거야. 그걸 포기하는 건 오직 너 자신이란다."

아버지가 돌아가시기 전, 그의 마지막 말이 떠올랐다.

아버지는 그 마지막 밤에도 나에게 비슷한 얘기를 하셨다. 그때 나는 내 운명을 받아들일 준비가 안 돼 있었고 어떻게든 맞서 싸우고 싶었다. 그곳을 벗어나 내 처지를 딛고 일어서 더 나은 삶으로 나아가길 갈망했다.

나는 열심히 살았다. 정말 무던히도 애썼다. 그러나 실패했다. 우리를 짓누르던 모든 것들…… 결국 그것들이 이겼다. 늘 그랬던 것처럼.

하지만 그 처절한 깨달음 속에서 나는 어떤 평온함을 느낀다. 그게 어디서 오는 건지 모르겠다.

아마도 내가 지금 느끼는 수천, 수백만의 삶 덕분인지 모른다. 그 삶 하나하나가 나에게 깨달음을 주었다.

갑자기 그들의 고난이 느껴진다. 우리는 호랑이 민족이라는 이유로 우리를 옥죄던 속임수들, 체제와 상황들에 맞서 필사적으로 싸웠다. 모두가 살아남겠다는 그 일념 하나로 평생 피, 땀, 눈물을 바쳤다. 우리와 우리 후손들이 버텨 낼 수 있는 삶을 만들어 주려고.

일부는 자신의 모든 걸 바쳐 성공하기도 했다. 드문 기회를 잡았고 남들보다 운이 좋았거나 수완이 탁월했다. 하지만 대부분은 그렇지 못했다. 호랑이 민족 전체가 드래곤 제국의 수하에서, 아니면 다른 시대에는 또 다른 억압으로 고통스러운 삶을 살았다. 호랑이 민족 대부분은 살아생전 자유를 누리지 못했고, 내가 평생 겪은 모든 일이 한가한 산책쯤으로 여겨질 만큼 비통한 삶이었다.

그들에게도 삶이 의미가 있었을까? 일생 자유를 누리지 못한 이들에게도?

그들은 여전히 살아 있다. 절망 속에서도, 고통과 두려움 속에서도 여전히 자신만의 기쁨과 사랑의 순간이 있다.

그들이 왔다가 떠나며 태양 빛을 응시한다.

그들은 살았고 존재했다.

그리고 나는 깨달았다.

아무도 네 존엄성을 빼앗지 못해, 승아.

강은 사라졌고 아버지와 나는 다시 검은 허공에 서 있다.

보이지 않은 광원(光源)이 아버지의 형체를 뒤에서 비춘다. 어둠 속에서 아버지의 머리카락 끝자락이 밝게 빛난다.

나는 그곳에 가만히 서서 생각들을 곱씹어 봤다.

이제야 알 것 같다. 마침내 깨달았다. 수개월 전 아버지가 나에게 전하려던 그 의미를.

그래도 여전히 오랫동안 나를 괴롭혀 온 마지막 의문 하나가 가슴에 남아 있다.

"아버지." 나는 물었다. 아버지가 내 곁에 있는 이 순간 그에게 답을 들어야 한다. "그날 밤 왜 히요시 경관을 구해 주셨어요?"

아버지의 입가에 웃음이 번지고 눈에 촉촉한 눈물이 맺힌다.

"내가 너를 제대로 가르쳤다면, 승아," 아버지가 눈을 찡긋한다. *"너 스스로 그 답을 찾을 수 있을 거야."*

고요히 어둠을 가르는 초록색 섬광이 내 시야를 집어삼킨다. 나는 황급히 손으로 눈을 가렸다.

철컹!

철컹!

무슨 일이······.

눈을 뜨니 머리 위로 낮게 드리운 검은 철제 천장이 시야에 들어오고 철창 너머 복도의 희미한 등불이 깜빡거린다. 눈을 비비며 일어나 앉았다. 내 옆에 이가 들끓는 침대가 보이고, 나는 다시 감방 안이다.

손을 내려다보고 뒤집어 살폈다. 갑자기 머릿속이 맑아진다. 하느님께 감사드린다. 이 손은 내 손이다.

쾅!

돌아다보니 은지가 감방 철창에다 자신의 몸을 계속 내던지고 있다. 그녀는 어깨로 철창에 들이받을 때마다 신음을 뱉으며 얼굴을 찡그린다. 뒤로 물러나 다시 한 번 철창에 힘껏 부딪쳐 보지만, 철창은 꿈쩍도 안 한다.

"자, 누가 깼는지 볼까."

목소리가 들리는 쪽으로 돌아보니 옆 감방 벽에 기대어 무릎을 가슴에 끌어안고 앉아 있는 진이었다. 눈은 천으로 가려져 있고, 두 손은 등 뒤에 단단히 묶여 있다. 완전히 산발이 된 머리에 얼굴은 멍이 들고 지저분하지만, 그녀는 살아 있다.

쾅!

"소용없는 거 알잖아." 진이 외친다. "저 철창은 용의 기를 가진 사람들을 가둘 수 있게 만들어진 거야."

은지가 고개를 가로젓더니 한 번 더 철창에 세게 몸을 던진 후 낙담하며 돌아선다. 나는 무슨 말이라도 하려 했지만, 기침만 나왔다. 복이 완전히 메말라 혀는 거칠하게 바짝 말라 있고 위장은 조약돌만 하게 쪼그라든 것 같다.

"내가 얼…… 얼마나 오랫동안 정신을 잃었어?" 기침이 나와 간신히 입을 뗐다.

"모르겠어. 하루나 이틀." 진이 답한다.

하루나 이틀이라고?!

"여기에는 빛이 없으니 며칠인지 알기 힘드네."

은지가 구석에서 작은 물통을 가져다준다. 내가 허겁지겁 달려들어 물통에 입을 갖다 대다가 물통이 뒤집힐 뻔했다. 물을 최대한 많이 들이켜는 바람에 입가로 물이 흘러나와 턱을 타고 내려 셔츠를 적신다. 몇 주 동안 방치된 것인지 물맛이 역겁다. 겨우 물통을 내려놓았지만 위가 울렁거리고 구역질이 나오려는 걸 참으려 몸을 구부렸다. 뒤에서 은지가 나를 붙잡고 한 손으로 어깨를 쓰다듬어 준다.

"서두르지 마." 그녀가 말한다. "한동안 의식을 잃었었어……."

입을 닦으며 뭔가 이상한 게 감지돼 인상을 썼다. 천장 너머 어딘가에서 포효하는 소리가 들린다. 멀리서 들려오는 폭포 소리 같기도 하고, 강풍에 건물이 덜컹대는 소리 같기도 하고…….

그게 아니라면…….

아니면 소리 지르고, 함성을 외치고, 비명을 토해 내는 군중의 소리.

"저…… 소리는 뭐야?" 온몸에 한기가 스며들어 나직이 속삭였다.

턱을 치켜드는 진의 얼굴이 눈가리개 너머로 일그러진다.

"우리의 최종 종착지야." 말을 뱉고는 힘없이 머리를 다시 떨군다. 진의 귀 주변으로 검은 진물이 공기 중으로 흘러나오는 게 보이고 거기에 희망의 빛이라고는 한 줄기도 보이지 않는다.

"우리 뭐? 무슨 말이지 모르겠……."

"마지막 호랑이의 도살 의식이라고." 진이 말했다.

그제야 알아차렸다.

내게 들리는 저 소리는…….

"저 소리는 관중이 내는 소리구나." 혼잣말을 했다.

나의 깨달음에 대답이라도 하듯, 위에서 들리는 함성은 점점 커져 마치 천둥소리 같고 파도 소리 같다. 분명 인파가 수천 명쯤 되는 게 틀림없다.

우리는 한남시 지하 어딘가에 갇혀 있다. 거대한 경기장이나 광장 또는 무대 밑에.

몸서리가 쳐진다.

"여기서 나가야 해." 나는 중얼대며 몸을 일으켰다.

"괜히 힘만 쓰는 거야." 진이 대꾸한다.

"도살 의식이 아직 시작되지 않았다는 건, 호랑이가 여전히……."

"승, 다 끝났어." 진이 말한다. "위에 모인 저 사람들? 저건 도살이 곧 시작된다는 뜻이고, 그래서 우리가 여기를 제때 탈출할 방법은 없다는 말이야."

이상하리만큼 진의 태도는…… 거의 평온해 보인다. 그녀에게서 항상 느껴졌던 단단한 에너지와 겉으로 드러나지 않던 집념이 이제는 완전히 소진된 것 같다. 그녀는 마치 다 타버린 심지 같다.

"있잖아, 나는 내가 이런 식으로 끝날 것 같다는 느낌이 늘 있었어." 그녀의 목소리가 갈라진다. "어쩌면 이게 최선일 거야. 어딘가에서 늙고 비참해져 혼자 죽는 것보다 이렇게 싸우다가 가는 게 나아."

은지와 나의 눈빛이 부딪친다.

"진." 내가 입을 열었다.

"내 안에 무너진 모든 것들이 이제야 평안을 찾을 수 있겠지."

진이 내 말을 가로막는다. "그렇게 무너뜨린 건 저들이야. 그래, 좋아. 저들 마음대로 하라고 해. 적어도 이제 나는 쉴 수 있으니까."

"너는 무너지지 않았어, 진."

"아니 무너졌어. 내가 그걸 어떻게 아는지 알려 줄까?" 그녀의 가슴이 천천히 들썩이고 그녀가 눈물을 참고 있는 게 느껴진다. 괜찮다고, 맘껏 울어도 된다고, 우리가 너의 곁에 있다고 말해 주고 싶었다. 하지만 때로 진을 그냥 내버려둬야 한다는 것도 나는 배웠다.

"왜냐하면," 그녀의 입가에 야릇한 미소가 스치며 계속 말한다. "나는 지는 건 전혀 두렵지 않았어. 전에도 백만 번 넘게 져 봤으니까. 패배는 오히려 날 더 불타오르게 할 뿐이니까. 내가 진짜 무서운 건…… 만약 우리가 이기면 어쩌지? 였어."

은지가 눈을 동그랗게 뜨며 묻는다. "그게 무슨 소리야?"

진의 이빨이 어둠 속에서 번쩍인다. "만약에 우리가 제국을 이겼는데도 내 안의 이 구멍, 결코 채워질 수 없는 이 공허함이 사라지지 않는다면? 만약 내가 영원히 망가진 채로 남겨져 아무것도 그 고통을 멈출 수 없다면?"

복도에서 바닥을 쿵쿵거리며 걷는 무장한 군인들의 발소리가 들린다. 여러 명이 순찰 중인 것 같다. 진이 곧바로 얼어붙는다. 그녀의 온몸이 나무판처럼 딱딱하게 굳고 핏기가 가신 그녀의 뺨은 창백하다 못해 푸르스름하다. 조금 전 진의 어깨 위로 드리워졌던 검은 구름은 순식간에 사라지고 없다. 구름이 가신 그 자리에 그녀의 심장이 뛸 때마다 붉은 경고 표시가 번뜩인다.

"안…… 안 돼!" 진이 어떤 기억에 사로잡혀 몸을 떤다. "안 돼, 이럴 수 없어······.”

그녀가 몸부림치기 시작한다. 바닥에 헛발질을 해 가며 손목을 묶은 끈을 풀려고 버둥댄다. 내 심장도 같이 요동치며 독을 품은 핏빛 폭풍 구름이 피어올라 그녀를 휘감는다.

과거의 끔찍한 기억이 희뿌연 마수(魔手)가 되어 그녀의 목을 조르고 비튼다.

“진! 왜 그래, 무슨 일이야?” 은지가 경악한다. 경련을 일으키는 진의 묶인 손목이 벌겋게 쓸렸다.

“난 못 하겠어,” 진이 반복적으로 속삭인다. “다시는 이걸 못 해. 못 한다고!”

“진정해. 그냥 순찰병들이야.” 은지가 안심시킨다. “그냥 지나가는 것 뿐이라고.”

나는 진이 기억의 어디에 있는지 안다. 그녀는 뱀 여왕국에서 드래곤 병사들에게 당했던 그 끔찍한 기억 속으로 되돌아가 있다.

그녀를 위해 뭔가를 해야 한다. 나는 우리 사이의 철창으로 달려갔다.

최대한 빨리 나는 내 기억 속으로 손을 뻗어 공장에서 보았던 진의 십대 반란군 동지들의 따뜻함과 우정을 느꼈다. 그 느낌을 끄집어내어 황금빛 햇살로 증폭시켜 손을 통해 진에게 흘려보냈다. 빛이 그녀의 어깨에 내려앉더니 그녀에게 스며든다.

진이 한 번 더 몸을 떨더니 어깨가 축 처지고 바닥으로 가라앉아 태아처럼 몸을 웅크린다.

은지와 나는 그녀가 잠드는 걸 지켜보는 동안 꼼짝도 안 하고 있었다. 이 엄청나고 대단한 반란군 지도자. 나는 그녀를 깊이 존경한다. 때론 그녀가 두렵기도 하지만 지금은······.

나는 진이 겪었던 일들을 생각했다. 고아로서의 그녀의 삶은 — 어쩔 수 없이 평생에 걸쳐 강인함을 길러야 했고 — 어린 시절, 자신 외에는 누구에게도 의지할 수 없는 극심한 외로움뿐이었다. 그리고 그녀가 겪었던 공포들을 떠올렸다.

그녀의 잔인함도 생각해 봤다. 그녀의 손에 번쩍이던 칼, 눈동자 속의 암흑을 기억한다.

그리고 나는 비로소 깨달았다. 아버지가 그날 밤 숲에서 히요시를 구한 이유를.

순간, 내가 왜 진을, 그 누구라도, 포기할 수 없는지 일있다. 왜 진을 용서할 수 있는지 이해가 되었다. 그리고 그런 이유로 왜 나 자신을 용서할 수 있는지도.

어쩌면, 저들이 저지른 모든 것에도 불구하고, 나는 드래곤 제국을 용서할 수 있을지도 모른다.

그것은 너무나 단순한 이유였다. 그 무엇보다 단순한 것. 하지만 내가 알고 있던 그 어떤 진실보다 강력하다.

우리는 모두 인간이다.

한동안 은지와 나는 침묵에 잠겼다. 오직 천장에서 바닥의 물웅덩이로 똑똑 떨어지는 물방울 소리와 머리 위에서 호랑이 도살 의식을 기다리는 군중의 아득한 함성만이 끊임없이 울릴 뿐이다.

은지를 바라보니 그녀는 낙담한 표정으로 불안해 보인다.

"너희 둘의 첫 만남이 좋았더라면 더 좋았을 텐데." 나는 은지가 지금까지의 온갖 일에도 불구하고 진을 나쁘게 생각하지 않았으면 하는 마음이다. "네가 본 건 진이 가장 고통스러워하는 모습이야."

"잘 모르겠어." 은지가 조용히 말한다. "그들이 진에게 무슨 일을 저질렀는지 모르겠지만…… 나라도 그녀의 입장이라면 똑같이 느꼈을 거야."

그녀는 잠시 말이 없다.

"그녀는 강인해." 은지가 다시 말을 시작한다. "전사(戰士)지."

"내가 아는 누구처럼." 그녀에게 말했다. 미소 짓는 그녀의 입술이 살짝 떨린다. "그건 그렇고 암튼, 고마워." 내가 말을 보탰다.

"뭐가?"

"배에서 날 구해 준 거."

"아, 그거." 은지가 말했다. "고맙긴 뭘. 당연히 그래야지."

그녀의 머리카락 한 올이 삐져나와 있다. 그걸 옆으로 넘겨 주고 싶지만 망설여진다. 우리가 떨어져 있는 사이 은지와 나 사이에 어떤 거리감이 생겼다. 그 거리감을 어떻게 좁혀야 할지 모르겠다.

은지에게 뭐라고 해야 할까? 어떻게 그녀에게 다가설 수 있을까? 어떻게 하면 다시 예전처럼 될 수 있을까?

이제 우리는 성장했지만, 우리의 마음속 깊은 곳에는 여전히 도살 의식에서 처음 봤던 그 아이들 그대로라고 느낀다.

은지가 고개를 숙인다.

내가 그녀에게 고개를 돌리자, 은지가 입을 연다.

·30·

은지

"이게 마지막일지 몰라." 내가 나직이 말했다. "우리의 마지막……."

고개를 내젓는 승의 얼굴에 슬픈 미소가 스친다.

감옥 안은 추웠지만, 내 가슴속은 따스한 기운이 가득했다.

"우리에게 마지막은 없어, 은지야."

승은 여기서 살아서 나가는 걸 얘기한 걸까? 그게 아니면……?

"승아……."

그에게 무슨 말을 하지?

"보고 싶었어." 전하고 싶었던 진실의 말들이 입으로 쏟아져 나와 흐르는 눈물을 닦았다. 갑자기 눈물을 보이는 게 싫다. 많은 일을 해내고 강해졌는데도 이렇게 약해지는 기분이 싫다. 내 안에서 아이처럼 울부짖는 소리가 싫다.

어디 있었어? 어떻게 나를 떠나보낼 수가 있어? 그리고 다시는 너를 잃지 않는다고 어떻게 믿을 수 있지?

"난 여기 있어." 승이 말을 건넨다. 마치 내 속마음을 들은 것처럼. "어디에도 안 갈 거야, 은지. 약속해.”

그의 얼굴을 살피며 그가 하는 말의 의미를 헤아려 보려고 애쓴다. 우리 둘은 다시 이렇게 나란히 앉아, 그를 바라보는 내게 드는 그를 향한 이런 감정처럼 그도 나와 같은 마음이지 않을까 하고 생각하지만, 알 수는 없다. 궁궐 지붕에서의 만남 이후 달라진 게 있을까?

“네가 예전에 얘기했잖아.” 내가 말했다. “우리에겐 힘이 없어서 절대로 이룰 수 없는 게, 할 수 없는 게 있다고. 지난 일 년간 너에게…… 너무 화가 났었어. 너는 너 자신도, 나도 믿지 못했으니까. 그렇지만 솔직히 너에게 감사해야 할 거 같아.”

갑자기 웃음이 터져 나왔다.

“내가 미친 짓을 했거든.” 나는 계속했다. “내가 지금의 내가 된 건 네가 틀렸다는 걸 증명하기 위해서였어. 네가 얼마나 틀렸는지 깨닫게 해 주고 싶었어.”

부끄러워서 손으로 얼굴을 가렸다.

얼굴을 감싼 내 손을 승이 부드러운 손길로 떼어 내자, 그의 밤색 눈동자가 눈에 들어왔다.

“내가 틀렸다는 거,” 그가 말한다. “알고 있어.”

승이 내 손을 꼭 감싼다.

“그래도 이것만은 알아줘, 은지.” 그가 계속한다. “너를 만나기 전까지 난 어떤 것도 그렇게 열심히 해 본 적이 없었어. 꿈조차 없었지. 하지만 처음으로, 나는 더 나아지고 싶었고 또 노력했어. 너에게 어울리는 사람이 되려고.”

“승아,” 내가 고개를 저었다. “이미 우리가 김치 저장고에서 만났던 그날부터 넌 네게 충분한 사람이었어.”

어둠컴컴한 그곳에서 내가 거래를 하자고 우겨 대던 그 기억이 떠올라 다시 웃음이 나왔다. 너무나 오래전이다.

우리는 너무나 가까워져서 원한다면 손을 뻗어 그의 얼굴을 만질 수도 있다.

갑자기 눈부신 불빛이 들어오고 철창 반대편의 문이 활짝 열린다.

승과 나는 콘크리트 바닥에 울리는 거친 군화 소리에 화들짝 놀랐다. 감방 구석에 누워 있는 진이 잠결에 몸을 뒤척이고 군인들이 감방 안으로 들어왔다.

"저 여자애만 끌어내!" 장교가 고함친다.

군인이 나를 가리키자, 승이 벌떡 일어난다.

"야마모토 양, 얘기 좀 하지."

이사오가 자리에 앉으며 작은 금속 테이블 너머로 물 한 잔을 들이민다. 오랜 시간 어두운 방에 있었던 터라 하얀 방의 전등 불빛에 눈이 부셨다.

"제국은 자네의 귀환을 환영하네. 수고했어." 이사오가 아버지처럼 살짝 미소를 머금고는 고개를 끄덕이면서 테이블에 팔꿈치를 괴어 앞으로 기댄다. 나는 의자에 등을 바짝 붙이고 어깨에 힘을 주고는 나를 기만할 함정을 기다렸다.

문이 활짝 열리고, 순간 온몸의 피가 얼어붙는다.

누군가 안으로 들어온다.

"은지야." 어머니다.

안 돼.

내가 벌떡 일어섰다. 문가에 선 군인이 어머니 어깨에 손을 올리자, 어머니가 움찔한다. 나는 다시 의자에 앉았다.

혼란스러운 마음에 나는 어머니와 이사오를 번갈아 쳐다봤다. 이제 이사오의 미소는 차갑게 변했다.

"켄조 고바야시가 자네가 얼마나 용맹스러웠는지 설명해 주더군. 너희 둘이 어떻게 호랑이를 추적했고, 그러다가 반란군 대장이 자네 마음을 지배하고 조종해서 내 부하들을 공격했다는 얘기를 해 줬지. 그렇지 켄조?"

나를 이곳으로 데려온 내 맞은편에 있던 군인이 붉은색 투구를 벗자 덥수룩하고 짙은 머리카락이 드러난다. 켄조가 총독의 말에 동의의 의미로 고개를 숙인다.

가슴이 조여 왔다.

"야마모토 양." 총독이 말한다. "축하하네."

그건 내 이름이 아니야, 마음속으로 조용히 대꾸했다.

"축하라니요?" 내가 가볍게 받아쳤다. 이사오는 켄조의 거짓말을 정말 믿는 걸까? 아니면 배 위에서 내가 내 의지대로 행동했다는 사실도 알고 있을까?

"그렇네. 오늘이 자네의 결혼식 날이야. 축하할 일이지, 그렇지 않나?"

항의하려다가 문가에 서 있는 어머니가 굳어지는 걸 보고 입을 다물었다. 그녀의 얼굴에는 아무런 표정이 없다. 나는 어머니가 어느 편인지 궁금하다. 이사오에게 억지로 끌려온 걸까, 아니면 어머니가 오겠다고 한 걸까?

"야마모토 양, 제국은 자네과 고바야시 군의 행복한 결혼에 관심이 깊네. 이 부분은 자네가 매우 운이 좋다고 생각해야 해. 세상에 나의 뜻을 거역하고 살아남은 이가 몇 안 되니까."

진홍색 갑옷에 드래곤 군대의 상징적인 투구를 손에 들고 반대편 벽에 기대어 있는 켄조는 생각에 잠겨 엄지손가락으로 반질반질 윤이 나는 투구의 표면 닦고 있다.

"오늘은 자네에게 경사스러운 날이야." 총독이 계속한다. "결혼식을 올리고 자네와 자네의 남편은 마지막 호랑이를 잡은 영웅으로 선포될 거네. 행복하고 조용한 결혼 생활을 할 거고, 이번에는 아무런 문제가 없을 거라고 믿어. 내가 그렇게 믿어도 되겠지?”

머리가 복잡했다. 이사오가 다급히 켄조에게 손짓하고, 나를 향해 천천히 걸어오는 켄조의 말끔한 검은색 구두가 또각또각 울린다.

“은지.” 나를 부르는 켄조의 목소리가 덤덤하다. “나는 오래전부터 우리가 운명적이라는 걸 알고 있었어. 하지만 우리가 이렇게 서로에게 훌륭한 짝이 될지는 몰랐어.” 그가 내 쪽으로 손을 뻗어 나를 일으켜 세우고 그와 마주보게 했다. 그의 손끝이 차갑다. “이제 우리는 완벽한 한 쌍이 됐어.” 순간, 진짜 감정이 실린 표정이 그의 얼굴에 스친다. “안 그래?”

나를 내려다보는 그의 눈빛 속에 무엇인가 번뜩이고, 그것은 그가 나에게 알리는 경고라고밖에는 표현할 길이 없다. 그냥 내 말대로 따라와, 하고 말하는 것 같다.

“내가 결혼한다면 그건 제국에 봉사하기 위해서지, 사랑을 위해서는 아니라고 믿었어.” 켄조가 말을 끝낸다. “이 둘 다를 위한 게 될 수 있다는 건 상상도 못 했지.”

나는 켄조를 올려다보며 그의 얼굴을 살폈다. 사랑이라고?

우리가 이사오를 속이는 걸까?

아니면 켄조가 나를 속이는 걸까?

이사오가 피식 웃으며 최근에 부상 당한 켄조의 왼쪽 어깨를 세게 두드리자, 그의 표정이 창백해지면서 긴장한 기색이 역력하다.

“자네의 답은 뭔가, 야마모토 양? 알고 싶군, 어서 말해 주게.”

그제야 나는 이해했다. 이사오가 켄조의 이야기를 믿든 아니든 그건 중요하지 않다. 아마 그는 믿지 않을 것이다. 진실 따위는 처음부터 중요하지 않았으니까.

중요한 건 이사오가 이기는 것이다. 누구도 공개 석상에서 그의 뜻에 거역하는 것으로 보여서는 안 되는 것이 중요했다.

오늘은 켄조와 나의 충성심을 증명하는 게 중요할 뿐이다.

이것이 이사오가 원하는 서사다. 그는 제국은 식민지들에게 절대로 실수하지 않는다는 걸 입증하고 싶어 한다. 마지막 호랑이를 도살하는 바로 그날, 제국의 잔혹함으로부터 눈 돌리게 하려고 소위 켄조와 나의 사랑이라는 걸 이용해 그걸 동화 같은 결말로 왜곡하려는 것이다. 그리고 내가 그의 편이라는 걸 확인받기를 원한다.

만약 내가 거부한다면 나는 어떻게 될까?

켄조는? 우리 가족은?

행여나 내가 동의한다면 승과 진, 그리고 호랑이는?

마침내 내가 입을 열었다.

"저는⋯⋯."

방 안의 모든 이가 숨죽인 채 기대감으로 나를 응시한다. 나는 어머니를 힐끗 쳐다봤다. 몸을 떨고 있는 그녀의 눈에 공포가 서리는 걸 보며 그녀가 자청해서 여기 온 게 아니라는 걸 알 수 있었다. 어머니는 위협받고 있는 게 분명하다.

"저는⋯⋯."

켄조의 얼굴이 하얗게 질리고, 나를 쳐다보는 이사오의 얼굴은 아무 감정도 움직임도 없다.

나는 고개를 숙였다. "예, 총독 각하. 분부에 따르겠습니다."

"좋아. 자네 둘은 아래층으로 가서 몸단장하게. 돌아와서는 차분하고 밝은 모습이어야 해. 모든 사람이 자네들이 얼마나 행복한지 보고 느껴야 하니까." 이사오가 켄조에게 의미심장한 눈빛을 보낸다. "잘할 수 있지, 고바야시 군?"

그는 알고 있다.

켄조가 호랑이 기를 가졌다는 걸.

뱃속이 뒤틀린다. 뭔가 잘못되었다.

이사오가 켄조에 대한 진실⋯⋯, 그리고 나에 대한 진실도 안다면⋯⋯?

그렇다면 왜 오늘 우리를 살려 두는 걸까?

그는 내가 모르는 뭔가를 계획하는 걸까?

"그들을 아래로 안내하게." 총독이 명한다.

계단 아래에서, 켄조가 내 팔꿈치를 잡더니 갑자기 감옥 쪽으로 방향을
돌렸다.

"이봐." 그 옆의 군인이 거칠게 말한다. "우리는 다른 쪽 건물로 가야
해."

켄조가 병사를 쳐다보며 그의 팔에 손을 얹는다. "피곤해 보이는데, 괜
찮나? 집에 가는 게 좋을 것 같은데."

그 즉시 병사의 어깨에 힘이 빠지며 멍하니 고개를 끄덕이고는 돌아서서
반대 방향으로 비틀거리며 걸어간다. 그러더니 켄조가 나를 복도로 밀어 넣
고 어두운 감방 복도로 들이더니 뒤에서 문을 쾅 닫는다.

"은지야." 철창에 서 있던 승이 내 얼굴을 살핀다. 이제 깨어난 진은 감방
의 그림자 속에서 기다리며 입술을 꾹 다물고 있다. 눈가리개를 한 그녀의
얼굴이 잿빛으로 창백하다.

"괜찮아." 급하게 대답하며 앞으로 가려 했지만, 켄조가 내 팔을 잡아 막
는다. 나는 그의 손을 밀쳐 내고 돌아서서 그를 노려봤다.

"정말 훌륭한 연기였어." 그에게 비아냥댔다.

"빨리." 켄조의 목소리가 진지하다. "시간이 없어."

"무슨 시간?"

"내가 말한 약속을 지키는 거야." 켄조가 말했다. "너를 보호하겠다는
약속."

"이게 네가 말하는 '보호'야?" 나는 믿을 수 없다는 듯 비웃으며 뒤

쪽 감방을 가리켰다. "진심으로 내가 너와 결혼할 거라고 믿는 거야? 네가 우리를, 나를 죽도록 내버려두고 간 뒤에?"

켄조가 몸을 가까이 기울이며 손을 뻗어 내 머리 위쪽 철창에 손을 얹는다.

"넌 이해 못 해, 은지."

그를 밀치자, 그가 휘청거린다. "나를 무시하지 마."

"그럼, 나보고 어쩌란 말이야? 수백 명의 드래곤 병사들에 맞서 이기지도 못하는 싸움을 하는 너에게 합류하라고? 나는 지금의 너를 구하려고 그때 참은 거야. 나에게 계획이 있다고."

"확실해?" 내가 물었다. "그게 나를 구하기 위해서였어? 너를 구하기 위한 건 아니고?"

"은지, 잘 들어. 난 너를 도우려는 거야. 자유롭고 싶다며, 아니야?"

나는 그의 얼굴에 대고 조소했다. "그래, 일명 너의 계획이라는 게 이사오가 시키는 대로 따르는 거네. 정말 용감한데, 켄조? 그건 자유가 아니야. 우리 둘 누구에게도 자유가 될 수 없어."

내가 밀쳤던 가슴 보호대를 문지르는 켄조의 표정이 멋쩍어 보인다.

"내 계획이 이사오를 따르는 거라고 누가 그래?"

그를 쳐다봤다. "뭐?"

켄조가 몇 초간 잠자코 서 있다가 투구를 바닥에 내려놓고 갑옷을 풀기 시작했다.

나는 의심스러운 눈초리로 물러섰고, 그가 가슴 보호대를 바닥에 던지고 은색 속옷을 벗어 맨살을 드러낸 뒤 열쇠 꾸러미가 달린 허리띠를 풀었다. 그것들도 가슴 보호대와 함께 바닥으로 떨어진다.

"도대체 뭐 하는 거야?" 내가 놀라서 따졌다.

켄조가 승에게 다음 말을 뱉자, 우리 모두 경악했다.

"옷 벗어."

승이 당황한다. "뭐라고?"

"이거 흥미진진한데……?" 진이 구석에서 빈정댄다.

어리둥절한 채 지켜보고 있는데, 켄조가 내 발 앞으로 열쇠 꾸러미를 던진다.

"내 말은," 켄조가 몸을 숙이고 부츠 끈을 풀며 작게 속삭인다. "너의 그 낡은 옷을 내게 줘. 이봐, 여기서 나가고 싶은 거 아니야?"

승과 나는 미동도 없이 눈빛만 나눈다.

"내 갑옷을 입어. 너와 나를 서로 바꾸는 거야. 병사들이 은지와 너를 밖에 도살 의식 장소로 데리고 갈 거야."

"우리를 탈출시키는 거구나." 승이 그 사실을 깨닫고는 충격받은 것처럼 보였다.

"이제야 알아챘군." 켄조가 눈을 부라린다. "이사오가 호랑이 도살 의식과 결혼식을 함께 진행할 거야. 그러니까 이게 너희의 기회야. 너희들의 마지막 기회. 호랑이가 무대 위에 있을 거야. 잘만 하면……."

"왜 이러는 거야?" 내가 물었다. "속임수가 아니라는 걸 어떻게 믿어? 넌 호랑이들이 멸종되기를 원했잖아. 너를 향한 저주에서 풀려나려고."

"제발, 은지!" 다급하게 타이르는 켄조의 말이 사뭇 간절하다. "나를 믿어야 한다면 바로 지금이야. 돕고 싶어. 이건 진심이야."

"아까 한 말들은 뭐야?" 내가 물었다. "진심이었어?"

켄조가 멈칫한다. 땀 한 방울이 그의 목을 타고 흘러내렸다. "그건 중요하지 않아."

"내게는 중요해." 가짜 천재에다 어린 시절 나를 괴롭히고, 이제는 감옥 복도에 반나로 서 있는 켄조를 바라본다.

"음……." 켄조가 고개를 떨구며 대답한다. "네가 승을 어떻게 생각하는지를 아니까," 그가 승을 힐끗 보더니 다시 바닥을 응시한다. "내 감정은 …… 상관 없어."

그가 머리를 쓸어 넘긴다. "그래도 너에게 상관있다면 아마 나는 이렇게 말할 거야……." 그가 눈을 들어, 내 눈과 마주한다. "넌 여러 면에서 나를 놀라게 했어. 내가 알고 싶어 했던 것보다 더 많은 걸 내게 가르쳐 줬지. 하지만 이제 알게 됐으니 나는…… 감사해. 거기까지만 하자."

그의 말들이 감옥 벽에 메아리친다.

그의 대답은 약간 실망스러웠다. 켄조가 나를 사랑한다고 말해 주길 원해서가 아니다. 우리가 함께 겪어 온 일들 이후에 그가 조금이라도 온전히 솔직하고 진실하기를 바랐기 때문이다. 겹겹이 눈치를 보고 계산하는 것에 얽매이지 않기를 바랐기 때문이다.

하지만 이게 켄조의 최선일 것이다.

"제발, 은지. 시간이 많지 않아."

켄조가 열쇠 더미를 내 손에 건네준다. "금색 열쇠, 오른쪽 끝에서 세 번째야."

열쇠를 골라 자물쇠에 넣고 돌리자 찰칵 소리를 내며 철문이 열린다.

승과 켄조의 시선이 마주치고, 승이 손을 내민다.

"고마워." 그가 켄조의 눈을 바라보며 말한다.

켄조가 승의 손을 빤히 쳐다보며 입술을 꾹 다문 채 승의 손을 잡고 악수를 한다.

그런 다음 그 둘은 재빨리 옷을 바꿔 입고 서로의 자리를 바꿨다.

호랑이 기를 가진 두 청년이 서로의 옷을 입고 있는 모습이 이상한 광경이긴 했다. 갑옷을 입은 승은 꽤 그럴싸한 드래곤 군인처럼 보였다. 어쩌면 다른 인생에서 더 많은 기회와 여건이 주어졌다면, 승은 시험에 통과해 드래곤 군인이 되었을지도 모른다.

켄조 역시 집안의 기대와 의무가 없었더라면 아마 다른 선택을 했겠지.

"우리가 호랑이를 구할게." 승이 켄조와 진에게 말한다. "그런 다음 곧바로 너희를 데리러 돌아올 거야. 오래 걸리지 않을 거야. 약속해."

켄조가 감방 안에서 철문을 닫는다.

"진?" 승이 걱정스러운 듯 물었다.

진은 아무 말도 없다가 몸을 미세하게 떤다. "가."

마른침을 삼키는 승이 괴로워 보인다. 그가 고개를 끄덕인다. 물러서며 나는 철창 뒤에 서 있는 켄조의 모습에서 눈을 뗄 수가 없다.

"그런 눈빛으로 날 보지 마, 은지." 켄조가 말한다. "날 동정하지 말라고. 난 그럴 자격 없어. 내가 왜 너희 둘을 보내 주는지 알고 싶어?" 냉소가 그의 입가로 번졌지만, 그의 눈빛은 달랐다.

"말해 봐." 그가 말하도록 내버려뒀다.

"그럴싸한 변명거리를 만들어 두는 거야. 만약 밖에서 일이 잘못되면 …… 난 네가 교활한 호랑이 기로 날 속였다고 할 거야. 그럼, 아버지가 나를 약해 빠졌다고 생각하겠지만 적어도 배신자로 여기진 않을 테니까." 켄조가 태연한 척 어깨를 으쓱한다. "나에게 도망자의 삶은 어울리지 않아. 그건 확실해. 하지만 호랑이를 구하려다 실패한다면 아마 너희들은 도망자의 삶을 살아야 할 거야."

다시 한 번 켄조에게 실망해서는 안 된다는 걸 알지만, 왜 실망스러운지 모르겠다.

그럼에도 나는 그의 억지 표정, 항상 되풀이하는 논리를 — 모든 것과 모든 사람은 결국 이기적이라는 논리를 — 믿지 않는다.

켄조는 내가 무사할지 확인하려고 이 여정에 동참했다. 동굴 밖에서 내가 무너졌을 때 내 손을 잡아주었다. 내 생명을 두 번이나 구했고 지금도 다시 나를 구해 주고 있다. 물론 이제까지 그의 모든 행동이 이기심에서 우러나온 행동이라고 치부할 수도 있다.

그래도 나는 켄조가 모든 걸 내려놓고 한 번만이라도 자신이 옳은 일을 하고 있다고 인정했으면 좋겠다.

어쩌면 내가 틀렸을 수도 있다. 그가 정말 이기적일 수도 있으니까.

“꽤 똑똑한데.” 내가 무덤덤하게 대꾸했다.

“그런가?”

켄조가 그림자 속으로 뒷걸음질치며 벽에 등을 기댄다. 승의 낡은 소매 끝자락을 찢어 눈가리개를 만들어 눈가에 두르자, 그의 얼굴이 어둠에 묻힌다.

승이 내 손을 꼭 쥔다. 이제 가야 할 시간이다.

나도 그를 보며 고개를 끄덕였다.

철창 손잡이를 내리니 문이 활짝 열린다.

·31·

승

벽 너머로 그들을 느낄 수 있다.

군중이 우리가 나오길 기다린다.

밖에서 낮은 포효가 울리고 함성과 속삭임이 점점 커진다. 언제라도 터질 듯한 팽팽한 긴장감이 감돈다.

군중은 족히 수천 명은 되어 보이고 그들의 심장 박동이 느껴진다.

우리는 한남시 중심부, 단군 산 아래의 왕실 궁궐에 붙잡혀 있다. 이곳은 여러 세대에 걸쳐 호랑이 왕실 혈통이 살았던 장소이자, 오늘날 총독이 폭정을 휘두르는 곳이다.

은지와 나는 총독이 치밀하게 계획한 결혼식의 적절한 순간에 등장하기 위해 기다리고 있다. 들어갔다 나오기만 하면 되는데, 우리는 우리의 역할만 하고 곧바로 그 자리를 떠야 한다. 총독은 이번에는 어떤 실수도 용납하지 않을 것이다.

다행히 드래곤 투구의 두꺼운 차양이 내 얼굴을 가려 병사 중 누구도 드래곤 제복을 입은 이 청년이 고바야시 켄조가 아니라는 걸 의심하지 않았다. 병사들이 순순히 우리를 감옥에서 끌고 나와 우리가 운명의 시간을 맞도록 했다. 은지는 서둘러 예복을 입었고 급하게 얼굴에 화장을 했다.

이제 그녀와 나는 고요한 순간에 단둘이 서 있다.

벚꽃 장식의 결혼 기모노를 입은 은지는 너무나 아름다웠다. 옷자락이 그녀의 발끝으로 흘러내리고, 화려하게 치장한 얼굴의 표정은 어둡고, 두 손은 주먹을 불끈 쥐고 있다. 그녀의 혈관을 타고 내리는 전율이 푸른 전기처럼 그녀의 온몸에 튀는 게 보인다.

"은지야." 나는 손을 뻗어 그녀의 손목에 살포시 얹었다. 손끝으로 황금빛 붉게 빛나는 촛불 모양을 띤 차분한 확신을 그녀에게 흘려보냈다. 은지가 깊은숨을 내쉰다. 푸른 전기가 잦아들며 점차 가라앉는다.

"고마워." 속삭이는 그녀의 눈동자에 초점이 없다.

켄조의 제복은 내게 어울리지 않았다. 비율이 안 맞고, 흉갑은 너무 무거웠으며, 고급 비단은 손목에 헐렁하게 걸쳐 있다. 드래곤 투구의 차양이 너무 두꺼워 앞을 제대로 보기 힘들다.

문 건너편에서 확성기의 금속성 소리가 퍼져 나오고 뒤이어 군중의 함성이 들린다. 은지와 나는 눈을 마주쳤다.

"예뻐." 내가 말했다.

"어." 그녀가 건성으로 대답하며 다시 문 쪽으로 눈을 돌린다. 군중의 함성이 계속 들려오고 한참이 지나서야 은지가 말을 보탠다. "너도 그래."

"내 얼굴이 보이지도 않잖아. 내가 켄조일 수도 있어."

그녀의 입가에 희미한 미소가 스친다.

"좀 어색해." 내가 드래곤 제복을 가리켰다.

"여기를 이렇게 해야 돼……." 은지가 갑옷의 어깨판을 바로 잡으며 셔츠의 놋쇠 단추를 조였다. "이제 됐어."

그녀의 손끝이 내 어깨에 머문다.

잠시, 우리는 복도의 색유리 창문을 통해 들어오는 희미한 빛줄기 사이로 떠도는 먼지 속에 가만히 서 있었다.

확성기를 통해 다시 낮은 목소리가 흘러나오자, 옆에 있는 은지의 얼굴에 핏기가 가신다.

"조심해야 해." 그녀가 조용히 말한다. "승, 약속해. 무슨 일이 있어도 무사할 거라고."

"우리는 괜찮을 거야, 은지. 약속해." 목소리에 억지웃음을 담았다. "그래서 네가 여기 있는 거잖아, 맞지? 내 경호원이 돼 주려고. 창이 내 얼굴을 안 찌르게."

그녀가 웃는다. "그래 맞아."

"너와 내가 호랑이를 구할 수 있어, 은지. 우리가 해낼 수 있다는 걸 알아."

"시간이 더 필요해." 그녀가 중얼거린다. 곧 우리 차례다.

"있잖아, 이렇게 생각해 봐." 그녀를 진정시키려 말한다. "옛날 그때와 똑같다고."

은지가 미소 짓더니 기억을 떠올린다. "또 몰래 빠져나가는 거네."

"우리 둘이 함께."

"한 명은 변장하고."

"그리고 나머지 한 명은 매우 똑똑하고, 강인하며, 착한 마음을 가진 사람이지."

"둘 다 그래." 그녀가 겨우 웃어 보인다.

내가 눈썹을 올리며 말한다. "설마, 내가 너 얘기한다고 생각하는 거야? 이거 민망하네."

은지의 찌푸린 표정이 잠시 풀어지더니 환하게 웃는다.

"그런데, 그거 진심이야?" 그녀를 슬쩍 쳐다보며 물었다.

"뭐가?"

"산에서 네가 했던 말."

은지가 움찔하고는 발만 내려다본다. "내가 뭐라고 했는데?"

"네가…… 날 사랑한다고."

그녀가 내 눈을 똑바로 바라본다. 그녀의 가슴을 통해 전해 오는 그녀의 맥박이 요동치는 걸 느낄 수 있다. 심장 박동마다 쿵쿵 소리가 점점 커진다.

"승, 네가 말해 봐." 그녀가 조용히 말한다. "그건 네가 잘하는 거잖아."

나는 그녀의 손을 내 두 손으로 감쌌다. 그녀의 손에 담긴 힘에도 손은 부드럽고 따뜻했다.

은지가 손을 뻗어 투구 아래 테두리를 손가락으로 쓸어내린다. 투구의 차양을 내 콧잔등 위로 살짝 들어 올려 손끝으로 내 턱을 살며시 어루만진다.

몸을 앞으로 기울여 그녀에게 입맞춤했다. 은지가 나를 끌어당기고 손깍지를 꼈다. 내 심장에 황금색 빛줄기가 폭발하듯 터져 나오고, 그 빛은 감긴 눈꺼풀을 뚫고 퍼져 나간다. 그녀의 손이 내 팔을 타고 올라, 어깨로 그리고 목덜미 뒤에 닿자, 우리의 심장 박동이 하나가 되었다.

영원의 순간을 지나며 우리는 서로의 온기 속에 머물렀다.

"나도 사랑해." 그녀에게 말했다. "늘 그랬어."

우리 뒤에서 무거운 발소리가 울리더니 드래곤 병사 한 무리가 복도를 행진해 들어온다. 나는 급히 물러서며 투구를 제때 내렸다. 병사들이 사방으로 흩어져 우리를 무대로 호위할 준비를 한다.

"너 먼저." 그들 중 한 명이 은지를 가리킨다. "고바야시는 여기서 기다려. 너는 반대편에서 입장할 거다."

은지가 머리카락을 쓸어 넘기고 병사를 뒤따르며 나를 돌아본다. 그녀에게 손을 흔들었다. 그때 거대한 나무 문이 열리고 새하얀 푸른 빛이 쏟아져 들어와 그녀를 휘감는다. 밖에는 궁궐 앞 운동장 조명이 늘어서 있다.

은지가 밖으로 나가자 군중의 함성이 열 배로 커진다.

호랑이 민족은 속지 않는다. 이것을 즐거운 행사라고 생각하는 이는 아무도 없다. 궁궐 계단을 둘러싸고 드래곤 병사들이 궁궐의 각 입구에 서서 감시한다.

군중의 함성이 혼란스러운 소란으로 변하고 카타나를 든 드래곤 병사들이 무대 위로 행진해 올라온다. 그들의 군화 소리가 무대 바닥에 일제히 울리고, 호라가이 나팔 소리의 바다 같은 큰 울림이 하늘 높이 퍼진다.

그러자 관중이 조용해진다. 거대한 쇠사슬이 돌바닥을 가로지르며 덜거덕거리는 단 하나의 소리만 들린다. 병사들 사이로 호랑이는 다리를 절뚝거리고 꼬리를 바닥에 질질 끌며 힘겹게 걸어온다. 나는 계단 가장자리의 내 자리에서 호랑이에게 소리치고 싶은 걸 억지로 참아야 했다.

이제 더 많은 병사들이 무대 옆과 위로 쏟아져 들어오고, 머리에 자루를 뒤집어쓰고 손이 묶인 죄수 두 명이 끌려 나온다.

켄조와 진이다.

은지와 나의 시선이 마주치고, 은지의 얼굴이 창백해진다.

상황을 보면, 그들이 왜 여기 끌려 나왔는지 명확했다. 앞쪽의 병사 두 명의 손에 의식용 카타나가 들려 있고, 그 대검은 검은 장갑을 낀 손에 느슨하게 쥐어져 있다.

그리고.

궁궐 계단 뒤쪽의 웅장한 문이 활짝 열린다.

이사오 총독이 걸어 나온다.

대열을 갖춘 드래곤 병사들이 모두 한 쪽 무릎을 굽힌다. 총독은 차갑고 사무적인 미소를 짓는다. 그가 승리에 도취되어 의기양양한 걸 느낄 수 있다. 이사오의 가슴이 어두운 금빛처럼 번뜩인다.

그가 무대 중앙에 있는 마이크로 다가가자, 운동장의 흰 빛줄기가 그의 얼굴을 비춘다. 군중을 내려다보는 그는 기세등등하다.

"안녕하십니까." 마이크로 증폭된 이사오의 목소리가 운동장에 쩌렁쩌렁 울린다. 수천 개의 차가운 시선이 그를 맞이한다.

"오늘은 축하의 날입니다. 사랑을 위해, 호랑이 식민지 여러분을 위해. 오늘 여러분은 운이 좋습니다. 이 위대한 통합을 축하하며, 이는 호랑이 식민지가 드래곤 제국의 위대하고 막강한 가족의 일원이 되는 상징적인 순간입니다. 이제 여러분은 영원토록 우리와 함께할 것입니다. 드래곤 제국의 고바야시 켄조와 호랑이 식민지의 야마모토 은지를 열렬히 환영해 주시기 바랍니다!"

이사오가 두 팔을 활짝 벌리자 운동장 주변의 병사들이 박수를 보낸다. 그 순간 누군가 내 어깨에 손을 올린다.

"네 차례야." 장교가 퉁명스레 말한다.

지시에 따라 나는 무대를 가로질러 총독을 향해 걸어갔다. 걸음을 옮길 때마다 군중의 시선이 느껴진다.

나는 군중을 보거나 총독과 눈을 마주치려고 하지 않고, 대신 정면을 바라보며 계단 넘어 은지가 서 있는 곳으로 시선을 고정했다. 그녀가 두 손을 앞으로 공손히 모으고 있는 모습이 보인다.

확성기에서 결혼 노래가 울려 퍼진다.

우리는 서로를 향해 걸어가며 이사오를 향해 나아가 곧바로 무대 중앙에 이르러 그의 뒤편에 자리했다.

가까이 다가서니, 총독의 존재에서 느껴지는 위력은 내가 감당하기 힘들 정도였다. 빛마저 그에게서 휘어지고, 영광스럽고 주체할 수 없는 기쁨이 이사오의 심장에서 반짝거린다. 그의 내면에서 꺾이지 않는 권력에 대한 야욕이 느껴진다. 그의 명령으로 국가가 무너지고 그의 칼에 수많은 민족이 쓰러졌다.

드래곤 병사가 평평하고 둥근 쟁반에다 혼례용 술잔을 가져왔다. 그가 허리를 숙이며 이사오에게 쟁반을 건넨다. 이사오가 한 손으로 쟁반을 들고 관객을 향해 치켜들자, 운동장 조명이 그 쟁반 테두리를 비춘다.

이사오가 두 잔을 들어 하나는 나에게 하나는 은지에게 내민다. 그는 부드럽고 우아한 표정이다.

나는 손을 들어 잔을 잡았다.

은지도 똑같은 동작을 했다.

그러고는 거의 알아차리지도 못할 만큼 미세하게 그녀가 고개를 끄덕인다.

곧바로 나는 이사오에게 손을 뻗어 공포의 검은 구름을 그에게 날렸다. 그와 동시에 은지가 쟁반을 옆으로 쳐내고 이사오의 목덜미를 움켜잡았다. 두 개의 유리잔이 돌바닥으로 떨어지며 산산조각 났다. 내가 투구를 벗어 던지자 군중의 숨이 멎는다.

이사오의 얼굴이 분노로 벌겋게 달아오른다.

잠시 어떠한 움직임도 없다. 운동장의 모든 드래곤 병사는 손에 칼을 든 채 얼어붙었다.

"아무도 움직이지 마! 안 그러면 총독이 죽는다." 은지가 마이크에 대고 소리친다. 그녀의 목소리가 운동장 전체에 울려 퍼진다.

군중 모두 숨을 죽인다.

드래곤 병사들이 어찌할 바를 모르고 서로 쳐다만 본다. 내가 이사오에게 더 강한 압박을 가하자, 그가 이를 악물고 떨리는 손으로 병사들에게 물러나라는 손짓을 한다.

"내가 제압하고 있을게." 내가 나직이 말했다.

은지가 고개를 끄덕이고는 재빨리 무대 옆에서 고개 숙이고 있는 켄조와 진에게 달려갔다. 그들 머리에 씌워진 자루를 찢고 묶인 손도 풀었다. 켄조는 마치 주변 상황을 외면하려는 듯 무표정하게 바닥만 응시한다.

진의 동공이 커지면서 눈 전체를 뒤덮으며 호랑이를 붙잡고 있는 병사들을 똑바로 응시한다. *"무기를 버려. 지금 당장!"*

칼들이 바닥에 우수수 떨어진다.

진이 성큼성큼 앞으로 걸어 나와 칼 하나를 집어 들고 호랑이를 묶은 사슬을 들어올려 호랑이를 풀어 주려 한다.

단 몇 초 만에 모든 일이 벌어졌다. 군중은 반응할 새도 없다. 총독이 인질로 잡히자, 주변 병사들은 꼼짝 못 한다.

너무나 쉽다.

내 손아귀에서 총독이 몸을 떨기 시작한다. 하지만 뭔가 이상하다. 그의 내면에서 공포가 느껴지지 않는다. 마비된 기운도 아니다. 그는 공포나 혼란 때문에 떨고 있는 게 아니다.

이사오는……,

그는 웃고 있었다…….

말했듯이 모든 게 너무 쉬웠다.

이사오가 폭소를 터뜨린다. 날카롭고 귀가 찢어질 듯한 웃음소리를 내더니 소름 끼치게도 그의 손이 천천히 뻗어 나와 내 호랑이 기를 뚫고 옷깃을 움켜잡는다.

그가 옷깃을 비트니 숨이 막혔다.

은지가 휙 돌아서서 내 쪽으로 한 발짝 내디디기도 전에 그녀 주변의 드래곤 병사들이 달려들어 그녀의 팔을 등 뒤로 잡아채 꺾는다.

이사오가 나를 거칠게 잡아당겨 내 턱을 위로 젖힌다. 그의 표정은 마치 검은 강철 같다.

"야마모토 양." 이사오가 혀를 찬다. "오늘 더 영리한 판단을 하길 기대했는데."

그의 뒤에서, 은지가 팔을 붙잡고 있는 병사들에게 저항하며 몸부림친다.

"내 이름은," 그녀가 외친다. *"최은지야."*

이사오가 눈을 가늘게 뜬다.

"호랑이를, 죽이지 못할 거야." 은지가 악을 쓴다.

이사오가 고개를 옆으로 기울이며 한 손으로 마이크를 밀치고 군중을 등진 채 우리에게 몸을 숙인다. 그런 다음 우리를 번갈아 쳐다보며 즐거운 듯 목소리를 낮춘다.

"그래, 맞네. 죽이지 않아."

우리는 이해할 수 없어 그를 쳐다봤다.

계속 말을 이어 가는 이사오의 목소리는 부드러우면서도 위험하게 들렸다.

"오늘 뭔가 번뜩하며 내 머리를 스치더군." 그가 켄조를 가리킨다. "저 젊은이가 비록 충성스럽지 못하고 비겁하긴 해도 흥미로운 발상을 떠오르게 했지. 이전에는 꿈에도 생각하지 못했던 걸 깨닫게 해 준 셈이야. 호랑이 기를 드래곤 민족에게 전파하는 거지. 제국에 충성하는 사람들에게 말이야. 한 민족을 통제하는 데 그들의 마음을 조종하는 것보다 더 나은 게 뭐가 있겠나? 이제 호랑이는 한 마리뿐이네. 우리가 그걸 확보한다면 제국이 그 유용한 힘을 독점하게 되는 거지. 생각해 보게. 드래곤 군대의 특수 정보부, 감정 조정 전문……."

이사오가 앞으로 몸을 기울인다.

"자네가 그걸 알고 싶어 할 것 같아 말해 주는 거네." 친근한 말투다.

총독이 돌아서 병사들에게 지시한다.

"호랑이를 본국으로 이송 준비하고, 저 죄수들은 지금 처형해."

나는 이사오의 손아귀에 벗어나려 몸부림쳤다. 은지를 붙잡고 있던 드래곤 병사들이 그녀를 무릎 꿇리고, 우리 뒤 다른 병사들이 진과 켄조를 에워싸며 좁혀 들어온다.

병사들이 자신을 에워싸자 진은 호랑이 옆에 선다. 그녀가 필사적으로 명령하지만, 이번에는 병사들이 훈련받은 것처럼 그녀의 눈길을 피해 일사불란하게 움직인다. 진이 호랑이 앞에서 좌우로 칼을 휘두르며 그녀의 공포가 점점 더 커진다. 진이 호랑이를 쳐다보고, 나와 이사오를 그리고 은지를 본 후 다시 호랑이에게로 눈길을 돌렸다. 그녀의 눈에 절망만 가득하다.

그런 다음 그녀는 마음속으로 결심이 선 듯 보였다.

검은 구름이 그녀 위로 퍼지며 빛을 가린다. 그녀는 이사오에게 붙들린 호랑이가 어떻게 살지 알고 있다. 죽음보다 더 가혹한 운명을.

호랑이는 평생 우리에 갇힌 채 총독의 최강 병기로 쓰일 것이다. 남은 생애 동안 제국은 이 영물을 기계처럼 다루겠지. 날마다 자신 안의 기의 마법을 착취당할 것이다. 호랑이 종족을 파멸시킨 바로 저 적들에게, 영원토록.

진이 움직이려는 순간, 나는 그녀가 무엇을 하려는지 알아챘다.

이사오가 내 목을 움켜쥐고 있는 가운데 나는 있는 힘껏 진에게 소리를 질렀다.

"진, 안 돼!"

병사들이 그녀 주변으로 좁혀 오고, 진이 칼을 높이 들고 돌아선다.

그리고 곧바로 호랑이의 옆구리에 꽂는다.

비명이 터져 나오고 호랑이가 바닥으로 쓰러진다.

칼날이 나를 관통하는 게 느껴진다. 호랑이를 관통하는 게 전해진다.

안 돼. 안 돼.

이사오가 다른 손도 내 목에 갖다 대서 그 무쇠 같은 손으로 조르기 시작한다.

"감사해야 해." 총독이 조용히 말한다. "평생 처음으로 최고 권력자를 가까이에서 영접했으니."

아니야, 절박했지만 동시에 어리석었다는 생각도 든다. 총독의 손아귀에서 벗어나려 다리를 버둥거려 보지만, 소용없다.

저 멀리서 군중의 기운이 느껴진다. 드래곤 병사들이 그들을 구타하기 시작하자 누군가 비명을 지른다.

숨이 막혀 정신이 아득해지고 목이 조여들어 비명조차 나오지 않는다. 내 뒤에서 호랑이가 쓰러지고 옆구리에서 피가 흘러내린다. 기억들이 아른 거린다. 이번에는 내 기억이다. 추운 겨울날 시험을 앞두고 등불 아래에서 공부하다가 등잔불 기름이 다 떨어져 나는 등불을 껐다.

이게 무엇을 위한 것이었나?

내 보잘것없는 삶, 나의 우정, 고뇌와 존엄.

도대체 뭘 위해서? 여기서 죽으려고?

이것이 내 이야기의 끝인가?

이글거리는 빛이 혈관을 타고 내려 내 피를 뜨겁게 달구며 금빛으로 채 웠다.

그러자 손이 빛나기 시작하더니 황금빛 후광이 비치고 가슴에서 강렬한 빛줄기가 뿜어져 나와 갑옷을 뚫고 솟구친다.

총독이 숨을 헐떡이고 나를 바닥으로 내던지며 마치 불에 댄 것처럼 손 을 흔든다. 그가 뒷걸음질 치며 눈을 가리고 양쪽으로 늘어선 병사들도 얼 굴을 돌려 눈을 가린다.

내 몸이 일어서는 게 느껴지고 무엇인가 나를 통과한다. 온몸에서 눈부 신 밝은 푸른빛이 뿜어져 나오고 우리 주변으로 바람이 일더니 무대를 휘 감는다. 나는 손으로 눈을 가린 채 계속 뒤로 물러나는 이사오를 향해 걸 어갔다. 내가 말하려 입을 열었을 때 그건 내가 아니었다. 나는 남자와 여 자, 그 어느 것도 아니면서 동시에 둘 다인 목소리로 말했다.

"당신은 호랑이 식민지를 지배하러 왔소, 총독. 본인 스스로 열등한 민 족의 구세주라 여겼지. 하지만 당신은 당신이 지배하려던 사람들의 말에 귀 기울이는 걸 잊었소. 그들이 아무리 구원을 외쳐도 당신은 외면했지. 당 신의 마음속에는 그들을 위한 어떠한 연민도 없었소. 그들이 누군지 알았 더라면, 그들의 아픔을 느꼈더라면, 당신이 그들에게 얼마나 큰 고통을 주 었는지 알았을 거요."

손을 들어올렸다. 엄청난 기가 손끝에서 흘러나오고 등 뒤의 옷자락이 펄럭인다.

앞으로 몸을 기울였다.

그러고는 손을 총독의 가슴에 갖다 댔다.

이사오가 귀청을 찢는 섬뜩한 소리를 내며 울부짖는다.

폭풍이 우리 둘에게 휘몰아치며 무지갯빛으로 감싼다. 군중이 소리를 지르며 몸을 피한다. 나는 총독의 가슴에서 손을 떼지 않고, 무소불위 드래곤 지도자의 검고 반짝이는 심장이 내 안으로 흘러들어 오는 걸 느낀다. 그의 탐욕과 지배의 야욕으로 내 눈이 멀 지경이다.

이사오의 관자놀이에 핏줄이 붉거진다.

그리고 나는 폭풍 한가운데서 다른 것도 느낀다.

드래곤 제국 지배하에서 고통받았던 수만 명의 영혼들이 느껴졌다. 그들이 깨어났고 호랑이 신령을 통해 나에게 왔다.

절대 집을 벗어날 수 없다는 은지의 절망감이 전해진다.

사무실 지도를 핀으로 고정하고, 거리를 내달리며 어린 반란군 아이들을 팔로 안아 올리는 진의 심정을 헤아릴 수 있다.

배가 아픈 호영이는 눈물이 나고, 엄마는 그런 호영이를 안고 지극한 사랑으로 밤새 보살핀다. 금광에서 귀가하는 아버지가 언덕 꼭대기에서 등잔불이 켜진 우리 집을 바라보는 게 느껴진다.

기쁨, 공포, 그리고 희망. 우리가 느끼는 모든 것들.

호랑이 혼의 기가 내 핏줄을 타고 흐르면서 그들의 삶과 감정을 끌어모아 영혼 옹달샘의 수만 개의 기억에 더한다. 나는 우리의 아픔, 고뇌, 사랑, 기쁨을 느낀다. 호랑이 민족의 삶의 아름다움과 비애, 그리고 영광도 가져와 하나하나를 거대한 타래로 엮는다.

그리고 그것들을 손끝으로 이사오에게 전한다.

그 모든 것을.

그들의 기억, 그들의 감정 전부를 이사오에게 흘려보냈다.

이제 그것들은 그의 일부가 되었고, 영원히 그의 안에 남을 것이다.

이사오의 목이 부풀어 오르며 절규한다.

사방으로 분출되는 그의 처절한 고통이 느껴진다. 엄청난 속도로 운동장을 휘몰아치는 대소용돌이 한복판에서 총독이 무릎을 꿇는다. 구겨지고 뒤엉킨 헝겊 뭉치가 쏟아지는 것처럼, 그의 괴로움과 공포, 분노가 뻗쳐 나오는 게 느껴진다. 폭풍의 중심, 그 한가운데에 호랑이 투사(鬪士)와 총독, 우리 둘뿐이다.

한순간에 바람이 멈추고 빛도 사라졌다. 이사오가 뒤로 쓰러지고 굉음이 난다. 나는 내 몸으로 돌아왔다.

정적. 아무도 움직이지 않는다.

병사들이 나를 향해 무기를 겨누며 달려든다.

그러자 거친 목소리로 소리 지른다.

"멈춰!"

이사오였다.

그는 얼굴이 하얗게 질려서 조금 전 이 무대 위에 당당히 서 있던 그 사람의 빈 껍데기에 불과하다.

"그를 풀어 줘." 이사오가 중얼댄다. "그들을 다치게 하지 마. 부탁이네, 해치지 말게."

병사들이 당혹스러워하며 어찌할 바를 모른다.

달빛 한 줄기가 내려와 무대를 비추고 천상의 목소리가 허공을 가르며 울려 퍼진다. 청아하고 아름다운 여인의 음성, 예전에 내가 들었던 것보다 더 강렬한 소리로, 내가 알고 있는 것 같은 노랫가락을 부른다.

아~리~랑~

아~리~랑~

아~라~리~요~

노래가 울리더니 이내 사라지고 고요가 내려앉는다. 그러자 군중들에게서 처량한 목소리가 흘러나온다.

"아리랑~," 저음의 노랫소리가 떨린다. "아리랑~," 인파로 꽉 들어찬 운동장 중앙에 있는 한 노인의 얼굴에 눈물이 하염없이 흐른다.

내가 어떻게 이 노래를 아는지 모르겠지만, 마음속 깊은 곳에서 이 노래가 옛 호랑이 민족의 선율이라는 걸 알 수 있다. 제국이 오랫동안 금지했던 노래. 가장 절실한 순간에 흘러나오는 노래. 잊힌 꿈의 노래이자 내 뼛속에 새겨진 선율이다.

군중 어디선가 한 여인이 울음을 터트린다.

물이 넘실대듯 그 마음이 그녀 주변으로 번지고 그 너머로 퍼진다. 눈물이 얼굴을 타고 흐르고, 여태까지 쌓여 있던 좌절, 고뇌, 슬픔, 그리움이 둑이 무너지듯 한꺼번에 북받쳐 나온다.

달빛이 서서히 사그라들자, 갑자기 군중이 폭발한 듯 거대한 집단의식으로 똘똘 뭉쳐 무대를 향해 밀려든다. 엄청난 파도가 덮치듯 무대를 장악하며 드래곤 병사들을 제압한다.

참을 만큼 참았다. 지금이 아니면 영원히 저항하지 못할 것이다.

"제국을 타도하자!"

"식민지 해방!"

일부 병사들은 큰 충격에 휩싸여 거대한 곤봉으로 군중을 마구잡이로 두들겨 패기 시작한다. 머리에 피를 흘리며 쓰러지는 여자를 나는 무력하게 지켜만 본다. 그녀를 밀친 병사가 뒤쪽에서 그녀의 머리를 칼로 내리친다. 그녀의 두개골에서 내뿜는 고통이 전해지자, 내 시야가 흐려진다.

은지가 내 팔을 잡아끈다. "승, 호랑이를 여기서 데리고 나가야 해. 지금!"

드래곤 병사들 뒤편에서 펑! 펑! 펑! 하는 소리가 들린다. 코를 찌르는 매 캐한 냄새와 매스꺼운 노란 연기가 운동장을 뒤덮고 군중의 비명이 더 커 진다. 최루 가스가 사방으로 퍼지자, 군중은 혼비백산하여 흩어진다. 순 식간에 코가 타들어 가고 숨이 안 쉬어지는 고통이 엄습한다. 나는 소매로 얼굴을 가려 보지만, 기침이 터져 나오고 눈물이 쏟아진다.

"승아!" 은지가 다시 한 번 나를 잡아당겼고, 연막탄이 터지는 날카로운 소리에 몸을 움찔했다. 손으로 입을 막은 은지도 주변 폭발에 몸이 휘청댄 다. 그래도 그녀는 멈추지 않았다. 곧장 호랑이에게 달려가 어깨에 들쳐멘 다. "가자, 승!"

놀라운 힘으로 은지가 호랑이를 무대 밖으로 끌어냈고, 그제야 정신이 든 나는 그녀 뒤를 따랐다.

우리는 최대한 빠르게 군중을 피해 텅 빈 도심으로 나왔다. 단 몇 분 동안 의 전력 질주가 몇 시간 같다. 한산한 골목길을 이리저리 돌아 마침내 단군 산 입구에 이르렀다. 급히 해치 상에 손을 올리자, 암벽이 열린다.

문 너머로, 단군 산 기슭의 공터는 우리가 떠났던 때 그대로다. 거대한 바위와 작은 암석들이 땅 밑으로 꺼져 부드러운 흙 밖으로 튀어나와 있다 는 것만 빼면 거의 똑같다. 산은 둘로 갈라져, 두 동강 난 모양이 하늘을 배경으로 선명하게 보인다. 그 들쭉날쭉 벌어진 틈은 협곡으로 이어졌다.

우리 뒤로 돌문이 다시 닫히고 모든 것이 고요해졌다.

· 32 ·

은지

"그 우물이," 승이 다급하게 말을 꺼낸다. "아마 호랑이를 치유할 수 있을 거야. 그곳으로 데려가야 해."

호랑이의 옆구리를 쓰다듬으며 그가 고개를 젓는다. 사방에 붉은 피가 흥건하고 털에도 엉겨 붙어 있다. 상처 부위를 눌러 보지만, 피가 멈출 기미는 없다.

"좋아. 내 등에 올라타." 내가 말했다.

승이 머뭇거린다. "나는 괜찮아. 네 옆에서 따라갈게."

"내 속도를 맞추지 못할 거야. 그럼 너무 느려져." 내가 설득했다. "호랑이에게 시간이 얼마 남지 않았어."

바로 그때, 우리 왼쪽 나무들 사이에서 바스락거리는 소리가 났다. 돌아보니 길고 낯익은 하얀 얼굴이 덤불에서 모습을 드러내 깜짝 놀라 뒤로 물러섰다.

구미호다.

"뒤로 물러나, 승!" 그에게 외쳤다. "저건……."

하지만 꼬리 아홉 개 달린 여우는 더 이상 앞으로 나서지도, 공격하지도 않는다. 그 대신, 코를 땅에 박고 뒷다리로 일어서더니 변신하기 시작했다.

나리 대장의 모습을 하고는 나를 쳐다보며 안심하라는 듯 고개를 끄덕이며 언덕 위, 산 정상을 가리킨다. 그녀가 나와 승, 그리고 호랑이를 차례로 지목하더니 몸을 숙여 다시 구미호로 돌아갔다.

나는 눈살을 찌푸렸다. 뭘 말하려는 거지? 또 다른 속임수인가?

구미호가 우리를 향해 조심스럽게 한 걸음 내딛자, 내 어깨가 뻣뻣해졌다. 호랑이 냄새를 몇 번 맡더니, 이마를 부드럽게 비비고 승 앞에 무릎을 꿇는다.

그제야 이해했다.

"내 생각엔…… 너보고 올라타라는 것 같아."

산 정상까지는 겨우 40분밖에 안 걸리지만 생명이 꺼져 가는 호랑이를 안고 가는 그 40분은 영원과도 같았다. 특히 그게 이 땅에 남은 마지막 호랑이라면 더욱더.

전력으로 산을 질주하는 동안, 달빛이 나무 사이로 쏟아져 우리 앞길을 밝혀 주었다. 언덕을 내달리며 나는 호랑이 신령을 어깨에 메고, 승은 구미호 등에 올라타 손으로 여우의 두꺼운 하얀 털을 단단히 움켜쥐었다. 가는 도중, 상상을 초월한 생명체들이 동행했다. 도깨비를 닮은 요괴 무리가 낄낄대는 기괴한 웃음소리를 내며 우리와 나란히 달렸고, 하늘 위에는 까마귀 세 마리가 날아갔는데, 정확히 보지는 못했지만 다리 하나가 더 달린 것처럼 보였다.

걸음걸음마다 나는 신에게 조용히 애원했다.

제발, 제발, 제발, 호랑이를 살려 달라고.

마침내 목적지에 도착하자 요괴들은 뒤로 물러나 산 정상 아래 숲에서 우리를 지켜본다. 고원은 이제 완전히 둘로 쪼개져 며칠 전 산이 갈라진 자리에는 뾰족하고 험준한 낭떠러지가 펼쳐져 있다.

구미호는 몸을 깊이 숙여 절하며 승을 등에서 내려주고, 옆으로 비켜서서 빛나는 검은 눈으로 우리를 바라본다. 그러고는 다른 정령들 곁으로 간다. 고개를 돌리니 그들의 시선이 느껴진다.

"이쪽으로." 승이 다급하게 동굴을 가리킨다.

안으로 들어갔다.

우물은 갈라져 있고 물은 없다. 그것은 그저 말라 버린 폐허로 변했다.

호랑이를 빈 우물 옆에 내려놓고, 내 귀가 호랑이의 털에 닿을 만큼 몸을 구부렸다. 호랑이의 숨이 점점 얕아진다.

"호랑이가 죽어 가고 있어." 승이 넋이 나간 듯 말한다.

호랑이 신령의 피가 돌에 스며들며 바위 위로 검고 축축한 얼룩을 남긴다. 신령이 고통 속에서 고개를 들어올리려 애쓴다. 잿빛 그림자가 신령의 형상으로 나타나자, 호랑이가 몸을 떤다. 그림자가 여인과 호랑이의 모습을 오가며 깜빡인다. 여인이 입을 열 때 나는 숨을 멈췄다.

"*괜찮다.*" 호랑이 신령이 얼굴을 찡그린다. 신령이 말할 때마다 목소리가 약해졌지만 그래도 그 안에 깃든 선율은 들을 수 있었다. "*해냈구나. 너희 둘 다. 해야 할 모든 걸 해냈단다.*"

"아니요, 우리는 당신을 구하지 못했어요." 승이 울부짖는다.

"*나는 호랑이 민족의 정령이야. 그 정령은 오늘까지 사그라들고 있었어. 하지만 거기서 무슨 일이 일어났는지 봤잖니? 외치는 목소리들을 들었지? 사람들이 다시 희망을 느끼고 있어. 너희는 그 누구도 막을 수 없는 무언가를 일깨웠단다.*"

"이사오가 병사들에게 물러나라고 했어요." 신령에게 묻는다. "이제 끝났다는 의미인가요?"

"이 순간은 한 사람의 결정을 넘어서는 거란다. 너희 둘의 행위만으로도, 또 나 하나 정령의 힘만으로도 되는 게 아니다." 그녀가 대답한다. "중요한 건 희망이 없던 곳에 희망이 다시 생겼다는 거야. 호랑이 민족 마음속에 정령이 되살아난 거지. 그게 오늘 너희가 한 일이다."

"하지만 신령님은 종족의 마지막 남은 존재잖아요." 승이 울먹인다. "호랑이 민족에게 희망이 돌아왔다 한들, 신령님이 없다면 무슨 소용 있나요? 우리는 다시 무력해질 거예요. 호랑이 기 없이는……."

"그렇지 않단다, 승." 호랑이 신령이 미소를 보인다. "호랑이 왕국에 희망이 다시 살아난다면, 호랑이 기도 그럴 거야."

그리고 눈 깜짝할 사이에 호랑이 신령은 허공으로 흩어지고, 호랑이도 신령과 함께 사라져 폐허가 된 우물터에는 핏자국만 남았다.

승을 돌아다봤다.

"이제 어떻게 되는 거야?"

"모르겠어." 고개를 내젓는 승은 눈물을 흘리며 나를 끌어안는다.

우리 둘은 동굴이 어둠에 잠기는 동안 서로를 안고 있었다.

동이 트면서 지평선을 붉게 물들인다. 아래로 도시가 눈에 들어오고 북적이는 거리와 반짝거리는 강이 보인다.

나는 이 나라가 얼마나 아름다운지 몰랐다.

오랜 세월 나는 내 방에 갇혀 나를 둘러싼 네 개의 벽과 우리 마을밖에 알지 못했다. 이 세상에 얼마나 많은 삶이 존재하는지도 모른 채…….

켄조는 저 도시 어딘가에 있다. 태양이 하늘 높이 떠오르고 먼지가 걷히면 그가 과연 누구 편에 설지 궁금하다.

나는 승과 나란히 앉아 풍경을 내려다보았다. 갈매기가 허공을 가르며 우리 앞으로 날아다니는 걸 보면서 처음으로 그 새들이 부럽지 않았다.

마침내, 평생 처음, 나도 그들처럼 자유로웠다.

긴 세월 나는 자유를 쫓으며 권력만 얻으면 된다고 믿었다.

하지만 권력에 가까워질수록 나에게 채워진 족쇄는 더욱더 조여 들었다. 나는 잘못된 장소에서 잘못된 사람들에게서 해답을 찾고 있었다.

나는 애써 쥐고 있던 걸 내려놓아야 했고, 바닥으로 추락해야 했다. 부서지고 다시 일어서야 했다. 내 안의 목소리를 들어야 했고, 나 자신이 옳다고 믿는 일을 하기 위해 무시무시한 위험도 감수해야 했다.

그래서 나는 했고, 드디어 해냈다.

가족을 떠올렸다. 이제 내게는 너무나 하찮아진 사회적 지위를 지키려던 그들의 절박함, 그들을 지배했던 두려움을 생각했다. 그리고 나는 깨달았다. 왜 어떤 이는 광활하고 무한한 세상보다 네 개의 벽을 택하는지를. 우리를 옥죄는 족쇄는 하나가 아니라 여러 가지일 수 있다는 걸. 그중 가장 끔찍한 건 자기 자신이 채우는 족쇄라는 걸.

하지만 이제 내가 할 수 있다는 것을 알기에 세상 밖으로 나가려 한다. 두려움에 이끌려 가는 게 아니라 신념을 좇기 위해서. 진정한 나 자신의 힘을 찾기 위해서, 때로는 기꺼이 권력에서 물러설 줄 알아야 한다는 걸 나는 이제 안다.

여기서 내려간 뒤 무슨 일이 생기든 나는 이 나라를 일으켜 세우기 위해 내 모든 힘을 쏟을 것이다. 제국이나 그 누구라도 우리의 앞길을 막는다면 맞서 싸우겠다. 내가 쓸 수 있는 패는 많다. 최상류층을 대하는 법을 알고, 가족 인맥을 통해 식민지에서 가장 영향력 있는 사람들도 개인적으로 알고 있으니까.

나도 모든 걸 주먹과 발차기만으로 문제를 해결할 수 없다는 걸 배웠다.

이번에는 기득권의 노예가 되는 대신, 내가 믿는 걸 위해 당당히 맞설 자유가 있다. 양반들 전부는 아닐지라도 그들 중 일부는 나와 함께할 수도 있다. 그리고 모두 함께 우리는 자유로운 세상을 일궈 낼 것이다. 자유의 호랑이 공화국을.

승이 침묵을 깬다.

"은지야⋯⋯."

고개를 들어 그를 바라봤다. "응?"

승이 서글픈 얼굴을 하고 손을 내밀자, 그의 손을 잡았다.

승을 마주하니 내 마음이 부풀어 오른다. 희망과 고통으로. 그를 잃었다가 다시 만난 고통이, 우리가 어떻게든 함께할 수 있다는 미래의 희망이 차오른다.

승은 기도에서부터 먼 길을 왔다. 우리 둘 다.

앞으로 몸을 기울여 눈을 감자 그의 온기가 내 몸을 감싼다. 우리의 입술이 겹쳐지고 서로에게 깊이 빠져들자 문득 나는 승의 눈 속에 비친 별들을 바라보던 그때 궁궐의 지붕으로, 절벽 끝에서 점점 더 빠르게 추락하던 그때로, 용의 발치 아래에서 온몸의 전율이 폭발하던 그때로, 내가 한 번도 가 본 적은 없지만 늘 알고 있었던 그곳으로 돌아간다.

입술을 떼자, 내 가슴속에서 희망이 피어오른다. 빛의 장난일 수도 있지만 승이 반짝거리듯 빛을 발하는 것처럼 보인다. 그가 내 손을 잡자 눈부신 광채가 우리를 밝힌다. 그 빛이 퍼져 나가 온 세상을 뒤덮는다.

호랑이 왕국에 희망이 다시 살아난다면, 호랑이 기도 그럴 거야. 정령의 목소리가 내 마음속에 울려 퍼진다.

우리 뒤에서, 무엇인가 깜빡이는 게 보인다. 작은 주황빛 불꽃. 그것이 빛을 발하는 아이로, 영혼으로 변한다. 숨이 멎는 그 순간, 그것이 무엇인지 알아차렸다.

"이게 뭐⋯⋯ 뭐지⋯⋯?"

나무들 사이에서 작은 무엇인가가 모습을 드러낸다. 조그맣고 투명한 생명체.

그것이 살며시 다가와 머리를 흔들며 눈을 비빈다.

그러더니 여러 마리가 따라온다.

빛이 서서히 사그라들자, 어둠 속 생명체의 모습이 더욱 선명하게 드러났다. 그들 중 한 마리가 아기 고양이 울음소리를 낸다.

새끼 호랑이들이다.

족히 열 마리는 넘어 보인다.

경이로운 눈빛으로 새끼 호랑이들을 바라보던 승과 나는 눈을 마주쳤다. 눈물이 우리 두 사람의 뺨을 타고 흘러내린다.

1945년 8월 15일은 광복절로, 우리 민족이 일본 통치로부터 해방된 날이다. 비로소 우리는 억압에서 벗어나 자유를 누릴 수 있었다.
_ 할아버지 창규 '키이스' 류

창규와 내가 삶의 고난을 견디고 힘겹게 살면서 너희들이 자라던 시절을 떠올리면, 너희들이 자식들을 풍족하게 키우고 각자의 잠재력을 최대한 발휘할 수 있도록 지지해 주는 게 정말 감사하다. 창규와 나는 참으로 고된 세월을 살았지만, 넘어야 했던 모든 산, 건너야 했던 모든 강, 그 숨막힐 듯한 온갖 어려움을 겪으면서도, 지금 돌이켜 보면 하나님께서 우리를 인도해 주셔서 감사할 따름이다!
_ 할머니 현수 '킴' 류

·에필로그·
승

뜨끈하고 구수한 된장국 향기가 집 안에 가득하다. 나는 숨을 깊게 들이켜 집 냄새를 맡고는 가족들과 밥상에 둘러앉아 느긋하고 여유로운 오후를 즐겼다.

호영이가 아기 맹수 등에 올라타 신나게 소리를 지른다. 아기 맹수는 단군 산에서 데리고 온 새끼 호랑이로 이씨 집안의 새로운 가족이 되었다.

똑 똑 똑.

"승아, 문 좀 열어 줄래?" 찌개를 끓이던 엄마가 말씀하신다.

"네!"

현관으로 가서 문을 열었다.

은지가 환하게 웃으며 들어와 신발을 벗는다.

모든 게 너무나 빨리 지나가 지난 몇 달이 순식간에 흘러가 버렸다.

나중에 밝혀진 바로는, 도살 의식이 있던 날 일어난 사건으로 영향을 받은 건 이사오만이 아니었다.

그후 몇 달 동안 식민지 사람들, 호랑이와 드래곤 민족 모두 이상하고도 생생한 꿈을 꾸었다. 내가 우물에서 경험했던 기억의 단편들, 여기저기 흩어졌던 환영의 파편들이 그들의 꿈에 나타났다.

마치 고열에 시달리다 열이 내린 것처럼 모든 게 변하기 시작했다. 나라 전역에서 시민들의 소요가 일어나고 이사오가 황궁에서 마음을 바꾼 후, 총독은 호랑이 식민지를 드래곤 제국 통치에서 해방한다고 선포했다. 호랑이 민족은 다시 주권 국가로서 독립국 지위를 되찾게 되었다.

그렇게 식민 시절이 갑자기 끝났고, 호랑이 공화국이 탄생했다.

물론, 냉소적인 논평가들은 드래곤 제국이 뱀 여왕국과의 전쟁에서 패색이 짙었기 때문이라거나 일각에서는 호랑이 식민지에서 철수하기 적절한 시기였을 뿐이라고 주장했다. 나는 그런 정치적인 문제는 모른다. 아무튼 우리의 운명이 이렇게 놀랍도록 극적인 변화를 맞이한 게 더없이 기쁘다.

그 이후로, 여름이 끝날 무렵 드래곤 제국이 식민지를 떠날 채비를 하면서 호랑이 식민지의 수도와 지방이 분주해졌다. 호랑이 공화국으로 권력 이양을 축하하는 국경일이 새롭게 제정되었고, 올해 말 새 국가 지도자를 선출하기 위해 선거를 치를 예정이다.

오늘 밤 광복절 축하 행사가 열린다. 무슨 일이 있어도 빠질 수 없다.

은지가 밥상에 앉자 나는 그녀에게 차를 대접했다.

"된장국 먹을 사람?" 엄마가 묻는다.

엄마는 온 동네 사람들이 가져다준 재료로 정성껏 끓인 된장국을 퍼 주셨다. 우리는 손을 맞잡고 호랑이 신령에게 감사의 인사를 올렸다.

된장국을 한 숟갈 뜨자 진한 된장 국물이 입안에 가득 퍼진다. 두 그릇 반이나 먹고 나서 등을 기대고 앉으니 기분 좋은 포만감이 밀려든다.

식사를 마치고 은지가 집안 뒷정리를 돕는다. 그러고는 우리는 집을 나섰다. 광복절 축하 행사는 해질녘에 시작한다.

"나도 같이 가!"

당연히 어린 호영이를 두고 갈 생각은 없지만, 언제까지 호영이를 어리다고 할 수 있을지 모르겠다. 호영이는 이번 여름에 키가 엄청나게 자랐고 벌써 작년보다 몇 센티미터는 더 컸다.

광장으로 향하는 길에 웃고 환호하는 마을 사람들의 행렬이 보인다. 모두 일렬로 서서 종이로 만든 호랑이와 용 모형이 달린 긴 막대기를 머리 위로 받쳐 들고 서로 주위를 빙빙 돌며 춤추면서 거리를 행진한다. 공중에서 느껴지는 환희가 너무나 강렬해 나는 잠시 멈춰 서서 눈물을 훔쳤다.

걷는 동안 몇몇 사람들은 은지에게 싸늘한 눈길을 보냈다. 내가 그녀를 감싸며 그들을 노려보자, 은지가 살짝 움츠러든다. 그러자 그들은 나에게 공손히 머리를 숙이며 물러난다. 이 뒤바뀐 상황이 낯설다.

은지에게 두려움이 스치는 게 느껴진다. 며칠 전 누군가 은지에게 드래곤 제국의 부역자이자 호랑이 민족의 배신자라고 소리치면서 돌을 던졌다. 용의 기를 가진 은지에게 그 돌은 별것 아니었지만, 낯선 이의 증오는 강력하고 섬뜩했다. 나중에 그녀가 그 얘기를 하면서 몸서리쳤고, 그녀의 부모님도 몇 주째 저택 밖으로 나오지 않고 있다.

나는 은지의 어깨를 감싸며 사람들에게 그녀가 혼자가 아니라는 걸 보여 줬다. 우리는 번화한 곳을 피하려고 조용히 큰길에서 벗어나 골목으로 들어섰다.

그래도 이 모든 역경을 견뎌 내면서 집 밖으로 나와 광복절 축하 행사에 참여하는 은지의 표정이 얼마나 밝은지 모른다. 나도 그녀와 함께 있어 기쁘다.

"신경 쓰지 마." 내가 속삭였다.

"신경 안 써." 은지가 나에게 기대며 대꾸한다.

하지만 사실이었다. 사람들은 분노했고 거리에서는 목을 쳐야 한다는 목소리가 터져 나오고 우리는 그게 누굴 가리키는지 안다. 일부 사람들은 호랑이 민족 간 치유를 위해 화해와 용서를 해야 한다고 말하지만, 다른 편에서는 양반들을 처형하거나 최소한 인도주의에 반하는 범죄로 재판받아야 한다고 큰 소리를 냈다.

호랑이 식민지에 사는 드래곤 제국 사람들도 불안에 떨고 있었다. 소문에는 국가 권력이 호랑이 사람들에게 넘어가면 그들이 강제로 추방될 수 있다고들 한다. 평생을 호랑이 땅에서 살아서 호랑이 삶밖에 모르는 드래곤 사람들조차 마찬가지다. 그들을 어찌해야 하는지를 두고 신문에서는 연일 격렬한 논쟁이 벌어졌다. 우리가 민족에게 희망을 가져다주었는지 모르지만, 그 희망만으로 그들의 오래된 원한까지 없애지는 못했다.

앞으로 호랑이 공화국의 미래가 어떻게 펼쳐질지 모르지만, 격랑의 시기가 되리라는 사실은 자명하다. 엄청난 비애를 겪은 호랑이 민족에게 치유는 절실했다. 나와 은지가 여기에서 어떠한 역할을 할지, 또 호랑이 민족에게 어떤 일이 일어날지 알지 못한다. 그렇다 하더라도 우리는 어떻게든 헤쳐 나갈 수 있다는 예감이 든다. 우리는 강한 회복력을 지닌 민족이다. 수백 년에 걸친 억압, 점령, 식민 지배를 견뎌 냈고, 그때마다 잿더미 속에서도 다시 일어났다.

나는 우리가 어떻게든 살아남는 방법을 찾을 거라고 확신한다.

또다시 진이 어디로 갔는지 궁금하다.

마지막 도살 의식이 있던 날 이후로 진과 켄조를 본 이는 아무도 없다. 아무도 그들에게 무슨 일이 벌어졌는지 모른다. 여태까지의 상황으로 보면 켄조가 숨어 지내고 싶어 하는 심정은 이해가 된다. 어쩌면 그는 드래곤 제국으로 돌아가 자신의 상처를 추스르고 있는지도 모른다.

나는 진이 더 걱정된다. 그녀가 어디로 갔는지 짐작만 할 뿐이다. 다만 그녀가 어디에 있든 자신의 길을 찾아가길 바란다. 그들 둘 다 우리에게 연락하거나 자신이 어떻게 지내는지 알려 주지 않았다.

하지만 나는 언젠가 진과 켄조를 다시 만날 거라고 믿는다. 은지와 나는 광복절 행사 후에 그들을 찾기로 했다. 그들은 여전히 살아 있고, 어떻게든 우리가 미래에 다시 엮일 거라는 강한 믿음이 선다.

나와 은지, 호영이 그리고 아기 맹수, 우리 넷은 사람들의 행렬을 따라 마을 광장으로 들어서 축하 행사를 지켜봤다. 불꽃놀이가 하늘로 치솟으며 웅장하게 터진다. 광장에 모인 인파는 "우와."하며 탄성을 지르고, 마음속 감사함으로 가슴 벅찬 은지는 뺨에 흐르는 눈물을 닦으며 미소 짓는다.

내게 세상에서 가장 소중한 두 사람 옆에 앉아 하늘로 올라가는 불꽃을 바라본다. 잠시 후 은지가 조용히 내 손을 잡는다. 은지는 아무 말 없이, 나를 보지도 않고 은지다운 모습으로 축제의 장면에 시선을 고정해 응시한다. 하지만 전율이 나를 관통하는 걸 느낄 수 있다. 솔직히 그 전율이 은지의 심장에서 전해지는 건지, 아니면 내가 느끼는 건지 모르겠다. 아마 우리 둘 모두의 것이리라.

그러다 문득 깨달았다. 내 주변 사람들의 얼굴을 볼 수 있고, 공중에 퍼지는 음악과 웃음소리와 함께한다는 게 얼마나 감격스러운 느낌인지를. 그리고 내가 호랑이 민족의 일원이라는 것이 너무나 자랑스럽다. 예전에는 그런 감정을 애써 외면했었다. 이렇게 기분 좋은 것인 줄도 모르고.

기억 하나가 스친다. 숲속에서 진과 호랑이와 있던 그 밤, 진이 한에 대해 말했다. *한은 우리가 함께 나누는 슬픔이야.*

우리는 어둠의 한가운데서 우리를 이끌어 줄 빛을 찾았다. 그 빛은 이제 우리에게 있다. 우리는 그 빛을 안고 역사를 향해 나아갈 것이다.

나는 더 이상 혼자가 아니며, 나의 민족과 함께한다. 그들의 기억이 내 안에 있다.

몸을 뒤로 기대고 충만감과 행복을 느낀다. 이곳보다 더 좋은 곳은 이 세상 어디에도 없다.

하늘에 또 하나의 불꽃이 터진다. 이번에는 호랑이 얼굴 불꽃으로 호랑이가 입을 쩍 벌리고 크게 포효하다가 사라진다. 마을 사람들이 박수를 터뜨린다.

끝.

이 책은, 저녁 식사 자리에서 나눈 "만약에……"라는 대화를 현실로 만드는 데 도움을 주신 훌륭한 분들 없이는 불가능했을 것입니다.

밝은 햇살 같은 Cindy Uh. 최고의 문학 에이전트로서 우리의 비전을 믿어 주시고 이 대장정의 첫날부터 우리를 이끌어 주셔서 감사합니다. 이 책이 완성되기까지 거쳐야 했던 수많은 변화의 과정에 길잡이가 되어 주시고, 매 순간 당신의 깊은 통찰력은 큰 도움이 되었습니다. 우리를 당신과 연결시켜 준 Kevin Lin과 CAA의 모든 분들의 전폭적인 지원에도 진심으로 감사드립니다.

놀랍도록 뛰어나고 독보적인 편집자, Zareen Jaffery. 당신의 통찰, 피드백, 지원은 우리도 미처 보지 못했던 세상을 계속해서 일깨워 주셨습니다. 이 이야기가 품고 있는 잠재력을 끌어내 주셨고 우리가 처녀작을 쓰는 과정을 1000퍼센트 더 재밌고 흥미진진하게 만들어 주셨습니다! 아름다운 표지를 그려 주신 Yejin Park님께 감사드립니다. 멋진 색감과 디자인으로 시각화되어 생명을 얻은 모습을 보니 꿈만 같습니다.

Namrata Tripathi, Joanna Cárdenas, Jasmin Rubero, Theresa Evangelista, Asiya Ahmed, Rye White, Misha Kydd, Brian Luster, Lana Barnes, Christina Colangelo, Shanta Newlin, Amy White, 그리고 Kokila 출판사와 Penguin Young Readers의 전체 팀원에게, 우리를 믿어 주시고 《라스트 타이거》를 세상과 나눌 수 있도록 도와주셔서 정말 감사하다는 말씀 전합니다. 부디 세상에 알려지지 않은 이야기들과 들리지 않는 목소리들을 위해 계속해서 싸워 주시길 부탁드립니다. 당신들의 모든 노고에 마음 깊이 감사드립니다.

할머니의 회고록을 훌륭하게 번역해 주신 Elisa Chung 이모님께도 감사의 말씀을 전합니다. 이것이 우리가 이 여정을 시작하는 계기가 되었고, 모든 페이지에 그 존재감이 깃들어 있습니다.

Ali Jaffe, Ian Chan, Joanne Koong, Alice Xiao, Erik Owen, Albert Ching에게 무한한 감사의 말씀을 드립니다. 그야말로 구글 문서의 초안 때부터 최초의 독자가 되어 주신 여러분의 열정과 애정으로 이 이야기가 완성될 수 있었습니다. 원고를 읽고 글쓰기와 등장인물, 그리고 문학적 기법에 대한 귀중한 가르침을 주신 Jonathan Safran Foer와 Joyce Carol Oates님께 감사드립니다. 출판 과정에 대해 날카로운 조언을 해 주신 Hannah Tinti와 David Lipsky님께도 감사드립니다.

무엇보다, 우리 가족께 감사드립니다. 스토리텔링에 대한 우리의 사랑을 키워 갈 수 있도록 도와주신 엄마와 아빠, 끝없는 지원을 보내 준 Grant와 Joon. 여러분이 우리의 첫 번째 영웅입니다. 우리가 이야기를 짜느라 거실이며 집안을 서성이고, 밤새도록 등장인물을 얘기하고, 기 이야기와 한국의 역사, 청소년 문학의 클리셰에 대한 끝도 없는 수다에도 우리와 함께해 주셔서 고맙습니다. 사랑합니다.

마지막으로, 할머니와 할아버지, 현실 속의 승과 은지에게도 감사드립니다. 사랑, 희망, 인내의 힘을 가르쳐 주셨습니다. 할머니, 할아버지께서는 우리가 상상조차 못 할 힘든 시련을 견뎌 내셨습니다. 서로 사랑하고, 하나님을 사랑하고, 삶을 사랑함으로써 모든 역경을 이겨 내고 마침내 길을 찾으셨습니다. 우리 가족을 이 나라에 데려오셨고 우리가 이렇게 살 수 있도록 해 주셨습니다. 정말 많이 사랑합니다.

그리고 우리 서로에게 감사를 전합니다.

우린 꽤 멋진 남매 작가 팀이었어요.

라스트 타이거

초판 1쇄 발행일 2026년 4월 15일

지은이 줄리아 류 & 브래드 류
옮긴이 박미연
펴낸이 박희연
대표 박창흠

펴낸곳 트로이목마
출판신고 2015년 6월 29일 제315-2015-000044호
주소 서울시 강서구 화곡로68길 82, 강서IT밸리 1106-2호
전화번호 070-8724-0701
팩스번호 02-6005-9488
이메일 trojanhorsebook@gmail.com
페이스북 https://www.facebook.com/trojanhorsebook
네이버블로그 https://blog.naver.com/trojanhorsebook
인스타그램 https://www.instagram.com/trojanhorse_book/
인쇄제작 펌피앤피

한국어판 저작권 © 트로이목마, 2026

ISBN 979-11-92959-72-6 (03840)